U0528541

长篇纪实文学

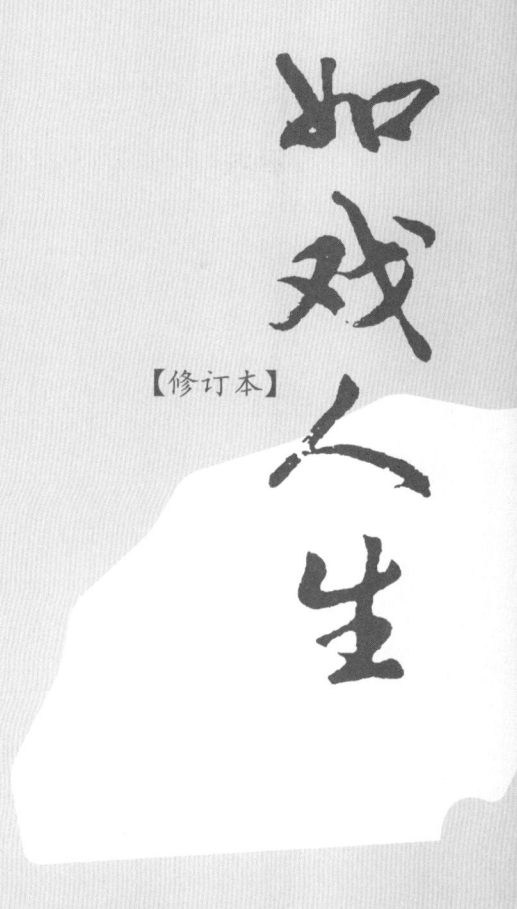

如戏人生

【修订本】

闫立秀 著

人民文学出版社

图书在版编目（CIP）数据

如戏人生 / 闫立秀著. — 修订本. — 北京：人民文学出版社，2017
ISBN 978-7-02-013361-1

Ⅰ.①如… Ⅱ.①闫… Ⅲ.①纪实文学—中国—当代 Ⅳ.① I25

中国版本图书馆 CIP 数据核字（2017）第 230276 号

策划编辑　仝保民
责任编辑　张海香
装帧设计　李思安

出版发行　人民文学出版社
社　　址　北京市朝内大街 166 号
邮政编码　100705
网　　址　http://www.rw-cn.com

印　　刷　三河市宏盛印务有限公司
经　　销　全国新华书店等

字　　数　500 千字
开　　本　710 毫米 ×1000 毫米　1/16
印　　张　41.5
印　　数　1— 8000
版　　次　2018 年 2 月北京第 1 版
印　　次　2018 年 2 月第 1 次印刷

书　　号　978-7-02-013361-1
定　　价　68.00 元

如有印装质量问题，请与本社图书销售中心调换。电话：010-65233595

艳艳

两人心同命不同,
劳燕分飞各西东。
艳艳并非英台女,
我却成了梁相公!

芸姐

丽质珠喉一名伶,
风华正茂遇瘟神。
奈何世间无妙手,
可叹终成梦里人。

秋儿

悲切切　泪滔滔，
空中降下无情刀。
而今玉帝应犹在，
七女又把董郎抛！

晓晓

淮河依旧水潺潺,
垂柳树下已无兰,
明月尚有圆与缺,
真情此借再无还。

三妹

莫唱当年长恨歌,
而今又现马嵬坡。
别亲踏上黄泉路,
泪比长生殿上多。

张唯

君生我未生,我生君已老。
不怨我生迟,何怨君生早?
一心长厮守,为艺相聚少。
他乡歌一曲,声声祝君好。

目　　次

自序 ··· 1

楔子 ··· 5

第一卷　父母情缘
1　错抢新娘 ·· 7
2　大闹婚宴 ·· 13
3　洞房风波 ·· 16
4　妇救会长 ·· 20
5　新娘夜逃 ·· 25
6　巧遇获救 ·· 28
7　情真意切 ·· 34
8　终成眷属 ·· 39
9　情深缘浅 ·· 41

第二卷　苦涩初恋
10　拜师学艺 ··· 48
11　琴瑟和鸣 ··· 54
12　同窗共读 ··· 58
13　汇演波折 ··· 67

14	雨中分手	71
15	后悔不已	79
16	汇演夺旗	84
17	朦胧初恋	90
18	亦真亦幻	97
19	缘来无缘	104
20	长歌当哭	108
21	不准缺席	114
22	一夜无眠	120
23	咫尺天涯	126
24	身不由己	130
25	劳燕分飞	135

第三卷　我的芸姐

26	其言也善	145
27	不测风云	151
28	人生如戏	158
29	为伊做贼	166
30	苦涩婚姻	176
31	旧情未泯	182
32	巧遇艳艳	190
33	此情绵绵	198
34	流离失所	207
35	恩人表姐	215
36	四清运动	224
37	意外惊喜	228
38	初去上海	231
39	大权在握	238

40	艳艳落难	242
41	枪下冤魂	249
42	芸姐托付	257
43	会见艳艳	264
44	斗私批修	271
45	我心愧疚	276
46	空前绝后	281
47	白雪染尘	286
48	欲罢不能	295
49	天妒红颜	303

第四卷　秋儿之死

50	为情私奔	312
51	一波三折	324
52	沦为乞丐	334
53	歪打正着	344
54	血光之灾	354
55	以死殉情	362
56	浪迹萍踪	369
57	有口难辩	377
58	不准上诉	385
59	无言结局	393
60	六月飞雪	399
61	案惊中央	407
62	父女相会	415
63	八条人命	419
64	秋儿之死	424

第五卷　时髦女郎

- 65　第一桶金 …… 431
- 66　神出鬼没 …… 437
- 67　闯文代会 …… 444
- 68　台前幕后 …… 454
- 69　晓晓学戏 …… 461
- 70　崭露头角 …… 466
- 71　少女苦情 …… 473
- 72　以身相许 …… 479
- 73　登门求亲 …… 484
- 74　晓晓被捕 …… 492
- 75　爱已成灰 …… 500

第六卷　苦命三妹

- 76　我与老贾 …… 507
- 77　初会三妹 …… 514
- 78　清水河畔 …… 522
- 79　爱的选择 …… 529
- 80　对天盟誓 …… 536
- 81　俗盛雅衰 …… 544
- 82　祸福相依 …… 551
- 83　爱别离苦 …… 558
- 84　魂牵梦绕 …… 569

第七卷　匠门之女

- 85　苏北女孩 …… 576
- 86　委身学艺 …… 585
- 87　双胞团聚 …… 592

88	心灵碰撞	597
89	上海圆梦	604
90	香消玉殒	613
91	代沟深深	621

尾声　一场春梦

92	寻访艳艳	629
93	为伊葬花	635
94	梦醒时分	641

跋 …… 649

自序

我是一个有故事的人

十年一部书,两行辛酸泪。

我的故事不仅传奇,而且很长、很长,讲述的是一个草台班头与几位女性闯江湖、跑码头爱恨情仇、悲欢离合的真实故事。小人物虽命运多舛,但坚韧、顽强,以自己"台上做戏,台下做人"的信念,进入历史,留下印迹,并将它上升为文学的真实。

回首往事,我的坎坷人生与国家命运紧密相连,许多事没法回避,也绕不过去。不像小说、戏剧,可以虚构人物,设置情节。尽管文学允许虚构,但虚构决不是虚假。本着"大事不虚、小节不拘"的原则,书中的主要人物、重大历史事件都是真实的。旧的传统和新的思潮,纷纭于我一身,爱与恨的纠缠,感情与理智的冲突,都随着这漫长的十年而展开,形成了这部长篇纪实文学《如戏人生》。

生活中无意呈现出的戏剧性,往往比编剧们刻意追求、编造的剧情还要精彩、曲折、巧合!我的父亲当过国民党警察,母亲也曾是红军战士,他二人"国共合作",构筑了一个复杂的家庭背景;他们给了我生命,却又让我成为"政治怪胎",注定了我多舛的命运。赶上特殊年代,我又变为左右摇摆的"墙头草",东风吹来,根正苗红,也曾沐猴而冠,青云直上,被树为省级学《毛著》标兵,受到中央首长接见;西风扫去,由红变黑,顿成妖魔,被打入十八层地狱,严刑逼供,险些丢命!在夹缝中求生,在最底层挣扎,几经沉浮,历尽挫折,演绎了一个小人物不同寻常的如戏人生。

很早就想把自己的故事写出来,但我一直辍笔不耕,一是因为我仅上过两年小学,文化功底太薄,生怕言不乘意;二是我实在不想撩开烙在心灵上的伤痕,一旦伏案挥笔,从我身边早逝的那一个个带血的灵魂,就会在我眼前萦绕、摇晃;由于共同对"戏剧"的痴迷,一生中我与六位女性结下了不解之缘。五十年代与"艳艳"苦涩初恋;六十年代与"芸姐"人天永隔;七十年代与"秋儿"狱中生离;八十年代与"三妹"吞声死别;九十年代,与"张唯"情结鸾凤;还有与"时髦女郎"晓晓的短暂相恋……由"戏缘"结"情缘",她们既有人间真爱又凝聚着对戏曲事业的追求,她们付出了汗水、泪水、血水乃至生命!或亡、或离、或聚、或散、或悲、或喜,同唱一曲爱的悲歌,共演一出现代版的《啼笑因缘》。爱,是一种消失,消失了"我",也消失了"她",留下的只是永远也无法抹去的烙在心灵上的伤痕!

女人与事业,情感与拼搏,逆境、失败、奋斗、成功,我经历了天堂、地狱、人间三部曲。我是一个凡人,身上有闪光的亮点,也有粗俗的习气。坚强与屈从、诚实与狡黠、崇高与庸俗、细腻与粗犷、精明与失策、求新与守旧……这些矛盾对立的性格在我的身上体现得淋漓尽致。为事业,我曾卑躬屈膝,点头哈腰;为"尊严",我也曾骄人傲物,怒目狂言。友人曾提出忠告:应该扬己善、隐人恶,不该把自己写成两面人。对此,我不以为然,因为生活的磨砺,教会我辨美丑、分善恶、知荣耻。我遵循的原则是:高尚的不刻意美化,卑劣的勿竭力贬低,好人并不是没有缺点,坏人也不是一无是处。生活的本身就是极端复杂的,复杂的性格具有更高的审美价值。敢于剖析自己,暴露内心世界,要的是还自己一个本真,给读者一个真实。

我怀着一颗感恩的心,感谢与我赤足相系的几位红颜知己和患难与共的创业团队,是他们给了我生活的勇气和艺术的灵感。感谢所有帮助过我的人!

时序交替,七十七年时光转瞬飞逝。我没有英雄般惊天动地的壮举,我不是治国安邦的大人物可名垂青史。但是,大人物有大人物的作为,小人物有小人物的命运。这本书既是我心灵的独白，又是我情感的倾诉，字字句句，血泪凝成！

十年前，《如戏人生》由人民文学出版社出版，发行海内外，为当年该社重点出版物，参加了全国第十六届书展，获全国纪实文学一等奖，安徽省人民政府文学奖，随之我做客央视《夕阳红》栏目。更富有"传奇"色彩的是，我这个半文盲的农民居然走进校园，为大学生授课，讲文学创作经验，谈编剧技巧……

十年后，《如戏人生》经过无数次不断的修改完善，在编辑全保民先生的关心、指导和帮助下，"修订本"终于付梓。

修订后的《如戏人生》可读性、故事性更强，情节曲折，跌宕起伏。在修订、修改的同时，我多次回家乡走访健在的老人，增加了首卷"父母情缘"，使他们的"国共合作"婚姻，更具有戏剧性和传奇色彩：从抢亲到夜逃，从被俘到解救，从抗婚到结缘，可惜情深缘浅，双双成了枪下冤魂；"时髦女郎"晓晓，原著只写一章，修订后改成一卷，从一个超前赶时髦的女孩子，成为剧团挑大梁的主演花旦，我们相爱了，正当她的母亲为我俩操办婚礼之际，突然祸从天降，晓晓被戴上一副铮亮的手铐；在修订中，我对初恋同窗王艳艳这一重要人物，作为主线从头至尾贯穿全书：一次次见面，总是泪脸相拥，一次次分离，总是依依惜别，一次次约定，又总是阴差阳错！我怀着对她一生的眷恋，最终见到的却是一座孤坟。一段漫长地寻觅爱的旅途，终结于眼前的这座荒丘。最后一笔，因帮助朋友担保欠下巨债，倾家荡产，妻离子散，我成了一无所有的孤家寡人！我自嘲：赤裸裸地来到这个世上，将赤裸裸地离去……

粉墨七秩，无怨无悔，台上喜怒哀乐，台下悲欢离合，演世间大悲大喜，叙自身大起大落。台前幕后，如戏人生。

"文章千古事，得失寸心知。"文学是一种历练，凡粗陋之处，乃秃笔所致；唯有虔诚待审之心，绝无祈求宽容之意。

粉墨七秩咏古今，
一关一目皆入心。
梨园风雨著心迹，
唱罢他人说自身。

楔　子

皖中有座山，名曰"八公"山，八公山下有条河，名曰淮河，淮河南岸有座城，名曰淮南。得益于山的财富，得益于河的哺育，淮南，因八公山的神秀而地灵人杰；淮南，因淮河的魅力而独具风采。相对于三山五岳，八公山并不是那样巍峨险峻；相对于黄河长江，淮河水也称不上飞流澎湃。然而，掬一捧淮河水，你仿佛能听见石破天惊的轰鸣声、百舸争流的浪花响；会感到历史沿着古驿道，缓缓向你走来。八公山，因"风声鹤唳，草木皆兵"的淝水之战而闻名于世；古淮河，以"禹王治水"三过家门而不入的千古佳话，传遍神州大地。

千百年来，两岸儿女用勤劳的双手，创造了灿烂的淮河文化；用殷红的鲜血和苦涩的泪水谱写了悲欢凄美的淮河歌谣：

　　淮河滚滚东流去，
　　浪涛拍岸声如泣。
　　白帆点点纤夫泪，
　　祖祖辈辈守河堤。
　　喝的是淮河水，
　　吃的是淮河鱼。
　　玩的是"花鼓灯"，
　　唱的是"倒七戏"。
　　花鼓歌——
　　唱不完淮河人的情与爱；

"倒七戏"——
道不尽淮河儿女的悲与喜。
人生本是一台戏，
生旦净末全自己。

  歌谣如戏，戏如人生，其中最真实的人间百态，其意义则远远大于任何一部编写出来的小说；生活中无意呈现出的戏剧性，往往比剧作家刻意追求、编造的剧情还要精彩、曲折、巧合。两代人的命运编织了一出独一无二、绝无雷同的悲欢大戏：我的父亲是国民党警察，母亲则是红军战士，他们给了我生命，却又让我成为"政治怪胎"，注定我的命运多舛。恰逢特殊的年代，我又变成为左右摇摆的"墙头草"。东风吹来，根正苗红，沐猴而冠，青云直上，被树为学《毛著》标兵，受到中央首长接见；西风扫去，由红变黑，顿成妖孽，被打入十八层地狱，严刑逼供，死里逃生！在夹缝中求生，在最底层挣扎，几经沉浮，历尽磨难，演绎了一个小人物所经历的如戏人生。

  小小戏台，演绎天下兴亡事；漫漫人生，诉说人间苦乐情。正所谓，戏者戏也戏尽世态，曲者曲也曲尽人情。

  解放前夕，父母惨遭杀害。只有四岁的我，对于他们的功过是非无从知晓；国共两个信仰不同的人又是怎样走到一起的，我更是云里雾里。若干年后，是年迈的三婶（三嫂子）向我讲诉了那遥远、凄美而具有戏剧性的故事……

第一卷　父母情缘

1　错抢新娘

飞奔的汽车戛然而止,矿警队员们一字排列,贤爷站立大路中央,手举驳壳枪大声喝道:"想要命的将新娘子给我留下,不然,老子手中家伙不认人!"

滚滚东流的淮河水,在旭日霞光照射下,河面泛起点点桃花,船桅上的白帆像一面面旗帜,迎风摇曳,两岸的垂柳轻轻摆动,如少女翩翩起舞,远远望去,恰似一幅美丽、动感的风景画。一条用红绸装点的彩船逆水而上,八名肩披红彩带的纤夫,哼着号子,背着纤绳,匍匐而行;坐在船头的吹鼓手们,不停地奏着富有淮河风情的民间小调《娶丫丫》:

　　八月得里呀,
　　荞麦个花儿,
　　开开两丫丫;
　　今年新娘娶到家,
　　明年生娃娃。
　　依得呀子依得喂,
　　明年生娃娃……

彩船在唢呐声中向洛河湾码头驶来。

船舱内的"新娘",双手被捆不停地挣扎,几次站起来都被"伴娘"摁在座位上,两位穿着一新的伴娘,保镖似的站立左右。新娘年轻貌美,凌乱的刘海下是一双充满愤怒的大眼睛,瓜子型小脸儿涨得红红的,像一只不服输的公鸡,长长脖颈憋得发紫,令人生畏,牙齿咬着嘴唇,殷红的鲜血和着泪水顺着下巴往下滴……

胖伴娘嘴里不停地叨咕着:"你呀,有福不知享!"

"新娘"抬眼望了望,"呸!"一口唾沫吐在她脸上,胖伴娘气得举拳欲打,瘦伴娘制止:"人家马上就是金老太爷的三姨太了,你敢得罪她?"她听后,只好忍气吞声,说了句:"狗咬吕洞宾,不识好人心!"

"新娘"不断地挣扎、反抗、喊叫,与船舱外喜乐声形成极不协调的旋律。

这时,一辆印有"青天白日"图案的卡车疾驰而来,后面拖着长长的灰尘,车上站立着十多个荷枪实弹的矿警队员。坐在副驾驶位上的闫自贤将头伸出车窗外,大声喊话:

"抢亲,就靠各位弟兄们了!"

众矿警齐声:"放心吧!"

闫自贤虎背熊腰,浓眉大眼,满脸络腮胡子,他自幼习武,不仅拳脚功夫好,而且枪法特准,百米之距弹无虚发。他为人豪爽、讲义气、重情义,且行侠仗义,爱打抱不平,人们称他"贤爷",外号"疯子"。

"疯子"的外号是有来历的,一九四三年攻打凤台城,时任国军连长的闫自贤,在与日寇肉搏战时,肚子被敌人刺刀捅破,他一手捂住肠子一手抱住日军,硬是用牙将对方耳朵咬掉。鬼子痛得哇哇乱叫,举枪欲射,多亏新四军及时赶到。将他抬到战地医院时,人已昏迷,但牙齿还紧紧咬着那只耳朵,"疯子"因此得名。

日寇投降后,闫自贤因伤留在九龙岗矿任矿警队大队长。

九龙岗矿是南京国民政府建设委员会委员长、大富豪张静江及宋子文利用国家贷款和政治权力开采的。数十口矿井,十多家煤矿自东向西贯穿淮南,号称"南国煤都"。为防偷、防盗、防抢和保护矿产,他们成立了淮南煤矿警察局,局址设在"九龙穿珠,九成聚会"的荒山坡。贤爷手下有矿警队员两百号人,在九龙岗一带也算是威震一方。

千百年来,淮河流传着许多美丽动人的传说,正直的男人喝了淮河水,长得威武健壮、智慧过人;善良的女人喝了淮河水,长得貌若天仙、聪颖贤惠。传说,毕竟源于人们内心深处的美好愿望,然而,想象可以超越自我却不能超越现实。喝了半辈子淮河水的闫自圣穷得丁当响,他虽有一颗正直、善良的心,却没有过上好日子,一直挣扎在贫困线上,糠豆不赡,家徒四壁,年过不惑尚未娶妻。哥哥闫自贤听说本地财主金胖子纳妾是位漂亮的山里妹子,在众多兄弟怂恿下,决定抢个新娘给弟弟做老婆。于是,他带领一帮兄弟,扛着家伙,开着大警车向洛河湾方向奔驰而去。

贤爷是个急性子,不停地催促驾驶员:"加大马力,开快些!"

此刻,金家大院张灯结彩,鼓乐喧天,院门外两个石狮脖子上系着红彩球,门两边贴一对红双喜,大门上方披红挂彩,红地毡延伸到院门之外。

两班吹鼓手不停吹奏喜乐,他们各施招数,曲调不断翻新,这边吹奏"百鸟朝凤",那边响起"龙腾虎啸",都想压倒对方讨好东家,多要几个赏钱。

金胖子头戴礼帽,身着长袍马褂,披着红绸彩带,端坐在客厅太师椅上,双手捧着水烟袋不停地抽吸,传出呼噜噜的水泡声。他,身材矮胖、鬓角斑白,说起话来,总是显现出笑容可掬、谦卑有礼的样子,其实,他是一个心狠手辣的衣冠禽兽。

"狗腿子"慌慌张张地跑到他身边,低声下气地说道:"老太爷。"

"什么事?"

"李保长、周老财、东庄马老太爷前来恭贺。"

"迎客!"他放下水烟袋,在狗腿子搀扶下走出客厅。

来贺喜的都是九龙岗地区有钱有势、有头有脸的人物,抬着贺礼接踵而至,一个个拱手道喜:"恭喜老太爷,贺喜老太爷!"金胖子频频点头:"谢谢各位大驾光临!"

离金家十里之外的闫家湖,也在忙乎婚庆,与金家相比可谓是天壤之别。新郎闫自圣依旧身穿黑警服,低矮的草屋门前搭着芦席大棚,地上支着几口锅灶,火夫掌勺炒菜,几位妇女帮忙洗刷、填火;屋内,二表姐和三嫂子,忙忙碌碌地布置"洞房"。

三嫂子姓陈,因她性情直爽快人快语,人们称她"陈快嘴"。她是闫自圣的亲堂嫂,小叔子结婚理当过来帮忙,她是这场"婚礼"的主持者,待客、礼仪,都是她一手安排,直忙得不亦乐乎。

闫自圣走过来劝道:"三嫂,歇会儿吧,别把你累坏了。"三嫂子笑道:"嫂子帮忙,儿孙满堂,累死也乐!"继而喊道,"天不早了,锣鼓敲打起来,'花鼓灯'跳起来,我们去村头迎亲喽!"

"花鼓灯"是淮河中游流行的民俗歌舞,舞蹈有"大花场""小花场""穿篱笆";花鼓歌多是一男一女现编现唱的即兴表演,男的叫"鼓架子",女的称"兰花",每逢节日、婚庆嫁娶、庙会、集会,村民们都会自发聚集"玩灯",这样既喜庆热闹又省钱,也是淮河两岸贫困农民的婚庆习俗。跳舞一停,对唱开始,首先是"鼓架子"开唱:

花鼓一打头对头,
玩灯的都是光蛋猴。
一无红包作贺礼,
二无银钱买丝绸,
迎接新娘到村头喽。

"兰花"接唱:

稀奇稀奇真稀奇,
没栽果树吃上梨。
别人打鱼我收网,
不请媒人不送礼,

抢来个新娘拜天地。

　　洛河湾码头上,一群迎亲人员在焦急地等候,旁边停放着一顶花轿。大管家金三正在指手画脚,迎接船上的新娘。

　　彩船缓缓地驶向码头。

　　在噼噼啪啪的鞭炮声中,新娘被架出船舱塞进花轿。

　　迎亲队伍由水路改为旱路。花轿前八盏"高灯"开路;两边四位伴娘,抬嫁妆的、提马桶的及吹鼓手们紧随其后。

　　此刻,一仆人慌慌张张跑来,操一口淮南话结结巴巴地说:"管,大管家,砸,砸蛋喽!"

　　金三:"慌屌日忙的,什么事咳?"

　　"贤爷……就是闫'疯子',带人来抢亲啦!"

　　"瞎屌扯吧?"

　　"驴熊屁(骗)你!不信,自己瞧。"

　　金三登高一望,果然有一辆卡车迎面开来,他看了看又胖又丑的丫鬟,向她招招手:"过来。"

　　胖丫鬟应声走来,金三在她耳边轻轻嘀咕了几句,继而将她塞进花轿。

　　飞奔的汽车戛然而止,矿警队员们一字排列,贤爷站立大路中央,手举驳壳枪大声喝道:"想要命的将新娘子给我留下,不然,老子手中家伙不长眼!"

　　迎亲队伍吓得立即停下。

　　吹鼓手、抬轿的、扶轿的,前前后后三四十人,全都怔住了,一个个惊得目瞪口呆,站在原地犹如木雕泥塑一样。

　　胖伴娘壮着胆子走到贤爷面前,嬉皮笑脸地说:"哎哟,是贤爷呀!您老这又是何必呢?想讨个老婆那还不容易,我包了,赶明儿,给您找个比她更年轻、更漂亮的。"

　　贤爷:"放屁,老子就看上她了!"

胖伴娘:"算我多嘴!"说罢,吓得后退几步。

两矿警从花轿中拉出顶着盖头的"新娘",架上汽车,贤爷一挥手,汽车急驶而去。

金三点头哈腰地说道:"贤爷,您老抢走了新娘……"

贤爷笑了笑说道:"爷不让你为难,我正想会会金胖子!"

金三为难地说:"您老就别、别去了吧?"他边说边阻拦,贤爷用手一推钻进花轿。金三无奈地喊了声:"起轿!"

在鼓乐声中,花轿抬进了金家大院。

贺喜的人一齐围到花轿前,争先恐后地想看看新娘子长得啥模样。

披红戴花的金胖子见花轿临门,迫不及待地迎了上去。

众人七嘴八舌地说道:

"听说新娘子年轻漂亮。"

"还是个没开苞的黄花大姑娘哩!"

"老兄艳福不浅啊……"

"老兄,你可是老牛吃嫩草啊!"

……

金胖子得意地笑了笑说:"各位见笑,见笑了。"他走到轿前,柔声细语地:"小美人儿。"说着,将手伸进轿帘。他的手刚伸进去,像被一把大钳子夹住似的,抽不回甩不掉。暗想,新娘的手咋恁粗糙呢?他使劲一拽,贤爷哈哈大笑走了出来。

看热闹的人们一下子全愣住了,继而纷纷议论:"怎么是他?"

"闫疯子啊!"

"这下有好戏看了。"

贤爷拱手说道:"金胖子,久违了!"

金胖子猝不及防,吓得跌坐在地上,手指贤爷惊恐地说道:"怎么是你?!"

贤爷:"新娘子被我留下了,特来登门道谢。"说罢,一阵狂笑出门而去……

2　大闹婚宴

恼羞成怒的金胖子将手一挥,家丁们一拥而上,端着枪将贤爷团团围住。双方剑拔弩张,一触即发!

金胖子万万没有料到,到嘴的肥肉却被别人抢去,忙忙碌碌到头来却为他人做了嫁衣,不仅丢了美人,还被戏弄,在众人面前丢尽颜面。他又气又恼,指着金三吼道:"都是你干的好事!"

金三笑嘻嘻地走到他面前低声说道:"老爷,闫疯子傻屄一个,被我打了'马虎眼'。"

金胖子:"怎么说?"

金三:"新娘子,让我给'调包'了。"

金胖子听后哈哈大笑说道:"小子,干的好!"

宾客们面面相觑,不知就里。

金三:"快给老太爷整装拜堂!"用人们忙着为金胖子整理衣装,一仆人从地上捡起礼帽,弹了弹灰尘给他戴好。

两位伴娘架着"新人"步入大堂。

司仪高喊:"一拜天地!"

……

听说抢来的是位漂亮的新娘,闫家湖的老少爷们全都挤到窗前一看究竟。门前是里三层外三层围得水泄不通,窗户上全是人头。

洞房中的"新娘"又胖又丑,她双手捧着一只鸡,一边啃,一边喝酒,狼吞虎咽……

人们边看边议论:

"我的孩咪,胖得像头猪!"

"长得马逼丑,腌臜人!"

"我的妈咪,丑到家了!"

大凡淮南人是这样形容丑与俊的,见了相貌丑的都会说:"我的妈咪,丑到家了。"见了俊的都会说:"我的孩咪,真漂亮!"

闫自圣冲到贤爷跟前说:"哥,这女人俺不要!"

贤爷不解地问:"怎么啦?"

闫自圣:"你自己去看看吧。"

贤爷分开人群冲进房门,抬眼一看愣了!他指着胖丫鬟:"你是什么人?说!"

醉眼朦胧的胖丫鬟,边啃鸡腿,边说道:"你就是新郎官吧……我就是你们抢来的新、新娘子啊……来,我俩喝个交杯酒吧……来,来呀。"

贤爷一拍桌子,吼道:"喝个屁!"用枪顶着她的脑袋,"说,是谁让你来的!"

胖丫鬟吓得酒也醒了几分,她赶忙跪在地上:"你别开枪啊!是……大管家,他说你们抢我做新娘,有酒喝、有肉吃……"说着,打了个饱嗝,贤爷一脚将她踹倒地上,喊了声:"滚!"

胖丫鬟连滚带爬地跑出门外,鸡腿掉落地上。她赶忙捡起边吃边跑,身后传来一阵讥笑声……

贤爷一挥手:"走!",众矿警登上汽车向庄外开去。

此刻,天色已晚,金家大院张灯结彩,鼓乐喧天,客厅里大摆宴席,猜拳行令,觥筹交错,热闹非凡,金胖子挨桌敬酒。

李保长:"老太爷谋略过人啊,闫疯子中了你的调包计。"

金胖子得意地说:"闫疯子一介草莽武夫,何足挂齿。"

周老财:"老夫佩服金兄计高一等。"

东庄马老太爷恭维道:"闫疯子乃鲁莽之人,怎是你的对手。"说罢,哈哈大笑。

众人正在说笑,突然,从门外闯进来十多位荷枪实弹的矿警,金胖子等人个个大惊失色,面面相觑。

金胖子硬着头皮迎上前抱拳施礼道:"贤爷光临寒舍,老朽不胜荣幸,请兄弟们一起入席吧。"

"呸！好个金胖子，等会儿再找你算账！"贤爷大声命令道，"你们一个个都给我老老实实地待着，谁也不准动！"

宾客们一个个战战兢兢不知所措。

新房里，小丫鬟端饭走到新娘子面前："三姨太，吃点饭吧。"

"不饿！"

丫鬟："喝口茶吧。"说着，端起紫砂茶壶倒茶，新娘突然将桌子一拍吼道："不渴，滚！"小丫鬟吓得赶忙放下茶壶站立一旁。

此刻，贤爷带着两名矿警赶到。他一脚将门踹开，新娘大叫一声："强盗！"随即将茶壶砸了过去。贤爷头一偏，茶壶砸在墙上，击个粉碎。

一矿警："敢砸贤爷？我看你是活腻了！"正欲动手，贤爷急忙阻拦，大笑道："亏她这一砸，却让我辨出真假了。"

矿警望望新娘："贤爷，别再抢错了。"

贤爷："没错，就是她！"

矿警依旧疑惑："你看她头发凌乱，衣服不整……"

贤爷："这就是她的刚烈之处，带走！"

刚出门，金胖子和儿子金耀武带人赶到，手一挥，家丁们端着枪把贤爷团团围住。

贤爷仰首大笑："想动武吗？老子要是怕，就不敢闯金家大院！"他把外衣一掀，露出两只驳壳枪。

双方剑拔弩张，一触即发；家丁们面面相觑，不敢妄动。

贤爷一把揪住金胖子衣领，用枪顶住他脑门，望着金耀武冷笑道："小子，有种就朝老子开枪！"

金耀武："你别……别！"

贤爷指着金耀武轻蔑地说道："就凭你们这几条破枪也敢在老子面前摆谱？"说着，手举枪响，金耀武的帽子应声落地，吓得他双手紧抱脑袋，不敢作声。

金胖子连声道："别呀……人，你带走吧。"

贤爷拍拍他肩膀："你是快入土的老棺材瓢子了，也不怕别人笑话，告辞!"说罢,矿警们架起新娘上车离去。

望着远去的矿警队,金胖子气得大骂:"闫疯子,你、你不得好死!"

金耀武安慰父亲:"爹,君子报仇,十年不晚!"

金胖子:"又能怎么样?"

金耀武咬牙切齿地说:"我要离家从戎,投靠刘副司令!"

有其父必有其子,金耀武也是个不务正业的浪荡公子。他横行乡里,欺男霸女,无恶不作,无陋不为。在一次庙会上,光天化日之下,他公然调戏妇女,被贤爷遇上,不仅被打得鼻青脸肿,还让他跪在受辱女子面前赔罪。旧仇新恨,一起涌上心头,金耀武连夜离家赶赴徐州,投靠了国民党剿匪副司令刘铁军,他心怀深仇宿怨,伺机报复!

3 洞房风波

闫自圣猛地扑上床将她压在身下,新娘缓缓地睁开眼,看了看疯狂中的他,又缓缓闭上,既不挣扎也不反抗,只轻轻地说了句:"求你给我买口棺材!"

当晚,闫自圣家摆酒款待矿警们,贤爷高举酒碗:"感谢弟兄们帮忙,我敬大家三碗。"说罢,一饮而尽。随后,他带闫自圣挨桌敬酒。

他们猜拳行令,一个个喝得酩酊大醉。

洞房外,大个子李和小个子张两位站岗。

洞房内,红烛摇曳,烛泪流淌。

新娘独自坐在桌边,啜泣掩咽,她明白自己的处境,起身走到门前张望,只见两位持枪矿警站立房门两边,知道难以脱身;转身四处寻找,突然,她发现一把剪刀,迅速藏在腰间。

外面不时传来猜拳行令声。

闫自圣不像贤爷海量,沾酒即醉,他东倒西歪地走进洞房。灯下看美人,早被新娘子的美貌惊呆了。真可谓;酒不醉人人自醉,色不迷人人自迷。他顾不得多想,疾步走到床前伸开双臂,新娘后退一步喝道:"你,别碰我!"

闫自圣:"你已经是我的人了。"说着,再次伸出双臂。

"滚开!"

闫自圣带着醉意:"你、你放心,跟我过日子……我……我不会让你受委屈的。"

新娘态度坚决地说:"不可能!"

闫自圣:"从现在起,你就是我老婆,我是你男人。你,陪我睡觉,给我生儿子!"说着,扑了过去。新娘边退边闪,闫自圣步步逼近,突然,她举起剪刀刺向闫自圣,他闪身躲过,受此惊吓,酒也醒了,一边后退,一边喊叫:"你是什么人?!"

听见喊叫声,守门的矿警冲了进来,大个子李用枪瞄准她喝道:"快把剪子放下!"

新娘从容不迫地说:"开枪吧! 反正我不想活了!"

大个子李:"放明白点,进了这个门,就是这家人。"

小个子张:"有兄弟们站岗,你想飞也飞不掉!"

大个子李:"二哥,一个大老爷们还制服不了她?"

闫自圣满面含羞地将头低下。

小个子张试图上前夺剪刀,新娘退到墙角,用剪刀对准自己喉咙:"再靠前一步,我就死在你们面前!"

闫自圣:"你别、别乱来啊。"

小个子张转身出门而去。

闫自圣:"有话好说,请你把剪刀放下。"

新娘依旧将剪刀对准自己喉咙。

双方正僵持不下,小个子张带着三嫂子、二表姐走进洞房。趁新娘注意力分散,大个子李一脚踢飞她手中的剪刀。三嫂子一个箭步冲上去拦腰抱住,说道:"二表姐,快、快把她衣服扒了。"

二表姐:"你们男人先出去!"

两矿警和闫自圣走到门外。

常言道,好汉斗不过双拳。两个女人将新娘子摁在床上,不顾她求饶、挣扎,强行将她的衣裳一件件扒光。新娘羞得双手抱胸躲在床上,三嫂子将被子往她身上一盖出门而去。她走到闫自圣面前笑道:"老二,她现在是剥了壳的花生——尽仁(人)了,快进去享受吧。"

说罢,将衣服朝闫自圣怀中一塞:"乖乖,小美人儿长得又白又嫩,老二呀,干那事要轻点儿、柔点儿、慢点啊……"说罢,狡黠一笑离去。

闫自圣低头望着怀中衣服,茫然不知所措。

大个子李:"还愣着干什么?上!"说着,将他推进屋里。

闫自圣进屋将门闩死,两眼盯着赤身条条的新娘,她羞愧难当已失去反抗能力,紧抱被子遮身。

闫自圣一步步地向她逼近,新娘身子一点点地向后靠。他们之间距离越来越小。新娘惊恐地躲缩在床拐角,一双怨恨的眼睛紧紧盯住对方,流露出无助、无奈的表情。

他,欲火燃烧,急不可耐;她,悲愤交加,感到绝望。

闫自圣猛地扑上床将她压在身下,他感到自个儿灵魂和肉体需要一种莫名其妙的东西,不是解渴香茗,不是充饥美味,是只有在女人身上才能寻求到的东西。世间的一切从他眼前消失了,他近乎丧失理智、完全疯狂。他将火热的嘴唇紧贴她耳朵,沿着她脖颈游走;那迷人的体香,让他心神荡漾,那娇喘的气息,让他心驰神往。新娘缓缓地睁开眼,看了看疯狂中的他,又缓缓闭上,既不挣扎也不反抗,只轻轻地说了句:"求你给我买口棺材!"听了她这句绝望的话,闫自圣身子猛地一颤,停住了。他感到震惊,没想到一个柔弱女子竟然如此刚烈。也许是良心使然,刚才那股冲动和欲望突然消失,人性骤然复苏。他如梦初醒,觉得这不是抢来的一件东西任凭自己受用,而是一个活脱脱的人,强扭的瓜不甜。他胸中欲火被她的眼泪淹灭,她绝望的眼神唤醒他的良知,望着她的泪脸,他慢慢地将手松开,他不忍心欺侮一个柔弱女子,起身走到一边。此刻的他,情绪极为复杂,内心深处矛盾加剧,他沉思了一会儿,将衣服往床上一丢,痛苦地说了句:"把衣服穿上!"说罢转身。

新娘疑惑不解:她觉得大凡男人都是粗鲁的,在这种特定的场合绝不会放过自己,会不顾死活地像野兽一样折磨女人。令她大感意外的是,这个粗壮汉子并不鲁莽,更不放荡,倒是那么拘谨,那么可人心意,男人独特的爱在他身上展现,有一种难能可贵的真诚……

此刻,门外两个矿警不知里面所发生的一切,窃窃私语。

大个子李:"三十如狼,四十如虎,二哥今夜是武大郎下棋——逮个足(卒)!"

小个子张:"干柴烈火,越烧越旺!"

……

惊魂未定的新娘,赶忙穿好衣服,倒了杯茶双手捧到闫自圣面前:"大哥,请用茶。"

闫自圣接过一仰脖子喝干,问道:"嫌我年纪大?"

她摇摇头。

"看中金胖子家钱财?"

她仍然摇头。

"那为什么呀?"

她依旧低头不语。

"你说呀!"

她抬起泪眼望了望他,欲言又止。

"你为什么不说话啊!"

新娘吓得后退,不小心碰倒蜡烛和酒壶,火燃烧酒并点着了桌子上堆放的各种纸剪吉祥物,顿时火势蔓延,火苗直往上蹿,新娘子慌了,用手扑打,闫自圣推开她,猛地扑向桌子用身体压住火苗……

如果说闫自圣对一个得到手的女人能忍痛放弃,是一种难能可贵的真诚,那么一场不大的火灾更是对他人心的考量。新娘觉得眼前的他,是个信得过的男人。

"大哥,你是好人,俺对你实说了吧。"

"讲。"

"我是共产党员,区妇救会长。"

听说她是共产党,闫自圣吓得腾地站了起来!

4　妇救会长

　　闫自圣知道,眼前这个女子非常人可比,她有自己的信仰、自己的追求,以她坚定的意志,绝不肯留下,闫自圣无奈地说了句:"强扭的瓜不甜,你走吧。"

　　新娘名叫王金昌,出生在淮河南面八公山下的流水镇。

　　八公山由大小四十余座山峰组成,方圆二百余平方公里。传说淮南王的门客苏菲、左吴、李尚、雷被、田由、毛被、伍被、晋昌,共八人在此修行,后得道成仙,八公山因此得名,这也为八公山蒙上了一层神秘的面纱。流水镇背靠大山,面临淮河,系中州之咽喉、江南之屏障,地处战略要塞,中国工农红军第一军三十三师就驻守在这里。

　　十五岁的王金昌在父亲支持下参加了红军,转战鄂豫皖。第一次反"围剿"斗争胜利后,为了发展地方武装和群众性的游击战争阻击敌人,王金昌奉命留在家乡。

　　抗战时期,她深入敌占区搜集情报,发动群众开展斗争,经常穿梭于各个村庄,出入于山区森林,配合"武工队"打击敌人。

　　日寇投降后,她依旧留在当地。随着年龄增长和对敌斗争经验日渐成熟,她当上了流水镇的妇救会长。

　　青春妙龄的王金昌腰束皮带,头扎毛巾,手挎竹篮在山上采茶,身后是起伏的山峦,翠绿丛中飘扬着鲜艳的红军军旗。她直起腰,回头望了望成片的茶树,一只山雀飞来落在枝头,对着王金昌点头摇尾,意思是说:"我唱你和。"残酷而又紧张的战斗环境,掩不住她的青春激情和对美好生活的渴望。王金昌放开歌喉唱道:

哎——
　　小妹采茶到南山，
　　飞来山雀枝压弯，
　　拍着双翅张着嘴哇，
　　不叫不唱为哪般？

冷不防从竹林中蹿出一个人来兴冲冲地接唱：

　　哎——
　　想唱山歌缺少伴，
　　无人对歌开口难，
　　妹妹你若张张口哇，
　　三天三夜唱不完！

　　他叫黄大保，是"武工队"队长，与王金昌同村，在长期的残酷斗争中，他们建立了革命的友谊和爱情。
　　黄大保跑到她面前："金昌，我到处找你。"
　　王金昌："有事吗？"
　　"给。"说着，他将一个红绸包递了过去。王金昌打开一看，原来是把精美的小手枪；她兴奋地欣赏着，举枪瞄准，看得出她爱不释手。
　　"枪是团长送给你的。"
　　"看样子一定有任务！"
　　"对。"
　　"什么任务？"
　　"可能有重大行动吧？团长要你去参加紧急会议。"
　　王金昌把枪往腰间一插："走，去团部。"她走了几步停下，深情地说，"大保哥，等到胜利的那一天……"她有点儿害羞，话只说了一半。
　　黄大保："我会敲锣打鼓，唱着山歌来娶你。"说罢，他俩手挽手向山下走去。

远处传来"八月桂花遍地开"的歌声……

日寇投降不久,内战全面开始。国民党统治集团在美国政府的支持下推行内战,妄图消灭中国共产党及其领导的人民军队和一切民主力量,恢复其在全国的反动统治。

新四军六旅十八团奉命调往前线作战,首长要求地方"武工队""妇救会"不惜一切代价,抓紧时间保护群众安全撤离。

部队走后的第三天,"还乡团"趁机杀回流水镇。当夜,为保护群众安全撤离,他们坚守在马铁岭阻击敌人。

区武工队只有三十多人,而还乡团却请来县大队二百多号武装分子,这是武工队事先没有想到的,他们只有决一死战。一直坚持到深夜群众安全转移后,他们才开始撤退,但为时已晚,此刻敌人已向山岭上冲锋了。

他们边打边撤,王金昌走在最后举枪还击。

还乡团向山上包围,武工队队员们在枪声中不断倒下,枪声、喊杀声,划破夜空……

黄大保望着王金昌喊道:"我掩护,你先撤!"

"不,要撤一起撤,要死一块死!"

"这是命令,你快撤!"

在生死关头,王金昌扑向黄大保:"大保哥——"她哭喊着不愿离去。

黄大保红着眼:"快走!"

"大保哥……"

黄大保厉声吼道:"命令你走!"

她恋恋不舍地离去。没走多远,一股敌人从后山袭来,为掩护黄大保及"武工队"的安全,王金昌开枪射击引开火力,敌人顺着枪声向她扑来,她一边还击一边后退,当她再次举枪时,枪里没有子弹了。敌人向她冲来,一步步逼近,她已无退路,身后是悬崖峭壁。

敌人高喊:"抓活的!"

王金昌视死如归,她高喊:"乡亲们,同志们,永别了!"纵身跳下山谷……

听到这里,闫自圣问:"那后来呢?"

王金昌:"我被树丛托住,昏迷过去。"

"再后来呢?"

"我从昏迷中醒来时,已被人贩子拉到这里。"

王金昌娓娓讲述,闫自圣听得入神。

烛泪盈盈,看看将尽,窗外夜空如穹,月儿渐渐爬出了云层,斜光穿户,照见新房中的山里妹子。

闫自圣:"你们共产党人好样的,个个勇敢。"

王金昌:"看得出,你也是个好人。"

闫自圣:"你真的要走?"

王金昌委婉地回道:"请原谅,我必须去寻找组织,再说,我心里只有他!"

闫自圣知道,眼前这个女子非常人可比,她有自己的信仰、自己的追求,以她坚定的意志,绝不肯留下,闫自圣说了句:"强扭的瓜不甜,你走吧。"

王金昌惊喜地说:"谢谢大哥!"她深深地鞠了一躬,转身欲走。

"站住!"

"你……后悔啦?"

闫自圣指着门外,轻声说道:"你走得了吗?"

王金昌一脸茫然。

"要不,只有这样……"闫自圣小声在她耳边嘀咕几句,然后,他抱一条被子铺在地上,自个儿睡下了。

深夜,王金昌起来为他加床棉被,面对眼前这个憨厚男人,她怀着深深的愧疚和崇敬之情,久久不能入睡……

清晨,闫自圣家门口挤满了人,孩子们争先恐后抢着要喜糖,大人们涌来看热闹。王金昌一反常态,佯装热情,笑眯眯地招待客人。人们你一言我一语,夸赞新人长得美:

"我的孩咪,真俊!"

"真漂亮!"

"俊俏。"

……

此时,三嫂子来到王金昌面前,笑道:"你呀,想吃鱼还嫌腥,想吃肉又怕荤,还让我帮你脱衣服。"

一句话把王金昌说得满脸通红。

三嫂子:"弟媳呀,你真会拿劲,卖乖。告诉我,喜不喜欢二弟?"

王金昌不知如何回答,只是低头不语。

三嫂子不依不饶:"一定要当着大家说实话!"

众人起哄:"对!新娘子要说实话!"

三嫂子步步紧逼:"说,喜欢不喜欢我家二弟?"王金昌无奈地点了点头:"喜欢。"

一老太婆晃晃悠悠地走来。

众人齐说:"老神仙来了,快让开!"

大家让出一条道。老太婆说:"三天不分大和小,闹房不分老和少,看看新娘不害眼。"说着,来到王金昌面前看了又看:"嗯,长得不赖。"她瞧了瞧新娘子脸,说道:"新娘樱桃口,富贵年年有。"她又端详了一会儿说:"新娘眉毛长,儿女生满堂……福相,福相啊。"王金昌被看得不好意思,又无法回避,只好低着头由她评说。

三嫂子走过来:"弟媳呀,你说老神仙的话讲得对不对?"

王金昌:"我……"

三嫂子催促道:"快说呀!"

王金昌憋了半天才蹦出一个字:"对。"说罢,一扭头跑进内屋。闫自圣赶忙过来打圆场:"好了,你们就饶了她吧。"三嫂子打趣道:"哟,刚成亲就知道疼媳妇了。"她走到闫自圣面前小声问道:"你跟嫂子说实话,昨夜弄了几次?"

闫自圣真是打落牙齿往肚里咽,纵有满腹苦水也无法倾诉,红着脸说:"三嫂,你真会开玩笑。"他羞涩地低下了头。三嫂子说:"看你两眼通红的,就知道你干了一夜。"说罢,哈哈大笑。老实憨厚的闫自圣张了张嘴,却什么也说不出口……

5　新娘夜逃

相依的总会相依,哪怕心路千里万里;离去的终要离去,哪怕近在咫尺。三天后,闫自圣趁着黑夜,背着家人、村民,偷偷地送王金昌上路了。

来也匆匆,去也匆匆。闫自圣的心里就像打碎了调料瓶五味杂陈,三天的挂名夫妻,使他饱受情感的折磨;短暂的欢喜,却给他带来无限的惆怅。此刻,他站在村口,举目望天,星儿点点,宇宙显得那么凄婉空旷,浩瀚无际;一钩弯月斜挂西天,孤零零地那么凄凉冷酷。残月照离人,离人无语月无声。他怀着深深地眷恋,送走这个给他带来悲伤的女人。

他们来到洛河湾,这里有水旱码头,四通八达,是中国南北文化交汇地,因位于洛涧入淮口而得名。洛河湾钟灵毓秀,人杰地灵,是"淝水之战"古战场,素有"洛涧古道"之誉。洛河建有淮河码头,距九龙岗矿十多里;一条窄轨铁路连接两地,将煤炭通过淮河运销全国各地。

分手时,闫自圣默默地递上几块银元:"给,别嫌少。"她接过,深深地鞠了一躬,说道:"大恩不言谢,我会永远记住您的恩情。"闫自圣叮嘱:"此去山高水远,路上多加小心。"听了这话,王金昌再也忍不住了,默默地流下热泪说道:"今生虽不能做夫妻,我们做兄妹行吗?"

"那……你就叫我大哥吧。"

"苍天为凭,今生今世,我永记哥哥的大恩大德!"

"淮河为证,我不会忘记你这个妹妹!"

淮河滚滚,浪涛声声,仿佛在见证他们的铮铮誓言!

这时河面上传来艄公的歌声:

淮河水呀长又长，
哥哥送妹渡口旁，
多少话儿留心底呀，
默默无语泪两行。

淮河水呀长又长，
哥哥送妹渡口旁，
快刀切葱两头空啊，
心冷更比河水凉。

听了船歌，王金昌真是百感交集，她觉得像闫自圣这样憨厚的男人世上少有，激动地说："哥，好人一生平安！"

夜幕下，谁也看不清对方的面部表情。

夜，是那样的静，只有艄公的歌声在河面上久久回荡。

闫自圣正欲离去，忽见贤爷带着一帮人打着火把追来，他们边跑边喊："快，快，别让她上船跑了！"

王金昌："哥，怎么办？"

"快走！"闫自圣拉着她向河边跑去，指着前方说："赶快上船离开，我去阻拦他们。"说罢，转身迎去。王金昌慌忙跳上渔船问："舱里有人吗？"正在睡觉的艄公急忙走出船舱，见是一女子，忙问："你是什么人？"

王金昌："大哥，我是落难之人！"说着，自个儿躲进船舱。

贤爷带人追到了河边，闫自圣迎上前去阻拦。贤爷不容分说一掌将他推倒在地，大声训斥："好不容易给你抢个老婆，竟然把她放了！"闫自圣小声嘟囔："强扭的瓜不甜……"三嫂子走到闫自圣面前问道："这么说，你们没圆房？"闫自圣低头不语。三嫂子气得用手点着他的脑袋："你呀……就是一个孬种，到嘴的肉都不知道吃！"

闫自圣哀求道："哥，放了她吧，我求你了！"

贤爷推开他："滚！"

艄公:"长官……"不等艄公说下去,贤爷吼道:"若不交人,老子开枪啦!"他举起驳壳枪,"砰"的一声,枪口喷出一道闪光,枪声划破夜空,吓得艄公大声说道:"老总,别开枪,我让她下船,把人交给你。"

众人齐喊:"快把人交出来!"

此刻,王金昌已走出船舱立于船头,平静地说道:"别伤害他,我自己下船。"眼看王金昌就要下船,闫自圣大喊一声:"妹子,别下船!"他拦住贤爷:"哥,她是个有来头的人!"

贤爷:"什么来头?"

闫自圣:"她,她是共产党!"

贤爷:"你说什么?!"

闫自圣:"她是妇救会长!"

贤爷吃惊地问道:"她真是共产党?"

闫自圣:"她和武工队在掩护群众撤退时受伤……"于是,把人贩子如何趁她昏迷,拐骗强逼,重金卖与金胖子的经过简单地叙述了一遍。贤爷知道自己弟弟是个老实人,不会说假话,问道:"怎么不早告诉我?"

闫自圣:"我不敢啊。"

贤爷转向船头问道:"你真是共产党?"

王金昌大义凛然地说道:"我是流水镇的妇救会长,要杀要剐随你便!"

贤爷:"好,有种!"说罢,提着枪一纵身跳上船。他走到王金昌面前,抱拳施礼道:"多有得罪!"

原来是共产党曾救了贤爷的命!

贤爷在攻打凤台城时,与日寇肉搏战身受重伤,多亏新四军及时赶到,为救他牺牲了两位战士。因此,他十分敬佩共产党,感谢新四军。

贤爷大声说:"我的命是共产党给的,咱不能忘恩负义,弟兄们,把身上所有钱,都拿出来!"矿警们纷纷解囊。贤爷接过钱,走到王金昌面前:"妹子,别嫌少,这钱留作盘缠。"随手又把驳壳枪递上,"拿着,路上防身。"

这一戏剧性的变化使王金昌惊喜不已,她觉得贤爷耿直,具有侠义风范:"大哥,你是位侠肝义胆的正义之士!"她深深地向他鞠了一躬。

贤爷:"别客气,这儿危险,快走吧!"说罢,跳下船拱手道,"一路平安!"转身率众离去。

6 巧遇获救

王金昌觉得,当一切都要失去的时候,人与人的交流才变得真诚,彼此之间的情感才除去了交易的色彩。

随着国军的节节败退,剿匪副司令刘铁军从徐州撤到淮南,驻守在九龙岗继续"剿匪",着重清查暗藏在煤矿工人中的地下党和爱国人士。

此刻的金耀武,已是刘副司令的贴身副官。

他知道,想报仇,要弄死贤爷,必须得得到刘副司令的重用。于是,他一次次从家中拿大洋来孝敬刘铁军。常言道,有钱能使鬼推磨。加上他头脑灵活,左右逢源,不久,就受到刘副司令的赏识。混进官场后,他更会溜须拍马,经常将敲诈得来的一些珠宝玉器、黄金首饰,送给司令太太,讨她欢心。因此,获得了刘副司令的青睐,一下子把他提升为中校,成了剿匪司令部里的大红人。

衣锦还乡的金耀武,可谓春风得意。为了显威风,他经常开着军用吉普车在警察局门前转悠。矿警们提醒贤爷:"这小子来者不善啊!"贤爷哈哈大笑道:"不过是小人得志,老子不屑他!"

不久,贤爷带领矿警押送运煤车队去上窑镇。

上窑,淮河岸边的一个小镇,古属楚地,紧靠洛河湾。这里盛产缸、罐、坛、碗、盆,通过水旱两路远销全国各地。因交通便利,这里商贾云集,经过历史沧桑,已形成人口密集、街道繁华的商埠。

运煤车队沿着舜耕山向西绕道大通、田家庵,一直向东经过半个店到了上窑。

贤爷带着矿警们走进饭店。因为常来,这里的老板和店小二都认识他,忙安排了雅座。

他们刚刚落座,忽听门外传来一阵嘈杂声,随之走进几个穿戴不整的背枪人。为首的小头目叫"歪队长"。他头戴礼帽,肩挎驳壳枪,进门就大声嚷嚷:"给爷安排一个雅座!"

店小二满脸赔笑:"对不起,雅座已有客人。"

歪队长吼道:"叫他们滚蛋!"

小二点头哈腰:"都是客,怎好撵人家走呢?"

歪队长一把揪住店小二衣领,用枪顶着他的脑袋:"你他妈的活腻了是不是?"

店小二吓得直打哆嗦:"这位爷,饶了我吧……"

歪队长:"你他妈的,也不看老子是谁!"一脚将店小二踹倒在地上:"去把你们老板喊来!"店小二爬起来直奔后堂而去。

这时,大个子李从窑厂卸完煤炭回来,见饭店门口围满了人,不知何故,好奇地近前一看,愣了,只见囚车内站一女犯,虽是披头散发,但他能认出,这女子正是他们当初抢的那位"新娘"。于是,他不敢怠慢,急忙走进饭店。

一进雅间,他就连声说:"怪了,怪了,我看到'新娘'了。"他没头没脑地一句话把大家弄懵了。

闫自圣:"你看谁家娶新娘了?"

大个子李:"不是娶新娘,而是当初我们抢的那个新娘。"

闫自圣忙问:"在哪看到的?"

大个子李:"就在饭店门外,锁在囚车里。"

闫自圣:"你看清了没有?"

大个子李:"绝对没错!"

闫自圣站起来说:"我去看看。"贤爷伸手一拦:"别动!"他指了指门外,"看样子跟这伙人有关,须见机行事。"他们正在说话,饭店老板走了进来,他笑容可掬地拱手道:"贤爷,实在抱歉。"

贤爷:"你的意思……"

老板:"请贤爷行个方便。"

贤爷:"我们可以让出雅座,不过先请那个头儿进来跟我说句话。"

老板连连道谢:"您老真是大人大量。"说罢,转身离去。

贤爷低声道:"切勿乱来,看我眼色行事。"话声刚落,人已进屋。歪队长一见全是警察,顿觉不妙,刚想抽身离去,贤爷一拍桌子大喝一声:"站住!"歪队长见贤爷一副严肃面孔,吓得连连拱手道:"都是自家人,小的多有得罪。"

贤爷:"老子和你不是一路人!"指着他鼻子骂道,"你们一帮土匪,竟敢在光天化日之下欺压良民,扰乱治安,给我拿下!"大个子李迅速下了他的枪。小个子张带了几个警察冲出门外大声说道:"把枪放下,我们是警察!"他们一个个束手就擒。

歪队长:"爷,不,长官,别误会,我们不是土匪。"

贤爷:"你们是干什么的?从哪里来,要到哪里去?说!"

歪队长:"我们抓到一个女共匪,原来是红军,现在是妇救会长。"

贤爷:"既是共匪为何不就地正法?"

歪队长:"剿匪司令部贴出告示,抓住一个地下党赏银元二百,逮住共匪头头奖大洋一千。"

贤爷:"这么说,你们是去邀功请赏的?"

歪队长:"长官说得对,去见刘副司令。"

贤爷:"你们强买强卖,以强欺弱,关你一年半载也不为过!"

歪队长点头哈腰:"那是那是,长官高抬贵手,小的一定孝敬您老。"

贤爷一摆手:"算了,这回就饶了你们吧,不过……"

歪队长满脸赔笑:"我请客,我请客。"

贤爷:"把你们几个弟兄都叫进来吧,大家一起吃。"

歪队长连连点头,出门而去。

贤爷望着大个子李:"看守囚车共有几人?"

大个子李:"两个。"

贤爷吩咐道:"正好六对六,想办法把他们灌醉。"

众答:"行!"

双方正好一桌,刚刚坐下,贤爷说道:"把外面的那两个弟兄也叫进来一起喝两杯。"

歪队长:"长官,不必了,他们看守囚车。"

贤爷:"我派警察替你们看守。"他不容分说地命令闫自圣,"你去!"

歪队长还想阻拦,闫自圣已起身离去。

贤爷端起酒碗:"不打不相识,来,大家同干!"说罢,一饮而尽。

闫自圣来到门外对两个看守说:"请你们进去喝酒,我替你们站岗。"他俩连声道谢,高高兴兴地走进饭店。

闫自圣见他们离去,赶忙走到囚车前,见昏迷中的王金昌头发凌乱,满脸血污,心中感到阵阵酸楚。他们虽未同床却同房,虽未做成夫妻,却认了兄妹,那剪不断理还乱的情丝一直缠绕着他。自她走后数月,闫自圣几乎日日思念,夜夜梦见。他为她祈祷,愿她平安无事。然而,美好祝愿变成了残酷现实。如果说当初把她从虎穴中救出,是为了自己娶老婆,那么这次想救她,完全是真情所致。

他轻轻地叫了声:"妹妹!"昏迷中的王金昌慢慢睁开双眼,"你是——"

"是我,你哥啊!"王金昌万万没有想到在这里遇见了闫自圣。她有气无力地喊了声:"哥,我在做梦吗?"

闫自圣:"不是梦,妹妹你受苦了。"难中相逢,百感交集,她被敌人严刑拷打都未落泪,此刻,再也忍不住了,泪水滚滚而下。

王金昌:"哥,你怎么到这里来了?"

闫自圣:"什么也别问了,你要挺住,我和大哥会救你的。"

王金昌知道眼前这个男人讲话办事,是信得过靠得住的。但她还是拒绝,因为欠他太多太多的人情。

王金昌:"不!这样做太冒险。"

闫自圣:"我不能眼睁睁地看你去送死啊。"

王金昌:"我已做好牺牲的准备,不能再连累你们。"

闫自圣:"还记得我们分手时说的话吗?"

王金昌:"记得。"

闫自圣:"我说过,我会永远记住你这个妹妹。如今妹妹遇难,我能见死不救吗?"王金昌不再说什么了,她深情地喊了声:"哥!"泪水像珍珠般滚滚落下。她觉得,当一切都要失去的时候,人与人的交流才变得真诚,彼此之间的情感才除去了交易的色彩。

贤爷他们已喝光了两坛子烧酒,一个个都有八成醉了。歪队长走到贤爷跟前,已站不稳,断断续续地说:"不,我……不能喝了。"

贤爷:"怎么,瞧不起我?"

歪队长:"岂敢,岂……敢。"

贤爷:"小二,再来两坛酒。"小二应声将酒送来。贤爷先给自己倒了一碗酒,然后又给他满上,端起碗说:"同饮。"

这帮匪徒哪是贤爷的对手,他们既不敢得罪又不好推辞,硬着头皮笑脸相赔,一个个喝得烂醉如泥,倒在桌上呼呼睡去。

闫自圣正与王金昌说话,小个子张过来在他耳边悄悄说道:"这伙人都醉了,贤爷要我们立即离开。"

闫自圣:"那她?"

小个子张:"贤爷已有安排。"

闫自圣对王金昌说:"我们先离开,你要挺住。"王金昌点了点头,"走吧。"

贤爷带着弟兄们离开洛河镇,急匆匆地往回赶,直到天黑才停了下来。他指着路两边茂密的树林说:"就在这里等他们,便于隐蔽,又是必经之路。"贤爷在军队打过仗有经验,于是大家都听他的安排。

贤爷又吩咐道:"我们只劫囚车别伤人,不能把事情闹大。"

弟兄们齐声:"全听大哥的。"

歪队长一觉醒来已是太阳落山。两盏马灯前面引路,他骑着毛驴跟在后面押阵,悠闲自得地哼着小调:

进茶山,我衣帽堂堂,
出茶山,我屌蛋精光。
要问我为啥打了瓦呀,
爱上个破鞋小梅香。
亲她一口一吊钱,
搂她一夜呀,两块大光洋……

他一边唱一边做发财梦,临行时,县大队"团总"许诺他,只要将"共匪"头头王金昌安全送到"剿匪司令部",一千大洋奖赏他三百,小队长提升大队副。眼看白花花的银元就要到手,他怎能不高兴呢,发财、升官一举两得。

他们刚下山坡,突然被前面几个蒙面人拦住。只听为首的大喝一声:"老子是土匪,赶快丢下买路钱!"

歪队长哪把几个"土匪"放在眼里,命令道:"弟兄们,给我打!"他拔枪正欲射击,一颗子弹击中他的手背。歪队长从毛驴上摔下来,大叫一声:"快跑!"一个个丢下囚车落荒而逃,身后枪声四起。歪队长带着他的弟兄们跑了一程,见无人追赶才停下。他喘着粗气一屁股坐在地上,看了看伤口,并无大碍,子弹只是擦皮而过并未伤到筋骨。心想,只要囚车和人在,受点惊吓也算是平安大吉。

他们一直坐到天亮,歪队长说:"这伙土匪是劫财的,只要囚车不丢,一切都好办。"

众人附和:"队长说得有理。"

于是,他们顺着路去找寻,待他们走到被劫的现场时,却发现毛驴和囚车还在,人却没了。

歪队长沉思一会儿,一拍脑门说:"坏了,我们遇见游击队了!"

大家齐声:"对,我们遇见'共匪'了。"

丢了共党要犯,歪队长知道回去该受到怎样的处罚。于是,他对几个弟兄说:"丢了'共匪'头头,回去肯定要掉脑袋,你们说咋办?"

几个人面面相觑,不知如何是好,齐声说:"我们听队长的。"

"想活命,只有一条路可走。"

"弟兄们都跟你走。"

"那好,我们投奔刘副司令。"

"去见剿匪司令?那是自投罗网。"

"不要紧,我表弟金耀武是他的副官。"

"能接收我们吗?"

"国军正缺兵员,没问题。"

于是,几个人直奔九龙岗。歪队长见了表弟金耀武,说明来意并把"游击队"劫囚车的事情经过说了一遍。金耀武听后连连摇头说道:"淮南是矿区,只有地下党,没有游击队。"他觉得这事蹊跷,问道:"路上还遇见谁了?"歪队长想了想说道:"遇见一帮警察,但……绝不会是他们干的!"

"是不是闫疯子?"

"领头的是叫闫队长。"

金耀武暗忖,说不定此事与闫疯子有关……

7　情真意切

男女间的隐秘就像隔层窗棂纸,一旦戳破也就不再忌讳了,闫自圣俯下身子用一双颤抖的手去解她的上衣纽扣,每解开一个纽扣就像偷了别人的一件东西,仿佛不是去治病救人而是干坏事。

天亮前,闫自圣一行抬着王金昌回到了闫家湖。

临走时,贤爷再三嘱咐:"千万不能让外人知道,'剿匪司令部'近在咫尺,万一走漏风声,那可是灭门之灾啊!"闫自圣听后不敢掉以轻心,将房门紧闭。

夜,静静地,只能听到豆油灯燃着灯草发出吱吱声,一男一女的身影照在墙壁上,随着灯花跳动……

王金昌在黑夜中艰难地攀行在崎岖山路上……她来到曾经战斗过的地方,顺着战壕四处搜寻,希望能在这里找到安慰,找到令她牵肠挂肚、日夜思念的亲人和战友留下的任何点滴痕迹。寻呀,找啊,离阵地不远处,出现一座座低矮坟丘,每个土堆前插着一块木牌,上面写着武工队牺牲者的姓名。突然,她被眼前的景象惊呆了!一块木牌上清晰地写着:黄大保烈士之墓。

她猛地扑向坟墓失声痛哭……

武工队同志为保护群众安全撤离,一次又一次打退了人数多他们好几倍的敌人的进攻,直到弹尽粮绝,全部阵亡。

王金昌哭了许久方才止住。她用衣服兜着土块朝坟墓上加添新土;摘来松枝插在每个坟头。临别时,她向长眠在地下的战友、亲人深深地鞠了一躬,喃喃地说道:"亲人们,安息吧……"

她悄悄来到村头,躲在树丛里观看动静,只见岗哨林立,戒备森严,不时有"还乡团"的巡逻队从眼前经过,远处传来几声清脆的枪声,继而犬吠声不停。本想回家看看亲人,她不敢冒险进庄,只好退到竹林深处。

天亮后,她来到龙泉茶馆,这是流水镇的地下联络站。

一间用竹子搭建的凉亭,几张桌椅,只有两三个过路人在喝茶。

一位白发苍苍的老太婆在为客人沏茶。她是地下联络员。

王金昌女扮男装走进凉亭,她机警地看了看四周,然后喊了声:"阿婆,买茶叶吗?"

"小茶馆买不起贵的。"

"下等茶,一把捋。"

"什么价?"

"老价钱。"

对上暗号,老太婆确认是自己人,说道:"那好,进来谈吧。"她们走进里屋。

王金昌:"阿婆。"

老太婆:"你是?"

王金昌取下头巾:"我回来了。"

老太婆惊愕地说:"你是王会长,还活着啊?"

王金昌悲伤地说:"我跳崖负伤了。"

"武工队拼到最后,全部牺牲了。"老太婆掩面擦泪。

"我们妇救会和地下组织呢?"

"全遭破坏。"

"那武工队家属怎样?"

"还乡团回来后见人就杀,短短三个月,他们杀害了干部及武工队员家属三百余人哪!"

王金昌惊愕地说:"我爹他……"

老太婆哭着说道:"孩子啊!你全家人都被民团杀害了啊……"说罢,抽泣起来。王金昌轻轻喊了声:"爹,娘。"继而泪如雨下。老太婆为她倒碗热茶,提醒道:"千万不能哭出声。"

王金昌捂住嘴轻轻抽泣。

她们正在说话,忽听外面有人大声喊叫:"老太婆!"

老太婆掀开门帘看了一眼:"白狗子来了。"

王金昌迅速躲到柴垛后面,将子弹推上膛。

十多个巡逻队员将茶馆团团围住。

歪队长走进里屋望了望,没发现什么可疑的地方。正欲出门,突然发现桌上一只茶碗,他用手摸了摸,不动声色地走到门外,问道:"有人来过?"

老太婆说:"有哇。"

众匪兵吓得一起端起枪,一个个紧张地瞪着老太婆。

老太婆说:"在外面坐着哪,我这不正准备给他们沏茶呢。"说着,她不慌不忙地提着茶壶走出门外,还乡团队员们跟了出来。

歪队长看了看几个喝茶人,说道:"老太婆,要是发现可疑人不报告,我毙了你!"说罢,手一挥,"走,到那边查看去。"一帮匪徒跟着他离开了茶馆。

歪队长走了几步突然停下,命令道:"快,到茶馆后面埋伏!"从他发现那碗热茶起,就猜到一定有人藏在里屋。

他们迅速向后山跑去,歪队长边跑边说:"记住,一定要抓活的!"

老太婆见他们离去,返身回屋:"他们走了,出来吧。"

王金昌从柴垛后走出:"阿婆,我要走了。"

老太婆:"这里不安全,先到后山躲一下。"说罢,推开后窗,王金昌迅速跳出。

王金昌刚走几步就被还乡团包围了。

歪队长:"王会长,你好哇!"

王金昌正欲掏枪,歪队长的枪响了,王金昌腿被击中,应声倒下。

几个人上前将她捆绑,架起。

他们将老太婆捆绑放在干柴堆上,顿时火光冲天,阿婆屹立在大火之中……

王金昌哭喊:"阿婆——"

歪队长命令道:"押到团部去!"

闫自圣坐在床头,一勺一勺地给王金昌喂药,要是太烫,就轻轻吹口气;他是个细心人,整夜不敢睡觉,不时摸摸她的头,看看退烧了没有。

王金昌静静地躺在床上,腿受了枪伤无法下床;身受酷刑已是遍体鳞伤,双臂长期被捆绑,手脚麻木动弹不得,如植物人一般,生活无法自理;因长期得不到治疗,被子弹打穿的大腿,恶化感染腐烂流脓,散发出一股腥臭。对于这样一位生活不能自理的重伤患者,她需要别人太多的帮助,除要为她擦洗伤口、上药外,还要为她换衣服,扶她大小便,给她洗身子……

老实巴交的闫自圣感到束手无策,毕竟男女有别,他对王金昌说:"我去把三嫂叫来吧?"

王金昌制止:"大哥有交待,万万不可,若是走漏半点风声,都可能酿成大祸!"

　　闫自圣:"那你的伤……"

　　王金昌:"你来吧。"

　　闫自圣一脸为难:"那不行!"他解释道,"治枪伤要解开你的裤子;擦身子、上药须脱光你的上衣,你叫我怎好下手呀。"

　　王金昌:"哥,病不忌医,我的伤这么严重,还能忌讳这些？快来吧。"

　　闫自圣从未碰过女人,即便抢亲当晚,他也是连着衣服抱她一次,在他人生四十多年里再未和哪个女人有过身体上的接触,就是拉拉手都脸红。他推辞道:"脱你衣服,我不!"

　　王金昌急了:"哥,你要再不动手,饭我不吃了,药我也不喝了。"听了这话,闫自圣不再犹豫了。

　　首先要为她擦洗胸口烫伤,然后上药。他俯下身子用一双颤抖的手去解她的上衣纽扣,每解开一个纽扣就像偷了别人的一件东西,仿佛不是去治病救人而是干坏事。当他轻轻解开她的上衣时,一对乳峰呈现在眼前,他的脑袋一下子懵了,赶忙停下,将脸背向一边。

　　面对这个憨厚男人,王金昌既崇敬又无奈,也只有发狠了。她大叫一声:"闫自圣!"

　　闫自圣吓了一跳,赶忙应道:"在!"他依然背向她。

　　王金昌故作生气:"看你表面老实,其实你是个心术不正的人!"

　　闫自圣忙解释:"不,我没有。"

　　王金昌:"心无邪念天地宽。"

　　闫自圣:"知道。"

　　王金昌:"知道就好！你要是正人君子,两眼盯着伤口,不看别的,心里想着我是你妹妹。"

　　闫自圣像接受命令似的应了声:"是!"经这么一激,闫自圣真有些放松了,但他还是不敢正眼看她,费了好大会儿才脱去她的上衣,为她洗擦伤口,包扎上药……

　　男女间的隐秘就像隔层窗棂纸,一旦戳破也就不再忌讳了,何况我国自古就有"病不忌医"之说。

正值夏天,王金昌生了褥疮,为了让她血液循环减轻褥疮蔓延,闫自圣每个夜晚都要给她翻几次身,为她做按摩;每次给她擦身子时,还要抱起她,用棉被包着她的身体怕碰破了她身上的褥疮。他在床上放一个水盆,双腿跪在床上,一手抱着她,一手给她擦身子,一擦就是半个小时。夏夜闷热,他每次都累得大汗淋漓,几天下来,人也瘦了一圈。

在闫自圣的精心调理下,王金昌的伤情日益好转。

8 终成眷属

> 爱,是人类情感的一个方面;爱,也是人类的一种原始本能。凡是有男女的地方,无论环境如何恶劣,条件如何艰苦,都会产生爱情,丝毫不影响爱情之花的绽放。

夏去秋来,转眼已是冬天。王金昌伤势已基本痊愈了。

在这几个月的时间里,他们同吃同住,朝夕相伴。常言道:"日久生情。"如果说,王金昌过去与闫自圣认兄妹是一种感恩的话,那么现在,她是真正地喜欢上这个男人了,他的憨厚、善良无不深深印在她的心坎,日久生情实乃人之常情,无论是人是物,相伴在你身边时的点点滴滴,都会与你产生千丝万缕的联系,更何况他是一个有血有肉重情意的男人呢。

闫自圣渐渐地走进了王金昌的心里。

这天,她精心准备了几样菜,烫了一壶酒;她早就想挑明这件事,怎奈羞于出口,不过觉得今晚是个好机会。

两人相对而坐。王金昌满满斟了一碗酒,双手递到闫自圣面前:"哥,妹我敬您一碗酒。"

闫自圣局促不安,木讷地说声:"谢谢!"端起酒一饮而尽。

王金昌又斟满一碗酒:"哥,为谢您救命之恩,敬您第二碗酒。"

闫自圣二话没说,端起酒一口气喝了。

王金昌又斟满第三碗说："您治好了我的伤,从死亡线上把我拉了回来,小妹敬您第三碗。"

闫自圣本来就不胜酒力,两碗下肚已有几分醉意,接过酒说道："我,我不能再喝了……"王金昌本来滴酒不沾,这时她给自己斟满一碗酒。酒壮怂人胆。她要把心里话告诉对方,于是她端起酒站起来："这杯酒我陪你喝。"说罢,一饮而尽。闫自圣看她把酒喝了,端起酒碗说："喝!"一仰脖子喝干了。

直到他们把一壶酒喝干了,两人都有些醉意。

王金昌不再犹豫,她趁着酒性问道："哥,当初你为什么要放走我?"

"强扭的瓜不甜。"

"现在我的伤好了,你还愿意我走吗?"

"只要你愿意,随时可以走。"

"我要是不想走呢?"

"那就住下,赶明儿给你找个好人家嫁出去。"

"为什么要把我嫁出去?我、我要长期住下去……"

闫自圣摇摇头："傻妹子,哪有不嫁人的道理呀?"

王金昌一把抓住闫自圣的手："你是装糊涂还是真不明白我的话?我、我要嫁给你!"说罢,将头靠在闫自圣的怀里。闫自圣愣了,他并非不想娶她。生活中,他也不是不食人间烟火的人,与如花似玉的她朝夕相处,要说没有一点非分之想,那绝对是骗人的。他是个正常的男人,更何况爱美之心人皆有之,孤男寡女在一起,常有感情冲动的时候,当深夜看着她熟睡后,他会静静地坐在一旁,看着她的睡姿,听着她的呼吸声,体内立即会产生一种本能的化学反应,看着、听着,不禁心猿意马,魂不守舍,心中似烈火燃烧般难熬,真想把她搂在怀里。但他一想到当初"洞房"之夜她拿剪刀自杀的样子,想到面对淮河盟誓认兄妹的承诺,他就会一个人跑到河边独坐一隅,让冷风吹醒头脑。他暗暗告诫自己:任何轻率举动,都是对眼前这位孤身弱女的无情伤害,绝不能在她流血的伤口上再撒一把盐。

现在,她倒在他怀里,当初许多美妙幻想即将成真,他简直不相信这是真的。人往往就是这样,在大喜过望时,反而感到不真实,是喜从天降,还是梦幻?他有一种虚无缥缈的感觉。

真是"信当喜极翻愁误,物到难求得尚疑"。也许,这就是爱情。爱情,一个让人永远说不清的话题,对一个异性产生好感,并不需要什么条件,但需要过程,一个了解认识的过程。

王金昌望着他疑惑不解的表情,起身将地铺上的被子抱起放在自己床上,然后放下蚊帐。灯光下,她文文静静地脱去了衣服。

也就是在这间屋子,当初她被抢来之时,衣服是被别人强行扒光的;眼前,也还是在这间屋子,她却自己一件件地脱下衣服,景物依旧,人情骤变。问世间,情为何物?直叫人生死相许。

闫自圣盯着她那无瑕如美玉般的肌肤,再一次为她的美丽深深感动和陶醉,他一边脱衣服,一边向床前靠去⋯⋯

夜深了,人静了,在这种时刻,应该让男女的天性活跃起来,双双进入那个神魂颠倒的境界。她紧紧搂抱他,将舌尖伸进他的口腔,巧妙而且灵活,像一片弹性丰富的软玉。这不是轻佻,不是逗诱,是饱含甜情蜜意的敬重,给他温存,让他尽情欢愉,用柔情来润育他的阳刚之气,使他行色大壮!

夜更深了,人更静了,天性在无遮无拦的活跃,他轻轻地吻她,她拉过他的手,按放在自己丰腴的胸脯上,轻轻地摩挲,让他在温湿的"土壤"里,播下繁衍的种子⋯⋯

9 情深缘浅

一道闪光,照亮夜空,王金昌发现歪队长用枪瞄准怀抱孩子的闫自圣,大叫一声:"小心!"不顾一切地冲过去用身体挡住了丈夫。一颗子弹击中她的胸膛,血流如注,慢慢倒下。

光阴荏苒,转眼四年。

闫自圣和王金昌生了两个孩子,长子四岁取名"水生",次子一周岁取名"春生"。因三嫂子不能生育,故将小春生过继给了堂哥闫自庆。

四年来,王金昌和孩子从不出庄,生怕被人发现招惹是非,只是晚上偷偷带儿子去戏园子看戏,来这里看戏的多是一些掏煤工人,周边农民,穷人居多比较安全。

王金昌坐在台下,小水生却挤到了前面,一个同他年龄相仿的小女孩也趴在台口看戏。她圆圆的小脸,两只大眼睛,梳着一根独辫子,目不转睛地盯着台上的表演,有点儿如痴入迷,有时嘴巴跟着哼。

女孩问:"你叫啥?"

"俺叫水生,你呢?"

"我叫艳艳。"

"会唱戏吗?"

"会唱呀。"说罢,艳艳开口就唱:三载呀同窗情如海。水生也不甘示弱接唱:山伯难舍祝英台……

他俩一人一句地对唱,谁也不甘示弱;唱着,唱着还学做表演动作;他俩发音虽不准,动作也不太像,但很可爱。王金昌指着水生对闫自圣说:"这孩子是块唱戏的料。"

闫自圣:"长大了让他拜师学艺。"

王金昌点了点头。

闫自圣笑道:"今后听戏就不用买票了。"

平静的日子过得倒也相安无事,闫自圣夫妇一颗悬着的心也渐渐放松了。这天,从未上过街的王金昌带着水生来到矿区。这里简直是另一番天地:矿井架上的飞轮像风车一样不停转动,将乌亮的煤炭送上地面;马路上炭灰滚滚,像团团黑雾,呛得人不能睁眼,王金昌用手紧紧捂住水生的小嘴。一列运煤的小火车冒着浓浓黑烟一声长鸣,飞驰而过……

尽管这里是黑色世界,看不到五光十色、琳琅满目的商铺,但这一切对他们母子来说都是新鲜的。他们穿过马路进入街道,见前面围满一大圈人,悠扬的胡琴声吸引了水生,"娘,俺们进去看看。"说着拉着母亲挤到人群里。

原来是一位盲人在卖唱。此人姓张,外号"张瞎子",是矿警小个子张的哥哥。他虽双目失明,但胡琴拉得特好。先前在戏班里伴奏,父母死后,为了养活弟弟,他退出戏班自己单干。有人求他,就替人家算命,无人算命他就卖唱,自从弟弟当上矿警后,他就在矿门口摆地摊。

开采了半个多世纪的九龙岗煤矿旧址

此刻,一队下班的矿工路过这里,他们头套矿工灯,肩扛洋镐,除了满嘴牙齿是白的外,浑身上下全是黑色的炭灰。听到琴声,他们止步围观。

张瞎子边拉二胡边唱:

　　九龙岗是一片黑,
　　雪花落地变成灰。
　　姑娘脸上抹黑粉,
　　男孩个个似张飞。
　　别看他们表面黑,
　　个个善良心慈悲。

矿工们齐声拍手叫好,领头的递上一沓"金圆券"。盲人拱手谢道:"无君子不养艺人,在下谢谢各位。"接着他又唱道:

剃头修脚不为孬,
补锅配锁磨剪刀;
二亩薄地养老小,
四路无门把炭掏……

　　矿工们听到这里,一个个擦着眼泪离去。歌声唱出了矿工们的痛苦及无奈……
　　王金昌从口袋里掏出一张钞票对水生说:"送给他。"水生走到盲人面前,"给,是俺娘给的钱。"
　　"谢谢。"
　　"你琴拉得真好听,能教我吗?"
　　"可以呀,你家住哪?"
　　"闫家湖。"
　　"不远,我去过。"
　　王金昌走过来拉着水生手:"别耽误人家卖唱,走,跟我回家去!"水生耍赖不肯走,"不嘛,我要听他拉胡琴!"
　　盲人:"大嫂,既然孩子喜欢,那我就再拉一曲!"
　　母子俩正在拉扯,不想被巡逻路过的歪队长瞧见,他一双贼眼紧紧盯着王金昌,在确认无误后,命令手下暗暗跟踪……
　　几年来,歪队长因剿匪有功,被提升为侦缉队小队长。当晚,他去见金耀武,来到门外喊了声:"报告!"
　　金耀武:"进来。"
　　歪队长走到金耀武面前,啪地一个立正:"报告长官,小的有重大机密汇报!"
　　金耀武将他行礼的手摁下:"自家兄弟,何必那么认真。"
　　他倒了一杯开水递给歪队长:"坐下慢慢说。"于是,他把白天看到的一切告诉了金耀武。
　　"你认准了吗?"

"扒掉皮我都能认识骨头,她就是流水镇妇救会长王金昌!"

"是闫疯子弟媳?"

"千真万确!"

金耀武拍拍歪队长肩膀说:"表兄啊,干得好,等抓获他们后,我给你邀功请赏!"

歪队长:"谢谢表弟!"

金耀武暗暗高兴,他忍辱负重投军从戎,苦等了数年,他所付出的一切,就是为了报仇雪恨,没想到机会终于来了。他咬牙切齿骂道:"闫疯子,你的死期到了!"

当夜,剿匪司令部里灯火通明,门外重兵把守,戒备森严;里面机要人员出出进进,电台嘀嘀声不绝于耳。参加会议的大小军官早已到齐,个个正襟危坐。

这时,门外传来卫兵高喊:"刘司令到!"军官们起立迎接。刘副司令摆摆手示意大家坐下。

刘副司令:"共军将要渡过淮河,上峰命令我们,撤退前炸毁煤矿、铁路、发电厂,不给共党留下任何财产!"他猛地拍了下桌子,"对于暗藏的共党分子,发现一个,杀一个!"

金耀武:"司令,这是您要的名单。"说罢,双手呈上:"为首的就是闫自贤,还有共匪王金昌。"

刘副司令看了看名单:"好!"

"司令,闫自贤是警察局的人啊……"金耀武有点担心。

"管他是谁,只要与共匪有联系,格杀勿论!"他看了看手表,"今夜十二点行动!"继而神情严肃地说,"要严加保密,不能走漏半点风声,争取一个不漏,一网打尽!"

众军官:"消灭共匪,除恶务尽!"

散会后,金耀武找到歪队长面授机宜……

是夜,贤爷在队部打麻将,被全副武装的军人包围他全然不知。歪队长带一帮荷枪实弹军人冲了进来:"闫队长,刘副司令请你去一趟。"

贤爷一瞪眼："老子正在玩牌,不去!"

歪队长："你敢违抗军令?!"

贤爷起身,手指歪队长轻蔑地："小子,那个狗屁司令管不了老子,军警不搭界!"

歪队长,"你私通共匪,背叛党国,劫持囚车,罪大恶极!"贤爷知道事情败露,又看了看十多名手端卡宾枪军人,顿觉大事不妙,只有以命相拼。边拔枪边喊道："弟兄们,抄家伙!"话音未落对方枪响,贤爷和矿警们一个个倒在血泊之中。

押车回来的小个子张刚到矿门口听见枪声大作,知道情况不妙,撒腿就向闫家湖奔去。急促的敲门声惊醒睡梦中闫自圣夫妇。小个子张上气不接下气地说道："……有人告密说嫂子是共产党,贤爷已被……你们赶快逃跑!"说罢,将驳壳枪留下转身离去。

王金昌："看样子凶多吉少。我掩护,你快带孩子逃走!"

闫自圣："你走,我掩护!"

王金昌："不,他们是冲着我来的,你快走!"

闫自圣抱起水生,恋恋不舍地望着妻子："我们一起逃走吧。"

王金昌："为了孩子,你必须走!"

军队已经将闫家湖团团包围,歪队长高喊："抓住王金昌,赏大洋;谁家窝藏,一律枪毙! 她是共匪头头……"

王金昌熟练地将子弹推上膛："快走,不然谁都走不了!"说罢,冲出门外。此刻,枪声四起划破夜空,惊醒了熟睡中的村民,一个个吓得紧闭房门。

三嫂子和三哥被枪声惊醒。

三嫂："听,好像离老二家不远。"

闫自庆："好像是。"

三嫂："恐怕暴露了。"

闫自庆："我看看去。"说着下床,三嫂一把抓住："你能救得了他们吗? 眼下最要紧的保护好春生,为他们留条根啊!"

外面枪声大作,三嫂一口气吹灭了油灯。

闫自圣抱孩子在前,王金昌随后掩护,他们左冲右突找不到突破口。一道闪光,照亮夜空,王金昌发现歪队长用枪瞄准怀抱孩子的闫自圣,大叫一声:"小心!"不顾一切地冲过去用身体挡住了丈夫。一颗子弹击中她的胸膛,血流如注,慢慢倒下。闫自圣见状,将水生朝地上一丢,转身去救王金昌。

一梭子弹扫去,随着枪声闫自圣倒在王金昌身边。

趁天黑混乱,小个子张将水生救走……

父母短暂的结合犹如一场大戏,喜剧开始,悲剧告终,凄美、曲折、悲壮!真可谓:

洪荒乱世起阴霾,
红黑结合孕怪胎。
凄美曲折悲喜剧,
腥风血雨扑面来。

脆弱的生命随时可以消失,转瞬即空,唯有死者灵魂和生者情感是永远存在的。三婶的叙说,如泣如诉,泪流满面的她和着哽咽揭开那尘封已久的往事,以忧伤表达至爱,令人感动不已。

往事如烟又并不如烟,最珍贵最难得的是回忆。回忆的碎片,慢慢地被拼成一幅残缺的画。它,让我回忆起了自己的曾经……

第二卷　苦涩初恋

10　拜师学艺

青春年少昨日事，
老来回忆爱更痴。
笔未临书先流泪，
孤灯照壁理情丝……

公元一九四九年一月十八日，解放军渡过淮河，"剿匪司令部"倾巢覆灭。刘副司令除带走金耀武及少数亲信飞往台湾外，大部分官兵全部被俘，作恶多端的歪队长也被解放军击毙。小个子张，因护矿有功，使国民党炸矿的破坏计划落空，作为起义人员收编为中国人民解放军。小个子张原名张二狗，因其个子矮小大家叫他绰号。在收编登记时，嫌"张二狗"不好听也不好叫，首长给他改名叫张解放。

收编后的张解放把我托付给他哥哥张瞎子，拜他为师，跟他学艺。拜师入门，既简单又严肃；首先我跪在地上给师父叩了三个头，说道："一日为师，终身为父。"尔后双手奉茶。师父接过茶碗说道："江湖上流传'金、皁、利、圖'四门派。按行话说'金'称'金点'即算命看相；'皁'指摆摊卖药，'利'玩把戏杂技，'圖'是唱大鼓说书艺人。我们'金点'，放在首位，可见算命在江湖上的地位。我们的祖师爷'鬼谷子'，晓天文，知地理，熟谙六韬三略；善说辞，巧辩论，精于占卜算测。先后收弟子一百多人，以兵法授于孙膑、庞涓,以纵横之术授与苏秦、张仪……你入门了就得虔诚求学!"说这些似懂非懂的训词,我并不感兴趣。拜师为了学艺和有个栖身之所,学会二胡,将来能进戏班混口饭吃。

对于师父,我们见过面,他的琴声早就摄入我的心田,坚定了我学琴的愿望。

一九四九年四月二十日,国民党政府拒绝在"国内和平协议"上签字。二十一日,毛泽东主席、朱德总司令发布向全国进军的命令:"打过长江去,解放全中国!"张解放也要随军南下,准备参加渡江战役。临行前,他对我说:"水生,你要记住,是艺能谋生,就怕不专心。"

我点头:"您放心,我一定学会拉二胡。"

他抱起我亲了一口:"水生,要记住你的父母!"说罢转身加入了行军的队伍。

燕儿成群撒下一片璀璨的春光,广袤的大地上镶嵌着一块块绿翠的禾苗。扬尘飞舞的土路上匆匆忙忙地走过一队队浩浩荡荡的解放大军,精神抖擞地向南方开拔。他们迈着整齐的步伐,唱着雄壮的歌曲:

　　一九四九年啊,
　　胜利在眼前,
　　为解放全中国准备下江南!
　　咱们青年人,
　　踊跃上前线
　　要把那反动派全部消灭完!

我站在高坡上向张解放挥手:"叔叔我想你!"他回头招招手:"我会回来看你的!"

张解放走后,我跟师父一起生活,他待我像亲生孩子一样,衣食无忧。白天,我用一根细竹竿牵着他走街串巷,他卖唱,我收钱;他算命,我站一边看,晚上跟他学二胡。

我师父虽是半路出家，可算起命来一算一个准，在九龙岗一带也算是小有名气。那些想发财、想当官、想破灾避祸、订婚求子的，都来找师父算命。

时间久了我问他："师父您老算命咋那么准啊？"他说："世上没有任何人能知未来吉凶。"我不解，"师父您……"他笑了笑，"一般人都相信一命二运三风水，凡来算命求卜者，多是愚昧没有坚定信仰的人。他们神情飘忽不定，必定心中有急事欲求，无事不登三宝殿，太平无事的人不会去给算命的瞎子送钱花。干我们这行的与'易经'不同。算命首先从几个基本的问题开始，测试来者意图，揣摩对方心理。然后，念念有词，背诵许多偈语或者表演复杂的运算、思考、祈祷神灵，制造心理信任的气氛。算命人说的话句句都是模棱两可，左右解说都通，算准了，夸自己是神机妙算，算不准会说，心不诚则不灵……"一席话说得我如梦初醒。

好景不长，一场暴病夺走了师父的性命！

老人家临终前，我跪在他床头，一双无助的眼睛望着他；师父像一支燃尽的蜡烛，望着我这个未成年的孩子，带着许多遗憾和未尽的心愿，合上了他那干枯的双眼，溘然长逝。

墙上那把二胡算是他留给我们的全部遗产吧。

一位饱经风霜的江湖艺人，终因艰辛、操劳过度撒手人寰。我紧紧抓着师父渐渐冰凉的手放声大哭……

孤苦伶仃的我，被三婶接回闫家湖，白天帮人家放牛，晚上继续苦练二胡。

一九五零年一月二十四日，中共中央发出指示，开始在新解放区实行土地改革运动。闫家湖人人喜笑颜开，个个兴高采烈，在农会的组织下，游行集会，举着标语，高唱"解放区的天是明朗的天。"；他们敲锣打鼓，跳起"花鼓灯"，唱着"淮河谣"，扭起"秧歌舞"，汇成长长的队伍。欢呼的场面、游行的队伍，像一股和煦的春风吹醒了贫苦人蛰伏的心灵，我举着用彩纸做的三角旗跟在后面凑热闹。

"土改"对于广大贫苦农民来说是大好事，从此，他们有了自己的土

中华人民共和国土地改革法

地,再也不用替人打长工、做佃户了。但对我来说,却是一场噩梦!因为划"成分",让我的人生跌宕起伏、命运多舛,它如影相随缠绕我大半生!

"土改"时,我记事了。看到的是一幕幕怕人的斗地主场面:地主周善帮和周善昌头戴三尺长的纸做的高帽子,双手被捆绑在台上的桌腿上。积极分子们争先恐后的上台批斗,他们拳、脚、鞋底、棍棒、皮鞭一齐上,打得两个地主皮开肉绽、口吐鲜血,惨叫哀号之声,不绝于耳。对于某些强加的罪名,他们想解释却被台下的口号声淹没。

说起地主,人们自然容易联想到四个人,即小说《半夜鸡叫》中的周扒皮、歌剧《白毛女》中的黄世仁、泥塑《收租院》中的刘文彩、芭蕾舞剧《红色娘子军》中的南霸天。这是当年文艺作品塑造出来的四个典型的地主形象,也是相当多的中国人对于地主的最深刻的记忆。准确地说,这四个艺术形象应当称之为恶霸地主,并且是集恶霸地主罪恶之大成者。

其实,恶霸与地主是两个不同的概念。"恶霸"是指依靠或组成一种反动势力,称霸一方,为了私人的利益,经常用暴力和权势欺压与掠夺,造成人命财产之重大损失。地主就不同了,有的地主可能原本就是普通农民,由于某种机缘和个人努力,慢慢积累了一些财富,购进了若干土地,随着土地的增多自己耕种不了,便将土地出租给其他农民以收取地租。当地租剥削达到一定量的时候,这样的农民也就演变为地主了。对于这个现象,毛泽东早在一九三零年进行调查时就已经做了剖析。但在实行"土改"时,往往恶霸与地主两个不同的概念被混淆了,只要是地主、富农,除家产被分外,个个都得挨批斗甚至枪毙!

我们高塘乡就出现了两个地主的不同下场:王三秃与闫金柱同是地主。王三秃原本是个靠几亩薄地为生的穷农民,他省吃俭用,辛勤劳作,加上头脑灵活做煤炭生意发财了,就在"土改"前三年,他购买了土地,租给乡邻。遇上灾年,他还主动减息,佃户们称他为大"善人";而闫金柱则是个浪荡公子,他无恶不作,欺男霸女,不仅横行乡里欺压百姓,还奸污了使用的丫头。父母死后,他大肆赌博,就在快要"土改"时,他将万贯家财败尽,由地主变成了一个一无所有的穷光蛋、二流子。

"土改"划成分时,王三秃成了"地主",而闫金柱不仅成了"贫农",还是"土改"运动的积极分子。他俩,一个分了地,一个被枪毙;王三秃不像黄世仁那样欺男霸女,也不像南霸天那样胡作非为,仅仅是因为地多财富,被"农会"定了死罪。

"土改"全由"农会"干部说了算,那些没文化的农民们全凭感情冲动;"土改"积极分子中也并非清一色的农民,当中也有少量好逸恶劳像闫金柱之类的"二流子"。还有我三婶(三嫂子),一个连自己名字都没有的女人,也因能讲会道、敢出头露面,参加了"农会",当上了村妇女会长。

"土改"枪毙地主无需审判,也不需报请上级部门批准,只要区政府点头即可。枪毙王三秃时,我在现场。两个民兵押着他先在各村游行,然后让他跪在早已挖好的土坑前,用枪顶着他的后脑勺,从背后斜着向上开枪。一声枪响,天灵盖便被打飞了,红色的鲜血、白色的脑髓,撒满一地。血腥、残忍、恐怖,我目睹后不由自主地浑身颤栗,吓得我夜里经常从恶梦中尖叫惊醒……

"土改",像王三秃与闫金柱这样的典型案例不在少数!

这一场穷与富、善与恶的道德戏剧,确实在每一个农民的身上都上演了。它所培养的话语、仪式与精神习性,深深地保存在中国几代人的记忆中,成为以后群众运动的一个重要源头。

"土改"真正的大事是"划阶级成分"。在政治上,当过伪军、国军的,为国民党办过事的人，统统定为"四类分子"。所谓"四类分子"就是地主、富农、反革命、坏分子。

在给我划成份时产生了很大的分歧，村民们说我母亲是共产的党妇救会长，当过红军，应作为革命后代。但"土改"工作队不同意。他们说，我母亲参加革命证据不足，我父亲当国民党警察倒是铁定事实，应当定我为"四类分子"子女。

产品的成分是技术鉴定的，而人的成分靠"划"出来的，就像切烂苹果一样，一刀切下去，哪边好哪边坏就确定了。当时，我毕竟是个不懂事的孩子，对于划定什么成分觉得无所谓。可我三婶不愿意了。她懂得，只要划为"四类分子"，那就是敌我矛盾，必然殃及亲属、子女，今后参军、入学、工作都会受影响。于是，她利用妇女会长身份，发动村民找工作队理论。最后，经工作队同农会研究决定：暂作悬案，待到运动后期请示上级决定。土改结束，工作队接到新任务匆匆撤离，划"成分"的事从此搁置无人问津。我这个"国共合作"的"产品"成了悬而未决的"成分"。在后来的历次政治运动中，时而说我母亲是"红军"，我成了根正苗红的革命后代；时而说我父亲是国民党警察，我被视为"黑五类"子女，入团、入党、升学、参军等方面都受到歧视！这个上不去下不来但是又可上可下的"成分"，捆绑我三十多年。直到一九七九年一月二十九日，中共中央决定为"四类分子"摘帽，我才得以解脱。

人世几回伤往事，山形依旧枕寒流。半个多世纪已然过去，我也不像当初那么特别在意自己究竟是红军后代，还是国民党警察的儿子了，重要的是，我是他们的儿子。

"土改"后，我依旧苦练二胡。早晨，天不亮起来练琴，晚上，进夜校"扫盲班"学文化，我希望早一天能进戏班。

困难像音符，强者把它奏成凯歌，弱者把它奏成哀曲。铁杵磨针终见成效，两年后，我不仅掌握了二胡"换把""变调"等技巧，连二胡演奏家刘天华名曲《良宵》《病中吟》，都能拉得十分流畅。令人意想不到的是，一把二胡竟神奇般地打动了一位纯情少女的芳心。这位少女就是儿时一同看戏的艳艳。也许是因为对戏曲的共同爱好和执著,拉近了我们之间的距离。那种界于爱情、友情、姐弟之情间的诚挚情感,正是人世间弥足珍贵的爱……

11　琴瑟和鸣

　　故事是由音乐来接引的,接引出千古知音;一个无言的起点,指向一个无言的结局,这便是友情。

距闫家湖不远有一所学校——周家圩小学。

该校原本是一所面向城市职工子弟的学校,因采煤造成塌陷区,才把校址迁到离我家很近的农村。

我每天在学校周边放牛,除操练二胡外,常去听课。

只要听到上课铃声,我会赶紧丢下胡琴向教室跑去。

我站在窗外,从怀里掏出个小本本和一支很短的铅笔头,全神贯注地盯着老师讲课。我边听边记,不时地将铅笔放到嘴里润几下。

王艳艳的座位紧靠窗口。她十五岁,女生中数她最漂亮,常听学生们喊她"校花"。她皮肤白嫩细腻,圆圆脸,细眉大眼,动人笑脸总是甜甜的,乌亮头发扎两根短辫子,身穿短袖白衬衫,蓝色背带裙,白袜子配上流行的方口黑布鞋,显得端庄清秀,再加上她那已成熟的体形,说她是"校花"一点也不过分。

我常来听课,加之是儿时"戏友",彼此之间也算是熟人了,她见我站在窗外微微一笑,我向她点了点头,相互打了个招呼。

这天赶上考试,课堂内鸦雀无声,我只好回去练琴。正准备离去,突然发现她的作文上有个错字:鲜花献给最可爱的人——自愿军叔叔的"自"字错了。

我站在窗外,轻轻地敲敲玻璃小声说道:"错了!"她隔着玻璃听不见,瞪着一双疑惑的大眼睛。我赶忙在小本子上写了"自"和"志",并在"自"字上打了个×。她看后,羞涩地一笑,急忙低头纠正。

老师似乎有所发现,向这边走来。她使个眼色,我赶忙躲在窗下。老师离去后,她用感激的目光向我点头致谢……

也许是心存感激,放学后她来到我身边。

"你上过学?"

"没有。"

"就是在窗外听课?"

"是,也不全是,我在扫盲班念书。"

"扫盲班?"

"就是上夜校。"

"为什么不来学校读书?"一句话触及到我的伤心处。我没有回答,默默地将头低下,顺手拔了棵"狗尾草",使劲揉碎,然后用力甩到一边。

"假如你上学,肯定是班上成绩最优秀的学生。"说着,她从书包里掏出几块小糖递了过来,"给,这是'花梨膏'。"我望了一下,没有伸手去接。"别不好意思。"说着,她把糖块递过来。我刚接过糖,她突然惊叫道:"哎呀!你手真脏,怎么不讲卫生?"我瞪她一眼,起身拍了拍屁股上的灰土:"我从来就不洗脸!"说罢,将糖往地上一丢,转身欲走。她拦住我:"对不起,我不该说这些。"我推开她,默默地走了。

我无法向她解释孤儿的艰难;不洗脸、不洗澡是常事,手上黑灰像贴了一层皮似的。可以说,连牙刷是什么样儿我都没见过,一种少有的自卑感和压抑感使我不得不尽快离开她。走了老远我回头,发现她依然还站在原地没动。此刻,我心中真不知是什么滋味!

我望着她,感到茫然无措……

和往常一样,只要有戏班子来唱戏我是非看不可的,今天是合肥大剧团,早早就开始检票了。望着拥挤的人群,我拼命往里挤,可是闯了几次都被检票人推了出来。我并不死心,迅速绕到后院,看看四周无人,便翻墙而入。谁知,刚跳下墙头就被看守人员捉住,揪住我的耳朵往外拽,恰好被王艳艳撞见,我闹了个大红脸。

我看戏从来不买票,也没钱买票,每次都是提前躲在座位下面,观众进场了我再钻出来,因今晚来迟了,戏快开演了我还在门外转悠。

正在着急时,突然有人在背后拍我一下,回头一看,原来是王艳艳。她手拿两张戏票:"给!"不等我反应过来,拉着我走进了戏院。

我心里既感激又觉得难为情,白天的事对她有些不礼貌,正想开口赔不是,开场锣敲响了,王艳艳说:"你在这里看吧,我得去陪伴妈妈呢。"我说了声:"谢谢!"坐下看戏。

今晚演出的是《梁山伯与祝英台》。这出戏我虽然看了无数遍,但那优美的唱腔、精湛的表演依然使我目不转睛……

第二天早晨,天刚亮我就坐在老坟头上练琴,头发上挂满了露水珠儿。我一遍又一遍地练习"倒七戏"唱腔,反复不停地演奏《梁祝》中"十八里相送"的对唱。我正拉得起劲儿,忽听有人随着琴声唱道:

一层窗棂未戳破,
英台有话口难说。
梁兄不识其中意,
也只好借山借水来点拨,
你我好比一对鹅,
一雄一雌划清波。

琴声、唱腔浑然一体,在大地上空回荡……

王艳艳的出现,使我感到非常意外;她那纯正"倒七戏"唱腔,令我吃惊。我站起来看了看她,情不自禁地接唱道:

　　一条山溪弯弯河,
　　水清如镜照你我,
　　明明两个男子汉,
　　怎分公鹅和母鹅?

她为我鼓掌,我向她翘起大拇指。她慢慢地向我走来……
此刻,太阳已露出半个笑脸,霞光为我们俩增添了一层金色的外衣。
"你唱得真好听。"
"那是因为你琴拉得好。"
"为什么不去考剧团?"
"我特想唱戏,可爸爸就是不同意。"
"你要去唱戏,肯定红。"
"为什么?"
"你长得俊,扮相好看。"
"是吗?"
"当演员要具备很多条件的,不光嗓子好,身段好,五官也要端正。"
"要是扮相差呢?"
"扮相差,唱得再好没人夸!"
"是嘛!"
"这就叫三分唱,七分相!"
"你咋懂这么多?"
"听师父说的。"
"你拜过师?"
于是,我把父母惨死及拜师学琴的经过告诉了她。

艳艳听后伤感地说:"可悲、可惨!怪不得,后来在戏园子里见不到你了呢。"

"我现在成孤儿了。"

"学琴就是想进戏班?"

"对,为了养活自己。"

"你很坚强,也很聪明,要能来上学该有多好啊!"

一句话触动了我的伤心处,泪水直在眼眶里打转转,"我没有这个福气。"说罢,转身离去。

她木然:"是不是我又说错了?"

我止步转身摇了摇头。

我们相互注视着对方,谁也没说话。

太阳已经升起,麦苗上的露珠儿在阳光的照耀下,五颜六色。

王艳艳:"今晚还去听戏不?"

我问道:"你去吗?"

王艳艳:"去!你要是去,票我买。"

我说:"不用,我有办法。"

她还想说什么,上课铃骤然响起……

12　同窗共读

> 人世间最纯真的友情,只存在于孩童时代,因为它是天真无邪的。

农业合作化运动作为历史的一页,已经翻了过去,人们早已将它淡忘,而我却永远不会忘记走过的那段历程。国家为全面继承苏联式的计划经济体制,无视私产,强迫命令,农民刚刚分到手的土地又失去了;对于绝大多数中国人来说,为跑步进入共产主义付出了惨重的代价,但对我来说,农业合作化就是我的再生父母,他让一个孤儿能够生存、读书。

一九五五年十一月,全国开展了轰轰烈烈的农业合作化运动。安徽省有百分之七十以上的农户入了社。入社之后,土地归公,集体耕种,按劳分配。合作社迅速兴起,给那些孤寡老人、丧失劳动力家庭带来了福音。不过,刚开始不是什么人都能参加的。那时有这样的说法:"单干、单干,不是地、富,就是坏蛋!"也就是说,地、富、反、坏四类分子是没有资格入社的,农民们把入社看成是一件挺光荣的事儿。我早早报了名,却迟迟批不下来,因为父亲当过国民党警察,有历史问题。多亏三婶,她发动村民写联名信、摁手印,证明我母亲是红军,并亲自去找社长。几经努力,大功告成,我终于成为一名光荣的小社员了。

随着农业合作化运动步步深入,全国再一次开展扫盲工作。中央号召:在第一个五年计划期间,乡村高小毕业生要达到一千万。上面发出指示,下面纷纷行动,各乡各村选拔一批"扫盲"中成绩优秀的孩子上"高小"。

幸运之神将我一个放牛娃送进了学堂。凭借那张"扫盲毕业证书",我直接上了高小五年级。为感谢农业合作化,上学时我曾写过一首墙报诗予以赞美:

  小农经济独木桥,
  集体才是阳关道。
  互助合作拔穷根,
  天堂哪有人间好……

回想我入学的第一天,闹出了许多笑话,至今仍忍俊不禁。

我拿着入学通知书,直接来到五(一)班,五十多岁的班主任宗润苍老师正在讲话,我连一声报告都没喊,就一头闯进教室。衣衫褴褛的我,身背胡琴,手捧书本,这身装扮哪像学生,分明是个乞讨卖唱的"叫花子"。

学生们一下子把目光全扫向我,眼神中充满好奇与鄙视。

宗老师望望我,问:"你是新来的同学吧?"

"俺头次进学堂。"

"叫什么名字?"

"俺叫水生,是发大水那年出生的。俺娘说,是淮河水把俺送到这个世上,因此,就给俺起个名叫水生。"学生们一阵哄堂大笑。我冲着全班同学吼道:"笑屁呀,俺本来就叫水生!"宗老师摆摆手,学生们停止了笑声。

"没有学名?"我不明白什么是学名,只是摇头。宗老师解释:"就是大号。"我还是摇头。

"暂时就叫水生吧,过几天老师帮你起个名。"接着他又说,"记住,下次迟到了要喊报告。"

我赶忙向老师行了个举手礼:"报告老师,俺迟到了。"

我那笨拙的举动,惹得学生们又是一阵哄堂大笑。我知道他们笑话我不懂规矩,这深深刺伤了我的自尊心,于是耍起了放牛娃的野蛮性子脱口骂道:"狗日的,你们笑个屁呀!"一句叫骂,激怒大家。学生中有个叫刘坤瑄的指着我说:"你怎么骂人呀!"他是学生中的"头儿",绰号叫刘打头的。我急忙争辩:"这是口头语,不是骂人。""野小子,你敢耍流氓!"其他学生一起跟着起哄。一见这势头,我也不甘示弱:"你们都欺负俺,老子换个地方去!"说着冲出教室。老师伸手将我拽了回来,然后对学生们说:"他才从扫盲班来,不懂得学校的规矩……"

趁老师说话之际,我自个儿乱找座位,见空就坐,但都被学生挡住了。于是我又叫道:"老师,他们不让俺坐。"宗老师说:"刚开学,座位还未正式安排,哪位同学愿意暂时与他同桌?"

学生们面面相觑,无一人答话。

"老师,我愿意!"我循声望去,原来是王艳艳。她将我拉到她的课桌前。

全班学生一齐用惊诧的眼光望着她,继而小声议论着……

王艳艳原来是五(二)班学生。刚解放上学迟,读高小大多是十六七岁的少男少女。传说五(二)班的班主任王某与一名女生暗中恋爱,引起校方领导高度重视,由于没有确凿证据,只能做冷处理(后来那位女生高小毕业后,真的与他结婚了)。于是,将五(二)班里"大龄"女生调到五(一)班来。就这样,我们坐在了同一条长凳上。

开头几天,我不敢看她一眼,感到十分拘束,想起她曾说过我不讲卫生的事儿,更觉得不安,总是离她远远的,我不时地挪动身子,生怕"脏气"沾了她。而她并不嫌弃,将我拽到身边,"干吗那么自卑。"她身上散发的"花露水""雪花膏"香味直扑鼻孔,沁人心脾,令人心驰神往。慢慢地,我那绷紧的心开始放松,不但不拘谨,反倒觉得与她同桌是一种享受与荣幸。

课堂上,我用手指蘸唾沫擦错字被王艳艳看见,她随手拿出一块橡皮递过来,我瞅瞅她,没有伸手去接,依旧用手指擦错字。王艳艳将我手推开,亲自用橡皮帮我擦,然后轻轻地说了声,"给你用了。"将橡皮放在作业本上。我双眼偷偷地瞄了一下身边的同学,做贼似的抓起那块橡皮赶紧放进书包里。王艳艳看了微微一笑,我不好意思地低下了头。

我的书包很简单,除了课本和一支要甩动才能下水的钢笔外,别无它物。第二天,她送给我一只文具盒,里面装有小刀、橡皮、蜡笔等学习用具,另外还送给我两个练习簿。我感动得连说几声谢谢。练习簿经过她的手,留下一股清香,我舍不得用,不时地拿出来闻闻,然后又放进书包。我是一个穷苦的孩子,来到这个世界上第一次得到别人恩赐,而且这个人又是一位漂亮的女孩子,心中充满了感激和一种莫名的冲动。

放牛娃成为学生,从田野走进校园,我觉得既陌生又新鲜,仿佛走进了另一个世界。开始我觉得很兴奋,几天过后感觉就不同了。职工子弟个个穿着漂亮,少数农家孩子虽不如他们,也是整整齐齐。而我,衣衫褴褛,蓬头垢面,挤在同学中间是那样不协调、那么扎眼,犹如花丛中长出一棵残枝梧桐,相比之下自惭形秽。人总是有自尊的,这儿毕竟不是放牛场,一种少有的自卑感压在心头,一举一动都觉得十分拘束。

没过多久,又闹出笑话。一天,老师在讲课,我突然叫道:"老师,俺要上茅次(厕)!"

安静的课堂顿时一片笑声,王艳艳用膀子拱拱我:"上课时间不准去厕所。"我捂着肚子叫道:"我憋不住了!"

宗老师略思片刻说:"去吧。"

我迫不及待地冲出教室,身后又是一片哄笑声……

我每天早起先练琴,然后再到学校;王艳艳也来得很早,我们就一起温习功课。几个大龄男生在刘坤珺带领下,不断来纠缠王艳艳,我总是站出来保护她。

一天,刘坤珺来到我面前:"一个臭放牛的,连我也不放在眼里?"我一下子站了起来:"就你?算个屁!"我伸手抡起板凳,"想操蛋?老子不怕你!"刘坤珺冷笑道:"好,算你狠,咱们走着瞧!"王艳艳忙劝阻:"算了,大家都是同学,这又何必呢!"她边说边把刘坤珺推走。放学后,我正走在回家路上,刘坤珺带领几个人紧紧追来,拦阻我的去路。我一看势头不对,攥紧拳头问道:"你们想干什么?"刘坤珺凶狠地说:"想教训教训你!"说罢手一挥,"给我打!"这伙人将我摔倒在地上,拳打脚踢。常言道,好汉不敌双拳,何况他们一帮人呢,我被打得鼻青脸肿。刘坤珺一只脚踩着我问道:"下次还敢不敢跟老子作对?"我只好装怂,忍痛说道:"不敢了。"他警告:"要是到老师那里告状,我们还揍你!"我说:"不敢告状。"他又踢我几脚,才扬长而去。我从地上爬起来,擦了擦脸上的血污,望着他们走远了才小声骂了句:"狗日的,俺日你娘!"

第二天早晨,我来的很晚。当我一瘸一拐走到学校大门时,王艳艳迎面走来:"告诉我,是不是刘坤珺一伙干的?"我没有回答。"我去找老师去!"说罢转身就走,我急忙阻拦:"不能报告老师!"她不解地问:"为什么?"我默默地向教室走去……

中午,我正在家里吃饭,没想到王艳艳突然出现在我面前。她笑嘻嘻地说:"做什么好吃的,也让我品尝品尝。"她的到来,使我猝不及防。她夺过饭碗看了看,又用勺子在盆里搅动几下,如水般的稀粥,在盆里打晃,她愣住了。稍顷,她走到锅灶前掀开锅盖,又翻了翻笸斗里的粮食……

"你每天就吃这个?"

我没有回话,端起碗大口喝着。

王艳艳看我狼吞虎咽的样子,再也忍不住了,泪水夺眶而出。她从书包里拿出两个白面馒头,往我怀里一塞,夺过稀饭碗大口喝了起来。也许是我求学的路太艰难令她同情、伤感,也许是她那颗纯朴的心对弱者的怜悯,也许是她善良的本性使然,她一边喝粥一边落泪。我的泪水也滴落在手捧的馒头上,两个少年相对流泪。

第二天,一进教室,王艳艳就塞给我一块烧饼。上课不久,我又想上厕所,实在憋不住了,只好喊声:"报告老师!"。宗老师走到我面前:"又要上厕所?"我低着头不敢回答。他不耐烦地说了句:"坐下!"同学们发出一阵讥笑。

"报告,我有话要说!"王艳艳突然站了起来,"同学们!你们吃的是白面馒头、大米干饭。你们可知道他每天吃的什么?靠合作社给点粮食,每顿喝一大盆像水一样的稀粥,他是一个可怜的孤儿……"她哽咽着,再也说不下去了。

一时间,整个课堂鸦雀无声。

宗老师走到我面前:"对不起,去吧。"

下课了,我孤零零地站在操场上,望着同学们兴高采烈地玩耍,一种少有的失落感涌上心头。我感到自卑,悄悄溜回教室,独自儿坐在课桌前发呆。王艳艳冲进教室:"你怎么不去玩?"我没有答话,将头垂下。

"你拉琴,我唱。"

我听后精神为之一振,赶忙取出二胡,拉起"倒七戏"《梁祝》;她清了清嗓子唱道:

　　同窗同桌同板凳,
　　夜晚共读到三更,
　　一只砚台两人用,
　　你磨墨来我掌灯……

63

同学们一下子围拢过来。

我见那么多人围着听唱,拉得更加起劲。原先那种失落感、自卑感、畏缩感一扫而光。我的表情由沮丧转为活跃,由苦恼变为微笑,由自卑改为自豪!

正拉得起劲,宗老师叫道:"水生同学,你来一下。"我赶忙放下二胡走进办公室。

宗老师和蔼地说道:"我给你起个学名吧?"

"老师,我听你的。"

"你很内秀,就叫闫立秀吧。"

"行,谢谢老师!"

有人说"秀"字太俗,像女人名字。后来我写文章、编剧本,别人建议我改用笔名,都被谢绝。不管这名字好与坏,它代表老师的一片心意,我坚持名字不改,师恩不忘。"老师"二字,是我知识宝库中一个最温暖、最深情的词汇。

因为我会拉二胡,王艳艳爱唱歌跳舞,负责抓文艺宣传的宫义家老师,将我们俩同时抽调到学校文艺宣传队。利用课外活动集中排练,准备参加全区学生汇演。那时不像今天,各种流行歌曲充斥校园。当时在学生中广泛传唱的是电影《白毛女》插曲和《马路天使》中周璇主唱的《四季歌》《天涯歌女》等。我拉她唱,配合默契。尤其是她唱到"小啊妹妹唱歌郎奏琴,郎呀,咱们俩是一条心。"这两句时,那心情、那滋味甭提有多美了!

时间一久,麻烦来了。班上的几位"大龄"男生都怀着嫉妒心理,尤其是刘打头的扬言要整我。这天,在上早自习时,从后面传来一张字条,直接递到王艳艳手中,她看了一下,显出很生气的样子。我小声问:"写的什么?"她说:"你别问了。"我急着想知道,一把夺了过来,打开一看,上面写的是顺口溜:

闫立秀,穷到家,

> 破棉袄，露棉花，
> 穿草鞋，露脚丫，
> 脸不洗，牙不刷，
> 衣服不换卫生差，
> 脏的像个赖蛤蟆，
> 不像学生像叫花。
> 送个外号闫邋遢！

> 赠给美男子——闫邋遢。

这是一场恶作剧。嘲弄、讽刺、挖苦使我感到委屈，我伤心地趴在课桌上哭了。王艳艳抓过字条，大声责问："这是谁干的？比吃穿，闫立秀是不如你们，比成绩，你们谁都不如他。闫立秀人穷志不短！"一席话说的大家哑口无言！

字条"风波"过后，那些男生虽然有点嫉妒，但对我都很友好，我也主动找他们玩耍，同学之间相处得倒也相安无事。可是王艳艳就是咽不下这口气，越是在公开场合人多的时候她就越和我靠近。课外活动大家一起跳集体舞，同学们围成一个大圈子，边拍手边齐声唱道：

> 找呀找呀找朋友，
> 找到一个好朋友。
> 行个礼呀握握手，
> 你是我的好朋友……

她边唱边跑圈子，逗得那几个男生手伸得老长。几圈过后，她来到我面前："我向你呀行个礼呀，拉拉手呀，你是我的好朋友。"唱罢，将我拽到圈子中央一起跳舞，并且用挑衅的目光望着他们。我知道她是有意气那帮同学的。孰知，这样做我就更惨了，刚刚缓和的矛盾又被激化，几个男生对王艳艳无可奈何,也只有拿我出气。其实我也是个很调皮的孩子,时间一久,就把放牛娃那种野性流露出来了。有一次,我捉了一条大毛虫拿进教室,吓得胆小的同学东躲西藏。然后我随手一丢,没当回事。这正好给那帮人提供了机会,他们偷偷地将毛虫放到全班胆子最小的那个女孩的文具盒里。上课时,她没有任何思想准备,发现后尖叫一声,吓得脸色苍白,安静的课堂顿时大乱。"扰乱课堂秩序罪"很自然地嫁祸于我,为此,我受到班级警告处分,吃了个"哑巴亏",只有暗暗叫苦。打那以后,我小心多了,一举一动处处谨慎。

我自幼散漫惯了,入学不久,有些毛病不是一时能改得了的。没几天,我要小聪明又闯下了大祸。这天上早自习,我一时兴起,把学校几位教师的姓氏用歇后语的方式连起来,编了一段顺口溜:

大桌面子方(方)老师,
天上下雨淋(林)老师,
提着行李送(宋)老师,
双手拉着留(刘)老师,
衣服不洗脏(张)老师,
法院开庭审(沈)老师。

王艳艳看后觉得好玩,夸我聪明、有才华,她拿过去在同学中间炫耀,我也觉得自己文采出众,高人一等。正当我沾沾自喜、自我陶醉之际,却又被他们抓住了机会,偷偷跑到"教导处"告黑状。张主任外号叫"老妈子",别看他长相像个老太婆,训起人来一点儿不留情面。更何况这一次我触怒了众多老师,他便以目无尊长、污辱老师"罪"罚我站操场。

夏日的太阳晒得人浑身冒油,站了几个小时还不肯放我。王艳艳慌了,知道是她惹的祸,直奔教导处……

13　汇演波折

> 她的"任性"是在维护我的"尊严",她的"罢演"是在为我鸣不平!她所做出的牺牲,对于一个被歧视并处在痛楚之中的少年来说,不啻是香露甘泉。

漂亮女孩子总是给人以好感,一贯严厉的张主任居然也能给她面子。当着全班同学的面,王艳艳牵着我的手,嘴里哼着歌,傲得像企鹅一样,昂首挺胸地走进教室。那意气风发的神气、得意洋洋的表情,令人啼笑皆非。

我是班上最穷的孩子,全校最苦的学生,虽然也很顽皮,但我深知穷和苦更应激发我认真学习的上进心,珍惜这来之不易的机会。每天天不亮,我就起床练琴;课堂上,我刻苦努力。我打算高小毕业后去考正规剧团,以实现我多年来的夙愿。我的希望、我的追求、我的梦想,全寄托在这把二胡上,高兴时奏一曲,烦闷时拉一段。琴声里蕴藏着我的理想和追求,令我陶醉在五彩缤纷的演艺活动中,向往着未来的艺术殿堂。

区里举办学生汇演,小礼堂坐得满满的。前排就坐的是区政府干部、文教科领导及各学校负责人。报幕员:"根据区领导指示,对本次参赛优秀节目、表演好的学生个人将给予奖励;希望同学们认真演出,争取获奖,下面演出开始……"

节目多是一些小型舞蹈、个人演唱、器乐合奏等。

在阵阵掌声中,演出有条不紊地进行着。

忽然,我听到报幕员用清脆嗓音介绍:"下一个节目,由周圩小学表演,他们参赛的节目是女生独唱《北风吹》。演唱者王艳艳同学,二胡伴奏闫立秀同学。"王艳艳上穿崭新的短袖白褂,下穿蓝色背带裙,两只短辫儿扎着蝴蝶结搭在肩上,鲜艳的红领巾飘在胸前,亭亭玉立,丰满匀称。灯光下,她显得更加活泼可爱、光彩照人,像一只展翅欲飞的白天鹅。

歌曲未唱，掌声先起，而且经久不息。

我是第一次登台演奏，手忙脚乱地提着椅子拿着二胡，刚想上台却被工作人员拦住："你想干什么？"

"登台伴奏呀。"

"就你？"

"是呀。"

"穿这身衣服也能上台？"

"我只有这套衣服。"

"不行！"我被挡了下来。

相比之下，我的衣着的确寒碜，太土：一件褂子长过膝盖，上面缀满了补丁，缺领少扣；裤筒子，一条长一条短，不伦不类；鞋子，前露脚指后露脚跟……

站在台上的王艳艳并不知道后台所发生的事情，她久等也不见我露面。这时，一名教师捧着手风琴上场说："王艳艳同学，我来为你伴奏。"

她回头一看，才发现我被"轰"了下去，一转身跑回了后台。

台上出现了冷场，台下响起喝倒彩的掌声……

望着我狼狈不堪的样子，她气得大声嚷嚷道："他二胡拉得那么好，为什么不让登台？是比艺术还是比穿衣？用手风琴伴奏，我不习惯！"

任凭工作人员怎样解释、劝说，都无济于事，说一千道一万，她就是不愿再上台演唱。她的"任性"是在维护我的"尊严"；她的"罢演"是在为我鸣不平！她，将失去一次获奖机会，她所做出的牺牲，对于一个被歧视并处在痛楚之中的我来说，不啻是香露甘泉。

带队的宫老师急了。为了学校荣誉，他一边想办法借衣服，一边做王艳艳工作，节目也调到最后演出。

舞台上的王艳艳载歌载舞，她把"喜儿"盼望爹爹回家过年的喜悦心情表演得淋漓尽致；我二胡拉得悠然自得，配合默契。一曲唱罢，掌声再起，只好再加唱了"倒七戏"《十八相送》。

刚走下舞台，就看到有位干部模样的人在等候。宫老师将我拉到他身边介绍:"这是咱们农业合作社吴书记,他说你二胡拉得很好,想见见你。"

吴书记,五十多岁,慈眉善目,身穿一套旧中山装,上衣口袋别了支钢笔。我赶忙走上前说了声:"吴书记您好。"

"好好,听说你也是咱们社的?"

"是的。"

"哪个村?"

"闫家湖。"

"好,'倒七戏'拉得不错,没给咱社丢脸!"

"那是王艳艳同学唱得好。"

"她是城里人,我可管不着啊!"紧接着,他又说,"农业合作社马上要扩大,转为人民公社,我打算成立个文艺宣传队,到时你可要去帮忙啊!"

"吴书记您放心,课余时间我一定参加。"

此刻,王艳艳手拿奖状,兴高采烈地跑来:"闫立秀,咱们得了一等奖!"吴书记笑了笑:"好,立秀同学,祝贺你!"说罢,拍拍我的肩膀离去了。艳艳不解地问:"他是谁?"我悄悄告诉她:"是俺们合作社吴书记。"王艳艳高兴地说:"这回你成名人啦!"

人的命运就像洪水奔流,遇着湍流和暗礁时,既能激起美丽浪花,也能粉碎你的一切。就是这么巧,偏偏让吴书记发现了我,正因为有了今天与他的见面,我成了触礁的浪花,我的命运、我的人生轨迹彻底地改变了。

第二天,王艳艳拿出一套改过的工作服和一双半新的球鞋送给我:"穿上吧,衣服是我爸的,妈妈改了一下,不知道可合身?"还没试穿,我连声说:"合身合身,肯定合身!"说着,禁不住流下了两行热泪。"谢谢"二字是难以表达此刻的感激之情的,我无声地哭了。

高小六年级最后一学期,我二胡拉得已小有名气,经常参加区市汇演并获奖,学习成绩在全班也是名列前茅。可是不久开始发生的变化,使我的学习成绩一天不如一天。

在那高举"三面红旗"的年代,为宣传"总路线"的方针政策,公社成立了一个文艺宣传队,吴书记点名要我去伴奏。一场两场还可坚持,时间一久就有些吃不消了。有时演出到深夜,疲劳加睡眠不足,上课时我两眼睁不开老打瞌睡。

在"一平二调"共产风盛行之时,根本不考虑是否影响学生的功课,甚至发展到停课参加演出的情况。

宗老师生性耿直,对公社这种做法十分反感,他认为这样下去会影响我的学业,总是想法护着我,并尽可能阻止。一次,正赶上毕业考试,公社又要我去参加演出,宗老师予以拒绝。吴书记找到学校发火:"宣传党的'总路线',是当前政治工作的重中之重,你这样做就是反对党的'总路线',就是对抗!"宗老师据理力争:"他是正在读书的学生,误了考试,会影响孩子一生啊!"。宗老师为保护我,却给他自己埋下了祸患,这是后话。

高小即将毕业,面临的是如何填写报考志愿的问题。那时初中考试相当重要,只要录取,全部住校,农村孩子就可将户口迁往城市。可以说,这是人生最为关键的第一步!

当时我的选择是两所学校,一是淮南二中(设在九龙岗南门口),二是淮南技工学校(紧靠九龙岗粮站)。九龙岗地区有十几所小学,初中录取比例为二比一,竞争十分激烈。宗老师建议:"你应该报考技工学校,不仅费用全免,吃住全包,毕业后直接分配工作,一般都是技术员,优秀者还可继续深造,说不定能当上工程师。"宗老师的话,使我想进剧团的决心第一次产生了动摇!但我犹豫不决,因为我太热爱戏剧了,为了这一天,我苦练多年二胡,付出了常人难以承受的艰辛!如今我已达到专业伴奏水平,毫不夸张地说,进剧团是唾手可得的事。犹豫之际,想到了"同桌",再去征求她的意见。王艳艳听后说:"凭你的成绩应当继续升学,将来学业有成前途无量。报考二中,我们又可以在一起学习了。"

老师叫我考技校,她劝我考二中,自己又想去唱戏,三岔路口不知该走哪一条道?这一夜,我翻来覆去难以入眠,思想斗争十分激烈。第二天一早,我就去找三婶,想听听她的意见。她坚决反对唱戏,桌子一拍:"不行!戏子最被人瞧不起,是'下三烂'行业,生不能入家谱,死不让进祖坟!"

一日为师,终身为父。经过几天的思考,最终决定听宗老师的话。

我向王艳艳解释:"对不起,我不能陪你考二中。"

"为什么?"

"家庭困难,考上也念不起。"

"考剧团?"

"不,报考技工学校。"

"决定了?"

"我是孤儿,别无选择。"

她听后低头不语,算是不情愿地默认了。分手时,她突然冒出一句话:"如果父母同意,我也报考技校!"

说罢,头也不回地走了,我一脸茫然……

14 雨中分手

> 异性之间交往,容易产生爱情,也容易被自己误认为是爱情。崇拜居于爱情之上,同情居于爱情之下,喜欢居于爱情之畔,他们都不是爱情。只有共同的志趣才……

发榜那天,同学们心情都很紧张。"录取通知书"是学校统一领的,办公室墙上贴着两张大红纸,写着学校录取名单;同学们的目光都在紧张地搜索自己的名字。

远远地,我看见王艳艳伸着脖子朝里挤,不一会儿笑眯眯地跑出来,见了我她高兴地跳起来!

"闫立秀,我们又能在一起啦!"

"有我名字?"

"第一名是你,我排第二。"

"走,到我家好好庆贺一下。"

"你家有什么好玩的?"

"今天我们村可热闹啦!"

"有唱戏的?"

"不是唱戏,是'还灯'。"

"什么'还灯'?"

"我们边走边说吧。"

我们来到村头的打谷场上,这里早已聚集了许多社员。一位长者大声说道:"今天,二楞媳妇生了个胖小子,她许过愿,生男孩请全村人吃糖、'还灯'!"说罢,"二楞"向全场撒糖果……

接着他又说:"白天你们唱唱跳跳,晚上请全村人看灯!"

接着锣鼓喧天,鞭炮齐鸣……

一对男女登场对唱,他们唱的是淮河民间小调:

男子唱道:

正月里来正那月正,
我约我的二小妹妹去(呀)看灯。
看灯本是假呀,我的妹(咋),
想你本是真,约你出来谈谈心。

女子接唱道:

大路上走路草棵里有人,
冤家哥前走妹(呀)后跟。
想说句悄悄话呀,我的哥(咋),
人多眼又杂,害怕别人嚼舌根……

王艳艳高兴得一边拍手一边喊叫:"太好听啦!我从未听过这么好听

的民歌……"还未演完我就催促她:"你该回家了。"

"真好听啊!"看样子,她意犹未尽。

将她送到村口我停下脚步:"你自己回吧。"

王艳艳:"天还早,到我家去玩玩吧。"

我犹豫:"我穿得太……"

王艳艳拉着我的手:"走吧!技工学校就在我家门口,顺便看看学校的外部环境。"她边走边说,"淮河小调优美好听,我还是第一次听到呢。"

"淮河边上的老百姓都会唱。"

"你也会唱?"

"会呀。"

"你唱给我听听。"

我轻轻地唱道:

正月里来正那月正,
我约我的二小妹妹去(呀)看灯。
看灯本是假呀,我的妹(咋),
想你本是真,约你出来谈谈心。

我刚唱完,王艳艳接着就唱:

大路上走路草棵里有人,
冤家哥前走妹(呀)后跟。
想说句悄悄话呀,我的哥(咋),
人多眼又杂,害怕别人嚼舌根!

我吃惊地问:"怎么,你会唱?"

"学习不如你,唱歌比你强!"

"别吹,你知道这首歌的含意吗?"

王艳艳摇摇头:"我只觉得好听,管它什么含意呢。"

我说:"这首歌是表达一对青年男女相互爱慕,没有'灯会',他们很难见面,有了机会又不敢正面接触。"

"是吗?"

"这首民歌虽然很优美,是不能随便唱的。"

"为什么?"

"只有两个相爱的情人才能对歌,懂吗?"

艳艳醒悟:"你骗人,骗人!"说着追打我……

我们并肩走在铁路上,王艳艳突发奇想:"咱俩比赛走钢轨。"

我一听不甘示弱:"自小就在铁路上走惯了,比就比,谁怕谁呀?"说罢,我们各自踩一股铁道向前走去。

夏日天,孩子脸,说变就变,刚才还是烈日炎炎,突然间下起了倾盆大雨。王艳艳赶忙牵着我的手说了声:"快跑!"我抓住她的手挡在前面,想找个躲雨的地方。

电闪雷鸣,暴雨倾盆,我和王艳艳在雨中奔跑……

铁路下面有一个涵洞,于是我们急忙钻了进去。涵洞很窄,只能容下两人,我们面对面站着。我望着她一副落汤鸡的样子,一种从未有过的怜香惜玉的情感油然而生。

我关切地问:"你冷吗?"

"有点儿。"

站在眼前的王艳艳脸上溅了许多泥巴,一双大眼睛也被雨水浸得失去神采,头发凌乱不堪,辫梢儿不停地往下滴水……不过在我看来,这反倒是另一种美,使她显得更加晶莹秀丽,清纯可爱。纯洁友情与青春萌动的撞击,在我心中化作了爱的热浪。

我看得出神,竟然忘了松手,依然把她手紧紧地攥着。突然间,她似乎悟出了什么,低着头将手摆动了一下。这时,我才从迷惘中醒悟过来,脸一红,赶忙将手松开,不好意思地将手放在背后。说实话,在一起跳舞手拉手那是常有的事,不知为什么,今天牵手却让我俩都觉得有些不好意思。

我们衣服全被淋透了。她脱下褂子说:"你帮我拧一下。"

一件短上衣拉近了我们之间的距离。

拧着、拧着,我看呆了……

时代变化,令人不可思议。今天的女性将袒胸露背视为美的象征,把丰满的乳房当成骄傲的资本,穿着领口极低的上衣,有意识地露出半个高坡和一道诱人深沟,若隐若现地吸引着男性的目光。可在那个年代就不同了,女孩子最怕显露乳房,哪怕隔层衣服隆起一点都觉得害羞,绝大多数都不用胸罩,一件小衣服将乳房勒得紧紧的。王艳艳的白色紧身衣被雨水浸透后贴在肉上,一抬头,我清晰地看见她白皙皮肤上隆起一对馒头般的乳房;当我们目光碰撞的一刹那,我觉得脑袋"嗡"的一下热血上涌,仿佛腾云驾雾,灵魂出壳。第一次窥视到女孩子最隐秘的地方,那种讳莫如深的奇妙感、神秘感,弄得我魂不守舍,好半天缓不过神来,一时间竟然忘了手中的衣服……

她见我迷惘的神态,低头看了一下自己胸脯,触电般地收回目光,羞红了脸,本能地用双手遮住胸前。见她惊惶、娇嗔的样子,我不好意思地将脸转向洞外,心中暗暗自责:面对这样的一位纯洁姑娘,怎么能这样失态呢?

艳艳赶忙将那件潮湿的衣服穿上。

雨,越下越大,洞内情景却十分尴尬。

艳艳轻轻说了句:"坐下嘛。"我依然站在洞口:"我不是有意的,真的……的确不是有意的,不信,我发誓!"说着,我举起右手。

"看把你吓的,坐下吧。"

我还是不敢回头:"我习惯站着。"

她抓住我的手:"坐下!"口气像是命令。

或许太冷的缘故,她紧紧地靠着我,把头依在我的肩上,辫梢儿搭在我的胸口,一股奇异的气息沁人心脾。虽然衣服被雨淋湿了,我非但不觉得冷,还感到暖意盈盈。尽管我们之间是天真无邪的,但我那颗青春骚动的心却怦怦跳个不停。有生以来第一次与异性身体零距离接触,心中有种从未体验过的感觉,那种感觉是醉人的、兴奋的、甜蜜的,同时也是备受煎熬的!想推开她,我不忍心,手轻轻举起又慢慢地放下;想抚摸一下她的秀发,几次伸出颤抖的手又缩了回来;我急促地喘息着粗气,双目紧闭,那神情显得非常紧张,身子一直在颤抖……

"你冷吗?"

"我,不,不冷。"

"真的?"

"真的,我,我感觉浑身发烫。"

"骗人!"

"不信你摸摸我的手。"说着,我将手伸了过去。

她抓住我的手:"怪了,你的手为啥这么热?"

"我也不知咋回事,心里像火烧一样。"

外面雨越下越大,风越刮越猛,洞口无遮无挡,王艳艳冻得嘴唇发乌;一股冷风吹进来,她禁不住打了个寒战:"好冷啊!"我不由自主地伸出手:"来!"她顾不得少女的羞涩,紧握我的双手,我转过身子挡住洞口的冷风,同她相对而坐。

此时此刻,我若没有一点别的想法,那绝对是假话。我忘乎所以,两眼放光,但只是一瞬间,便黯然失色了。残酷现实在提醒我,莫把"心动"当"动心",莫把"情动"当"动情",莫把"怜爱"当"恋爱"!那点欲望转瞬即逝,风夹着雨水打在我的脸上,我顿时清醒了许多。我们虽然近在咫尺,但却相隔遥远,她生在城市娇生惯养,我长在农村衣不遮体;她好似一只美丽的白天鹅,而我是一只丑小鸭。面对双方悬殊的家庭背景,理智在提醒我,现实在告诫我,不能有半点非分之想,任何天真的想法都是可笑的,任何邪念都是对纯洁心灵的亵渎!

"同窗"两载,她给了我太多的关心和帮助,我情绪低落时,她给我鼓励和安慰,我被人欺负时,她会挺身而出。平时,她给我送吃的、穿的、用的。她对我这么好,究竟为什么?我百思不得其解,多次想问个明白,可总是难以启齿,再说也找不到合适的机会。今天就我们两人,一定要问个水落石出。于是,我鼓起勇气。

"我能向你提个问题吗?"

"问吧。"

"你为啥那么关心我?"

"出于同情呀。"

"还有呢?"

"你是全班学习成绩最好的学生,我崇拜你。"

"还有呢?"

她低下头喃喃地:"你会拉琴,我爱唱歌,有共同爱好,同样都喜欢音乐、戏曲,是好朋友……我喜欢你呀。"

听了这话,我心中一阵狂喜,为掩盖高兴的表情,我故意说:"好像不是心里话。"见她低头不语,我又说道:"同桌两年,我希望听到你的真心话。"她抬起头来望了望洞外,欲言又止。我急切地想再次听到那句令人心醉的"喜欢你",催促道:"说呀!"然而,令我想不到的是,她的回答深深地刺伤了我的心。她忧伤地说:"在你进校之前,同学间关系十分复杂,只要我同哪个男生讲几句话或在一起讨论功课,马上就会有人捕风捉影,制造谣言,说校花看上某某了,他们在偷偷谈恋爱。有些话越传越离奇,越传越难听。甚至还有少数男生老围在我身边转,总是没话找话地缠着我,弄得我很烦,学习成绩也上不去。"

"同我接近就不会有人议论?"

"不会的,和你在一起,我有安全感。"王艳艳憋了半天才说出这句话。我听了大为不解:"安全感,什么意思?"

"他们不会议论的,只有嫉妒。"

"为什么?"

"因为……"

"说呀!"

"说出来,可不准生气呀。"

"我怎么会生气呢?"我笑了笑,"说吧。"

王艳艳迟疑了一下:"因为你太那个了……"

"我穷!"我已意识到她的话外之音,便脱口而出。

她见我脸色不对,忙解释:"我真的不是那个意思,我——"

"好啦!"我猛地站了起来厉声道,"别说啦!我全明白了。因为我是个穷学生,苦孩子,即使你天天和我在一起,别人也不会说闲话、造谣言的!"

"你别……"

"别,别什么?"

"你听我解释。"

"告诉我,是,还是不是?!"

"开头是,可后来我就……"

"我知道,所有人都瞧不起我,我是个穷光蛋,叫花子!"我声泪俱下……

王艳艳拉着我的手:"你别难过,都怪我不好。"

我将手一摆说:"我不想做你挡风的墙,遮雨的伞!"说罢,冲出涵洞,头也不回地在雨中奔跑……

王艳艳站在雨中哭喊着:"你回来——听我解释呀!你站住……"

我并没停下脚步,也不想听她解释。联想到因为我"穷",同学们拿我开涮、搞恶作剧;和她交往,也同样利用我是个穷学生来保护自己。我感到"人格"遭玷污、友情被践踏!两年"同窗"积累的深厚友谊,换来的却是对我的心灵伤害。旧伤新恨,使我无法平静,我只有愤怒!我恨苍天不公,我怨大地无情,因为穷,我吃不上饱饭;因为穷,我衣不遮体;因为穷,我被别人看不起!

我一边跑,一边落泪,分不清哪是雨水哪是泪水。有人说,人世间最纯真的友情只存在于孩童时代。我今天却不这么认为,孩童时代的友情只不过是天真烂漫的嬉戏;对有所求的交友者来说,"友情"只不过是一文不值的筹码。

雨在不停地下。

她在背后不停地哭喊。

我们都在流泪。

只知道自己感到委屈,我不知是否错怪了她……

15　后悔不已

　　拥有时感觉平平,失去后才倍觉珍贵;一时冲动,离她而去,冷静下来,后悔不已。我心中有一种剪不断理还乱、说不清道不明的感觉。

　　王艳艳是我平生最早接触的女性,尽管算不得"恋情",而且只有短短的两年时间,但就其实际意义来说,她是我一生中最难忘的一位女性,是我心中永不凋谢的花。

　　人的心灵美,使男女间除爱情之外的友情佳话从不少见。这些佳话大都有着感天动地美好行为做支撑,虽不见得一定轰轰烈烈,但在平凡的日常生活中的飞金溅玉,一点也不比为爱情做出牺牲的痴男怨女们逊色。在"火红年代"里,在"大气候"的氛围下,在人们不能左右自己的命运的蹉跎岁月中,我与她演绎的那段悲欢离合故事,虽谈不上震撼人心、感人肺腑,但其荒诞、离奇、曲折的经历,至今令我难以释怀。

　　涵洞躲雨,负气离去,冷静下来,后悔不已;拥有时感觉平平,失去后才倍觉珍贵。争吵怄气,仅此一次,一次别离,深感遗恨;思念与追悔,不断在我脑海中出现,有一种剪不断理还乱、说不清道不明的感觉。

　　当夜,我躺在炕上翻来覆去,久久不能入眠,一件件难忘的往事,重新浮现眼前:我坐起来打开那只心爱的小木箱,取出一条红围巾……

　　那是一个寒冷的冬天,教室外北风呼啸,飞雪飘舞,教室内学生们在自习,他们大都是棉衣、棉鞋、棉帽,我穿的却是棉花外露的破棉袄、旧单裤,而且还光着脚。我冻得瑟瑟发抖,蜷缩在课桌边,直流鼻涕。身旁的王艳艳正在埋头写作业,大概是她感觉凳子在抖动,便抬头看我一眼。犹豫片刻后,她将红围巾取下来说:"给!"我连忙摇手:"不,我会弄脏的。"

"送给你了。"说着,亲手把围巾围在我的脖子上。

"你不冷吗?"

"我穿的衣服多。"

"自打爹娘死后,还没有人这样心疼我。"说着,我心头一热,落下了眼泪。

"不准再说这些话。"王艳艳说罢,继续埋头写作业。后来,我把这条红围巾收藏在小木箱里,再也没用过。

我和王艳艳同坐一条板凳,贴的很近,我不时地挪动身子,向外边靠。王艳艳问:"离那么远干吗?"我不好意思地说:"我衣服脏。"王艳艳瞪我一眼:"干吗那么自卑?"她伸手将我拽到身边⋯⋯

此刻,似乎听到了王艳艳的说话声:"同情你,那是因为你可怜;对你好,那是因为我们都爱好'倒七戏';喜欢你,因为你聪明好学。闫立秀同学!我在利用你吗?"一连串的责问声,耳边回响⋯⋯

往事像电影镜头,一闪而过,留存心中的是永久记忆。我忘不了这位少女美好的形象,她天真无邪,心地善良,尤其是在我人生刚起步的时候,给予我那么多的关爱和帮助;她原本决定上二中,为了我却报考技校。扪心自问,难道这些不是纯洁友情?思前想后,我觉得真的误会她了,越想越恨自己莽撞。懊恼、忏悔,搅得我心神不宁。

为解脱不宁的心神,我提着二胡朝田野里走去。

夜,一片静谧。

一曲"倒七戏"《寒腔》在夜空中回荡,悠扬的二胡声是那么委婉、那么深情、那么幽怨;一轮残月半睁着朦胧的睡眼,一缕云絮飘过,淹没了那弯银白。夜色越来越暗、越来越深沉,一切都沉没在夜海之中⋯⋯

琴声由抒情变为低沉,宣泄着我心中的伤感、忧愁以及对同窗好友无尽的思念;我似乎又听到她那纯正的"倒七戏"清唱:

同窗共读三年整，

山伯英台情感真；

别后方知相思苦，

一日更比一日深……

《梁山伯与祝英台》中的"思念"这段唱腔,我拉她唱也不知合作了多少回,今天却是琴音渺渺,歌人不在。一曲奏完,我收起二胡仰面大叫:"王艳艳,我错怪你了——"

此刻,天已大亮。

我不由自主地向铁路方向望去,然后失魂落魄地像只无头苍蝇在村头乱转;我游神似的挪着脚步,像猫儿觅食一样不知不觉地走向学校。

我来到窗下,教室里空无一人。

我走进校园,看门的老校工问道:"找谁?"我不假思索地回答:"王艳艳。"老校工不解地说:"放假了,她还会来?"我哑然失笑,转身往家里走去。刚进村,就围上一大群人纷纷向我祝贺:这个夸我有出息,那个说穷家出了个"秀才",也有人说我沾了祖上积德的光,更有人说我生辰八字好(我是农历八月二十八日出生,占了四个八字,即八月、初八、十八、二十八),说什么的都有。我被淮南技校录取的消息不胫而走,一时间传遍了全村。

如果放在今天,考上"中技"又算得了什么?可那个年代就不同了。一旦被录取,即可改变人一生的命运,升学、工作、前途都有了。首先就可将户口迁入学校,跳出"农门",跨过了"城乡差别"的鸿沟。对于一个穷苦的农村孩子来说,这真算是苦尽甘来,黍谷生春。

我无心听这些婆婆妈妈的奉承,一颗心总是落在王艳艳的身上。思前想后,总觉得自己太冲动伤害了她,应该当面道歉。我进屋放下二胡,刚出门,生产队长气喘吁吁地跑来说:"刚接到通知,要你速去公社!"

"是不是又要演出?"

"好像是吧。"

"我想先到同学家看看,下午去行吗?"

"不行!叫你上午一定赶到,这是通知,自己看看吧。"

我接过通知看了一眼,无可奈何地叹口气……

我心急火燎地来到公社,一打听才知道并非演出,而是公社吴书记约我谈话。我心中直犯嘀咕:有什么重要大事,公社一把手要见我?怀着惴惴不安的心情,走进小礼堂,只见室内布置焕然一新,壁上贴满了大红标语和口号:

"歌颂'三面红旗',文艺也要放卫星!"

"超英赶美,把'大跃进'运动推向新高潮!"

一块大黑板上写着剧团的战斗口号:为确保夺得全市"文艺卫星"红旗,我们剧团口号是:

> 唱歌不怕喉咙疼,
> 跳舞不怕双脚肿;
> 演戏不怕雨和风,
> 节目更比炉火红!

我正在礼堂观看,忽见吴书记走来,我赶忙迎上前:"吴书记您找我?"

吴书记客气地说:"到我办公室谈吧。"

来到办公室,吴书记倒了一杯开水递了过来:"坐下,坐下。"

我双手接过茶杯:"谢谢吴书记。"

吴书记:"谢什么呀?要说谢,我得谢谢你(啊)。"我感到有些茫然。吴书记接着说道:"小闫哪,这半年来你对公社剧团贡献不小哇!"

"吴书记,是您给了我锻炼的机会。"

"你琴拉得很好,不错。"

"不行,我学的时间不长。"

"别谦虚啦,演出时,你拉得非常认真、卖力,就是不错嘛!"

我听了书记夸奖,心里美滋滋的。一个穷苦孩子能得到公社领导赞许,真是有点受宠若惊:"感谢您的鼓励。吴书记,找我有事?"

吴书记:"是这样的,(啊)为了更好地宣传(这个嘛)'三面红旗'(呵)。还有(这个嘛)……"农民出身的吴书记,是凭着实干一步步被提拔上来的,和其他基层干部一样,没有太高文化,讲话开会作报告,总是带些"嗯""啊""这个嘛"等不相干的口头禅,以弥补语言的连贯性。这也是当年许多工农干部的"通病"。吴书记接着说:"宣传党的方针政策(嘛)!我们公社党委研究决定,(这个)要在原来文艺宣传队的基础上,(啊)成立一个庐剧团,就是小倒戏,想把你(嘛)调来当乐队队长。"

我一听慌了,赶忙说:"吴书记,我考上技校了,要继续上学呢。"

"你考上技校啦?"他感到有点意外。

"是的,入学通知书都接到了。"

"剧团演员都想要(这个)你来拉琴。"

"请您原谅,好不容易考上技校,我不能失去这个机会。"

"升学是很重要的,机会(嘛),(那个)当然也很难得,是吧?"

"是呀,吴书记您说得很对。"

"剧团(嘛),(这个)就缺乏你这样的人才呀。"

"吴书记,业余时间我一定来帮忙。"

"这样吧,开学还早,你先留下来参加排练。"

"现在?"

"对,过几天市'艺术卫星指挥部'组织观摩评选。公社党委(这个)为了能拿到'卫星'红旗,决定把你调来参战。"

"我上学的事?"

"放心吧,升学(这个)事(嘛),我们会考虑的。"

"谢谢书记。"

吴书记话锋一转问道:"小闫呵,听说你父母亲都去世了?"

"嗯,我是孤儿。"说着,泪水在我眼眶里直打转。

"生活上有困难吗?"

"感谢书记关心,生产队供给粮食。"

"要感谢毛主席啊,感谢共产党,千万不能忘本哟!"

"我会永远记住党的恩情!"

"听生产队长讲,你娘当过红军?"我一听,来了精神:"是的,我娘当红军的事村里人全知道,外公家受牵连全部被杀害了。"

"那你更应该听党的话,继承先烈遗志,当好(那个)革命接班人啊!"

此刻,我心里甭提多高兴了,母亲当过红军的事连吴书记都知道,就算成不了"革命后代",起码公社领导知道有这么回事。也许有一天,组织上出面查清真相,认定我是红军的后代,那真是莫大的荣幸,天大的喜事!寂寞已久的心灵,突然又情感冲动起来。我站起来向吴书记表态道:"吴书记我听您的!"

吴书记高兴地拍了拍我的肩膀说:"小闫啊,好好干,希望你为公社剧团(那个)出力献策。"

"放心吧,我一定好好协助剧团,争取拿到卫星红旗!"

"还有件事你得帮忙。"

"您说吧。"

"那次汇演,唱《北风吹》的那个女孩子能找到吗?"

"你是想——"

"请她来帮忙。"

"她不是咱公社的人。"

"管她是哪里人哩,只要她参加剧团唱支歌,就算我们公社的人。我要想尽办法,拿下全市文艺卫星红旗!"

我心中暗暗高兴,正想去见她呢,不仅有了机会而且还有了借口,不怕她不理我。于是,我爽快地答应:"我这就去!"说罢,急不可待地冲出了门外。

16　汇演夺旗

演出是成功的,吴书记如愿以偿地夺得了"文艺卫星"的红旗。

大家绷紧的心一下子放松下来,演员们流着泪水唱啊、跳啊,也就在此刻,她突然找上门来……

一九五八年五月,党中央"八大二次会议"通过了"鼓足干劲,力争上游,多快好省地建设社会主义"总路线后,全国为"超英""赶美",以大炼钢铁为中心内容的"大跃进"把运动推向了高潮。同年九月十三日至二十日,中宣部召开了一次文艺工作座谈会,着重讨论"大跃进"中文艺也要争取放卫星的事。文化部先后在安徽、郑州召开了省文化局局长及全国文化行政会议,提出群众文化活动要做到:……人人会唱歌,人人能绘画,人人能舞蹈,人人能表演,行行放卫星,处处放卫星,各级都要成立"艺术卫星指挥部"。一时间,各种卫星升天。江西省上报组织了五千多个山歌社,四川省组织了两万两千多个农村文艺创作小组,安徽省农村队队都有创作小组。有些省甚至提出更为荒唐的口号:一个夜晚要写六十多个剧本,每个县都要出一个郭沫若……

正是在这种政治气候下,公社党委成立了"淮丰卫星庐剧团"。在"文艺为政治服务"的口号下,节目都是歌颂"三面红旗"的现代戏、诗朗诵、快板书、表演唱等。

经过日夜奋战,一台节目仅用十多天即排练成功。除在农村田头演出外,多数时间深入到大炼钢铁的各个工地上演出。

市"文艺卫星"评选工作如期举行。评委们亲自下乡挨个观摩,我们放在八月二十四日最后一场。公社党委为能拿到这面流动红旗,决定把剧团安排在九龙岗铁路俱乐部演出。

礼堂门外彩旗招展,墙上贴满标语。

舞台两边悬挂着巨幅标语:

左边是:总路线·是灯塔·光照宇宙;
右边是:大跃进·放卫星·直冲九霄。

后台,吴书记亲自督战,做战前动员:"你们(啊)要认真演好这台节目!(啊),一定(这个)给我拿下(啊)这面卫星红旗……"说着,他瞟了我一眼:"那个女孩?"我赶忙解释:"昨天我找过,邻居们说她和父母一起回老家探亲了。"

吴书记:"那就靠自己吧,你们一定要加油啊!"

大幕拉开,第一个节目是诗朗诵。一位男演员用洪亮的嗓门慷慨激昂地念道:

反右倾,鼓干劲,
人定胜天干革命!
"小高炉""小羊群",
钢产量达到一千零七十万吨。
超英国,赶美国;
要在世界称强国!
全党全民齐动员,
一天等于二十年……

接着是充满淮河风情的"花鼓歌"对唱,"兰花"唱道:

过去兰花爱梳妆,
如今都是铁姑娘。
能让高山低下头;
要叫河水翻过岗,
不进洞房上战场!

歌声中,一面面"铁姑娘战斗队"的旗帜舞动;姑娘们肩担箩筐,你追我赶,领舞的是身穿大红衣的新娘。这个节目叫《新媳妇挑塘泥》,是从市文工团移植过来的……

"鼓架子"接唱：

> 新郎不比新娘孬，
> 你能抬来我能挑。
> 哪怕老天不下雨，
> 人定胜天保旱涝，
> 粮食卫星冲九霄！

随着歌声，"青年突击队"的小伙子们以推独轮车舞姿动作上。领舞的是新郎……最值得一提的是小节目《对夸》，还引出一段"轶事"：

> 男：我种的稻粒赶黄豆，
> 女：我种的黄豆像面包。
> 男：我种的芝麻赶玉米，
> 女：我种的玉米比人高。
> 男：泰山当成小土包，一锹把它铲平掉！
> 女：我端起巢湖当水瓢，哪里有旱哪里浇！

意想不到的是，最后两句盛行安徽的诗歌，惊动了当今"万岁"。后来在批评、纠正浮夸风时，毛泽东诙谐地说："什么端起巢湖当水瓢，哪里有旱哪里浇，我就没有端过，大概你们安徽人是端过的，那个巢湖怎么端得起啊……"

最后演出的是现代小戏《摔锅》：

老汉唱：

> "钢铁元帅"已上马，
> 小高炉遍地开花。
> 摔锅献铁表红心，

咱永远要听党的话……

老太婆唱：

　　这口锅我用了十几年，
　　补了又补到今天。
　　虽说如今吃食堂，
　　你要摔它我心酸……

　　通过老汉的耐心说服，老婆子终于同意，最后两人将锅往下一摔，小戏结束……

　　现代小戏《摔锅》是我编写的。一九五七年十一月，毛泽东在莫斯科会议上豪情满怀地说："中国从政治上、人口上说是个大国，从经济上说现在还是个小国。他们想努力，他们非常热心工作，要把中国变成真正的大国。赫鲁晓夫同志告诉我们，……十五年后，苏联可以超过美国。我也可以讲，十五年后，我们可能赶上和超过英国。现在英国年产两千万吨钢，中国呢？再过十五年，可能是四千万吨钢，岂不超过英国了吗？……"于是国内开展大炼钢铁的高潮。家家献铁，人人寻铁，包括家庭生活用具、锅碗瓢盆，只要是铁做的一律无私奉献，开头是自觉上缴，后来挨家挨户搜查。戏中老两口的铁锅并非自觉上缴的，是民兵强行拿走的，不仅如此，还将他家祖宗牌位底座也收缴了（底座是铁铸的），老太婆大哭大闹寻死上吊，后在生产队长劝说下，答应给她两个大馍，才将这事摆平……这出戏，虽构思简单，胡编乱造，但其内容非常符合当时的政治需要，得到了"评审团"的一致好评。

　　戏在一片掌声中落幕。

　　演出是成功的，公社干部如愿以偿地夺得了"文艺卫星"的流动红旗。在爱国主义这个大环境里，一切的欺骗与谎言都变成真实的"战果"，在虚荣心面前，评比的真实性和公平性，根本一文不值！

当年就在这里夺得文艺卫星红旗

　　吴书记非常满意,他高兴地说:"今天演出很成功的(啊),乐队(嘛)合作得也很好,小闫同志功不可没!"听了书记表扬,我心里甭提有多美了,这不光是听了几句好话而高兴,可贵的是我们拿下了"文艺卫星"的流动红旗,在全市人民面前露了脸!成长在"大跃进"年代的青年,哪个不是热血沸腾?口号要比别人喊得响,空话要比别人吹的大,"卫星"要比别人放得高!

　　带着胜利者骄傲的和无比激动的心情,大家流着泪水蹦呀、跳呀、唱呀、笑呀,相互祝贺着。十多天来,演员们在吴书记威严目光的震慑下,个个谨慎,日夜不停地排练。如今,绷紧的心一下子放松下来,怎不令人兴奋!

　　大家闹了许久,才安静下来。

　　演员们开始拆台、收拾道具,此时,好友宋民突然跑来:"大门外有人叫你出去一下。"

　　"谁?"

　　"不认识。"

　　"叫什么名字?"

　　"没问,说是你同学。"

　　"同学?是男是女?"

　　"是个女孩子。"

"你帮忙收拾一下东西,我去看看。"我猜想,会不会是王艳艳?这儿离她家很近,肯定是她!

17　朦胧初恋

一勾弯月像只小船在天河里游荡,"月老"掌舵摇橹,把天下有情人摆向彼岸;繁星眨着眼睛,似乎偷看一对情人在悄悄私语,然而,我们却相对无言。

来到门外一看,果然是王艳艳。我心里既惊喜又激动,十多天来无时无刻不在思念她。回想上一次在铁路桥涵洞里我粗暴的行为和她所受的委屈,心里感到万分愧疚。这时我发现她身边还站着一位四十多岁的女人,心里咯噔一下,暗想,该不会是因"涵洞事件"来找麻烦的吧?只好硬着头皮迎上前,小心翼翼地问:"这么晚,你们是——"王艳艳接口道:"我们来看你演出的。"这时,一颗悬着的心才慢慢放下。

"你好棒啊!二胡拉得动听入耳。"王艳艳眉飞色舞地说。接着她指了指身旁的那位中年妇女,"我妈在台下一个劲儿地夸你。"

"你妈?"

"是呀!哦,忘记介绍了,这是我妈。"

"伯母您好。"

"听艳艳讲你是个苦命的孩子。"

"伯母,我非常感谢你对我的关心和帮助。你看,我身上这套工作服就是您亲手改的。"

"今后你和艳艳又是同学了,有什么困难来找我,衣服、被子脏了拿来家我给你洗。"多么好的伯母,同艳艳一样,心地善良。想到这,我越发觉得那天的事对不住她,想借此机会说几句道歉话:"王艳艳,那天下雨——"不等我说下去,她急忙使眼色打手势制止。我明白了,"怄气"的事儿她并未告诉家人,这使我更感愧疚。她拉着我走向一边悄悄地说:

"不准再提那件事。"

"你不生我气了？"

"压根儿就没往心里去，谁像你，小心眼儿。"

"听说你回老家了？"

"是呀。"

"在哪儿？"

"革命老区，山东沂南县！"她的口气充满几分自豪！我附和说道："了不起，沂蒙山区是抗日根据地！"接着她神秘地告诉我，"我妈挺喜欢你的，知道你的身世后，想收你为义子你愿不愿意？"我一听，又惊又喜，对于幼年失母的我，如果能得到一份"母爱"，那真是求之不得的事。我惊疑地问："王艳艳，该不是开玩笑吧？"

"不，是真的。"

"不嫌弃我？"

"爸妈是经过商量后决定的。"

"太意外了。"

"如果你答应，我跟妈说去。"

"我愿意！"我高兴地说，"我会把二老当成亲生父母一样孝敬。"

"我想你一定会答应的。"

"肯定是你在爸妈面前为我说了许多好话。"

"怎么感谢我？"

"今后，把你当成我亲妹妹。"

"错了，我是你姐姐。"

"不可能吧？"

"你是八月二十八日生，我生日是七月初六，虽然同年，但我比你大月份，你说该不该叫我姐姐？"我虽然有点不服气，但又找不出理由，她看我无可奈何的样子，得意地一笑转身跑到她妈面前。最后我们商定：农历八月二十八日，也就是我生日那天，同王艳艳一起到学校报到后同到她家吃中饭，正式拜见干爸、干妈。

我有些恋恋不舍:"刚见面,又匆匆分开。"

王艳艳:"我同妈说过了,让她先回家,我留下来陪你说说话。"

"太好啦!"我激动得手舞足蹈。

礼堂大门外是个露天篮球场,我们并排坐在水泥看台上。我抬头望了望夜空,浩瀚神奇的宇宙让人对它充满遐想,挂在天边的一勾弯月,像只小船在天河里游荡,"月老"掌舵摇橹,要把天下有情人摆向彼岸;繁星眨着眼睛,似乎偷看一对情人在悄悄私语,然而,我们却相对无言。她低着头两手不停地拨弄着辫子,我憋了一肚子话想说,可一时不知从何谈起。空旷的球场上就我们两人,沉默、无语。

夜,静悄悄的,我们隐约能够听到对方的心跳声……

还是她先打破沉默:"看你们在台上唱歌跳舞那欢快劲儿,我心里直痒痒!"

"是吗?"

"你还不了解我?只要唱歌,就会忘记身边一切,只要往台上一站,就觉得整个世界就剩我们两人。"

看得出,只要一提起唱歌,她总是那样忘情。我想,她要是能够进正规剧团,经过培训后一定会成为歌唱家。

"我真想上台唱一首。"

"肯定会获得全场的热烈掌声。"

"可惜我没有这个机会。"

"那你现在就唱首歌。"

"被别人听见多不好意思。"

"小声唱。"

"唱哪首?"

"我最喜欢听的那支歌——《天涯歌女》。"

她清了清嗓子,小声唱道:

天涯呀海角,

觅呀觅知音,
　　小啊妹妹唱歌郎奏琴,
　　郎呀!
　　咱们俩是一条心……

　　还没等她唱完,我就说道:"你唱错了。"
　　"没唱错呀。"
　　"你再唱一遍。"
　　刚唱完我又说不对,一连唱了三遍,我还说不对。她有点生气地说道:"到底哪儿错了,请你指正。"
　　我假装认真地:"小啊妹妹唱歌郎奏琴,我没为你伴奏呀,另外,你唱到咱们俩是一条心时,感情不真。"她恍然大悟:"你真坏,怪不得天天说我发音不准呢。"
　　说着,小拳头像雨点般地轻轻捶在我的背上:"换一首,唱'四季歌'。"还没等我反应过来,她开口就唱:

　　春季到来绿满仓,
　　大姑娘窗前绣鸳鸯,
　　忽然一阵无情棒,
　　打得鸳鸯各一方……

　　这两首歌,虽都是电影《马路天使》插曲,但前者与后者是截然不同的两种意思。平时换来唱去并没什么感觉,今天晚上她唱这种伤感歌曲令人扫兴。不等她唱完我气得捂住耳朵连声说:"别唱了,我不爱听!"她似乎明白我的心事:"又生气了,小心眼儿。"其实,我并不是小心眼,我也没有生气,我只是在想,在这个月色朦胧的夜晚,她为什么要唱这首歌呢?我的第六感官告诉了我,唱这首歌是否在我的多舛的命运中预示着什么呢?

面对眼前的这位少女,我感慨万千:她是那么的单纯,那么的善良,她又是那么的可爱,一种爱怜之心油然而生。假如我真做了王家义子,一定要好好报答她、照顾她、保护她。

　　此刻,我心中产生了许多想法:虽然命运对我不公,自小失去双亲,沦为孤儿,但是眼前却出现新的转机,不仅考取技校前途一片光明,还即将获得一份母爱和温暖的家,又能与心爱的艳艳朝夕相伴。这一切像做梦一样,来得太快了!兴奋之际,感到有些唐突和不可思议;高兴之余,又多了几分疑虑和不安。一个家庭怎会平白无故地接纳我这个苦难孤儿?是出于同情,还是另有原因?我百思不得其解。

　　一个大大的问号在脑海里盘旋,我想问个清楚明白,又不敢贸然开口。为吸取上次的教训,憋了老半天我才吞吞吐吐地说:"我,我……我想问你——",话到嘴边又停下了。"我知道你想问什么?"她平静地说,"你一定是想知道爸妈为什么会收你做义子?"我问:"能说说原因吗?"她狡黠地一笑:"不,说出来要是再惹你生气,又不理我了。"我站起身来,认真地举起右手:"我发誓,决不生气!",她带着愠怒的口气:"跟你闹着玩的还当真了,坐下!"我顺从地坐在她身旁。认亲内幕在王艳艳的叙述中彻底弄清了……

　　王艳艳一家原籍山东沂南县,父亲王保三,母亲李小云,夫妇二人受地下党指派,以开杂货铺做掩护,暗中传递情报。由于叛徒告密,敌人放火烧了杂货铺。幸好夫妻俩护送"交通员"出村,逃过一劫。可怜睡在家中的三岁儿子葬身火海。为防敌人追捕,他俩含着热泪连夜逃走,从此与地下党失去联系,夫妻二人只好在淮南隐姓埋名干铁道养路工。不久"艳艳"出世,全靠王保三一人挣钱糊口,因为生活贫困,就再没生过孩子。解放后,日子太平了,王艳艳母亲思念儿子日益加深,常常彻夜无眠,不断念叨,伤心落泪。时间一久,精神由抑郁转为失常,时好时坏,日轻夜重,患了间歇性精神病。每到夜里,她抱着枕头呼唤儿子的乳名,闹得邻居不安。有时若是犯了病,一个人跑出去几天不归。

　　经一位老中医指点,叫他们认个义子或抱养个儿子,病自然就会转好。艳艳父亲打算认一个义子,只可惜没有合适人选,城里的父母,谁愿舍弃亲生骨肉?乡下孩子又无法解决户口问题。与王艳艳双双考取技校后,我成了最佳人选。

秋夜已有丝丝凉意,突然一阵冷风吹过,她打了一下哆嗦。我赶忙脱下那件"工作服"给她披上。看着她美丽的倩影,我真是神魂颠倒,当时不知哪来的勇气,趁着给她披外衣时一把抓住她手,然后把她的手放在我的胸口上。她抬头看看我,眼神迷人,就势靠在了我的肩上,深情地说道:

"我们很快就成一家人了。"

"我这个孤儿总算有了家。"

"妈说了,一辈子留你住在我家。"

"我成了世界上最幸福的人。"

"我们手牵手一起走进学校。"

"星期天我们一起回家看妈妈。"

"我最喜欢听你拉琴。"

"我最喜欢听你唱歌。"

"我最爱听你拉《北风吹》,仿佛看到雪花飘飘洁白的世界。"

"我最爱听你唱《天涯歌女》,一辈子愿意为你拉琴伴奏!"

这一切来得那么突然,是在毫无准备的情况下就确定了关系。我们没有拥抱,更谈不上接吻,那年头异性之间拉拉手,或有点过分亲热就临近"红线"了。真正的爱,就是要把疯狂或近乎淫荡的东西赶得远远的。我们低着头,紧紧靠在一起,轻轻地抚摸着对方的手,两颗青春骚动的心在怦怦跳动,忘记了世界,忘记了身边的一切。我感觉到有些飘飘然,仿佛置身于朦朦胧胧若隐若现的仙境里。尽管夜深四下无人,她还是面带羞怯,我隐约地感觉到她的手在微微颤抖。这难得的一聚,真可谓"金风玉露一相逢,便胜却,人间无数……"

初恋的爱,首先应该看成是给予,是奉献。我并没有急于表白。太珍贵的东西是不敢轻易抓取的,爱情太神圣了;不是急于占有,而是想方设法地要为她做些什么。我不知道这算不算初恋?赫尔岑说过,初恋的芬芳在于它是热烈的友情;萧伯纳也曾说,初恋不过是少许的愚蠢和大量的好奇心而已。不管怎么说,我们之间的关系只能算是朦胧初恋吧,因为还没来得及戳破这层窗户纸。

正沉醉在甜蜜的遐想之中,忽然一道强烈手电光照来,紧接着一声阴沉而又不失威严的喝问:"深更半夜,一男一女在一起干什么?"我和她霎时都吓傻了,蒙了。好一会儿才缓过神来。我忙解释:"我们俩是同学,好久没见面了,今天聚在一起说说话。""胡说!刚才还看见你们拥抱在一起!"说着,那类似"法海"和尚手捧金钵的神光——"手电",笼罩着我们,且越来越近,越来越强烈。我用手挡住光,才看清眼前是两个老头儿,胳膊上佩戴"纠查队"红袖章。其中一个走到我面前大声喝道:"你们不像好人,青年男女鬼混在一起,流氓行为!"

艳艳:"我们是谈恋爱!"说罢,抓住我的手拔腿就跑,很快消失在黑暗中。

俩老头远远在后面叫喊:"站住!"追了几步就累得跑不动了。

我们跑了许久才止步停下。

我不解地问道:"为什么要跑?"

"没看见呀。他们都戴红袖章!"

"戴红袖章是个什么官?"

"不知道,反正什么都能管!"

"我们又没干坏事。"

"能说清吗?"

短短的、甜蜜的、言犹未尽的"约会",被这两个该死的糟老头儿冲散了,我心中很是懊恼!细细想来也不为怪,那年头只要是戴红袖章的人,不管谁遇见这种事儿都会扮演"法海"角色的。

我们站在路灯下依依不舍。

分手时,我不无遗憾地说:"真想和你多待会儿。"王艳艳:"天也不早了,再不回去妈会着急的。"

"我送你回家吧。"

"不用了,我家离这儿很近的。"我依然不肯挪步。她见我站着不走,催促道:"回去吧,我们很快就会见面的,今后就是一家人了。"在分手的一刹那,王艳艳飞快地朝我手中塞了一张照片,然后匆匆离去。

作者的母校——周圩小学

灯光下我看得真切,原来是她的一张近照。相片上的她,甜甜的笑脸,睁着一双美丽的大眼睛,好像对我说:"你叫呀,快叫呀!叫我姐姐!"望着照片,回味着她刚才脱口而出的那句"我们是谈恋爱!"我高兴得手舞足蹈,又蹦又跳,大声喊叫:"我有姐姐了!我有家喽!我有姐姐了!我……"没留神,一位下班的女工正好路过我身旁,吓得她边跑边叫:"妈呀,我遇到神经病了……"

18 亦真亦幻

人的理想,在实践中常常会碰壁,而这是无可奈何的事情,因为人无法主宰自己的命运;所以人的理想相对于神秘莫测的命运而言,就如一场梦!

回到家中,已是午夜。

我躺在床上翻来覆去睡不着,并不时从枕头下取出艳艳的照片,在煤油灯下看得入神。看着看着,我带着甜蜜的微笑和幸福的憧憬进入了梦乡……

鞭炮声中,我穿了一套崭新的学生装,在众多亲朋好友簇拥下,走进王艳艳家的大院;王艳艳母亲高兴地迎了出来,我猛地跪下,近似疯狂地哭喊:"妈妈,妈妈！妈妈——"

　　我把幼年没娘的孤独和十多年来失去母爱的企盼,一下子暴发出来；呼叫妈妈的回声,在院内久久地回荡着……

　　艳艳妈:"可怜的孩子啊！你莫难过,今后一切都会变好的。"

　　她扶起我,将我带到里屋,一间漂亮的书房展现在眼前。

　　艳艳妈:"这是为你准备的书房。"

　　我高兴地问:"艳艳姐有吗？这房间真漂亮！"

　　艳艳妈:"有,就在隔壁。"

　　艳艳爸走了过来；

　　艳艳妈忙介绍:"孩子,这是你爸。"

　　我倒头便拜,甜甜地叫了声:"爸！"

　　艳艳爸:"孩子,这是爸给你的见面礼！"说着递给我一个红纸包。

　　"爸,钱我不能要。"

　　王艳艳:"见面礼一定要收的！"说罢,将钱揣在我的衣袋里。

　　艳艳妈当着客人面说道:"两个孩子会唱'倒七戏',叫他们唱一段好不好？"

　　客人们拍手叫好。

　　艳艳:"唱哪段？"

　　艳艳妈:"就唱'梁山伯与祝英台'。"

　　艳艳亮嗓子唱道:

　　　　望你望到谷登场,
　　　　秋风扬散米和糠。
　　　　你我好比糠和米,
　　　　从此分离各一方！

　　我接唱:

98

七月七日鹊桥会，
　　织女不来牛郎悲，
　　过了佳期无来日，
　　断了鹊桥各自飞！

众客人齐声叫好，可我觉得不是滋味，《梁祝》戏里有很多抒情唱段、美好词句，艳艳为何偏偏选这样伤感诀别的戏词？冥冥中，我的心中又产生了某种不祥之兆。

艳艳拉着我："走，到院子里看我种的花。"

我说："好呀，看看去。"说罢，我们俩手拉手出门。

身后传来亲朋们的议论声：

"郎才女貌，天生一对。"

"干脆招为上门女婿吧。"

艳艳妈："行，这个红媒让你们当了。"

听了这话，我心里甭提有多高兴了，心想，这该不是梦吧？回头望了望艳艳，她羞得面红耳赤，将头垂下。

我们来到前院，树枝上开的全是白花，我问道："这叫什么花？"

"梨花。"

"这花不好！"

"怎么不好？"

"'梨'和'离'是谐音，不吉利！"话音未落，就听见门外传来喝叫声："看你俩还往哪里跑?!"说着，那两个戴红袖章的老头闯了进来，他们一人抓一个，将我和艳艳推出门外。

我吓得浑身发抖问道："带我们去哪儿？"

俩老头齐声说："纠查队！"

我一听想跑，另一老头抓住我的头发："往哪跑！"

我大叫一声："放开我！"从噩梦中惊醒。

经此噩梦，再无睡意，我一直坐到天亮。

二十八日一大早,我就起床,对着镜子梳洗打扮:发型理成了当时最流行的三七开,穿上那套只有演出才舍得穿的工作服。我惊奇地发现,镜子中的我,在穿上了合身的工作服以后,放牛娃的形象早就不见了,白皙的皮肤中透露出些许帅气,俨然是一个英俊的小伙子了。我拿出生产队加盖公章的"政审表"、户口迁移证明,看了又看,然后小心翼翼揣在怀里。

我来到村头,回首望了望那间破草房,心中充满无限感慨:房子虽然破旧,毕竟曾是我挡风遮雨的栖身之处;再望望晨曦中冒着缕缕炊烟的村庄,眷恋之情油然而生。这里虽贫穷落后,但毕竟是生我养我伴我度过童年的地方。

我充满深情地自言自语:"再见了,我的家乡!"

弟弟闫立国(春生)从三婶家跑来送行:"哥,今天要走?"

"今天是我生日,报名入学的第一天,又是认干亲的好日子,立国,哥时来运转啦!"

"你也有家啦?"

"嗯。"

"也像我一样,有爹有娘了?"

我点了点头。

"哥,你叫我有事?"

"到爹妈坟前烧纸,向他二老报喜!"说罢,我拉着弟弟来到坟前;这是一座合葬坟墓,父母亲的名字并列刻在一块墓碑上。

我们兄弟两人跪在坟前烧纸。

我小声说道:"爹、娘!儿子终于熬出头啦!"

弟弟高兴地说:"我哥考上大学堂啦!"

我望着墓碑叫道:"爹、娘,我会争气的!将来当不成工程师,起码也是个技术员,要挣好多多多钱孝敬三婶,抚养弟弟,请二老在阴曹地府放心吧!"

给爹娘叩头后,点燃起一挂鞭炮,在劈劈啪啪声中,我朝公社走去,到

那里加盖公章后,再到技校去报名上学。

我穿过田野,沿着铁路,迎着初升的太阳,迈着轻快的步伐。满脑子想的是未来一片美好的前景、美好的希望。我将要成为技校的一个学生、我的农村户口将变成城市户口,我将彻底地脱离农村这个苦海,我将成为一个未来的技术员、工程师,我这个孤儿将有一个幸福的家,尤其使人感到幸福的是,那个心地善良美丽温柔的姑娘——王艳艳将成为我的妻子,将成为我梦寐以求的终生伴侣。我想,我已经成为了世界上一个最幸福的人,灿烂的阳光已经照在了我的身上。

想着想着,不觉来到公社。

办公室空无一人,我只好坐下等待。

此刻,公社庐剧团王团长突然出现在我面前,他身着旧军装,是位复员军人;他对文艺虽是外行,但对工作却非常认真负责。

他满脸堆笑地:"小闫来啦。"

我起身迎接:"王团长。"

团长客气地招招手:"坐下,坐下。"

"王团长,办公室怎么没人?"

"都在开会。"他高兴地对我说,"庆功表彰大会上,吴书记一再提名表扬你,夸你二胡拉得好,为夺得'卫星'红旗立了大功!"

我听说自己受到表扬,掩饰不住内心的喜悦,忙问道:"是吗?"

"还说你是不可多得的人才哩!"

"书记真这么说的?"

"在大会上说的,全团人都知道呀。"

我兴奋地有些忘乎所以。美言多而必有所图,赞语滥而必蕴其谋。好听的话像一架梯子,把人抬高了,难免头晕眼花,身不由己,不谙世事的我,高兴得如登春台。正当我沾沾自喜、自我陶醉之时,团长话锋一转说道:

"剧团太需要你了,留下吧。"

"留在剧团?"

"是呀。"

"不去上学?"

"公社领导这么看重你,能让他们失望?"

我摇头连声说道:"不干!我要上学。"

"当然啦,上学是很重要的,党的宣传工作更重要呀!"

"能比我的前途重要?"

"公社剧团就没前途吗?同志,在哪儿工作都是干革命嘛!"

"我想学技术,当工程师,当专家……"

"少个拉琴的,丢了'红旗'怎么办?"

"那我管不着。"

"吴书记下了死命令,不惜一切代价要保住流动红旗!你就算帮我忙吧。"他几乎用哀求的口气对我说。我回应道:"帮忙可以,星期天我一定回来。"

团长:"吴书记同意你去上学吗?"

我自信地说:"这不用你操心喽,他亲口答应过我的。"他听了这话无可奈何地摇摇头走了。我抬眼一看,见他朝吴书记的办公室走去……

不一会儿,公社管委会副主任兼文书廖某走了进来。我赶忙起身恭恭敬敬地喊了声:"廖主任,您好。"然后双手递上户口迁移证明及"政审表",他接过去用眼扫了一下,放在桌上冷冰冰地说道:"公社党委意见希望你留下,继续在剧团工作。"

听了这话,我心中一沉,一种不祥的预感笼罩了心头,来不及细想原因慌忙问道:"不会吧?"

"已经决定了。"

"不可能,这事能不同我商量?"

主任冷笑道:"公社党委决定的事,还要通过你?"

"当然要经过我同意喽!"

"要是不通过你呢?"

我口气坚定地说:"我不干!"

主任:"你敢!我不信,堂堂的公社党委还制不了你一个毛头孩子?告诉你,别不识抬举!"

这时我才意识到事态的严重性,随即改变了口气:"廖主任,求求你了,放我走吧。"

主任:"这不是我个人意见!"

我见哀求无望,也来了火气:"上学念书是我个人自由,你们不能干涉!"廖主任冷笑一声,把"政审表"朝我面前一摔:"自己看吧,凭你父亲当过国民党警察,'政审'就通不过!"

"我母亲当过红军!"我争辩道。

"你母亲当过红军有什么证据?你父亲当警察倒是铁的事实!"

"我母亲当红军吴书记都知道,不信你去问他。"

"'政审'通不过,我不能给你加盖公章,更不能办理户口迁移手续!"

我理直气壮地说:"我有录取通知书!"

"有本事你去找学校吧!"

"你们欺负人!"我边哭边说,"当初调我来演出,吴书记亲口说出我母亲当红军的事,还要我继承先烈遗志;如今,我要离开剧团,又讲我父亲是国民党警察,我,我要见吴书记!"

主任:"好哇,去找吴书记吧!"说罢,他双手一背,走出办公室。

我愣了,调我来参加剧团时吴书记还说过母亲当红军的事,要我继承革命先烈的遗志;如今,我要离开剧团去上学却又扯出我父亲是国民党警察来。这是怎么回事呀,难道我是在做梦?然而,残酷的现实粉碎了我的幻想!真是翻手为云覆手雨,惠之人言语虚伪。我多么希望这是一场梦啊!

望着廖主任的背影,我欲哭无泪,感到非常失望、沮丧,一下子瘫倒在坐椅上。此时,我脑海中出现王艳艳在翘首观望情景。她肯定在焦急等待。又想到艳艳妈说的话:"孩子,报过名就来吃中饭,咱们过个真!"

我猛地起身,抓起介绍信和政审表,冲出门外……

19　缘来无缘

> 人生就是一台戏,长短无关紧要,表演全靠演员,结局就得听从编导的安排了。

我满腹委屈地来到了书记办公室。

吴书记见我到来,和蔼地问道:"小闫哪,有事吗?"不知为什么,见了他我说不出话来,像孩子见到父亲一样,委屈地哭了。

"有话好好说嘛,别哭。"

"我要上学,廖主任不替我办手续。"

"你是为上学的事?"

"当初是您亲口答应我去上学的。"

"是呀,我是答应过。"

"那为啥廖主任不给我办手续?"

"这事不能怪他。技校嘛,不比一般中学,是国家花钱重点培养人才的学校呀!学生(那个)毕业后,(啊)都是安排在社会主义建设重要岗位上。所以嘛,对每个入学新生政审要求是非常严格的。"

"我父亲当过国民党警察,那是生活所逼。"

"毕竟他有历史问题嘛。"

"父亲并没有做过任何对不起党和人民的事。"

"历史(这个)问题是很难说清楚的。"

"父亲早已去世了,不该影响我的前途。"

"你不懂,'政审'(那个)问题嘛,要上查三代,下查子孙!"

"吴书记,您要替我做主呀!"

"这是个原则(这个)立场问题,我不能轻易表态呀!"

"我母亲当红军你是知道的。"

"那只不过是生产队长随口说说而已,没有证据嘛!"

"吴书记,您还是让我上学吧,毕业了我一定好好工作,报答党和人民的恩情,一辈子也不会忘记您的大恩大德!"我低声下气地乞求道。"有关你的(这个)'政审'问题嘛,(啊),那是经过公社党委集体讨论做出的决定,我个人怎能随意推翻?"此刻,我想到了当年"土改"划"成分"的事儿,那时小不懂"成分"的重要性,难怪三婶为我力争,如今三婶老了,说话也不顶用了。生长在这个"唯成分论"的年代,"成分"能决定一个人一生的命运;"成分"能让一个人一辈子抬不起头来,甚至能让一个人永世不得翻身;"成分"能毁掉一个人一生的前途和幸福。这是今天年轻人无法想象,也不可理解的!

我的期望、我的梦想全都化为乌有。我欲哭无泪,欲罢不甘,有冤无处诉,有理无法讲!我真是伤心到了极点,一下子瘫软在了地上。像我这样多灾多难的孤苦孩子,本该受到上帝格外怜悯、同情与眷顾,得到社会与人群更多关心、爱护与帮助,然而,上帝不理睬,世道也显得特别冷酷。纵使我左冲右突,也依然无法逃脱生活的打击、造化的折磨、命运的戏弄。看来只能听天由命,任人宰割了。我知道,任何哀求说理都无济于事,再费口舌也是徒劳无益,唯有泪水能发泄心中的悲哀!

我所失去的不仅仅是上学机会,还失去了那份即将得到的"母爱"、同艳艳的感情和美好前程……

对于一个穷苦的孩子来说,能上技校意味着什么?等于跳出苦海,跨进天堂。两年求学路是多么的艰辛。说起来今天的孩子怎么也不会相信:我没有一天吃过饱饭,晴天穿草鞋,遇上雨雪天只好光着脚丫去上学。冰块划破了脚,痛得钻心。上课时,放把稻草在课桌底下,双脚放进去取暖(至今双脚仍有冻裂的伤痕)。一件补了又补的粗布衬衣,因为脱不下来换洗而生了数不清的虱子。求学受的那份苦,至今想来仍不寒而栗。好不容易熬出来了,又怎么甘心放弃?生活有了盼头,却顷刻成空!

幼时亡母,我对"妈妈"这两个字既陌生又向往。十多年来,我从未有机会叫一声"妈妈"。自从那晚与王艳艳的母亲见面后,我觉得她真是一位慈祥的母亲,能做她义子是我的福气,即使喊一百声"妈妈"也叫不够!

没家的孩子,期盼有家的温馨;没妈的孩子,期盼有妈的温暖。有了家,有了妈,即使日子过得再苦,心里也是快乐的。几天来,我一直沉浸在"认母"的喜悦里,几次梦中笑醒,如今,却成了竹篮打水!

孤儿悲哀莫过于一个"孤"字,孤苦伶仃、孤立无援、孤独无靠。要说失去这次"认母"机会的伤感,远逊于失去同窗好友艳艳所留下的痛苦。我们同桌两载,在一起学习、在一起玩耍、在一起演出、在一起谈心。高兴时她为我欢笑,悲伤时她为我落泪,眼看我们将成为姐弟,我也极有可能发展成为上门女婿,可惜连一声"姐姐"未喊,就要这样无情地失去!

今天,她们全家准备好饭菜等我去"赴宴",谁料想风云突变,事情起了根本性的变化。事实向我无情地宣告:失学所造成的后果将使我一无所获!

吴书记见我一脸悲伤的样子,语调和蔼地安慰说:"小闫哪,留在剧团工作也是很有前途的嘛!为党宣传同样是光荣的,更何况能发挥你的一技之长,只要你听党的话,服从革命需要,组织上不会亏待你的,连王明志夫妇都十分器重你。"

我终于明白了,绕来转去目的只有一个:不让我离开剧团。

如果王明志不遇到"反右"运动回乡办剧团,如果当初我不痴迷学二胡,如果"汇演风波"不遇见吴书记……但是,历史拒绝"如果",谁也无法预测未来。没想到,受尽千辛万苦学会拉二胡,却断送了我的前程!

在那"一平二调"刮"共产风"的年代里,人民公社还未施行"三级所有、队为基础"的政策。身为公社党委书记的吴化东,重权在握,党、政、工、农、商、学、兵(民兵)都得听他调遣。一句话足以撤换一个干部,一张纸条就可将"坏人"送进监狱,一个指示可以随便调来生产队的粮食,一声命令社员们就得停下手中农活全去大炼钢铁。像我连"草民"都算不上的毛头孩子,还能不听他的安排?我是汪洋中的一叶小舟,无法摆脱漩涡,无力冲破惊涛骇浪驶向理想的彼岸。

吴书记继续开导:"你父母去世后,是党和政府养育了你。想想看,如果不是公社的优越性,你一个孤儿能活到今天?能够上学?党培养了你,拯救了你,如今党需要你留下来,就该服从组织安排嘛。"我无言以对。接着他严肃地说:"小闫同志!好好考虑考虑吧,做人可不能忘本呀!""忘本。"是那个年代干部们使用率最高的词汇,它能驳斥一切正当理由,封住你的口,让你有理不敢讲。人们最忌讳"忘本"这个词,领导说话就是圣旨,稍有异议就说你忘本,谁要是忘本就是大逆不道。他的话"有理""有节",无可辩驳。此时此刻,我一个十几岁的孩子还能说什么呢?唉,一切听天由命吧。

"吴书记,我听您的。"

书记高兴地拍了拍我的头:"这就对了嘛,听话就是好孩子!"随即喊了声:"廖主任!"

主任:"吴书记?"

书记:"告诉食堂,炒几样好菜,今天中午我请小闫吃饭!"

主任冲我笑笑:"小闫,你面子真不小啊!"我急着要到王艳艳家说明情况,赶忙谢绝:"吴书记,您别客气,我要到同学家去呢!"

主任:"小闫,不给书记面子?"

"我……"

书记:"同学家以后再去,饭后还要召开'保旗'誓师大会,你是一定要参加的!"

"吴书记……"

书记不容置疑地说:"就这么定了!"

20　长歌当哭

　　好事未成,厄运先登。机会来时像闪电一般短促,失去时又像快刀杀人一样利索!

公社食堂里,桌上摆满了丰盛菜肴,我没精打采地坐在下首。吴书记亲切地说道:"小闫,到我这边坐。"说着伸手将我拉到了他的身边。

此刻,王团长走到书记身边小声嘀咕几句后离去,吴书记站起来说道:"请大家稍等,今天还请了一位尊贵的客人,我们鼓掌欢迎她的到来!"

在热烈的掌声中走进来一位年轻漂亮的姑娘。白嫩嫩的瓜子脸上有一双水灵灵的大眼睛,微笑时脸上露出一对迷人的酒窝,两条长辫子拖在身后,身材苗条,天生丽质,温文典雅,显出古代仕女之美。乍见面,不用介绍就能让人感觉到她是个演员坯子。

书记忙介绍:"这位是我们公社(啊),党委邀请来的(那个)专业演员刘芝芸同志,她曾(那个)获得庐剧'新秀奖'、省'劳模'光荣称号;她不怕苦,从市剧团来到乡下,深入基层为贫下中农服务!"

团长在一旁补充道:"他们剧团的人都称她芸姐,你们就叫她刘老师吧。"

芸姐连连摆手:"不敢当!年长者喊我'芝芸',比我小的就喊'芸姐'吧。"

大家边鼓掌边说道："热烈欢迎……"

她很有礼貌地向大家点头："为工农兵服务，是我们文艺工作者义不容辞的义务！"

团长："芝芸同志，农村条件差，请多担待。"

芸姐："下农村吃苦，我是有思想准备的，生活条件差无所谓，只是……"

书记："别吞吞吐吐，有话就直说！"

芸姐："前天我就说过了，你们乐队太差，不懂音乐、不识简谱；舞台是综合艺术，红花还得绿叶配，我想……"

书记："想打退堂鼓？"

芸姐："书记呀，巧妇难为无米之炊啊！"

书记哈哈大笑道："这，你不用愁，我给你请来一员大将！"说着，指了指身边的我。

芸姐瞅了一下我，显得瞧不起的样子："就他？"

团长忙说道："他的琴拉得可棒啦！"

芸姐用一种藐视的眼光打量着我这个其貌不扬、穿着寒酸的年轻人："你经过专业培训吗？"

此刻的我，根本没有心思探讨艺术，加之她那盛气凌人的样子，更不想答话。

芸姐又问道："你识谱吗？"我依旧不想理她。

她继续问道："知道庐剧有哪些主要腔调吗？"

她像考官问学生，我生气地把头扭向一边。

芸姐看了书记一眼，摇摇头做出无奈的样子。

书记着急道："小闫哪，平时小倒戏你不是拉得很好的嘛！今天怎么不说话啦？"

芸姐："别问啦，一个农村孩子他能会……"

不等她说下去，我猛地站起来瞅她一眼，冲出门外。众人齐声叫道："小闫你——"

芸姐拦住我:"请原谅,可能我的话太直率了。"

书记生气地说:"不懂规矩,你回来!"我还是走了。

正当大家向芸姐赔不是,我提着二胡进屋:"刘老师,说吧,唱哪出戏?"

芸姐被我突如其来的举动闹得愣了一下。

但她仍持怀疑目光:"《休丁香》你会拉吗?"

"你说唱哪折吧?"

"《叹十里》行吗?"

"什么调?"

"C调。"

"是唱老腔,还是新改的'神调'?"

"神调。"

我定好琴弦,将头一仰,十分自如地抽动琴弓;苍凉的旋律,娴熟的技巧,把芸姐震惊了!奏罢过门,芸姐唱道:

  牛儿拉车慢悠悠,
  十里长叹无尽头;
  原只为,丁香途穷无处走,
  谁料想,峰回路转遇"知友"
  ……

一曲唱罢,书记带头鼓掌,连声说道:"好,好,马灿(特别)好!有刘老师和小闫加入剧团,流动红旗谁也夺不去!"

廖主任附和道:"流动红旗,在咱们公社扎根了!"

芸姐走到书记面前:"吴书记,我决定留下了。"

众人再次鼓掌……

芸姐走到我面前说:"很抱歉。"

我没有答理她,提着二胡出门而去;芸姐追了出来:"小闫同志……"

我生气地问:"你为什么要到这里来?"

"不欢迎我?"

"你害了我!"

"你……唉,我怎么说呢?"

"还有什么好说的!"

"你,错怪好人!"她说罢回屋。

我一脸茫然……

桌上摆满各种美味佳肴,我没有一点胃口,心儿早飞到王艳艳家了。按计划,今天中午她家高朋满座,像办喜事一样,专等我这位"贵客"光临。同演戏一样,整出戏少了我这个唱主角的,喜剧就会变成闹剧,真不敢想象她家会乱成什么样子。艳艳啊,我真的是分身无术啊!

吴书记举起酒杯:"夺旗难,保旗更难!丢了流动红旗就等于丢了公社的面子。保住红旗,就靠在座的各位啦!"

一切好像是事先安排好的,吴书记刚端起酒杯,王明志、李玉兰夫妇到来。吴书记向他俩介绍道:"小闫同志很听话的,决定留下来了,你们放心吧。"

我明白了,他们才是这场闹剧幕后的真正导演!

没有天上的乌云焉能落雨?不起狂飙又怎会推波助澜?正是这两位关键人物,在人生这台大戏中担任导演,从而改变了我一生的命运。他们为何走出喧嚣的闹市来到农村落户?又为何离开五彩缤纷的舞台到田头工地演出?其中原委只能用两个字来回答——"命运"。

命运捉弄了他们,也捉弄了我。

王明志、李玉兰,都是专业演员。他夫妻二人,一生一旦珠联璧合,算得上最佳搭档,五十年代初创建了安徽寿县淮声庐剧团。他们精湛的表演艺术,在皖西及淮河两岸小有名气。后来他们夫妇去了霍邱庐剧团,丈夫当团长,妻子挑大梁。"反右"运动中,"专案组"和剧团指导员背地整黑材料,准备将他二人打成"右派"。演员们都知道,讨饭出身的王明志不可能反对共产党。早在寿县淮声庐剧团工作时他俩就配合"大跃进"

运动,组织宣传队,编排了大合唱、现代戏,亲自带队到"跃进渠"工地宣传演出。九月四日《人民日报》还以"深夜演出在工地"做过专题报道;……在剧团的宣传鼓动下,广大干部群众以冲天的革命干劲,提出:"辟开高岗岭,迫水跳过岗""七天消灭旱老虎,一年无雨保丰收!"

说他们是右派,演员们怎么也不会相信。"专案组"还没来得及宣布"罪状",夫妻二人在大伙暗中掩护下,偷偷地离开剧团返乡了。回乡后,得到吴书记的赏识,调他俩到公社并选拔一批年轻学员成立了庐剧团。公社党委不怕承担风险,大胆启用人才,把涉嫌"右派"的王明志、李玉兰请来办剧团,说明对剧团的重视和办好剧团的决心。

在总路线方针的指引下,文艺界提出:争取在三五年内,各剧种、剧团的现代剧目,要达到所有演出剧目中的百分之二十至百分之五十。在"写中心、唱中心、演中心"的思想指导下,按照吴书记的要求:剧团编排了一出《仙女也想到人间》的剧目,以此来配合宣传大跃进。歌中有一段嫦娥与织女对唱。

嫦娥唱道:

  月宫装上电话机,
  嫦娥悄声问织女。
  听说人间大跃进,
  你可有心下凡去?

织女唱道:

  织女含笑把话提,
  我和牛郎早商议。
  我进纱厂当女工,
  他去学开拖拉机。

任何一个搞艺术人都懂得,舞台是综合艺术,红花还得绿叶配,好演员更需好乐队。尤其是宣传戏、表演唱,靠几位不识简谱、凭感觉的乡村吹鼓手来伴奏,演员很难抒发感情、施展才华,再好的节目也会演砸。因此,只要演这出戏,停课也要把我请来伴奏。

在"浮夸风"盛行的年代里,公社领导班子在"反右倾、反保守"及上级领导"一吹、二压、三许愿"的压力下,上报了惊人的数字:公社庐剧团深入炼钢工地、农村田头,一天演出二十场,观众受教育人数达十万人次,每天创作六个剧本,排五个新戏……

在特定的政治环境及特殊的历史背景下,又有两位造诣极深的专业演员加盟,公社庐剧团被评为全市农村文艺战线"卫星红旗"先进单位,也就不足为奇、顺理成章了。

吴书记知道,夺红旗难,保红旗更难,丢了流动红旗就等于丢了公社的面子。要保住红旗,必须加强剧团建设,因此,我成了这场政治游戏的牺牲品。

午饭后,紧接着召开演职员大会。公社小礼堂焕然一新,那面耀眼的"卫星红旗"挂在礼堂最显眼的地方,两边还配上战斗口号:

上联:放卫星能与嫦娥共舞
下联:保红旗敢同织女对歌

会上除着重布置今后演出任务外,团长还特别"表扬"了我:"小闫同志很好,自愿放弃升学机会留团工作,我提议,大家鼓掌欢迎。"在一片热烈的掌声中,团长让我表态。此时,我真是骑虎难下,哭笑不得。有心不说,会场岂不尴尬?说吧,自己实在难以启齿,只好违心地说道:"我热爱党的宣传事业,决心留在农村干革命……"

按照吴书记事先的指示,表态后我必须将"入学通知书"当着全团演员的面撕掉,以表示决心。我用颤抖的手取出那张曾经给我带来短暂兴奋的"废纸",一点点地撕着,这分明是撕碎我的心,撕毁我的前程,撕破我的美梦,撕掉我的一切!憋在眼眶里的泪水一下子涌了出来。

与会人员一齐瞪着惊愕的眼睛望着我……

团长一见忙打圆场:"你们看哪,小闫激动得哭了,真是一位立志农村干革命的好青年,让我们再次为他鼓掌!"热烈的掌声再次响起,我头脑一片空白。不知是欢迎还是嘲讽?是在夸我,还是害我?是在演戏,还是人性复杂情感的流露?

好事未成,厄运先登。机会来时像闪电一般短促,失去时又像快刀杀人一样利索!会议一直开到下午五点半,散会后我连招呼也没打,带着满腹委屈匆匆离开会场。刚走几步忽听有人喊我,回头一看原来是我的好友宋民,忙停步问道:"什么事?"

"公社紧急通知,今晚召开重要会议。"

"我有要紧事,去同学家。"

"吴书记说了,今晚会议一律不准缺席。"

"什么会这么重要?"

"批斗右派大会。"

宋民严肃地说:"吴书记指示,今晚是对敌斗争大会,是反击右派分子向党猖狂进攻大会,社直机关所有人员都不准缺席,谁不参加会议,就是对右派分子同情!"

这时小礼堂已传出响亮的歌声:

社会主义好,社会主义好!
社会主义江山人民保……

天哪!怎么这么倒霉呀!我坐在地上号啕大哭……

21　不准缺席

铁石心肠的人,置人于死地而不掉眼泪,害人入地狱而不动恻隐,人性邪恶的一面淹没了他全部的良知与感情,这既触目惊心,也令人毛骨悚然!

礼堂内人已坐满,我惊异地发现母校的许校长、朱老师等在前排就座。整个会场气氛紧张,人人绷着脸,个个表情严肃,好像跟谁怄气似的。我心中有些纳闷,到底开什么会? 我怀着忐忑不安的心情坐在了最后一排。

宋民走过来对我说:"你一定要积极发言!"

我不解:"为什么?"

"右派坏,他们想推翻共产党!"

"妄想!"我气愤地说,"谁反对共产党,我就打倒谁!"

宋民说道:"对,所以你一定要对他狠批猛斗!"

"我没开过批斗会,不知道该怎么说?"

宋民递给我一张纸片:"照这上面念。"

我接过纸片看了一眼说:"谢谢,我一定发言!"

七点整会议准时召开。廖主任语气严厉地宣布:"今晚召开批斗大会,希望参加会议人员积极发言,火力要猛⋯⋯"接着他大吼一声,"把反革命右派分子带上来!"只见两个民兵押着一个人进来,不看则已,一看我脑子嗡的一下。意想不到的是,被批斗者竟然是我的老师——宗润苍。还没来得及细想就听到:

"打倒现行反革命分子宗润苍!"

"打倒右派分子宗润苍!"

"打倒⋯⋯"口号声此起彼伏。

我心想,前几天还见到他呢,怎么会一下子就变成了反革命右派了呢? 惊恐之下,忽听廖主任声色俱厉地说:"宗润苍是混进革命教师队伍中的右派分子。怀着对党、对人民的刻骨仇恨,坚持地主阶级反动立场,敌视无产阶级专政,公然对抗公社党委决议,阻挠他的学生宣传党的'总路线',是个彻头彻尾的漏划'右派'、现行反革命分子⋯⋯"

上台发言的人,个个咆哮如雷,人人义愤填膺。平时看似温和的老师们都换了一副陌生而可怕的面孔,声讨、批判、指责、叫骂声不绝于耳。说他是披着人皮的狼,国民党还乡团……尤其是同在一校任教的老师朱某某发言更是令人震惊!他拿出早已拟好的发言稿,慷慨激昂地批判道:"他污蔑大跃进是大冒进,攻击我们党提出十五年'超英''赶美'宏伟目标是吹牛、天方夜谭……"

  他发言除了令人震惊外更多则是困惑,我在课堂上从未听老师议论过大跃进、大炼钢铁的事,真不明白为什么要加害于他?沉思中又被他发言打断:"他攻击办食堂是吃饱少数人,挨饿多数人,饿死不少人!说什么一天吃一两,饿不死小队长,一天吃一钱,饿不死会计员,社员三餐胡萝卜,干部吃的白馍馍,这是攻击党的干部,煽风点火制造混乱……"

  这些早已广泛流传在社会上的顺口溜,怎么全算在宗老师头上?真是欲加之罪,何患无辞!朱某某不愧是个编造罪名的巧舌、嫁祸于人的高手,大凡这样的人都是铁石心肠,置人于死地而不掉眼泪,害人入地狱而不动恻隐,人性邪恶的一面,淹没了他全部的良知与感情,这既触目惊心,也令人毛骨悚然!

  有生以来,我从未亲身经历过这样可怕的场面,只是在电影《白毛女》中斗恶霸地主黄世仁时曾经出现过类似的画面。黄世仁是罪有应得,而我的老师他冤枉啊!

  公社小礼堂我并不陌生,它是我最初施展才艺的地方,每次演出,都充满欢歌笑语,台上高歌激昂,台下掌声雷动。今晚不同了,台上"主角"则是我老师,我在台下当观众,躲在角落里不平、伤心、落泪,手中的纸片飘然落地……

  正当批斗会开得热火朝天之时,发生了戏剧性的一幕。

  按照顺序该轮到一位老贫农发言了,他是位年过半百的农村老汉,从皱纹密布的脸上可以看出,他是一位饱经沧桑、从旧社会苦难中熬过来的老人。他先是声泪俱下地控诉万恶旧社会,通过切身经历进行一大段的"忆苦思甜",然后说道:"大食堂好,一日三餐不用洗、不用烧,肚子吃得鼓鼓的,我们贫下中农坚决拥护!不过就是萝卜多,瓜菜多,粮食太少了,好多社员都得了浮肿病,今后请领导能不能多发点大米……"

他的"跑题"发言,使严肃的会场发出了一阵哄笑、骚动。

我虽然还是个不谙世事的孩子,但绝不相信宗老师是个坏人。他为人正直,教学认真,对学生要求非常严格。他热心教诲,不厌其烦地回答学生的质疑问难,使学生听得懂,学得快,记得牢。他教的班级学生成绩在全校名列前茅,同学们对他十分敬重。他还经常教育学生要珍惜来之不易的学习机会,只有毛主席共产党的领导,像你们这一代工农子弟才能获得上学机会,享受到良好的教育……

他虽然出身地主家庭,但自小外出求学,受到新思潮影响,经常劝父亲开仓赈粮救济穷人,并表示不愿继承父业,而要从事教育自食其力。为了表示决心,还将自己名字"继业"改为"润苍",他说"润苍"是滋润苍生,同情穷人。父亲受到他的影响,土改时主动交出产业,未受批斗打击,有开明地主之称,这些事在高塘乡(后来改为人民公社)广为传颂,有据可查。他从解放后任教直到现在,为培养后人兢兢业业,他热爱党的教育事业,怎么会一下子就变成漏划"右派"和现行反革命了呢?实在令人费解。稚气未脱、刚走出校门的我又怎能看清云谲波诡、无常变幻的世态?

世上任何事物都有它的偶然和必然,历史发展更是如此。

一九五七年六月八日,身为国家最高领导人的毛泽东亲自起草《组织力量反击右派分子的猖狂进攻》的党内指示;七月一日毛泽东又为《人民日报》写了《文汇报的资产阶级方向必须批判》的社论。这样,一场和风细雨的整风运动发展为疾风暴雨的反右派斗争。一场自上而下划定右派分子的全国范围群众性政治运动,从省市一级、高等学校、地市一级开始,到八月以后,扩展到工厂、农村、部队、中小学校,并持续了一年之久。一九五八年,又要求所谓反右运动"补课""深挖"。处在这样的政治气候及上级的层层压力下,公社干部、校方领导怕沾上"温情主义""斗争不力",犯"右倾保守"错误,并受到"宁左勿右"思想影响,决心在这次"补课""深挖"中干出点成绩来,向上面好交待。正值有关领导找不到"靶子"而发愁时,成分不好的宗老师被推向"靶场"。这根"导火线"是由闫家湖生

淮丰公社大炼钢铁小高炉群

产队一位干部闫某某一份揭发材料引起的。一次宗老师与他闲聊，在谈到大炼钢铁时说："逼老百姓摔锅献铁，炼出来的都是铀子，劳民伤财，得不偿失……"说者无心听者有意，闫某某很快打了小报告，向上面邀功请赏。领导层偏听偏信，这不过是随口说了几句真话，却被上纲上线说成恶毒攻击共产党、攻击三面红旗，是阶级报复，加之对我的爱护，又添了一条破坏宣传"总路线"罪名。以此为由，罗列罪名，将他平时言谈收集后断章取义、添枝加叶、无中生有地捏造各种"罪证"，一桩冤案就这样形成。

说他是阶级报复，纯属无稽之谈！

有一件事最使我难以忘怀，每每想来，心中便暖洋洋地漾出一股温情。记得一个冰雪天，宗老师见我赤脚上学，中午便留我到他家。师母也是位心地善良的好人，见我双脚被冰块划破肿得像馒头一样，流着同情的泪水说："随教多年，我还是第一次看到冰天雪地赤脚念书的孩子。如此贫苦受罪的学生真是太可怜了。"她用晾干的冬瓜皮温水让我浸泡脚（治冻伤的土办法）。她盛一碗白米饭和半盆汤叫我吃，我边吃边落泪，发现师母一双湿润的眼一直望着我不断叹气。

也许是她仁慈博大的爱心对一个弱者怜悯，也许是她善良本性使然，那天中午，她没有吃饭。老师把自己穿的一双半新棉鞋送给了我，打那以后，只要遇到风雪天气，我总是被"请"到他家吃中饭。后来，我实在感到过意不去，总是想办法提前溜出校门回家。

我就不明白了，这样的一个好老师，怎么就成了一个"右派"，就成了一个反革命分子了呢？

一声"散会!"令我从如梦往事回忆中惊醒。两个民兵押着宗老师走出会场,我暗中窥视,只见他被关进了一间小屋。我无意中听到廖主任对两位看守民兵交代:"看严点,不能出任何意外,材料整齐就要对他逮捕判刑!"这无疑是个晴天霹雳!一个为国家培养人才的教师,却要蒙冤入狱。一旦判刑,年迈的师母如何经受得了这无情打击?风烛残年的她将依靠何人?老师啊,您为何遭此劫难?!

师生一场,我特别想去看望他老人家。深夜十二点,我揣着一杯白开水来到门前。好在两位民兵都是熟人,他们说:"进去吧,说话小声点,免得惹出麻烦。"我道谢后向屋里走去,轻轻地来到他的身旁。一盏昏暗的灯光下,老师在写着什么(可能是写检查或是认罪书吧)。几天不见,他变得让人不敢相认。头上白发添了许多,两只充满智慧的双眼如今变得呆滞无神,手背上留下许多被抽打过的伤痕。可以想象,他遭受了何等的肉体和精神上的折磨、屈辱啊。师生会面于"囚室",此情此景,怎不令人伤感。我轻轻地叫了声:"老师。"

"你怎么来啦?"他抬起头来惊疑地望着我。

"老师,是我害了你。"

"不,千万别说这些。"

"我没有钱买东西,只能捧杯开水来看您。"

"孩子,你不该来看我,会惹麻烦的。"

"不要紧,门外民兵都是熟人,您喝口水吧。"他接过茶杯,一口气喝下,说了声谢谢。

我坐在他对面想安慰几句又不知说什么好,沉默了一会儿还是宗老师先开口:"你怎么会在这里?没去学校报名?"一句话触到我的痛处,半晌才喃喃地说道:"公社领导不放,留剧团了。"说罢,我长长地叹了口气,禁不住泪流满面。"留在农村干革命也很好嘛!"我知道他说这话是言不由衷。特殊环境下他又能说什么呢?彼此心照不宣。"老师——"我想把刚听到的消息告诉他,话到嘴边又停住,真不忍心让他再受刺激,只说了句:"老师,您多保重!"他点了点头,然后问道:"王艳艳父母收你做义

子的事办了吗?"我感到吃惊:

"老师,您怎么知道我们认亲的事?"

"她父母来校找过我。"

"找过您?"

"征求我的意见,我认真地对他们说,你是个有出息的孩子。"

"老师——"我难过地流下泪水。

"当你俩双双考取技校时,我真为你们高兴,既做了同学又多了份亲情。看他父母意思,今后你同王艳艳极有可能……"话说到这打住了,他是怕触痛我的伤心处,我也理解"极有可能"指的是什么。五十年代初,虽然提倡婚姻自由,但对于大多数青年男女来说,终身大事决定权,依然掌握在父母手中,更何况艳艳已对我产生好感,"极有可能"将会成为"大有可能"。然而,随着无缘升学,一切美好愿望全化作了泡影!

"极有可能",令我向往;"大有可能",是我愿望;"无缘升学",使我失望!失望,能使人产生怨恨;怨恨,能使人精神崩溃;怨恨,能让人丧失理智;怨恨,能把人气得不尽人情!最后我只说了一句话:"老师,你要多保重!"就一扭身冲出了这间小屋。

我在公社大院里转悠,在漆黑的深夜里徘徊。我一遍又一遍地问自己,难道因不能升学就割断了我与王艳艳的情丝?不!我不死心,我要努力,我不能心甘无为地接受命运对我的安排,我要去当面问问,相信她还是喜欢我的!

天不老,情难绝;心似双丝网,中有千千结。

苍天不会老,爱情不会绝。我同艳艳织的相思网,不会一夜之间解开网中千万个结。我冲出公社大院……

22　一夜无眠

美好的期盼启动了美好的回忆,然而,属于我的那份情感的天空究竟在哪里呢?

公社大院，紧靠九龙岗火车站。这儿是淮南煤城东大门，运煤的火车川流不息，设有车辆段、机务段、列车段、编组站。进出车辆都要在这里检修、保养、编组后方可运行。高音喇叭昼夜不停叫喊，播报上行开进车辆，下行发车计划，进入几道编组。隆隆车轮声、鸣笛声喧嚣不止，惹人心烦。想着今天发生许多不愉快的事，我久久不能平静，心像飞奔的车轮，翻滚不停，哀叹自身时运不佳，想未来心灰意冷，怜惜老师遭此厄运，世事变得不可究诘。

我迈步走出大门，望着铁路上像萤火一样忽明忽暗信号灯，心中不觉一阵凄楚。中国人大多喜爱"八"字。尽管带有迷信色彩、唯心主义，人们还都抱着"沾上八字就可发，能享富贵和荣华"侥幸心理，把它当成吉祥数字、精神寄托。人类已跨入科技发达、文明进步的二十一世纪，哈尔滨市某电信分局一个88888888固定电话号码居然拍卖到七十万元高价。可见人们对"八"字的钟情、喜好，达到了何等疯狂的程度！

我的生日占了四个"八"，按理说，应当沾"八"即"发"，鸿运当头，百事顺心。可我的"八"字下面偏偏多一把刀，变成命运分水岭，人生大转折，倒霉事儿像赶集似的接踵而至，这些倒霉事儿全都发生在我生日的这一天。

大凡世人，都把生日看得很重。孩子过生日，父母百般宠爱，早早定做蛋糕；学生过生日，同学们都会来祝贺；青年人过生日，朋友聚会开怀畅饮；夫妻间过生日，互赠礼品；老人过生日，儿孙辈尽孝拜寿。而我的生日却如此晦气！不是大喜而是大忌！以后每逢我的生日这天都会勾起我悲伤痛苦的回忆，以致后来儿女们多次要为我做寿都被拒绝。对于一个刚踏入社会的人来说，人生早期所遭遇的心灵的创伤是其一生也无法抹平的。它是卡在喉咙的一根刺，是横在心上一条无法愈合的疤痕，使你没有勇气去面对，个中滋味只有自己才能体会。

我迎着朦胧夜色中惨淡的灯光，踏着枕木，顺着铁路往前走去。穿过车站，向南一拐，便来到铁路俱乐部（礼堂）。上次演出宣传海报依旧贴在大门外墙上，虽经风吹雨打破损不全，但上面残留的一行大字依稀可见：乐队总指挥——闫立秀。看后不觉好笑,这年头什么都喜欢吹大的,连我在内也不过四个人伴奏,三个人都不识简谱,其中还有一位双目失明的盲人,全凭感觉跟着摸音。残缺不全的几个人也能称作乐队,还在海报上给我冠以总指挥头衔,时代之悲哀必然会造成个人之不幸!

这时我在想：假如这场戏演砸了该有多好啊!放不出"卫星",拿不到第一名,也就得不到"流动红旗",说不准吴书记一恼之间会把剧团解散了,我也不会失去这次升学的机会。

我来到王艳艳家小院门前,犹豫了一下,举起手正欲敲门,忽闻有人说话："走,到那边看看去!"我赶忙闪到一边。

随着话音,带红袖章的那两个老头儿向这边走来,我吓得赶忙蹲在墙脚下。

"老伙计,几点啦?"

另一老头看了看手表："一点多了。"

"要提高警惕!"

"对,这时小偷该出动了。"

他们边说边走了过去,我站在院门外,徘徊不定,双脚迟迟不肯挪步。头脑在剧烈地斗争着,此时已经一点多钟,深更半夜惊扰人家合适吗?万一惊动那俩老头麻烦就更大了。不行,还是天亮以后再来见她吧。

我走进露天球场,想起与王艳艳约会的情景,心中有种说不出的滋味：上次是,俩人相依,甜甜蜜蜜;今夜是,孤身只影,备感凄凉。举目望天,一片乌云遮住星光,再也找不到"月老"那只弯弯小船。难道说冥冥之中真有预兆?不然的话,王艳艳怎会在那天晚上突然唱起：忽然一阵无情棒,打得鸳鸯各一方……还有那个戴红袖章的老头,又怎会像"法海"一样视我们为大逆不道?种种迹象表明：福兮无缘善取,祸兮可以恶招!

秋风瑟瑟。我冷得有点支撑不住,赶忙起身活动御寒。我顺着铁道向前走,两只胳膊不停地摆动着,漫无目标地走走停停,也不知走了多久,天依然未亮。

仿佛鬼使神差,不知不觉来到了上次躲雨的涵洞。触景生情,我默默站在洞口,仔细搜寻着留在这里的那似乎遥远的回声。人与人之间亲切与友好,总是让人怀念的。就其单纯和美好而言,它不仅晶莹透亮,而且意趣丰盈,余韵袅袅。天公"作美",让我们挤进这狭窄涵洞。正是有了那场突如其来的暴雨,使两个青春少年的心紧紧地贴在了一起。我无意一瞥,看到那诱人的胸脯,她脸涨得绯红,微露出少女固有的羞涩,彼此间都感到不好意思……

这里留下了醉人的兴奋和怀念,也留下了无限的惆怅和遐想。

我们一起去爬过山,一起奔跑在田野湖畔,一起走进戏园子、电影院,一起在操场上跳舞玩耍,一起登上舞台……我觉得,凡是她足迹所到的地方,都是我心中的圣地。

爱美之心,人皆有之。认个漂亮女孩子当姐姐就像是"天上掉下个林妹妹",心中荡漾着无与伦比的幸福。善良与真诚又是最美丽的,最让人牵肠挂肚、日夜思念、梦绕魂牵的。现在回味起来仍觉得甜蜜的。

美好渴盼启动了美好回忆,然而,属于我的那份情感天空究竟在哪里呢?

从同学到朋友,从同窗共读到志趣相投,从怄气到冰释前嫌,从涵洞牵手到球场深夜相依,情感在一步步加深,心在一点点靠近,命运在一天天转变。似乎,幸运之神从天而降,让我同王艳艳乘坐"月老"那条弯弯小船,穿越碧波如镜的爱河,游向玫瑰花盛开的彼岸。孰料,船到中流风云骤起,无情浪花将我卷入水中,眼睁睁地望着心上人儿离我而去……

面对给我留下痛心回忆的涵洞,我要吼叫,我要呐喊,我要发泄!我大声唱道:

 一场欢喜一场空,
 两人心同命不同。
 艳艳并非英台女,
 我却成了梁相公!

一列火车飞驰而过,留下一条巨龙似的长长的浓烟,给黎明前带来一道阴影,阴影下,我感到眼前一片迷惘;一声震耳鸣笛,似乎在向我发出警告:你莫再胡思乱想了,鸡蛋敢同石头碰?你只能规规矩矩待在农村,老老实实接受命运安排,否则,"火红年代"的"帽子工场"随时都能给你扣一顶合乎"头型"的帽子!

　　心中刚刚燃烧起那点爱情的火花像受到了雨淋,我不由得仰天长叹:才自清明志自高,生不逢时运偏消。

　　不知不觉转悠到天亮,我打算去见王艳艳。尽管知道与她分道扬镳已成定局,分手也是在所难免,悲剧已成残酷事实,但我仍不死心,总是往好的方面想,哪怕只有一线希望,我也不愿放弃。趁着天色微明,速去见她,讲明原委,相信她们全家会原谅我的。

　　我心事重重地赶路,漫不经心地踩着铁道枕木想心事。此刻,突然一列火车从身后飞驰而来,汽笛鸣叫个不停,可满脑子胡思乱想的我,却什么也听不见。一阵刺耳刹车声,将我从麻木中惊醒,猛回头,不觉倒吸一口凉气,惊出一身冷汗。好险哪!车头在距我仅有两米多远的地方停了下来,幸好列车进站前开始减速,要不是司机采取紧急措施,我将会葬身于车轮之下,粉身碎骨!

　　司机从车上跳下来,劈面搧了我几个耳光,口中不停骂地道:"小狗日的,想死也该换个地方……"我早已吓得魂飞天外呆若木鸡,傻傻地站在路基边上,像个木头人似的一言不发。司炉在一边劝道:"算了,我看这孩子像个'孬子'(傻子)。"

　　火车又慢慢启动了,从我身边驶过。车窗伸出一排排人头,乘客们用惊诧的目光齐刷刷地盯着我,如同参观动物园里的大狗熊。我纹丝不动,过了很长时间才回过神来。

　　谁都有过倒霉日子。不知为什么,也许是巧合,就像一朵朵乌云在天空中巧合成阴霾,各种不幸、哀伤、触痛灵魂的事件纷至沓来。这一天用阴阳先生的话来说就是"凶日",至少是个不吉利的日子。心灵由于各种负面刺激而风雨如晦,黯淡、沉闷、失望、痛苦毒化了神经和血液,生命似寒霜摧残的草木，完全失却了蓬勃的活力与光彩。

事后朋友们听说了这件事，众说纷纭，有人说我是因为升学事想不通而去自杀，也有人说我大难不死必有后福……

彻夜未眠身心疲惫，加之惊吓，腿一软晕倒在了地上。躺了许久，才慢慢起身，刚走几步只觉得头晕目眩，我知道自己病了，只好掉头往回走。当我拖着疲倦的身子，跌跌撞撞地走进公社大院时，发现有几个人一大早在贴"墙报"。"大跃进"年代，公社"墙报"，就是公社"党报"。每周一期，介绍政治动向、国内外形势、生产进度、各条战线传来的捷报、喜讯以及表扬好人好事等。我无心顾及这些，向宿舍走去，忽听有人叫了一声："小闫，快过来看看，这一期墙报有你的新闻！"

我抬眼望去，一行醒目套红大标题映入眼帘：《不愿升学留农村，红心向党干革命》。下面写道：好青年闫立秀自愿放弃升学机会，决心留在农村，为党的宣传事业做贡献……

看后不觉苦笑一下，这年头作兴造假，人们早已习以为常了。命运既然给自己开了这么大的玩笑，就由他们摆布、捉弄吧。凭我，又怎能与之抗争？有心飞出牢笼，却回天乏术。

世上有许多名不符实之人，凭借机遇、势力、欺骗宣传或是其他原因，名噪一时，却经不起历史考验，最终必将还其本来面目，这就是历史的辩证法。我没有墙报文章中吹的那样好，更没有那么高的思想境界，盛名之下，其实难副。我并不感到光荣，反倒觉得羞耻。这样自欺欺人的宣传，无非是想让那些不安心在公社剧团工作的人扎根农村，别再三心二意。"榜样力量是无穷的。"一个虚假典型宣传，误导别人，也害了我，带来意想不到的后患。

此刻，一辆吉普车开进公社大院戛然停下，打断了我的思路。车内走出几个身穿白色警服公安人员向"囚室"奔去。还未来得及多想，只见宗老师戴着手铐被两个警察架着走过来，师生四目相对一刹那，发现他向我微微点了点头。此刻，真想上前对他说句告别话，道声老师您多保重。然而一见威风凛凛的警察，我胆怯止步了，只好含泪望着警车飞驰而去。这难得一见,竟成诀别!宗老师在七年刑满后,又赶上了"文化大革命",我们师生再也没有见面。"三中全会"后党和政府虽为他彻底平反、恢复名誉,可惜,他却已驾鹤西去。

　　大地作证,苍天作证,人民作证,历史作证,宗老师是无罪的!

　　我是受到了刺激,还是原有病因发作?顿觉天旋地转,两眼一黑,我倒在了地上……

23　咫尺天涯

　　梦中思念的她,居然就来了。我激动地跑了过去,就在即将见面的一瞬间,我却步了。为什么?爱情给恋爱者横空出了一道难题……

　　昏迷中我被人抬进宿舍床上,不知不觉进入了梦乡……

　　我觉得口干舌燥,迷迷糊糊中,只见王艳艳双手捧着茶杯来到床前。甜甜地叫了声:"弟弟,姐给你送茶来了。"我想起身,只觉得浑身疲乏,翻了几下就是坐不起来。她赶忙说:"你病了,躺着吧。"我张张嘴说了声:"渴。"她忙把水递过来,我喝了一杯又一杯,总觉得不解渴。她拉着我手说:"弟弟,我们一起去报名吧。"

　　"艳艳姐,我去不成了。"

　　"为什么呀?"

　　"公社不给我办手续,强行留在剧团。"我边说边流泪。王艳艳握住我的手安慰道:"弟弟莫难过……"

　　"你不恨我?"

　　"姐明白,这不怨你。"

　　"从此后你我将要天各一方。"

　　"事与愿违,也只好分道扬镳。"

　　"放弃升学我于心不甘!"

"与你分手我于心不忍。"

"艳艳姐,你曾牵着我的手在雨中奔跑。"

"从那一刻起我就把你当成挡风的墙、遮雨的伞。"

"可曾忘,涵洞中我无意的一瞥。"

"羞得我面红耳赤脸发烧,心儿扑扑跳。"

"可曾忘,月下相依甜蜜夜。"

"心相许,意相随,两情绵绵。"

"艳艳姐,我不想与你分开!"说着我紧紧地握住她的手。

"那怎么办呀?"她想了想说,"我也不去上学了,来剧团同你一起唱戏,此生与你不弃不离!"一听这话我兴奋得手舞足蹈:"我们又能天天在一起了,我愿为你伴奏一生!"

"我现在就回家拿行李。"

"等等,我陪你一起去。"她在前面走,我在后面跟,总是追不上,追着追着,一不留神摔倒在铁轨上。突然,一列火车迎面飞驰而来,我想站,站不起来,想爬,又爬不动,两条腿像灌铅似的趴在铁道上,眼看车头向我撞来,吓得我大叫一声,从睡梦中惊醒,浑身冷汗湿透内衣,原来是一场噩梦。我感觉浑身发烫,口干舌燥,正准备起床找水喝,忽见好友宋民从门外匆匆进来。

"快起来,有人急着要见你。"

"谁?"

"不认识,好像在哪见过?"

"是男是女?"

"是个女孩子,挺漂亮的。"

"一定是王艳艳,她在哪?"

"看把你急的,老实说是不是你谈的对象?"

"我们是同学,别瞎说!"

"在前面大院等你,快去吧。"

"来多久了?"

127

"刚到。"真怪,梦中相遇,她居然就来了。我激动地翻身下床,也不知道哪来的力量,一路小跑奔向大院,恨不得一步跨到她面前,倾诉满腹委屈。

穿过小门刚进大院,发现王艳艳两眼盯着那行醒目套红大标题《不愿升学留农村,红心向党干革命》。她目不转睛,脸色十分难看,气得双目圆睁,胸脯起伏……

我吓得转身跑回后院,心想:坏事了!墙报写我自愿放弃升学,还唱了许多高调,若见面,纵然满身是嘴也无法说清。宋民见我慌张样子,忙问:"你,怎么啦?"

"快,快去告诉她,就说我不在!"

"为什么?"

"别问了,等会儿再向你解释。"说罢,我躲进了厕所。

宋民一脸茫然……

我透过砖墙十字窗,看到王艳艳怒气冲冲地走进了后院。宋民迎上前与她说话,两人叽咕半天,也听不清说些什么,然后一起走进宿舍。我暗暗叫苦,你不让她走,还把她带进宿舍,想活活憋死我呀?

厕所里臭气熏天,难闻气味直冲鼻孔,加上有病发烧,肠胃里翻江倒海,只想呕吐;我靠在墙上扪心自问,这样做是否有点不尽人情太冷酷了呢?难道从此真与她拂袖绝交?

大约过了十多分钟,王艳艳流着眼泪慢慢地不情愿地走出了宿舍。我望着她的背影,心中有一种说不出的酸楚,为什么近在咫尺却不能相见?怪那张"墙报"吗?不!那只是枝节问题,根子在于城乡隔着一道鸿沟。正是这道深深难以逾越的鸿沟,害得我与艳艳失之交臂!

128

一九五八年,我国实施以城乡分割的户籍制度,分农业人口与城市居民。城市居民有粮食关系。凭粮本可领到粮票、布票、肉票、油票、火柴票、肥皂票、糖票、烟票等高达七八十种票证。农民没有,不准离开本乡本土,进不了城,死死被捆在土地上,不仅在身份上强化了城乡的先天差别,更加深了这道鸿沟。城市农村两层天,农民,农民绝对要比城市人低几个层级,没有经过那个时代的人永远是体会不到这一点的。

留在公社剧团,可以说,断了我进城的一切念想,也注定了我一生的命运!至今我依旧是农民身份,没有单位,没有工作,没有社保的三无作家!

我歪歪倒倒地回到宿舍,趴在床上放声大哭。宋民一边劝一边叙述王艳艳的来意……

昨天中午,他们家像办喜事一样,高朋满座,喜气洋洋。贺喜的客人早已到齐,只等我这位"贵客"光临,拜干爸、干妈,举行"认亲"大礼。因我"失约",认亲变成闹剧,让她父母在众人面前丢尽颜面!王艳艳知道她在我心中的分量,彼此间的爱慕,已将两颗心紧紧拴在了一起。她相信我,了解我,于是她安慰父母,"不遇特殊情况,闫立秀决不会失约,也许是因为穿戴太差,羞于见人吧……"今天一早,她带上早已准备好的见面礼——学生装,从闫家湖找到公社。当她看到那份墙报后气得冲进后院……

宋民递给我一个书包:"这是她临走留下的。"

书包里装一套崭新的学生装和一张字条,字条上写了六个字:闫立秀,我恨你!看罢字条,我撒腿冲出门外,刚跑几步突然晕倒在了地上。

宋民高声喊道:"快来人呀!"

芸姐与练功的演员一下子涌来。

演员们七嘴八舌:"他怎么啦……"

芸姐:"快!快送他去医院!"

24　身不由己

"桂冠"嘉勉能让人扬名;然而,在特定的历史背景下,"光环"又是一种灾难源!

宋民用板车将我拉到了医院。

我是受刺激、惊吓,造成神经紊乱,加之一夜未眠疲倦,身体严重脱水,属风寒综合症,需住院治疗。

挂号、拿药、交费、打水,宋民累得满头大汗,望着他的身影我感慨万千……

宋民为人忠厚老实,原先在公社当通讯员,干些收发报纸、接送信件等勤杂工作,有时当"跑腿"到各大队下通知,后来也被抽到剧团工作。他想学二胡,经常向我求教,演出时,他紧靠我旁边学着拉琴;演出结束,我和他同睡一张床;清早起,他骑车送我去学校,时间一久,我们成了无话不谈的好朋友。

如果说,王艳艳算是我人生起步的"红颜知己",那么,宋民则是我走向社会结交的第一个朋友。我执著地以为,任何人即使再成功也离不开朋友,朋友是遮阳的绿叶、是避雨的伞,朋友和友情,是永不褪色的。然而,朋友也会无意中做出好心帮倒忙的事。宋民就是这样,他的热心非但没有起到好的作用,反而加深了我与艳艳之间的误会。

医院里,我靠在病床上详尽地叙述和王艳艳的故事。

宋民听后懊悔地说:"你为什么不早告诉我?"

我感到奇怪:"这与你有什么关系?"

"有,都怨我!"

"怨你?"我有点丈二和尚,摸不着头脑。

其实,宋民压根儿就不知道我放弃上学的真正原因,他认为我思想觉悟高,热爱公社剧团,正是他的误会帮了我一个倒忙……

王艳艳看罢墙报后,气冲冲地走进演员宿舍问宋民:"闫立秀真是自愿放弃升学?"

宋民:"是自愿,还在会上表态。"

艳艳:"说些什么?"

宋民:"他说,立志做个好青年,留在农村干革命!"

艳艳:"是真心话?"

宋民:"发自肺腑,说到激动处,还流下眼泪。"

艳艳:"虚伪!"

宋民:"不,他是真诚的。"

艳艳:"他真诚?"

宋民:"是呀,他发言不仅慷慨激昂,而且还有行动。"

艳艳:"什么行动?"

宋民绘声绘色地说:"啊,那场面太感人啦!"他边说边做样子,随手取了一张废报纸,一点一点撕着,"他把那么贵重的东西全撕了!"

艳艳:"撕的什么?"

宋民:"录取通知书、政审表,还有迁移户口证明信……"

不等宋民说完,她愤怒地站起来说:"好一个闫立秀!"她匆匆写了一张字条,连同帆布书包往床上一丢:"虚伪,十足的伪君子!"说罢,冲出门外……

宋民追出门外:"别冤屈好人,他是我们年轻人学习的榜样啊!"说罢回屋,他自言自语,"说他虚伪,我怎么看不出。"

宋民绘声绘色地描述,气得我两手冰冷;他只顾讲叙,哪知道我已是气喘吁吁;他叫了两声,我没有答话,他赶忙给我按胸捶背,过了好大一会儿我才迸出两个字:"你呀——"说罢,泪如雨下。

宋民连声说:"吓死我了,吓死我了!"

我长长地叹了口气……

宋民:"小闫啊,我真不是有意的。"

我安慰道:"别说了,这不怨你。"

"你们的故事太感人了,真像一出戏!"

"可惜是悲剧。"

护士走进病房:"谁是病人家属?"

宋民站了起来:"我是。"

护士:"交费。"

宋民接过账单,出门而去,我望着宋民背影感慨道:"宋民,我的好兄长!"

此刻,芸姐提着水果来到医院。一见她来,我翻身朝里,不想理她。

她走到床边:"还生我的气?"

宋民轻声叫道:"小闫,芸姐看你来啦。"

我瞅瞅芸姐,旋即又转过身去……

芸姐:"小弟,病好些了吗?"

我猛地用被子将头蒙住。

宋民:"你咋能这样呢?芸姐好心来看你……"

芸姐摆手制止:"小弟,你气我、恨我,我能理解;假如有可能挽回,我宁愿离开这里。只要能让你解恨,哪怕骂我一千句、一万句……"

宋民:"芸姐,你没错。为了放'卫星',公社不惜一切代价,为了保住红旗,他们不择手段!"

芸姐严肃地说:"宋民,这话可不能乱说啊!"

宋民:"我说的是实话。"

芸姐:"那也不许随便说!"

芸姐:"小弟,你要是再不解恨,就打我几下吧。"

我依旧蒙头睡觉,不愿答理她。

宋民:"小闫……"芸姐制止;她将我换下的脏衣服、袜子,一件件地往盆里放,然后端出病房……

宋民掀起被子:"你,你给我起来!"

我翻身坐起依旧不语。

"为什么这样对待她?"

"我恨她!"

"你错怪她了……"

芸姐原来在市庐剧团。五十年代,因毛泽东为安徽滁县文工团题了一幅"面向农村"的字,引起各地市党和政府的高度重视,纷纷下文到各专业艺术团体,要求文艺工作者到农村去,下基层去,为贫下中农服务。该团指导员在会上动员:"根据上级指示,我团要抽调两名演员,同其他文化干部一起下乡辅导公社文娱活动。原则上采取自愿报名……"下面一阵骚动,演员们你望望我,我望望你,面面相觑。指导员又说:"考虑到本团演出需要,像刘芝芸等几位担任主要角色的演员,就不要报名了。"下面又是一阵骚动,继而七嘴八舌地议论纷纷:

"主演为什么不报名?他们比别人特殊?"

"又是先进,又是劳模,关键时刻就更应该带头!"

演员们目光像刀子一样,一齐扫向芸姐;芸姐曝地站了起来,说道:"指导员,我要求下农村!"

指导员:"刘芝芸同志,你?"

芸姐:"同志们说得对,我是省'劳模',又是共青团员,应当起表率作用!"

"桂冠"嘉勉能让人扬名;然而,在特定的历史背景下,"光环"又是一种灾难源。为保护典型,区里将芸姐分配到我们公社……

此时我才明白,原来她也有委屈!

我沉默了一会儿说:"我总觉得对不住王艳艳全家,一想到这,心里就难受、窝火!"

"不要灰心,还可补救嘛。"

"还能有什么办法呢?"

"应当去见她,说清原因。"

"我说得清吗?"

"能,一定能。"

"她对我误会太深了。"

"是误会总能澄清。"

"她恨死我了!"

宋民:"小闫啊,你错啦!其实她对你还是有感情的。"

我苦笑一下:"还有感情?"

宋民:"想想看,她为什么会把衣服留下?这就叫恨得深爱得切!"

"别开玩笑了。"

"谁开玩笑?我说的是真话。过几天等她气消了,我陪你去。"

"有什么用,能说清吗?"

芸姐进门接口说:"能!我陪你们一起去。"她走进病房,将衣服晾在了阳台上。

我被芸姐的真情打动了:"芸姐,你——"

芸姐:"宋民说得对,是误会就能澄清。"

我伤感地说:"我现在只想说清真相,消除误会,别的也就无所谓了。"

芸姐:"后天就要出发,我和宋民还要参加排练呢。"

我问:"这次下队演出多久?"

宋民:"巡回演出,大概一个多月吧。"

芸姐:"演出结束,我们一块儿去见她。"

我说:"我就担心……"

芸姐:"放心,我们三张嘴还能说服不了她一张嘴?"

我感激地点点头:"芸姐,我对不起你……"

芸姐拍拍我:"安心养病吧。"说罢,同宋民离去。

听了他们的一席话,我从悲观中看到了一丝希望。我朝门外叫道:"医生!"

一护士进来:"什么事?"

"我要出院!"

25　劳燕分飞

　　初恋,在现实中虽没有结果,但在回忆中它却是朵永不凋谢的花。

　　相思一夜情多少?地角天涯未是长。每当夜幕降临,一个人躺在床上不能入眠时,总有一种不可名状的孤寂感、失落感困扰着我,使我真正体会到了人生苦味。这时我会坐起来,拿出那套学生装看了又看,越看越觉得欠她的那份情,实在是太重太重了……

　　紧张的演出开始了,我只好把对王艳艳的那份情暗暗地埋藏心底。盼只盼这次巡回演出早早结束。

　　公社仅有的交通工具是一台大拖拉机,演员、道具一车走。拖拉机四周插满彩旗,车厢两边贴上大红标语,左面是:鼓足干劲,力争上游,多快好省地建设社会主义!右边是:总路线,大跃进,人民公社万岁!一路上敲锣打鼓唱着当时最流行的歌——《社员都是向阳花》:

　　　　公社是棵长青藤,
　　　　社员都是藤上的瓜;
　　　　瓜儿连着藤,
　　　　藤儿牵着瓜,
　　　　藤儿越肥瓜越甜……

　　我们来到公社最东边的方岗大队,此地位于窑河边上,与定远县隔河相望。俗话说:靠山吃山,靠水吃水,生长在这儿的人祖祖辈辈除种地外,多靠打鱼为生。人民公社成立后,不准私人捕捞鱼虾,光靠那点十年九涝的薄地种粮食,远远不能满足他们最低生活保障。大食堂定量供应标准低、粮食少、瓜菜多,社员们都得了浮肿病,一些农民为了填饱肚子,经常趁夜晚私自下河拉网捉鱼,开小灶解决饥饿,也会偷偷卖点鱼虾,换两个零花钱。

在坚持人民公社"一大二公""不堵资本主义路,就迈不开社会主义步!"的口号指导下,大队干部每天夜里巡查,发现哪家烟囱冒烟就知道在烧鱼吃,踢开门将锅砸碎。尽管如此,也还有许多"胆大妄为"者冒险下河。这种事屡禁不止,究其原因,老百姓心里最清楚,贫苦出身的老书记是他们的保护伞。虽然他也采取行动,但总是雷声大雨点小,睁一只眼闭一只眼。为了教育这些"挖社会主义墙角"的人,公社派剧团来宣传,教育那些不听话的社员。

老书记听说剧团下乡唱戏,十分高兴;尽管农村生活贫苦,招待剧团还是非常热情。他亲自带人下河捕鱼,大队食堂又杀了头猪;吃饭时他激动地说:"这里社员喜欢听戏,欢迎你们送戏上门……"

老书记还给每个演员发一条档次较高的"东海牌"香烟。提起烟,想从前,香烟发展也同其他事物一样,带着历史痕迹、时代特征。"东海牌"香烟要是放在今天,不过是一般普通百姓抽的低档香烟,可在当年就不同了,不仅凭票供应,也是身份的象征。那时社会上流行着这样的说法:公社干部水上漂(抽东海牌香烟),大队干部猫对猫(抽玉猫牌烟),生产队干部大铁桥(抽蚌埠大铁桥牌烟),社员吸的白纸包(丰收牌,八分钱一包)。可以想象,那些面朝黄土背朝天的农民是何等贫苦!不难看出,老书记对剧团下乡演出怀有的感激之情、喜悦之心。

我不抽烟,但我将它视作珍宝收藏着、积攒着,打算送给王艳艳父亲。那年月,能送上一条东海牌香烟,是件非同寻常的事,不光因为价格不菲,还需凭票供应,一般人买不到。对于每月十元工资的我,只能"借花献佛",聊表心意了。

为了让我开心解闷,宋民和芸姐带我来河边沙滩散步。这里是淮河支流——窑河。河水清清,成群的野鸭在河面上飞翔,被风浪冲卷到沙滩上的各种贝壳,在阳光照射下五光十色,格外耀眼。我见了,弯腰捡起几片。

芸姐："我知道，肯定是送给她的。"

我说："这玩意儿虽说不是稀罕之物，对于城里姑娘来说还是很少见的，能欣赏，也可以做些小工艺品。"

宋民："要是'她'也能来河边看看，该有多好啊！"一句话触动我的伤心处。我沮丧、悲愤，我想吼，我想叫，我需要发泄！

面对河面我大声唱道：

梁祝悲剧几千年，
为何今日又重演？
一条鸿沟难逾越，
满腹怨愤恨苍天！

唱着唱着，我哭了……

芸姐："小闫，你怎么啦？"

我说："梁祝'同窗'三年，成了悲剧；我与艳艳'同桌'两载，被无情分隔；'三年'两载，同一个下场！"

芸姐："戏是编造的，生活是真实的，两码事嘛！"

宋民："最多一个月就可见面了，别胡思乱想。"

芸姐："你看河水多美，走，到那边看看去。"说罢，拉着我向前跑去，惊得水鸟展翅飞起……

回去后，我精心挑选了几种好看的贝壳，用新手绢包扎好，小心翼翼地放进那只小木箱里。无意中，我发现了那套崭新的学生装，睹物思情，心中有种莫名的冲动。我又把贝壳取出来，放在衣服上面，眼睛默默地注视着两件礼物：太珍贵了！它的珍贵之处在于，代表了两颗少年纯真的心。

晚上，社员们坐在打谷场上围个大圆圈，演员在中间表演，没有前台后台之分。演出条件十分简陋，既无音响设备，也没电灯照明，仅靠一盏汽灯，引来数不清的虫子飞来绕去，密密麻麻，迎着光亮看去犹如飘扬的雪花,飞舞不停。

在"文艺为政治服务"的方针指导下,公社规定停演古装戏,要求节目内容有针对性,教育社员"兴无灭资""破私立公"。

第一个节目是临时编排的表演唱《坚决彻底斗倒他》：

　　人民公社是我家,
　　丢掉小家顾大家;
　　大河有水小河满,
　　集体富裕乐哈哈。
　　可恨有些人,
　　私心太可怕;
　　又摸鱼又捉虾,
　　偷鸡摸狗道德差,
　　坚决彻底斗倒他!

接着,由两个男演员押着一个小丑似的人物上场,他胸前挂个牌子,上面写道:我是坏分子! 演员们围绕着他唱道：

　　阳关大道你不走,
　　偏要上资本主义独木桥。
　　今天不把你打倒,
　　社会主义江山坐不牢……

常言道,法不责众。私自捉鱼的人不是少数,一个小节目触怒了一大群人。有些人开始小声骂:"唱的什么×东西! 捉鱼虾也犯法?""听×戏,不如回家睡觉去。""妈的×,不让老子逮鱼,你们为啥吃鱼?"有人开始在暗中抛石子砸演员。接下来,吹口哨的、起哄的、大喊大叫的,整个场地乱作一团。这种无视老百姓的感情、丑化群众的表演,社员们哪能坐得住,观众走了许多,再演下去人要跑光了。就在这时,有位老农突然站起来喊叫道:"演这节目不好看,我们要听老戏!"(指古装传统戏)其他社员也跟着叫喊:"我们想听李玉兰唱的《秦雪梅观画》。"也有人要听《秦香莲》,还有人要听《劝小姑》《小辞店》。人们七嘴八舌地乱叫,演出被迫中断。老书记来找团长说:"社员们都想听老戏,换节目吧。"团长很为难:"我们下乡演出主要任务是宣传,节目是经过领导审定的。"

"到这里就得听我的。"

"这不行吧?万一……"

"有事,我扛着。换!"

"老书记,我们没带戏装来呀。"

"没戏装就清唱。"团长也觉得照这样演下去非出事不可,只好点头答应改戏。这位老书记五十多岁,长工出身,为人朴实,敢做敢为,全公社大队书记中,属他的威望最高,他带头成立农业生产合作社,被评为市劳动模范。天高皇帝远,这儿地处偏僻,公社干部很少光顾,他成了这里的"土皇帝",说一不二,连公社干部都得让他三分。

在社员们的一阵欢呼声中芸姐和李玉兰款款登场,她俩一个饰小姐一个扮丫环。虽是清唱,却很认真,她们在《秦雪梅观画》中唱道:

> 扇子飘飘往前行,
> 又得见,
> 南墙上一幅画,
> 爱坏雪梅女佳人哪,
> ……
> 墙外是张生,
> 墙内崔莺莺,
> 多亏小红娘,
> 从中把线引……

庐剧表演有这样一句话：会唱《观画》，走遍天下。这是一出难度很大的传统戏，唱腔多变，音域跨度大，乐队伴奏要有熟练的技巧，锣鼓敲打快慢适度，环环相扣，一气呵成。观众看得过瘾，掌声、叫好声，一浪高过一浪。

原计划这里只演两天，没想到社员们对古装戏如饥似渴，老书记也是个戏迷，挽留剧团不让走，每天晚上由他亲自带队轮换到各生产队唱戏，演了半个多月还不肯罢休。这下子，乐坏了演员急坏了我。在生活困难的时期，演员们情愿下乡演出，因为这样不仅能混饱肚子，还能捞点外快。我就不同了，恨不得巡演马上结束，飞到王艳艳的身边。不知为什么，她的音容笑貌总是占据我心头萦绕不去；我无时无刻不在思念她，演出中常常出差错，不是跑调，就是拉错过门。为此，我多次受到团长的批评。沉重的思想包袱压得我喘不过气来，在焦急、煎熬中，艰难地度过每一天！一地推迟，处处延期，打乱了原定计划，巡回演出两个多月我们才回到公社。

我满以为可以休息几天，喘口气了，谁知又出了"政治事件"。吴书记得知剧团演古装戏后，大为恼火，碍于情面及众所周知的原因，他不好找老书记麻烦，就把责任全推到团长身上。会上做检讨，会下写保证，他是哑巴吃黄连——有苦说不出，成了不折不扣的"替罪羊"。团长挨整，剧团跟着遭殃，全体演员集中学习，讨论有关文件，提高思想认识。一连十多天没日没夜的开会整顿，想走走不掉，请假又不准，我如坐针毡，心急如焚。

久久盼望的这一天，终于来到了。市里举办第二次"评红旗"活动，"学习班"只好暂停。为了提高演员们的情绪，确保到

市里汇演"夺旗"获胜,剧团决定休息一天。

与艳艳分别两个多月,如隔两年之久,我恨不得马上见到她。她会不会还生气呢?会不会不理睬我呢?怀着一连串疑虑和忐忑不安的心情,我带上早已准备好的"礼品",买了些水果,在芸姐、宋民的陪同下一大早向技校走去。

路上我思考着,见面后她若发火我忍着,说难听话不反驳,等她火气消了再做解释;讲清真相,解除误会,取得她谅解才是我们此行目的。至于今后友情能否继续发展,只有顺其自然了。

我们来到技校,大门上一行刚劲有力的草书"淮南市技术工人学校"几个大字特别醒目;耸立的教学大楼坐落在中间,校园内花草齐整环境幽雅。一群少男少女们活泼嬉闹,三五成群说说笑笑地挟着课本正向教室走去。这些火红年代的"天之骄子"是那样幸运,那样自豪!尤其是他们胸前那枚闪闪发光的校徽,让人看得眼馋,既羡慕又嫉妒!本应该同他们分享这里的一切,如今我却被挡在校门外。看着他们一张张的笑脸,想想自己的遭遇,两者相比,真是天壤之别,不由得仰望苍天:天若有道,何其不公?稍微平静的心情又起波澜,再一次感到凄凉、落魄、失意,我心灰意冷,恨不得远离红尘。

门卫规定:上课时间一律谢绝会客,我们只好耐心等待。

心情越急,时间过得越慢;焦急、烦躁,使人坐立不安。铃声几起几落,课间休息学生们几出几进,我两眼不停地在人群中扫瞄,希望奇迹会在他们中间出现。

十一点半,上午课结束。我急匆匆来到办公室,一打听我们愣了:由于她父亲工作调动,三天前艳艳已转学到蚌埠铁中读书。她走得太突然了,这消息让人无法接受,火热的心像被浇了一盆冷水,凉透了。我绝望地仰天长叹:为什么不给我一次解释的机会?我迟迟不愿离开校园,宋民在一旁催促道:"人已走了,还愣在这里干什么?"

"你先回去,我想独自再待会儿。"我对宋民说。

"抓紧时间,明天就要出发!"

"知道了,你走吧。"

芸姐说道:"要不要我留下来陪你?"

"我想自己走走。"

看他们走远了,我转身返回校园,希望奇迹出现。这时,有人在我背后拍了一下:"闫立秀!"

我回头一看:"刘打头的!"

刘坤珺:"来看王艳艳的吧?"

我不好意思地问道:"她真的转学了?"

"才走。"他惋惜地说道,"你呀,为什么早不来?"

我叹了口气。

刘坤珺:"临走那天,她一直向大门外张望,她说,我多么想见闫立秀一面……"

"她真是这么说的?"

"骗你我是小狗!"

我向刘坤珺说了声:"再见。"冲出校门向火车站奔去。

售票窗口前,排着长长的队伍;我顾不上排队,硬是挤到了前面。

后面一位大嫂叫道:"排队!"

我回头瞪她一眼:"老子有急事!"说罢,将手伸进窗口大声说了句,"蚌埠!"

列车刚进站,我就迫不及待地往车上挤。这时,一双手抓住我的衣服向下拽,回头一看,是芸姐。

芸姐生气地:"你要去哪?"

"去找她!"

"你疯啦,剧团明天就要演出!"

"我知道。"

"为什么还要走?"

"我的心思你还不明白吗?"

"耽误演出,你考虑后果吗?"

"我顾不得那么多了。"

我想挣脱上车,她死死抓住不肯松手,眼睁睁望着火车开动,我一下子瘫坐在地上;芸姐累得气喘吁吁,两眼瞪着我。

过了好一会儿,芸姐愠怒地说:"你要冷静。"

"我冷静不了!"

"影响'夺旗',那可不是闹着玩的,是政治事件!你懂吗?"

"什么事件我也不怕!"口头说不怕,心里打寒战。我不能不考虑后果严重性,万一丢了"红旗",就是政治事件。临阵脱逃,罪加一等!吴书记是决不会放过我的,随便扣顶"帽子",都会吃不了兜着走!

芸姐的警告像一盆冷水从头浇下,我心中燃烧起那点欲望之火瞬间熄灭,变成了一堆死灰。落花有意,流水无情,我痛苦地低头抽泣。

芸姐掏出手帕递了过来:"给。"

芸姐温和地劝道:"姐比你大两岁,经的事也比你多,听我一句劝,千万不能冲动啊!"

"芸姐,你说我该怎么办呀?"

芸姐拉起我,哄孩子似的:"听话,先回去再说。"

我从包里取出为王艳艳精心准备的"礼品",心中哀叹:从此天各一方,也许今生再见不到她了,斯人已去,留有何用,随手将贝壳抛撒在地上。一群孩子见了纷纷去抢,然后就地玩起了游戏。

幼时我也玩过贝壳,蛮有意思的,将贝壳(土语称歪歪壳)放在地上用手指翻,谁赢了就拿去,边翻边唱儿歌。

芸姐轻轻地说了声:"走吧。"

我顺从地跟着她往回走;此刻,隐约地从身后传来那群孩子们"翻贝壳"的儿歌声:

歪歪壳,闪亮亮,
用手一翻底朝上。
翻一个,做新娘,

翻两个,配成双;
　　谁翻多了当新郎。
　　当新郎,我不配,
　　我俩结成干姊妹;
　　干哥哥,干妹妹,
　　我俩长大配成对……

　　听着听着,我站住不走了。这早已熟悉的儿歌,为什么今天听来别有一番滋味?假如我做了王家的干儿子……
　　春心莫共花争发,一寸相思一寸灰。久久企盼、久久向往的美好爱情,那火热相思之情,到头来却都化成了冰冷的灰烬!
　　艳艳姐,我还能见到你吗?
　　芸姐同情地望着我,我依旧看着那些孩子;儿歌再次响起……
　　一列火车飞驰而过,隆隆的车轮声淹没了孩子们的歌声。
　　包贝壳的小手绢从我手中脱落,在空中久久飘荡,慢慢地消失得无影无踪!

　　琴瑟和鸣两手牵,
　　情窦初开欲结缘,
　　无奈城乡鸿沟深,
　　恋情终成梦里烟。

第三卷　我的芸姐

26　其言也善

　　医院里的吴书记,已是病入膏肓,奄奄一息;弥留之际,他还念念不忘剧团的生存。他告诫演员,"大饥荒"时期保命要紧! 可见他的本性是何等善良!

　　光阴荏苒,不知不觉在颠沛流离的演戏生涯中熬过了四年。这风云多变的四年,我经历了"大跃进"的狂热、揪"右派"的风暴、反"冒进"的降温、"三年困难时期"的考验,纠"五风"的反正。政治运动一个接一个接连不断,公社剧团随着国内政治形势变幻,可谓三回九曲,我个人的命运又与剧团兴衰联系在一起,也是三灾八难。

　　在"五风"(共产风、浮夸风、命令风、干部特殊风和对生产瞎指挥风)盛行的年代,公社干部手握重权,养活一个剧团还是有一定财力支撑的。到了一九六一年,形势急转直下,作为党的最高决策层似乎认识到:持续三年之久、席卷神州大地的"大跃进"运动,给国民经济造成巨大损失,一连串"纠左"会议不断召开。同年五月二十一日至六月十二日,中共中央在北京召开工作会议,闭幕会上毛泽东主席说:"一、二、三类县、社、队,都要普遍地整'五风',在劫者难逃。"少奇同志插话:"坚决、彻底、全部退赔!"会后,全国开展反"五风"清算退赔,纠正"一平二调"。公社不仅无权再向下面抽调钱、粮,还要拿出资金清算退赔,实际上已无能力供养我们,剧团成了断奶的"孩子",既无活动经费,又无口粮供应,已是举步维艰,面临绝境!

　　身为公社书记的吴化东,面对严峻形势,深知:粮产"卫星"放得越高,老百姓生活越苦,那些亩产万斤粮的假"卫星"再也不能放了,为此,遭到上级多次批评,说他"右倾""保守"。为了不使他亲手培育起来的剧团垮掉,也为了保证这些人活命,他利用手中职权,划拨了二十多亩土地给剧团生产自救,解决口粮问题。按说,这个方法还是不错的,但良好的愿望往往与现实困难产生很大的差距。就生产自给而言,绝大多数人没有干过农活,对庄稼活儿是一窍不通,繁重的体力劳动又不适应,只见种子下地,不见粮食归仓。剧团是吃上顿无下顿,严重的粮荒威胁着演员们的生存!吴书记看在眼里,急在心上,再也不要求剧团夺"卫星"、争"红旗"了,他顶风开禁演古装戏,让演员们混口饭吃;他求"爷爷"拜"奶奶",想法到民政部门要点救济粮、讨些救济款;春荒时,他暗中把饲养场里喂猪的豆腐渣、细米糠等饲料调来给演员充饥;看到身体浮肿的演员他会掉眼泪。可以说,剧团就是他的"孩子",他就是演员们的"亲爹"!

　　谁也不曾料到,就在这紧要关口,不幸的事情发生了:吴书记身患绝症住院!噩耗传来,人人震惊,全团演员一下子聚集在九龙岗矿工医院门前。

　　护士长劝阻大家:"老书记已是肝癌晚期病人……"团长哀求道:"正因为是这样,大家都想来再看他一眼。"

　　我也在一旁哀求道:"求求你,让大家进去看看他吧!"

　　护士长:"你们的心情可以理解,但我只能同意选几位代表。"

　　躺在床上的吴书记面色苍白,神情憔悴,见我们进来,勉强地点了下头。

　　团长、芸姐、宋民和我站在吴书记面前,见他已经被病魔折磨得不像人样了,大家都难过地将头转向一边,暗暗落泪。

　　吴书记断断续续地说:"现在,你们成了断奶的孩子了……眼下又处在生活困难时期,赶快出去唱戏糊口,自谋生路吧……我将不久于人世,对不起你们啊！"

说罢,老泪纵横。

真是病魔不饶人啊！看眼前骨瘦如柴的老书记,回想起他过去是何等健壮,多么洒脱；记得春节前,吴书记还是神采奕奕、满面红光看望大家。他说："一年来,你们(那个)干得不错,同志们很辛苦,快过年了(啊),我只能给你们每人几斤大米、一点蔬菜,我对不起你们哪！"说罢,向大家深深鞠了一躬。

忘不了,他陪伴我们到田头、工地演出；忘不了,他带领演员慰问军烈属、五保老人；更忘不了在水利工地上光着膀子与社员一起挑土……桩桩件件已成过去,可眼前的老书记再也不能动了。

老书记向芸姐招招手："小刘老师……你……"

芸姐向前一步："吴书记,您……"

书记："我……我对不起你呀……是我害了你！"

芸姐："老书记,您别说啦。"她掏出手帕,边抽泣边为书记擦去泪水,"过去的事,就让它过去吧。"

老书记的忏悔,令人感动；芸姐的宽恕,使我无颜面对。整个事件都是由我错误判断引起的,老书记听我一句话,把芸姐给害了,事情经过还得从去年说起……

接到通知,我和团长急匆匆来见吴书记,刚进门他就拿出一份电报对我们说："这事情非常重要,想征求你二位意见。"

团长忙问："什么事？"

书记将电报递给团长,团长看后又交给我,电报上写着:刘芝芸同志,接电速回剧团！

团长："节骨眼儿上,她这一走,肯定丢旗！"

我接着说："许多节目都有她,更换也来不及呀。"

书记："你们说怎么办？"

团长："找她商量一下？"

我摇头："千万不能告诉她！"

书记:"你说怎么办?"

我说:"汇演迫在眉睫,结束后再告诉他吧。"

书记:"我也是这样想的。"

团长:"电报要她速回呀。"

我说:"能有什么大事呀,无非叫她回去演出。"

团长:"这……"

书记:"就按小闫意见办吧!"

可我怎么也想不到,就为这,让她失去了市剧团的正式工作,永远扎根在了农村!

拖了半个月,书记才把电报交给她。

我将她送到汽车站,问:"芸姐,今后还能见面吗?"

"我会常来看你们的。"

这一别,我以为再也见不到她了。谁知,没过几天芸姐带着行李又回来了。我惊诧地问她:"芸姐,你怎么又回来了?"她没有答话。许久,那双美丽的大眼睛里滚下了串串泪珠。

往事不堪回首……

芸姐刚回到剧团,指导员就找她谈话。他手捧红头文件,一副严肃的面孔说道:"刘芝芸同志,根据中央有关政策及市委级领导的决定:我们剧团被……"

芸姐:"剧团怎么办?演员如何安置?"

指导员:"兼并、分流、下放。"

"我呢?"

"你嘛——"指导员又拿出一份文件,"文件很长,我选重点念给你听听。"

芸姐着急地说:"别念了,干脆说吧。"

指导员:"不,我们要按党的政策办事。"说罢,他捧着文件十分认真地念道:"中发《中央关于精简下放职工问题决定》:全国要精简下放职工八百万人左右,其中不带工资精简回农村的四百万人……文教卫生……"

读到这里,他停顿一下解释道,"这是指我们文卫口的。"接着又念,"文教卫生等事业部门和国家机关精简下放一百三十万人。现在下放农村的只有八十万人,还须再精简下放五十万人……"

他放下文件说道:"芝芸同志,你就留在淮丰公社了。"

芸姐:"我被下放了?"

指导员:"芝芸同志,要服从党的分配嘛!"

芸姐:"为什么要我下放?"

指导员:"你是团员,又是省劳模,总得要带个头吧?"

芸姐:"当初就是因为这,我下农村锻炼,如今又要我带头,这太不公平了!"

指导员:"芝芸同志,下放农村也不是你一个嘛!"

芸姐:"我还年轻,正是艺术成熟的时候。"

指导员出门看了一眼,折返身进屋悄悄说道:"芝芸呀,你自己也有责任哪!得到消息我就发电报叫你速回,可你……"

芸姐:"公社今天才通知我呀。"

指导员:"那是他们压了电报!"

指导员:"全团上下哪个不在活动,可就是你——唉,我真替你惋惜呀!"

芸姐:"有没有回旋的余地?"

指导员:"迟了,如今生米已成熟饭。"

芸姐:"指导员,这不公平!"

她委屈地哭了……

"桂冠"、嘉勉,也曾给芸姐带来无限风光,如今,却又将她推向深谷!

老书记知道这件事以后,十分懊悔,他找领导说情,闹到市里评理,最终还是一无所获。

人之将死,其言也善。生命垂危的吴书记能再次向芸姐忏悔,说明他本性善良!

人们的思维方式通常习惯用"好人"和"坏人"来界定。古装戏,就非常形象地在脸谱上把"好人"与"坏人"区别得泾渭分明。什么样人是好人，什么样人才算是坏人，在生活中不是那么容易分得清楚的。吴书记虽不让我去上技校，毁了我前程，失去了爱情，甚至在"三年困难时期"差点让我丢掉性命，但我依然认为他是一位可敬的好人、共产党的好干部。他和当年千千万万个农村基层干部一样，无力挣脱大时代的局限。他是农民出身，也知道粮食是社员命根子，可在"卫星"满天飞年代，不浮夸、不虚报就说你是"右倾保守"，尤其是轰动全国、震惊世界的广西环江县亩产"十三万斤水稻"特大假"卫星"放出后，公社干部压力更大，只好跟着瞎吹、造假；一心忠于党、一切献给党，听毛主席话，跟共产党走，在他们那一代干部身上有着最鲜明的体现！事情已过去多年了，对老书记怀念至今仍的深深地印在我的心中。临别时团长问道："吴书记，您还有什么要交代的吗？"

　　书记："记住！这些人的性命都攥在你手里……千万不能把他们饿坏了，赶快带着剧团出去闯吧！"
　　团长："明天我们就出发！"
　　书记："拜托你了……"
　　也正是他临终的一席话，救了我们的命，躲过了"大饥荒"的劫难……

27　不测风云

　　她内心承受着这么大的痛苦,居然还一门心思地为别人着想,她的心地是如此善良,她的品德是那样高尚,她表里都是那样的美,她,是个好人!

　　商演谈何容易,虽说是一个二十多人的剧团,但充其量不过是一支文艺宣传队,只能在乡间草台活动,演出一些宣传性节目。除芸姐和王明志、李玉兰夫妇外,多数人没有经过专业培训,演员良莠不齐,有的连跑龙套都站不对位置,不懂"四功五法"(四功:唱、做、念、打;五法:手、眼、身、法、步)。靠这帮人去演戏挣钱简直是天方夜谭。

　　为了剧团生存,为了演员活命,为了进城市演出创收,王明志邀请了部分专业演员前来加盟。这些人来自他的老部下,其中有小生李士玉、花旦芦广珍、老生李秀武、丑角周家阔等,加上本团新生力量,像武生闫立义、青衣张奎兰、花旦周必群、彩旦陈兴华等,应该说,行当还算齐全。

　　经过整顿,将那些没有艺术细胞的人淘汰下去,留在"大本营"种地。一支以专业演员为主、人员精干、面貌全新的演出队伍在王明志负责带领下出发了,面临绝境的公社剧团眼前出现了一线生机。

　　芸姐成了当家"花旦"。

　　吃张口饭的人都知道,一个好"小生"挑一帮,一个好"花旦"能养活一个团。原来的公社剧团只演一些蹦蹦跳跳的宣传性小节目,既没有好搭档演员,也没有正规舞台,芸姐无法施展才华;如今她是天高任鸟飞,海阔凭鱼跃。

　　舞台上的芸姐光彩夺目,她不仅扮相俊美、基本功扎实,唱腔也丰富传情。戏迷们最喜爱她主演的古装悲剧《休丁香》,这是一出庐剧独有的传统戏。丁香,贤慧善良,勤劳持家;丈夫张万郎喜新厌旧,沾花惹草,与表妹暗中勾搭,以不生孩子为借口,一纸休书赶走丁香。芸姐扮演丁香,她悲愤地唱道：

> 含悲忍泪出村庄，
> 伤心人儿欲断肠，
> 三年夫妻不算短哪，
> 却换来无情"休书"纸一张。
> 纸一张，泪两行，
> 多情反被无情伤……

她的表演随着人物感情变化，激动处犹如骏马奔腾，势不可挡；忧伤处，像潺潺流水，细声细语；悲愤时如孤雁啼鸣，哀怨悲壮……确已达到"有曲即有情，有情即有声，声附于情，声情并茂"，情真意切的艺术境界。正是她成功的演出，才使剧团绝处逢生。每到一处，观众争相购票，有时为了满足戏迷的要求还要增加日场。

她很讲究人缘，常说，演戏无人缘，观众不回头，生活中无人缘，遇事就发愁。她不摆架子，谦虚待人，我们一帮小青年对她十分敬重。

戏班规矩很多，凡唱主角的，登台前必须先向"司鼓""主胡"抱拳施礼或道声"辛苦"，以示关照。有句行话，"要想台上唱得好，先拜琴师打鼓佬"。再有名的角儿若是得罪他们，演唱中稍微使点坏，准会让你在台上出洋相，"砸场"了还叫你有苦说不出。

我不喜欢这种江湖陋习，只要演员不摆架子，谦虚随和，都会认真地为他们伴奏。对待"芸姐"，我更是用心，用琴声烘托唱腔，犹如"轻风托云，细水载舟"，我拉得得心应手，她唱得尽情自如。

每当剧终闭幕，她总会讲几句感激话："闫师傅，谢谢你的关照。"我听后总觉不习惯。

"芸姐,你怎么改口叫了?"

"如今我们正儿八经唱戏了,得讲究行规。"

"芸姐,论资历你比我深,论艺术你比我高,论年龄你长我两岁,喊师傅让人听了别扭。"

"那我如何称呼你?"她笑着问。

"叫我弟弟吧。"

"岂不委屈了你?"

"我乐意。"

"好,今后就叫你小弟。"

她要强、好胜,对艺术一丝不苟,常说艺不压身,艺高壮胆,艺精于勤。她每天坚持练功,当别人还在熟睡的时候她却早早起床压腿,并请我为她吊嗓子。我们经常在一起切磋技艺,研究唱腔,台上台下长期的合作,加深了彼此间的友谊。她帮我洗衣服,还把一些戏迷赠她的点心送给我,我们就成了推心置腹、无话不谈的好朋友。

天有不测风云,不料一场突发事件使的她情绪一落千丈,仿佛变成另一个人似的。

那天剧场观众爆满,座无虚席,仍由芸姐挂牌主演《休丁香》。她像往常一样,表演认真,戏在阵阵掌声中,有条不紊进行着。演到中场,丁香欲投河自尽,芸姐悲愤地唱道:"天涯茫茫无处去啊——倒不如投河自溢一命亡。"她一撩水袖,还未来得及转身就栽倒在台上,仰面朝天口吐白沫,昏迷过去。台上一阵慌乱,台下一片哗然,"检场"人员赶忙将她抬送医院抢救。

演出最怕遇到突发事件,台上"冷场",台下就会叫,上千名观众中只要有人带头闹事,残局就不好收拾了,若再遇有难讲话的,弄不好还会出大事故。不出所料,有人开始喊叫:"演不成了,退票!"有人带头,其他人就跟着起哄。团领导去了医院,一时无主,眼看观众涌向舞台,事态正在扩大。这时,我不知哪来的勇气,冲向台口,高声叫道:"观众朋友们!请大家静静,由于演员唱戏认真,感情投入,过分悲伤晕倒在台上,已送到医院抢救,请大家谅解。现在由李玉兰出演郭丁香,她也是位名角呀!"我这一叫,还真管用,观众们一个个都退回到自己的座位上去了。事后我在想,究竟是她的名气平息了这场风波,还是因我"晓之以理、动之以情"的演讲说服了观众?也许兼而有之吧。团长表扬我有胆识,应变能力强,打此以后,经常让我参加"谈判"与对方签订各类演出合同。这不仅使我长了见识,也为我日后创业积累了一定的经验。

  我走进病房,见芸姐双目微闭,仰面躺着,她那一双深邃的丹凤眼流露出的却是难以言状的伤感。我暗暗叹息,好端端一个人怎会突然病倒了呢?住院期间,除了演出我一直守在她的身边。病情虽有所好转,但她仍是愁眉不展,整天以泪洗面。我问何故,她只是流泪不语,去找医生打听,大夫说再过几天即可出院。其中缘由像一个谜团,令人费解,她既然不肯说,我也就不便再多问了。

  出院后,她虽然照常参加演出,却寡言少语,早晨也不起床练功了,像变了个人儿似的,背地里常见她偷偷落泪。越想越玄乎,直觉告诉我,其中必有重大隐情!为了解开这个谜,探出个究竟,我约她外出去散步。

  穿过闹市,顺着乡间小路我们并肩而行,惹得在田里干活的社员像见到"明星"似的,一齐盯着芸姐指指戳戳地议论:"快看,这不是唱'休丁香'的那个女孩吗?","哎呀,长得真漂亮,台下比台上还好看!啧啧⋯⋯"生怕遇到麻烦,我们加快脚步离开。

  此时,已是秋季。金黄稻穗弯腰点头,仿佛在迎接陌生客人;豆叶已干枯落地,光秃秃挂着饱满的豆荚儿,像一双双大眼睛好奇地望着我们。秋天是丰收季节,同时也给人一种凄凉、萧条、冷落的感觉。

  中午,社员们都收工回家了,四周寂无一人,偶尔有一丝秋风飘来,天上云彩轻轻移动着,遮挡太阳的一刹那,大地上出现瞬间阴暗,给人以不可名状的惆怅。我心中纳闷,芸姐也算是一位功成名就前途无量的好演员了,能有什么不开心的事儿让她如此烦恼消沉,如此沮丧颓废呢?真是:"唯有人心相对时,咫尺之间不能料。"

  我俩默默地走在田埂上,谁也不开口,似乎有很多话要说,又不知从哪里说起,于是我停下来拦住她:"芸姐,好像你有什么心事?"我试探性地问道。

"没有什么。"她淡淡地回了一句。

"不对,你一定有什么不愉快的事瞒着我。"

"我为什么要瞒着你呢?"

"你愁眉紧锁常叹息,好似那《红楼梦》中的林黛玉。"

我有心开个玩笑缓和一下气氛,谁知却触动了她伤心处,她低头走上一个土坡,无力地靠在一棵树干上。风吹枯叶纷纷落地,一叶残片飘在她凄楚的脸上,她伸手接住,捏揉得粉碎。我发现她眼圈红红的,一汪晶莹的泪水在眼眶里直打转。她喃喃地说道:"其实,我还不如林黛玉呢,她虽寄人篱下,还有贾母的疼爱,享受着人间美好的锦衣玉食,而我……"说着,忍不住悲伤的泪水夺眶而出。

"我是和你开玩笑。"我急忙分辩。

"我与她是有相似之处,人生虽不同,下场却一样!"

"不可能!你心胸宽广,她是小心眼儿。"

"小弟,你并不了解我。"

"她弱不禁风,病魔缠身,你身体素质强她几倍。"

"最终,我和她都是红颜薄命!"说着,不由得低声抽泣起来。

"芸姐,你就把我当成你的亲弟弟,有什么苦处说出来,也许我能为你排忧解难,分担你的痛苦。"

"谢谢小弟关心。"她轻轻地叹了口气。

"这件事我从未向任何人吐露过,也不打算告诉团里其他人,说出来你一定替我保密。"

"芸姐,你这么信任我,我决不会漏出半个字!"我想她肯定有难言之隐。

"我患了不治之症。"她悲伤地说。

"你呀,别犯疑心病。"

"小弟,是真的呀!"

"我亲口问过医生,他说你没大毛病。"

"我的病一般医院是查不出来的,只有我自己知道;别看我同正常人一样,其实不然,我患的是遗传病。"此时,我似乎明白了她悲观的原因,一双眼吃惊地盯着她:"什么叫遗传病?为什么你说是不治之症?难道就没有治愈的可能?"我不停地向她发问。她没有立即回答,脸上掠过一丝痛苦的表情,沉浸在痛苦的回忆中;她好像在讲述一段令人心酸的故事⋯⋯

她患的是先天性遗传病,中医称"遗传性小脑萎缩症",西医叫"先天性共济失调",病情来源于母体遗传;她母亲患此病不到三十岁就病故了,外婆也患这种病过早地死亡,外婆的母亲年纪轻轻也死于此病,传到她已是第四代了。这种病大多在十八九岁发作,先是间接性的,不犯病时好端端的没有一点异样,越往后越厉害,直至大脑"萎缩"全身瘫痪而死。过去她曾经犯过一次病,没有放在心上,认为自己不可能染上此病,这次旧病复发,她确认这是遗传病先兆,因此她的内心非常的悲观,非常的失望。

听了她的叙说,我心中充满同情与惋惜。一位才华横溢的姑娘怎么会患上这种怪病?一个刚刚崭露头角的优秀的演员将被病魔夺去艺术青春!难道真的印证了那句人们常说的"好人无长寿"么?不!我坚信,科学在发展,医术在提高,社会在进步,世上没有治不好的病!想到这些,我安慰芸姐:"要相信现代科学。"

芸姐忧伤地说:"即便这样,我也无能为力!"

"因为钱?"

"过去享受公费医疗,如今我是⋯⋯"是呀,芸姐和我一样了,哪来许多钱治病呀?想到这,我就懊悔当初不该说那句混账话!

"芸姐,你放心,等我挣了钱陪你去大医院,肯定能治好你的病。"

她苦笑了一下:"假如确诊,我这辈子就完了!"

"芸姐,莫灰心。"

芸姐摇头:"我是牵挂着他⋯⋯"

"谁?"

她取出一封信递给我,信封无邮票,盖了一枚三角章,一看便知这是一封来自部队的信。捧着信我望了望她,芸姐平静地说:"看吧,不要紧的。"我抽出信笺,发现一张年轻漂亮的军人照片,他身材魁梧,仪表堂堂,照片背面写着:赠给亲爱的芸。落款是:永远爱你的人——金宝。不用问,这一定是我未来的"姐夫"。信的内容十分感人:来信我反复看了好几遍,信中提到自己生病住院,怀疑是和母亲一样的遗传病,很悲观。其实这是你心理作用,根据你目前身体状况,不可能是那种病。不要胡乱猜疑,这样会增加你心理负担……来信提出要同我分手,说什么怕连累我等等,但我要告诉你,纵然真的患上那种病,我也是爱你的,我以一个革命军人向你保证,爱你一辈子,你永远是我心中的一片"云"。我会陪你走过……看过信,我很感动,体现一个军人的高尚情操、纯洁的心灵和对爱情的忠贞。

"我为有这样一位好姐夫而感到高兴!"

"我准备同他分手。"

"为啥?"

"不想让别人来分担我的痛苦。"

"他是真心爱你的。"

"正是这样,更不想连累他,影响他的前途。"

"不,这对你太不公平!"

"像我患了这种病的人,还有什么资格谈婚论嫁?万一下一代再染上此病,岂不是后患无穷?害他全家我于心何忍?"

我终于明白她近来反常的表现及悲观的原因了。她内心承受着这么大的痛苦,居然还一门心思地为别人着想,她心地是如此善良,她品德是那样高尚,她表里都是那样美,她是个好人,好人应该有好报。我被她的善良感动了,不能让好人受折磨,更不能让她有同林黛玉一样悲惨结局。"不如意事常八九,可与语人无二三。"我感谢她对我的信任,把我当成知音,将心中最隐秘的痛苦告诉我。血气方刚的我,怀着美好愿望,相信现代医学发展和科学进步,一定能治好她的病。我暗下决心:一定要帮助她战胜病魔,重新燃起她对生活的信心。

芸姐,你不是林妹妹,我也不是贾宝玉。但我对你一定要倾力相助!你的艺术让我钦佩,你的人格让我尊敬!

28　人生如戏

　　人生如戏,剧中人物命运和现实生活中芸姐的遭遇有着惊人的相似。一位扮演人间爱情悲剧的演员,到头来自己的命运却如戏一般,受到捉弄。

　　玉容寂寞泪阑干,梨花一枝春带雨。惆怅的心态,低沉的情绪,内心深处的哀怨,这一切仍遮挡不住芸姐美丽的容颜。病态美,同样具有吸引人的魅力。

　　俗话说:"年轻姑娘像蜜罐,既招蜜蜂,又招苍蝇。"这是个花季年龄,也是个多事之秋。对于一个生活在草台戏班中美丽的女演员来说,更是如此。不同的人,怀着不同目的,使用不同的手法想法靠近芸姐。戏迷中有不惜重金送戒指、项链的,想收她做干女儿、干妹妹的;团内一些男演员有给她写情书向她求爱、托人说媒的;个别旧戏班出身的老艺人中也有想打她坏主意的,诸如此类,不一而足。尤其是那个肥头大耳的炊事员,早对芸姐垂涎三尺,见到她就像猫见到鱼似的,有事没事围在她身边转,没话找话的用言语挑逗几句,没人在场时甚至还会动手动脚。

　　美,是女人的骄傲、女人的资本;美,也会给女人招来无尽烦恼。从某种意义上来讲,美也是一种"罪恶"!本来因病心绪不佳的芸姐,怎能经受自各方的纠缠?这无形中给她造成很大的精神压力,加重了她的心理负担。她整日整夜除了演出就是闭门睡觉,拒绝会客。看着她意兴阑珊、衰颓不振的样子,我暗暗着急,心想,长此下去她真会变成弱不禁风、身卧病榻的"林黛玉"了。我想为她分忧,却无从入手;想劝慰几句,又怕措词不当反而添乱;想为她解难,许多动情的语言、掏心话儿,在女孩子面前又总难以启齿。人常说男孩不懂女儿心,其实不然,看透了能说得透彻吗?

苦思冥想,终于想出一条妙计。我叩开芸姐的房门:

"你整天这么消沉,好人也会憋出病来。"

"我又有什么办法?"芸姐无奈地叹了口气。

"得想个办法对付他们。"

"我被搅得烦透了,一点儿主意也没有。"

"我有办法。"

"别再添乱了,由他们去吧。"

"不行,我不能看着你整天关门睡觉。"

"好吧,你说有什么办法?"

"只要你借样东西给我,保证'天下太平'。"

"借什么?"

"姐夫的照片。"

"照片?"

"就是那张穿军装的。"

"我明白了,鬼灵精。"

不等她表态,我就从枕头下抽出照片,转身跑出门外。见人就说:"芸姐是军婚,对象是现役军人,你们看他长得多英俊……"好奇的人们一下子围了上来,你夺他抢的争着看,这个夸芸姐有福气,那个说芸姐口风紧,到现在我们还不知道她的对象是大兵呢……

嘿!这一招还真灵,那些不怀好意的人老实多了。哪个敢碰"军婚"、谁敢"毁我长城"? 一段时期内,倒也相安无事,芸姐心情也有所好转。一日,我笑着问她:"芸姐,我把你个人隐私当众宣布,该不会生我气吧?"她不置可否,淡淡一笑,算作回答。军婚,让芸姐感受到荣誉与安全;恋情,使她对美好未来充满憧憬和向往。她爱他,爱的那么深、那么真,又是那么纯;她怕失去他,更希望出现奇迹,期盼着能遇到医术高明的人,医治好她的病,同时,她又不愿将痛苦告诉自己所爱的恋人。为了不影响他的前途,不让他受到连累和伤害,她只有忍痛割爱,主动去信提出分手。做出这种选择需要付出多么大的牺牲? 她的爱情是悲壮的、矛盾的,更是痛苦和复杂的。

农历八月十五,是万家团圆的好日子。这天下午加演了日场,唱几出折子戏,先由闫立义、张奎兰表演《平贵别窑》,接着芸姐出演《休丁香》她扮演丁香和张万郎对唱。

张万郎唱道:

　　你不生养病缠身,
　　灭我香火断我根。
　　今日若不休了你,
　　日后张家必遭瘟!

芸姐扮演丁香唱:

　　猛听此言头发晕,
　　泪如泉涌放悲声,
　　往日多少情和爱,

160

今朝断钗两离分!

　　唱罢,丁香悲苍地接过休书,一个亮相。大幕在一片掌声中关闭。别的演员都在忙着卸妆,而芸姐却坐在后台流泪。是感情投入使她一时无法解脱,还是感伤自身的悲惨命运?我轻轻地走到她面前:"芸姐,快卸妆吧。"她愣了一下,然后用凡士林擦去脸上油彩。

　　"芸姐,今天是中秋节,我去买些月饼……"话未说完,芸姐打断道:"别买了,老戏迷们给我送来一箱月饼。"说着用手一指,芸姐化妆桌上堆了许多好吃的东西。

　　"那我就去买些梨吧。"说罢,放下二胡出门而去。

　　芸姐自言自语:"买梨?"她似乎悟出什么,赶忙跑到门外喊道,"小弟,别买梨!"

　　我一边走一边想,可能她不喜欢吃梨吧?

　　挑挑拣拣一连看了几家水果摊,都觉得不满意。我继续向前寻找着,忽听背后有人喊叫,回头一看,是宋民。他气喘吁吁地说:"小闫,快回去,有几位陌生人找芸姐谈事呢。"

　　"你知道是哪里来的吗?"

　　"好像是她老家那边来的人。"

　　"几位?"

　　"三人,两女一男。"

　　"听他们说些什么了吗?"

　　"芸姐边说话边流泪,肯定不是什么好事。"我同宋民一齐往回跑,刚到剧场,迎面遇见芸姐送客出门。心想:到底出了什么事?这伙人为何来去匆匆?再看看剧团其他人,三三两两交头接耳,小声地议论着什么,心中更加疑惑。刚想打听一下,就见芸姐回来了;她虽然装出若无其事的样子,却掩饰不了故作姿态的表情。当着众人面不好开口细问,我同宋民交换了一下眼色,随后跟进宿舍。未及坐定,芸姐对我说:"小弟,陪我去练一段唱腔。"我点了点头,跟她向舞台走去。空空的剧场显得格外宁静。

我拿起二胡:"芸姐,唱哪一段?"

"看休书。"

"看休书?"

"对!"我心中纳闷,这是她最拿手的剧目、最熟悉的唱段,早已烂熟于心,用得着再练习吗?

不便多问,我只好轻轻地奏起了过门。她瞪我一眼,说道:"怎么软绵绵的,拉快板!"看她如此反常神态,我只好顺从地改用快弓。她一字一句地唱道:

> 看罢休书恨满腔,
> 竹篮打水空一场。
> 花落流水情已绝,
> 劳燕分飞各一方。
> 我怨啊　怨上苍,
> 面对苍天哭一场。
> 为何红颜多薄命?
> 痴情偏遇无情郎……

一曲唱罢,芸姐已成了泪人儿,坐在台上抽泣。我被她突如其来的举动闹得不知所措:"芸姐,你怎么啦?到底发生了什么事?"说着,将她轻轻扶起。我发现芸姐脸色苍白,牙齿咬着嘴唇,血顺着下巴流下来,她痛苦地摇摇头。

"这一天终于来了。"

"你说什么呀?我听不明白。"

"别问了,这就是命!"

"芸姐,你有什么委屈说出来会好受些。"

"我……"

"姐,别难过,说吧。"她边哭边说,"小弟……你知道吗?姐,姐我被人休了!"说罢,放声大哭。望着她伤心欲绝的样子,我一阵难受一阵心酸,一阵同情一阵怜悯。悲欢离合也许是人生常态,想逃,也逃不掉,想躲,也躲不开!许多令人心酸与悲怆的种种境遇,会让人觉得是噩梦一场!我理解她此刻的心情,虽说是她主动提出分手,但这一天真来了,割舍的"爱"、唾弃的"情",却是刻骨铭心的!我不再去劝她,因为哭声是情感的释放,泪水是痛苦的宣泄。良久,她情绪才慢慢稳定下来,对我说:"其实这也是意料之中的事,早晚都会分手的,可没想到来得这么快,这么突然,让我一下子接受不了,毕竟我们有过那么多年的感情……"

刚才来的人原来是金宝的父母及姐姐,他们自称是受儿子委托来解除婚约的。金宝在信上说,患这种病很难治愈,为了不影响他在部队前途,迫不得已提出分手,请多原谅……同时,他父母、姐姐也亮出自己的观点:不希望娶个患病的媳妇进门,影响子孙后代……芸姐听罢,便平静地在他们早已拟好的"解除婚约"上签了自己的名字。如此复杂的人生大事,来得是那么突然、绝情,难怪芸姐痛苦伤感。

人生如戏,剧中"丁香"的命运和现实生活中芸姐的遭遇有着惊人的相似。她刚才唱得那样投入、悲愤、动情,是在发泄内心深处的痛苦和悲伤。一位扮演人间爱情悲剧的演员,到头来自己命运却如戏一般,受到捉弄。

真是:

一曲悲歌《休丁香》,
泪水哀转九回肠。
世人只看台前戏,
岂知幕后更凄凉!

芸姐,家住安徽定远县炉桥四家刘村,金宝家距此不远郑家庄,两家父母做主,定下了"娃娃亲"。他们自幼常在一起玩耍,可谓是青梅竹马,两小无猜;长大后出入成双,上学

同校，两村亲朋无不夸他们是天生一对，地就一双。

芸姐幼年是非常不幸的，母亲因病过早去世，撇下父女俩相依为命。不久，父亲再婚，娶来个出了名的坏婆娘，从此改变了她的命运。继母为人刁钻、刻薄，处处找麻烦虐待她。正在念小学四年级的芸姐被迫辍学，承担繁重的家务劳动，担水、做饭、洗衣、喂猪，从早到晚不停地干活。稍有不慎，轻则受骂，重则挨打。一次偶然的机会，她被剧团选中，走上了演戏生涯。不久，金宝也应征入伍，从此天各一方。

芸姐经常接到金宝来信，字里行间，他叙不尽绵绵之情，张张信笺，全是温情关爱话语。他的忠贞表白，给这位纯洁天真的少女留下了美好印象，使她对未来充满憧憬与向往，期盼着喜结良缘的那一天。

然而，信誓旦旦的承诺不过是"有语无心"的欺骗，甜言蜜语的"卿卿我我"也只是一场文字游戏。他变卦了，迫不及待地让家人找上门来退亲。人情竟是如此淡薄，人心竟是如此难测，人与人之间的关系竟又是如此虚假！

戏场也有真歌泣，亲情非无假应酬。我为芸姐感到委屈。夜戏散场后，芸姐对我说："小弟陪姐走走，心里闷得慌。"一听这话我心里特别高兴，准备借此机会安慰她几句，便满口答应："行，我们边走边赏月。"这是一个乡镇剧场，我们很快就走出街头，顺着乡间小道向田野走去。

破屋更遭连夜雨，漏船又遇打头风，命运为什么会对芸姐如此不公？患病、失恋、灾难接踵而来。本想安慰她几句，可是搜肠刮肚却找不到一句合适的话语。她是不愿放过一年一度可爱的三五之夜，还是想让大自然美景冲刷心中的郁闷？不管怎样，难得她今夜有此雅兴，我一定要陪她玩个尽兴。

中秋夜晚，银月如镜，碧空如洗，月明星稀。已是午夜时分，万籁俱寂，空阔的田野上偶尔传来几声蟋蟀的凄凉鸣叫，秋后的昆虫自知天命，仿佛在绝望地呜咽；大地升起一层薄雾，覆盖了村庄、田野，在月光的照射下，"江天一色无纤尘"，似海浪，一望无垠。

我们穿过村庄，顺着土路向前漫步，突然从左边田里蹿出一个人来，怀里抱个大冬瓜向前跑去,把我们吓了一跳。芸姐大声嚷道:"你看,是个偷瓜贼!"我连忙制止,笑道:"他不是偷瓜贼,是'摸秋'的。"

"明明是偷东西,怎么叫'摸秋'?"

"要在往常说他是小偷一点儿也不冤枉,今夜却叫'摸秋'。"

"那为什么呀?"

"这是农村的风俗习惯,八月十五送'娃娃'。"

"自小离家,还没听过这种奇闻呢。"

"'摸秋'都是男孩子干的,在山芋或冬瓜上画个'小鸡鸡',送给婚后不育的妇女吃,如果生个儿子,来年八月十五就得还愿,摆几桌酒席感谢他。"

"有这等奇事?"

我见芸姐心情有些好转,为了让她开心继续说道:"传说,观音菩萨在中秋节夜里会送五百童男女下凡投胎……"她打断我的话头,问道:"你怎么知道这些?"

"我从小在家也'摸秋'呀。"

"这是迷信。"

"不管迷信不迷信,反正农村都兴这个。"

"那你摸过几次?"

"我连续三年摸了三个大冬瓜。"

"灵验吗?"

"唉,别提了,那娘们肚子不争气,光吃不生。"

"哈哈,我说是迷信吧!"她笑着说。

"芸姐,你别说迷信,我真的希望上天有眼,像你这样的好人若是遇上菩萨显灵,说不定能驱走身上的病魔呢!"

"小弟,你说我的病能治好吗?","能。"我毫不犹豫地回答并说,"要相信科学,现代医学发展已经证明许多顽症都能攻克,要有信心。"她听后点了点头:"但愿如此吧。"

"多攒点钱,今后有条件去大医院检查治疗。"

"你的话有道理。"

"别灰心,平时也应多求医问药,人常说,'单方'治大病。"

"那我就试试吧。"

"不能说试,关键要有信心,首先要从思想上战胜自己。"

"自从得知患病,我真的不想活了。"

"芸姐,要珍爱自己,珍惜生命,人生一世不容易。"

"说得对,我听你的。"

这时东方破晓,天边已现出曙光。

"芸姐,咱们回去吧!"

"哎呀,不知不觉天都亮了。"迎着红彤彤的朝霞,芸姐一扫病态,脸色更加美丽。她走了几步,突然停下说道:"小弟,你说我们俩一夜未归,别人会不会说闲话?"

"不会的,你就放心吧。"

"为什么?"

"同我在一起安全。"

"我不明白。"

"你是美女,我是……"

她突然抓起我的手:"小弟,莫自卑,我倒觉得你长得蛮英俊的!"

太阳从东方冉冉升起,金光四射。芸姐的头发上挂满露水,像串串珍珠,更加妩媚、动人。

29　为伊做贼

为给芸姐治病筹款,我去冒险;做贼失手,被人追赶;砰!一颗子弹飞过头顶,我差点成了枪下之鬼!

冬去春来,不觉又是一年。在暖风吹拂下,千花百草纷露生机。桃花初绽,显得格外娇嫩;柳枝刚抽青绿,显得特别清新。一场春雨,又带来了轻微的余寒。早来的黄莺在向阳暖树做窝,梁上燕子衔泥筑巢,小尾黄蜂在花丛中飞舞,春光从四面八方涌来,宇宙天地都充满了盎然春意。

春色是美好的,"春荒"是可怕的!

每人每天只有三两粮食,社员们生活濒临绝境,成群结队,扶老携幼,冒着春寒外出逃荒要饭。从一九五九年到一九六一年,这就是历史上持续三年的"自然灾害"。因饥荒造成一些地方吃不饱饭,人们身体浮肿,非正常死亡。在"大跃进"中被称为千斤省的安徽,从南到北,出现了大饥荒、大灾难。在农村,饿殍处处;在城市,食不果腹。三年下来,全省竟有几百万人用生命为跑步进入共产主义交了学费。时至今日已过去了多年,大饥荒早已成为历史。多少年来,总有人把这一民族灾难归结于"三年自然灾害"。一九六○年的《人民日报》国庆社论一改过去歌舞升平的调子,描绘出一幅可怕的图景:过去两年来,全国大部分地区连续遭到了严重的自然灾害。一九六一年一月中共中央八届九中全会公报指出:一九五九年严重的自然灾害之后,一九六○年又遇百年不遇的自然灾害……

随着时间的推移,国人才明白,所谓的自然灾害是国家政策的失误。三分天灾,七分人祸!在中国共产党党史记载中,"三年自然灾害"一词,也改为"三年困难时期"。

人常说,树挪死,人挪活。比起那些无路可走的社员,我们剧团演员幸运多了。每当夜戏结束,我们就到附近的生产队田里偷萝卜、青菜,虽然少油缺盐,还是能填饱肚子;剧团转向城市后,演员手里有了钞票就买些副食品充饥。就这样,我们终于躲过了"大饥荒"的劫难!"三年困难时期"我们虽受些磨难,但万幸的是,都保住了性命!此刻,我不由得想起老书记临终的那句话:"现在,你们成了断奶的孩子了……眼下又处在生活困难时期,赶快出去唱戏糊口,自谋生路吧……"假如不是老书记的临终嘱托,假如我们被困在大本营种地,假如……现在想起来还令人不寒而栗!

生活虽然困难,但仍没有动摇芸姐治病的信心。她省吃俭用,每到一处先去看医生,多方求医,不管是地方医院,还是江湖郎中,连民间单方也不放过。为治病她不知吞服了多少苦口"良药",针灸在身上留下了密密麻麻的瘢点,盼只盼奇迹能早日出现。

说来也怪,她居然半年多没有犯病。是药物起了作用,还是其他原因,无法考证,但有一点很明显,那就是多愁善感的芸姐一扫病态,每日里有说有笑,一点儿不像个病人了。

我们来到淮河岸边的一个古镇——洛河街。因有水运码头,自古以来商贾云集;经过历史沧桑,已形成人口集中、街道繁华的商埠。距戏园子不远处有个私家诊所,一位姓宫的医生自称有祖传秘方,能治百病。听此消息,我和芸姐都信以为真。演出的第二天一早,就急不可待地前去就诊。

那年头不准个人行医,真才实学也好,庸医行骗也罢,统称"黑医生",一经发现立即取缔。他们只能偷偷地给人治病,门口更不敢挂招牌。我同芸姐找了几条街,才在一处不显眼的巷口见到这家诊所。

这是一间不大的阴暗小屋,桌子上放一个听诊器,瓶子里插两只体温表,旁边摆放一些药罐子,墙壁上挂着一排白布袋,袋子上都写着当归、甘草、天麻、红花……各种中药名称。看到如此简陋医疗条件,我们不免心生疑惑,正欲退出,我惊奇地发现墙上挂满全国各地赠送的锦旗,有上海的、北京的、广州的、成都的……多是大城市"治愈"病人送的。锦旗上写着"妙手回春""华佗再世""灵丹神药"……看到这些,我们心中的疑虑顿然消失。

"果然名不虚传,这人肯定有本事。"我小声对芸姐说。

"请坐吧,你们谁看病?"宫医生非常客气地说。

"医生,我姐的病非比一般,请问你用什么仪器为她检查?"

"我是中医,不用仪器,四个字就可诊断出病症。"

"哪四个字?"

"望,闻,问,切。"

"不明白。"

"望,看气色,望而知之者,望其五色以知其病;闻,听声音,闻而知之者,闻其五音以别其病;问,询症状,问其所欲五味以知其病所起所在也;切,摸脉象,切脉而知之者,诊尺关寸,视其虚实,以知其病,病在何腑脏也。"听了他的"高睨大谈",虽不懂,但觉得言不流俗气概不凡,非一般庸医可比。芸姐真的遇到高明医师了,心中暗暗为她高兴。他把脉观色,望闻问听,看罢舌苔,最后说道:"此病乃风湿性神经综合征,并非像你们说的遗传病。先天性遗传病只传三代,她是第四代了,不可能再染此病。古人云,'事不过三'嘛。"他的"确诊",好像法官对一个死囚宣布无罪释放,我高兴地对芸姐说:"这回你有救了!"可是芸姐显得不是那么高兴,她问医生:"我已犯过两次病,你做何解释?"宫医生不慌不忙答道:"至于犯病,那是风湿性神经综合征前兆,同遗传病是两码事。病人最忌讳瞎猜疑,这叫疑心生暗鬼,无病也能疑出病来……"我觉得宫医生的话句句在理。

"你说她的病能治好吗?"

"能,这种病我看过好几例。"

"医生,治好这病大约需要多少钱?"

"要想彻底断根,得这个数。"说罢伸出三根手指。

"三十元?"

"不,三百元。"

"要这么多钱?"芸姐听后吓得伸了下舌头。

"我的药是'方不袭古',独家秘方,药到病除。"

"准能治好?"我不放心地问道。

"包你病好。"三百元要是放在现在不算个大数目,可在那个年代就不同了,农民每天的收入才一两毛钱。三百元对于我们来说无疑是个天文数字!我笑容可掬地对宫医生说:"医生,能不能少点钱?"宫医生说:"要不这么着,四剂药为一个疗程,服后见效了再来接着治。"芸姐问道:"一个疗程得要多少钱?""一百元。"宫医生又补了一句:"这还是优惠价。"一百元钱对我们来说也不是个小数目。芸姐羞涩地说:"我们先回去准备一下,筹到钱马上就来拿药。""那好吧。"临别时,宫医生非常关心地说:"我要提醒你们,这种病要抓紧治疗,如果转成风湿性心脏病那可就麻烦了。"我们俩一致认为宫医生有水平,分析病情合情合理。芸姐心中喜忧掺半,喜的是医生排除了"遗传病",忧的是,上哪筹措那么些钱呢?不断看病吃药,她自己的积蓄所剩无几,我们俩的钱凑在一起也不过二十多元。商量来商量去,觉得不能失去这次治病机会,筹钱也只有一条路:回家去找老父亲求援。

芸姐走后,我每天都在焦急中等待,心想肯定有门,不然早就回来了。我暗暗为她祷告:愿芸姐不虚此行。五天后,芸姐返回剧团。继母不但分文未给,娘儿俩还吵闹一场。继母的侄子愿出两百块钱给她治病,条件是马上同他结婚,不准芸姐再去唱戏。继母软硬兼施,芸姐执意不从,双方在争吵中不欢而散。好心的表姐王金英给了她三十元钱,总算没有空手而归。七拼八凑,还差几十元钱,芸姐急得直流泪。我安慰她道:"先别急,等几天想想别的办法。"这时,我心中在酝酿着一个搞钱计划——去偷鸭蛋卖钱帮她。可我万万没有想到,正是这次的冒险行动,我差点成了枪下之鬼。

洛河街东面有几座窑场。瓦罐做坯,取土用泥,越挖越大,年长日久形成了一口人造大水塘。公社在这里办起了养殖场,圈养了几千只鸭子。清明前正是产蛋高峰,每天早晨地上全是白花花的鸭蛋,练琴经过此处,让人看得眼馋。芸姐只差几十元钱无法就医,我不帮她谁帮她?决不能因这点钱让她希望落空。摆在我面前的唯一办法,就是去做一次"贼",当一回"小偷"。

白天我去"踩点",看好了线路,当夜四点多钟便偷偷起床,我拿了个布袋子,悄悄地向水塘方向走去。刚下过小雨路很滑,我高一脚低一脚地向前行走,一股冷风吹来,不觉打了个寒战。有生以来第一次做贼不免有点心虚,白天计划没有想太多,现在真的实施了,不觉浑身发毛,胆战心惊。我知道,偷东西不光是件丢人的事,同时也是违法的,万一被捉住,一生前途全完了。我想着,想着,不敢再往前走,两腿一软蹲在地上,来时的勇气一扫而光。我心中思量:不能冒险呀,还是回去吧。

我顺着来的小路心儿沉沉地往回走。计划好的事,还未去做就放弃,心中总觉得不是滋味。走走停停,来到宿舍门口我又犹豫了。想到芸姐哀愁无助的眼神,想到宫医生的承诺,想到是自己的过错导致芸姐失去了公费医疗,假如她因缺钱而失去这次治病良机,我会后悔一辈子的!此时此刻,我思想斗争十分激烈:假如能帮芸姐治好病,将来她能成为一名表演艺术家,冒一次险,值!再说偷鸡摸狗的事儿也不犯什么大法,只要小心点不至于被发现。于是,我又重新鼓起勇气,抱着侥幸心理再次朝水塘走去。

鸭场四周是一条条竹篾扎的篱笆墙,我用手轻轻一拨,侧身钻了进去。四周漆黑,眼前一片模糊,分不清哪里是路,哪里是水。我悄悄而又紧张地搜寻着目标,可是地上有水太滑,加上做贼心虚,两腿不听使唤,"啪"的一声,摔了个嘴啃泥。响声惊醒了熟睡的鸭群,它们"呱呱呱"齐声叫了起来,好似一支庞大的乐队,"鼓乐齐鸣"。我吓得转身就向外跑,不料一束手电光将我锁定,听见有人喊道:"抓小偷!别让他跑了……"我慌不择路,没命地向前飞奔,后面有人大声命令:"站住,再跑我就要开枪啦!"我早已吓的魂飞天外,哪里敢停下。跑着跑着,"砰"的一声,一颗子弹从头顶飞过,只觉脑袋"嗡"的一下,我便昏倒在了地上。

第二天上午,我从昏迷中醒来,发现自己被关在一间黑暗的小屋里,双手被反绑,浑身疼痛,喉咙冒火,口中干渴。不一会儿,走进三个人,为首的身材高大魁梧,身后是两个民兵。其中一人说道:"这是我们公社武装部的莫部长,你要老实交待。"莫部长走到我面前,用脚踢我一下:"算你小子命大,再跑老子一枪崩了你。"是呀,不是吓得晕倒在地上,说不定真被他毙了呢!

"老实说,你一共偷几次?"

"就这一次。"

"不老实!说说你有几个同伙?"

"就我一个。"

"嘴硬!我告诉你,鸭场被盗也不止一次了。昨晚我亲自带人守候,你小子是自投罗网。"我心想这下子完了,偷牛的没抓住,逮到"拔桩"的,浑身是嘴也讲不清了。

"老实交待,到底偷了几次?"

"真的就这一次。"

"不讲实话,有你苦头吃。"

"真的就这一次,部长,饶了我吧!"

"饶你可以,但要讲真话。"

"我一定讲真话。"

"那好,说一说,你的同伙一共几个人?"

"就我一个。"

"偷了几次?"

"就这一次。"

"你小子嘴硬,把他吊起来!"莫部长拍着桌子,大声吼道,"老实告诉你,我们的鸭子被盗无数次,就是你们这伙人干的,不供出同伙,就不要放下!"说罢,他气势汹汹地出门而去。两个民兵不容分说,将我架到房梁下面,让我站在两块砖上,双手高高举过头顶。他们用绳子捆住我的手腕,绳头穿过房梁拴死,然后踢去我脚下的砖块,我的身子立刻悬在空中,痛得我大声哭叫饶命!初春的天气还凉飕飕的,可我却浑身冒汗,头上豆大的汗珠滚滚而下。大约半个小时,来了一位穿制服的公安人员,他发现我被吊着,发火道:"谁叫你们乱吊人的？赶快放下！"他们解开绳索,我的双手已经变紫,手背肿得像馒头,两腿发软,瘫倒在地上。两位民兵扶我坐起来,我就势靠在墙角上。面前这位公安人员身穿白制服,约莫五十多岁,夹了个黑色公文包,腰间别把手枪和一副手铐,他严厉地说道:"我是公安局的,希望你老老实实交待问题,态度好,我们可从宽处理,否则,我要拘留你。"

这时,我已顾不得面子了,承认自己是剧团伴奏员,一生从未当过小偷,这次越轨之举是想帮助病中的姐姐……

"你说的全是真话？"

"半句假话你毙了我。"

"好吧,我们调查后再做处理。"看罢笔录,我的手已经无法拿笔签字,只好按了个手印。临出门,他十分严肃地对两个民兵说:"不准再体罚他！"下午两点,那位公安和莫部长带着剧团领导、宋民、芸姐及其他几位演员来了。一见熟人,我赶忙将头低下。狼狈与尴尬使我羞愧难当,无地自容！莫部长说:"念你年轻,又是初犯,原谅这一次,回去后要认真反省！"芸姐猛地扑过来抓着我的两只手,看了又看,贴在她的脸上放声大哭。伤痛使我寸步难行,宋民将我背回剧团。我一连几天不能进食,睡在床上,浑身发烧,头疼怕冷,昏昏沉沉,梦中惊叫不止,只好将我抬进医院。

治疗数日不见好转,我手腕不能活动,穿衣吃饭都困难。同房病友对我很好,吃喝拉撒全靠他帮忙；闲得无聊时我们互叙家常,我将筹款为芸姐治病的前后因果全说给他听。他听后,摇了摇头告诉我一个惊人消息……

原来宫医生是个江湖郎中,本事不大,口才极佳,医术低劣,骗术高明,墙上那么多锦旗都是他伪造的"托"。他凭借女婿是个大队干部,偷开诊所,稍有风吹草动,自然会有人通风报信,因此,上面也拿他没办法,许多病人被骗钱误诊,真可谓庸医害人。

这消息着实令人吃惊,我暗自庆幸芸姐没有上当受骗。残酷的现实毁掉了一切美好愿望,芸姐把全部希望都寄托在这位宫医生身上,一旦得知真相,她一定会精神崩溃的。这消息决不能让她知道,躺在病床上的我,伤痛难比心更痛！芸姐呀,我该怎样帮你啊！

这天,宋民来医院看我,他扶着我到后院散步。

"小闫,我有件事想求你帮忙。"

"什么事？说吧。"他吞吞吐吐半天冒出一句,"我想请你做媒。"

"请我做媒？"

"对。"

"告诉我,看上谁了？"

"刘芝芸。"

"你说芸姐？"

"对,你们关系很好,只有你的话她肯听。"

"芸姐有病,需要治疗。"

"放心吧,我家条件好能帮她治病。"

"好吧,我一定帮忙。"

"太谢谢你啦！"

"别忙谢,还不知芸姐是否同意呢？"

"那就看你的本事啦！"

"我会尽力的。"

"拜托了,闫老弟。"小宋带着甜蜜的微笑走了。下午五点,芸姐送饭来了。望着一盆热腾腾香喷喷的鸡汤,我心中一阵酸楚,帮忙不成,还花去她的救命钱,我实在惭愧。记得刚入院那天,她抚摩着我红肿的双手,流着泪水,一直守到天亮。这是无声的关爱,像大姐关怀弟弟一样。这使我再一次想起王艳艳,芸姐和她一样善良,一样待人真诚。如果说失去艳艳姐是天公不作美的话,那么这次结识芸姐算是苍天有眼,是对我最大的补偿。

"芸姐,我想跟你说件事。"我想起小宋托我的事。

"什么事？说吧。"

"是这样的,你年龄也——"

"别绕弯子了,说吧。"她打断了我的话。

"姐,你看小宋人也挺好的……"

"托你当媒人吧?"她又一次不耐烦地打断了我的话。

"你怎么知道的。"

"他给我写过纸条。"

"向你求婚?"

"是的,十天前我就收到他写的信。"

"他很喜欢你。"

"我只想治病,你还能不知姐的心思?"

"你为什么不向他表明态度?"

"沉默就是最好的回答。"

"芸姐——"

"今后不准再提这事。"

不久,凤阳县武店请我们去演出,这个小镇背面是山,坐落在淮南铁路线上。俗话说,靠水吃水,靠山吃山。老百姓除了种田外就是开山采石,依靠铁路运输的优势,将采出的石料外销,相比之下这里经济还算发达。集镇中心有个小戏园,每遇逢集人山人海,看戏的观众蜂拥而来,剧团演出颇受欢迎,我们在这里一连演出了两个多月。

武店,一座普通的农村集镇。在这里,我有过一段极不平凡令我终生难忘的大事。

这天午夜,我睡梦正甜,忽被一阵急促的敲门声惊醒。开门一看,原来是芸姐,她头发飘散,神情慌乱,衣服不整。

"芸姐,这么晚了你找我有事?"

"小闫,你出来一下。"我急忙穿好衣服跟了出去,外面细雨绵绵,我们走到剧场门口的屋檐下。

"小闫,你嫌弃姐是个病人吗?"她突然问道。

"姐,你今天怎么啦?"我大为不解,平常一口一声小弟,今天怎么改口叫"小闫"了?

"我要你说一句,嫌弃我吗?"

"不嫌弃,我会尽力帮你治病的。"

"那好,你听着,姐今天决定要跟你结婚!"

我一下子懵了,甚至不敢相信自己耳朵,是我听错了,还是她发神经?

"找你就这事,回去想想,明天答复我。"说罢,她头也不回地转身就走。我被她的这一突然举动给弄糊涂了,紧追几步将她拦住。

"芸姐,你到底怎么啦?"她愣愣地站着,一言不发。

"芸姐,你说话呀!"

她突然一把抱住我放声痛哭,哭得是那么伤心、委屈……

30 苦涩婚姻

人生大事,莫过于婚嫁。芸姐本该同别人一样:应该有伴娘陪送,应该浓妆艳服,应该大摆筵席,应该大闹洞房……但是所有这一切,她都没有得到。

"有缘千里来相会,无缘对面不相逢。"传说凡是有夫妻缘分的人,月下老人都会用红线把他们系在一起。这话虽然是民间传说,带有一定的宿命意识,但也是前人对生活经验的概括和总结,具有在偶然性中所体现出来的必然性。大千世界,人海茫茫,有些人看似有缘却擦肩而过,许多人看似无缘,却偏偏相遇,结成百年之好。爱情火花碰撞可遇不可求,事情总是由于某种偶然机遇和条件所致,这就是所谓的缘分吧。

我同芸姐结为夫妻也算是红鸾照命,天作之合。

春雨潇潇,芸姐的眼泪像断了线的珍珠滚滚而下。我们站在风雨中,紧紧地依偎在一起,相对无语;雨水顺着两人的头发滴在脸上,落到胸前,湿透了衣服,但我们没有感觉到丝毫的寒意。

事情来得太突然,突然得让我吃惊、疑惑,令人难以置信。是喜从天降,还是耳朵听错了?平时连想都不敢想的事,突然得到了,反而有一种虚无飘渺的感觉。尽管这是我求之不得的美事，但细想起来总觉得有点蹊跷，兴奋中不免有些不安。芸姐平时是个非常稳重的人，今晚如此反常肯定事出有因，难道她有难言的苦衷？

雨，渐渐地停了，西天的残月从云缝里射出一缕光束，照在芸姐挂满泪痕的脸上，使它显得那样凄楚、苍白。待她平静下来，我试探着问："姐，你知道我是孤儿，无依无靠。"

"我有家难归，同是天涯沦落人。"

"我无家无业，一无所有。"

"人心比黄金更可贵。"

"你说过，只想治病，不想结婚。"

"我现在决定，先结婚后治病。"

"芸姐你为何选择我？"

"自信我不会看错人，只有你最可靠！"

"这么草率会遭亲友反对。"

"不这样我会更痛苦，处境更艰难。"看来芸姐以身相许是经过深思熟虑的。我"如贫得宝""如暗得灯""如饥得食""如旱得雨"。

我问芸姐："刚才受了什么委屈，使你那样的悲伤？"她没有急着回答，而是拉我坐下。我们并排坐在剧院门口的台阶上，她显得很平静，慢慢地回忆着刚刚发生过的那一幕人兽较量的丑剧……

剧团炊事员王某，三十多岁，肥头大耳，膀阔腰圆，与体形极不相符的是那两只贼眉鼠眼。只要他看到漂亮女孩，那双色迷迷的小眼睛便眯成一条缝，像死鱼眼珠儿一样紧紧盯着女孩的前胸，如狼遇见羊，口水哈喇子一起往下滴。芸姐去打饭、买菜，他总是有意多给一些，无人在场时常用语言调戏，甚至还拉拉扯扯。芸姐对他早有防备并严词告诫："请你放尊重些！"王某碰壁后仍贼心不死，自从得知她解除军婚后，更加肆无忌惮。今晚，见演员们都进入了梦乡，他兽性发作，趁着夜深人静，悄悄来到了芸姐的房门前，用刀子撬开门闩，硬闯了进去……

芸姐从睡梦中惊醒，翻身坐起。

"谁?"

"你别怕,是我。"

"你要干什么?"

"真傻,这,这还用问吗?"

"你,你给我滚出去!"

"芸姑娘,我平时待你不薄,哪次不多打饭菜给你。"

"流氓!"

"流氓?嘿,嘿,漂亮姑娘谁不爱?"他皮笑肉不笑,露出一副狰狞面目,"二十多岁的大姑娘,也该开苞了!"说着,他迫不及待伸过粗大的手将芸姐抱住,压在床上,芸姐不从,却无力反抗。他以为芸姐顺从了,便将舌尖伸入她口中"舌吻",正当他准备伸手解衣服时,不想芸姐用牙猛咬住他的舌头,痛得他大叫一声,双手捂嘴跑出门外……

听罢叙说,我怒火万丈骂道:"狗日的,老子找他拼了!"起身欲走,芸姐双手抱住我。

"还是忍忍吧!"

"芸姐'马善被人骑,人善被人欺',难道就任他胡作非为?"

"你若去与他拼,闹得满城风雨,我今后如何做人?"

"你?唉!"我无奈地叹了口气。

"你不了解我目前的处境,有些人看似道貌岸然,表面装得正经,私下却是十足的伪君子!"

"你是说,还有别人?"

芸姐欲言又止,看得出她的内心充满痛苦。我强压心中的怒火,装作若无其事地对她说:"告诉我,剧团里是否还有别人想打你的坏主意?"

她抬眼望了望我:"自从解除婚约之后,正常生活就被打乱,好像我是一朵被折的残花,任人摆弄,总有些图谋不轨的人不断骚扰……"

我再也听不下去了,愤怒、恶心、痛苦像一阵狂风似的把我卷起。怨恨像火山爆发,热血涌向头顶!我猛地站起来,紧握双拳向墙上砸去……清平世界竟有这等污浊的地方,芸芸众生之中也包藏着兽类!叹世态炎凉,芸姐真是红颜薄命,想不到美貌也能带来厄运,善良也能带来屈辱!

芸姐劝道:"忍着点吧,既然命运将我们连在一起,你就必须要学会'忍'。"我慢慢平静下来,回味芸姐刚才说的话。是呀!有些事不忍又能怎样?一个人怎能改变世道?人生会遇到许多无奈,无奈得让你不知所措。

雨过天晴,残月西坠,雨后的春夜,仍有丝丝凉意。她没有再回到那孤单且令人恐惧的宿舍。我陪她坐在剧院门口,两人紧紧相依。尽管衣服湿潮,但我们却没有感觉寒冷,也没有睡意,两颗火热的心互相燃烧着……

第二天,一条爆炸性的新闻在剧团迅速传开。谁也不会想到芸姐选择了我。猜疑、困惑、惊奇使一些人背地里指指戳戳,议论纷纷:"她怎么能看上他?""真是一朵鲜花插在牛粪上。""王三姐守寒窑还嫁个平西王薛平贵呢!"还有许多"好心"人劝阻芸姐,可她总是笑而不答,保持沉默,既不反驳也不解释。当然,也有少数人支持我们,说芸姐没有看错人,夸我心好、善良,人机灵……

拜见岳父岳母,这是婚前必不可少的礼节,我最担心的也就是这一关。岳母本来对芸姐就心怀成见,我会不会因为"穷",遭到岳母贬斥?有心推托,于理不合,于情不通,只好硬着头皮答应去见他们。

芸姐看出我的心思,劝道:"你别担心,一切还有我呢!俗话说,丑媳妇总得见公婆,这一关是要过的。"

"行,为了你就是火海我也得跳。"我买了一副平光眼镜和一顶帽子,经过一番"化妆"后,对着镜子自我欣赏,觉得比原来"帅气"多了,像个有学问的知识分子,心中多了几分自信。提着芸姐准备好的礼品,我怀着忐忑不安的心情来到了她家。

见面后,芸姐一一做了介绍。我恭恭敬敬地喊了声岳父、岳母,然后站在一边。继母明白来意后,开口就骂:"×丫头,老娘帮你找婆家,你死活不愿。自己找个穷光蛋,你不嫌丢人,我还怕别人笑话呢,趁早给我滚!眼不见心不烦,从今后,我没有你这个女儿,你也没有我这个妈!"她像泼妇骂街似的,满口吐沫星子乱飞。我十分尴尬地待在一边,站也不是,坐也不是,压着怒火强装笑脸走上前去说道:"伯母,您老先消消气——"话刚出口,她就像弹簧似的一下子跳到我的面前骂道:"尿泡尿照照自己,你算个什么东西!"说罢,将我送的礼品一股脑地抛出门外,酒瓶摔碎,糖果撒了满地。如此当面的羞辱,使我火冒三丈,本想发作同她吵,一看芸姐满脸委屈的样子,话到嘴边打住了。我气得将帽子往地上一摔,抽身出门便走。刚出村,芸姐随后追来,她泪眼汪汪地说:"要是亲娘在世,怎么也不会是这样。"

"芸姐,都怨我,给你带来这么大难堪。"

"既然以身相许,我就无怨无悔。"

"芸姐,我向你承诺,宁可牺牲一切,也要为你治病!"

"有这片心意我也就知足了。"

"我们回去吧。"

"我想到母亲坟上烧点纸,祭奠一下。"

"应当的,我陪你一起去。"我们俩心情都很沉重,默默无语地来到一片乱坟岗。

我们走到一座低矮坟前,地下长眠着早逝的岳母。芸姐从包中取出早已准备好的草纸,我俩双双跪下,面对孤坟不觉潸然泪下。芸姐低声抽泣着,口中喃喃地说:"娘,苦命女儿看您来了,我的命好苦哇……"正在烧纸,忽听背后有人喊:"芝芸——"抬头一看,原来是年迈的岳父。他气喘吁吁地来到坟前,颤抖的双手从身上摸出几块钱,老泪纵横地说:"孩子,别嫌少,我人老无用哇!"芸姐双手推开:"女儿无力孝敬您老,这钱留着自个用吧。""女儿呀,你要是不接这钱,我死后也无脸见你亲娘。"

说着,老人跪在坟前放声痛哭:"芝芸她娘,我对不起你,对不起孩子呀,我没有钱给她办嫁妆,让她流着泪出门,我心里难受哇……"芸姐再也忍不住悲恸,哭着对父亲说:"爸,你别说了。"父女俩抱头痛哭,泪水表达着各自心中的委屈。看着这悲伤的场面,即使是铁石心肠的人也会为之动情。临别时,芸姐给父亲叩了三个头,说道:"爸爸,原谅女儿不孝,不能侍候您老,女儿已染病在身,说不定黄泉路上母亲等我前去做伴,也许今后再也见不到女儿了,您要多多保重……"

可怜天下父母心。父亲爱女儿是真诚的发自内心的,谁不想自己女儿风风光光出门呀。可眼前这位年迈老人又怎能左右得了蛮横的继母,他无能为力,只有两行热泪和几十块钱。

父女俩依依不舍地分手,女儿站在坟前望着父亲远去的身影,老人一走一回头,边走边抹眼泪。这"似戏非戏"的情景,深深刻在我心中,永生难忘!

一步泪水一回头,
父女情深难舍丢。
今日一别成千古,
人间几多离别愁……

人间离别尽堪哭,何况不知归期。芸姐与父亲坟前分手,竟成人天永隔!不见寒霜花先落,榆林雪后垂枯枝。这是生离死别的情,浩瀚无垠的爱,也是永恒不变的悲哀!

回来的路上,我们心里都不好受。想想刚才别离的情景,看看芸姐哭红的双眼,爱怜之情油然而生。

"芸姐,嫁给我确实委屈了你,但人总不会穷一辈子,我说过,要把你送到上海最好的医院去治疗,我一定会实现许过的诺言!"

"让我们一起努力吧!从今后要节省,一分钱要当两分钱用。"

"行,把我俩的工资放在一起,存起来。"

"我最担心的是良药虽好,怪病难治。"

"纵然病不能愈,我会守床侍候你一辈子。"

"真到无药可救的地步,我也不会拖累你的。"

"芸姐,我与你结发同枕席,黄泉共为友,生死相依,不离不弃。"没有鞭炮声,没请一桌客,没收一份礼,没添一件新衣,只买了几斤小糖散发,这就是我们的"婚礼";没有红绸被,没有同心枕,没贴红双喜,没拍结婚照,凤阳县武店小旅馆一间最便宜的房间是我们简陋的"洞房"。送客归来,我看芸姐面对桌上的残烛暗暗落泪。她是在思念远方年迈的父亲,还是担心自己的未来吉凶难卜?是哀叹人生的不幸,还是备感"婚礼"的凄凉?

洞房暗淡残烛泪,
新人独坐锁双眉。
燕尔新婚悲切切,
暗洒偷抛却为谁?

人生大事,莫过于婚嫁。芸姐应该有伴娘陪送,应该浓妆艳服,应该大摆筵席,应该大闹洞房……

但是所有这一切,她都没有得到。

凄凉、伤感、眼泪、残烛,伴我们度过了这难忘的新婚之夜。

我们的婚礼没有喜庆,

我们的洞房没有喜气,

我们的脸上没有喜色,

我们的内心没有喜悦,

我们的婚姻充满了辛酸和苦涩!

31　旧情未泯

面对昔日深爱的男人,芸姐泪如雨下,她低声抽泣道:"失去你,我心如刀绞;拖着你,我于心不安;远离你,我心如止水!"

尽管我们没条件举办婚礼,尽管泪水伴随我们度过不眠之夜,但新婚还是幸福的,因为苦涩的婚姻挡不住甜蜜的爱情!在两人筑起的爱巢里我同芸姐共享蜜月的快乐,一种从未有过的全新生活开始了。我们共同憧憬着未来:我拉"主胡",她演"花旦",若能治好她的病,凭艺术走到哪儿也不愁没饭吃。江湖上常说,有艺走遍天下。美好日子在等待着我们,想到这些我们心里美滋滋的。

婚后的一段时间里,我们如鼓瑟琴,甜蜜恩爱。芸姐对我体贴入微,饮食起居悉心照顾,衣服天天换洗,好吃的总是朝我碗里放,晚上打好洗脚水,早晨热茶送面前,不仅让我感受到一位贤惠妻子对丈夫的体贴,同时还体会到一种姐姐对弟弟的关爱之情。过早的失去父母,无人怜爱,是她用一颗温柔的心使我享受到人生的快乐;我一颗压抑、自卑的心,因她走进我的生活而得到抚慰。至今回想起来,仍然感觉那是我人生中最美好的日子,温情的余味长留心中,久久无法挥去。

新婚带来的喜悦尚未退去,芸姐的眼神里渐渐显露出一种让人难以察觉的忧伤,我看在眼里,记在心上。一天晚上我悄悄地问她:"芸姐,近来几天我发现你有点不高兴,为什么呀?"她满脸堆笑地反问我:"你怎么知道我不高兴?"

"你的眼神已经告诉了我。"

"别乱猜疑,我不是很好吗?"

"有什么心事说出来吧。"

"我没心事。"

"姐——"我拉住她的双手摇摆,近乎撒娇地央求,"告诉我嘛!"她紧紧抓住我的手,温和地说道:"坐下,真的想听,那我就对你说句心里话。"

"我最想听的就是心里话,说吧。"

"与你结婚,我感到后悔。"

"芸姐,你是和我开玩笑吧?"

"真的,我后悔极了!"她一脸严肃地说道。我感到吃惊,怎么也想不出她会冒出这种话来,顿时整个房间的空气都凝固了,我慢慢松开她的手喃喃地说:"到现在你还是嫌我穷,我算彻底明白了。"

"不,你不明白。"她突然站了起来,看样子很激动,随后又很快平静下来。她继续说道,"刚结婚时我没有想得太多,后来越想越觉得自己做错了事,错就错在不该同你结婚,我心里一直有种负罪感。"她的话让我糊涂,芸姐是个很沉稳的人,不随便乱说话。今晚说出这种不着边际的话题,实在令人费解。我正欲开口她又说:"我是个女人,也有性情冲动的时候,希望有个爱我的丈夫、天真活泼的孩子和温暖的家。可激情过后细细想来,总觉得对不住你。"

"芸姐,你到底想说什么呀?"

"我一旦确诊是那种病,可就害苦你了。"

"原来是为这个,我不怕。"

"我怕呀,祖外婆染了这种病,祖外公被拖垮了,结果累死在买药的路上;外婆被遗传得病,外公中年丧妻;妈妈病魔缠身,害得我爸倾家荡产;八岁的弟弟出天花没钱治疗,早早夭折;假如我被确诊也是这种病,岂不毁了你的一生?"

她的善良苍天可鉴,她的真挚神灵作证!她处处总为别人着想。听了这些肺腑之言,我被感动得落泪。

"你患病我是事先知道的,还信不过我?"

"连累别人深感罪孽!"

"芸姐,同你结婚,我是心甘情愿的。"

"我是没有资格结婚的女人。"

"我发誓,今生不把你送到最好的医院治疗,就不算个男人!"

"你什么也别说了。"芸姐抱着我大放悲声。我也哭了,哭声震撼小屋,两种声音汇成一曲悲伤的旋律飞出窗外,在夜空中回荡。

熬过春荒,迎来了丰收的夏季。一九六二年夏季非同寻常,小麦长势喜人,熬过困难时期劫后余生的人们怀着喜悦的心情准备开镰收割。自打进入"农业合作化"以来,这算是个最好的丰年。

庐剧,又称"农民戏"。农业收成的好坏与剧团的生存息息相关,农民在解决温饱之后,看戏娱乐是一项不可缺少的文化生活。

我在心中暗暗盘算着,如能抓住大好机会,勤俭节省,年底就能到大医院为芸姐治病了。

计划跟不上变化，人算不如"天算"，偏偏在这个节骨眼上，有一大半演员溜回家种地，剧团面临散伙，使我为芸姐治病的打算成为泡影。造成这一局面的根本原因主要是农村实行了"责任田"。

提到"责任田"，不得不说一说时任省委书记曾希圣。他一生对革命做出过卓越贡献，关于对他的争议、功过以及传奇故事很多，笔者只能介绍与剧团兴衰及本人命运有关的"责任田"的情节。

作为安徽省委书记，他坚决贯彻中央决策，将安徽的"大跃进"和"人民公社化"运动搞得轰轰烈烈。。

一九五八年九月，曾希圣陪同毛主席乘车在合肥接见二十万群众。毛泽东在视察时，欣然命笔，"沿途一望，生气蓬勃，肯定是有希望的，有大希望的……"不久，他兼任山东省委书记，成了"大红人""大忙人"。

1958年9月曾希圣陪同毛泽东乘敞篷汽车在合肥市长江路接见二十万群众

毛泽东只看到表面现象，实质上灾难已降临神州大地。"大跃进"运动中的"浮夸风"后果极为严重：河南省遂平县首发小麦亩产三千五百三十斤"卫星"；河北放出亩产水稻三万斤"卫星"；一九五八年九月九日广西环江县放出亩产水稻十三万斤的特大"卫星"，轰动神州，震惊世界！创下了世界吉尼斯"吹牛"的最高纪录。

安徽也不甘落后,也不能落后! 一颗颗"万字号"高产"卫星"相继放出。一时间,"卫星上天,饿殍遍地"。吹出了高产,上面自然要下达高征购任务,粮食征缴后,饥荒出现了。

面临"谎祸"所造成的饿死人现象,曾希圣深感失职、内疚、痛心! 他在有关会上主动做了深刻检查,并决定用"责任田"的办法来调动农民生产积极性。一九六一年二月十四日下午,召开了省委书记处会议。在会上,他亲自起草并通过决议,将《关于推行包产到队,定产到田,责任到人办法的意见》下发地、市、县委第一书记。同年七月,曾希圣在蚌埠列车上向毛泽东汇报"责任田"问题。毛泽东听后回答说:"你们认为没有毛病就可以普遍扩大……"在毛泽东的允诺下,安徽迅速推广"责任田"的办法。年底全省实行"责任田"的有二十六万一千二百四十九个生产队,占生产队总数的百分之九十点一。农民生产积极性大大提高,经过冬春精耕细作,一九六二年小麦获得大丰收。

老百姓乐了,曾希圣可惨了。

一九六二年的北戴河会议和党的八届十中全会上,毛泽东推翻了在蚌埠列车上对曾希圣的默许,反过来严厉指责曾希圣是"代表富裕中农的利益""为天下中农谋福利"。随之,曾希圣被免去省委书记,从"大红人""大忙人"的巅峰上摔了下来,成了一个"大闲人"。可他敢冒风险推行的"责任田"拯救了多少人的生命,老百姓齐称:"责任田"是"救命田"!

面对这一历史性的重大变革,多数家在农村的演员都回去承包"责任田"了。民以食为天。在一个农村人口占多数以求温饱为主要目标的国度里,农民视土地为命根子! 自从开天辟地到我们这一代人,农民才有了自己的土地,可惜,仅仅种了三年就被卷入"农业合作化"浪潮之中。渴求尤为强烈的农民刚刚获得的土地再次丧失。分田到户,谁不动心? 谁愿放弃这样好的机会? 想回家种田,既在情理之中也是大势所趋。大饥荒中幸免一死的人,备感粮食的珍贵。

当时国家为了调整经济,农副产品、粮食价格猛涨。社会上流传:"七级工,八级工,赶不上老百姓一挑葱。""当工人,天天忙,不如农民一担粮!"这也是中国历史上曾有过的昙花一现的"乡城差别"!可见"责任田"对人们有多大的吸引力。莫说戏班演员想回家,当时很多工人都"弃工为农"回家分田。(不久,政策变动,许多工人都感到后悔。没办法,只能算历史给他们开了一次玩笑。)

剧团演员少了一大半,只剩下十多个人。进不了剧场,演不成像样剧目,只能走村串户唱"明台"(村子里凑点粮食包场)。收入是朝不保夕,原打算年底为芸姐治病的计划,也变得遥遥无期。

度过炎热的夏季,转眼已是秋凉。"三秋"过后正值农闲,部分演员趁空隙也陆续回到团里。我们来到了定远县炉桥镇。这是一座历史悠久的古镇,原名叫"百炉桥"。传说当年曹操在此屯兵备战,长达数里的桥上建造数百多个火炉,日夜打造兵器。"炉桥"由此得名。街镇上有一座搬运公司院子,剧团就利用这所封闭很好的大院搭台售票唱戏。

炉桥镇,对于芸姐来说并不陌生。她家距此不远,儿时常来这里赶集,卖点鸡蛋,买些针头线脑,然后扯上几尺花布,自己设计裁剪,做了件新衣服。邻居们都夸她心灵手巧,针线活好。自打年幼离家,回乡演戏还是首次,因此她格外卖力。她的扮相、她的唱腔、她的表演征服了家乡父老,惊动了四乡八邻。童年伙伴、学校同学、亲朋好友纷至沓来,免不了留他们吃饭。开头几天我总是忙前忙后热情招待,时间一久,感到压力太大。

"我们省吃俭用想攒点钱给你治病,长此下去如何了得?"

"乡邻乡亲的,怎好慢怠他们。"

"你就应当对他们说出真话。"

"这不行,你让我今后如何做人?"

"要不,再来人你别出面,由我挡驾。"

"宁可不治病,也不干这种丢人的事。"

"这回我当家,不行也得行。"她刚想说话,忽闻外边又有人敲门。

"芝芸在家吗?"

"不在,不在!"

"撒谎！谁说我不在？站过去！"她脸涨得通红，猛地把我推到一边，这是婚后第一次向我发这么大的脾气。她急忙将门打开，我同芸姐都愣住了，进来的是一位身材魁梧的军人，仔细一看，原来是金宝,他同照片上一样英俊潇洒。我的心在剧烈翻腾着，这个口蜜腹剑的伪君子来干什么？当初是那样的绝情，害得芸姐不知流了多少泪水，现在又找上门来要耍什么鬼花招？怨恨、鄙视、醋意，一股脑涌上心头。芸姐愣了一会儿说道："你来啦,请坐吧。"他笑了笑说道："回家探亲,听说你在这我过来看看。"说罢，将一大提包水果、糕点还有补品之类的东西放在桌子上。芸姐看我气色不对，忙做介绍："这是我爱人小闫，这是金宝。"他很有礼貌地站起来同我握手，我随意碰一下说了声："你好！"然后坐下再也没理他。用戏剧的行话说，这叫"冷场"，我们三人谁都没说话，场面十分尴尬。此刻，我才深深体会到"吃醋"是什么滋味。我头脑激烈地斗争着，有心离去，又怕他们背着我重温旧情；留下不走，大家都很难堪，也显得我心眼儿太小，不如借故走开，躲在外面偷听他们到底会说些什么？于是，我站起身客气地说道："你们谈，我去买菜。"说罢抽身出门，迅速来到后窗下。

"芝芸,我对不起你。"

"事情都已过去，别再提了。"

"不,我要说,他们是背着我干的,那封信也是伪造的！"

"我已看出那是假的。"

"为什么不揭穿？"

"揭穿又能怎么样？"

"起码能和你在一起。"

"你会幸福吗？"

"我不在乎。"

"我能幸福吗？"

"起码比现在强！"

"错了,在阴影下求生比死还难受！"

"我会尽力说服父母。"

"只能伤害老人的心。"

"世俗偏见,害得你如此可悲!"

"他们也确有难言之隐。"

"你的心总是为别人着想。"

"世态炎凉,我别无选择。"

"你忘了我们曾有的那份情。"

"那都成了遥远的过去。"

"我们曾有过刻骨铭心的爱。"

"早就变成了痛苦的回忆!"

"我曾说过,你永远是我心中的一片彩云。"

"风吹云散,已无踪影。"

"这对你太不公平!"

"这就是命!"此刻,芸姐她再也忍不住了,泪如雨下,哭得那么伤心。金宝走上前掏出手绢为她擦泪,芸姐低声抽泣道:"失去你,我心如刀绞;拖着你,我于心不安;远离你,我心如止水!"

"真不知该怎样做,才能弥补对你的伤害?"

"情天难补,恨海难填,你不必自责。"

"看你现在的处境我心中难受哇!"

"别说了,我现在过得不是也很好吗?"

"飘流生活,如此清苦,难道你就这样生活下去?"

"对自己的选择,我无怨无悔。"

"他待你如何?"

"他是个好人。"我默默地听着他们的对话,此刻我的心是酸?是辣?连自己都说不清,总觉得不是滋味,也失去了继续听下去的耐心。我绕到门前,有意踩着重重的脚步声走进屋内。金宝,闻声突然站起身来对我说道:"听芝芸讲,你是个好人。有两句话我想说:第一,祝你们幸福;第二,要善待芝芸,想办法为她治病,她是一个苦命人。"说着,他从身上掏出一叠钱:"这是两百元钱,给芝芸看病的。"说罢,将钱放在桌上转身出门,头也不回地走了。芸姐双眼噙着泪水,我一时茫然,头脑里一片空白,待我回过神来人已离去。他迈着军人特有的矫健步伐向前走去,尽管街上人头攒动,仍遮挡不住他那魁梧高大的身形,他越走越远,慢慢地只能看见那顶军帽在人群中闪动。

再看看芸姐呆呆地坐在那里,两行泪水滴在胸前。那是无言的悲痛!

他的出现,令我感到唐突;

他们久别重逢,又是如此尴尬;

他的人品我很难评价;

他们双方此刻的心情我无法猜测。

我所感受到的,又是一场"戏"。而生活中的故事比"戏"更加曲折、复杂、伤感……

32 巧遇艳艳

> 面对"初恋"情人,望着苦命的妻子,那滋味像打碎的五味瓶,酸甜苦辣涩一起涌向心头。

金宝走后,芸姐情绪非常低落,没人在场时,总是暗暗落泪。刚刚恢复平静的心,又起波澜。

他的出现,让她伤感。看她郁郁寡欢的样子,我暗自想:一定是勾起了对他们遥远而又美好过去的回忆……

芸姐与金宝自幼在一起,青梅竹马,两小无猜。长大后,人分两地,感情更深。"鸿雁传书盟誓愿,不结同心誓不休!"他们本应是"赤绳系足",缔结百年之好,到头来却落得"分钗断带",有情人难成眷属。无情的命运给她带来的只不过是一场春梦!这怎能不令她伤感?不令她心碎?遭受疾病与情感双重打击的芸姐,我虽同情,总又觉得她对他还有点藕断丝连,心中不免有些酸溜溜的醋意。

几天后,她突然问我:"他给的钱该如何处置?"我一时不知如何回答,心想,她肯定是怕我小心眼故意考验一下。

"这钱是给你治病的,何必问我。"

"想听听你的意见。"

"我觉得人家也是出于好心。"

"你的意思应当收下。"

"又不是我们伸手要的。"

"你没觉得有些不妥吗?"

"他很诚恳,并无恶意。"

"即便真心帮我,这钱我也不要。"

"为什么?"

"他家人会用什么眼光看我,你想过吗?"

"也许是良心发现,想对你做点补偿吧。"

"正是因为这样,钱更应当退回去。"

"目前是你最需要钱的时候。"

"告诉你,人不怕穷气,就怕没骨气,他的钱我一分也不能要!"

"你说怎么办?"

"到邮局汇给他。"说罢,将钱往我面前一丢。她的举动让我震惊,两百元钱,对她来说太重要了,有了它,随时都可去大医院检查,有了它,也许能够早日驱除病魔。这可以说是她的救命钱呀!可是,这笔诱人的钞票,又轻飘飘地交到了邮局业务人员的手中。我既惋惜又心痛,极不情愿地办完了汇款手续。

没有钱时想钱,钱到手了又去退钱,回来的路上,我心中真不是滋味。想着想着,遇见了宋民。

"一脸不高兴的样子,是谁惹你生气了?"

"到手的钱又飞了。"

"什么钱飞了,我听不懂。"我把芸姐退钱的事说了一遍。他听我叙述后,翘起大拇指说:"芸姐做得对、做得好,有骨气! 你呀,不如她。"

"我也是为芸姐好。"

"不就是两百元钱吗,什么时候去看病？我给！"说罢,头也不回地走了。

人们常说:"生于忧患,死于安乐。"在物质生活困窘的情况下,人的精神世界反倒会显得格外亮堂。对于钱的诱惑,比起芸姐我显得平庸、卑下、猥琐。一个人的美,不能单凭长相,人格的魅力那才是最美的。她的人格令我敬佩,她的品德让我折服！

一连下了几天的雨,露天大院不能演出,我想借此机会,陪同芸姐去省城看病。听说"安医"设备先进、专家云集、名医会诊,是全省最有实力的一所大型医院。

七拼八凑,不足两百元钱。仅仅检查一下病症还能应付,若要治疗,简直是杯水车薪。正在为难之际,宋民来了。

"听说你们要去省城看病？"

"是的,阴雨天气不能演出,正好趁此机会去趟合肥。"

"治病宜早不宜迟,越拖越严重。"

"是呀,我们明天一早动身。"

"姐,我还有两百块钱请你收下。"

"宋弟,这钱我不要。"芸姐推辞说道。

"姐,拿我当外了不是？"

"我们有钱,真的有钱。"

"你当我不知道？他的钱让你给退了。"

芸姐瞪了我一眼说道:"又是你传出去的。"

"姐,你做得对！别人的钱可以不要,弟弟的心意你不能不收。"说罢,将钱塞到我手上出门而去。

我们来到古城合肥。这里是安徽省经济、文化、政治中心,有风景秀美的"逍遥津"公园,历史悠久的古刹"明教寺",还有闻名于世的"包公祠",吸引着来自全国各地的游客。名胜古迹、繁华闹市,我们不感兴趣,也无心欣赏、无暇顾及,匆匆忙忙坐上公交车直奔医院。门诊大夫听说来就诊的是位省"劳模"、获优秀奖的戏剧演员,检查格外认真,问得更加仔细,还不时地同助手低声交换意见。最后告诉我们:"此病较为复杂,一时很难确诊,必须通过仪器检测、专家会诊后方可定论。这样吧,你们先找地方住下,明天再来复查。"我们挑选了一家最便宜的旅馆住下。医生的话使我们犹为不安,彻夜难眠,两颗心只有一个想法,希望能查出个好结果。

一声惊雷,外面下起了暴雨,电闪雷鸣,使人恐惧、焦躁不安。

今天初诊出乎意料,病未确诊反倒查出芸姐已怀身孕。对于婚后女性来说,"怀孕"是件天大喜事,即将享受到做妈妈的幸福和有孩子的甜蜜。然而,芸姐却满脸愁绪,心事重重,似乎有话要说,但她欲言又止,直到深夜才吞吞吐吐地小声说道:

"我想同你商量件事。"

"有什么为难事尽管说嘛。"

"说出来你别生气。"

"我不生气,说吧。"

"现在要孩子影响演出,也不利于治病。"

"你的意思是打掉胎儿?"

"假如你不反对那就……"

"先治病,孩子暂且不要。"

"等检查过后我们就打胎。"

"行,就这么定。"

专家会诊,既认真又复杂。化验、透视、心电图,最麻烦的是做"脑"部检查,不仅危险而且费用昂贵。我们楼上楼下跑个不停,折腾了整整一天。

两天等待,如待两年;焦躁心情,难以言表。

芸姐像"囚犯"一样,等待着"法官"的宣判。

好不容易熬到第三天,芸姐早早起床,久不梳头的她慢悠悠梳理着。又粗又黑两根长辫子拖在背后,前面半个月牙似的刘海遮掩着一双美丽的大眼睛。我站在一边风趣地说:"芸姐,你真美,简直是仙女下凡!"

"你呀,是逗着我开心。"

"不信照照镜子。"

"你把镜子拿来,让我跟自己见一面,人活着同别人常常见面,跟自己见面倒是有限的。"我拿过镜子放在窗台上,她像在自言自语地说话,"好久没照镜子了,不知道病成了啥样子?"我望着镜中的她:固然消瘦了许多,瓜子脸反而显得更加好看,额上虽稍带病态,但却有一片红润,这模样,分明是一朵盛开的芙蓉。她也看呆了,不敢相信镜子里是自己;她觉得奇怪:"病成这个样子,怎么还会那么俊秀?莫不是镜子骗我?再不就是有意捉弄我这个薄命人!"看着,想着,她似乎悟出了什么,突然冒出一句:"我这是回光返照!"她那凄楚的神色让人心酸。我刚想劝说几句,"砰"的一声,镜子摔落在地上,我吓了一跳,顿感有一种不祥之兆。

去医院的路上,我们谁也没说话,心情都很沉重。

走进门诊室,主治医生望了望我,又看了看芸姐,态度和蔼地说道:"请她出去一下,我要和你单独谈谈。"我心头一紧,预感不妙。芸姐极不情愿地走出就诊室。

医生很惋惜地说:"检查结果证实,此病系先天性小脑萎缩症,西医称'共济失调'。"从他的表情看得出,既同情又无奈。

"是确诊吗?"

"可以认定。"

"不会搞错吧?"

"所有专家都签了字,绝不会误诊!"

真是晴天霹雳,医生的话无疑是对芸姐宣判了"死刑"!犹如一盆冷水从头上浇下,我顿时凉到脚底。

"医生,难道没有一点挽救余地?"

他摇了摇头说道:"治疗当然比不治好,昂贵的费用你承担得起吗?"

"医生,救救她吧!她还年轻。"我哀求地说。

"小同志,我真的爱莫能助呀!"

"科技进步,我不信会有攻克不了的顽症!"

"不排除医学发展、提高,起码目前还没有更好的疗法。"

"这么说没有希望了?"

"听我一句忠告,别再无谓地浪费钱了。"

是呀,作为民间戏班的艺人,靠那点微薄收入,我拿什么来拯救一个身患绝症的病人?只能望天叹息,无奈地接受这一残酷的现实!

回旅馆的路上我在想,能不能对她说出真相?用什么样的话来安慰她?她承受得了这致命的打击吗?

我们默默地走着……

走进房间我还没来得及开口,她将所有的东西往包里一塞:"走吧,咱们回去。"

"不是说好打胎嘛。"

"不打了,我想留着。"说罢出门便走。

"芸姐——"

"别说了,快回吧!"

我紧追几步拦住她:"芸姐,你听我说。"

"别说了,我在门外全听到了。"

"你,你全知道了。"

她点了点头。

"芸姐,留住孩子对你不利。"

"对我来讲,一切都无关紧要了。"

"你莫灰心,我还准备带你到其他医院复查呢。"

"没有必要了。"她黯然神伤地说,"你我夫妻一场,让我给你留个后吧!"

一句肺腑之言,令人伤心欲绝;一个忘我的决定,让人痛心疾首。

"芸姐……"我再也说不下去了,两行热泪滚滚而下,心似箭穿一样难受。再看看芸姐,她是那样"坦然",那么"镇定",我知道她的心在流泪,在滴血!她越是平静,我的心就更加难过。

"芸姐,你为什么不哭?为什么把苦水憋在心里?"

她呆若木鸡,站在那里一动不动。

"你要是痛痛快快地大哭一场,我反而觉得好受些。"

许久许久,她猛地扑过来抱住我,泪水闸门一下子打开!

良药不能措其术,百药无所施其功。几多美梦幻想,多少个日夜企盼,到头来却是一纸"死刑判决书"!

飞奔的车轮声令人烦躁,我紧紧地搂着芸姐,很怕失去她。她睡得那么沉,那么安详。

像是藕塘里一朵芙蓉,风浪无情地打落片片花瓣;

像是沙漠中一颗小草,风沙将它慢慢吞噬埋葬;

像是死囚一样,步步靠近地狱之门。

面对着将被病魔夺走的亲人,我无能为力,束手无策。茫茫人海,我们显得是那样单薄,真是求天天不应,求地地不灵。

上帝啊!都说你至大至善、至仁至义、普度众生、扬善治恶,其实你并不公平,她不曾负债,却代人偿还;苍天啊,都说你充盈天地、庇护万物、全知全能、除恶扬善,却为何要让好人命运多舛?

我正在伤感之际,耳边传来了熟悉的庐剧传统戏《休丁香》唱段,曲调是那么优美,唱腔是那么委婉,仿佛是天籁之音:

> 只见君子爱牡丹,
> 世间有谁怜落花?
> 春风不度秋风起,
> 一丘黄土筑新家。

芸姐轻轻地唱,我在静静地听,悲切切凄惨惨,催人泪下。虽然她改动了剧中原词,但我听得出,她同戏里的人物一样,发出绝望的哀鸣!在多彩的灯光下,她那委婉甜美歌喉也曾勾住了许多人的魂魄;在缤纷舞台上,她一颦一笑细腻的表情,吸引着无数观众的目光,我天真的奢望她的歌声永远也不要结束。然而,大幕徐徐降落,关闭了她的人生舞台,歌者被光束之外的无边黑暗所吞没,谁能料到,黑暗中竟然隐藏着万劫不复的深渊! 此刻,任何安慰她的话都是多余的。于是,我柔声接唱道:

  落叶并非无情物,
  化做春泥永护花。
  天不老,情难绝……

  "旅客同志们! 现在开始查票了,请大家将车票拿出来。"此刻,一位年轻的女列车员亮着清脆嗓音喊道,"对于逃票者加倍罚款!"说罢,开始验票。我心里陡然一惊,暗暗叫苦:为了省点钱,抱着侥幸心理没买车票,这真是偷鸡不成蚀把米! 突如其来的惊吓驱散了我们的哀伤情绪,芸姐吓得脸色苍白,连声说道:"不得了啦! 这可怎办啊!"我赶忙紧握她的手安慰道:"别怕,你莫作声,一切由我应付。"说着,列车员已来到面前。
  "同志,请出示你的车票。"
  "遇到困难了,原谅我们吧。"
  "不行! 无票乘车必须罚款!"
  "我,我们真的没钱。"
  "像你们这号人,我们碰到的多啦。"
  "求求你,我们一天都没吃饭了。"
  "别装蒜,一看就知道你是个逃票的老手。"列车员见我一副死猪不怕开水烫的样子,向后面喊道,"车长,这里有两个无票的!"我循声望去,是位年轻漂亮的女列车长。细看,好生面熟,再细看,天哪! 竟是分别四年多的同学王艳艳!
  这是一趟淮南"小票"。所谓小票,就是往返淮南线上的普通慢车,既无餐车,也无卧铺,车上乘客大多都是沿途百姓,他们把家中的一些农副产品拿到城里去卖,农村人手头紧,买票的少,逃票的多。我看到别人不买车票,跟着混上了车。他们常坐车有经验,遇到查票就"串车厢",我们没经验,只好坐以待毙,被逮个正着。

此刻,那位女列车长夹着一只黑皮包正向这边走来。我心中暗想:不可能是王艳艳吧?屈指算来她高中还未毕业,怎会当上列车长?或许是我认错人了吧?待她走近细看,没错,就是她!世上竟有这等巧事,吓得我猛地将头低下,暗暗叫苦,在这种场合我以"逃票者"的身份与她见面,真是羞愧难当。想走走不了,想溜溜不掉,真不敢想象,见了面将是何等尴尬,我又该如何解释。羞愧、难堪,使我没有勇气抬头,恨不得找个地缝钻进去。

我默默地将头低下,命运啊,真会捉弄人!

王艳艳,是我一生中最早接触的女性,两年的同窗共读,我们结下了深厚的友谊。她纯朴善良,在我人生低谷中给了许多关爱;以她那女性特有的温柔使我在孤独、失望中获得温暖、看到希望;共同对文艺的爱好、志趣,又使我们加深了情感。我们有过欢笑也流过眼泪,有过牵手也闹过别扭,这一切丝毫没有影响我们之间的友情,反而加深了彼此之间的谅解。正如戏词中唱的那样:一场风波一层爱,风雨过后情更长。尽管只是那种少男少女的朦胧初恋,但就其实际意义来说,在人生的爱河中,她是我最难忘的一位女性,是我心中永不凋谢的花。

她来到我面前:"为什么不买车票?"我把头压得更低,不敢回话。"你怎么不说话呀?"我还是不敢抬头。

"哑巴啦?"

说着她用手一拽,我站了起来,四目相对,她愣了!

33 此情绵绵

少年时的情感萌动多数是幼稚朦胧的,随着时间的推移都会风消云散;可贵的是,她把那份真实情感扎根心田,珍藏得那么深、那么牢。她的等待令人感动!

四年多的企盼,终于见面了!

是上帝有意安排,还是命运对我的再一次捉弄？偏偏在我最落魄的时候,相会在令人尴尬的列车上。奇遇,令王艳艳感到突然、意外。在与我对峙一刹那,她脸色由红变白,刚想说什么,看热闹的旅客一下子围拢过来,七嘴八舌议论纷纷:"快看哪,逮到逃票的啦!"

"人长得蛮漂亮,做事不漂亮,多丢人哪!"其中有个男人说道,"妹子,买不起票说一声,哥们给你钱。哈哈……"

"莫作声,看车长怎么处理。"

"肯定罚款!"

王艳艳看了看身边的乘客,又瞅瞅我们,严肃地说:"你们跟我走!"芸姐吓得脸色苍白,一下瘫倒在座位上。我搀扶着芸姐跟在她后面,穿过一节又一节车厢;每过一节车厢身后都会传来讥笑声,芸姐满面羞涩地将头低下。她平时就胆小谨慎,不讲出格的话,不做出格的事,是个见钱掉地上都不敢捡的人。记得有次上街买胭脂,售货员多找了她五毛钱,回家后她发现了,硬是要退还人家。我死死拦住她不让去,说:"不就几毛钱,犯得着跑二里多冤枉路吗？"就这点小事,她几天不敢去那个商店买东西。逃票被捉,她早已吓得魂飞天外,战战兢兢,头上冒汗。见此光景,我轻轻地在芸姐耳边安慰:"怕什么？大不了罚款,又不犯法。"她听后抱怨道:"罚款事小,丢人事大,我可受不了别人的挖苦羞辱。"其实,我心里也不好受,初次投机,就被捉住;更令人尴尬的是还栽到她的手上,想起过去那段情感纠葛和对她的"伤害",我更是无地自容。今天相逢,真算是冤家路窄,后悔也晚了,一切听天由命吧。

芸姐说得对,宁可掏钱认罚,也不让她奚落、说难听话。她将我们带到驻寝车,还没站稳,我手忙脚乱地掏出所有零钱:"给,车长,我们补票还不行吗？"她望着我一副狼狈不堪的样子,足足盯了半分多钟,突然大吼一声:"你给我坐下!"这一叫,着实吓了我一跳,我老老实实坐下。她那双美丽的大眼睛滚出两颗豆大的泪珠,我低下头,心像被揪的一样,不敢正视她……

沉默、无语、寂静,耳边只能听到那富有节奏的车轮声。

她还是那么善良、纯情,依旧还是当年的王艳艳!

芸姐瞅瞅我又瞅瞅她,不知所措……

"唉!"她叹了口气道,"真不明白你怎么会落魄成这个样子?"她一边说一边倒了两杯开水递过来,"请喝茶。"说罢,坐在对面。我不好意思地抬起头说了声:"谢谢。"这时,我惊诧地发现她比从前更加漂亮。第一个感觉是:她亭亭玉立,修长的身材显得苗条可人;第二个感觉是:她非常美,那双曾让我心颤的眼睛比先前更加有神,圆圆而带有酒窝的笑脸更多了几分妩媚,尽管女大十八变,但并没有变得不能辨认;第三个感觉是她的庄重,她身穿蓝制服,制服上镶着路徽铜纽扣闪闪发光,头上那顶大盖帽像军人一样威武,胳膊上的菱形列车长袖标更是给人几分威严的感觉。

她两只眼睛盯着芸姐,上下不停地打量,芸姐不好意思地将头低下。我忙做介绍:"这是我爱人,刘芝芸。"

王艳艳听了我的介绍后,一双惊愕的眼睛充满了疑惑。

我赶忙向芸姐介绍:"这是我的老同学。"芸姐满脸带羞地准备起身同王艳艳握手,谁知她两腿一软又坐了下去,脸色苍白,顿时汗流满面,王艳艳急忙上前扶住。

"她怎么啦?"

"唉,说句让你见笑的话,她是饿的。"

"你们还未吃饭?"

"我们一天没吃东西了。"

"为什么?"

"一言难尽呀!"

"你等着,我去给你们拿吃的。"说罢,起身走了。芸姐说道:"你们是熟人,为什么不早告诉我,吓得我差点没哭出来。"

我忙解释:"一见面我就认出是她,在那种场合,她又是那么盛气凌人的样子,我敢随便认吗?再说分别多年,人总是会变的,万一她拉下脸不讲情面,岂不是自找难堪?"

她听后不语,好半天才冒出一句话:"你的同学长得真俊!"

王艳艳拿来几个面包,放在芸姐面前:"吃吧。"我们也不客气,抓起面包狼吞虎咽地吃着。看着芸姐饥饿的样子,她转过身去擦泪。

人是感情动物,感情又是很微妙的东西。感情丰富的人,哪怕初次相遇,也会打开心灵的闸门,源源不断的流出真诚的情感。她永久保持着善良的本性。

"实在对不起,车上只有面包,你们将就吃点吧,我还要去查票呢。"

"先去忙你的吧。"我站起来客气道。她拉着我走到一边,悄悄地说:"看你落魄成这个样子,让我好生心酸。"说罢转身离去。她边走边抹泪,这一切都没逃过芸姐的眼睛。

"看她挺凶,对你还是满有意思的嘛。"

"我们仅是同学关系。"我怕芸姐疑心,忙做解释。

"我看不太像。"

"芸姐——"

"说吧,我将不久于人世,还会计较你们的过去?"

是呀,芸姐是个心底宽厚、贤惠善良的人,对她,我还有什么可隐瞒的呢?

"姐,她就是我经常在你面提起的王艳艳啊!"一听这话,芸姐愣了:"她,是王艳艳?!"她的表情充满了疑惑、惊诧。

"没想到我们还能见面。"

"天生丽质,端庄秀美,难怪当初你对她那么痴情呢?"

"姐,那都是过去事了。"芸姐没有说话,只是低头沉默,许久,她抬头望望我,说道:"我感到难过、心痛!"说着,两颗豆大泪珠从眼眶滚出,先是抽泣继而哭出声来。一时间,我不知所措。

"芸姐你——"

"她人好、善良、纯情、可爱,的确是个好姑娘,姐没别的意思,我替你惋惜!"

我相信芸姐的话是真诚的,她"宽厚谨慎""人百负之而不恨",本想解释,话到嘴边又赶忙打住,我觉得欺骗善良的芸姐是罪过!

望着"初恋"的情人,面对苦命的妻子,往事涌向心头:

昔日同窗情意绵,
琴瑟和鸣亲无间。
天降鸿沟难如愿,
几多携手梦里牵。

火车沿途停靠了一个又一个小站,乘客上上下下,走了一批又换上一批,而我向芸姐讲述"同桌"的故事却一直没有间断;从同学到同桌,从同情到友情,从友情到"初恋",从牵手到相依,从分手到思念,我讲得详细,她听得认真,说到动情处我们俩都泪水阑珊。她伤感地说:"命运对你确实不公,少年时失去艳艳这么好的姑娘,青年时又被我的病体拖累。她过去有恩于你,今天仍是纯情依旧,我是无能为力了,今后有条件一定要加倍报答她。记住,'人情债'是无价的啊!"我点头称是。

这时,王艳艳夹着皮包向我们走来:"很抱歉,让你们久等了。"芸姐说:"给你添麻烦了,还不知道怎样感谢你呢。"王艳艳说道:"我和他是老同学,你就别说感谢的话了。"说罢,坐在对面。

一时间三人无语,芸姐低着头,我一个劲地搓手,王艳艳瞅瞅我,想说什么欲言又止。最后,她终于开口说道:

"芸姐,我想和老同学叙叙旧。"

"去吧,你们也好几年没见面了。"

她带我来到乘务员休息室,这里很窄,只能容下两个人。分别多年才得见面,我心中感慨万千,似乎有一肚子话要说,又不知从何谈起。过去对她的伤害,今天无法向她忏悔,我能说什么呢?我该说什么呢?这种时候再说些"对不起""我错了",岂不是多余的吗?四年的别离,四年的思念,四年的牵挂,四年的期盼!几回梦中相会牵手,醒来总是热泪沾巾;事隔数年,许多往事历历在目,恍如昨天,我心中充满了歉疚。纵有千言万语,不知从何说起,想了半天我才开口说道:"你,你还爱唱歌吗?"她瞪我一眼:"不,我爱哭!"我知道她还在生我气,忙说道:"过去的事——"不等我话说完,她甩出两个字:"忘了!"说罢,将头偏向窗外,泪水像一串珍珠挂在胸前。一时间,我不知该说什么好。

沉默,令人心悸的沉默。

等了好久,她突然说道:"你为什么不到学校找我?""因为……"我刚想解释,她又说道:"留下衣服,就是想让你来找我。回到家中我仔细想了一下,放弃升学必定另有原因,你会来见我的。你知道吗? 在技校读书两个多月,几乎每天我都会向大门外张望,直到转学那天我还希望奇迹出现……"说到这里,她泣不成声。突然,她大声责问:"直到现在我都不明白,你为什么放弃升学? 为什么不来找我?!"说罢,将身子背了过去。

少年时的情感萌动多数是幼稚朦胧的,随着时间推移都会风消云散;可贵的是,她把那份真实的情感扎根心田,珍藏得那么深、那么牢。她的等待令人感动!

"天涯呀,海角,觅呀觅知音。小啊妹妹唱歌郎奏琴,郎呀,咱们俩是一条心!"熟悉而又亲切的歌声似乎在我耳边轻轻响起。当初,每每听到这首歌时那种感觉是甜蜜的,而今天,却是酸楚的、苦涩的。

我想解释,却不知从何说起。事隔多年还有这个必要吗? 失去的何止是升学? 那么多美好的东西还能够找回来吗? 还是把留在心中的那点悬念深深珍藏,算作美好回忆吧。我终于怀着愧疚的心情对她说:"过去的事,就让它过去吧。我对不起你。"

她渐渐停止了哭泣,我们谁都没有再说话。

一声鸣笛,打断了沉闷。我突然想起小时候三婶逗我玩的那件事。她说:"我出道题,猜对了给你糖吃,猜错了给我捶腿。"我说:"好。"她笑着说:"你知道两个火车迎面开来为什么不撞架?"我说:"都停下了。"她说:"不对! 那是因为两股道上跑的车,走的不是一条路。"如今想来很有寓意:即使王艳艳不去蚌埠铁中,即便留在技校与她见上一面,又能怎样? 我同她已不是一股道上跑的车,一条无形而又深深的"城乡差别"的鸿沟是无法逾越的! 我觉得保持沉默是对的,留存在心底有痛苦的伤疤,但也有美好的印记。

看她情绪稳定,我首先开口说道:"你不是在蚌埠铁中念书吗?怎么到列车上来啦?"她告诉我,因父亲生病提前退休,初中毕业后,她就顶替父亲进了蚌埠列车段,一直在车上当列车员,往返于淮南线上,不久前才提升为列车长。

为缓和气氛,我又说道:"我以为,再也见不到你了。"

"看你说的,两座山不能见面,两条腿的人怎能不相见?"

"现在该怎么称呼你?"我试探地问她。

"你说呢?"

"是叫老同学,称呼列车长,还是喊姐姐?"

"要是你愿意,就喊我姐姐吧。"她还是那样真诚、淳朴、善良。

这充满爱与恨的一句话使我再也忍不住了,说了声"我不配",心头一热,泪流满面。

她见我落泪,赶忙掏出手绢:"给。"说罢将脸转了过去。我接过手绢刚想拭泪水,一股清香直扑鼻孔,陡然想起同学时她送给我的那条红围巾,也是这种香味。相同的人,相同的香味,所不同的,我们是两种命运!

又是一阵沉默。

火车在奔驰着,那富有节奏感的车轮声像是一支庞大的乐队,在为一对久别重逢的"姐弟"伴奏一曲《命运交响曲》。

"车长!给你开水。"一位锅炉工将暖瓶放下,抽身离去。

"车长!"多么好听的称呼。

"车长!"多么诱人的职衔!

"艳艳姐,我真羡慕你有这么好的一份工作。"

"其实我很痛苦。"

"为什么?"

"我妈的病越来越严重了。"说着,泪水在眼眶直打转。我怕她再哭,赶忙换个轻松话题:"你现在成家了吗?"她摇了摇头。我紧追了一句:"为什么?"她依然沉默不语,过了很长时间才喃喃地说了句:"还不是因为我妈的病。"听了这句话我的心情非常沉重:假如我做了王家的义子,她妈妈的病也或许会好些。在爱的面前,心灵会显得特别温柔,品德会显得特别善良。她同情地说:"当初你要是能够继续升学,也许是另一种命运。"

"人的命,天注定。可惜我没有这个福分,等下辈子吧。"她劝道:"你别伤感,人生的路长着呢!再说你还有个这么漂亮的妻子,日子苦点也是幸福的。"

"她是金玉其表。"

"这话怎么说?"

"她已病入膏肓,无可救治。"

"我看她一点儿也不像病人。"

"艳艳姐,你哪里知道——"

在狭窄的车厢里,我向王艳艳讲述着芸姐的故事……

火车急驶,离炉桥车站越来越近,我望了望车窗,言犹未尽地说:"艳艳姐,我们快到站了。"她没有听见我在说什么,两只眼睛瞪得出奇大,自言自语地说:"芸姐的故事美丽得让人心碎!"她似乎又想起了什么,忙说道:"你莫灰心,听说上海第一人民医院能治好各种疑难病症。"

"是真的吗?"

"我同事的母亲患病,被地方医院定为不治之症,在那里治好了。"

"有这等奇事?"

"千真万确,我们都去探望过。"

我听后高兴极了,说道:"只要能治好她的病,我不怕苦,不怕穷,再大困难也能克服。"

"我想,你应该带她去检查一下。那里有全国最好的专家,也有最先进的设备。"

"太好啦,这回芸姐又有救了,不过——"

"你还不相信?"

"不是。"说罢,我摇了摇头。

"那为什么呀?"

"谈何容易,看病需要一笔不小的费用哪!"我沮丧地说。

"检查是不需要多少钱的,确诊后再说,可分两步走嘛。"

"去一趟上海也不是件容易的事。"

"这不难,去上海来回乘车我可以帮助解决。"

"不!欠你人情够多了,哪能再添麻烦。"

"看,你又来了。"

"真不好意思。"

"送你们上车,交给我的小姐妹,来回免票。"

"你就是我们的救命恩人,我替她谢你了。"

"别夸大其词,这话我不爱听。"

"要不,待她病好后,我们一起登门拜见伯父伯母。"

"行,不过这次我是不敢提前告诉他们的。"说罢,我们会心地一笑。她是在揭我的短。

我们叙不完各自的境遇,讲不尽别后的离愁别绪,交谈尚未尽兴,不知不觉列车已缓缓停靠在炉桥车站。她从衣袋里掏出十斤粮票几十元钱,我不好意思伸手去接。她不容分辩地说:"拿去!跟姐客气什么?"

"车徒望不见,隐隐飞轮声。"隆隆的车轮声由强渐弱,列车在我们的视线中渐渐模糊。

列车带走了"奇遇"的喜悦,也留下了"别离"的惆怅。

相聚即别,使我的心久久不能平静。分别四年后的王艳艳虽然人生改变,但她纯情依旧,纯得让人敬佩,纯得让人感动,纯得让人流泪,纯得让人刻骨铭心!

天黑了,我们才回到剧团住地。往日热热闹闹的大院,今日为何冷冷清清?再到各房间看看,已是人去楼空。正在纳闷,忽见宋民走来。

"你们可回来啦!"

"剧团演员都到哪去了?"

"出事了,人全走光了,我在等你们。"

"出了什么事?"

"服装道具全被没收扣留,剧团散伙了。"

"为什么?"我吃惊地问。

小宋叹了口气:"唉,真是一言难尽呀……"

34 流离失所

一个演员的道德败坏,毁掉了整个剧团;一夜风流的偷情丑闻,把大家推向绝路;一声无法安置,我成了无家可归的"弃儿"!

交友贵知心,难中见真情。

剧团解体了,演员们各奔东西,在苦苦等待我们归来的也只有好友宋民。他将我们的生活用具、衣服、行李收拾捆好,当面一一交接清楚后,依依不舍地洒泪而别。他深知我们目前处境最为艰难,将身上仅有的几十元钱在列车启动时扔下窗口。

"恩若救急,一芥千金。"雪中送炭的友谊比"锦上添花"的"盛情"要贵重得多。人在困难时、逆境中,倘能得到一点微小的帮助,就像"涸辙之鲋"得到一盆、半桶的水一样,将会终生难忘。

从结识到分别,相处整整四年,四年中,他是我和芸姐最要好的朋友。他敬重芸姐,关心她,体贴她,成了她的知心朋友;他爱过她,追求过她,而她怕伤害他一直保持沉默,他却深深地陷入了暗恋无法自拔,写求爱信,托人传话,强烈地渴望得到她。

两个男人和一个女人,在真挚友好的相处中夹杂着微妙的"三角恋"。

面对两个男人,两个年龄比她小的弟弟,芸姐心中早有打算。为了妥善处理好这一棘手的事情,在宋民生日那天,芸姐单独约他共进晚餐,想借机表白心迹。烛光下,两人相对而坐,芸姐首先端起茶杯。

"以茶代酒,姐祝你生日快乐!"

"谢谢!芸姐……"宋民想说什么,欲言又止。

"宋弟,想说什么,尽管说嘛。"

"我想,世上只有我们两个人就好了。"

"不,还有闫弟。"

"在你心目中,谁最重要?"

"是友情?还是另有所指?"

"你说呢?"

"友情的天平,没有半点倾斜。"

"爱情呢?"

"闫弟他是个孤儿,家中无牵无挂,我也的确喜欢他。你父母健在,兄妹多人,一个大家庭中肯定有不同看法,我又是个病人,不能让'退亲'的闹剧重演!"

"芸姐,我们家里人不会这样做的。"

"我不想连累更多人。请原谅,我们只能像姐弟一样相处。"

"姐,你真的不爱我吗?"

芸姐低头不语,一阵令人心悸的沉默。

他抽泣着,突然跪下抓住芸姐的双手。

"我爱你！你知道我多么爱你吗？我一直压抑着这种感情！"

"别这样，我们之间除了爱，就不能有点别的东西吗？"她轻轻托起他的脸，怜爱地抚摸着他的头发，"希望我们之间永远那么纯真，而不是别的。"

他痛楚地闭上眼睛，然后站起来，猛地转身，"哇"的一声哭着冲出门外，跟跟跄跄地跑着。不一会儿，那背影就被黑暗吞没了。

第二天，我到处寻找，却不见他人影，芸姐笑着对我说："不会出事的，放心吧，我能找到他。"说罢，自个儿朝大街上走去。我悄悄地跟在后面盯梢；远远看见芸姐进了一家小饭店，我躲在窗口下，想看个究竟。

透过玻璃看得真切，一间不大的房间，宋民端着酒杯自斟自饮，红扑扑的脸上带有几分醉意。芸姐上前一把夺过酒壶。

"你为什么这样作践自己？"

"姐，我没脸见你呀！昨晚不该对你说那些话。"芸姐忙打断："胡说些什么呀？姐不在意，人间最珍贵的东西就是爱，有人爱我，不是坏事。走，跟姐姐回去！"拉着他出门而去。

真挚的友情，应给予对方理解，而不是疏远。芸姐非但没有远离，反而比从前对他更好，有时甚至故意当着众人面与他说说笑笑、亲亲热热，好让宋民摆脱尴尬的处境。她越这样，宋民越觉得内疚。数日后，他红着脸对她说："姐，我愿永远做你弟弟。"

爱与被爱，是相当复杂的。这其中既包含着丰富的生活哲理，也存在着不易廓清的矛盾。通常所说的一厢情愿，也就是单相思，只有渴望而不能实现，只有需求而没有回报。求爱、失恋，对一个年轻人来说是十分痛苦的事。许多人为此失去理智，友情变绝情，朋友变仇人。而宋民不是这样，他将痛苦独自承受，将爱深深埋藏心底，将友情送给别人。他的宽厚、他的大度，成全了我和芸姐。通过这场"风波"，我们三人处得更加亲密、更加亲近、更加友好。

往事如烟，一切又回到眼前。

列车快要启动了，我们将要分手。那种依恋与不舍，让人心酸。我知道,从此我们便要各走各的路,也许,我们很难再见面了。这时,更觉得与他感情有多深！离别,委实是人间最痛苦的事情。难怪古人吟唱:"人生最苦伤离别。"芸姐哭得像个泪人似的,紧紧抓住宋民的手不放。

"姐弟分手,从此天各一方,也许今生再也不能见面。"

"别难过,我会来看你的,姐,你多保重。"

"路上要多加小心。"

"姐,我真的舍不得离开你们呀。"宋民哭着说道。

"说傻话,千里搭长棚,天下哪有不散的筵席?"

"姐,我最担心的是你们,该如何生活?打算在哪安家?"

"不知道……"芸姐无奈地摇摇头。

宋民留下了通讯地址,并再三叮嘱,一定要给他写信告诉我们落脚的地方,他准备送一笔钱来帮助芸姐治病。细细想来,人情是还不完也给不尽,对他这份热情,芸姐非常感激,可她后来却一直不让我去信。她说:"有这份心意就足够了,人情欠多了从某种意义上说,是一种心灵的'债务'。虽然无人催讨,无人计息,同样也是沉重的!"

剧团散了,演员走了,冷清清的旅馆里只剩下我们两人,一种少有的凄凉感笼罩在心头。省城确诊后,芸姐陪感绝望。四目相对,悲从中来,芸姐说:"现已确诊,我将不久于人世,你后悔不?"

"你的心灵和人一样的美,与好人结缘是我的福气。"

"别安慰我,要说心里话。"

"要说心里话只有一句——继续为你治病！"

"大夫已确诊,别抱任何幻想。"

"不到黄河心不死,不去上海不死心！"

"剧团没了,饭碗砸了,连吃饭都困难,哪还有钱去上海?"

是呀,美好的愿望代替不了残酷的现实,徒有信心同样解决不了客观困难。看眼前生计堪忧,想未来一片茫然。赖以生存的剧团垮掉了,如今是:无处可去,无家可归。我安慰芸姐说:"你放心,上海是一定要去的,只不过推迟些日子,眼前最要紧的是得有个安身之所。"

"是呀,旅馆岂是我们久住的地方,必须找个生活出路。"

听了芸姐的话,我心中暗忖:有心回到闫家湖,但一无房产,二无亲友,在外混了数年后仍两手空空,自感愧对家乡父老;投奔芸姐娘家,继母那张阴冷的脸,让人望而生畏。天下之大,何处是我们的容身之所?路茫茫,何方才是归途?

"芸姐,你说我们该去何方?"

"婚前我是你姐,婚后你是我夫,夫去何方妻相随。"

我苦笑一下,对芸姐说:"听你这话好像戏词,那我也想用'董永'的唱词来表达眼前的困境。"

"那我们就来个黄连树下弹琵琶——苦中作乐,你唱我和。"说着,她破涕为笑。如此困境难得见她一笑,为让她消除烦恼,我开口唱道:

> 我上无片瓦遮身体,
> 下无寸土立足基。
> 大姐与我成婚配,
> 怕的是到后来连累于你挨冻受饥。

芸姐接唱道:

> 上无片瓦我不怨你,
> 下无寸土我自己情愿的。
> 我二人患难之中成夫妻,
> 任凭是海枯石烂我一片真心永不移!

第二天,我们踏上了开往淮南的列车,唯一的选择,只有去找公社。当初是他们将我留在剧团,如今剧团没了不会扔下我不管的,那儿毕竟是我的户口所在地。

火车穿过村庄,越过田野,不停地向前奔驰。我的心绪难平,到省城看病短短四天,剧团竟然出现让人意想不到的后果,遭受灭顶之灾!

一个演员的道德败坏,毁掉了整个剧团!

一夜风流偷情丑闻,把大家推向绝路!

好友宋民愤愤不平的讲述,再次在我耳边响起:

许某,艺名"玉猫",自幼拜师学艺,受到一班旧艺人的言传身教,学艺的同时也把那些江湖陋习秉承。他虽年近半百,化妆后仍有几分风度;多年的舞台经验,扮演小生依旧招人喜欢,再加上他那双色迷迷的勾魂眼,不断向台下扫视,惹得不少痴情女子投来多情的目光。散戏后,敬烟、送酒,甚至还有人请他下饭馆。

他生性放荡,经常夜不归宿。别人送他个外号"全国通用粮票",意思就是他走到哪儿都能吃得开。观众中也有顺口溜:"玉猫一走,睡倒十九;回头一看,起来一半。"这话听起来似乎是有些过分夸张,但确确实实有些女人被他迷惑住了,常有痴情女子跟着剧团跑码头。有一少妇竟然抛夫弃子,跟着他鬼混了半个多月,直到听说"玉猫"的老婆要来找麻烦,才恋恋不舍地离去。

而"玉猫"的爱人高某是个出了名的"醋坛子",她听到风声后来到剧团大吵大闹,逼他回家。大伙儿为了生存只好出面调解,并答应将她留在剧团管理"大衣箱"(管服装),才算平息了这场风波。

"玉猫"在他老婆的严密看管下,从此不敢轻举妄动。

可时间一久,他就按捺不住了。在炉桥演出时,剧团全部包住在旅社。有一服务员小于,长得秀气、漂亮,"玉猫"一见便垂涎三尺,只要老婆不在,有事没事的他就往值班室里跑。不谙世事的少女,哪能经得住情场老手的引诱?不久,她成了"玉猫"手中的猎物。怎耐"醋坛子"在旁,两人不敢公开接近,只好眉目传情,暗地里勾勾搭搭,但这一切都没逃过高某的眼睛。

阴雨连绵,剧团停演,高某借故回家有事离开剧团。"玉猫"一见老婆回家,喜不自胜。当夜,他迫不及待地钻进了值班室。一个是色狼觅食,一个是情窦初开,这一对野鸳鸯犹如干柴遇烈火,一点就着,扒光了衣服搂抱上床。正当"翻云作雨"闹得天昏地暗之时,高某一脚踹开房门,"玉猫"愣了,正在闭目享受快感的于某,哪经得起这种惊吓,早已魂飞天外,跪在地上一个劲地求饶。高某打了女的两个耳光,骂道:"你这个不要脸的小婊子,屄痒痒找个棍子戳戳……"转身又用手指着男人的"小老二"骂道:"我要告你坐大牢!叫你'小头快活几分钟,大头受罪好几冬',老娘这回饶不了你!"说罢,抱着两人的衣服将门反锁,一口气跑到派出所报案去了。

公安人员迅速来到旅社,小于羞得已是无地自容,大喊冤枉,反咬一口说是"玉猫"深夜闯进房间强奸她。这一闹不打紧,早已惊动街坊四邻。好事不出门,坏事传千里。第二天,整个街镇都知道了这一桃色新闻,闹得满城风雨。此事惊动了上面,县公安局会同文化部门派人来直接参与处理,并当场宣布遣散剧团,没收全部服装道具。

天作孽,犹可违;人作孽,不可恕。"玉猫"被抓起来,关进了看守所。"淮南市淮丰人民公社庐剧团"这个"大跃进"年代的产物,五年后,终于从地球上彻底消失了!

"玉猫"胡作非为,酿成恶果,实属可恨。但他个人的所作所为怎能殃及全团?又为何没收我们用血汗钱添置的服装道具?这与当时复杂的社会环境及历史背景是分不开的。

一九六一年初召开的中央工作会议和八届九中全会正式通过了对国民经济"调整、巩固、充实、提高"的八字方针。在此方针指引下,各行各业都进行了一系列的调整。文艺界也不例外,各地通过整顿、兼并,砍掉许多专业剧团。随着国有剧团的整顿压缩,国家当时的文艺政策是:一个提倡,两个取缔,即提倡工厂、单位、街道、农村组织成立业余剧团,原则是:小型、多样、业余、自愿,群众自娱自乐,非营利性演出;取缔民间戏班子、取缔一切非法营利性演出。走乡串镇的草台班子一律被视为"黑剧团",一经发现,取缔解散。

然而,在如此严厉的打击下,小剧团为何屡禁不止还能苟且偷生?这其中是有一定原因的。那时专业剧团很少下乡,老百姓又喜欢看戏,如遇有人前来干涉,社员们都会挺身而出保护剧团,甚至还会围攻漫骂,说他们多管闲事。公社干部总是睁一只眼闭一只眼,假装不知道。在这种复杂的背景下,我们还是能够在偏僻乡镇坚持演出。如今因"玉猫"闯下大祸,惊动了上面,谁也帮不上忙。服装、道具全被查封、没收,好端端的一个剧团,只落得树倒猢狲散。

一声长长的汽笛,将我从回忆中唤醒。列车员用清脆的嗓音提醒乘客:"旅客们,现在停靠的是九龙岗站……"我同芸姐提着行李赶忙下车。

走进公社大院,触景生情,心中充满了无限感慨。想当初,这里曾是剧团红火兴旺的发源地,我也曾是风光一时的"典型";现如今,时过境迁,吴书记因病早已离开人世,公社干部也都换了新面孔。曾几何时,我竟成了这个大院的陌生人!

开始,我是以悲剧人物被迫留在这个大院的,但愿我能以喜剧角色走出公社。

然而又是悲剧!我们的安置无法解决,有家难归。

淮南是一座新兴的工业城市,随着工业发展城市人口不断增多,蔬菜供不应求。市委决定划出部分土地种菜。于是中国词典上又多了个新名词——菜农。我的家乡闫家湖人已转成非农业人口,"农业队"改为"蔬菜队",口粮由国家供应,同城里人一样,统一由市粮食局直接审批。那时国家对商品粮供应控制是非常严格的,公社无权安排。唯一办法:公社申报,市里审批,每年的六月一号才能审批。也就是说,我们要等到明年六月一号,能否供应商品粮还是个未知数。

这无疑又是当头一棒,一线生机又被毁灭了。我们坐在公社大院里不知所措。天渐渐黑了下来,干部们个个都下班走了,冷清清的大院里只剩下我们两人。从这一刻起,我成了没有户口的游民!

"老话说天无绝人之路,难道我们的路已走到尽头?"我仰天长叹。

"有一条路可以试一下。"芸姐轻轻地说了句。

"哪条路?"我忙问。

"去找我表姐。"

"找她行吗?"

"她是大队干部,人缘又好,如能出面帮忙,也许有点希望,但是我没有把握。"

"如今无路可走,就去碰碰运气吧!"

芸姐点了点头。

表姐王金英,"童养媳"出身,土改时就入了党,当过十几年基层干部,她心地善良,干群关系密切,在群众中享有很高威望,现任七里塘公社十里黄大队妇女主任。那时农村对外来人口管理不是太严,只要大队、生产队干部点头,就可参加劳动,挣工分吃饭。

她家离炉桥不远,于是我们决定连夜乘车返回,碰碰运气。

离炉桥车站十里之遥,有一座三号桥,桥下有一条长年奔流的沙河,河边上有一个村庄——大芮家。这里交通闭塞,十年九涝,被国家视为贫困地区,年年靠政府救济,既无公路也不通电,一到夜晚整个村庄像被一口大锅笼罩着,漆黑一片。

也就是在这块贫瘠的土地上,我们生活了八年!

在这里,我经历了"四清""文革""知青"运动;

在这里,我流过汗水、泪水、血水;

在这里,我当过"头头",出过"风头",也栽过"跟头";

在这里,我献出了人生最宝贵的青春年华;

在这里,又一位女性闯进了我的生活……

35　恩人表姐

表姐,人称"三老":老党员、老干部、老贫农。她具有男人的个性及工作作风,连抽烟喝酒她都巾帼不让须眉;不管是区里、公社,她都能讲上话、办成事。

大芮家地处定远县边界,与长丰县一河之隔,分"芮前""后芮""门北""小圩"四个生产队,统归七里塘公社十里黄大队管辖。

我们在表姐的关照下,落户"后芮"生产队。

自小我们从没干过农活,犁、锄、耕、种,样样不会。乍一改行,干什么都不习惯,出过许多洋相,闹过不少笑话。

国家为扶持贫困地区,指定这里栽种菸草(制作香烟的原料)。秋后将叶子捆扎在竹竿上,码成排,通过炕房烘烤加工,然后分出等级统一收购,运往烟厂。

我先从栽种学起。一般人都知道,栽种植物都是用潮湿泥土掩埋,而菸草却不一样,它要用干硬土块压住根。我自作聪明,按照通常的做法全用湿土,结果两天后全死了,弄得小队干部和社员们哭笑不得,但碍于表姐的面子,他们也不好说什么。

说句良心话,八年中我给"后芮"的老少爷们带来很大负担,照顾病人给钱粮,不干农活拿工分,白白地养活了我们一家人。在那个特殊年代,正是这里的憨厚农民帮我们度过了难关。

天下最淳朴、最富于同情心的是农民啊!

仅靠照顾分得的那点口粮,维持生活还算可以,若想给芸姐治病只能是望洋兴叹了。我去找表姐商量:"这样下去,何年何月才能去上海治病?"表姐想了想,说:"这里社员都爱听庐剧。你去找几个人来唱戏,我出面安排每个队唱两场,叫他们出点粮食给点钱,全大队有二十个生产队,加起来就是四十场,积少成多还是可以的。"

"这倒是个好办法,可公家不给唱啊!"

"在这里,我说了算!"

"我们服装被没收,扣在炉桥区里。"

"这好办,过几天我陪你走一趟。"

"能行吗?"

"试试看吧。"

表姐,人称"三老":老党员、老干部、老贫农。社员们习惯称呼她"老党"。她在干群中享有一定威信,不管是县里、区里、公社,都能讲上话、办成事。可惜,就是缺少文化,要不她早就提上去了。

她具有男人个性及工作作风,积极实干,办事雷厉风行,说话掷地有声;她人缘极好,待人实在,十分要强,甚至连抽烟喝酒她都是巾帼不让须眉。她从不怕吃苦,上面布置的任务都能够出色地完成。

那时"酒风"盛行,农村干部喝酒成风,有些在大会、小会上解决不了的问题,最终却能在酒桌上摆平。社会上流行着各种顺口溜:

> 公社干部斤把酒,
> 大队干部八两头,
> 小队干部不落后,
> 虽然不多顿顿有
> ……
> 上午半天会,
> 中午喝个醉,
> 你要不服气,
> 晚上再打擂。

关于讨要戏装的事,我并不敢抱多大的希望,生怕是希望越大,失望越大。我认为,表姐不过是个大队干部,有多大能耐到区里碰?太有点自不量力了。戏装是县里来人扣的呀,她又能怎样?看表姐胸有成竹的样子,我们决定试一试。

第二天,我跟表姐来到区委会。一把手是位五十多岁的干部,名叫周大恒,人称"老恒书记"。一见面,"老恒书记"就对她十分客气,又递烟又倒茶,问她可有什么事情要办。谁知她直摇头,压根儿不提戏装的事,说是想念老领导了,专程来拜望老书记的。一席话,把"老恒书记"哄得乐哈哈的。

中午受到热情招待,我坐在旁边十分拘束,心想,能不能拿到戏装就要看表姐的了。酒席场上她不仅量大,口才也堪称一流,左一杯右一杯,一个劲儿地给老书记敬酒,而且每次敬酒都能讲出道理,使他不得不喝。喝完第一杯酒时,她说:"好事成双";喝了二杯敬三杯时,她说:"祝您老四季健康";喝了五杯敬六杯时,她说:"祝你万事如意,六六大顺"……把老书记哄得喝了一杯又一杯。接着,又陪他划拳,不知为什么,表姐总是占上风。老书记半斤酒下肚之后,她开始说话了:"老恒书记,有点小困难,求您帮忙。"老书记半醒半醉地说:"客气什么,只管讲,只要我能办到的。"

"我表弟剧团的戏装扣在区里,他们实在可怜,您就高抬贵手……"还没待表姐话说完,陪酒的宣传委员何某插话了:"我们只不过是代为保管,县里不点头我们哪敢动。"表姐接过话茬:"'县官'不如'现管',东西既然放在这里,你们就能当家。老书记,你说对吗?"此时,老书记已是"酒老爷"当家了:"先喝酒,这事好说。"说着举起酒杯;何委员在一旁怕他喝醉,暗暗拽他一下,他一瞪眼:"拽什么?我酒醉心里明。"说罢,再次举起酒杯:"喝。"表姐喝下了这杯酒之后说道:"这样吧,不让老领导为难,我王金英打条子借几件总该给点面子吧?"何委员望了望老书记:"老书记,你看?"

"行,借几件给她。"

其实老书记心里明白,看似酒醉其实是装糊涂,也许这就是当年干部的工作方法和策略吧。

我暗暗合计,必须把各个行当配齐。经过精挑细选,我们打了两大包挑着回来。路上我对表姐说:"能用多长时间?什么时候来还?"表姐一听哈哈大笑:"我的傻表弟哟,表姐我借东西从来不还,尤其是从老领导那里借公家的东西。"说完,笑个不停。我由衷地佩服:"表姐,你真了不起!"她听后得意地说:"有啥了不起?农村就这么个风气,酒前不谈事,酒后好商量,喝醉了说话不算数。"

有了服装,我开始招"兵"买"马",成立戏班子。三婶与三爷相继去世,弟弟闫立国(春生)也来到我身边帮我打下手。又联系十多个演员,大家在一块随便走走场,两天后正式开锣。几盏马灯,也不搭台,就在地摊上演出。尽管条件简陋,社员们看戏却踊跃,把整个打谷场围得水泄不通。

  我自任团长,自当导演,五年实践中凭自己的灵气,学会了编排"水词戏"。所谓"水词戏"又称"目表戏",就是没有固定的剧本,没有固定的台词,导演说戏,演员可按照剧情在台上临场发挥,自编自唱。别小看这"水词戏",是很有学问的,演员必须掌握。十三辙(韵)习用的辙是:中东、傍皇、发花、梭波、遥条、由求、杯来、迭雪、言前、衣欺、姑苏、灰堆、人臣。我们安徽一带又加半辙:人新,民间习惯统称十三条半韵。这是水词戏演员必备的基本功。好的演员能依照韵律出口成章,临场即兴发挥,较好地唱出许多"挖心"词。同样的情节,同样的内容,如果用几种不同的"辙",可以唱出"异词同意"的结果。如《劝小姑》中小姑的"水词"唱法:

  A 傍皇韵:

    张兰英在绣楼心花怒放,
    一针针一线线巧绣鸳鸯。
    今夜晚奴还是二八女郎,
    待明日顶盖头去做新娘。

  B 衣欺韵:

    张兰英在绣楼满心欢喜,
    一针针一线线忙绣嫁衣。
    今夜晚奴还是闺阁少女,
    待明日坐花轿为人娇妻。

  C 迭雪韵:

    张兰英在绣楼满心喜悦,

一针针一线线绣对蝴蝶。
今夜晚奴还是孤身对月，
待明日与郎君共度蜜夜。

再如《郑小娇》一剧，贵中毕唱道：……

老贼强逼我拜堂，
拜堂我也不进房，
纵然进房我不上床，
上床不脱小衣裳，
睡个脊梁靠脊梁，
叫你急得心痒痒，
你要亲我用手挡，
你要搂我我犯犟，
你要撩我我装佯，
死活不买你的账。
小贱人陪着丈夫守空房，
我让你父女俩竹篮打水空一场！

演员如果较好地掌握韵律，唱词感情丰富，通俗易懂，便能适合老百姓的口味；当然，就不能过分地强调它艺术性和文学性了。

"水词戏"，一人可串演几个角色。过去旧戏班就有"七忙八不忙，十人跑满堂"之说。演戏不比拍电影，都是虚拟、夸张的：七八人——千军万马，三五步——走遍天下。

首场演出讲究吉利，依照传统，我在后台开笔写下"天下太平"四个字，接着烧香跪拜祖师爷"三圣公"（据《旧唐书·音乐志》：唐玄宗李隆基在梨园教练宫廷歌舞艺人，称为"皇帝梨园子弟"，后人称戏班为梨园，戏剧演员为梨园子弟，称玄宗为祖师爷）。民间戏班每逢首场开锣前，必拜祖师爷牌位以求保佑。戏台口的两根柱子上贴出一副对联：

   台上笑，台下笑，台上台下笑引笑；
   装今人，装古人，装今装古人装人。

  我的任务极为重要，每天开演前要"讲戏"分配角色，设定场次，还要根据演员人多人少实际情况调整剧情，要为每位串演角色的演员留有充分"改妆"空间。演员少人物多情况下，"导演"更不敢离开半步，防止随时都可能出现的"误场""冷场"，以便进行及时补救。实践证明：好的"水词戏"导演，同样是一位了不起的艺术家！

  秋收结束后进入了农闲。芸姐病情日益严重，加上怀孕，身子重已不能登台，只好留在家中。我和弟弟带着其他演员走乡串村，开始了草台戏班生涯。

  时光过得飞快，转眼又是一年。随着大女儿的出世，我做了父亲，压在身上的担子更重了。我一门心思的忙着挣钱，只想多挣钱、快挣钱，早日带芸姐去上海治病，以免耽误了治疗的时机。

  隆冬时节，寿县炎刘大队请我们去包场演出。为了钱，我不得不离开病妻爱女。我为她们准备好必需的米、面、油、盐、柴等生活用品，才依依不舍地告别。这也是婚后第一次出远门，我打算这次挣钱回来就陪芸姐去上海。我怀着美好的愿望，带着队伍高高兴兴地出发了。

  美好理想在现实中常常碰壁，因为人有时候是无法主宰自己命运的。

  也许是我今生注定多灾多难，刚刚有点起色，又遇倒霉事情。首次外出就出师不利，险些丢掉"饭碗"。

  我们戏班中有一对年轻夫妇，男的叫朱首君，女的叫邹丽，同住寿县城关。因男方家庭出身是地主成分，女方父亲坚决反对，他们"私奔"投靠我团，两人一生一旦，成了我们戏班里的台柱子。当晚，根据事主点戏，演出的是神话剧《白蛇传》。戏演到一半，台上法海和尚正准备将白娘子压在雷峰塔下，突然冲上来几个民兵，将扮演白蛇的邹丽拖出场外。社员们正看得起劲,哪里肯依,纷纷赶去救人,双方拉拉扯扯乱作一团。眼看要闹出大事,这时一位干部模样的人,站在石碾上大声说道:"社员同志们!请大家静静,我是县委党校干部。"说着,他掏出一个红本本:"你们看,这是我的工作证,刚才拉下场的是我女儿。本人提倡婚姻自由,但是,我决不容许一个革命干部家的子女嫁给一个地主羔子!"人群中议论纷纷,他又高喊:"贫下中农社员们!什么最亲?阶级最亲!亲不亲阶级分,我和你们是阶级兄弟呀,希望你们不要站错立场,千万不能忘记阶级斗争啊!"接着,由陪同前来的公社干部讲话:"他们这个草台班子是没有经过文化部门批准的'黑剧团',我宣布,将他们的戏箱扣下,暂时放在你们生产队保管,明天听候处理……"

  天大地大,不如毛主席的恩情大;爹亲娘亲,没有阶级友爱亲。那年月讲的是阶级感情,抓的是阶级斗争,经他这么一宣传,谁敢惹麻烦,社员们一轰而散。

  他们私奔两年,已有一个襁褓中嗷嗷待哺的女儿。母女连心,难以割舍,两年来的恩爱夫妻,怎忍心分手?邹丽哭得肝肠寸断,昏了过去,几个民兵就用一副担架将她抬走;朱首君抱着女儿,一边哭,一边远远地跟在后面。我紧追几步,劝道:"让她走吧!也许今后还会回来,别吓坏了孩子。"有个好心的妇女跟来帮忙哄孩子,朱首君跪在她面前:"大嫂,孩子给你了,长大后就是你的女儿,拜托了。"说罢,头也不回地向前追去……

  孩子被这位善良的大嫂收留了,他俩的姻缘却被划了个残缺的句号。

  不久前,我见到了已从某单位退休下来的朱首君。如今,他有了一个美满幸福的家庭,回忆起当年那段往事,他不无感慨地说:"站在今天的立场看,邹丽的父亲似乎有点太残忍,不尽情理,可在那个以阶级斗争为纲的年代,身为县委机关党员干部的他,不得不这样做,也应该这样做,因为他别无选择……"

  当时,演员们吓得各奔东西,看戏社员也纷纷回家睡觉去了。寒风中只剩下我和弟弟迟迟不肯离去。我们不能走,丢了戏装就等于丢了饭碗,没了戏装就断了生活来源,我还拿什么挣钱给芸姐看病?命运太会捉弄人了,明明给了希望,为什么又让人失望?我深深地意识到:创业难,难创业,干事业绝不是件轻而易举的事。我们没时间想得更多,一门心思想讨回戏装;有了戏装,还可以从头再来。

看仓库的是一位老贫农,戏箱就交给他看管。我和弟弟不停地敲门,不停地哀求,也许是我们执着的感动了老人家,门终于打开了。

我们三人围在一起,用黄豆秸烤火取暖。我向老人叙说家中的不幸,并说明戏衣是借人家的。"戏箱"没收了,断了生路不说,拿什么赔人家?讲到伤心处,我不禁流下了眼泪。可这位老人好像什么都没听见,他只顾低头抽烟,一句话也不说。我心想,这下彻底完了。

夜深了,人们早已睡定。他拍拍屁股上的灰,站起来说:"我回家烧点吃的,告诉你们,这些东西可不能偷偷搬走。"甩下这句话,头也不回地走了。

望着他离去的背影,回味他临出门前说的那句话,我很快地悟出弦外之音,这分明是在暗示。

"这位老伯是好人,有意给个机会。"

"怎么办?"

"赶快挑着东西逃走。"

"万一他带人来追怎么办?"

"绝对不会的。"

"事不宜迟,快走。"

我同弟弟轮番挑着衣箱,高一脚低一脚顺着田埂向前奔跑,一口气跑了五六里地才敢停下来喘息。回头望去,黑夜中已是一片模糊,我们只好向远方深深鞠一躬,默默地祷告:"感谢您,善良的老伯。愿好人一生平安……"

奔跑、劳累使我们出了一身冷汗,饥饿、寒冷使我们寸步难行。确实走不动了,我们就在打谷场上铺一些稻草,顶着寒风,兄弟俩相拥着互相取暖,睡到天明。也就是这一夜,使我们两人留下了一生难以治愈的关节炎。

芸姐在家已做好了出发前一切准备,满怀希望地等我回来同去上海。当她得知这次出师不利和遇险经过后,叹了口气说:"这就是命!"继而她安慰我,"你也别再难为了。"

"不要灰心,我还可以重打锣鼓另开张嘛。"

"别再冒险了,你知道吗,又要搞运动了。"

"搞运动?"

"'四清'工作队已经进村了。"

一场轰轰烈烈的社会主义教育运动已在全国农村展开,"四清"和"社教"同时进行。回家第三天,我被工作队"请"去谈话……

36 四清运动

恶运终于来了,这天一大早来了两个民兵将我押到大队部。我的"罪名"是唱旧戏,宣扬"封、资、修。"

冬天,昼短夜长。晚上六点,社员们都已吃过饭。我收拾好锅碗,把孩子尿布拿到塘边冲洗干净,晾在火盆上烘烤,再将装着热水的盐水瓶放在被褥里取暖。然后,我轻轻关上门,向工作队办公室走去。

设在生产队仓库里的办公室,像审讯室一样,一张桌子,中间和两边各一把椅子。离桌子一米多远有条矮凳,那是专门为审查对象准备的。

正在谈话的三位工作队员见我进来,立刻各就各位,我也很自觉地"对号入座"。

三人表情严肃,像审讯犯人一样问话:"姓名?年龄?原籍?家庭成分?"我一一做了回答。尤其是家庭政治面貌,我回答得非常谨慎,生怕一不小心回答错了招来祸事。

首先介绍芸姐,她曾被评为省"劳模",有奖状、奖章为证;父亲在解放前是采煤工人,后来站岗,当过两年矿警;我母亲,说到这里我停顿一下,尔后加重语气:"我娘原来是红军女战士,打过白狗子,当过妇救会长,参加过抗日战争……"不等我话说完，工作队王队长打断道："你们唱戏的，真会编故事！"

我争辩："我讲的是实话。"

工作队老吴问："你母亲真的当过红军？"

我说："是，不信你们可以去调查。"

王队长："我警告你，冒充革命后代是要坐牢的！"

我不敢再说下去，万一追查怎么办？我又不能提供足够的证据，说不定真是自招大祸！问话最后，他们向我宣布三条纪律：一、现在开展社会主义教育运动，不能再去宣扬"封、资、修"唱旧戏；二、从明天起，同社员们一起参加田间劳动；三、最近几天不准外出乱跑，有事须向我们请假。

回家后，芸姐担心地问："工作队找你什么事？"

"问问家庭情况、社会关系、个人简历，有没有做过坏事？"

"对你凶不凶？"

"挺严肃，像审犯人一样，我心里直发慌。"

"他们干吗要审查你？"

"我也搞不清，莫非是为洛河街偷鸭蛋事？"

"那不是处理过了吗？"

"毕竟公安局还保留我案底。"

"要是清查旧账可就麻烦了。"

"万一追查偷窃戏箱，两案加起来就严重了。""如今运动一个接一个，哪次都要整一批人。""是呀，毕竟我当过小偷做过贼，说不定还要重新定罪呢！"

议论、分析、担心，我同芸姐一直谈到深夜。

我躺在床上翻来覆去睡不着，回想问话情景，越想越害怕。特别是中间那人一连问我几遍："老实说，过去有没有干过坏事？"是掌握了我的"罪证"，还是凭空诈唬？不管怎样我心里发虚，回答问题时明显底气不足，吞吞吐吐。

一连几天提心吊胆、坐卧不宁，只要见到工作队我就东躲西藏，早早避开。夜里听见狗叫,吓得我出一身冷汗,闻到脚步声,偷扒着门缝向外看,在煎熬中我度过了一个礼拜。

由于"大跃进"和"人民公社化运动"中严重"左"倾错误,使中国面临建国以来最严重经济困难。从认识这一危局,使得中国共产党中央高层出现了意见分歧,导致了毛泽东在八届十中全会上大讲阶级斗争,决定在城乡发动"四清"运动。一九六三年,中共中央在全国城乡开展的社会主义教育运动。运动一开始在农村中是"清工分,清账目,清仓库和清财物",后期在城乡中表现为"清思想,清政治,清组织和清经济"。运动期间中央领导亲自挂帅,数百万干部下乡,开展革命;在农村,把社员卖点农副产品列为"投机倒把"、挖社会主义墙角行为,予以打击。从最初开始整干部到后来整群众,运动被逐步扩大化,一些社员也裹入了其中。

"四清"运动像历次政治运动一样,开始时不防"左"只怕"右"。工作队进村时,不开群众大会,先搞个别谈心,秘密串联,神秘兮兮,弄得干部人人自危。由于先入为主,所以工作队看见干部就觉得不顺眼,总以为他们都是"四不清"。搜集材料,穷追不舍,成了工作队"最有效"的工作方法。这样也极易产生逼、供、信的错误。工作队权力很大,对干部可以任意隔离审查(等于拘留),可以随时审问(等于私设公堂)。可以说,绝大多数的农村党员干部还是好的。当然,的确也有少数贪得无厌、心狠手辣、坏事做绝的村干部,老百姓称他们为"五风干部"。在三年困难时期,他们利用手中权力吸尽了老百姓的血汗。"四清"运动中揭露出这样一件真实事情:定远县七里塘公社十里黄大队后芮生产队队长陈某某外号"半拉天",他专横跋扈,贪得无厌,克扣社员口粮,社员芮林水老婆饿急了,捡个死孩子放在锅里煮,并叫同村老人芮林莆来吃肉。他掀开锅盖一看,惊呆了! 一只小孩手伸出水面,吓得他出门便跑。至今想起这事,仍是毛骨悚然。而队长家的人吃得白白胖胖,社员们批斗他时,个个恨得咬牙切齿! 此事若不是亲耳所听,眼见其人,说死了我也不会相信。对于这样极个别的"四不清"干部应该整,应该斗,应该撤!

恶运终于来了,这天一大早来了两个民兵将我押到大队部。我的"罪名"是唱旧戏,宣扬"封、资、修。"

三间土房里面关的全是"四类分子"和"四不清干部"及"投机倒把"分子,其中,表姐王金英也被关在里面。原指望她能保护我,可如今,她成了清查对象自身难保,她望望我,我望望她,谁也不敢说话。就在这时,工作队王组长进来宣布:下午召开"四清"动员大会,要把你们这些人拉到台上亮相,只能老老实实接受批判,不准乱说乱动……

中午,芸姐给我送饭,一见面搂着我放声大哭,边哭边说:"是我的病把你害了,你要有三长两短,叫我母女如何生活啊!"她撕心裂肺的号啕,久久的、不间断的痛哭声使在场人无不为之动容。这时,我心如刀剜,不知道该用什么话来安慰她,想了半天,我对弟弟说:"如果我有不测,你要好好照顾嫂子……"

下午,会场上人头攒动,二十个生产队干群约有两千多人,其声势之浩大令人惊诧,我偷偷朝门外望一眼:妇女们一边做针线一边聊天,有缝补衣服的,有纳鞋底的,还有织毛衣的;男社员多数捧着旱烟袋,边抽烟边吹牛,年轻人坐在地上打扑克,脸上贴满纸条……社员们在消磨时间等待开会。我怀着忐忑不安的心情,等待被"亮相"的那一刻。

那时大队没通电,无扩音设备,开会全凭嗓子喊。会场乱哄哄的,大会主持人一再喊叫:安静、安静!工作队首先宣读党中央文件:前十条(一九六三年五月讨论制定的《关于目前农村工作中若干问题的决定》),接着又读后十条(一九六三年九月制定的《关于农村在社会主义教育运动中一些具体政策的规定》)。两个文件都强调紧紧抓住阶级斗争,通过社会主义教育,铲除修正主义的社会基础。同时宣布:自上而下对公社、大队、生产队干部要人人过关。将懒、馋、贪、占、变的"四不清"干部挨个查出来,该批的批,该斗的斗,该撤的撤,该捕的捕;对地、富、反、坏、右,狠批猛斗绝不留情……

接下来是坏人"亮相"。工作队员喊到谁的名字,由两个民兵将其押到台上。看这阵势,吓得我浑身冒冷汗,真是,"祸福无门,唯人所召"。这回我怕是在劫难逃了!"坏人"被押走一半时,工作队老吴满头大汗闯进屋里大声说:"把闫立秀留下!",眼看我被当成坏分子押上会场,谁成想,事情发生了惊天大逆转!

事后我才知道事情的原委……

37　意外惊喜

　　一份"外调"材料,改变了我的命运;一夜之间我成了根正苗红的革命后代,母亲的光荣历史让我迈向"政坛"第一步……

　　塞翁失马,焉知非福?问话后第二天,工作队便派人去淮南老家"外调"。生产队的干部们为我说了许多好话,说父亲心地善良,当矿警也只为养家糊口站站岗而已,从未做过坏事。

　　说来也巧,正遇上从军队转业在市民政局任副局长的张解放(小个子张),他到闫家湖打听我的下落。面对外调人员,他口气坚定地说:"闫立秀母亲当年参加革命,当过红军,当过区妇救会长……这些我可以作证!"并且在外调材料上签名盖章。

　　他对外调人员说:"我们民政局正在调查取证,相信党会对王金昌同志有个公正的结论!"

　　也就那么巧,关键时刻外调人员及时赶了回来,让我虚惊一场!

　　就这样,我成了一个根正苗红、出身穷苦的贫农代表,从坏分子一跃成了四清领导成员。这一切来得是那么突然、那么令人兴奋!母亲的光荣历史让我迈向"政坛"第一步,人生有了新的转折。自"反右"开始,到"四清"运动,中国百姓已习惯成自然,上面号令一下,群众便互相撕咬起来。每场运动在产生一批受害者的同时,也产生了一批得利者。我成了后者!

　　审查"四不清"干部,表姐是第一批挨整的。检举材料说她贪污大队救济金,挪用提留款,大吃大喝。她天天被带到各个生产队接受社员批斗。公正地说,多吃多占,她肯定有,若说她有多大贪污,的确冤枉,几个孩子穿的破破烂烂，除床上两条破被絮外，也是家徒四壁。怎么也不能"上纲、上线"，把她和"贪污犯"联系在一起。

夜里，五个大队干部（书记、大队长、会计、民兵营长，包括表姐在内）全被关在大队部里写交待材料，不准回家。

运动一来，啥样怪事都有。什么党纪、国法，全都不要。像我这样一个非党人员居然能到公社调阅书记、大队长等党员的档案材料，荒诞年代，荒诞事层出不穷。

表姐夫杨维林是个老实胆小之人，见表姐天天挨斗，"四清"小组人员又不断到家中来查问，又惊又吓，得了一场大病。表姐闻讯后，心急如焚，来向"四清"小组请假："孩子们太小，他爸病重无人照顾，请准我几天假回去看看。"

"你先出去，我们研究一下。"工作队片长面无表情地说。表姐只好退出门外，转身时，那双求助的眼睛盯了我一下。我清楚地知道，这时只能靠我帮她了。我对片长（管两个大队"四清"工作的负责人）说："王金英丈夫已是命在旦夕，给她准个假吧，救人要紧。"

"听说你们有亲戚关系？"

"是的，她是我爱人的表姐。"

"你是'四清'领导小组成员，不能凭感情用事！"

"杨维林确实病危……"

"有那么严重吗？同志，你是建党对象，要站稳立场！"

"是，我坚决同她划清界限！"

他的话是在向我敲警钟。对于一个要求进步的青年、一个组织上正在考察建党对象、对于一个官欲膨胀的我来说，加入党就有可能当干部。"非党不官"，是那个年代无可争辩的事实！

我不想为自己开脱，而是想借用有形文字来揭示一个小人物埋藏在内心深处最真实、最肮脏的灵魂！就当时而言，我若据理力争，挺身担保，讲明病人生命垂危的利害关系，是完全可以放表姐回家采取抢救措施的。然而，一顶小小"纱帽"泯灭了我的良知，一个连"九品"都算不上的官衔让我忘乎所以;一个人一但被"官欲"冲昏头脑,就会忘记亲情、友情、恩情,在"人情"与"官欲"、在"救人"与"党票"面前,我选择了后者!正是因为我的"负义"、片长见死不救的行为,延误了抢救病人的最佳时机,昏迷不醒的表姐夫于当夜就撒手人寰了。

表姐夫的死对我触动很大,时至今日,我仍然深深自责。

表姐夫走了,撇下可怜表姐和几个未成年的孩子将如何生活?家庭重担一下子落在了她一个人的肩上。非常时期,眼泪对她来说变成了一种奢侈,笑容也被悲伤所代替。为了几个孩子,再苦再难也要坚强,毕竟表姐是一个了不起的女人。

政治风云变幻太快,让人琢磨不透。

一九六五年"四清"运动中存在的极"左",来了个大纠偏!党中央颁布了《二十三条》,文件强调:绝大多数干部是走社会主义道路的……不准逼、供、信!根据文件精神,"四清"工作队在处理干部问题上,来了个急转弯,所有隔离审查的干部都放回家。

上面政策忽"左"忽"右",给下面工作带来极大的麻烦,被整的干部有抱怨,工作队员也有怨言。"文革"开始后,在"四清"运动中被整下台的干部纠集一批人跑到皖南大学要将该校党委副书记饶玉铮(原工作队负责人)揪回来批斗,理由是:《前十条》是按刘少奇夫人王光美"桃园经验"制定的,工作队执行了刘少奇"打击一大片,保护一小撮"(指地、富、反、坏、右)的资产阶级反动路线。这是后话。

这批工作队员,绝大部分是来自皖南大学的行政领导、教授、教师等,还有部分学生。说实话,这批知识分子下农村搞"四清"真叫受罪。进村后不久,就要做到三同:即与贫下中农同吃、同住、同劳动。他们每天轮流到各家吃派饭。那时农村生活十分贫困,一日三餐高粱面稀饭,吃不好,吃不饱。他们在城市吃香喝辣习惯了,哪里受得了这份苦?三天两天还行,时间一久,就吃不消了。他们给我钱和粮票,让我上街买大馍卤肉,夜里背着社员偷偷地吃。

组长王作学,队员老李、老吴都是大学讲师。日子长了,我们相处得很好,好到无话不说。他们经常抱怨,下农村生活苦,整干部得罪人,又怕"左"又怕"右",生怕自己犯错误,每天工作也是十分谨慎。由于上面政策忽左忽右,搞得他们无所适从。老吴私下对我说,他过去差点被打成右派,这次来搞"四清",整天提心吊胆,害怕自己犯错误,经常告诫自己:"临祸忘忧,忧必及之。"他之所以把我当知心人,因为我是外来户。长期相处相知,他对我的遭遇及目前困境很是同情,年内征兵时,他帮忙把弟弟闫立国送到部队,把我当成建党对象重点培养。假如不是"文革"开始,他们提前撤走,也许我是一名预备党员了。

在老吴的倡导下,"四清"工作队的队员们发起募捐,组长王作学在动员会上说:"共青团员刘芝芸,不仅贫农出身,还是省劳模;闫立秀同志是红军后代,大队贫协主席,都是我们的阶级兄妹,不能眼睁睁地看着她被病魔夺去青春……"

他们总共捐了一百多元,又到公社为我们争取一百元救济款,七拼八凑有三百多元。于是,我做好带芸姐去上海就医的一切准备。

38 初去上海

"医大"实习生满怀激情地对芸姐说:"用毛泽东思想武装头脑的白衣战士,是攻无不克、战无不胜的;只要敢于破除迷信、挑战权威,任何奇迹都会发生!"

"人生在世,离不开各种各样、方方面面的真情,每时每刻都在承受着恩泽。我们能实现向往已久的上海之行,真该感谢"四清"工作队的老吴以及他的同事们。他们的同情心、爱心、善心,永远铭刻在我的心上!

临行前,老吴对我说:"先去上海检查一下,看能不能住院?需要多少钱?回来后再作商议。你爱人的病,我们已向总部党委汇报了,领导都很关心、重视,要我们写个详细报告,为你们解决治病经费。这可是一次极好的机会,要抓住啊!"

"老吴,我该怎样感谢你呀?"

"所有工作队员都很同情你们,也不是我一人帮忙,谈不上感谢。"

"我们明天就动身。"

"去吧,越快越好。"

我和芸姐没再去找王艳艳,直接从炉桥站乘车去了上海。

同声相应,同气相求。意气相投的人,很自然地走到一起。

火车上,我回想着与老吴从认识到深交的全过程。他是皖南大学讲师,"四清"运动一开始就被抽去参加工作队,开头是搞试点,试点结束后又马不停蹄地分配到我们这里。我能当上大队贫协主席、"四清"领导小组成员,成为他的知心朋友,其中之微妙是鲜为人知的。

老吴刚开始参加试点工作时,由于经验不足,差点犯了错误。

在农村,存在着严重的宗族势力。他所依靠的几个骨干分子,与"四不清"干部不是同姓,就是同族。他们"同穿连裆裤",暗中为"四不清"干部通风报信、泄露案情,使原本定了案的事实又被推翻,搞得工作队很被动,临撤出时还被围攻,受到上级的严厉批评。

此地的宗族斗争也是相当严重的,他吸取以往的教训,不敢轻易重用本地人。我是外来户,与本地干部没有多大牵扯。至于唱古装戏,那不过是个枝节问题。所以我成了他的首选目标。私下里他问过我:"你母亲真的当过红军?"我说:"是的,不信你可以去调查。"他点点头说了句:"要保密!"

在那"千万不要忘记阶级斗争"的年代,万一用人不当就是立场问题。老吴的提议,遭到了多数工作队员的反对。他们建议将我列入打击对象。老吴不服,他决定亲自出马,带了一名助手到淮南去"外调"。

对于"外调"这个词,老辞典里是查不到的。解放后"外调"工作是各级政府部门一件重大事项。所谓"外调",就是到外地调查某人社会关系、政治面貌、家庭成分、个人简历……对于入党、提干、参军、还有罪犯判刑等,都必需调查取证,载入个人档案。"外调",是件极为严肃的事情。但其主动权掌握在不同人手里,利用诱导、先入为主等手段,同样事情就会产生不同结果,足以影响一个人政治前途以及一生的命运!

像我这样社会关系复杂特殊的家庭,弄不好会受到当过国民党警察父亲的牵连,弄好了也可以沾上当过红军母亲的光。两可之间,那就要靠"外调"人员问话的艺术了。

事后回老家时,生产队会计闫玉柱详细告诉了我整个调查的全过程。他绘声绘色地叙述老吴与老队长的那段对话,真可谓精妙绝伦,至今依然忍俊不禁。

吴:"请你谈谈闫立秀的家庭情况。"

老:"上面只要来人调查,准没有好事。"

吴:"谈谈吧,不过一定要实事求是。"

老:"这孩子八成'戳包'了,他老子干过国民党警察——"

吴:(忙打断)"别忙,请问'戳包'是什么意思?"

老:"'戳包'就是干坏事!俺不识字只会讲土话。他犯错误了?"

吴:"那倒不是,我们准备培养他当大队干部。"

老:"我说么,这孩子肯定有出息。"

吴:"你接着谈。"

老:"我刚刚说到哪里了?"

吴:"说到国民党。"

老:"是这样的,他父亲虽在国民党头子开的煤矿里当过几年矿警,但那是为了生活。"

吴:"听说从未干过坏事?"

老:"对,老百姓都称他小善爷。"

吴:"听说他母亲当过红军?"

老:"有这回事。"

吴:"据说你们全村社员都知道?"

老:"像我这么大年纪的人都知道这件事。"

吴:"听说闫立秀从小在家表现不错?"

老:"自小就是个听话的孩子,从未戳过包。"

吴:"他家定为贫农成分?"

老:"对。"

吴:"他父亲是个老好人?"

老:"不错。"

吴:"他母亲确实当过红军?"

老:"对,对的。"

吴:"请看一下,签个名。"

老:"我是大老粗。"

吴:"请会计看一下,你摁个手印盖个公章。"

老:"行。"

当然,革命干部张解放(小个子张)起了决定性作用。

在家庭出身至关重要年代,老吴帮我不少忙:弟弟参了军,我当了大队"干部",最重要的是芸姐能到上海治病。

我们刚刚走出上海北站,还来不及领略大都市的风光,一辆有轨电车就停在面前。这是我们从未见过的交通工具,墨绿色车身又长又窄。我扶着芸姐在拥挤的人群中上了车,一位小青年主动站起来让座,我客气地向他点了点头。大城市的文明让人感动,雷锋精神随处可见。电车在丁丁当当的清脆铃声中缓缓行驶,穿街过巷。透过车窗,一幢幢从未见过的高楼大厦迎面而来,一排排五颜六色的广告招牌令人目不暇接,一家家琳琅满目、五彩纷呈的商店让人看得眼花缭乱;偶尔见到几个黄头发蓝眼睛的外国人,令人备感新奇,这里一切都是那样神秘。

上海,这座美丽的东方国际大都市,迎来的不仅有高官显贵、巨商富贾、国际友人,其中也夹杂着一对求医问药的小夫妻。

第一人民医院坐落在四川路桥东侧苏州河畔,位于闹市中心;每天不仅接待来自全国各地患者,还有港澳同胞、海外侨胞、外国病人。像我们这样来自最底层的平民百姓,头天挂号,第二天才能就诊。

我们分在第八门诊室,虽然没有明显标识,但我知道这是普通候诊室。普通病人,安排普通诊室,看普通医生是十分正常、顺理成章的事。

给芸姐看病的是位"医大"实习生,经过一番检查后,开始询问病情。芸姐回话有点吞吞吐吐,避重就轻地不敢完全讲出实情。她的心情我知道,生怕像罪犯一样,交待彻底了又被判处死刑。我想法就不一样了,好不容易来趟上海,不把真情实况告诉医生,怎能得到准确诊断?这样岂不是自欺欺人害了自己吗?于是我插话道:"她已在'安医'检查过,大夫说她是遗传病,不治之症,我们……"话未说完,医生翻我一眼,不高兴地说:"'安医'查过了,还来找我干什么?"芸姐赶忙解释:"'安医'怎能同上海比?我们怕诊断有误,所以才来找你们名医复诊。"一席话把这位年轻医生说得喜形于色。他又问了一些情况,芸姐讲得仔细,他听得认真。随后他用橡皮槌反复敲打她膝盖,扳几下手背,看看眼球,又叫芸姐走了几步,然后说道:"结合家族病史,初步诊断,的确是遗传病。"我忙问:"是否确诊?"

"基本可以确定,不过还需专家会诊、仪器检测,通过化验才能下最后结论。类似这种疑难病例是不多见的。"

"这么说,她无法可治了?"

"就目前医学水平,没有根治办法。"

"连你们都说没办法,看来我只有等死了。"芸姐说罢,坐下哭了。

带着希望而来,听到绝望的回答,怎不令她伤心?

"你们在上海有没有亲戚?"

"你问这做甚?"

"假如有地方住,我想做一次大胆尝试。真的,我很同情你们。"

"为什么不让她住进医院?"

"病床太紧张,我哪有这个权力?能住进这所医院的起码是县级以上的干部,还需院长亲自批条子。"

"你的意思是?"

"自己解决住处,看门诊。"

"行吗?"

"说实话,我是医大学生,到这里来实习的。虽说医学上将此病视为不治之症,但我想试试闯一下这个禁区!这就需要你们的理解和配合了。"芸姐一听这话,赶忙擦干眼泪站起来说道:"医生同志,只要你愿意为我治病,再大痛苦我能承受,再大风险我能承担,你就把我当作试验品吧。"

"决不是把你当试验品!"他满怀信心地说,"只要敢于破除迷信、敢于创新、敢于向权威挑战、敢于走前人没有走过的路,任何奇迹都会发生的!"

"你讲得太好啦!"我高兴地附和。芸姐似乎也看到了希望,连声说道:"太感谢你啦!"

"我会尽力的,诺贝尔文学奖获得者、波兰著名作家显克微支说过,聪明的脑袋有包治百病的灵药;用毛泽东思想武装头脑的白衣战士,攻无不克,战无不胜,一定能创造出人间奇迹!"

他的雄心壮志、豪言壮语着实鼓舞了我们,让我们看到了希望。我说:"就在外面住旅馆,看门诊吧。"

"这不是三天两天的事,需要很长一段时间治疗。得要一笔不小的经费。"

"大约需要多少钱?我们回去好准备一下。"

"医疗费用不算太高,关键是吃住,大约一千多元吧。"

"我们马上回家准备。"

"抓紧时间,越快越好。"

我还想再问详细些,他拿起病历:"下一位。"

对于这样的结果,我们是非常满意的。这次来上海主要是检查,纵然让我们住院,一笔庞大的开支一时也无法凑齐,但值得庆幸的是,这位年轻的医生敢向禁区挑战,增强我们的信心。被判为"死刑"的芸姐,如今改为"死缓",已令我们欣慰。"绝望"中又出现了一线"希望"。目前,最棘手的是钱,还是先回去再作计较。

好不容易来一趟上海,我想陪伴芸姐逛一下大都市,让她看一看上海的夜景,开开眼界散散心。

我们顺着苏州河向东，穿过"外白渡"桥，来到"外滩"。黄浦江上川流不息的大轮船，不时发出震撼长空的汽笛声。船顶上飘着五颜六色各种各样的国旗，许多外国货轮在这里停泊。

我们从南京东路向西走，十里洋场一片灯火辉煌，路上行人特别拥挤。两边商店的各种霓虹灯在夜空中变幻闪烁，把个夜上海装点得绚丽多彩。我们漫步来到离南京路不远的"中国大戏院"，这所建成于二十世纪三十年代、号称上海四大舞台之一的剧院，在通明灯火照耀下显得壮丽辉煌。上海沪剧院正在这里演出革命现代戏《芦荡火种》，酷爱艺术的芸姐盯着海报不肯挪步。

"我不想逛街了。"

"累了？"

"不是。"

"那为什么？"

"想看场戏，只是票价太……"

"难得有这样的机会，难得你有如此好心情，我去买票。"

"买两张最便宜的票。"

"行，买丙级票。"

《芦荡火种》是一出歌颂老百姓掩护八路军伤病员的故事（后被移植改编成京剧革命样板戏《沙家浜》）。

一流演员，一流服装，一流灯光，一流舞美。台上精湛技艺使我看得目不转睛，芸姐更是看得如痴如醉，赞不绝口，脸上露出了少有的笑容。从未见过她有这样好的心情，她整个身心全都融入到了剧情之中。此时此刻，她忘记了外边世界，忘记了自己是个病人，忘记……

戏散了，她走到台口，用手摸了一下金丝绒大幕，充满深情地说："假如上苍有眼能治好我的病，让我在这样舞台上演出一场，我将死而无憾！"她的话令我感慨，让我激动。

"假如有一天，我能带团来这里演出，也算是人生的一大奇迹了。"

共同愿望，让我们会心一笑。生活美好源自于充满希望，成功或失败已不重要,我们享受着梦想的美妙。

二十年后,我的愿望实现了,而芸姐她……

带着美好的希望、甜甜的笑容,我们登上了回家的列车。手握着医生出具的证明,我打算到家后立即交给老吴,写个报告批了钱,就可为芸姐治病了。

春梦无痕,黄粱空欢。当我们高高兴兴地回到芮庄时,迎来的却是一盆冷水——"四清"工作队老吴他们全撤走了。

"四清"运动尚未结束,接踵而至的是史无前例的"文化大革命。"四清工作队奉命全部提前撤离农村。

我不死心,此刻我想到了救命恩人张解放叔叔,决定去向他求助。当我兴冲冲来到淮南民政局一打听,心凉了!造反派说他当过国民党警察,是混进革命队伍里的反革命,已被隔离审查,连我想见他一面都不准许。我真是欲哭无泪,芸姐的看病计划再次成为了泡影!

动乱年代,世界千变万化,各色人等,不管贫贱富贵、地位高低,灵魂优劣、人品高下,都会展示出多姿多彩的人性。我的灵魂也在"史无前例"的炼狱中,经受了从头到脚、从内到外的彻底考验。朴素的无产阶级感情,无限忠于毛主席的纯真思想,使我忘记了一切,扔下芸姐和孩子,投身到"革命无罪,造反有理"的滚滚洪流之中……

39 大权在握

> 我不是党员,却在党代会上传达中央文件;没拿过锄头,却大讲"抓革命、促生产"。于是乎,我不仅成了"大红人",也成了"大忙人"。

正是沾了"红军后代"的光,"四清"工作队撤离后,我被选为公社的"贫协"主席、县"贫协"委员、省"贫协"代表。不久接到中央文件,公社以上的单位都要成立"文化革命委员会"(简称"文革"),"根正苗红"的我担任了七里塘公社"文革"主任。

荒诞的年代无奇不有,中共党史上也出现了史无前例的现象:中央"文革小组"取代了政治局。可是,翻遍《中国共产党章程》也找不到"中共文革小组"这个机构。

上行下效,我这个公社"文革"主任,也凌驾于公社两委(党委、管委)之上。连党章都未学过的我,却能在党员会上传达中央文件;连锄头都未拿过的我,却在公社三干会上布置生产任务。耳边常听到的是"闫主任,我向你汇报……"于是乎,我不仅成了"大红人"、也成了"大忙人"。重权在握,让我感到无限风光和骄傲。

乱世出英雄,乱世也可滋生"政治扒手"以及混水摸鱼的跳梁小丑。如今细细想来,这一切都觉得是那么的荒诞、可悲、可笑!我算个啥?正是:

荒诞年头怪事多,
老虎屁股乱人摸,
小鬼造反阎王怕,
猫见老鼠打哆嗦。

我官不大,事不少。两派头头召开大会请我去参加,批斗哪个干部须经我同意。上到县里开会,下至生产队处理鸡毛蒜皮的小事,整天忙得不亦乐乎。

大串联开始了,每天还要接待无数前来串联、路过的"红卫兵"。这些人白吃白拿,吃过嘴一抹记个账就走人。有的客气,有的穷横,不管怎么着,我都不敢得罪这些被宠上天的"革命小将",全心全意为他们服务。

《二十三条》里有一条:"四清"要落实到领导班子建设上面。工作队突然撤离,公社"两委"在匆忙中草率成立。新任干部难免良莠不齐。许多冤、假、错案,未能得到纠正,"文革"就开始了。

我们这里"四清"运动成了虎头蛇尾,一锅未烧熟的夹生饭。

一场没有结果的"四清"运动,给这里留下了极大的隐患。"四清"运动中受过迫害的干部理所当然不服,通过串联成立了定远县"××团"(姑且称翻派)。上访地区、省,直至中央,否定"四清",要求平反;新上台的干部坚决捍卫"四清"成果,反对翻案,与贫下中农成立"五保卫兵团"——姑且称"保派"。这样,就形成了誓不两立的两大派组织,对立情绪愈演愈烈。

"文革"开始不久,一些地区把参加"四清"工作队的同志揪回来批斗。说是"肃清流毒,挽回影响",其实对他们实施体罚、毒打。少数人趁机报私仇、泄私愤,甚至将人置于死地。我们公社的"四不清"下台干部组成一支"××战斗队",准备去皖南大学揪工作队。得知这一消息,我心中大吃一惊,老吴他们若被抓回来,肯定要吃苦头的。我决不能袖手旁观,必须想方设法阻止这些人。

人常说,"受人滴水之恩,当以涌泉相报。"人不能忘恩负义。于是我带着盖有公社文化革命委员会公章的介绍信,连夜赶到芜湖。

凡参加过"四清"工作队的皖南大学师生们,听说要揪他们回去,人人自危,个个害怕,我突然出现,他们就像看见救星似的。

"闫主任,你得想办法救救我们啊!"

"这帮下台干部肯定要报复的。"

"要被抓回去就怕没命了……"

他们一个个可怜巴巴的样子,既值得同情,又有些可笑。我无心嘲弄他们,曾几何时,他们是那样趾高气扬、盛气凌人、不可一世;现如今却是威风扫地,变得低声下气。人哪,一旦大权旁落,反差是何等之大!

老吴见面就说:"我每天都提心吊胆地过日子,就怕他们来找麻烦,万一被抓回去,后果将不堪设想呀!"

"老吴,你放心,我就是冲着你才来的。"

"你有办法?"

"试试看吧,我会尽力的。"

"有的地方把工作队弄回去腿都打断了。"

"你别怕,我来是想阻挠他们。"

"你打算怎么办?"

"找学校'红卫兵'头头商谈。"

"会接待你吗?"

"我以公社'文革'主任身份出面,猜想他们不会拒绝的。"

"太感谢你了!"

"老吴啊,莫说这话。当初你不也帮过我吗?"

假公济私也好,执行政策也罢,我大摇大摆地向"红卫兵"司令部走去。

在戏班里待了几年,走南闯北见过些世面,我不卑不亢地向对方亮出介绍信。一位戴"红卫兵"袖标的女学生接过去看了看。

"你是闫主任?"

"是的。"

"请问有什么事?"

"我们贫下中农欢迎你们革命小将去'串联',去'点火'。"

"谢谢,我校'红卫兵'马上要徒步上北京串联,可能要经过贵地。"

"届时我会以无产阶级的热情欢迎你们革命小将。"

"谢谢,还有别的事吗?"

"贵校部分师生在我们那里搞'四清'运动,你们是知道的。"

"现在不是抽回来了吗?"

"有人想把他们抓回去批斗。"

"那为什么?"

"一些'四清'中的下台干部想翻案!"

"现在是革命无罪、造反有理!想翻案就让他们翻呗。"

"不,绝不能让他们翻案!"

"为什么呀?"

"'四清'运动的纲领性文件《二十三条》是伟大领袖毛主席亲自制定的,翻案就是否定毛主席的无产阶级革命路线呀。"

"原来是这样？"

"翻案就是反对毛主席！"

"休想，谁反对毛主席，我们就坚决打倒谁！"

"向革命小将学习！"

"需要我们做什么？"

"阻止他们。"

"行！我们以参加本校文化大革命为由拒绝揪人。"

"我们贫下中农，坚决支持'红卫兵'小将的革命行动！"

一次偷偷的行动，保护了一大批人。虽然有点对不起那些下台干部，我想这些人心里应当清楚，如今他们已不再是威风凛凛、说一不二的"四清"工作队了，而是一群大学校园的师生，揪回去已无任何实际意义，大不了批斗、体罚、出出气。

老吴将我送到轮渡码头，分别时，递给我一份报纸，叫我好好看一下。船上，我将报纸展开，上面刊登一则新闻：一位贫农大嫂肚里长个几十斤重大肿瘤，因无钱治病，躺在床上等死，被路过串联的"红卫兵"发现，让其家人将她抬到某大医院。"红卫兵"与医院"造反派"联手行动，大声斥责院长："你为谁服务？你有没有阶级感情？为什么不给贫下中农治病？"院长吓得满口答应，一分钱不收，将病人安排住院……

读罢这则新闻我很受启发，与其坐以待毙，不如冒险闯一下，利用"文革"机会再去上海，或许通过医院造反派组织能够让芸姐住院治病。玩这种"空手道"虽然有点冒险，但我别无选择，于是决定孤注一掷。

经过一个多月的精心策划和准备，我怀揣早已写好的"大字报"，抱着刚出世的二女儿，登上了开往蚌埠的列车。

40　艳艳落难

艳艳听我喊叫，瞪着一双惊愕的眼睛，不顾造反派阻拦跳下车，一把抱住我放声大哭。此刻的我，不知用什么话来安慰她，只是陪她一起落泪。

我们打算去求助王艳艳,解决乘车问题。这时候省下一分钱都是好的。蚌埠是中转站,也是去上海必经之路。

我们来到车站值班室一打听,不觉倒吸一口凉气!

有人在"学习班"里,揭发王艳艳的父亲是革命队伍中的逃兵、出卖同志的叛徒、暗藏的历史反革命,准备把他押回原籍劳动改造。王艳艳也受到牵连,同父母亲一起被遣送回山东老家。

据说,揭发人正是那位地下党,也就是用儿子生命为代价掩护出村的那位"交通员"。这消息令人吃惊、无法相信!

来不及细想,我把芸姐和孩子留在候车室,按照地址来到蚌埠列车段家属区红星二村。红砖围墙上贴满大字报:"打倒叛徒王保三、李小云!""揪出暗藏在铁路系统的反革命分子王保三、李小云!"他们名字都用红笔画个"×"。

我不敢停留细看,生怕迟了见不到王艳艳,便匆匆向大院走去,只见门两边一副大红标语:

红太阳,照大地,毛主席的话一句抵万句!
砸有理,抢无罪,革命的强盗精神万万岁!

院内停一辆卡车,车上堆几件破旧家具和被褥,王艳艳一家三口紧紧挤在车斗里,两个手拿"专政棍"的革命造反派坐在被褥上不时训斥:"不许乱说乱叫,给我放老实点!"艳艳妈像个聋子似的,嘴里不停喊叫:"我不是反革命……不是叛徒,我没有罪……我是毛主席的人……"

围观人群你一言我一语议论着:
"这么好的人硬是被逼疯了!"
"王师傅一家都是好人啊。"
"唉,连累孩子,害得艳艳也丢了工作!"

……

我流着眼泪冲到车前,喊了声:"艳艳姐!"艳艳听我喊叫,瞪着一双惊愕的眼睛,不顾造反派阻拦跳下车,一把抱住我放声大哭。此刻的我,不知用什么话来安慰她,只是陪她一起落泪,艳艳边哭边说:"对不起,我不能帮助你们了。"

"艳艳姐,你什么也别说了。"

"要有信心为你妻子治病。"我点了点头,她还想说什么,两个造反派一左一右将她架起推上卡车。

一声鸣笛,汽车发动了,我边哭边跟在汽车后面跑。呛人的尘土迷住了我的双眼,我还是不停地追。我哭喊:"艳艳姐,我会去看你的!"

"记住,山东沂南县青云岭公社……"

车越开越快,距离愈来愈远,我一下子瘫坐在地上放声大哭!

坐在开往上海的列车上,我心中闷闷不乐,艳艳姐全家人如此善良,怎么也会遭此厄运?想到她对我种种情谊,我心似箭穿的一样难受!我恨那个"交通员",不该恩将仇报,不该在"学习班"里血口喷人,不该……但转念一想,觉得正常。那年月"阶级斗争,六亲不认!"安徽省固镇县人民医院副主任方忠谋因为批评毛泽东,并撕毁和焚烧毛泽东像,被儿子张红兵检举揭发,定为反革命,公审后枪毙。亲生儿子将生母送上"断头台",一时间到处传颂张红兵"大义灭亲"的典型事迹。十年后,一九八〇年七月二十三日,安徽宿县地区中院做出了再审判决,认定原判决完全错误,"实属冤杀,应予昭雪"。母亲虽然平反了,作为儿子张红兵永远不会饶恕自己的罪孽!荒诞年代,此类冤案举不胜举。

凡经历过"文革"中那种所谓"学习班"的人都知道,"学习班"虽不是正式监狱,但其精神摧毁度,却大大的强过监狱!一批又一批的专案人员搞"车轮战",轮番上阵,不让你好好睡觉;拿你亲人前途,威胁利诱、恐吓逼迫。不管你是个多么坚强的人,也能将你神经折磨成病态。在那种情况下,除非是受过特别训练的人,否则没有人能长期守住口,多数是按照"专案组"的需要编造瞎话谎言。好人坏人很难分清,晚上还是革命同志,说不定第二天就会变成反革命。在漫长的惊涛骇浪里,有多少老革命、老干部被靠边、打死、关进牛棚和监狱;不知多少个家庭妻离子散,家破人亡!或许那位"交通员"是被逼无奈吧?这就叫,阶级斗争,是非不分,黑白颠倒,荒诞不经!

此刻,我又想到王艳艳一家人,他们回农村怎么生存?她父亲是否继续遭受批斗?母亲精神病受刺激会不会加重?桩桩件件,令人牵肠挂肚,神情不安。我打算从上海回来,一定要去她家看看。一路上我默默地为她祈祷:艳艳姐,愿你们全家平安!

上海市第一人民医院门前早已贴满打倒×××院长,打倒×××学术权威的"大字报"。于是,我就找个最显眼的地方,把"大字报"平放在地上,同时将芸姐"劳模"奖状、奖章,也放在一起。

"奇文"一篇,以飨读者:

最高指示:救死扶伤,实行革命的人道主义精神。
无产阶级革命派的战友们:
云水怒,风雷急,举国上下,神州大地,万笔齐挥,发出千万道讨逆的檄文。盘踞在卫生领域里的反革命修正主义分子被一个个揪了出来,这是毛主席的无产阶级革命路线的伟大胜利!

我家三代贫农,党培养我成了一名无产阶级革命文艺战士。"大跃进"运动中被评为省级劳动模范;国家困难时期我自愿下放农村。如今,身患重病又失去公费治疗,被院方走资派拒于大门之外;并且还说,住进这个医院的起码是县级以上干部……

伟大领袖毛主席教导我们说:"没有贫农便没有革命,若否定他们就是否定革命,若打击他们就是打击革命。"人民医院为人民,可是,医院"走资派"却毫无一点无产阶级感情,为当官老爷们服务,是可忍,孰不可忍……

毛主席教导我们说:"革命无罪,造反有理。"我们贫下中农坚决支持医院革命左派的造反行动;把十七年来旧的卫生制度砸个稀巴烂,再踏上一只脚,让它永世不得翻身!

在阶级社会里,只有阶级爱;亲不亲,"线"上分。我相信医院中"革命左派"一定会伸出同情温暖的双手,救救我这个贫农的女儿。

致以
无产阶级文化大革命的战斗敬礼!

刘芝芸
一九六六年×月×日

当人们正在围看"大字报"时,早已惊动了医院造反派"卫东彪"兵团的头头们。该兵团隶属上海"工总司"(上海工人革命造反司令部)。他们借助"工总司"强大的势力,正在酝酿夺取医院领导大权,我们的一张"大字报"无疑给他们增添了一颗猛力的"炮弹"。那年月不管走到哪里,只要"观点"一致,就是"战友"。他们把我的"大字报"贴在墙上,一时间大标语铺天盖地:

　　坚决支持贫下中农对修正主义卫生路线的控诉!
　　打倒医院走资派×××!
　　彻底铲除旧的卫生制度……

听来是个奇闻、天方夜谭,但的的确确是真事!就这么简单,芸姐住进了上海第一人民医院六〇二室。最为可笑的是:所有专家权威会诊后,没有一个人敢讲芸姐患的是绝症,都说用毛泽东思想武装头脑的医学界,什么样的奇迹都会发生……

芸姐住入特护病房,享受着高干待遇,不仅药费全免,连伙食也不用掏钱。就这样,她在医院一直住了两年多……

芸姐顺利住院,不仅实现我当初的承诺也了却我最大的心愿。大女儿在家无人照顾,公社的事还要我管,正当准备动身返回时,发生了一桩震惊中外的"安亭事件"!

一九六六年十一月十日清晨,"上海工人革命造反司令部"在王洪文的暗示下,率领两千多名工人截车北上进京告状,被堵在上海郊区安亭车站。他们切断铁路交通,致使南北交通中断,将我滞留在了上海。

为了引起"专家"对芸姐病情的重视,我不惜落井下石干了些龌龊的事儿:凡是医院召开各类批斗会,我都不会放过,并以"农民造反派"的身份参加,发言时,我慷慨激昂;批斗院领导,"上纲上线";造反派爱听什么我就讲什么,昧着良心编造谎言,指鹿为马,胡说八道。为此,上海医院造反派发给我一枚"上海工总司医院指挥部"铜制胸章;上海"农民革命造反总司令部"发给我大红袖章;第一医院"卫东彪"兵团还申报"工总司"给我颁发了"全国革命造反派驻沪联络员"证件。持这些证件除随便出入"工总司"、参加各种批(判)斗会外,乘坐电车、公交车免票。动乱年代,无政府主义时期,我凭着这些证件,经常坐火车不买票还要横;我将这些"护身符"随身带着,拉大旗作虎皮,投机取巧得到了许多常人不能享受的"优惠"。现在回想起来,深感愧疚和自责!是文化大革命给了我这个"机遇",还是我利用文化大革命"投机"?也许兼而有之吧。

二十多天后,在"工总司"的安排下,我搭乘军车离开了上海。

同芸姐分手时最令我心酸,她紧紧抱着只有三个月大的二女儿迟迟不肯放手,眼泪滴在孩子的脸上。她虽然是个病人,对女儿疼爱之情却丝毫不减。慈母之心,舐犊之情,使她不忍心将襁褓中嗷嗷待哺的婴儿交给

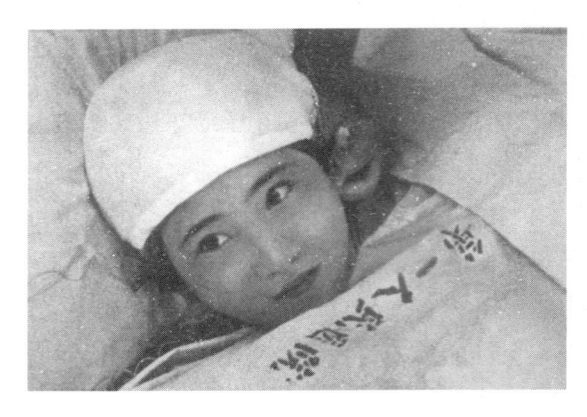

一个什么都不懂的男人，何况还有个大女儿临时寄养在别人家。）

为了治病，她只能忍受骨肉分离；为了治病，恩爱夫妻也只好暂时分开。想到她一个人孤零零地留在医院，我心中真不是滋味："芸姐，分开是暂时的，切不可因儿女之情增添你的思想负担，影响你治病。请放心，有我在就有孩子在，我会克服一切困难一定把孩子带好，你就安心治病吧。"

"如今这么混乱，哪一派你都不能参加，万一有个闪失，两个孩子身靠何人？这也是最让我放心不下的事。"

"芸姐，为了孩子，我决不会去参加任何造反派。"

"……孩子尿布每天换洗三次，喂米粉时要小心，经常给孩子洗屁屁，晚上要给她盖好被子小心着凉，夜里别忘给她把尿……"

"我都记下了。"

芸姐噙着泪水对孩子喃喃地说："妈对不起你呀！这么小就让你离开亲娘遭罪，叫我怎能安心治病……"

怕误了车，我只好从芸姐怀中夺过女儿，扭头便走，芸姐再也忍不住，失声痛哭。她这一哭，惊醒了熟睡中的女儿，她也哇哇大哭起来。我赶紧冲进电梯，那撕心裂肺的哭叫声在走廊里回响着。出了医院大门我回头看去，芸姐正扒在六楼窗口不住地抹眼泪。

带着亲人的悲伤，我依依不舍地离去……

41　枪下冤魂

　　一场否定与保卫"四清"成果的斗争逐渐展开,为了达到各自的目的,先是文斗,后是武斗,演绎了一出互相残杀的悲剧!

　　回到七里塘公社,到处一片狼藉。"翻派"砸了我的办公室,烧了"文化革命委员会"的牌子;公私财物全被抢走,整个大院空空荡荡。

　　文化大革命如火如荼,全国已处于一片混乱,在"革命无罪,造反有理"的口号下,打、砸、抢,成了革命行动,无人敢惹,无人敢管,我也只能"打掉牙齿往肚里吞"。

　　两大派造反组织,谁的势力强谁说话就算数。公社"文化革命委员会"所行使的权力也被强者取而代之;我这个红极一时的"文革"主任犹如昙花一现,瞬间即逝。

　　夜幕降临,冷清的公社大院里空荡荡的,我们爷儿仨蜷缩在一床破被絮里。眼前的困境令我举步维艰,无衣、无钱、无粮,我拿什么来抚养孩子?母亲不在身边,父亲就是家庭之舟的掌舵人,维系着全家的沉浮。对孩子们来说,父亲是一把随时给她们遮风避雨的伞,是一片给他们阳光和雨露的天空。可生活来源在哪里?依靠政府,公社早已瘫痪;回到生产队,已经脱离关系。真是上天无路,入地无门!望着两个没娘的孩子,我不禁潸然泪下。

　　半夜时分,忽然有人敲门。我十分警觉地上前轻轻问了声:"谁?"

　　"是我们。"一听是熟人,赶忙将门打开,进来的是好友孔宪庭和罗世强。

　　他们都是"四清"运动中的积极分子,如今当了"保派"的头头。他们送来了米、面、油盐及生活用品,还有几十元钱。并告诉我,粮食是由杜广美等大队干部凑的,钱是周文厚、姚国敏、刘传文几个公社干部捐的。

　　"感谢你们雪中送炭,请转告我对他们的谢意。"

"公社干部都躲在下面,不能回来工作。"

"你们这一派起码超过对方十倍,为什么公社还被砸了?"

"你走了,我们群龙无首。"

"你们如何打算?"

"想请你出面。"

"我又有什么能力?"

"各大队'贫协'主任都表态了,只要你带头大家都跟着干。"

那年月真可谓乱世出"英雄",当个造反派头头(司令)无须查资历看档案,关键看你的胆识、闯劲、魄力、口才。这四者我都具备,尤其口才惊人,夸夸其谈而手不持稿,滔滔不绝言无重句。这些"才智"是得益于"四清"运动锻炼。西方一位哲人曾说过这样一句话:"什么样的民众,产生什么样的领袖。"当夜,我翻来覆去睡不着,各大队"贫协"如此瞧得起我,公社干部又都这么关心我,再不出面真是有点不尽人情了。但若是卷入这场"混战",孩子交给谁照看?万一出了事怎么办?岂不是有负于芸姐的嘱托?我左右为难,整整折腾了一夜。

第二天起了个大早,准备为孩子做饭。打开房门,吓了我一跳。一个稻草人倒在我脚下,脖子上挂个木牌子,上面写着"打倒保皇狗闫立秀!"名字上还画了个"×"。再到外面看看,院墙内外到处都贴着大标语:

捣毁公社"瘟鸽"(文革),踢开一切闹革命!

砸烂两面派闫立秀的狗头!

揪出"保皇"小丑"沿里修"(闫立秀)……

"保皇"二字,是法国资产阶级革命时期对死心塌地坚守封建专制营垒的保皇党人的称谓,如今,竟然在二十世纪社会主义中国派上了用场!

看罢这些标语,我所有的血管都在沸腾,所有细胞都激昂起来。那愤怒像岩浆不断地冲击着我的心扉。那种冲击一波大于一波,而且力量越来越集中,它像一柄刀子,在切割我的抑制力,使得血气方刚的我,下颚不由自主地抖动着,已经丧失了自制力。我知道,我要暴发了!怒火在胸中燃烧,既然对方要砸烂我的狗头,抄了我办公室,我一定要"以牙还牙,以血还血！"，与他们拼到底。

芸姐的忠告被我忘得一干二净。

三天后，我们分兵四路，约有三千多人，打着"保派"大旗，喊着口号，浩浩荡荡地向"翻派"总部包抄过去。对方听到消息，早就撤离了。我们占领后，迅速贴出大标语：捍卫"四清"成果，就是捍卫毛主席无产阶级革命路线！

彻底捣毁翻案组织××团！

翻案不得人心！……

公社干部们也都回来了，一切工作恢复正常。为了以更大的声势压倒对方，我一手策划成立了"毛泽东思想文艺宣传队"，干起了我的老本行，编排文艺节目到各大队宣传演出以鼓士气。

我针对"××团"翻案编排了现代戏《不准翻案》，极力贬低对方。动乱年代，文艺演出最鼓舞人心，每场演出都有上千人观看，于是，我们就趁机散发传单，大讲"四清"运动好，翻案不得人心。广大贫下中农听了宣传，跟着喊口号站到我们这一边，稳稳地守住了"阵地"，使公社干部安心抓生产。

晚上演出，我背小的拉大的，带着孩子跟随宣传队一起行动。说起带孩子，真让我费尽了心血，吃尽苦头。白天，我忙着洗尿布，补衣服；夜里，两个孩子又哭又闹，这个要拉屎把尿，那个闹着要吃的，把我折腾得精疲力竭，连衣服都顾不上脱，倒在床上睡着了。有一天，我困倦极了，没给孩子把尿，结果孩子将大便拉到我头上脸上，弄得被子衣服到处都是屎，满屋子臭气熏天。

许多人也曾劝过我："一个大男人家怎能养活四个月大的婴儿？孩子这么小，不如送人吧！"困难中我也产生过动摇，可是，一想到芸姐再三叮嘱和我对她承诺，很快打消了念头。我把大女儿寄养在别人家，二女儿自己带。大女儿寄人篱下，自小失去父母疼爱，心灵受到了严重的创伤；襁褓中二女儿，仅靠米粉喂养，夜里饥饿啼哭，泪水流入耳朵，时间一久，以至耳聋，造成终身残疾！

她们的童年是不幸的，既失去母爱，也失去家庭的温暖，更失去上学的机会，她们失去的太多太多……

如今她们都当了妈妈，她们的儿女在温暖、舒适环境中长大，看着自己儿女幸福的童年，她们心中一定有许多感慨；上一代人经历了那么多磨难，但愿下一代人能拥有长久的幸福。

一九六七年四五月份，"文斗"已变成"武斗"。江青发"懿旨"："要文攻武卫"。在这种谬论蛊惑下，一时间社会上流传着：好人打坏人活该；好人打好人误会；坏人打好人报复；坏人打坏人以毒攻毒。武斗开始升级，由拳头棍棒转变为动刀、动枪，四川甚至还动用了高射炮和飞机，一场大规模武斗在全国各地蔓延。到了七月份，"造反派"开始到部队抢夺武器弹药。一场"红色恐怖"席卷神州大地，其声势之浩大、之疯狂、之残忍，伤亡之惨重，真是空前绝后。

我们这里，一场围绕否定与保卫"四清"成果，"上台"与"下台"干部之间权力斗争逐渐展开。一些权欲熏心的人利用"文革"在幕后操纵派性，为了达到各自目的，他们不惜把广大无辜人民群众卷进一场政治斗争漩涡中去。什么人性、人道、人权、人的尊严、人的价值，人的最高贵成分都成了他们公开践踏内容。一方坚持要"翻案"，一方要誓死"捍卫"。先是文斗，后是武斗，演绎了一场原始蒙昧时代的互相残杀。

"四清"运动埋下的隐患，使许多人为它付出了血的代价！如果说"四清"是民族肌体中的一个肿瘤，那么"文革"则是我们民族痼疾的总暴发。"翻派"在当地势单力薄，怎能斗得过强大的"保派"？想翻"四清"案不可能。于是,他们去淮南搬来了实力雄厚、武器装备精良的××派,一场血染炉桥的恶仗,一触即发,在所难免。

炉桥,这座古老小镇,自古就是兵家必争之地。三国时期,曹操曾屯兵于此,炼制兵器;民族英雄戚继光曾在此打过仗;为拦截新四军,小日本曾用飞机轰炸炉桥南线铁路三号桥(至今还残留断桥的痕迹);地下党炉南支队曾在此与国民党军队交过火……

可谁又能想到,和平年代在这里竟然会发生一场同室操戈、惨不忍睹的流血事件!

公元一九六七年八月二十二日,皖东大地炉桥上空响起了惊人的枪声。上午十点多钟,一趟专列从水家湖车站开出,火车头在后,车皮在前,推着行驶。在没有车厢的平板车皮上,站着全副武装的造反派,他们一个个虎视眈眈地端着枪,像对付敌人一样,杀气腾腾,还不时地向铁路两边扫射,吓得在田里干活的社员们丢掉锄头往家里跑。

其实,他们并不想伤害无辜百姓,这种虚张声势做法,无非是想为"翻派"壮壮胆。假如我们退避,武装冲突是完全可以避免,一场流血事件也不会发生。然而,身为武装部长的Z某过高地估计了自己的力量,他调集了炉桥地区基干民兵,不惜用这些无辜群众生命,欲与对方决一死战。

指挥部设在安徽八一拖拉机厂(该厂设在炉桥地区),他们集中火力坚守西大门。双方是怎样接火,我并不知道,不过对方有备而来,却是不争的事实。我方仅靠一些基干民兵和陈旧武器装备,怎能对付得了弹药充足、富有临战经验由荣、复、转军人组成的××派。双方对峙到下午三点多钟,在对方火力猛攻下,坚守在西大门的几位民兵全被打死了。据说,他们非常英勇,临死高呼:"万岁!誓死捍卫……"

郑群、郑孝根、郑希环三位,都是参加过抗美援朝、立过战功的复员军人。他们没有牺牲在朝鲜战场上,却倒在自己同胞的枪口下。其中郑群死得最惨,当他受伤倒下后,昏迷中被对方架起,对着他胸口扫了一梭子子弹。

残暴,是针对无辜,践踏人类文明;武斗,不过鹬蚌相争,人类相互倾

群众组织间在进行武斗,硝烟冲天

轧。谁也无法统计确切数字,武斗中高呼"毛主席万岁!"而献出生命的数以千计!一场浩劫,无数冤魂。

呜呼,壮哉!悲哉!冤哉!

接到电话通知,我把孩子留下请人照看,同公社武装部长王允西匆匆赶来增援。血气方刚的我,冲动取代冷静思考,冒险而不计较后果,更分不清参加"武斗"功过是非,总觉得自己是捍卫毛主席的无产阶级革命路线,一切行为都是正确的,恨不得一步冲到"战场",打垮对方。

此刻,西大门已经失守,我却全然不知。刚跨进"八一厂"南大门,突然,一梭子弹扫来,我和王部长吓得拔腿就跑。他们边追边叫喊:"前面那两个都是头头,别让他们跑了!"王部长有经验,拉着我一头钻进不远处的菸草地里。子弹从头顶嗖嗖而过,菸叶纷纷落地,我吓得趴在地上瑟瑟发抖。

"追进去,他们就躲在里面。"一个端枪的人说道。一听这话,吓得我魂飞天外,心想,这回是死定了!此时此刻,我才真正体会到"死到临头"的可怕。我死了芸姐怎么办?孩子怎么办?我还这么年轻……一种求生欲望尤为强烈,我暗中祷告:老天爷呀,看在一双女儿份上保佑我吧!给我留条小命……

"头可断,血可流,捍卫毛泽东思想不可丢!""革命不怕死,怕死不革命!"这些疯狂年代最时髦、最响亮、最革命的口号,我是成天喊、到处叫,标榜自己是不怕死的英雄。今天,面对死神降临时候,我那种"视死如归"的"英雄气概"却早已荡然无存!口号也变成了"这能丢,那能丢,我的小命不能丢!"这不光是怕死,因为这样死毫无意义,我恨自己不听芸姐忠告,后悔也晚了。

正当我绝望之际,忽听不远处枪声大作。

"那边又交火了,要不要去增援?"

"撤!"

一阵飞快的脚步声,渐渐消失……

好险哪,鬼门关前我捡了一条命!直到深夜对方撤离后,我们才敢回到厂里。混战中,这边被打死了七个人(包括一名怀孕女工)。看着血淋淋的尸体,听着参战者的描述,真是惊心动魄……

他们为谁而死?死得不明不白。当战斗打到最危险关头,他们抱着对毛主席的无限热爱、无限忠诚、不怕死的信念向对方冲去,也许他们在临死一刹那,仍然确信为捍卫毛泽东思想死的光荣,死的伟大,死而无憾。他们只知道自己"光荣"地走了,殊不知留下孤儿寡母何等凄惨?他们的坟头墓碑上永远也找不到"烈士"二字。倘若地下有知,他们向谁讨还公道?他们不但得不到历史公认所谓"烈士"称号,甚至还会被后人鄙夷地谴责,可谁又敢说他们滚烫的心不是"红"的……

愚忠,是对一种心灵的屠杀,是对崇拜者的毁灭。古今中外,任何在正义或非正义战争中战死沙场者都有名分,而他们的死,该由谁负责?该给他们一个什么样的名分,才能对得起这些长眠于地下的亡灵?

《红楼梦》里有这样几句诗词:"乱哄哄,你方唱罢我登场,反认他乡是故乡;甚荒唐,到头来都是为他人作嫁衣裳。"一场武斗,两败俱伤。帮助对方来炉桥参加武斗淮南市"××派"头头×××,定远县"×派"头头×××、×××都被"文革"后期"三结合"组成的红色政权判了死刑。宣判时,淮南市"军管会"专门发来通知:请炉桥革命群众前去参加"公判"

大会。那天,炉桥去了一千多人,将一列火车装得满满的,甚至还有人没挤上车徒步走去,淮南田家庵体育场上挤满了数万人。

定远县枪毙×××、×××时,头天晚上就有数万人涌进县城。大小旅馆均已住满,余下多数人只能露宿街头。县"革委会"为防止意外,用四台放映机同时在两个大广场放了通宵电影。声势之大,"民愤"之大,群众"激情"之大,真是空前绝后。

若站在"派性"立场,当时我是高兴的、激动的,庆幸我们经过"血雨腥风"、艰苦战斗,不仅取得了最终"胜利",也为死去战友"报了仇"。可今天想来,心里仍是酸酸的,因为他们也是无辜的,不幸的。虽然后来平反了,但同样改变不了他们命运,也成了枪下冤魂!他们为"信仰"付出了宝贵生命,而那些躲在幕后或直接参加指挥武斗的"革命干部"们却一个个安然无恙,后来"三结合"时仍做官享福,离、退休后颐养天年,这公平吗?他们这些人是否活得心安理得,自感无愧于那些无辜的亡灵呢?

郑群的妻子、大女儿、二女儿及孙女

最可怜要数郑群妻子姚文彩,她为扶养三个未成年孩子,茹苦含辛,从青春少妇苦熬到满头银发,葬送了青春,流干了泪水。从她那饱经沧桑、刻满皱纹的脸上,可以想象得出"武斗"给她带来多么大的伤害。

每逢清明上坟时,孩子们总会问妈妈:"爸爸是英雄吗？是烈士吗？"姚文彩回答四个字,"不,是历史!"说得对,是历史教训!

而直接指挥这场流血事件的武装部长Z某,从未到过他"部下"的坟墓前祭奠,也从未给死难者的遗孤们一点儿周济。

假如不是受Z某指使,他们绝不会白白丢掉年轻的生命！作为基干民兵郑群等人,他们不能不听武装部长调遣,因为服从命令是军人的天职。当然,这并不是他们的自觉行为。说到底,他们是这场政治斗争的牺牲品！

动乱岁月,记载着震撼心灵的历程。对"文革"切身体验,切肤之痛,切心焦虑,以及被这些深切感受唤起的庄严民族责任感,只有在我们这一代"文革"经历者身上最为强烈。

对于我们这些活着的人来说,虽然运动后期受了些磨难,但比起他们来还是幸运的,因为我们毕竟活了下来。

望着眼前血淋淋的尸体,我心里在想:假如我也倒在枪下,两个未成年孩子依靠何人？如果那样,岂不重蹈父辈老路,让她们成了一对可怜孤儿！

踏着星光,我向七里塘公社走去。此刻,我最想见的是一双女儿。

42　芸姐托付

与芸姐短暂的婚姻,匆匆而来,匆匆而去,像一场梦,一阵风,我以为已将芸姐牢牢地抓在手里,紧抓十指,却两手空空,什么也没有了。

一九六七年一月四日,张春桥、姚文元在上海发动了所谓的"一月革命",夺了上海市委、市政府的权,于二月七日宣告成立"上海人民公社"。此举遭到毛泽东的严厉批评:"……名称不宜改的太多。在中国历史上,最喜欢改名字的人要算是王莽了。他一当皇帝就把全国县名统统改了,就像红卫兵改北京街道名称……现在建立的临时权力机构,不要叫公社了吧!是不是叫革命委员会?革命委员会好!"

"革命委员会好"这一最高指示立即传遍全国。一九六八年春,上至省、市,下到街道、生产队,纷纷筹建"革命委员会"。不久,即向世界宣告:全国山河一片红!随即发行了《全国山河一片红》邮票。没想到"一片红"的提法犯了一个特大的政治错误,因为台湾没成立"革委会"啊!很快,该邮票停止发售,如今,《全国山河一片红》邮票,每张身价好几百万元!

我们每个人的前途命运都和国家、民族的前途命运密切关联。不管是春风得意、大富大贵,还是失意落寞,都离不开当时的历史环境。我并不是不想当官,甚至连做梦都想,很想进入"三结合"革委会领导班子。但我看到在建立"新政权"时,为谋求一官半职,造反派之间,你争我夺;本派内部,勾心斗角,相互拆台。造反时是患难战友,如今明争暗斗,反目为仇。人性被扭曲,心灵被腐蚀,"窝里斗"斗得你死我活。与我在同一组织里的一个头头被不明不白地关进了"学习班",另一派却为争夺一个进"三结合"名额,有人被暗杀……

为躲避"争权"对我造成伤害,公社"革委会"成立之日,我带一双女儿悄然离去,登上了开往上海的列车。

"乱极则治,暗极则光。"十年动乱过后,那些挤进"三结合",赫然戴上委员、常委、副主任帽子的人,弹冠相庆的革命左派,一个个都以"三种人"被清理出干部队伍,有人还下了大狱。"炎炎者灭,隆隆者绝。"正可谓,爬得越高,摔得越惨。

医院病房里,两个孩子见了妈妈就像看见陌生人一样,躲着不敢靠近。芸姐一把拉过大女儿玉梅,看了又看,亲了又亲。或许母女天性使然,或许孩子对妈妈还有一点点印象,一会儿她就靠到母亲身边。接着,芸姐又抱起晓玉,不成想还没来得及细看,孩子哇的一声哭了。芸姐已是泪流满面:"孩子,我是你妈,是你的亲妈呀!"可是晓玉一点也不理会,四个月离开母亲,如今已是两周多了,她眼里只有天天带她的爸爸,哪知道这个世界上还有一位生她、养她、整天为她牵肠挂肚的苦命妈妈。

芸姐明显好多了,人也胖了,脸色也比以前好看了许多;她除了能自理生活外,还经常坐电梯下楼到院里散步。看到这一切,我心中感到极大的安慰。

"看你的气色很好,身体也比以前强多了。"

"这是药物反应,暂时现象。"芸姐叹了口气。

"你怎么知道?"

"经过多位专家会诊后得出的结论。"

"怎样结论?"

"仍是绝症!他们多次动员我出院。"

泪水常流已无泪,伤心久时心不伤。面对着这一残酷现实,我们都表现得很平静,所关心的是下一步该怎么办?芸姐感伤地说:"我早做好准备,与其回家等死,不如赖在医院不走,两个孩子就拜托你了。"

"你不想孩子?"一句话说得她再次泪流满面。"我能不想吗?有时整夜睡不着,困在这里看不到外边世界,看不见孩子,我是活着的死人啊!"

"芸姐,我们还是一齐回去吧,大人孩子能在一起,再苦也是团聚呀。"

"不,我不能回去!"

"既然治病无望,留在这里干吗?"

"我若回去,大人孩子都得你一人照顾,这副担子你挑得起吗?"

"你一个人孤零零地待在这里,我于心何忍?"

"如果想让我多活几年,只能这样!"

"医院能同意吗?"

"这里有个病人住了八年,家里无人来接,后来死在了医院。"

"你……"

"宁在世上多受苦,不愿早早埋入土!"

芸姐说的不无道理,只要能在医院待下去,肯定多活几年;接她回家,等于送进地狱之门！到如今,也只能这么做了。令我伤感的是:把她一人弃在医院,母女、夫妻分居两地,心里总不是个滋味。

芸姐说:"孩子们在玩耍,你陪我出去走走吧。"我扶芸姐走出电梯。住院部的大院,一片浓重的绿茵,微风中,翠竹欢快地拍打着尖尖的叶片,垂柳摆动着轻柔的长裙,几乎拂到了花坛旁边的路椅。这里是绿色世界、花的海洋。我与芸姐手挽手,沿着小径徐徐地踱步,蓝条纹的病号衣襟在微风中轻轻地摆动。芸姐突然站住冒出一句:"你去找王艳艳吧。"

"你怎么能说出这种话?"

"她是一位善良的姑娘。"

"你……我是不会答应的!"我不明白,芸姐怎么会有如此荒唐的想法。

"如果你不答应,我就拒绝吃药!"

我一把搂住芸姐放声大哭:"姐,这是何苦啊?"

"我是经过深思熟虑的!"

"为什么啊?"

"不为别的,是为两个女儿!"

此刻,我心如刀绞。真的,说实话,我根本做不到,因为两颗心早已牵在一起了,现在少了一个,就好像风筝断了线。再大的困难,夫妻也要共度难关。即使不能一起走完人生,也不辜负这份矢志不渝的爱。总有一个人要先离开,但爱会永远留下,直到另一个人带着这份爱离开人世。这么多年的感情岂是说断就断,我若在她最无助的时候离开,良心难安!想到这些,我对芸姐说:"让我背叛诺言,背叛爱情,背叛婚姻,我做不到!"

芸姐:"你觉得我爱你吗?"

"爱,就像我爱你一样!"

"可我觉得你不爱我,你如果爱我,就不会这么伤我的心;你如果爱我,就该为我们的孩子着想;你如果爱我……"我不想再让她说下去,"芸姐,把你扔在地狱门前苦苦挣扎,我怎么能一个人往天堂里飞啊!"

"你知道我的痛苦是什么吗?"

"知道。"

"你不知道!"芸姐说,"我的痛苦是不想把你也拖死!"

"芸姐……"我哭着把芸姐搂在怀里。心底有一种声音在告诉自己:爱,终究是承载不了太多的泪水!珍惜或放下,都是生命中必经的过程。一个人的生命里,擦肩而过的有千千万,有几个会是你的知音?又会有几个是自己深爱的人?与其众里寻他千百度,不如疼惜眼前真心人。我一边哭一边摇头。

芸姐劝道:"如果你对爱不那么认真,就不会像现在这样,自己折磨着自己。我们之间不用多说什么,你能懂我,我也能懂你,两个女儿是我生命延续;艳艳是你刻骨铭心的初恋,为实现我们两人的愿望,答应我好不好……答应我,答应我好吗?"她祈求的目光、坚定的语气,使我无言以对,无力抵挡,我的内心正在经受剧烈的风暴袭击!也许这一切都是命运事先安排好的,与芸姐短暂的婚姻,匆匆而来,匆匆而去,像一场梦,一阵风,我以为已将芸姐牢牢地抓在手里,紧抓十指,却两手空空,什么也没有了。一片真情、一线希望,全被毁灭。多想守住一份不变的承诺,相拥着过有你存在的日子。然而,誓言在耳人心骤变,叹惜无奈的世事,让人痛不欲生!

分手时,芸姐递给我三个信封:"看了我的信,你再做决定吧。"接过信正欲打开看看,芸姐制止,"别误了车,上车后再看吧。"

在回家的列车上,我打开第一封信:

最高指示

我们都是来自五湖四海,为了一个共同的革命目标,走到一起来了……我们的干部要关心每一个战士,一切革命队伍的人都要互相关心、互相爱护、互相帮助。

闫弟:

我们人在两地,心向北京,首先祝心中最红最红的红太阳毛主席万寿无疆,万寿无疆!祝我们伟大的领袖毛主席万岁,万岁,万万岁。

医院已成立"革委会"了，并传出风声，要对久治不愈的病人进行清理。除无家可归者一律让其出院！

　　想要我早死，那就接我回家。希望我多活几年，只能选择离婚！为了能把女儿抚养成人，只能分手！

　　我们这辈子不可能在一起了，希望你看信后，永远把我忘了，重新投入到火热的无产阶级文化大革命中去，投入到无限的为人民服务当中去，做一个无产阶级革命接班人。

　　何去何从，你自己决定！

　　此致

革命的敬礼！

爱你的芸姐

一九六七年十月×日

来不及多想，我用颤抖的手急忙打开第二封信：

最高指示

对于共产党人来说，人民的疾苦绝非小事。

《离婚申请书》

尊敬的七里塘公社领导：

　　伟大领袖毛主席在《关心群众生活，注意工作方法》中教导我们说：解决群众的穿衣问题，吃饭问题，住房问题，柴米油盐问题，疾病卫生问题，婚姻问题。总之，一切群众的实际生活问题，都是我们应当注意的问题。

　　我与闫立秀自愿结婚，生育两个女儿，大的五岁，小的两周岁，如今我身患绝症，来日不多。为了能让两个革命后代健康成长，为了不拖累闫立秀同志革命工作，我怀着无产阶级革命感情提出离婚。作为一名生在旧社会，长在红旗下的当代革命青年，让我们在抒发自己心中感情的同时也怀着无比的敬意,共同学习一段伟大领袖毛主席**语录:多少事,从来急,天地转,光阴迫,一万年太久,只争朝夕。**

我恳请领导尽快批准我的请求。

此致

革命的敬礼!

刘芝芸

一九六七年十月×日

第三封信是写给王艳艳的:

最高指示

我们都是来自五湖四海,为了一个共同的革命目标,走到一起来了。……我们的干部要关心每一个战士,一切革命队伍的人都要互相关心,互相爱护,互相帮助。

艳艳小妹:在我们没有见面之前,已对你有所了解,你和闫弟纯洁美好而没有结局的爱情,化成一段悲伤的故事,让人心碎!

而今我已病入膏肓,唯独放不下的是闫弟和孩子,如果你还爱他,我把他还给你。有了你,他才能更好地全身心地干好革命工作。你是一位心地善良的好姑娘,把孩子托付给你我放心,相信你对他们视同己出,九泉之下,我也会感谢你的!

姐:刘芝芸

一九六七年十月×日

读了芸姐的三封短信,真是心乱如麻,她是有家难回啊!家,是所有人的向往和怀念。有家的日子,再贫寒,起码有亲情,有爱情,有人情,有精神上的支撑,有心灵上的慰藉,有生存的理由,生命的价值。而身患绝症的芸姐,为了孩子,为了我,她选择了舍弃家。我的心真是五味杂陈,说不出什么滋味。

爱,本该是世上最美丽,最动人的情感。可芸姐的爱,是凄惨的,她宁愿伤害自己也不愿让对方受到伤害。我多想不让泪水轻易地落下,可还是止不住,点点滴滴顺着脸颊轻轻滑落。上帝许了我们缘份,却忘了赐予交点。我们虽然相遇、相知,却无缘长相厮守。心痛的蔓延,逃不过宿命,斑驳的血泪在倾刻间释放成幽幽情愫,婉转成一曲无人能懂的悲歌……

我不知道如何处理这一棘手事情,何去何从,拿不定主意。一时间失去了主心骨。唉,心里面好烦,说句实在话,能把自己的过去划为零该有多好啊!

眼前,知冷知热、最关心我的人,也只有表姐王金英了,下车后,我带着孩子直奔她家。她了解情况后沉思许久没有说话,我猜想,这样棘手的事儿谁都难下决断!

夜深了,孩子们都进入梦乡。表姐这才开口:"就按表妹的决定办吧,这样对你对她对孩子都有好处。"我说,"这样做,真的对不起芸姐!"表姐说:"你有更好的办法吗?"我无语。她接着说:"离了婚,表妹就可赖在医院继续治疗。眼前最要紧的是,你速去山东征求一下王艳艳的态度。"

不管怎的,我也应该去看艳艳了……

43 会见艳艳

> 艳艳猛地抱住我放声大哭。将长久积压的所有委屈、冤情、孤愤,一块迸发出来! 在无法倾诉,无法呐喊的时候,哭就是呐喊,哭就是倾诉!

汽车开了七个多小时,傍晚才到沂南县城。又走了十多里山路,到达青云岭公社(现改为东方红公社了)已是掌灯时分。我不敢随便打听王艳艳家住处,悄悄来到大队下台干部老支书家。这位穷苦出身的大队支书,听说我是王艳艳同学,亲自为我指道。他愤愤不平地说:"王保三好人啊! 我与他同村、同龄,知根知底。我们一同参加革命,他负责"联络站",我当"交通员",为护送"地下党"他的孩子被活活烧死。说他是叛徒,我死也不信!"我说:"放心吧,见面后我会安慰他……"没等我话说完,他说:"你再也见不到他了!"我惊诧:"为啥?"他悲愤地说:"就在上月初……他投河自尽了!"我听后心中一惊,想问个究竟,没等我开口,人早已转身,他边走边说:"她家住在大队养猪场,前面就是,你自己去吧。"走了几步,他回头加了句:"'狗'多,你要小心啊!"说罢,消失在漆黑的夜里……

王艳艳家与猪为邻,我已明白他们目前处境了,这也是意料之中的事儿。

我本想急于见到王艳艳,此刻却止步不前。我猜想,他母女正沉浸在悲痛之中,这不是一般的悲痛,是剧痛! 见面后该用什么话来安慰他们? 我不知道。站在原地静静地发呆,默默地望着静谧的夜空:晓风残月,宇宙显得那么冷酷;星光孤寂,整个世界是如此凄凉! 问苍天,清平世界为何黑白颠倒? 问大地,芸芸众生为何好人没有善终?

此刻,忧伤的天空下着蒙蒙细雨,仿佛为伊人落下伤心的泪水。

我放慢脚步向养猪场走去。乡村的夜晚,不仅静得出奇,也黑得出奇。不像城里嘈杂,一切都是那样安静。没有人们走路的踏踏声,没有汽车引擎的轰鸣声,更没有人群传来的喧闹,听到的是乱哄哄的猪的哼叫声。微风吹过,一股粪臭扑面而来,我赶忙捂住鼻孔,这里是猪的世界!

眼前是一处低矮围墙,紧靠围墙大门边有两间低矮草屋,房门开着,里面传出男女对话的声音,煤油灯被风吹的忽明忽暗似魅影鬼火,看不清说话人的面孔,我立于门外没有冒然进屋。

男子怒吼:"王艳艳,你要老实交代!"

女子尖叫:"不老实交代,死路一条!"

艳艳:"我只知道父亲当年负责地下'联络站',对革命做过贡献……"

男子:"现在老革命和烈士中叛徒、特务多得很,你父亲就是叛徒、特

265

务！是十恶不赦的坏人,你是他女儿,知道的情况一定不少,你要老实交待！"

女子:"不老实交代,让你做'喷气式'！"

听了这些训斥,我气得咬牙切齿,恨不得立马冲进去与他们理论,但我还是忍了。

艳艳:"我爸爸已经被你们逼死了,还想怎样?"

女子:"你父亲是自绝于人民,还敢替他鸣冤叫屈?"她把桌子一拍,"不老实,给她做个'喷气式'！"男子像魔鬼似的,上前抓住王艳艳手背往后一拧,王艳艳痛得发出一声惨叫。我再也忍不住了,一个健步冲了进去,用力将那个男子推到一边。他被我突如其来的举动吓蒙了,瞪着一双恐惧的眼睛望着我……

王艳艳见我突然出现,愣是傻呆呆地站在一旁,两眼盯着我,惊诧、激动,那神情好像在问:你怎么来啦？她头发凌乱,两只又长又粗的大辫子已被剪成短发,原本白嫩漂亮的圆脸变得黯淡,两只明亮有神的大眼睛失去了往日神韵,眼眶里憋着一汪委屈的泪水,嘴边挂着血丝……直觉告诉我,她惨遭了非人的暴行和折磨！

我克制住内心的愤怒,平静地坐在他们对面。这时,我才发现:男子二十岁左右,满脸严肃,手持一根半截白半截红的专政棍;女孩子也不过十七八岁,是位漂亮的小姑娘,她头戴草绿色军帽,刘海下一双大眼睛,身穿军装腰束皮带,胸脯挺挺的,稚嫩的小脸装出一副严肃样子,坐在桌边记录,面前放一本红色塑料封皮的《毛主席语录》……

看清楚两人面目后,我问:"你们是什么人？为何对一个女孩子体罚?"

男子似乎缓过神来,大声说道:"别小瞧俺们！"他用手指了指女孩子,"她是东方红中学'红卫兵'司令,现在回乡闹革命是大队治保主任、'王保三'专案组组长！"接着,他自我介绍道:"本人是大队专政队队长,奉公社'专案组'命令对她进行审查！"

在那无法无天的年代,公、检、法,全部瘫痪。公社和大队都成立了各种名堂的整人机构：什么"专政队""治保组""纠察队""人保组""专案组"等，他们可以随便抓人、审讯、批斗、游街、关牛棚、进学习班，甚至直接将人送进监狱！

女孩子指着我又望了望王艳艳，厉声问道："你是干什么的？和她什么关系？"

我不屑一顾，用记录速度一字一句地说："我与王艳艳是同校、同班、同桌的校友。"

女孩子猛地站起来吼道："原来你们是一丘之貉，小心我把你也抓起来！"那年月美女一沾"革命派"，无论多么漂亮，都不像女人了，勉强算作"中性"，有的比男人还要霸气。见她发脾气，我用鄙视的眼光看了她一眼，冷笑道："你不敢！"

女孩子吼道："他父亲是叛徒、牛鬼蛇神，她是黑五类，你敢替她打抱不平？"继而下命令，"把他抓起来！"男人冲到我面前正欲动手，王艳艳赶忙上前护着我："求求你们别抓他！"

我推过王艳艳，用轻蔑的口气对他们说："你可以抓我，怕你抓我容易放我难！"听我口气强硬，女孩子也不甘示弱："舍得一身剐，敢把皇帝拉下马。再大的官我们也不怕！"我反唇相讥："蚂蚁缘槐夸大国，蚍蜉撼树谈何易！"女孩子说："毛主席诗词被你用错地方了。"我说："用在你身上最为合适，你就好比大槐树下的蚂蚁，吹嘘自己有多强大，其实你就像蚍蜉撼树一样可笑！"男子见我口气强硬忙问："你是什么人？"我态度傲然，十分镇定。此刻我想，必须镇住他们。于是我不紧不慢地说："在回答你问题之前，我们先学习一段伟大领袖毛主席语录。毛主席教导我们说'谁是我们的敌人，谁是我们的朋友，这个问题是革命的首要问题。'，王艳艳在学校是'少先队员''共青团员'，她不是我们的敌人、不是专政对象！"

女孩子："可她父亲是……"

我打断："出身不由己，道路可选择。连毛主席都说'有成分论，不唯成分论，重在政治表现'。你们这样做是违背政策的！"一席话说的他们无言以对。女孩子沉默一会儿说道："你到底是什么人？我要查看你的证件！"

我说："好啊！"随手掏出上海"工总司"发给我的"全国革命造反派驻沪联络员"及上海"农民革命造反总司令部"的证件朝她面前一摔："自己看吧！"

他两看罢我的证件后，吃惊地说："您在上海'工总司'？"那神情充满敬畏，我知道，这两张"护身符"足以将他们震慑了。

我说："你知道上海'工总司'司令是谁吗？"

男子："听说一个叫王……好像叫王洪文吧。"

"对，是王洪文同志。"借此机会，我把在上海所见所闻添油加醋，大肆渲染一番："如今我们的王洪文司令已经是上海市'革委会'副主任了。去年一月，王司令亲率革命造反派，在人民广场召开了'打倒市委大会'，在全国率先掀起了'造反夺权'的'一月风暴'，王司令一举夺了上海市总工会的领导权，进入了上海市'革委会'三结合领导班子。对于这次'夺权'，中共中央、国务院、中央军委还发了贺电。不仅如此，一月八日，我们心中的红太阳、伟大领袖毛主席，对这次'夺权'还做出最高指示：'这是一个大革命，是一个阶级推翻另一个阶级的大革命。"说到这里我停顿一下，然后继续说道，"作为农民代表，我也参加了这次举世闻名的一月风暴'夺权'大会……"

我口若悬河，高谈阔论，虚虚实实、真真假假，早把两个不谙世事、没见过大世面的农村孩子说得云里雾里。紧接着我又问："你们知道'潍坊'事件吗？"

两人齐声回答："知道。"

山东"潍坊事件"发生在去年。一天晚上，某公社造反派批斗供销社一位女售货员，批斗理由说她父亲是资本家。因为她长得非常漂亮，并无中生有地责问她如何勾引革命干部。眼馋的"造反派"总想占她便宜，借批斗之机动手动脚，一个造反派头头趁黑在她身上乱摸，会场搞得乌烟瘴气。有正义感的群众向上面告状，惊动了潍坊市"军管会"，把那个造反派头头抓了起来并严令：晚上不许再斗女人！

在"一月风暴"推动下,全国上下都成立了新政权的"筹委会",造反派的一些过激行为也随之得到一定的遏制。"潍坊事件"作为典型事件,不仅广泛流传,同时对那些无法无天的造反派也起到了敲山震虎作用。

我指着他两说:"既然知道,你们还这么做?"两人自知理亏,低头不语。我还想发作,艳艳在一旁示意终止,我也见好就收,又"教育"了他们几句,便草草收兵。

他俩走后,艳艳猛地抱住我放声大哭。将长久积压的所有委屈、冤情、孤愤,一块迸发出来!在无法倾诉,无法呐喊的时候,哭就是呐喊,哭就是倾诉!我知道,哭泣不仅表达悲伤,而且也是更好的宣泄。看着她哭得那么伤心,那么撕心裂肺,我的眼泪也不由自主地流了下来。

此刻,我发现空荡荡的两间低矮草房里就艳艳一人,便问:"伯母呢?"她没有回答,只是流泪摇头。

沥沥细雨,漫天的眼泪伴她哭泣。雨夜透出浓浓的伤感,在空寂的黑夜奏着一首充满愁思的哀曲。夜已深深,心已沉沉,幽邃的雨夜,我静静地倾听着艳艳痛苦的叙述……

山东人生性耿直,艳艳父亲是一位宁死不屈的人。污蔑栽赃和无休止的批斗,使性格刚烈的王保三愤然以死抗争。父亲出事后,她妈妈也因受刺激精神病复发住进医院,白天她先喂好猪,而后去医院照顾母亲,夜晚回到养猪场接受审查……

雨夜沉寂,只听到雨丝飘落的沙沙声,凉风习习,浅浅入心。我们相对而坐,心情都很沉重。眼前艳艳生活境况令我担忧,本想说明来意,话到嘴边又打住了。许久,她问,"你怎么来啦?"借助她的话题,我把芸姐病情及来意如实相告。她看了芸姐的信后,低头沉默不语。我猜想,父丧母病,她是不会答应的。我安慰道:"别伤心,你依然是我姐姐,就让弟弟照顾你们母女吧。"她听后抬眼望了望我说:"十年前,你不如我,那是'城乡鸿沟'所致,十年后,我不如你,你红我黑,难道不怕连累?"我听后一把抓住她的手说:"千里迢迢来见你,已经证明我的诚意,你摸摸我的心是不是滚烫的!"

真正相爱的人,无需多言,一个动作,甚至一句话也能让彼此心领神会。

　　她说:"芸姐也是个苦命人,我愿替她照顾两个孩子!"

　　我说:"你……答应啦?"

　　她说:"爱你很久了,等你也很久了,十年了这难道是梦吗?"

　　我说:"不是梦,感激上苍,让我们十年后还能在茫茫人海中重逢。"

　　她说:"无论怎样我们再不分开。"

　　我说:"对,永不分开!"

　　她说:"十年前,我们失之交臂。"

　　我说:"十年后,还你一个承诺!"

　　回首过往,一幕幕,一件件,说不完的离愁,道不尽的相思。在同学期间,我们一起手拉手去爬山,一起奔跑在田野湖畔,一起走进戏园子、电影院,一起在操场上跳舞玩耍,一起登上舞台,月光下我们体味初恋的甜蜜。十年别离,光阴里缱绻的情感,让人回味,令人难忘,我们一直聊到了天亮。

　　感激上苍,让我们的曾经不再刻骨铭心;感激上苍,给我们机会再续前缘。因为重逢,所有的爱和恨都变为了故事,因为重逢,从绝望中看到了希望!

　　我们约定,十天后我来接她们母女。

　　我说:"你要挺住,需耐心等待。"

　　她说:"因为有爱,再寂寞的等待也是一种温暖。"

　　分手时,我将一枚上海"一月风暴"的纪念章送给了艳艳。纪念章特别硕大,直径十厘米,配有绶带,套在脖子上挂在胸前。纪念章铸有毛主席像及"一月风暴"四个草体字,下面是"上海市革命委员会制"。它的尊贵,在于其政治意义重大。我希望能对艳艳起到一点保护作用。

　　红尘深处,浅浅相遇,握着一路相随的暖意,回到了表姐家。

44　斗私批修

　　弟弟来到我面前"啪"的一个立正:"哥,你得好好学习《老三篇》,记住毛主席的话,要'斗私批修'!"那模样,实在滑稽可笑。如今这种精彩场面,除非从电视剧中去寻找。

　　一见面,表姐就递给我一封电报,是部队发来的。电文说:"有要事,速来上海江湾三门路五五五号部队驻地!"看罢电报,一种不祥之兆涌上心头。弟弟参军不久就被抽调出国,执行援越抗美任务,难道是他……我不敢再往下想,将晓玉留在表姐家,带着大女儿,连夜赶往上海。

　　来到部队,我发现弟弟立国安然无恙。刚想开口问个究竟,谁知他一脸严肃,打开《毛选》:"哥,你得好好学习《老三篇》,认真对照,检查自己。记住毛主席的话,要'斗私批修'。"说罢,出门而去。弄得我丈二和尚摸不着头脑,感到莫名其妙。

　　我千里迢迢来到部队,你这是念的哪门子的经?难道兄弟之间也搞起政治来了?心中暗自好笑。部队虽然突出政治,要求严格,但也不能变得如此僵化,僵化得连一点儿人情味都不讲了。我很生气,靠在床上闭目养神,女儿玉梅天真地问我:"小佬为什么叫你'斗死皮球'?"我忍不住笑道:"你小佬在发神经!"

　　不多会儿他回来了,我发火道:"兄弟俩好几年才见一次面,一不问吃,二不问喝,你搞什么名堂?告诉你,《老三篇》我能倒着背!"

　　"你光学不用,等于没学。"

　　"我不明白。"

　　"处理嫂子的事,你私心太重!"

　　我一拍桌子:"胡说!"

　　他并不生气,来到我面前"啪"的一个立正:"伟大领袖毛主席的亲密战友林副统帅指示我们:读毛主席的书,听毛主席的话,照毛主席的指示办事,做毛主席的好战士。"他那模样,实在滑稽可笑。如今的年轻人若想看到这种精彩场面,除非从电视剧中去寻找。他接着说:"你要活学活用,立竿见影。"我猛地站起来,大声说:"你拍电报叫我来就是听你上政治课的?!"

我正在发怒,部队一位姓宋的干部进来。(据说是连指导员)他招呼我坐下,很客气地说:"你是闫立国的哥哥?"我说:"是呀。"他态度和蔼地说:"你别发火,事情是这样的……"

原来,弟弟随部队回到上海驻地的第二天,就请假去医院看他嫂子,让医院"革委会"发现,把他请到办公室,要去了他部队的地址;医院"三结合"领导班子中的军代表找到部队团领导,经过交涉,要闫立国出面协助医院做我的工作,让芸姐出院。我万万也不会想到,拍电报是为了这件事。

"首长,这事与你们部队无关。"

指导员并不生气,耐心地说:"你能把弟弟送到部队,说明你革命觉悟很高。医院抽出最好的医生、专家为你妻子会诊,用最先进的设备为她检查、治疗,她已经住院两年多,花了国家那么多的钱,虽然病没治好,但医院尽力了。假如人人都像你这样,把久治不愈的病人抛弃在医院占着病床,社会上将有多少病人不能入院治疗?作为军人的家属,你应该有更高的政治思想觉悟,多为国家着想。作为军人,闫立国有义务做你们的工作。"指导员的话句句在理,无可辩驳。接着他又说道,"出院手续,闫立国已经替你办好了。考虑到你们家庭的实际困难,医院'革委会'从市民政局批了两丈布票、两百元救济款,为病人买套衣服和回去的车票;我们部队几位干部也为你们捐了一百多元……"我懵了,事情来得那么突然,没有一点挽回余地,所有计划全成泡影,真是造化弄人啊!

临走时他说:"车我已经派好了,先将她接到部队住几天,兄弟俩也好好团聚一下。"

听着听着,我不禁泪流满面,失声痛哭。

是为再次失去艳艳而难过?还是为芸姐的命运而悲伤?是被医院、

部队的人道主义精神所打动？还是埋怨上天的不公？我从不迷信，但我相信命运。就像一首歌中唱的那样："不是你的想得也得不到。"命中注定，不该你得到的，再美好的东西也只会带着戏弄的微笑与你擦肩而过，让你苦不堪言，哭笑不得。

大道如青天，我独不得出。心茫然，人苦闷，一生几许伤心事？满怀抑郁和激愤，面对苍天问命运！

我扶着芸姐走出病房。她一步三回头，走走停停，离情别绪使她举步不前。好不容易走到医院大门外，她突然停下，无限眷恋地回头望望住了两年多的六〇二病房。

在这间病房里，八百多个日日夜夜，她接受过各种方法的治疗，忍受麻醉、手术、针刺的痛苦，吞下过数不清的苦涩的药片、药丸及各种药物；也是在这间病房里，她认识了医院里的每一位医生、护士、清洁工，结识了一批又一批的病友，每一个病愈出院的人都送她一句美好的祝愿："祝你早日康复！"善意的祈祷，上帝并不理睬；良好的祝愿，取代不了无奈的现实。她也曾满怀希望地期待着奇迹出现，然而，现实总是那样的冷酷无情！

她沉吟良久，无力地扬起右手，摆动了几下，喃喃地说道："好心的医生、护士们，永别了！"听了这话，我不禁黯然神伤。是呀，今生不可能再来上海了。离开医院如鱼脱水，她将搭乘"黄泉路"上开往"丰都城"的班车，走向生命的尽头！

"雨横风狂三月暮，门掩黄昏，无计留春住。"芸姐病入膏肓，已是药石罔效，春风不回，季节不饶，紧闭重门又怎能把春光留住？感慨红颜之薄命，叹息女人之命苦！斯人斯疾，我拿什么来挽救你呀，我的芸姐！

佛教经籍上说，释迦牟尼当初出家的目的，是为了寻求解脱生老病死等痛苦之道。假如佛祖真的能让我达到目的，我宁愿踏遍深山，求仙问道，为芸姐烧香拜佛。

军营的夜晚是那样寂静，除了偶尔传来几声口令外，只能听到孩子均匀的呼吸声。芸姐毫无睡意，一遍又一遍不停地亲着女儿的小脸，搂搂她,拍拍她,眼睛一刻也不离开孩子。看她一副忘情、专注的样子,我心中颇感安慰。啊,只有深深的母爱才能让她忘却痛苦、摆脱烦恼,忘记自己是一个将不久于人世的病人。

为了能让芸姐住院治疗,我真可谓机关算尽,绞尽脑汁,最终实现了多年的夙愿;上海第一人民医院虽有先进的医疗设备、名医、专家、教授、国产或进口的良药,然而,这一切对于芸姐的病却毫无用处,毫无疗效!

我从满怀信心到灰心,从灰心到伤心,从伤心到死心!希望、盼望,直到最后绝望!面对可怜的芸姐,我不知道用什么话来安慰?而她似乎早有思想准备,显得十分轻松,反过来开导我:"发什么愁呀?人总是要死的嘛!或早或迟,谁也躲不开、逃不掉!既然如此,那就不必过于悲伤。在人生最后的时光里,能够和孩子们团聚,享受一下当母亲的欢乐,我不悲伤,反而感到欣慰。"

人在痛苦与欢乐之间常常选择欢乐。其实痛苦也是一座熔炉,对于具有人格力量的人来说,它可以锻铸出坚韧的承受力。芸姐能如此坦然面对死亡,是令人难忘的。

艳艳的事,就好像逗孩子玩似的,一块口香糖放到嘴边,等你张嘴去接,又被拿走了。对于这转瞬即逝的美梦,我并不在意,因为我也不想抛弃芸姐,关键是如何面对这突如其来的变故,我如何向艳艳解释?十年的等待,十年的约定,我信誓旦旦的承诺化作无心的、再次对她的"欺骗",想起她那悲伤面孔、热切期待,我的心都碎了。

放弃她,不仅我背信弃义,也是对艳艳再次伤害;接纳她,我如何面对芸姐?一个男人面对两个苦命女人,我无所适从,三个苦命人的希望,化作一段凄美的故事。美丽的故事都是没有结局的,因为它没有结局所以才会美丽,这就像为什么悲剧总是比喜剧更让人难忘。有些人,一转身,就是一辈子,也许我们从此不再相见!

红颜远,相思苦,几番意,难相付。十年情思百年度,不斩相思不忍顾!人生有几个十年?十年的光阴里究竟搁浅了多少难忘。我数不尽,真可谓人生如戏,戏如人生。

芸姐见我满脸忧愁样子,劝道:"我知道你对不起艳艳,可谁会料到部队插手这件事啊,要不我……"我忙打断:"芸姐,别多想,艳艳的事我会处理好的。"当一个人爱一个人爱到刻骨铭心时,想彻底忘掉很难,但我必须面对现实,彻底把艳艳忘掉,一心一意地陪伴芸姐走完最后人生!

回去后住哪儿?靠什么生活?衣食住行都面临着巨大的困难,作为一家之主,我将如何挑起这副重担?越想越怕,真不敢想回家后路该怎么走?

我们的实际困难,引起了部队官兵们的同情,他们纷纷解囊相助。尽管这些"活雷锋"精神可嘉,可每月只能领取七元津贴费的义务兵又能捐赠多少?对于我们这个破碎的家庭来讲,只不过是杯水车薪。

也该是天无绝人之路!一天,有位老首长(据说是师级干部)下连队视察,慰问这一批援越归来的战士,谈心时,弟弟的战友们纷纷向他反映了这一情况,宋指导员也把我们所面临的特殊困难做了具体汇报。这位慈祥的老首长亲自来到我们房间,当他看到病态中的芸姐、面黄肌瘦的孩子,一家人愁苦的样子,他的眼圈红了。他深情地说道:"我马上给你们地方政府联系,对特困的军人家属,一定要给予优抚照顾,不然我们的战士怎能安心服役?"

首长的关心通过电波,自上而下,一级又一级地转达到地方各级政府。

不久,公社"革委会"专门开了常委会,认真研究讨论并做了妥善的安排,让我担任十里黄大队"革委会"主任。大队干部的生活来源靠集体,每年可从各个生产队提取上缴粮、上缴款。这样,基本解决了全家人的生活问题;至于住房问题,按特困军属申报,县民政局批了一立方木材及两百元优抚款,调集全公社的"四类分子"来做义务工,为我盖房子。

首长的关怀,使我们这个破碎的家绝处逢生;公社领导的破例照顾,让我和芸姐及孩子们走出了困境,这也算是不幸中之万幸。

到家第一件事,就是给艳艳写信说明情况。在信中我详细介绍了事情变故原因及我对自己再次失约的深深自责。我猜想,艳艳接信后,肯定悲观失望,痛不欲生,怨我、恨我、骂我、不理我了。然而,我想错了,艳艳的回信完全出乎我的意料!她在信中说,母亲的病情已经好转,大队"专案组"结束了对她的审查,自己也找到了爱的归宿。要我安心伺候芸姐……这封信传递的全是好消息,给了我一颗定心丸,使我如释重负。

45 我心愧疚

明哲保身,我成了对敌斗争的"英雄";生搬硬套,我被树为学习《毛著》标兵;披红戴花,我出席了安徽省"学习毛泽东思想积极分子"代表大会。

命运之神如同憧憧鬼影,摇曳缠身,造化弄人,注定我这一生风起浪卷不停,是非多多不宁。一桩意想不到的"政治事件"演绎了一出《六月雪》的悲剧,将一位无辜者送进了冤狱!

来做义务工的"四类分子",大多是年过花甲的老人。他们每天早来晚归,日出必到,日落才能收工回家。路近的还好些,有的人家离此十多公里,天不亮就得起床,实在太辛苦了,而且中午吃饭自带干粮,啃嚼着干硬的冷馍馍,我们只能烧点开水供应他们。

在"千万不要忘记阶级斗争"的年代,对"四类分子"管制更加严格,只准他们老老实实,不准他们乱说乱动。让他们来给军属做义务工是理所当然,我白用这些人干活也是天经地义的。他们像劳改犯一样,干活特别卖力,特别小心、谨慎,不敢出任何偏差,怕被扣上"顽固坚持反动立场,蓄谋搞阶级报复"的大帽子。

他们辛辛苦苦地干活,我既不能说感谢的话,又不能对他们客气,还要板着一副冷面孔。因为对"敌人"同情,就是对无产阶级的"背叛"。说句真心话,在他们面前,每天我都受着良心的谴责,恨不得快快完工,早点让他们离开。

芸姐把这一切看在眼里,记在心上。善良是她的人格,同情是她的本性。那天,她偷偷对我说:"明天新房上梁,按风俗要放鞭炮请客的,我们也没有条件讲排场,买几斤猪肉烧给这些干活的人吃吧?"

"万一传出去,我要犯错误的!"

"明天上午,你借故走开,我请人烧菜。"

"不行呀。"

"你装作不知道,有事我来担待。"我听后犹豫不决,半天不作声。芸姐说,"人心都是肉长的,'四类分子'也是人哪!若不请他们吃点东西,就是住进新房我心也不安哪。"听了这话,我只好点头答应。

芸姐的善举,使他们感激涕零,这倒不是因为吃点红烧肉的缘故。这年月谁敢接近他们?谁又把他们当人看?他们失去人的尊严、失去人身自由、更失去了做人的权利。芸姐的行为,无形中让他们感受到了从未有过的待遇。

事后,他们干起活来更加卖命。眼看两间草房即将盖好,可就在这时出了件"玷污神像"的政治事件!

在我建房不远处,树立了一块木牌,上面贴了一张毛主席画像,这是专门为"四类分子"准备的。干活前,他们要"早请示";收工后,他们要"晚汇报"。每天早晨,他们到齐后分成两排跪在老人家画像前,像朗诵诗歌一样齐声说道:"早上向毛主席请教,记住您老的教导,彻底认真改造……"然后是学习《毛主席语录》,我念一句,他们跟着学一句:"一切反动派都是纸老虎……"晚上收工了,还要跪在"神像"前做晚汇报:"我们忠心向毛主席汇报,回家后认真学习对照,把自己反动思想连根拔掉,争取早日摘帽……"

房子盖好后,还有一道工序就是"泥墙"。老百姓造房子有句口头禅,"齐不齐。一把泥。"泥墙好坏与房子美观有直接关系。这天,日落西山,该收工了。我求成心切,恨不得马上建好新房,硬是将他们留下来加班加点。我说:"今天大家收工迟一点,把墙泥完,明天就别再来了。"陈某说道:"闫主任,我们多干一天不要紧,天黑看不清,泥墙又是技术活,稍有不慎就会直接影响到房子的外观。你看是不是……"不等他话说完,我摆手打断:"干吧,出点小差错不怪你。"陈某平时干活就十分认真,从不多言多语,盖房施工他比较内行,见我如此执拗,也不好再说什么了。

　　昏暗的马灯在风中闪烁,忽明忽暗,陈某的眼睛几乎贴到了墙上,泥刀左右摆动,上下拉平。为了美观,他像熨衣服似的,抹了又抹,平了又平,生怕做得不好。泥刀上粘满了泥,他轻轻一甩,不小心将一块泥巴溅到了毛主席画像上,恰巧糊住了"神像"的左眼。他吓得"扑通"一声跪在我面前:"闫主任,我不是有意的。我罪该万死。"我当时也惊呆了,不知所措,一边用湿毛巾擦去泥巴,一边大声说:"跪我干什么?快向毛主席请罪!"他听后连忙跪到毛主席像前,嘴里不停地念叨着:"毛主席,我祝您老人家万寿无疆,向您老人家请罪……"一边说,一边磕头,磕破了皮,流出了血,仍然不敢停,其他人也都吓得面面相觑。

　　我沉思了一下,把他们召集起来开会。

　　"今天,发生了一起非常严重的政治事件,我感到很震惊。不过,你们表现都很好,不仅认真改造,加班苦干,还提前完成了任务。我会如实地向公社'革委会'汇报。关于陈某的事,你们说一说,他是有意破坏呢,还是无意失手?"一连问了三遍,无人应声,我生气地说:"不说话就别想回家!不讲真话就是耍滑头。"还是没人吱声。知道他们害怕说错话,我把声音变得缓和些说道:"天太黑,看不清,他年纪大了手脚不便,依我看不像是有意破坏,你们说呢?"这些人也是心有灵犀,一点就通,随声附和道:"闫主任说得对,的确不像是有意的。""好,既然大家都证明他不是故意破坏,今后不准你们胡说八道,现在散会。陈某留下写检查,其他人回家。"人走光了,陈某仍然跪在地上,我对他说:"快起来回家,记住,无论什么时候,什么人问你,都说是无意的。"陈某连连说道:"闫主任,你真是个大好人,是我的救命恩人……"

　　陈某走了,我的内心始终无法平静。今天,若不是我固执,也许这件事就不会发生。但愿事情就此了结,不要节外生枝,否则我就太对不起陈某了。

　　祸固多藏于隐微,而发于人之所忽。如果说陈某"闯祸"是因我性急所致,那么事后我能从表面的平静中想到存在隐患,及早采取补救措施,提高警惕,防微杜渐,一切就有可能避免;或者说,如果我能提前到公社主动说明前因后果并承担一定的责任,也不至于贻害他人。

由于我过于自信,过高地估计了自己的"权力"和"地位",自认为这件事经我处理后,已是风平浪静。再说这帮"坏人"也不敢乱说乱动,难道还怕有谁敢与我作对?然而,我想错了。我忽略了一个简单的道理:五指尚有长短,人心又岂能一样?特殊的历史环境,必定会发生意料之外的事情。

有位小学教师鲍某,有海外关系(其大哥随国民党军队逃到台湾),因一次在课堂上讲课不小心,出现"口误",被人抓住"小辫子",打成现行反革命,开除公职,押送到农村劳动改造。为了立功赎罪,他到公社检举了这桩"玷污神像"的政治事件。

接待他的是公社王委员,听完揭发后大吃一惊,深感事关重大。他沉思了一会儿,平静地合上记事本,淡淡地说道:"你能积极靠拢政府,大胆检举坏人、坏事,做得很好。不过,这件事,闫主任早就向我做了全面汇报,公社正在调查落实材料,查清后,一定会严肃处理!"鲍某点头哈腰,悻悻离去。

当晚,我接到紧急通知,连夜赶到公社。

王委员将我带到他的房间关上房门。我猜不透究竟发生了什么重要大事,小心翼翼地问道:"你找我有事?"他一脸怒气,将笔记本猛地朝我面前一摔:"你自己拿去看!"

看完笔记,我心中已明白了一切,刚想申辩,王委员把桌子一拍:"闫立秀,你好大的胆子,这么大的事件,你竟然敢擅自处理,事后也不向公社汇报。要是被上面知道,你能担当得了吗?"这时,我才意识到这件事情的严重性,小声地说:"王委员,我确实错了。工作缺乏经验,组织观念不强,你撤我的职吧!"

"撤职是小事,恐怕你要陪他去坐牢!"

"王委员,你救救我吧!"

他沉默良久,说道:"这不是件小事,我们已请示县'军管会',要对他逮捕判刑。第一,你现在立即写份检举材料,把事情的经过详细写好,揭发日期提前;第二,写份发言稿,你要在公捕大会上对他揭发批判,'上纲上线'、旗帜鲜明,力争把坏事变成好事……"

相识满天下,知心能几人?在"红色恐怖"的年代里,稍有不慎就会坐牢、掉脑袋。王委员暗中保我真是用心良苦,费尽心机。他承担着很大的风险,弄不好就会代人受过。我为遇到这样宽严相济的领导而感到庆幸,即使自己粉身碎骨,也无法报答他的知遇之恩。

联想到为我盖房的陈某,如果不逼他加班,又怎会招此灾祸?如果能听他的劝告,又怎会害人害己?我要为他开脱求情,尽力减轻处罚。王委员的火气渐渐消了,脸上紧绷的肌肉也慢慢松弛下来。我轻声说:"其实这件事,他并不是有意的。"

"有意与无意能说清吗?"

"你还是想想办法救救他吧。"

"谁又能保得了他?是你,还是我?"

"当然是你呀。"

"如今事情已被捅了出去,你说谁敢站出来保他?更何况他是无产阶级专政对象,是阶级敌人!诋毁毛主席画像这样极其严重的'政治事件',你我都承担不了。"

为了明哲保身,我也只好昧着良心写检举材料。洁白的稿纸,留下了污秽的笔墨。全文不过区区一千多字,可我写了整整一夜!

举笔容易落笔难哪!每写一个字,我的心就像被针刺一下;每画一笔,就像我拿着一把杀人钢刀,刺向陈某……

公捕大会开得声势浩大,口号声一浪高过一浪,人人义愤填膺。

"反对毛主席就是反革命!"

"打倒反革命分子陈某……"

陈某脖子上挂着个沉重的大木牌,上面写着:反革命分子陈×。两个民兵横眉竖眼,他们一手架着他的胳膊,一手按着他的脖子,迫使他低头弯腰,这就是"文革"中发明的所谓"喷气式"。

见我上台发言,陈某眼睛里流露出乞求的目光,分明是希望我能为他说话,证明他是无意的、无辜的,而我却连看都不看他一眼,滔滔不绝地揭发他的"罪恶"。我发言时虽是一脸严肃,一本正经,一身"正气",可心里却充满空虚,不敢正眼看他。

没有正义感的发言是苍白无力的,是非颠倒的揭发是对无辜者的伤害,歇斯底里地喊叫掩盖不了自己的罪孽!我怀着内疚的心情写完这一章,不奢求能够得到原谅,只希望这种悲剧世世代代永远不再重演!

踩着他人的肩膀,我登上了鲜花簇拥的"讲台";不惜落井下石,我成了对敌斗争的"英雄";生拉硬套,死学活说,我被树为学习《毛著》标兵,披红戴花,我出席了安徽省"学习毛泽东思想积极分子"代表大会……

46 空前绝后

> 我崇拜"神",同时也被别人崇拜。这不仅是我的自画像,也是那一代狂热者的群像,我成了向左旋转的陀螺,不能自控。

一九六八年十二月二十五日,古城合肥出现了史无前例的壮观场面。来自江淮大地各条战线的学习《毛著》积极分子代表和"标兵"聚集省城,参加安徽省首届学习毛主席著作积极分子代表大会。

我们滁县地区代表团中午就到达合肥,先在火车站广场集中等候,直到下午三点,才开始出发。代表们排成方队,从胜利路经大东门、小东门、长江路、三孝口,沿着大寨路(现金寨路)南下。

十里长街,人山人海,数十万市民夹道欢迎。代表们跳着"忠字舞"、唱着语录歌,载歌载舞,缓缓前行;红色彩旗铺天盖地,红色条幅横跨大道,语录牌两边林立,红"宝书"高高举过头顶,汇成了一片红色的海洋;一路颂歌,一路狂舞,口号声、鞭炮声、锣鼓声,不绝于耳。我们走走停停,停停走走,边走边舞,直到晚上八点多,才到达会场。手舞足蹈,加上长时间的奔波,我们年轻代表都感到疲劳,上了年纪的人早已招架不住,到了住地就倒在床上,累得连饭也不想去吃。就在这时,一位年轻的女记者来到房间,问道:"请问哪位是朱劳模同志?"靠在床上正在休息的朱某某答道:"我就是。"说着站起身来。

"早就听说您是全国劳模、植棉能手。"

"感谢党和毛主席对我的培养。"

"老人家累不累呀?"

"不累,一点儿也不累。"

"听说伟大领袖毛主席接见过您?"

"是呀,接见我三次。"

"啊!您真是太幸福啦!"

"一次在大会堂,两次在中南海。"

"请问您老多大岁数?"

"七十二啦。"

"真是人老心红。也会跳'忠字舞'?"

"会,不信我给你来一段。"老人家怀着对毛主席的无限深情,当着记者面手舞足蹈,口中唱道,"敬爱的毛主席,我们心中的红太阳……"也许太累了或过于激动,他一不留神摔了一跤,引得在场代表抿嘴偷笑。他拍拍屁股站起来,冲着大家说道:"我手脚不灵感情真,舞姿不好表忠心。"善于捕捉新闻的记者马上抓住这句话:"老人家说得好啊!"第二天,会刊上发了头条新闻,标题是:《手脚不灵感情真,舞姿不好表忠心》——一位老代表、老模范发自内心的真实情感……

当初,并没有想当什么"标兵""代表",只是一种报恩的思想支配着我、激励着我。公社"党委""革委"对我如此照顾,解决了许多我克服不了的困难,离开他们的帮助,我简直无法生存下去。人非草木,孰能无情?什么叫"知恩图报"?毛主席对我这么好,一定要做点实事,才不会辜负老人家对我的关怀。

于是,我利用自己的舞台经验、文艺特长,成立了一支"毛泽东思想文

艺宣传队",唱革命歌、演"样板戏"、颂"红太阳"。每天早早安置好芸姐母女后,我便带着队伍出发,演遍了整个公社的所有村庄。尽管有时回到家中已是鸡叫头遍,但我克服种种困难,以顽强的毅力把"宣传队"办得红红火火,在全县汇演中拿了第一名。我多次去蚌埠铁路分局联系,利用铁路抽水站(给水所)的电源,亲自带人拉着板车到县广播站运水泥杆,来回步行一百多里,在当时农村没有通电的情况下,办起了全县第一家大队有线"广播站",及时转播中央电台新闻节目、报纸摘要及文艺节目……

说真话,我做这些事情,并没有受到哪个伟人著作理论的启发,全凭个人感情。但是,待到林彪提倡的学习《毛著》运动一来,整理我的典型事迹时,便人为地把这些生动的事例硬和《毛著》中的某些篇章挂靠在一起,按政治需要,生拉硬扯,掺假兑水,有意拔高,并把我在"毁像事件"中落井下石的表现与毛主席"千万不要忘记阶级斗争"学说联系在一起。

就这样,我成了对敌斗争的"勇士",被树为学《毛著》"标兵";我的"先进事迹"被绘制成图片,到处展览,我在大会、小会以及不同场合介绍学习"心得"。一时间,我红得发紫,紫得发烫。

每当我在热烈的掌声中昂首阔步走上讲台,面对无数双真诚而又崇拜的眼神念发言稿时,虽然是慷慨激昂,但也不免脸红心跳,觉得自己在欺骗善良的听众。

我的发言稿是由县"政工组"整理的,到了滁县地区再一次修改、拔高,出席省"积代会"时,原来的稿子已被改得面目全非了。参加会议的各地、市代表团都配备了一支"高水平"的"写作班子",名曰:后勤组。我只能按照经过"加工"的稿子"海吹",从县里"吹"到地区,从地区"吹"到省里。

后来报告作多了,掌声听多了,也就无所谓了,越说胆子越大,越讲越

会讲,临场发挥,口若悬河,脸也不红了,心也不跳了。林彪鼓吹:活学,活用,在"用"字上狠下工夫;而我是:死学,活说,在"吹"字上大显本领。我不但自己误入歧途,还误导了他人,由最初的被动变为主动,由开始的想出风头变为后来的追逐名利。这实在是龌龊拙劣的表演。

可怕的崇拜,是把偶像当作万能的神;我崇拜"神"的同时,也被当着小偶像被别人崇拜。这不仅是我的自画像,也是那一代狂热拜神者的群像。我成了一个向左旋转的陀螺,已经身不由己,不能自控了。

这就是我——一个学习《毛著》"标兵"和两次参加省"积代会"的代表的真诚的忏悔。

公元一九六八年十二月二十六日上午八点,大会在响亮的《东方红》

乐曲声中隆重开幕;中华人民共和国"国歌"已被《东方红》取代。七十五年前的今天是毛泽东的生日,把"积代会"开幕式放在这天,意义重大,政治色彩更浓。

这是安徽历史上颇为空前的一次盛会……

元旦前夕,突然接到通知:全体代表不准休息,列队迎接毛主席赠送的"宝物"。凛冽的寒风中,代表们等啊、盼呀,等到了深夜十二点,还没有消息。有些体弱年老的代表,冻得流鼻涕。人们站在水泥地上双脚不停地跳动,取暖抗寒,为了向伟大领袖毛主席献忠心,没有人愿意走开。一种虔诚的精神力量,支撑着每一个人。

凌晨一点,鞭炮声大作,在《东方红》乐曲声中,迎来了"宝物"。

一队军人前面开道,在首长们簇拥下,一位战士双手捧着个透明的玻璃匣子,上面盖了一块红绸布。这时"毛主席万岁!"的口号声,响彻整个夜空。

代表们排着长队,按顺序进入会议大厅,瞻仰"宝物"。讲解员在滔滔不绝地介绍:毛主席关心"三线"建设,赠给工人们一批冻肉,以示慰劳。他们没舍得吃,把它供奉起来,此消息经媒体一宣扬,各省都去请"宝"。待到安徽去"请"时,早已分光,于是就给了复制品———一块冻猪肉。

这种可笑而又可悲的事儿,也只有在造"神"的年代才会出现。

二十多天后,我回到家中。分别不到一个月,芸姐的身体已大不如前;她头上磕了几个包,脸上青一块紫一块,留下许多疤痕,我看在眼里,疼在心里。开会时那些激昂的情绪顿时一扫而光,眼前的景象让我心碎。

我急忙操持家务,忙里忙外,买煤磨面,手脚不停地干起活来。

芸姐的病,日益加重,已到了离不开人照料的地步。开会期间,公社做工作,让生产队派一名社员到我家当临时保姆。来的是一位十八岁的姑娘,名叫芮秋儿。

不久,我又到省里参加"贫代会"(贫下中农代表大会)。接着又出席省第二届"积代会"。从那以后,只要我有事出门,都由她来照顾芸姐。

开始是由生产队指派(生产队为她记工分),后来是她主动上门帮忙。

时间一久,问题就来了,她和芸姐越来越默契,有事没事常在一起低声叽咕,似乎有事在背着我。我无暇顾及眼前所发生的微妙变化,可是这一切将注定我的命运再一次大起大落。

47　白雪染尘

> 猛然间,一股热血冲上头顶,我脑子里一片空白,心脏跳动加剧,两腿一软,猛然倒下;她顺势吹灭了煤油灯……

芮秋儿生在秋天,家里人说秋天是丰收的季节,图吉利就顺口起了个乳名叫"秋儿"。

秋儿,虽然没有城里女孩那白皙的皮肤、娇嫩的脸蛋、秀美的身材以及文化素养,但她却有农村姑娘的朝气、野气,而且淳朴善良,乐于助人。

她上有一位姐姐,下有一个弟弟;由于家庭贫困,家里又重男轻女,所以她从小就失去了上学的机会。她整天和姐姐一道打猪草、挖野菜、养鸡、喂鸭,承担着繁重的家务劳动。

秋儿的父亲是个秉性老实、胆小怕事、与世无争的老好人,也是附近出了名的"妻管严",是个活得可怜而又窝囊的庄稼汉;而她的母亲是个生性多疑、无事生非、蛮不讲理的母老虎,也是远近闻名的"惹不起",常常闹得家庭不和、邻里不安。她对待儿女想打就打,对待丈夫说骂就骂;村里人都怕她,见了她都躲着走。有时为了一件小事,她能把丈夫骂得狗血喷头。更为可笑的是,只要看见丈夫同哪位女子在一起,或是说上两句话,她顿时醋意大发,不分长辈、晚辈、平辈,不论老妇、少妇、姑娘,也不管你是亲戚、同宗还是同姓,开口就骂。而且骂起人来无休无止,什么样的脏话、坏话都能说出口;如果有谁敢反驳她,那你可算是捅了马蜂窝,她不管不顾,拎起一口破铁锅,提着一把切菜刀,坐在你家门前,一边敲打一边破口大骂。尤其是她那富有节奏的敲打和夹带着长长的甩腔且有韵味的叫骂声,似哭非哭,似唱非唱,听了让人气得要死,恨得要命,而又哭笑不得,奈何不得。有人若想拉她离开,她就势倒在地上,来个"乌龟大憋气",口吐白沫,"晕死"过去。村里几百户人家上千口人,没有不怕她的,背地里给她送个外号叫"锅大娘"。

秋儿生性倔强,看不惯母亲的所作所为,觉得摊上这样一个胡搅蛮缠的妈,在乡邻面前很难抬头做人。对于母亲的泼妇行为,她尤为反感,母女之间根本谈不上什么感情,于是经常顶撞吵架,闹得很僵。在这种复杂的环境下长大,秋儿从小就逆反心理极强,对母亲从不屈服,闹翻了她能躲到亲戚家几天不归。对她来说,这个家缺少温暖和温情,感到的只有压抑和无奈。她厌恶这个家,想离开这个家,恨不能早点离开,走得愈远愈好。

我们两家为近邻,加之秋儿常来帮忙,芸姐与她相处得十分要好,两人也很投缘,无话不谈。她受了点委屈就会找芸姐倾诉,女人间的事叙述起来总是没个完,有时讲到深夜,她就在我家留宿。

一九六八年底一九六九年初,我经常到省、地、县去参加各种会议,家务、病人、孩子就靠她来照顾,因此我们全家人对她十分感激。说实话,当初如果没有她的热情帮助、细心照料,操持家务、分忧解难,我真是寸步难行,也不可能取得那么多耀眼的"光环"和"桂冠"。

一来二往,日子长了,她和我彼此都产生了好感,可当时谁也没往深处想。

　　荒诞岁月自多荒诞事,"文革"中的荒诞事更是层出不穷。

　　江苏省太仓县沙溪公社洪泾大队,有一位大字不识几个的农村老太婆——顾阿桃。她原本是一个极为普通的五十五岁的生产队社员,就是有人为她造假,被树为学习《毛著》标兵,当上了省革委会常委,出席中共"九大"并坐在主席台上。她九次进京,六次见到毛主席,还兼任苏州地区革委会副主任。

　　李素文,一位卖菜大嫂,也是因为政治需要,她的先进事迹挂上学《毛著》的列车,成为沈阳市的领导,继而跃为国家领导人,当上全国人大副委员长……

　　还有许多,许多……

　　这一切对我的思想产生了巨大的影响和变化。我觉得自己并不比她们差,我既有"文化"又有"口才",既有"贡献"也有"成绩",却没有捞到个一官半职,心里感到极不平衡。再看看同我一起参加省"积代会"的其他代表,许多人都突击入党,火箭似的提了干,有的人一夜成名当了领导。随着一顶顶桂冠和各种荣誉的接踵而至,我做官的欲望也越来越大,日益膨胀起来。

　　我是省两届"积代会"代表、地区"典型"、县里"标兵",也曾引起过有关部门的重视,认为我是个不可多得的"人才",并多次来人考察,准备提拔我。公社领导较为客观地反映了我的家庭情况。上面领导不大相信,认为地方上有本位主义,想留住人才不放,便要实地看看。当他们亲眼见到芸姐病歪歪的样子,家中实在困难,都无奈而又惋惜地摇摇头走了。望着他们离去的背影,我伤心地流下了失落的眼泪。

　　芸姐将这一切看在眼里,记在心上。她觉得,是自己的病拖累了丈夫,影响了丈夫的"锦绣前程"。于是,一个荒谬而怪诞的想法在她心中慢慢酝酿着,想为我选个能替代她照顾孩子、照顾这个家的女人,好让我甩开膀子去拼搏,干出点名堂来。

　　一天,我从公社开会回来已经很晚了,秋儿仍在我家。芸姐轻声对我说:"坐下,跟你说件事。"我顺势坐在床边。

"什么事?说吧!"

"你看我,死不掉活受罪,害得你陪着我受苦。"

"说这些干什么?我们不是过得很好吗?"

"其实你是心中有苦说不出。"

"快别说这些,等几年孩子大了,日子会好的。"

"我想……"

"想什么?说吧。"

"我想同你离婚。"

"你在瞎说什么?"对她突然冒出的这句话,我深感吃惊。

"别急,你听我把话说完。"

"说吧。"

"我是这样想的:我呢离婚不离家,等我俩脱离婚姻关系后,你可以再娶一个女人,帮着操持家务,带好孩子,我也有了依靠,这样才能减轻你的负担,无忧无虑地去干好你的'革命'工作。说不定日后你也能入党,当上个干部,我们全家也就有希望了。"我听后笑着对芸姐说:"你想考验我,还是开玩笑?"说罢,起身欲走。芸姐急忙拦住我说:"别走,我是认真的,不是开玩笑!"我耐着性子对她说:"怎么可以去干那种荒唐事呢?"芸姐说:"你也尽到责任了,我能住进上海大医院,治疗了两年多,也算是心满意足了。"

"你别想得太多,日子再苦,我们不也是挺过来了吗?"

"还长着呢,真不忍心再拖累这个家,毁了你一生。"

"我当初选择了你,就应当分担这一份痛苦。"

"我别无牵挂,最大的心愿就是你能把两个孩子抚养成人,九泉之下我也能闭上眼了。"她说得那样真切、那样动情,让我意识到她说的都是心里话。有她这份情,我应该知足了。沉思良久,然后我说道:"芸姐,这可不是一件小事,总得让我好好考虑一下吧!"

"还有什么好想的,离婚后还不是在一起过日子吗?"

"事情哪有你想的那么简单,有谁愿意来承担这个破碎的家?"

"有人愿意。"

"谁?"

"秋儿。"说着,她向外屋指了一下。

这一切来得太突然了,我没有一点思想准备,被弄得措手不及。我心想,怪不得她们俩老是背着我叽叽咕咕的,原来是为这事。我再一次沉默起来,许久没有说话,因为良知告诉我,不能背叛芸姐。她虽有病缠身,但仍不失为一个贤妻良母,我们是有深厚的感情基础的。

"她今晚来,就是等你回话。"

"别忙,这么大的事,还是让我好好想想。"

俗话说,久病床前无孝子。我长期陪伴一个久病不愈的妻子,抚养两个幼小的女儿,若说没有一点抱怨那是假话;尤其是失去一次次的机遇,错过许多走向仕途的捷径,我心里不可能没有一点想法。要不是家庭的拖累,说不定我早就被提升到县里、地区,也有可能到省里了。正是她的病"耽误"了我的前程,如今,芸姐主动向我提出离婚不离家的想法,我不免有点心动。要是能够和秋儿结合,她又愿承担一切家务,岂不是件好事。我可以把芸姐、孩子托付给她,然后努力工作,一定会受到上级重用和提拔的。

"做官"的美梦冲昏了我的头脑,我顿觉前途一片光明,浑身上下轻松了许多。什么"糟糠之妻不下堂"的古训,还有许多难以逾越的鸿沟,全都被抛之脑后。一个人一旦"官"迷心窍,什么伦理道德、传统美德,都会忘得一干二净。

我来到外屋。这里没有床,只有一张草垫地铺。秋儿坐在被窝里,身子半靠在墙上,她在等我说话。不知道怎么了,心里感觉怪怪的,秋儿那张原本熟悉的脸,为何在今天晚上变得如此陌生?我不想马上表态,这事需要冷静思考后方可做出决定。我低头走出门外,一阵夹带雪花的寒风扑面吹来,头脑清醒了许多。秋儿她为什么想承担这个"破碎"家庭?怎能将自己的终身托付给一个有妇之夫的人?要知道,在农村未婚姑娘去做人家的"填房"是需要勇气的。如果做了,不仅要面对家庭及社会的压力,还要面对来自于各个方面的冷嘲热讽。其中原委令人费解。

她是被爱情所惑？还是一时感情冲动？我在沉思,冥想,分析,判断。与此同时,许多往事像电影镜头一样在我脑海中闪动,呈现在我的眼前……

曾记得,当初成立毛泽东思想文艺宣传队时,秋儿就第一个报名参加。她爱唱,而且嗓子也不错,谁知"锅大娘"坚决反对,说什么青年男女搅和在一起不会干出好事来,女孩子在大庭广众下抛头露面是件丢人的事情……秋儿就是不听,她说在家受压抑,心情烦闷而且无聊,如果到宣传队唱唱跳跳,不仅能记工分还可以放松放松,于是躲在宣传队里不愿回家。

一个反对,一个坚持,母女俩互不相让。"锅大娘"又哭又闹晕倒在地,使出"乌龟大憋气"的绝招,两眼翻白,口吐白沫"死"了过去……

这一招特灵,吓得大伙儿一起劝说秋儿回家。

第二天,我去蚌埠购买乐器,来到炉桥火车站正准备买票,突然发现秋儿站在眼前。

"你要到哪里去？"

"这个家,我待够了,想到蚌埠舅舅家住些日子,解解闷。"

"你妈知道吗？"

"我谁也没告诉。"

"还是回去吧,不然你妈会着急的。"

"管她呢。"说罢,她拉着我登上将要启动的列车,"蚌埠我常去,路也熟,买东西也好帮你带路。"

珠城蚌埠,是京沪、陇海铁路线上最重要的交通枢纽,贯穿南北,开往北京、上海及全国各地的列车川流不息。上午八点多钟,我们来到二马路商业街。这里各种商品琳琅满目,令人眼花缭乱。宽畅的街道人流如潮。买好东西后,我们坐在天桥上小憩,望着下面的车流;我侧过脸看了一下,秋儿正兴高采烈地数着过往的汽车,似乎忘记了一切烦恼,好像一只出笼的鸟儿,飞上湛蓝的天空。

这时我才注意到,她今天出门是经过精心打扮的:又粗又黑的短辫子上扎了两个蝴蝶结儿,绿色的军帽下一双眼睛流溢动人光彩,胖乎乎的圆脸总是带着微笑;她身穿一套绿军装,别人见了都把她当成学校里的红卫兵,她也以此为骄傲。同许多女孩一样,她也热爱解放军,崇拜红卫兵,将绿军装视为最时髦的服装。她平时最喜爱唱的一首歌,就是毛主席诗词《为女民兵题词》:

飒爽英姿五尺枪,
曙光初照演兵场。
中华儿女多奇志,
不爱红装爱武装。

奇怪的是,大半天过去了,她却只字未提去舅舅家的事。我提醒她:"你快去舅舅家吧!我还要赶回去呢!"她说:"我又不想去舅舅家了,还是跟你一起回去吧。"

"那好,现在我们就去买车票。"

"晚上七点才有车呢,蚌埠我常来,错不了。"说完,秋儿狡黠地一笑。

既然是晚上七点的火车,天色尚早,索性逛逛商场。在拥挤的人丛中,她的手时而同我的手相碰、相挨,时而情不自禁地握住我的手,紧紧倚着我,怕把我丢了似的。当我有所察觉,回眸望她时,她又轻轻地松开了。那张绯红的脸蛋儿,紧紧地挨着我的肩头,我心中不由得涌起阵阵暖流。

晚上六点,我们就到了车站。一打听,去炉桥的火车早已开出,要等到明天上午才有车。不知是记错了,还是她故意的,反正今晚是走不掉了。我有一种潜在的愠怒,但又不便说出口,我们呆呆地站在火车站门前,望着暮色中那如繁星闪烁的高楼大厦,怅然若失地感到,我和她像被抛出人类世界了。

我们拖着疲惫的身躯,走进小巷中一家普通的小旅社。一见面,服务员要我们出示结婚证。我没好气地说:"我们不是夫妻,分开睡。"服务员说:"那也得出示介绍信或者证明。"我本来打算当天赶回去,压根没想到带证明信。我们只好悻悻地离开小旅社。走到巷口,面对着不夜的珠城,心头备感凄凉,这么大的城市,竟无我俩的栖身之地。

无奈之下,我们只好再次走进候车室。候车室里等车的人并不多,我们挑选了一个长椅坐下。上半夜,天气不算太冷,秋儿靠在我身上轻轻睡去。我静静地聆听着她那细细的均匀的呼吸声,看着她那微闭的双目,一股爱怜之情油然而生。自从她帮助照看芸姐和孩子,我就从她的行动中感受到了她的淳朴和善良,我打心眼里喜欢她,也为她经常被母亲的无端责骂而难过。她失去了家庭的温暖,也失去了做人的尊严,想到这些,我感到心疼。

到了下半夜,春寒袭人。也许是冷的缘故,她双手紧紧抱着我的胳膊,头靠在我的胸前,我本想解开上衣把她裹住,以防受寒,可我没有这样做。那年头男女有别,授受不亲,两个年轻人稍有亲近,就会引来无数惊诧的目光。

窗外的世界仍然喧嚣不已,夜空中闪烁的星星好像一只只眼睛在监视着我们。就这样,我俩紧挨着在椅子上坐了一夜。

　　说实话,在此之前所有的日子里,除了芸姐,还没哪个女人抱住我相拥一夜。可是今天,在这个奇特的夜晚,一个初识人间悲苦、渴望新生活的少女就蜷缩在我的怀里。两个年轻的心似乎贴得很近,我嘴里感到很焦渴,胸口也鼓胀得如海潮一般,起伏澎湃。

　　一夜相依很快过去了,可是两性之间触及心灵的暖流却久久地留在我的心头,令我神往、心醉,想入非非……

　　如今她就在眼前,我该如何面对?

　　对于秋儿,我无法狠下心舍她而去,因为她已悄悄地在我心中扎下了根。为了确认她对我的态度,我还是决定问一下,于是转身回到屋里。

　　"这是终身大事,非同儿戏,你要仔细想想。"

　　"我想好了。既然做出决定,就绝不会后悔。"

　　"一个病人,两个孩子,你不怕麻烦?"

　　"不怕。"

　　"想过没有,你妈反对怎么办?"

　　"我的事自己做主,谁反对我也不怕!"

　　"你为什么要选择我?"

　　"我觉得你很有本事,不会在农村待一辈子,相信你能带我走出这个穷地方,离开我那个令人心烦的家。"

　　"假如我走不掉呢?"

　　"不会的,有我照顾这个家,你肯定会当上干部。"

　　"那可不一定。"

　　"上面几次来人我都在场,看得出来他们很想提拔你。"

　　"万一我当不成干部呢?"

　　"我就跟你一起受苦,相信总会有出头之日的。"

　　"我这边的事好处理,就担心你们家里人反对。"

　　"不要紧,我的事谁也干涉不了。"

　　"你妈要是闹起来——"

"我会对付她的。"

"可是,万一——"

"我的话都说绝了,你还不相信我?"

"你总得让我考虑几天吧!"

"你要是还信不过我……"说着,她一双含情脉脉的眼睛盯着我,顿感有一股暖流流过了我的全身。爱在眼神交汇的一刹那萌发了。她抓住我的手说:"我们今晚就——"没等她把话说完,我赶忙站了起来。我那时真的没有什么邪念和欲望,血管里流淌的绝对是正统的道德观念,尽管与芸姐多年没有正常的夫妻生活了,但从未想过背叛她,而去和另外的一个女人做出轨之事。我心想:她毕竟是个未婚的大姑娘,万一怀孕,后果不堪设想。如果那样的话,我将会身败名裂! 我想离开,可是无力抬步。许多缠绵的往事涌上心头,尤其是蚌埠火车站候车室相依相偎的那一幕又浮现在我的眼前,抹不去,甩不掉! 我仿佛跌入了一个泥潭,无力自拔。漆黑的泥潭包围着我,压迫着我,使我连呼吸都感到困难。猛然间,一股热血冲上头顶,我脑子里一片空白,心脏跳动加剧,两腿一软,猛然倒下;她顺势吹灭了煤油灯……

48　欲罢不能

> 男女间的私情,不是想停就能停得了的,犹如干柴遇烈火,一旦燃烧起来,就不会自行熄灭,除非等到化为灰烬。

第二天一大早,我匆匆忙忙赶往公社。迎着凛冽的寒风,我缩着脖子踏着厚厚的积雪,深一脚浅一脚地俯首前行。一段路走下来,累得头上冒着冷汗,嘴巴呵出团团白气。我挺了挺腰杆,回头一望,茫茫的田野洁白如银,身后留下了一串深深的脚印。

昨夜的越轨之举,犹如被踩后的积雪,留下的不光是污秽的脚印,还有那难以遮盖的残缺陷窝。一时的情感冲动,短暂的欢娱,掠走了我的灵魂。然而,良知和道德感使我处于难以解脱的痛苦之中。我深深地自责——对芸姐的爱原本如雪一样的纯洁,却被染上抹不去的污点。我的精神再度陷入了惶惑,一种负罪感重重地压在我的心头。痛苦和难以言喻的复杂情感,使我无法面对芸姐和两个女儿。

真的,我好后悔!

快到中午时,我才走进公社办公室。巧的是,"革委会"主要领导都在。我从工作谈到家庭,从病人谈到困难,从干革命做贡献谈到自己的个人打算,绕了一大圈子,最后才说出"离婚不离家"、娶"秋儿"侍奉病人抚养孩子的计划。他们听了我的汇报后,大多数人表示赞同,并提出各自的看法。

"离婚不离家,法律上是允许的。只要能做到'生养死葬',既不违法,也不违背社会道德。"

"像你这样的特殊家庭,确实困难太大,处理得当了也是件好事。"

"'离婚不离家'早有先例……"

"闫立秀真的太辛苦,是该找个人帮忙了……"

大家各抒己见,议论纷纷。坐在一边默不出声的周书记突然说道:"我看这件事不那么简单,牵扯面太大,不仅是'离婚不离家',其中还有个再婚的问题,挺复杂的,不太好办。"话音刚落,就有人发表不同意见:'离婚不离家',离婚后再婚,只要当事人出于自愿,合理、合法,有何不可?"周书记望了我一眼说道:"许多事合理不合法,合法不合情。秋儿是个黄花闺女、未婚姑娘,按农村的习俗,最反对女儿去给人家'填房',更何况你家有病妻和孩子,她父母能同意吗?同族本家、三亲六故能不反对吗?这些你们想过了没有?"

"我问过秋儿,她态度坚决,说婚事自己做主,谁的话她都不听。""秋儿年轻不谙世故,也许她有胆量和父母抗争,但是面对强大的宗族势力,她还有这个勇气吗?能挣脱得了吗?大芮庄一千多口人,百分之九十以

上都姓芮,宗族械斗时有发生,倘若家族出面干涉,将会产生什么样的后果?同志们,你们想过没有?"

一石激起千层浪,人们似乎有了重新认识,又议论开了。

"虽说婚姻自由,可在一些偏僻农村还是行不通的。"

"家族一旦插手,麻烦就大了。"

"是得认真考虑考虑,弄不好要出人命的!"

"这很麻烦,要从长计议。"

"那究竟该怎么办?"我用恳求的目光望着周书记。

"必须缓办,最好不办,或者等你妻子过世后再办,不然的话,后果不堪设想。"

"周书记,照你这么说一点办法也没有了?"我沮丧地问道。

"只有把你调到别的大队去,彻底离开大芮庄,然后再考虑这件事。"

"周书记,换个大队不就是你一句话嘛。"

"说得轻巧,这么大的事说办就能办吗?到哪个大队?干部愿不愿对调?房产如何处理?许多工作都要协调,不是三言两语能解决了的。"

"夜长梦多,秋儿她能等那么久吗?"

"你的处境及心情我能理解,但必须想个万全之策。"

"你的意见是——"

"凡事有先有后,千万不能操之过急,要一步一步地来。稍有不慎,惹出麻烦,谁也帮不了你!你还年轻,不能一时感情冲动,要看到这件事背后潜伏着的危险性!你先回去,这事我们会考虑的。"

临出门时,周书记又警告我一句:"年轻人,千万不能做出越轨之事啊!"我听后,脸红到脖梗子,吞吞吐吐地说:"不会的。"扭身便走。

天色愈来愈暗。回家的路上,竟然又下起了雪,雪花似鹅毛一样漫天飞舞。雪片像贼似的从领口钻进来,经风一吹,使我顿感一股透心凉,人也清醒了许多。陡然间,我想到了弟弟的亲事。他的未婚妻也在大芮庄,论辈分,秋儿要喊她姑姑。哥哥娶侄女,弟弟娶姑姑,搅乱了辈分,芮姓家族是绝不会答应的。可是,如果因为我而坏了弟弟的婚事,又怎能对得起手足之情？我到底该怎么办？

　　雪，越下越大，我的思想斗争也愈演愈烈，满脑子翻来滚去不停地想着心事。童年时的不幸，是因为父母早逝我成了孤儿，难以摆脱贫穷的桎梏；青年时的不幸，则从婚姻开始，从结婚的那一天起，我的脸上就很难找出笑容，叹息与泪水永远相伴。生活无情地折磨着我，无论怎么挣扎，也摆脱不了捆绑我手脚的家庭锁链！

　　我再也不能这样活，年华虚度；我再也不能这样过，白白浪费青春。眼下，我已经拥有了一定的政治资本，也打下了较好的基础，趁着年轻，再努力拼搏一下，也许还能出人头地。假如再拖几年，一切的一切，全都完了。眼前的两个女人，一个为我铺路，一个为我搭桥，共同的默契已为我扫清了通往"仕途"道路上的障碍，绝不能失去这次难得的机会！

　　首先要做的，就是尽快把弟弟的婚事办了，而且越快越好。人常说，只有今生兄弟并无来世手足，尤其是父母早亡，我们一对孤儿相依为命，在苦水中长大，感情更是亲密无间。

　　弟弟在部队，每月津贴只有七元钱。他深知家中贫困，省了又省，抠了又抠，每月除了花一元钱买点生活必需品外，总是按时往家里汇款。三年来，月月如此，从来也没有间断过。弟弟婚事办了，我心病也就除了。

　　其次，要催促领导把我调换到别的大队去；如果全家都离开了大芮庄，纵然宗族势力出面干涉，那也是鞭长莫及。到那时，家里有秋儿照顾，我就可以无忧无虑地安心工作；凭自己的能力，我一定会干出成绩的，未来的前途一片辉煌……

　　十八里的风雪路，到家时已是午夜。

　　我推开房门，看见煤油灯下，秋儿依然半靠在床上未睡，我知道她是在等消息。我把公社周书记的话，原原本本地告诉了她，并说出了自己的几步打算。她听后很不高兴地说："那要等多久。"我说："急也没用，只有耐心等待。"她毕竟是个没有文化的农村姑娘，全凭感情用事，不管可能产生的后果，我好说歹说，反复解释，最后她还是想不通。

　　雪，仍然下个不停；芸姐和孩子们早已进入了梦乡。一股寒风吹来，门缝里飘进几片雪花,秋儿说了声好冷,就势倒在我怀里。她的脸颊热得烫人,她凝视着我的眼睛说:"抓紧啊,时间拖久了被家里人知道,终归不好。我恨不得早早离开那个令人生厌的家。"我郑重地点了点头,轻轻地推开她:"睡吧,天不早了。"起身欲走,她却说:"天太冷,你陪着我。"

此时此刻,假如我能控制住自己,理智地离开,也许就不会产生后来身陷绝境的恶果,家破人亡妻离子散的悲剧。然而,理智被邪念征服,良心被情欲困扰,周书记的忠言早已忘得一干二净。自我警告已经毫无约束力,什么道德沦丧,什么后果严重,全都抛在了脑后。自己也明白这事带有很大的危险性,万一败露,将会身败名裂。但我无法抗拒,她那么温柔,又那么多情多义,实在叫人没法不怜爱。男女间的私情,不是想停就停得了的,犹如干柴遇烈火,一旦点燃起来,就不会自行熄灭,除非等到化为灰烬。

雪,还在下,但远不如以前洁白……

弟弟回来结婚了。

虽因经济困难,时间仓促,婚礼办得不是那么排场,倒也不失体面。大队革委会全体领导及各生产队队长,都来贺喜,每人还送上一个红包。

这时我在想,假如我不是大队革委会主任,能有那么多生产队长来贺喜吗?回答是:不可能的!

于是,我悟出一个道理:手中有权,事情好办。虽说仅仅是个大队干部,但是在老百姓的眼里大小也是个官,还是有一定分量的。这样一来,更增添了我跻身官场的欲望、决心和勇气。

第一件事办完,如释重负。接着,我就想尽快解决第二件事。可就在这时,上面通知我去参加省第二届"积代会"。二十天的会议刚开完,紧接着又去省里参加首届"贫代会"。为了实现我的夙愿,达到做官目的,像这样露脸的事儿绝不放过。我要抓住每一次能出头露脸的机会,因为这是爬上官场的最好阶梯。

公社对我的事迟迟没有结果,是有意拖着不办,还是确有难处?看来一切只有靠自己了,我打算另辟途径。

地区代表团中有一位年过花甲的贫农代表,名叫陈学孟。他是"御笔钦点"的大名人。毛泽东曾在他的《论农业合作化高潮》一文中提名表扬,称他是农业合作化的带头人。为此,他多次进京受到"老人家"的接见,并身兼各种官衔,成为全国闻名的大红人。

提起陈学孟,我们还有一段缘分。为了树立他这个典型,由著名剧作家金芝、完艺舟等创作编写了大型现代京剧《武阳山下》,剧中一号人物万山松,就是以陈学孟为原型。

作为业余作者及"贫协"代表,我多次参与剧本的修改讨论。

戏剧创作在大力提倡"三突出"的年代,英雄人物都是"高、大、全",要求拔高,拔高,再拔高。这个领导提出这样改,那位首长又指示那样动,作者无所适从,只得按指示办。改来改去,改到最后,把个有血有肉的陈学孟写成了一个空喊政治口号、缺乏人情味儿的"假、大、空"的形象。从彩排到演出,我都陪着他在台下观看,但仅演了一场便随即夭折。像金芝、完艺舟这样的高级编剧写出如此的怪胎剧本,很可能是他们写作生涯中最大的一次败笔。当然,这不能怪作者。

也正是这出戏,我同他结成了忘年之交。

生活中的陈学孟是一位非常朴实、可亲的老人。我与他同住一个房间,没事时喜欢听他讲述去北京开会的一些情况。有一次坐飞机,大便急了他不敢进卫生间,说这是蹲在人民头上拉屎、撒尿。空姐笑着告诉他,粪便在空中被风化,不会落在地上,可他死活不信,硬是憋了几个小时,我们听后都笑了起来。

闲聊中他告诉我:"别看我身兼县'革委会'领导职务,仍然住在武店区东方红公社。我是农民,不愿离开热爱的土地。"

"陈老,你原来是武店人?"

"是啊。"他随口的一句话,却引起我的回忆与思考。

武店,我对它有一种特殊的深厚感情。在这个农村小镇上,我同芸姐结为患难夫妻;在这里,我们流过悲喜的眼泪,有过欢乐与哀愁,也留下了无尽的思念。

武店与我结下了不解之缘。这里,有我结识的朋友,有崇拜我们的戏迷,我喜爱这个地方,如果能到这里安家,岂不是件好事?于是,我决定通过陈老的关系到武店落户。

一次,没人在场的时候,我悄悄地对他说:"陈老,我想请您帮个忙。"

"什么事?"

"我想到武店落户。"

"为什么想到我这里来?"

"在您身边工作,可以学习到许多革命经验。"

"我老了,应当向你们年轻人学习。"

"陈老,别的不敢说,我有能力帮助办个业余剧团,一来可以宣传毛泽东思想,二来能让老百姓有戏看。"

他高兴地说:"欢迎你来,不过我们那里可是个穷乡僻壤啊!"

从首届"积代会"开始到这次"贫代会",从地区到省里,我们同在一个代表团,有过几十天的朝夕相处,我感到他是一位非常善良、可以信赖的人。我把家中所遭遇的不幸全告诉他,他听了后很是同情。

"你是个人才,可惜被家庭拖累,真的来了我会向上面推荐的。"

"谢谢您,陈老。"

"散会后你来找我,好好合计一下。"

我心中一阵暗喜。攀上这棵大树,不仅能离开是非之地,而且前途一片光明,走向官场,指日可待。

正当我沉浸在兴奋之中,幻想着一切将如愿以偿、美梦成真的时候,秋儿突然来到会场。看着她忐忑不安,欲言又止的样子,我猜不透到底发生了什么事。

"家里离不开人,你怎么来了?"

"我……"

"说呀。"

"我,我可能怀孕了。"她突然冒出这句话,把我吓了一大跳。

"你怎么知道的?"

"我也吃不准,反正有两个月那个没来……"

我意识到事态的严重性,下午偷偷带她到医院做了检查。手拿化验单,我惊得目瞪口呆,她的确是怀孕了,而且已有两个多月!

在那个年代,处理男女关系特别严厉,事情一旦败露,自己将身败名裂!到时候,既可定我重婚罪,也可定我流氓罪,她若是口气一变,还可判我强奸罪!我明白自己将要承担何等严重的后果,顿时陷入极度的恐慌之中:万一有个三长两短,芸姐和孩子们将无法生存下去。

眼前最要紧的是打掉胎儿,于是我们转身回到妇产科。

"医生,我们暂时不想要孩子。"

"有证明吗?"

"没有,我可以签字。"

"你是她什么人?"我一时语塞,她望了望我冷冷地又说了句,"回去开张证明来!"当时国家尚未施行计划生育政策,没有公社以上的介绍信,医生是不敢随便打掉胎儿的。秋儿见我魂不守舍的样子,满不在乎地说道:"不给打就留着呗,说不定能给你生个儿子呢。"一句话说得我哭笑不得。

无奈之下,我只好让她先回去,等会议开完后再处理。分手时,我一再叮嘱,怀孕的事对谁也不能说,万一走漏风声,将会大祸临头,后果不堪设想!

我人在会场,心不在焉,哪还有什么心思开会?白天吃不香,夜里睡不宁,常常被噩梦惊醒。一种不祥的预感时时笼罩心头,我成天懵懵懂懂、晃晃悠悠,掉了魂似的,恨不得早日结束会议,立马回家。

我在煎熬中度过每一天,这时才真正体验到什么叫度日如年!

终于盼来大会闭幕,按规定代表们都要随团回到本地区,参加欢迎大会,汇报会议精神。我推说家里有特殊情况,立刻从合肥直接赶回家。

一路上我暗暗打算:回家后立即同芸姐办"离婚"手续,然后离开大芮庄,带着秋儿远走高飞。

当我跨进家门时,惊人的一幕呈现在眼前:家中一片狼藉,锅、碗、瓢、盆,全被砸坏,满地都是碎片。两个不懂事的女儿正趴在妈妈的床前啼哭,躺在床上的芸姐,脸色如纸一样的苍白,见我回来,两行无声的眼泪滚滚流下。她用颤抖的手,指了指门外,发出微弱的声音:

"你——你快逃走!"

"芸姐,这到底怎么啦!……"

49　天妒红颜

> 谁不贪恋红尘?怎奈苍天无情!美好的人生尚未享受,她却默默地走向另一个世界……

芸姐一声声催促:"你快走,赶快逃走啊!"我惊愕地瞪大双眼,注视着面前所发生的一切。毋须再问,定是东窗事发!

此时,我有预感,一场不可避免的灾难顷刻间就会降临,多待一会儿,就会多一分危险!东西被砸了,家被抄了,但他们仍旧不会放过我的。

我是个男人,要敢做敢当,自酿的苦酒自己喝;男人嘛,死也要死得硬气,何况,未必就"死"得了呢。之所以想到这些,也不是说自己有大无畏的英雄气概、视死如归的豪情壮志,而是面对应有的后果和惩罚,绝不能让一个苦命女人和两个无辜的孩子来承担。

是福不是祸,是祸躲不过。势单力薄、孤立无援的我,眼前已无退路,看来只有以死相拼!我拿起墙角上的挑水扁担,横握在胸前,忽听外面一声大喊:"给我打!"一伙人操着家伙,破门而入,不由分说,举棍就打。他们人多势众,我一边招架,一边向里屋退避,不成想慌乱中绊倒在地,顿时棍棒雨点般地落在我身上。鲜血渗透了衣服,我先是感到疼痛,继而麻木,最后渐渐地失去知觉……芸姐苦苦哀求道:"别打了,求求你们啦……"两个孩子吓得躲在旮旯里,失声哭叫。

我被打得皮开肉绽,奄奄一息。人群中有人指挥道:"注意,别打头,敲断他的两条腿!"芸姐见状,赶忙从床上滚下来用身子挡住我。混乱中,一棍打在她的头上,顿时血流如注,昏死过去。

　　此刻,惊动了弟媳的大哥芮宣。他弟兄三人,个个身强体壮,再加上五个堂兄,号称"八虎",在大芮庄也算是响当当的一个门头。这帮人见他到了,怎好不给面子,都想做个顺水人情,纷纷退出门外。不过走时甩下一句话:"看在芮宣的面子上,留你一条命。老实在家待着,如果乱跑乱动,小心打断你的双腿!"

　　我忍着剧痛,爬到芸姐身边,只见她气息奄奄地躺在地上,头上鲜血殷殷地流着,我赶忙撕了一块布条为她包扎伤口。

　　天渐渐暗了下来,打手们也各自回家去了,一场风波似乎暂告一段落,夜又恢复了往日的平静。

　　好心的邻居们三三两两地偷偷过来看望我们,有的好言安慰,有的送饭来给孩子吃。同时,他们也在悄悄地议论着这件事:

　　"有本事管好自家丫头,打人家干什么?"

　　"都怪秋儿搁不住话……"

　　"惹了锅大娘算是捅马蜂窝了。"

　　"听说还要去告状呢!"

　　你一言我一语地道出了事情的原委……

　　原来秋儿回家后,对我的警告没当回事,更不去多想后果,把怀孕的事私下里告诉了她的姐姐。姐姐知道后深感事关重大,又偷偷地告诉了她的父亲。父亲胆小怕事,不小心透露了风声,被她母亲知道了。

　　这事儿要是放在别人家,也许是另一种处理方法。多数人家都会顾及女儿的面子和名声,以及今后嫁人,考虑到家丑不可外扬等原因,采取冷处理。"锅大娘"天生火暴性子,听风就是雨,不问青红皂白,拿起锄头领着一大帮人闯进我家,张口就骂,见东西就砸。

　　经她一张扬,不到半个小时,事情就传遍了整个大芮庄。

　　外伤疼痛尚能忍受,"心伤"使人万念俱灰。羞耻、丢人、悲观、失望,一齐涌上心头。事情闹到这种地步,教我今后如何见人?秋儿若是反咬一口,将会是什么样的后果?悲剧与不幸,灾难与痛苦,愤怒与伤感,遗憾与悔恨,将我推入泥沼之中,令我不能自拔,苦苦挣扎。于是,我想到了死,唯有一死,方可解脱。但是,想死,又没有那个勇气,因为牵挂太多,凡心未死。大凡遇难者走投无路之时都会想到死,可真正要往那个人生的终点迈进一步却是十分困难的。有位心理学家曾经说过:一个人要想主动离开这个世界,那是非常艰难的,谁不相信,谁就自己试试……这句至理名言涵盖了所有人,包括好人、坏人。俗话说,蝼蚁尚且偷生,何况人哉!自杀面前,我怯步了。

芸姐也是心灰意冷,她绝望地说:"反正,我也是要死的人了,迟死不如早死,我死了你也就少个累赘。"说罢,头向墙上猛地撞去,我一把将她抱住,大声哭叫:"芸姐,你这是干什么呀!何苦呢?你走了,我会有好日子过吗?"

半晌,她微微睁开双目,断断续续地说道:"假如我的死能减轻你的罪过,那我将死而无憾……"

"芸姐,该死的应当是我。"

"自打结婚起,我几乎是在病榻上度过,我的病拖住了你的腿,牵扯了你的心,没让你过上一天舒心的日子。想到这些,我的心都碎了。"

"自从咱俩牵手的那天起我就许下诺言,这些都是我该做的。护理你不仅因为你是我的妻子,更是因为你是孩子的母亲。"

"假如有来生,我们还做夫妻,真正享受一下人生的美好。"

是呀,八年的夫妻,住院、求医几乎占据了我所有的青春岁月,我没有真正享受到恩爱夫妻的甜蜜生活。我本该通过正大光明、健康合法的途径获得应有的幸福,让自己的生活美满,让芸姐有个依靠,但我却做了不该做的事;通过畸形的、变态的、异化的方式,宣泄积郁,最终害人害己。

芸姐说:"我真的不想活了,对我来说,活着是痛苦、是多余、是受罪!"

她的话令人心碎。人生在世,有什么能比生命更贵重?哪怕多活一年,多活一个月,甚至多活一天,我也不想让她早早离去。人可能会迷失,但有良知者决不会执迷不悟;生活中的意外谁都难以预料,但心中存着真爱的人最终都是善良的。在芸姐住院三年的漫长岁月里,我也暗恋过其他异性,也曾有同情我的女性对我芳心暗许。那时,身为"文革"主任的我,若想移情别恋是唾手可得的事,但我死死地坚守着从一而终的传统观念。之所以这样,也不是我有多么高的道德情操,而是因为时代造就人;我敢说,生长在那个年代的同龄人,绝大多数都是结发共枕,生死相依,不沾花惹草,不越雷池半步!我对芸姐说:"放心吧,我会陪你一直走下去。待明天,把你送到医院检查一下伤势。"

不成想,第二天突然来了两个民兵押送我去公社。

分别时,我意识到此去凶多吉少,便安慰芸姐说:"到公社无非是讲清问题,晚上就会回来的。万一有什么不测,让弟弟回来照顾你们。"我拿了点生活用品,恋恋不舍地离开她们母女,怀着十分沉重的心情走出家门。一路上我猜想:一定是"锅大娘"胁迫秋儿去告状了。

公社没有派出所,只有一名公安特派员维护地方治安,处理一些民事纠纷,大家都称呼他"李特派"。那天一大早,他就接待了秋儿母女等人。"锅大娘"一见面便大哭大叫:"公安领导,你要替我做主呀!我女儿被人强奸了……"说着,将状纸呈上。

特派员看了一下申述材料,问道:"谁是受害人?"一连问了几声,没人答应。"锅大娘"瞪了秋儿一眼:"就是她。"特派员转向秋儿:"叫什么名字?"

"芮秋儿。"

"年龄?"

"十八岁。"

"请你谈一下受害经过。"

"什么受害?我不知道。"

"材料上写你被强奸了。"

"那是瞎编的,根本没那回事!"

"这是你写的吗?"

"不是,我不识字。"

"请别人代笔?"

"我是被逼迫的,什么都不知道。"

"锅大娘"一听,火冒三丈地骂道:"死丫头,在家讲得好好的,到这里怎么变卦了? 你说! 到底是谁逼你的?"

"就是你逼的! 不来告状你就打我。"

"死丫头,我打死你!"说着,她脱去一只鞋举起就打。李特派员忙制止道:"不准打人!"说罢转向秋儿。

"芮秋儿! 说老实话,到底怎么回事?"

"是我妈逼来的。"

"到底有没有人强奸你?"

"是我自愿的。"

"闫立秀有老婆,你知道吗?"

"他老婆长期瘫痪,自愿离婚不离家。现在,我要同他结婚,请你给我做主!"

李特派说:"你们都听见了吧,她是自愿的,不是强奸。"

来人中有位芮某某,此人有点文化,口才也不错,站出来说道:"不管怎么说,闫立秀是有老婆孩子的。不是强奸也算重婚,重婚就是犯罪!"

李特派说:"说得对,重婚是犯罪。"

"那就要判他刑!"

"重婚罪,双方都犯法。"

"我愿意同他一起坐牢。"秋儿抢着说。

特派员没有想到,一个农村姑娘竟然有如此坚强的决心。他说:"那好,其他人都回去,芮秋儿留下来听候处理,把他俩一齐送到县公安局!"

"锅大娘"一听,大声嚷道:"你凭什么扣我女儿? 你们包庇闫立秀!官官相护,我要到县里告你!"

特派员笑着说:"可以,去告吧!"

芮某某见事不妙,忙说:"我们不告他犯重婚罪,告他流氓罪!"说罢,拉着秋儿就要走。

李特派上前拦住道:"芮秋儿,你到底告不告了?"

"我本来就没打算告状。"

"真的不告了?"

"不告!"

"那好,请你在记录上签个名。"

"干吗?"

"撤诉!"

"我不识字。"

"摁手印也行。"

"好吧。"秋儿说着,便在记录上摁下手印。

特派员宣布道:"其他人可以走了,芮秋儿留下。"

"锅大娘"上前吼道:"凭什么扣留我女儿?"

"她是当事人,必须留下配合我们工作,进一步核实案情。"特派员向她解释。

"不行,我一定要带她走。"说罢,上前拉着秋儿就走。

"请你不要激动。"特派员用手挡了一下。她顿时耍起无赖,又哭又叫:"公安打人啦!公安打人啦!"喊着喊着,就势倒下,拿出看家本领,使用"乌龟大憋气"的绝招,口吐白沫,"死"在地上,吓得特派员手足无措,急得头上冒汗。这时,秋儿她极不情愿地走上前,没好气地说道:"别装了,丢人现眼,快起来吧,我跟你回去!"这一招还真灵,她从地上一骨碌爬了起来,拉着秋儿就走,边走边骂:"死丫头,不要脸!我把你送到蚌埠你舅舅家关起来……"特派员望着她们远去的背影,无奈地摇摇头,自言自语道:"少见!"

她们前脚走,我后脚到了公社。

特派员余怒未息,没有好气地说:"先在办公室写检查!"转身走了。

空荡荡的办公室里冷冷清清,连一个人影儿也没有。想想自己走到今天这一步,真是后悔莫及。假如当初能控制住自己的感情,不是官迷心窍,假如……唉!如今,哪还有脸面去见公社领导。

所有结果全在周书记的意料之中,使我不得不佩服他的工作经验、社会阅历,以及对事物发展的预见和分析能力。人无远虑,必有近忧。假如当初听周书记的话,按照他的吩咐去做,今天,我也不至于落得身败名裂的下场。

晚饭后,周书记和特派员两人一起来到办公室。周书记愠怒地说:"把你带到这里来,是怕在大芮庄发生意外。好在女方把责任都承担了下来,不然,至少要判处你三年徒刑!"

"周书记,事到如今我无话可说,怎么处分我都接受。"

"对你怎么处理,还要研究。现在批评你也晚了,我们希望你要正确对待这件事!"

是呀,现在说什么也晚了!如今落到这般地步,周书记还为我的安全考虑,真让我羞愧难当,无地自容。

冬夜漫漫,我在深深地反省:这事究竟怨谁?怨芸姐吗?不!她的善良,有目共睹;她的品质,让每一位与她有过接触的人深深敬佩;她的大度与豁达,令人叹为观止;她的仁厚和宽容,是想挽救这个破碎的家。她爱我,爱得纯洁,爱得深切,以我的幸福为欢乐,以我的不幸为痛苦。为了不拖累我,能做的她都做了,不能做的她也做了。她是在牺牲自己,成全我的幸福;怨秋儿吗?不!秋儿是个纯朴善良的农村姑娘,她出于好心,照料芸姐,同情我们。这本是正常的人际关系和情感,然而谁能料到,这种纯洁的友谊却产生了微妙的质变。尽管芸姐出于自愿并与她心存默契,却因我没有很好地把握住理智,最后陷进了情感的泥潭。这段不该有的婚外插曲,成了我人生灾难的源头。

虽说秋儿不听忠告,走漏风声,使我身陷两难境地,毁了我的前程,但她毕竟是一个没有文化涉世不深的农村女孩,家庭的压力使她在感情上把我当成了唯一的寄托,相信我能给她带来幸福、带来光明。她的单纯,她的幼稚,她的执着,她的善良,促使她勇敢地承担起责任;为了保护我,她不顾少女的羞涩,忍着耻辱,顶着压力,无怨无悔,心甘情愿,毫不犹豫地毅然站出来与家族势力抗争!

她虽然为我解脱了罪责,却未逃出家族的魔掌。不久,她就被"护送"到蚌埠舅舅家中囚禁起来。我本想躺下休息,怎奈伤口阵阵作疼。想到芸姐,我悬心难放,怕她一时想不开,再有其他举动;想到未来,更是担忧,大芮庄是再也待不下去了。在这里,我们住了八年,尝尽了人生的酸甜苦辣。当初,我们带着美好的愿望而来,如今却要灰溜溜地离去。我不知何处是归处?

　　想着,想着,我不觉倒下睡去。朦胧中我被人叫醒,睁眼一看,面前站着李特派。他说:"你赶快回去,家中出事了。"我心中一惊,忙问:"是不是姓芮的又到我家去闹事?"

　　"你妻子她………我的自行车在门外面,赶快回去吧。"

　　此时,夜色未尽,我骑着特派员的自行车,心急火燎地奔驰在高低不平的土路上。我猜想:是芸姐一时想不开,还是……我不敢再往下想,心里暗暗祈祷:芸姐,千万不能出事呀!泪水模糊了双眼,挡住了视线。一路上,我不知摔了多少跤,也顾不得疼痛,跨上自行车继续前行。

　　来到自家屋前,天色微明,我发现门外围满了人,有的擦泪抽泣,有的小声议论,我不顾一切地冲了进去。只见芸姐躺在地上,两个孩子趴在她身上哭叫……

　　我抱着芸姐冰冷的躯体,跪在地上。清晨的曙光透过门窗,照在芸姐惨白如纸的脸上,平添了一抹淡淡的绯红,使其显得愈加静美贞洁。

　　她走了,带着对生命、对生活的无限眷恋。

　　谁不贪恋红尘?奈何苍天无情,夺走了她年轻的生命;多么好的人生尚未享受,她却默默地走向另一个世界……

　　假如不是因为我,她绝不会走得如此仓促。

　　我痛悔、我负疚,我有永远也赎不完的罪!

　　成功男人的光环,映照得身边的妻子光彩照人;一个失败男人背后呢,他身后长长的阴影里,又有怎样的一个妻子?芸姐就是一种典型的"女人之苦"。

　　我只有悲恸,没有嚎叫,伴着我的只有两行无声的眼泪。此时此刻,

我的耳边仿佛听到芸姐哀怨、凄婉的清唱:

> 雨摧花残逐水流,
> 可叹奴命已尽头。
> 别亲踏上黄泉路,
> 一滴泪水一分愁……

没想到一曲《休丁香》竟成了她的绝唱! 想当初,同台献艺,琴瑟和鸣;可如今,她香消魄散天音断,我欲哭无泪。

> 琴瑟和鸣共八年,
> 总把梨园作家园。
> 奈何人间无妙手,
> 只恨苍天妒红颜!

"芸姐,你放心地去吧。今后我还是要唱戏的,尽管江湖多艰险,但你放心,不管遇到什么困难,我都会把两个女儿扶养成人,她们是你生命的延续啊!"

她睡得那样的安详平静,神态仍是那样的美!

在孩子的面前,她是一位慈祥的母亲。

在丈夫的眼中,她是一位贤惠的妻子。

芸姐——一个最善良、最完美的女人。

香消魂断,美玉无瑕;

天妒红颜,虽死犹生。

你永远活在我心中——我的芸姐!

第四卷 秋儿之死

50 为情私奔

当一个女人为"情"而不顾一切,为"情"而受尽折磨,为"情"而献出一切的时候,你难道还不会被深深地震撼和感动吗?假如你的心灵里尚存一星点的善良和慈悲,你就不会残忍地拒绝她的奉献。

一场惊心动魄的风波平息了,却让两个女人付出了惨痛的代价。
一桩不该发生的婚外恋,造成了三败俱伤!
我虽然没受到任何处分,但沸沸扬扬的桃色新闻却传遍了十里八乡。男女间的事儿,向来受人关注,我一时间成了大家茶余饭后议论的话题,道听途说,添枝加叶,越传越玄乎:
"知道吗?十里黄大队出新闻了。"
"谁不知道,闫主任一张床上搂着两个女人睡觉,上半夜睡这头,下半夜睡那头。哈哈!"
"大姑娘勾引野汉子,两人正在弄那事,被她妈当场捉住,一刀就将男的'小老二'砍掉了……"
"两个女人争风吃醋,小老婆逼死了大老婆。"
"不对,听说是男的用药害死的。"
"哎呀,比陈世美还狠毒,真该枪毙!"
"你们说得不对,事情是这样的……"

面对这些突如其来的流言蜚语,我有口难辩,无颜见人,往日的威望荡然无存,不好再去大队革委会工作,整天闭门不出。

不久,公社"革委会"将我抽调到"专政队"担任副队长,负责专门整治"坏人"的学习班。公社领导一再对我关心、照顾、爱护、挽救,真可谓恩重如山,犹如再生父母。

我将两个女儿暂时寄养在表姐家,只身去"赴任"。

一九七〇年二月五日,中共中央发出关于反对贪污盗窃、投机倒把的指示。《指示》中说:"对有的贪污盗窃、投机倒把、破坏社会主义经济的行为,必须坚决稳、准、狠予以打击……"于是,在全国范围内开展一场声势浩大的"一打三反"政治运动。

在大割资本主义尾巴的时代,"阶级斗争"这根弦越绷越紧,干部们成天高喊:"社会主义松一松,资本主义攻一攻"。富了,说你是挖社会主义墙脚;穷了,才是真正的贫农,越穷越光荣。不知是哪位高手编了这样一首打油诗,到处流传:

　　投机倒把是祸害,
　　不干生产做买卖,
　　社会主义经济遭破坏,
　　都是私心在作怪。
　　贩鸡鸭、贩青菜,
　　一天能挣三四块,
　　思想变修人变坏,
　　哪有心思学大寨。

大寨,作为一面旗帜,是在以"阶级斗争为纲"左的思想愈演愈烈的背景下升起来的。那时候,社员搞点副业、做点小买卖、挣点零花钱,都会被扣上"投机倒把""破坏农业学大寨"等罪名,一律视为社会上的"残渣余孽"。一批又一批的人被关进"学习班"集中整治,教育批斗,无情打

击！对于千百万中国人民来讲，这无疑是一场灾难。整个国家毫无法制可言，造成无数的冤假错案。专制无限加强，刑罚到处滥用，以思想治罪，用肉刑逼供，任何事情都可能被拿出来做借口。小小老百姓一时疏忽所造成的错误，随时会危及他们的生命！有句成语叫萧规曹随，概括了我们那一代人"无限忠于"的态度。"学习班"其实就是"整人班"！老实说，我整过人，打过人，也批斗过人。我当上了小小专政队长后，不知自己几斤几两、天高地厚，曾肆无忌惮地踢翻过老百姓的菜筐，没收过农村大嫂的鸡蛋，踹倒过卖甘蔗的大爷，砸碎过卖煮山芋的饭锅，现在想起来，真的是悔之莫及！

凡是关进"学习班"的人，一不准探亲，二不准回家。每天必须学习文件，对照思想，坦白交待，相互揭发；"态度不好"的要遭体罚毒打，"罪行严重"的还要游街批斗，报批逮捕。每到深夜，审讯室里都会发出阵阵惨叫声。一位外号叫"老区长"的贫农社员，因为私自养猪，被"专政队"使用"专政棍"打伤致残！提起"专政棍"令人心颤，许多无辜者，棍下丧生！这根无产阶级专政的"千钧棒"，一点二米长，半截红色半截白色，使用时红色朝上，白色朝下。别小瞧这根"双色棍"，威力可大了，上敢打革命老干部，下能横扫一切牛鬼蛇神。我身穿黄军服，腰束武装带，扛着"专政棍"，带着队伍，威风凛凛，昂首挺胸，招摇过市，嘴里还不停哼唱着不知从哪流行来的《专政队之歌》：

专政棍,白又红,
扛在肩上真光荣,
牛鬼蛇神见了怕,
阶级敌人不敢动。
白天用它打坏人,
晚上站岗守"牛棚"。
高举无产阶级"千钧棒",
横扫一切害人虫!

我们边唱边转悠,说起来是巡逻,实际上是穷横,看什么管什么,稍有不顺眼就用棍子捅。一些卖青菜的社员只要见到专政队上街,吓得早早躲开,嘴里大喊:"快跑呀,'二鬼子'来啦!"大人小孩,人见人怕,连妇女哄小孩,也常用"二鬼子"来吓唬,只要说一声再闹"二鬼子"来抓你,孩子马上停止哭叫。说起来,和现在的"城管"是差不多的。

阶级斗争硝烟滚滚,政治运动接二连三,"坏人"多如牛毛,总是刚放走几个,又抓来一批。办"学习班"期间,每当我看到那些无辜者委屈而又可怜的目光时,心中也曾产生过同情与怜惜,可转眼一想,"革命不是请客吃饭……不能温良恭俭让","对敌人手软就意味着对革命的背叛",就把心中仅存的那点良知抛到九霄云外了!

一天,我正为新来的"学员"登记(凡来参加学习班的人员,必须交伙食费、粮票或粮食),突然发现送来的"坏人"中有一位是大芮庄的社员,名字叫芮明白。他是全大队有名的困难户,夫妻俩带五个孩子,真正的家徒四壁;土炕上,一捆稻草两条破被,没有一样像样的家具。因为孩子多、负担重,他经常从水家湖扒拉煤的火车去淮南、蚌埠,贩卖点青菜,勉强糊口。他为人特别"热情",不管哪家来了亲戚朋友或是办红白喜事,只要闻到香味,就会不请自到。他主动上门干活,忙这忙那,帮忙是假,混饭是真,吃过喝过嘴一抹走人,是一个粘不得、甩不掉的"青皮"。他还有手脚不干净的坏毛病,爱贪小便宜,集体的东西能拿则拿,能偷则偷,倒是他从来不偷私人东西。他大错不犯,小错不断,只要"运动"来了,总是第一个挨整,算是一个挂上号的老"运动员"了。村上人给他送了个外号——"不明白"。

假如把他关起来,他全家人生活无靠,马上面临断炊的危险。他用乞求的目光望着我,分明是想让我网开一面。念其与我同村,有心帮他一把,于是,当他可怜巴巴地拿着几斤粮票和一些零碎钱准备登记时,我把桌子一拍,大声骂道:"你个狗日东西,不在家安心生产,外出乱窜,不务正业!"说罢,一脚将他踹翻在地上,接着给他两巴掌:"给我滚回去!下次不改,老子关你一年!"他忍着疼痛,一瘸一拐地走了。我回过头来,对押送他的民兵说:"回去告诉你们领导,现在'学习班'人满为患,一些轻犯就别再送来了。"然后,在报送的材料上签了意见,加盖公章,打发他们走了。

半夜时分,忽闻有人轻轻叩门,我拉开门闩一看,原来是芮明白。

"你怎么还没回家?"

"闫队长,我真的不知怎样感谢你。"

"别说这些,赶快回家吧。"

"别看我是个穷光蛋,人情冷暖我还是懂得的。"

"今后要多加小心,别再让人逮住辫子。"

"我想同你说件事。"

"什么事?说吧。"

"有关秋儿的事。"

一听这话,我心情为之一振。自从出事后,有关她的消息,我一点儿不知道,而且不敢打听,也无从打听。如今,他的一句话掀动了我刚刚平静的心,勾起了我对秋儿无尽的思念,使我想知道她的一切。

"进来吧,慢慢说。"

"闫队长,说实话我不该向你透风,这是叛逆家族的事,要是传扬出去,'锅大娘'是决不会放过我的。可是思前想后,走到半路我又转了回来,掂量了一下,觉得还是应该告诉你。"

我一把抓住他的手,"放心,无论到什么时候我决不会出卖你。"

"我在蚌埠见到秋儿了。"

"她现在怎样了?同别人结婚了吗?生活得好吗?"

"别急,听我慢慢告诉你……"

秋儿被软禁在她二舅家中,"锅大娘"成天骂她、打她,逼迫她去做人工流产,可她宁死不从,说道:"你能拴住我的身,拴不住我的心,我的身子是你给的,可孩子是我自己的,你可以打死我,但谁也别想动孩子一下!"

为了让秋儿死心,他们迫不及待地为她找婆家;不过,一连说了好几个对象都没有成功。凡来相亲之人,她都直言相告:"我肚子里怀着姓闫的种,今后长大了一定要还给他亲生父亲。"对方听后扭头就走。

听到这里,我心中尤为感动,难得她对我一片忠贞。

"闫队长,我经常去蚌埠卖鸡蛋,要不要帮你传个口信?"

"千万别——"

"你信不过我?"

"不是,不是。"

"那为什么呀?"

我痛苦地摇摇头:"别问了,你快走吧!"说罢,塞了两包烟,将他推出门外。

我并不是信不过他,更不是忘记了秋儿,只是因为有一条无形的锁链在束缚着我的手脚。来"上任"之前,公社给我"约法三章":从今后要与秋儿一刀两断;不准暗中传递信息,藕断丝连;不准私自回到芮庄。周书记一再解释说:"之所以要'约法三章',主要是对你关心。这次事件,女方不告,下面不报,上面不追,大事化小,小事化了,你的事也就不了了之。希望你一定要牢记这次教训,千万不要辜负我们对你的一片苦心啊!若再去惹是生非,引起家族纠纷,造成不良社会影响,对上对下,我们都无法交代!"我当即表示:"周书记,人非草木,岂能无情。我会珍惜这份来之不易的工作,牢记您的教导,决心与秋儿一刀两断!"周书记高兴地拍拍我的肩膀说:"记住你的承诺,好好干!组织上相信你。"

我好比孙悟空头戴"紧箍咒",命运握在别人手里。于情于理,于己于人,都不能忘记"约法三章",言而无信。对秋儿的情,只能埋藏在心底;对秋儿的爱,只能化作美好的记忆。

芮明白走了,我心中留下的却是一团理不清的乱麻!

"相思迢递隔重山,披衣更向窗前望。"我仰望着深不可测的天空,思念着远方的秋儿,心神不安,夜不能寐。无数个闪闪发亮的星星汇成一条长长的银河,将牛郎和织女无情隔开,传诵着美丽而又苍凉的千古神话;我的心又怎能将秋儿忘怀?恨只恨,一条无情的鸿沟,困住了我又隔开了她!

我久久地站在窗前,无法入睡。此刻,我联想起另一个女人的悲惨遭遇……

大千世界,无奇不有,冯拐大队发生过一起"驴换人"的事件。乍听起来还以为是杜撰,其实是确有其事。这个案子还是我亲自处理的呢。

七十年代初,农村尚未通电,社员口粮加工全靠毛驴拉碾拉磨。淮北地区盛产毛驴,不仅价格便宜而且膘肥体壮,生产队于是派杜彬去买毛驴。毛驴买好后,他日夜兼程往回赶,路上遇到了"兄妹二人"。"哥哥"称母亲有病动手术急等用钱,想把"妹妹"说个合适人家,对方只要肯拿出两百块钱,即可把"妹妹"带走。杜彬正好单身,二十八岁了尚未成亲,只可惜身上无钱,便说:"能不能等我两天,我回家取钱后再来带人。","哥哥"忙说:"没钱不要紧,只要把毛驴留下就行。"杜彬一听满口答应,当场以驴换人,欢欢喜喜地带着"妹妹"回家了。

其实,他们是夫妻关系,"哥哥"嗜赌成性,钱输光了,就逼老婆去"放鹰",已有好几家上当受骗了。"妹妹"多次反抗,怎奈"哥哥"毒打逼迫,威吓利诱,才同他合伙骗人。她对"哥哥"早已心灰意冷,失去信心,不想再回家去干那些见不得人的缺德事情。路上通过交谈,她觉得杜彬为人忠厚老实,有心以身相托。"妹妹"非常羞愧地道出实情,愿意真心实意地跟杜彬过日子,再也不回那个可怕的家。

谁知好景不长,不久"哥哥"和父亲一道找到杜家……

"妹妹"宁死也不肯回去,跪在我面前,声声哀求:"他将我卖了一家又一家,不把我当人待,我死也不愿跟他回去,请政府为我做主,救救我吧……"

面对这一棘手案件,我感到十分为难。于情,应当支持女方的要求;于理,应当保护女方不受虐待;然而,于法,却行不通。毕竟,她与"哥哥"是经过登记的合法夫妻。想到这一点,我将女方扶起来,耐心地对她说:"不愿跟他过日子,你可以提出离婚,离婚后再来这里也行。"该女子哭着说:"我早就提出离婚了,可他爸是干部,离不掉呀!"

"妹妹"被父子俩连拖带拉地推上了车;离得老远还能听见车内传来撕心裂肺的哭喊声。杜彬眼睁睁地看着刚"娶"来的媳妇被人拉走,显得是那样的无奈和悲切;而那位苦命的"妹妹",刚刚享受到人生的幸福,享受到做人的尊严,却又被带回到可怕的人间地狱……

"世上万般哀苦事,无非生离与死别。"这情景似曾相识,相似的情景,总是让人浮想联翩。芸姐已经离开人世,人死不能复生,从此天人永隔,这种痛苦是多么沉重;秋儿虽然活着,却不能相聚,忍受着别离的痛苦,这种折磨又是何其难熬! 人生的种种哀苦,又有哪一样能比死别和生离更甚呢?

繁忙的一天结束了,下班后想出去走走,调整一下烦躁的心绪。紧靠公社的后面是一片大池塘,宽二里,长七里,人们称它七里塘,公社也因此而得名。

我沿着堤岸漫步,望着平静无波的清水。黄昏时的水面在太阳余晖的照耀下,光闪闪、亮晶晶,像一面反照蓝天的镜子。冬尽春初,雪后的池水澄清得一片碧绿。一阵微风吹来,轻软、光滑的水波不停地吻着岸边,发出一种悲切而又失望的叹息声……

"驴换人"事件再次涌向我的脑海,"妹妹"留下的阴影依旧无法抹去,那凄惨的哭喊声还在震撼着我的心灵! 我想到了秋儿,平静下来的心猛然间又荡起层层涟漪,暂时泯灭的渴望又燃烧起来;分别虽然只有一个

多月,却使我尝到了别离的滋味:

    别后不知伊远近,
    触目凄凉多少恨,
    渐行渐远渐无书,
    水阔鱼沉何处问?

秋儿啊,你在哪里?
我的心飞走了,飞到了那遥远的地方……
太阳已经完全沉没到地平线之下,大地一片漆黑。
"队长,你在这干什么?"忽然,一个黑影走到我眼前。
仔细一看,原来是芮明白。
"天这么晚,你来有事吗?"
"队长,好事啊,好事!"
"什么好事?"
"秋儿她,她偷跑回来了。"
"她是怎么逃出来的? 现在哪里?"
"秋儿在蚌埠使了个脱身之计,答应嫁人,趁看家具、买'嫁衣'之机,偷偷溜走,乘火车逃回炉桥,躲到天黑后才悄悄地溜进芮宣家。你今晚务必回去一趟。"
"消息可靠吗?"
"实话告诉你,就是在我的掩护下,她才脱身的。"
听罢叙说,我又惊又喜,恨不得马上见到她。我刚刚迈出几步,头上的"紧箍咒"就吱吱作响起来。
"不行,我不能去!"
"为什么?"
"跟你也说不明白。"
"到底为什么呀?"

我长长地叹了口气,然后将"约法三章"的事从头至尾说了一遍。他听后说道:"她为你冒死逃出虎口,天地良心,也得去看看人家,安慰她几句。"

"万一漏了风声,我如何向公社领导交代?"

"现在就走,连夜赶回,不会有人知道的。"

"我回到办公室打声招呼。"

"别磨磨蹭蹭,抓紧时间走吧。"说罢,拽着我就走。

当我气喘吁吁地走进房门,四目相对的一刹那,我愣住了。秋儿的面容是那样的憔悴,目光里隐含着痛苦和凄凉,悲哀与深情,泪水在眼睛里打着转,最后夺眶而出,滚滚流淌。一个多月的梦萦魂牵,离别愁肠,千言万语不知从何谈起,真可谓:

不见面时常思念,
见面之时却无言,
满腹话语涌心底,
哪是头来哪是源?

许久,我才喃喃地说了句:"你——受苦了。"她擦干眼泪,眉宇间露出些许喜色。"盼了那么久,终于能走到一起了。"我听后不知该说什么。接着她又说:"我们走吧,走得远远的。"我一时语塞。

"我现在有家难归,无亲可投,只有依靠你了。"

"秋儿,你不该回来呀,这样会毁了你一生的幸福。"

"我早就是你的人了,不找你找谁?"

"秋儿啊,我是身不由己呀!"

芮宣在一旁提议:"摆在眼前,只有一条路,那就是私奔出逃!"芮明白接着说:"对,只有私奔一条路。"

私奔,这是我连想都没想过的事。就这样双双出逃,如何对得起一而再、再而三呵护、迁就、关心我的公社领导?我岂不成了背信弃义、见利忘义、忘恩负义、无情无义、不守承诺的小人？我认真卖力、热情苦干，为的是报答领导的知遇之恩；我也十分珍惜这份来之不易的工作，它是我人生的希望、未来的前途、生活的出路，难道我就这样轻易地放弃？

私奔，我无处可投，无家可归，无法生存，难道要让我成为失去一切的无业游民？不能啊，不能！我不能一时头脑发热、感情冲动，我不停地警告自己，这一次一定要三思而后行。

秋儿见我犹豫不决的样子，伤心地哭了。

芮明白在一旁说道："她为你遭受了那么多的罪，冒了那么大的风险，将心比心，你能眼睁睁地看她走向绝路？"我沉默了。望着秋儿那凄婉的眼神，已经微微隆起的身形，我觉得自己罪孽深重，陡然明白命运的残酷。芮宣劝道："我知道你很为难，秋儿的情和公社的情，在你心中都重要。可情有轻重，情有主次，公社少了你，地球照转，秋儿失去你，将无法生存！"我的心，再一次受到无情的撞击！

当一个女人为"情"而不顾一切，为"情"而受尽了折磨，为"情"而献出了一切的时候，你难道还不会被深深地震撼和感动吗？假如你的心灵里尚存一星点的善良和慈悲，你就不会残忍地拒绝她的奉献。

一个"情"字万斤重，一个"情"字重万斤！秋儿为"情"做出这么大的牺牲，她所受的打击和磨难，她坚贞不渝的决心，她背叛家庭的大胆行动，她敢爱敢恨的果敢，这份天大的情义我又怎能辜负？哀叹人生难两全，我别无选择，为了秋儿的这份"情"，只能私奔！

"芮明白，想求你为我办件事。"

"说吧，需要我做什么？"

"请你帮我送封信。"

"送到公社？"

"不，送到秋儿家。"

"你别惹火烧身了，还怕她家不知道？"

"就是让他们知道人是我带走的，而且远走高飞了。不然'锅大娘'带人到公社闹事，岂不给领导增添麻烦。"

"信怎么送？交给谁？"

"谁也不用交,将信偷偷丢在她家门前就可以了。"

"行,我负责办到。"

芮宣在一旁催促道:"处境险恶,你们赶快走吧!"

是呀,若是被发现,后果真的不堪设想！我来不及多考虑,拉着秋儿冲出门外,消失在茫茫夜色之中。

到了村外,我突然停下脚步,猛地抱住秋儿。两人相互凝视了一会儿,嘴唇慢慢合在一起,继而疯狂地吮吸着,尽管喘不过气来,但谁也不愿放弃。此刻,我们忘记了忧愁,忘记了烦恼,忘记了痛苦,忘记了一切！顾不得身处险境,也不怕春夜寒冷,两人倒在湿漉漉的草地上；天做被,地当床,夜幕是帏帐,我们……

之后,我们手挽着手走在田间的小道上。久别重逢,使两颗心贴得更近,有说不出的高兴。我们又唱又跳,有说有笑,就像飞出笼子的一对小鸟自由地翱翔着。秋儿兴奋地说:"我们自由了！"

"是呀,真像做梦一样！"

"我们再也不分开！"

"对,永不分开。"

走不多远,我停下了脚步。秋儿忙问:"你怎么不走了?"

"我们该投何方啊？"

"走得远远的,越远越好！"

"你呀,从不考虑后果,身上没钱吃什么？"

"你拉琴,我卖唱。"

"孩子们又怎么办？"

"带着呗。"

我沉吟了一会儿说道:"还是先到弟弟家暂避几天,等把孩子接来再说吧。"于是,我带着秋儿绕道向水家湖火车站奔去。这一绕,却把火车给耽误了,一直等到下午才有车开往淮南。为怕撞见熟人惹出麻烦,我同秋儿分坐在两个车厢里。

列车飞快行进着,穿过一座座村庄和一望无际的田野,我透过车窗远远望着十里黄大队成片的庄稼地,告别了生活八年的大芮庄。黯然销魂者,唯别而已矣。我热爱这里的一草一木,难舍朝夕相处的父老乡亲,此一别,不知何年何月,也许一生永不再来,依依惜别之情,真是难以言表。
　　一声长笛,九龙岗车站到了。

　　列车稳稳地停靠在月台边上,一些为了抢占座位的乘客簇拥着挤在车厢门口,争先恐后地向上爬,下车的旅客只好人挨人地往前挤。我随着人群,走下列车,双脚还未站稳,突然窜出一伙人来,七手八脚将我打翻在地,齐声喝道:"看你往哪里逃?快把人交出来!"

51　一波三折

　　当我们刚离险境时,祸种已经播入滋生万物的大地;当我们庆幸时,它萌芽、生长,突然结出了我们必须采摘的恶果!

　　我和秋儿经历了风风雨雨、坎坎坷坷,最终携手私奔,芮明白功不可没;可是,车站被捉,事情败露,同样毁在他的手上。这也印证了一句古语:"成也萧何,败也萧何!"
　　正是因他好酒贪杯,坏了我的大事。

芮明白最大的毛病就是贪恋杯中之物，见酒必喝，不醉不休；而芮宣也是个酒鬼，十次喝九次醉。我们刚刚离开，他们就端起了酒杯。这二人可谓是"将"遇"良才""酒逢知己"，推杯换盏，你敬我饮，直喝到东方破晓，这才想起送信的事儿。芮明白东倒西歪，一路跌跌撞撞，好不容易摸进了秋儿家大院，还未来得及掏信，酒精开始发作，他站立不稳，扑通一声倒在门前，惊得鸡飞狗叫。"锅大娘"闻声开门，发现有人趴在鸡舍旁，大声喊叫："捉贼啊！"邻居们闻声赶来，七手八脚，将他按在地上。

"锅大娘"一口咬定说他是偷鸡的贼。芮明白本来名声就不太好，如今在鸡舍旁被捉，他有口难辩驳，有因说不明，有理讲不清，口口声声大喊冤枉。

那年头，偷拿点生产队、拿公家的东西，社员们见了只当没看见，总是睁一只眼闭一只眼。若是偷了私人家的财物，人人痛恨，个个气愤，对那些偷鸡摸狗的小蟊贼也决不会手下留情。邻居们你一言我一语地齐声谴责：

"家鬼害家人，没想到他竟是个窝里贼！"

"再穷也不能偷私人的东西。"

"我家的鸡前几天少了两只，肯定也是他干的。"

"把他捆起来送到公社学习班！"

一听说要送他进学习班，芮明白害怕了，急忙争辩道："我真不是来偷鸡的，不信你们打听打听，我芮某人从来不偷私人家的东西。"

"说得好听，不偷鸡你来干什么？"

"我是来——"

"说呀，你到底来干什么？"

"我喝醉了，不知道来干什么。"

"不老实！"

"把他吊在树上，看他说不说！"

人们愤怒了，说着就有人开始动手拉他。到了这个时候，芮明白真的害怕了，他知道不讲真话是过不了关的，只好大声叫道："我是来送信的，你家秋儿被闫立秀带走了。"说罢,将信往地上一丢,撒腿便跑……

"锅大娘"正为秋儿失踪的事着急呢,得此信息如获珍宝,急忙问道:"他们能逃到哪里去呢?"有人说:"肯定回淮南老家了。"其他人附和道:"对!一定到他弟弟家去了。"于是,秋儿舅舅带了一帮人提前赶到九龙岗,早早在车站设下埋伏,因为我们绕道误了车,被逮个正着。

打骂声和叫嚷声,惊动了月台上候车的旅客以及上下班的工人。人们一下子围拢过来,部分人不明真相,偏听偏信他们的一面之词,不分青红皂白地跟着起哄,指指戳戳地谴责。

"拐骗少女,理当该打!"

"狠狠揍他一顿。"

……

一时间,我成了过街老鼠,人人喊打。

拳打脚踢之下,我已是遍体鳞伤。来人中有人大声说道:"不把人交出来,就将你绑回去游街!"从这句话中听得出来,他们并未发现秋儿,于是我咬紧牙关,忍着疼痛,一言不发。

他们用绳子将我捆绑着,连推带搡,像押送犯人似的朝出站口走去。我自忖:这下子完了,要是被绑回去,不仅颜面丢尽,还不知道他们将会怎样折磨我呢?想到这里,我身子顺势一歪,躺在地上不肯起来。秋儿舅舅指挥道:"他想耍赖,就是抬也要将他抬回去!"于是,几个人立刻抓住我的手,扳起我的脚,连拉带拽,顺着地面往前拖。

民警赶来,我像见到了救星,大呼救命!执勤公安拨开人群,厉声喝道:"不准胡来!"这伙人立马被镇住了。少顷,只听有人说:"我们是整治坏人,他是个拐骗少女的……"不等他把话说完,民警严肃地命令道:"你们听着,公共场所不准聚众闹事,都随我到派出所去!"

看热闹的人群一直跟在后面,派出所的门窗被围得严严实实。

进了办公室,我才清楚地看到,他们一共来了七八个人。令我诧异的是,大队革委会副主任、民兵营长许昌品也在场。他来干什么?他怎么会同这帮人凑在一起?实在让人费解。冷静一想,我觉得他绝不会助纣为虐加害于我,因为是我一手将他拉进大队革委会领导班子的。

　　许昌品那一年从部队复员回乡,正赶上水灾之年,生活十分困难。于是,我为他写了申请救济的报告,并亲自带他到公社批来了返销粮,要来了救济款,熬过寒冬,度过春荒。事后他说:"闫主任,谢谢你。"我说:"别谢我,要谢就谢毛主席。"他说:"对!对!我要感谢毛主席,记住林副主席的教导,读毛主席的书,听毛主席的话,照毛主席的指示办事,我要带领全家人学《毛选》。"

　　许昌品说到做到,办起了家庭毛主席著作学习班。每天晚饭后,他不顾全家人的疲劳,将父母、兄嫂和爱人招集在一起,学习"老三篇"。他爱人抱怨说:"白天劳动任务繁重,晚上实在困倦,这样下去让人怎么受得了……"

　　妻子的反对并没有动摇他的决心,他硬是把家庭学习班坚持办了下去。不久,他写了一份全家人学《毛选》的心得,报送到大队革委会。材料写得生动感人,很有典型意义。我当时也是好大喜功,想抓点成绩表现自己,不做任何调查核实,当即上报公社革委会。公社领导也认为很好,做出决定:利用这一典型事例,把全公社学习《毛选》的热情推向新高潮。随即,让他到各大队去演讲,介绍学习经验。在我的推荐及提议下,他当上了大队革委会副主任、民兵营长。复员回乡仅仅一年多就进了大队领导班子,对他来讲也算是件大喜事。事后,他激动地对我说:"闫主任,没有你的提携、帮助,就没有我许某人的今天,永远也不会忘记你的知遇之恩……"想到这些,我心中多了几分安慰和希望,我想他一定会念及旧情,帮我摆脱眼前的困境。

　　天可度,地可量,唯有人心不可防。人情冷暖,世态炎凉,紧接着发生的事,彻底粉碎了我的希望!

　　我正欲上前打个招呼,只见他脸色一沉,走到所长面前说道:"所长同志,我以七里塘公社十里黄大队革委会副主任、民兵营长的身份向你提出要求,把这个拐骗少女的犯罪分子交给我们带回去处理!"

　　他的这一举动,令我震惊。太意外了!古语说,君子有成人之美,勿

成人之恶。这个昔日还将我当成恩人、朋友的他,今天怎么会突然变脸,而且变得那么可怕,那么不近人情!唉,真是人心莫测,世事难料啊!

所长是位五十多岁的老同志,听完许昌品的讲话后,满脸严肃地责问道:"谁给你们权力可以随便打人、捆绑人?这是违法行为!"这伙人吓得面面相觑,不敢出声。许昌品赶忙说道:"还愣着干什么?快把绳子解下来。"

所长接着训斥道:"既然你是大队干部,就更应该懂得党的政策,理当通过合法手续、正当途径解决问题。在火车站这样重要的场所聚众闹事,引来这么多群众围观,万一引发交通事故,你能担当得了吗?"许昌品被说得哑口无言,不停地点头称是。秋儿舅舅也在一旁连声说道:"所长批评的对,我们一定牢记。"然后他又试探性地问道:"那他拐骗少女算不算犯法?"

"拐骗少女当然犯法!"

"那就请您对他严加法办!"

"凡事都要讲证据的,要切实调查清楚,弄明白到底是双方自愿私奔,还是拐骗?"许昌品插话道,"女方年幼无知,的确是他哄骗拐走的!"面对许昌品这种势利小人,我心中燃起熊熊怒火。朝真暮伪何人辨?古往今来底事无。直到今天,我才看清他虚伪的面目。世道凶险,人心叵测,恨只恨自己当初择友不慎,自酿苦酒。我正想当面责骂几句,忽听有人大声说道:"谁说我是被拐骗出来的?"这声音太熟悉了,循声望去,只见秋儿从里屋走了出来。在场的人大吃一惊,我顿时明白,暗自佩服,肯定是她抢先到派出所报的案。

我心中增添了几分勇气,壮了几分胆。许昌品见状忙上前假惺惺地说道:"芮秋儿,快跟舅舅回去吧!你妈在家有好几天没吃饭了,千万不能受骗上当呀!"秋儿冷冷地说:"感谢你的好心,我已十八周岁是成年人了,同他私奔是我自愿的。"她接着说:"今天当着公安的面,告诉你们,我的婚姻自己做主,谁想包办,我绝不答应!"舅舅急忙上前劝说:"人家许主任好心好意劝你回去,你这孩子怎么不识好歹呀!"秋儿转身走到许昌品面前。

"许主任,你对我真是太关心了,关心得有点过头了。"

"你这话是什么意思?"

"你心里明白,在蚌埠你当面提亲,要我同你内侄结亲,如今又带着一帮人撵到淮南,别以为你的目的我不清楚,不就是想让我做你的侄媳妇嘛!"

许昌品被闹个大红脸,支支吾吾半天说不出话来。怪不得他也搅在其中。秋儿舅舅说道:"同许主任结亲有什么不好?我和你妈都同意。"秋儿冲着舅舅回了句:"我不同意!"舅舅说:"在蚌埠你妈用掉了人家几千块彩礼钱,现在人家天天上门要债,多亏许主任出钱解难。"秋儿转向许昌品:"当干部的也搞买卖婚姻?"许昌品十分尴尬地说:"钱的事好说,算是我借的。"舅舅一拍胸口说道:"许主任你放心,这门亲事我同她妈说了算,今天就是拖也要把她拖到你家去!"

说罢,他拉着秋儿向门外走去。其他人也一拥而上,在后面推推搡搡。秋儿双手死死地抓住门框不放,大声哭叫:"我死也不愿回去,你们拉走我的人拉不走我的心!公安领导,你们要为我做主呀!"所长大喝一声:"都给我住手!"吓得所有人都愣住了。"芮秋儿,你当着家人的面说实话,是不是被拐骗出来的?"秋儿声泪俱下地说道:"他们将我软禁在舅舅的家中,强行包办婚姻,为我说了好几户人家,最后硬逼着我与姓朱的结婚,被逼无奈我才使出脱身之计。如今,我已失去了人身自由,请所长为我做主呀……"

"你们都听清楚了吧!包办婚姻是违法行为。现在分开问话。"所长对身边的民警说,"把他们这些人逐个的给我登记,详细做好问话笔录。"接着对我们说:"芮秋儿,你们跟我到后面去把事情的经过再说一遍。"他将我们带到后院,打开边门说:"快走吧!路上要小心,这些人是不会放过你们的。"我同秋儿千恩万谢,离开了车站派出所,向闫家湖走去。

阔别家乡多年,如今闫家湖已发生了巨大的变化。因为地面塌陷,煤矿职工宿舍全部搬迁到铁路以北,在闫家湖东面建造了一百多栋砖瓦房,设立了街道、商场、中小学校。新修的一条柏油马路直通矿北门,将闫家湖一分为二,路东居住工人,路西是农民。一个工农结合的新村,名字仍叫闫家湖;不同的是,一个村分属两个行政部门管理。为了便于区分,人们习惯地称路东为"闫家湖工人房",路西为"闫家湖生产队"。

原先苍凉贫穷、交通闭塞的村庄,如今是旧貌换新颜。门前靠马路,村头就是街道商场。到了晚上,家家电灯雪亮,排排路灯齐放,闫家湖整个夜空一片灯火辉煌。

由于矿区征地,儿时的小伙伴多数被招进煤矿当了工人。他们跳出"农门",进了城市,让人羡慕不已。而我……

面对着日夜思念的故乡,我感慨万千:任何一个离家的孩子,对家乡都会梦萦魂牵,心驰神往,常常是"举头望明月,低头思故乡";少小离家,在外飘泊闯荡,至今一事无成,真可谓:路有坎坷,事业难测,理想成空,抱负未酬;现如今,落难返乡,徒手而归,自觉无颜面对家乡父老,失落伤感之情油然而生。我们站在路口几经徘徊,迟迟没有勇气进村,直到日落西山,在暮色的掩护下才悄悄走进弟弟的家中。

弟弟从部队刚回来不久,现在他也是泥菩萨过河——自身难保。白手起家,困难重重,住房、家具、生活用品样样奇缺。他见我愁眉不展的样子,安慰道:"哥,别愁嘛!车到山前必有路,你放心,一碗稀饭我们兄弟分着喝,不信过不去这个'坎'。"弟弟的一席话,令我倍感亲切,困难之中更显手足情深。

话虽这么说,可我又怎能忍心拖累弟弟,再说他的日子也不宽裕。我动情地说道:"你的情意哥领了,如今我还有何脸面在闫家湖待下去。你去把两个孩子接来,生活的门路我另想办法。"弟弟说:"好吧,等把孩子接来再做商量。"

我们正说着话,好心的邻居慌慌张张地跑来说道:"你们快走。姓芮的来了一大帮人,马上就到。""快跟我走。"弟弟边说边带着我们向路东跑去。

由于采煤工人被抽调一部分去支援淮北,因此工人房空闲不少,我们挑了一间暂作栖身之地。弟弟说:"这里住的全是工人,他们不会找到这儿来,先将就几天,明天一早我就去把两个侄女接回来。"说罢,匆匆离去。

一连三天,倒也相安无事。

晚上,我对秋儿说:"我们一家四口,这样住下去非把弟弟拖垮不可。"秋儿说:"是呀!我们应该想办法自谋生路。"但是,何处才是我们的安身之所、容身之地呢?又靠什么来养活大人孩子?此时此刻,我才真正地体会到什么叫"山穷水尽"了。秋儿安慰我说:"不要愁,就是带着两个孩子去讨饭我也能活下去!"

突然,一阵急促的敲门声打断了我们的谈话。我不敢轻易开门,轻声问道:"有事吗?"来人说:"我们是矿保卫科纠察队的。"一听说是矿保卫科来人,我不敢怠慢,急忙把门打开。

"请你们到办公室去一趟。"

"深更半夜的叫我们去有什么事?"

"到办公室就知道了。"我们怀着忐忑不安的心情走进了办公室。

保卫科长是一位三十岁左右的转业军人,穿着一身没有帽徽领章的旧军装,表情十分严肃,见面开口就问:"你们住在这里有证明信吗?"我说:"没有,我老家就是闫家湖的。"他指了指秋儿:"她呢?有没有证明信?"秋儿答道:"没有。"科长说:"没有证明信,就是外流人员,外流人员一律要遣送回乡。"秋儿说:"我是他老婆,是到弟弟家来探亲的,怎么能算是外流?""你是他老婆,有结婚证明吗?""没有。"保卫科长将桌子一拍,大声斥责道:"没有结婚证明就是非法同居!非法同居也可以说是流氓行为,不抓你就算是客气的了。现在,我们按外流人口处理,把你交给地方政府带回去!"说罢一招手,从里屋走出五个人,为首的就是大队民兵营长许昌品,其他都是大芮庄跟来的人。

许昌品得意地说道:"这一回我们带着大队革委会介绍信,手续齐备;首先找了矿保卫科领导,符合组织程序;按照解决外流人口政策办事,合理合法。芮秋儿,今天你必须跟我们回去!""我坚决不回去!"秋儿理直气壮地说:"你敢限制我的人身自由?"保卫科长回应道:"遣送、接收外流人员,就是带有一定的强制手段!"秋儿反唇相讥:"我要是坚决不走呢?"许昌品道:"那就别怪我们不客气,强行押送。"说罢,手一挥,四个人上前架着秋儿就走。我急忙上前阻拦,保卫科长用手指着我说:"我们是按党的政策办事,你敢干扰执行公务,我把你关起来!"这时,我什么也顾不上了,急忙拦阻他们,两个纠察队员不由分说,一脚将我踹倒在地上。保卫科长说:"走,我们护送你们去车站。"说罢,带领纠察队员走了。

我慢慢地从地上爬起来,傻愣愣地站在路边,眼睁睁地望着心上人渐渐消失在茫茫夜色中。

就在这时,有人在我背上轻轻拍了一下,惊得我回头一望,原来是值班看门的老头。弟弟介绍过,他俩都喜欢下象棋,算是一对棋友。老人指点说:"还傻愣着干什么?快去找你弟弟呀!"我猛地惊醒过来,正欲走,老人悄悄说:"你知道吗?保卫科长和那个姓许的是战友,他们今天还在一块喝酒呢!"我明白了,难怪保卫科长那么"热心"哩。

弟弟在生产队担任青年突击队队长,正带着小青年连夜挖塘,引水抗旱。一听说有人抢走了秋儿,二话没说,带领二十多人,扛着铁锹就向火车站追去。

大伙都挺仗义,不多时就将许昌品他们拦住,不容他们还手,举起家伙就打。许昌品等人见势不妙,丢下秋儿,四处逃散;这阵势也把保卫科长吓傻了,他怎敢得罪地方老百姓?

于是悄悄躲在一旁,一句话也不敢说。

回到闫家湖已是凌晨一点,我对弟弟说:"此处不能久留,我们必须马上离开。"弟弟担心我们无处可投,我说:"你放心,我们会有办法的。"弟媳在一旁说道:"两个孩子我们帮你抚养一个,多少也能减轻你的一点负担。"就这样,留下了晓玉,兄弟俩依依不舍,洒泪而别。

当天上午"锅大娘"找上门来,弟弟吓得一个劲地对她说好话,可是"锅大娘"不依不饶。

"你不把秋儿交出来,我就在你家闹。"

"你女儿自己跑出来的找我干什么?"

"人是你放走的,不找你找谁?"正闹得不可开交,弟媳芮林梅回来了。她一见"锅大娘"又哭又闹,急忙上前劝道:"大嫂,有话好说嘛,别闹了!","锅大娘"一见芮林梅,哭得更凶:"你不把人交出来,今天我就死在你家。"

芮林梅也不是等闲之辈,娘家人多势众,哪肯把"锅大娘"放在眼里。她说:"看在同村同姓的分上,我喊你一声嫂子,你起来洗洗脸,吃点饭走人。若是想在我家耍赖,别怪我翻脸不认人!"。"锅大娘"看硬的不行,哭闹得更凶:"你们都来欺负我……我不活啦!"说着,一头倒在地上,使出"乌龟大憋气"的绝招,两眼一翻,口吐白沫,仰面朝天"死"了过去,吓得在场的人面面相觑,不敢出声。倒是芮林梅显得十分轻松,她说:"你们不要怕,大嫂的病我会治!"说着,她用棍子挑了一块牛屎,来到"锅大娘"跟前说道:"我用这块牛屎往她嘴里一塞,肯定药到病除,这着叫单方治大病。"还没等弟媳动手,"锅大娘"赶忙爬了起来,边走边说:"芮林梅,你等着。过几天,我来放火烧你的房子……"

望着"锅大娘"狼狈而逃的身影,在场的人一阵哄笑……

52　沦为乞丐

　　生存的欲望,是人的本能。当生存面临威胁的时候,有人就会不顾身份,丢掉尊严,折腰屈膝。我接过小乞丐的烧饼狼吞虎咽,并用"大丈夫能屈能伸"聊以自慰。

　　要说美,是家乡美;要说亲,是家乡人。我虽少小离家,仍然把自己看作是这块土地上的人,没有家乡亲人的救援,我也不可能同秋儿结成一段姻缘。

　　人生在世,谁不热爱自己的故乡?游子飘泊,谁不留恋童年成长的地方?回到阔别多年的故土仅仅三天,尚未享受到家乡的温暖,还未来得及和乡亲们叙旧,没有重游儿时放牛的田野,也没有闻到禾苗的清馨、泥土的芳香,却又要离去。

　　来也匆匆,去也匆匆。进村之时,羞于见人难抬步,离村之时,情愫依依步难抬。站在村口,举目望天,星儿点点,宇宙显得那么凄婉空旷,浩瀚无际;一勾弯月斜空独挂,孤零零又是那样凄凉冷酷。残月照离人,离人无语月无声。

　　我顺着水沟,来到了南小桥。

　　这座残缺的断桥,算得上是家乡唯一的"古迹"了。听老人讲,解放前为了防止土匪打劫,挖深沟一条,修造了此桥。这儿,是进出村庄的唯一通道,已有五十多年历史。历经半个世纪的风雨沧桑,如今桥面只剩下一半,人们早已不登此桥,留下的是一段凝固的历史。桥下流水潺潺,如泣如诉,勾起了我对童年的回忆:夏天,每逢打雷下雨,螃蟹都会出洞,顺着水沟往上爬,我提着小铁桶逮螃蟹,然后到街上卖,两分钱一只,攒下钱买胡琴弦、松香,操练二胡。没想到学会了胡琴,却带来了噩运!如今,我犹如这残缺的断桥,备受世人的冷落和唾弃……

　　走过南小桥,前面就是我的母校——周家圩小学。望着整齐的教室,别有一番滋味涌上心头。同在这里走出去的我们那一届高小毕业生,很多人当上了国家干部、工人、教师,就连少数在农村种庄稼的也比我强。他们,至少有一个家呀!而我呢?成了真正的"无产阶级"!

夜色将尽,离愁无穷。我怀着对家乡的深深眷恋,在迷离恍惚的夜色中,一步三回地告别了闫家湖,顺着田间小道,漫无目标地向前走去。

想起刚才"抢人"那一幕,我仍心有余悸,惊魂未定。此时已是下半夜,万籁俱寂。远处偶尔传来几声狗吠,划破夜的宁静。树影随风摇曳,疑是那伙人又来拦截,我如惊弓之鸟,早把缠绵的恋乡之情,抛到了九霄云外。

露水打湿了裤角,我毫无感觉,背着孩子只顾奔命,不知不觉将秋儿远远地落在后面。她气喘吁吁地喊道:"你等等呀!"我猛地意识到,只顾了自己,却忽略了秋儿,赶忙收住脚步停下等候。她步履蹒跚,跟跟跄跄,好大一会儿才追上来。担惊受怕的我抱怨道:"你也走快些呀,像这样慢腾腾的,万一他们追来怎么办?"秋儿喘着粗气说道:"我实在是走不动了。"说着,两腿瘫软地坐在地上,头上汗水直流。"秋儿,你怎么啦?"她抬头望了望,撸起裤脚:"你摸摸看。"我蹲下顺手一摸,不觉大吃一惊,她两腿浮肿变粗,脚面像馒头一样凸起。我知道,这是妊娠反应、营养不良所致,难怪她走不动路。我恨自己粗心,一种愧疚爱怜之心油然而生,噙着泪水对她说:"你这样跟着我遭罪是何苦来呀!"她站起来轻轻地说了声:"走吧!"带头朝前走去。

此时,我不知用什么话来安慰她,更无法表达自己的心情,只是长长地叹了口气,默默无语地跟在她后面,慢慢地走着。她回头望了望说道:"我没有文化,说不出什么道理来,只相信缘分。既然我俩有缘在一起,今生今世,是穷、是富、是苦、是乐,我都认命了!"她的话,令我吃惊。这绝对是一位非同一般的农村姑娘,她有着男人一样的勇敢、果断和刚强,既有传统美德,又有叛逆精神。

世界上相似的爱情故事不计其数,但是,彼此间完全雷同的却又少之又少。从差异中可以看到,人生与爱情这出大戏,既然由不同的角色来演绎,那故事中的情节与场面,自然也就会呈现出千姿百态。鲁迅说过,悲剧是将美好的东西毁灭了给人看,喜剧是将丑恶的东西撕破了给人看。如果说,芸姐红颜薄命是个悲剧人物,那么,秋儿则继续扮演另一个悲剧角色。

　　人生如戏,如戏人生,第二幕才刚刚开始……

　　顶着晨雾,我们来到了煤城最大的市区——田家庵。

　　这里原是市委、市府所在地,是淮南市政治、经济、文化中心。它紧靠淮河,昼夜不停的轮渡将两岸连为一体,工农业产品互补,促进商贸发展,商品市场十分繁荣。华东最大的火力发电厂坐落在淮河岸边,向南京、苏州、上海等大中城市提供工业和生活用电。公路、铁路、水运,交通便捷,四通八达,过去有"小上海"之美称。"走千走万,赶不上淮河两岸"的歌谣就是对这里的赞美。

　　眼前的田家庵,大不如前了,它被"红卫兵"改了一个非常革命而又响亮的名字——"向阳"。一大早,高音喇叭哇哇叫,一遍又一遍地播送着毛主席语录歌曲和革命样板戏;到处都是毛泽东挥手接见红卫兵的巨幅画像;白墙、砖墙、水泥墙全都变成了大红墙,"最高指示"随处可见。

　　穿过大街,来到区文化馆剧场(原市少年之家)。想当年,我们淮丰庐剧团多次在这里演出,许多戏迷把我们当作贵宾,请客送礼,交朋友,认干亲,你争我抢。现如今,时过境迁,唱戏的都成了"牛鬼蛇神",再也没人敢搭理我们了。

　　"遣送站"的车子拉着警笛,满街转悠,遇到外流人员、怀疑对象,抓上车送进"收容所",等着遣送。紧张的气氛令人提心吊胆!

　　我们走进龙湖公园(当时叫向阳公园),这里正在兴建,尚未竣工,园内无人管理。一个连一个用雨布或芦席搭成的窝棚,形成了一个部落群,里面住的多是捡破烂的、盲流、拾荒的、要饭的,是乞丐们精心挑选的大本营。

　　一夜的奔波与惊吓,我们早已疲惫不堪,更是无暇欣赏四周的景物,各人找了张长椅躺下,不一会儿全都进入了甜甜的梦乡。

龙湖公园——当年我当过乞丐的地方

福无双至,祸不单行,人要是倒霉,喝口凉水也会塞牙。待我一觉醒来,发现提包不见了。那可是我们的全部财产呀!我顿时惊出一身冷汗,连忙唤醒熟睡中的秋儿,一同四下寻找,就在不远处的花丛中发现了提包和撒落满地的衣物,一查点,所有东西一件不少,唯有弟弟给的三十五元钱不见了踪影。这钱本来是准备买二胡卖唱糊口的,丢了钱就等于丢了饭碗,现在可好,我用什么来养活她们?好运不来,厄运先登。懊恼、怨恨、心疼,气得我蹲在一旁用双拳不停地砸自己的脑袋。我猜想,肯定是那帮乞丐干的,恨这些人也太不仗义,为何对我这落难之人下手?

恼怒多于悲伤,忧虑交织着愤懑。面对着眼前一座座像坟丘似的乞丐包,既无奈又无望,我只有摇头叹息。

秋儿待在一边,难过地默默落泪,不懂事的女儿哭闹着喊肚子饿了。正在气头上的我心烦意乱,一时情绪失控,举手打了她一巴掌。女儿的小脸被打得通红,不敢再高声哭叫,只好低声抽泣,小声嚷着:"爸爸,我饿,我饿……"

秋儿生气地说:"打孩子干什么?自己将钱丢了,拿孩子出气!"是呀,孩子是无辜的,从夜里到现在,茶水未进,大人已是腹内空空,饥肠辘辘,更何况她是个孩子呢。女儿不停地喊饿,像针一样刺痛着我的心,我无法满足她的要求,也无法向她解释。

秋儿拉着女儿朝公园大门外走去。

"你去干什么?"

"讨点东西给她吃。"

"去讨饭?"

"还有别的办法吗?"

"不能去!"

"为什么?"

"要是传扬出去,多丢人哪!"

"到了这种地步,你还死要面子。"

"反正我不同意你去讨饭。"

"爸爸,我饿……"面对着女儿一再喊饿,我沉默了。

"你等着,我们娘俩讨点饭来给你吃。"

"就是饿死,我也不会吃别人的残汤剩饭!"

秋儿不再搭理我,拉着孩子头也不回地走了。我心中一阵酸楚:作为丈夫,不能养活妻子;作为父亲,不能抚养子女。男人的骄傲,在那一瞬间消失殆尽。

人常说:健康的家庭产生幸福,畸型的家庭产生灾祸。儿女的人生不由他自己选择,父母的祸福却会影响孩子的一生,甚至带来无法挽回的后果!她太小,还不懂这个世界的人情冷暖,不知生活的甘苦和人生的艰难。正是因为我坎坷的命运,让苦命的女儿失去了上学的机会,这让我永远也无法抹去内心的愧疚!

下午一点多了,还未见秋儿回来。我心中焦急,担心她们会出事。饿得心里发慌,渴得嗓子冒烟,我坐卧不宁,来回徘徊,两只眼睛不停地盯着公园大门,盼她们早点平安归来。

就在这时,从大门口摇摇晃晃走进来一个少年。看上去也不过十二三岁,穿着虽然有点脏,但却是尚好的行头,上身一件不合体的卡叽布制服,下身一条东方呢裤子,足蹬一双"回力牌"球鞋,嘴里叼着香烟、哼着小曲,一副玩世不恭的样子。他走到我面前说:"哥们儿,看你不开心的样子,遇到难处了吧?"我不屑一顾,心中猜想,他肯定是住在这里的小乞丐,说不定钱就是他偷的呢,于是将头一扭,不想理睬他。"哥们儿,来支香烟。"他就势在我身旁坐下,甩过一支香烟。我只好客气地应道:"谢谢,我不会抽。"

"假如我没猜错的话,你们是出来避难的。"

"别瞎猜!"

"你们还丢了钱。"说罢,他嘴里喷出一个烟圈儿。我听了觉得挺奇怪,反问了一句:"你怎么知道的?"他狡黠地一笑:"你们三人,从早晨一直睡到中午,说明是连夜出走;不住旅馆,不去投亲访友,只待在这里,说明你们是出来避难的。"

"看不出你小小年纪倒蛮有眼光的,分析得头头是道。"

"说实话,别看我年龄不大,在江湖上已经混了三四年了,不是吹的,蚊子打我头上飞过,我都能认出公母。"见我夸他,更加来了神气,滔滔不绝地侃起来,"不瞒你说,我去过北京,到过上海,跑遍了大半个中国。"

"你怎么不去上学,却到处流浪?"

"嗨,别提了,一句两句讲不清。"说着,他从怀里摸出两块烧饼。"给,我知道你现在饿着肚子。"我愣了一下,没有伸手。"别客气,拿着吧!"看着他那一双脏兮兮的手,我实在不想接,可是腹内空空,饥饿难忍,又使我无法拒绝。

生存的渴望,是人的本能。生存面临威胁的时候,人有时也会不顾身份,丢掉尊严,折腰屈膝。我接过烧饼,狼吞虎咽起来,并用"大丈夫能屈能伸"聊以自慰。

通过短暂的接触,我觉得他很讲义气,挺可爱的。接下来的攀谈,使我初步了解了他的身世。

他叫雷跃进,一九五八年生,外号"小妖精"。三年前,还在上小学的他,一天在上学路上捡了一本《毛主席语录》,心中十分高兴,但因害怕迟到,忙着赶路,连看也没看就放进了书包,一蹦一跳地向学校走去。上课的时候,他将那本"红宝书"放在课桌上,崭新的红色封面,是那样显眼。

下课铃响了,他高高兴兴地冲出教室和同学们一起玩耍,留在教室里的同学看见桌上那本"红宝书",挤上前来,争相翻看。当他们翻到《毛主席语录》的扉页时,都惊呆了,只见毛主席那张标准像上多了一副眼镜,嘴上还添了胡子。这本书很快被送到校长办公室,并惊动了县公安局。

面对一张张严肃的面孔和声声责问,乳臭未干的"小妖精"吓哭了。除了眼泪和语无伦次的回话,他什么也讲不清楚。虽然因为年龄太小,没有抓他,但最后却做出了"学校除名、家长严管"的决定。于是他失去了上学的机会。面对父亲的拳头,母亲的责骂,他感到委屈、冤枉,一气之下,逃出家门,四处流浪。

他经受了常人不能忍受的苦难,经受着饥饿、寒冷、疾病以及死亡的考验,从一个纯真的儿童,沦为一个放荡不羁的少年乞丐……

"想不想家?"我问他。

"想,出来三年了一次也没回去过。"

"想不想你的父母?"

"想,连做梦都想。"

"那你为什么不回去看看?"

"我害怕。"

"怕什么?"

"怕别人骂我是小反革命。"

"就为这个?"

"我如今是个讨饭的,回去也让人瞧不起。"

"知道吗?你的父母会日夜想念你呀!"

"所以我一想到父母,简直就要发疯。"说着,两行泪水从他脸上流了下来。

真奇怪,我发现泪水冲去了脸上的污垢,他变得比先前好看了。刚才还是一副玩世不恭的样子,现在却变了。这可能是他良知的觉醒吧。有时良知的觉醒,不仅靠呼唤,而且还有触及心灵的震撼。人哪,真是地球上最复杂的动物。

"求你办件事。"他带着乞求的目光望着我。

"什么事？说吧！只要我办得到。"

"一看你就像个有文化的人，帮我写封信。"

"给谁写信？"

"俺爸，俺妈。自打外出流浪一封信也没往家里写过。"

"你不是上过两年学吗？"

"那点墨水，早忘光了。"

"行，我帮你写。"

"谢谢！"

"可是没有纸笔呀？"

"我这就去买。"

"好吧，我等着你。"

"哥们儿，够朋友！"他高兴得手舞足蹈，径直向公园外走去。

望着他远去的背影，我觉得这位小乞丐可爱、真诚，而且又是那样天真无邪。艰难困苦的环境使他过早地成熟了，而这成熟又是那样的畸形和令人害怕。活着是他的本能，支撑他的是那种对生活的顽强精神。它使他能够面对厄运，把悲剧当成笑话，把痛苦当作欢乐！

我正在遐想，秋儿带着女儿回来了。报纸里包着几个馒头，女儿高兴地递给我一把碎钱，一数共有八角二分。"怎么回来得这么晚？让人担惊受怕的。"我关切地问。

"讨饭这事，说起来容易，做起来挺难哪！"

"我知道，真难为你了。"

"我带着孩子站在饭店门口，足足有一个小时没敢进去。"

"那为什么呀？"

"实在拉不下这张脸，觉得自己年纪轻轻开口讨饭太难为情了。"

"那就回来嘛！这件事一开始我就反对。"

"看你说的，回来怎么办？喝西北风呀！"

"后来呢？"

"多亏一个孩子帮忙。他人可机灵啦,对我说,大姐别怕难为情,我也是讨饭的。胆子大些慢慢就会习惯的,还教会我一套讨饭经:

　　叫人不亏本,
　　舌头打个滚,
　　男的叫大爷,
　　女的喊大婶,
　　讨饭嘴要甜,
　　该忍还得忍。

他还说:"人在矮屋檐,不得不弯腰。"
我听后,觉得很有道理。想不到,讨饭还有一套理论呢!秋儿把馒头递过来说:"快吃吧!这是干净的。"我抓过馒头就啃,秋儿看了,在一旁偷笑。我知道她在笑话我讲的"过头话"——饿死也不吃讨来的残汤剩饭。
我边吃边听她讲述讨饭的经过……
秋儿站在门外不敢进去,那孩子继续开导说:"女人和孩子是最受人们同情的。"说罢,拉着秋儿娘俩走进饭店,小声说道:"我先做个样子给你们看。"于是他开口便说:"各位大伯、大婶、爷爷、奶奶,俺们是来自黄河边上的难民,家乡受了水灾,父母生病无钱医治,我同俺姐、俺妹要饭糊口,讨点钱给爹娘治病。"说着从身上掏出竹板边打边唱:

　　来得巧,来得妙,
　　贵人吃饭俺来到;
　　你们吃肉俺喝汤,
　　你们发财俺沾光,
　　你们赏点零碎钱,
　　多福多寿万万年!万万年!

唱到这里,弯腰给吃饭的客人们鞠个躬,接着口气一转又唱道:

小小酒壶嘴对嘴,
听我唱段小气鬼。
小气鬼,小气鬼,
兜里有钱不肯给。
白天走路摔断腿,
夜里回家遇见鬼,
喝口凉水烫烂嘴,
过河坐船掉下水,
送到医院说病危,
火葬场里多个鬼!
死到临头才知悔,
多做善事心灵美。

"各位老少爷们儿,我唱的是昨天的事,今天这里没有小气鬼,赏一块不嫌多,给一分不嫌少……"说完,他使个眼色让秋儿挨桌去讨要。听了他含沙射影、指桑骂槐的开场白,谁又愿为几个小钱挨骂呢?于是你五分他一毛地纷纷解囊。

听完秋儿的叙述,我感慨万千,谁说乞丐愚蠢呢?他们不也是"智力型"的人才吗?我接着问道:"你说的那个小乞丐呢?""他唱完就走了。"我心中暗想,世上还是好人多,连乞丐也是如此。

小跃进买好纸笔回来了,还未来得及说话,秋儿就一眼认出了他。

"刚才就是这位小兄弟帮忙的。"

"你为什么要帮我们?"我不解地问他。

"我知道你们丢了钱,也知道是谁干的,但我不能说。"

"为什么?"

"这是帮规。这里人员混杂,偷、扒、抢、拿、坑、蒙、拐、骗,什么样的人都有。今后你要多加小心。"

我写好信,劝他说:"最好还是回家看看你的父母吧。"他点了点头:"等攒够了钱再说吧。"临分手时他问我,"今晚你们住哪儿?"

"住车站候车室。"他听后摇摇头说,"不行,那里不安全,每天都有人去查,要是被'遣送站'查到那就麻烦了。""我们没有钱去住旅馆,再说,身上也没带证明信呀!"他说:"我告诉你们一个最安全的地方,前面不远一拐弯就是淮南市第一人民医院,睡在候诊室最安全。遇见查夜的就说是来等候看病的。"说着,他从身上掏出一点零钱和几斤粮票:"给,晚上买点吃的。明天一早我就过来,带她们再去别的饭馆。"说罢,转身走了。

"人在矮屋檐,不得不弯腰。"小跃进的话很有道理。一个十多岁的孩子能坚强地活下来,难道我们就不能渡过眼前的难关?什么面子?什么自尊?一不偷,二不抢,讨饭也是正大光明的。当一回乞丐,权当我体验一下生活吧。

流浪的生活是什么?是漂泊与乞讨,求生与磨难,失落与欲望……它颠倒了世上的尺度,改变了生命长河的渠道,带给流浪者的只能是难以消蚀的伤痕,让人咀嚼着辛酸和悲哀的记忆。

一个星期过去了,我们节余了八块多钱,再过几天凑够钱,买把二胡去卖唱,就可以结束乞讨生涯了。

市一院的候诊室,宽敞明亮,一排排的长条木椅,正可当床睡觉。候诊的、急诊的,病人来往不断,所以我们一连睡了几个晚上,都未引起人们的注意。

这天夜里,天气有点闷热,直到很晚我才睡着。蒙蒙中被人推醒,我睁眼一看,面前站着一个穿白大褂戴口罩的医生,身边站着两个青年人。我不觉心里一凉:坏事了……

53 歪打正着

被践踏的何止是"花鼓灯"艺术?那些享誉中外的戏曲、剧种、剧目以及许多优秀的民族传统文化,不都被搞得支离破碎吗?

游民生活,除了为吃住发愁之外,还整日里提心吊胆:一怕被芮家来人捉住,二怕被"遣送站"发现收容,押回原籍。睡梦中我时常惊醒,真是惶惶不可终日。梦中,我突然被人叫醒查问,着实吓了一跳,连忙站起,陪着笑脸:"你们是——"来人摘下口罩,笑眯眯地望着我。我仔细一看,原来是同在剧团的好友,武生演员闫立义。我们同姓同辈不同村,他家住在九龙岗东北曹店。自从剧团解散炉桥一别,已有七八年没有见面,久别重逢,真是又惊又喜。

"是啊。你是来看病的?"

"你在医院当医生?"

"不。我在大队当赤脚医生,今晚护送病人来的。你也是送病人来的?"

"唉!一言难尽哪!"我长长地叹了口气,把分别后这些年的不幸一五一十地告诉他。他听后,沉默良久,连连叹息:"芸姐这么好的人,怎么说走就走了呢?更想不到你会流落街头!"

"人生的路,往往不是自己能够左右的。"

"你们先到我家住些日子吧。"

"谢谢,拖儿带女的我们哪儿也不去!"我态度坚决地说。

"这样流浪飘泊,也不是长久之计。"

"暂时避避风头,等秋儿妈气消了再说吧。"

"我给你介绍一个地方,去了准行。"

"在哪儿?做什么?"

"我岳母家住怀远县桥口屯,那里是花鼓灯之乡。公社程书记是当地人,为了给家乡挣面子,成立了一个业余艺术团,准备参加县里举办的革命文艺汇演,由于缺人指导,前些天来找过我。"

"你怎么没去?"

"我是大队赤脚医生,走不了。"

"你的意思让我去？"

"你去最合适,既可发挥艺术特长,又能摆脱眼前的困境,再说秋儿家里的人也找不到那地方。"我听后高兴极了,满口答应。他写了一封信并交待我:"把信给我内弟新桥,他会出面帮忙的。"

真是无巧不成书,巧就巧在一生中每每遇到难处,总有贵人相助。是天意？是巧合？说不清。这可能也算是"命运"吧。

第二天一早,我们准备动身,秋儿提醒道:"我们应该去给小跃进打声招呼,这些天多亏人家帮忙呀!"我说:"对,应该向这位小朋友告辞一声。"来到公园见他不在,久等也不见他归来;有人说他被抓走了,有人说他犯事逃跑了……

带着惋惜与遗憾,我们匆匆离去了。

走出公园,回头望了望由窝棚组成的乞丐群落。这儿既是贫困滋生的产物,又是社会犯罪的温床,同时也是一种历史现象。七天的乞丐生活,我无法更多地接触他们,无法更深地了解他们;七天的乞丐生活虽是我人生中短暂的一瞬,但留在我心上的烙印却是深深的。

渡过淮河,翻越防洪大堤,呈现在眼前的是广阔的淮北大平原。

春风吹绿了河川,吹绿了堤岸,又是杏花纷谢桃花争艳的阳春三月。平坦的沙土地上,绿色的麦苗郁郁葱葱,在和煦的阳光照耀下,微风荡波,恰似一望无际的绿色海洋。蝴蝶双双对对飞来绕去,在田野上空翩翩起舞。蜜蜂成群成群地在花丛中忙忙碌碌,带着嗡嗡之声辛勤地采蜜。百灵鸟在天空中鸣唱,野兔在路边跑来窜去,大地一片春意盎然,勃勃生机。我们穿行在美丽的平原上,边走边欣赏大自然的风光。

一路上行人稀少,走了半天也未见到村庄。秋儿怀着身孕,我们不敢走得太快,于是边走边聊。

"你猜我怀的是男孩还是女孩？"

"我猜一定是男孩。"我不假思索地说。

"为什么？"

"说不出理由,只是凭直觉吧!"

"你喜欢男孩还是女孩?"

"男孩。"我回答得很干脆。

"要是生个女孩呢?"

"我同样喜欢,希望她像你一样勇敢。"

秋儿深情地说:"我也想要个男孩,这样你就有儿有女了。"她的话让我心里感到一阵甜蜜。

"愿上天保佑吧。"

"太累了,坐下歇一会儿。"

我们席地而坐,女儿发现小飞虫好玩,一蹦一跳地追赶着,越追越远。秋儿疲倦地靠在我身上说:"再生一个孩子,负担就更重了。"

"别想那么多,走一步算一步吧。"

"你觉得我们此去有把握吗?"

"应该说问题不大。"

"那可是'花鼓灯'之乡呀!"秋儿不无担心地说。

"解放前,我们的家乡九龙岗就属怀远县管辖,对于这一古老的民间'花鼓灯'艺术,从小我就耳濡目染,有所了解,自信心还是有的。"

"花鼓灯"艺术是经过几代人的辛勤努力,用智慧创造出来的辉煌的民族文化。自打"文革"开始,那些优美的舞姿不准跳了,脍炙人口的"情歌"也不准唱了。我心中暗想:假如我能大胆改良,让古老的"花鼓灯"艺术为时代所用,也未尝不是一条出路。

我们继续赶路,忽听远处传来一阵悠扬的歌声。这是"花鼓灯"的情歌对唱:

> 三月里来桃花开,
> 偷偷下湾挖野菜。
> 手提竹篮四处望,
> 妹妹等得好无奈,
> 为何哥哥还没来?

大路我怕遇熟人，
绕过小桥进树林，
赶集买来丝绒线，
送给妹妹绣花名，
绣对燕子双入云。
……

我被这美妙的歌声深深地吸引住了，禁不住放慢了脚步。循声望去，只见一对青年男女迎面而来，他们边走边唱。

"这是什么歌？蛮好听的。"秋儿问道。

"这就是'花鼓灯'对歌。"

"对歌？"

"是呀，对歌很有情调的。它言简意赅，内涵丰富，形象鲜明，耐人寻味，是男女青年相互传情达意的一种方式。"

"你讲的我听不懂。"秋儿摇了摇头。

"每逢佳节盛会，都有花鼓灯表演，放开歌喉，相互对唱。男角称'鼓架子'，女的称'兰花'。跳舞足尖落地，歌词临场发挥，随事而发，信手拈来。也就是说，现编现唱，往往问得好，对得也绝。"我解释道。

"真有意思。"

"你别小看'花鼓灯'啊！一九五三年，怀远花鼓灯进京献艺，受到党和国家领导人的赞誉，周恩来看后，称其为汉民族舞蹈的代表——'东方芭蕾'。"

说话间他们来到面前。我仔细打量一下，男孩子虎里虎气，满脸憨厚，打眼看就是一块"鼓架子"的料；姑娘梳两个小辫儿，瓜子脸配上一双水汪汪的大眼睛，苗条的身材，纯情的微笑，带有乡土气息的美，天生一副"兰花"相。他们既像兄妹，又像一对恋人。

"请问，这里到桥口屯还有多远？"我想顺便打听一下路，开口问道。

"不远,还有五六里地。"他们一齐回答。

"谢谢。你们刚才唱的是'花鼓灯'对歌吧?"

"是呀,你也懂?"

"唱得很好,音调歌词都很美。"

"你还挺内行的。"他说。

"谈不上内行,我只是随便说说。"

"我们是师兄妹,很小就跟师父学艺了。"

"假如我没猜错的话,你们是'玩灯'场上的一对搭档。"

"好眼力,他是'鼓架子',我扮'兰花'。"

"古老的歌词不许唱了,优美的'兰花步'不让跳了。可惜,荒废了你们的艺术青春。"

"就是为这,心里憋得慌,才到这荒天野地里喊几句。"他有点忿忿不平。

"你到桥口屯找谁?"她问。

"找新桥。"

"找新桥哥呀?"她感到惊诧。

"是呀,你们认识?"

"岂止认识,我们还是同村的。"他们说。

"太好啦,他在家吗?"

"在,你们是亲戚?"

"也算是吧。听说你们大队成立了艺术团?"

"啥艺术团,'花鼓灯'不让跳,'样板戏'不会唱。"

"我听说县里举办汇演?"

"唉,可惜没有新节目。"他惋惜地摇摇头。

"可以改嘛,加上革命的内容。"

"没有指导老师呀。"

"我是闫立义介绍来的,想同你们共同切磋、探讨。"

"你是姑爷介绍的呀!太好啦!"说罢,他上前握着我的双手道,"欢迎,欢迎!"女孩接着说:"我说呢,讲起话来挺内行,一看就像个搞艺术的。"

"我也没有多大本领,来向你们学习的。"

"别谦虚。走,我带路!"

"别忙,还没请教两位大名呢。"

"我姓金,人家都叫我'憨哥'。"

"我姓程,艺名'一枝兰',你就叫我'兰兰'。"

"我姓闫,同你姑爷平辈,就叫我大哥吧。"

"不,我们该叫你闫老师。"说罢,他背起我女儿,在前面带路。

大凡出生在淮河两岸的人,不管是鬓发染白的老者,还是独居异域的赤子,只要提起"花鼓灯",莫不唤起宝贵的回忆,引起如痴如醉的思乡之情。

"花鼓灯",是流传于淮河两岸民间的一种群众性自娱自乐的广场文化。大花场有:"穿篱笆""踩肩"……小花场有:"抢板凳""抢手巾""双回门"等。锣鼓一响,"鼓架子"一声吆喝,"兰花"舞起身姿;轻盈优美的后退三步"风摆柳",上前三步"牡丹开放",一个"大拐弯",扇子轻轻一拨,手绢娇媚一撩,来个"颠点步""浪子步""小二姐踢球",风吹杨柳轻柔飘逸,燕子凌空展翅飞翔,像出水芙蓉亭亭玉立,像水中游鱼忽隐忽现。你一不留神,美丽的"兰花"不知怎的就跃上了"鼓架子"的肩头,轻盈得好像一只小鸟儿。

清代著名戏剧家孔尚任在看了花鼓灯的演出后,大加赞赏:

　　一双红袖舞纷纷,
　　软似花枝乱似云。
　　自是擎身无妙手,
　　肩头掌上有何分。

真可惜,这么好的民间艺术,却被禁演。路上我在想:"大花场"加上新内容,男女对唱,改用革命歌词……人还未到地方,整台节目就已在脑海中构思出来了,我甚至还清楚地看到了它的轮廓和可以想象的舞台效果。

新桥,个头不高,有点消瘦,为人憨厚,不善言谈,对唱歌跳舞不感兴趣,田里的农活却样样精通。他和母亲、妻子一家三口在一起过日子。经他介绍引荐,大队干部热情地接待了我们。

开始几天,我们都在新桥家吃住。我心中着实感到不好意思,他却说:"到这里,就等于到了自己的家,缺什么,尽管讲。"再后来,大队发给我们口粮,他腾出一间厢房让我们住并给了些生活用具。这样,我们总算是有个安身之所。新桥一天几次跑过来,帮我们挑水,给我们送柴。我们相处得亲如兄弟,他喊我哥哥,我称他弟弟。

离比赛只有二十天时间。我们白天黑夜加班加点,集中排练。大队干部、全体演员都对我很尊重,称我闫老师。所有节目由我决定,演员由我安排,一切都按照我事先想好的套路有条不紊地进行着。为了演出成功,我夜以继日地创作编写唱词。

汇演在县影剧院举行。

先前几个代表队的演出我都看了。农村宣传队谈不上什么艺术,大多数演的是"样板戏"选场,也有现代小戏。用"花鼓灯"形式参赛的只有我们代表队,因此我心里也没什么底。

最后一天下午安排我们演出,观众从四面八方涌来,剧场爆满,场面十分壮观。在第一排就坐的是县文化部门的领导,以及各公社文化站负责人(那时并无评委,也不打分,就凭几个文化干部说了算)。

大幕在欢快的锣鼓声中开启,第一个节目是《大花场》。演员还未登场,下面就掌声一片。敲鼓的老艺人,表演得十分叫绝:"转锤"跳跃翻转,"绕锤"扬手蹬足,"重锤"高亢激昂,"轻锤"婉转低回,脚下还踏着各种各样的步伐。他充满激情的演奏,让人足下生痒,跃跃欲舞。

"大花场"舞蹈气氛活跃,表演领舞的"鼓架子"高举红旗代替"茶伞",率领"兰花"翩翩起舞,并不断地以"茶伞"为号,变换队形,舞出"红星闪闪""向阳花开""飞龙吐水""红旗颂歌",显得满台生辉,博得台下一片掌声。

演出开了个好头,吊起了观众们的胃口。已经有人在悄声赞扬和评论,干部们也频频点头颔首。

开场舞后,我暗暗窃喜,这回不得头名,也要拿个第二。

第二个节目是《抢板凳》。这本是"花鼓灯"的优秀传统节目,是展现农村青年男女欢快心情的舞蹈;在"鼓架子"的配合下,把两个天真烂漫、妩媚多情的农村少女表现得淋漓尽致。可惜,革命舞台演出是不容带有爱情色彩及忸怩动作的。为了紧跟时代步伐,能够获奖,我对《抢板凳》做了大胆改动:用刚劲有力的大踏步替代"兰花步";用昂首、挥臂膀替代了"大转身";用"红宝书"替代花手绢,在扇子上贴了个"忠"字。结尾时,男女举起"忠"字和"红宝书"站立在板凳上,来了一个昂首挺胸的造型。

该节目是由那对师兄妹主演的。按理说,以他们的扮相、歌喉、基本功,都没得说。可是,不伦不类的表演程式,已不是群众熟悉的"花鼓灯"了,演员无所适从,观众看得乏味。节目刚开演,台下就出现了一阵不小的躁动。看着观众退场,演员走了神,心里一慌,把新添的台词忘了,唱了上句没下句。憨哥羞得一个"后滚翻"就势下场,把兰兰甩在台上,眼看要冷场,我对兰兰小声喊道:"你先唱几句垫垫场。"

"唱什么?"

"随便。"

"样板戏?"

"行,快唱几句词救场。"她扭动台步,一个亮相站立台口,说道:"亲爱的革命干部、革命群众,新编的《抢板凳》中加有革命样板戏,我给大家来段'红灯记'。"说罢一声叫板,我赶忙操起京胡拉了过门。她开口唱道:"我家的表叔数不清……"

她唱完一个亮相,"鼓架子"一路跟斗翻上,两人一个造型,大幕合拢。演出终于在提心吊胆中结束了。我早已大汗淋漓,口不停地念叨着:"演出砸锅了,彻底演砸了!"这时,秋儿拉着孩子从台下走来,一见面就说:"演得真热闹,好看极了!……"我冲着她没好气地说了句:"好什么?你懂个屁!"

宿舍里,几个老艺人都用鄙视的眼光斜视我,并在一旁议论:请来的什么老师,简直是胡闹,瞎折腾,抢板凳加样板戏,少见!……

我听了脸上发烧,心情沉重,简直无地自容。晚饭后,我躲在房间里不敢出门。这时,憨哥和兰兰走了进来。

"闫老师,今天都怪我们没演好。"兰兰眼圈红红的。

"不,是我水平差,还得感谢你们救场及时。"

"都怨我,一见走人心就慌了。"憨哥沮丧地说。

"阿庆嫂也让我唱砸了。"

秋儿不解地问:"台下有人鼓掌,怎么是演砸了呢。"

"对艺术你不懂!知道什么叫艺术吗?"

秋儿不服气地小声嘟囔:"就你懂艺术。"

其实,对艺术我又懂多少呢?我简单地理解文艺为政治服务,文艺从属于政治,"不求艺术上有功,但求政治上无过"。为了图解某种政治意图或达到某种立竿见影的政治目的,我不顾艺术的客观规律胡编瞎改,唯恐从艺术形象上看不到政治,结果,适得其反。

想到这些,我对他们说:"这一仗打败了,主要责任在我。无颜继续留下指导你们,秋儿你明早先回去整理东西,散了会我们立即走人!"兰兰哭着说:"闫老师,你别走,有困难我给你凑粮食。"憨哥也劝道:"别听几个老家伙瞎嘀咕,改节目那是迫于无奈呀。"说实话,这对小青年艺好、人好、心也好,给我留下极其深刻的印象。

戏演砸了,丢了自己的面子事小,回去怎么向大队交待?还有什么脸面在桥口屯待下去?难过、心烦,使我一夜没有合眼。

第二天一早,秋儿提前回去了。我垂头丧气地走进表彰大会会场,怀着忐忑不安的心情,低着头坐在最后一排。代表队依次上台领奖,三等奖,二等奖,一直没有提到我们。直到最后,大会主持人宣布:一等奖获得者是,金皇代表队。我一下子懵了,简直不敢相信自己的耳朵,怎么会有这样的结果？主持人还特别提出：金皇代表队好就好在体现了毛主席倡导的"洋为中用，古为今用"。

结果出乎意料。同时，兰兰和憨哥还获得了表演奖。

可是，此时此刻，我并没有胜利的喜悦。

一个时代一个产物，花鼓灯作为一种民间艺术被无情地践踏，搞得面目全非。来源于民间的艺术，却不能被民众所接受和认可，领导点头，观众摇头，再怎么成功，也是失败的！

转念一想，我为什么要责怪自己？被践踏的何止一个花鼓灯艺术？那些享誉中外的戏曲、剧种、剧目，以及许多优秀的民族传统文化，不都被搞得支离破碎吗？

"苏世独立，横而不流"，体现了文人的傲骨。"文革"中也出现了一些像鲁迅那样的民族精英、文化斗士。我算不上文人，更谈不上傲骨，可人要活得真实一些。在恶劣的环境中，顺应历史潮流是我"明智"的选择。

54　血光之灾

> 这种陈规陋俗，不仅封建、落后，简直就是对女性的歧视；所谓的驱除"血光之灾"，不仅野蛮、愚昧，简直就是不把女人当人看，这不能说不是我们民族的悲哀！

度过盛夏，转眼已是秋凉。

掐指算了算日期，秋儿该要临盆了。

按说生孩子是件大喜事，可我们怎么也乐不起来。农村最大的忌讳是产妇不能在别人家生孩子，不"满月"，是禁止串门的。否则，就是犯了大忌。刚过上几天安稳的日子，我们又要离开，唯一的去处，也只有投奔弟弟。

新桥用板车拉着秋儿和孩子，我紧紧地跟在车后面。兰兰和憨哥拎着鸡蛋等物一路相送。他俩总是远远地走在前面,与我们落下长长的一段距离,肩并肩窃窃私语,有说有笑。憨哥时不时地拉一下兰兰的手,兰兰偷偷扭头看一眼,赶紧把手缩了回去。看得出,这对热恋中的青年,已经到了谁也离不开谁的地步。新桥看在眼里乐在心中,有意开他们玩笑:"喂!你俩在前边跑那么快,到底是来送闫老师的,还是闫老师送你们哪?"一句话说得他们不好意思地停下了脚步。

爱情的故事说不尽讲不完,就像舞台上演出的戏剧。兰兰与憨哥自幼在一起,同村、同校、同学艺,他们从童年建立友情,逐步发展成为爱情。兰兰妈也很喜欢憨哥,常夸他忠厚老实,不知为什么就是不肯答应这门亲事。

我们一行几人,边走边聊,谈我们的事少,议论他俩的话多。

新桥说:"兰妹子,什么时候请俺(方言,'俺'即我)吃喜糖?"

兰兰撒娇地说:"新桥哥,你胡说什么呀?"憨哥说:"我真佩服秋姐的勇敢和对爱情的执着。""别借着秋姐来敲我,告诉你,我有这个胆,你敢带我走吗?"一句话把憨哥说得满脸通红。兰兰得理不饶人,句句紧逼:"你说呀,你讲呀,怎么不吭声啦?"

"千万不能走我们的路,你们不知有多艰难呀!"我提醒他们。憨哥嘟囔着:"我哪有闫老师那本事,带你出去喝西北风呀。","其实兰兰妈也是通情达理的人,等我回来后去帮你们说一说。"憨哥高兴地说:"闫老师见过大世面,口才又好,出面准成。"兰兰说:"我妈挺佩服闫老师的,常在我面前夸你有本事。"

"你二人一唱一和,看来我这个'月老'当定了。"

"谢谢闫老师。"

"怎么谢我?"

"喜期那天请你上座,我和兰兰敬你三杯酒。"

"不行,那太久了。"

"你说怎么办吧?"

"你二人现编现唱,把恋爱过程表达出来,要能打动了我,一定帮忙。"

秋儿高兴地说:"我举双手赞成!"

新桥说:"正好走累了,歇息一会儿。"说着将板车停下。

"闫老师,你说话算数。"

"那当然。"

"我们要简单准备一下。"兰兰说罢,俯在憨哥耳边嘀咕了一会儿,然后开口道:"唱得不好,请闫老师批评指正。"我带头鼓掌。

憨哥:兰妹子,憨哥我是真心爱你呀!

兰兰:我妈要是不答应呢?

憨哥:我托闫老师去说。

兰兰:她若再不答应呢?

憨哥:我去跪下求。

兰兰:她还不答应呢?

憨哥:你学秋儿姐,我学闫老师,咱俩私奔!

兰兰:怕你没有那个胆!

憨哥:不信咱们拉勾。

兰兰:拉就拉。

合:一,二,三!

憨哥(唱)五岁六岁拉过勾,
　　　　　撕块红布当盖头。

兰兰(唱)学着大人拜天地,
　　　　　只觉好玩不觉羞。

憨哥(唱)九岁十岁拉过勾,
　　　　　青梅竹马好朋友。

兰兰(唱)下雨共打一把伞,
　　　　　放学路上手挽手。

憨哥(唱)十五六岁拉过勾,

　　　　　　心儿在跳面含羞。
兰兰(唱)人前不敢多讲话，
　　　　　　月夜相依在田头。
憨哥(唱)今与兰妹再拉勾，
兰兰(唱)山盟海誓记心头。
合　(唱)哥走天涯妹跟随，
　　　　　　谁个变心是小狗！

　　他两这段对唱，虽谈不上艺术精湛，但感情的火花却在两个人心中点燃着，巧妙的构思，优美的唱词，柔美而带有乡土气息的表演，让人听起来觉得：细腻中求真，真诚中求深，深情中求美，两股感情，交相辉映，既表达了他们对爱情的忠贞，又使我不得不惊叹他们即兴表演的才华。我高兴地说："你们青梅竹马在一起长大，有着深厚的感情基础，只要真心相爱，携手并进，一定会到达幸福的彼岸。"我的话，是祝愿、是安慰，更多的是鼓励。

　　她是一朵香气芬芳的"兰花"，他是一只护花的"蝴蝶"。可爱的姑娘和淳朴的小伙，已经走到爱情的门槛边，再踏进去一步，是完全可能开放出灿烂绚丽的爱情之花的，可是……

　　说说笑笑不觉到了渡口，新桥再三说："等孩子满月了一定要回来啊！"他虽不善言谈，心确是真诚的。兰兰红着脸将一个红布包塞到秋儿手上。憨哥要看，兰兰用手一挡："不嘛，不许你看。"

　　"送的什么好东西，那么神秘？"他说着一把夺过来，抖开一看，是她亲手做的一套小儿衣，一件花兜兜。憨哥笑着说："小手儿真巧，赶明儿也得为我们准备……"话未说完，兰兰早已羞得双手捂脸，连声说道："你坏，你坏！"

　　站在轮渡甲板上，看着他们在视线中渐渐模糊，我和秋儿都动情地哭了。

　　几个月的朝夕相处，乍一分离，心里着实不是滋味。他们的淳朴、善良、忠厚、诚实的品性,深深地印在我的心中。此去能否再来?此情能否报答?前途未卜,世事难料。这时,我想起两句唐诗:"一曲离歌两行泪,不知何地再逢君?"

弟弟仍然没有摆脱困境,除了盖起两间简陋的草房外,其他一切如故。加上为我抚养一个女儿,家中更是一贫如洗。他没有嫌弃我们,腾出半间房子安顿我们住下。他笑嘻嘻地对我说:"哥,恭喜你,我们老闫家真是人丁兴旺呀!"

二女儿见了我,一把抱住我的腿,连连哭喊着:"爸爸,我好想你!"听到女儿的一声呼唤,我的心都碎了。尽管弟弟、弟媳待她如同己出,还是无法替代父女间那份浓浓的亲情。顷刻间,感情如泄了闸的洪水,奔涌而出。我抱起女儿,举得老高,又轻轻地放下,紧紧地搂在怀中。我多想告诉她,孩子,爸爸也想你呀!

女儿流泪,我也陪着她流泪!看到她,我想到了芸姐。我们这一代人所遭遇的不幸,在孩子的身上延续着,她幼小心灵所受到的创伤,是时间和岁月难以抚平的!

为了安全起见,秋儿提前住进了九龙岗矿工医院。

孩子是在凌晨四点出生的。

早上,我到医院送饭,刚推开房门,秋儿就笑眯眯地向我招招手,高兴地说了两个字:"男孩。"她轻轻掀开被角,露出孩子红红的小脸儿。只见孩子微闭双眼甜甜地睡着,那样子可爱极了。我什么也说不出来,冲出病房,来到大院,嘴里不停地念叨:"男孩,男孩!男孩——"举起手一蹦老高,吓得许多病人家属远远地站着观看,议论着:"这怕是新来的精神病人……"

弟弟、弟媳他们也为我高兴。

我沉浸在得子的喜悦中,忘记了所有的烦恼。此时此刻,我真是太幸福了!

古语说,酒极则乱,乐极生悲。这话讲得一点儿也不假。秋儿出院没几天,我就被抓了起来。理由是,怀疑我是"五·一六"分子。在清查小组的指使下,生产队负责人乔文善、闫立文来到弟弟家,将我押到公社。

一九七〇年一月二十四日,中央"文革"小组决定在全国范围内开展所谓清查"五·一六"的运动,到处抓捕"五·一六"分子,把那些对"四人帮"不满或持不同意见的人,统统定为反革命组织成员,大肆抓捕,关进监狱,进行无情打击,残酷迫害。

"四人帮"借机剪除异己的行动,开始在北京、上海,清查到了下半年,运动向纵深发展,无限度地扩大化,在九百六十万平方公里的神州大地上掀起高潮。在上面派来的清查小组监督下,天天开会深挖。怀疑一切,打倒一切,阶级斗争愈演愈烈,人与人之间斗红了眼,没有亲情,没有人情,像疯狗一样乱咬。

当晚,有人向"清查小组"告发,说我在定远县是个很有名的造反派头头,搞过打、砸、抢,并直接参与"炉桥流血"事件,是漏网的"五·一六"分子。"清查小组"认为抓到了一条大鱼,可以借此机会向上面请功,于是连夜将我送到大通园艺场(劳教所)关押,等待进一步调查。

秋儿在弟弟家中休养,见我被抓走,弟弟、弟媳也被带到公社问话,吓得她冒着小雨抱着婴儿、拉着孩子,连夜逃走。娘儿仨从田家庵过渡,向桥口屯奔去。

他们在雨中走了一夜,黎明时分才到新桥家门前。站在外面,迟迟不敢进去。

"奶奶,奶奶呀!"女儿的哭声惊动了新桥全家。他们被眼前的情景惊呆了:秋儿怀抱婴儿,裤子湿了半截,满身都是泥巴,鞋子也丢了,光着脚丫,一双泪眼充满恐慌,脸色苍白憔悴;女儿浑身湿透,满头满脸都是雨水,缩着脖子,冻得嘴唇发紫,牙齿不停地打战。娘儿俩站在一起,一副落汤鸡的模样。

看此情景,新桥知道出事了。来不及多想,他忙招呼秋儿说:"嫂子,外面雨大,快进来。""我还未满月呀!"她不肯挪步,女儿像看到了亲人,立即跑进屋内,一头扎进新桥妈的怀里,憋了许久才哭出声来。

新桥用乞求的目光望了望母亲,老人家流着眼泪,咬咬牙说了句:"快进来吧,人都快冷死了,还讲什么忌讳呀!"新桥像接到了命令似的,一个箭步冲出去,连连喊道:"嫂子,快进来吧!"说着,将秋儿拉进屋里。

多么好的新桥兄弟,多么慈祥善良的老妈妈!要知道,在一个讲究传统讲究习俗的农村,把一个没满月的女人叫进屋,需要多么大的勇气啊!

我是从收容站偷逃出来的,刚到桥口屯,就听说秋儿出事了。

雨淋加上惊吓,秋儿生病了。多亏新桥母子关怀备至,精心照料。病愈后,她怀着感激之情,逢人便说遇见了好人,新桥全家不顾一切救了她们母子。由于年轻,不谙世故,她无意中将自己未满月就住进新桥家这一重大的"隐私"暴露了出去。

"隐私",不论是在过去还是现在,都具有极大的爆炸性和杀伤力。它像磁石一样,吸引着一些人削尖脑袋,刨根问底,无论你是百姓还是明星,都逃脱不了人们对你的质疑和窥探。大人物有大人物的隐私,小人物也有小人物的隐私,这是不争的事实。

在这交通闭塞、传统观念根深蒂固的农村,出现如此犯忌的大事,后果可想而知。这件"隐私"被当作"特大新闻",成为村里人茶余饭后议论的焦点:

"坐月子的女人身上带血光之灾。"

"未满月进别人家晦气,要倒大霉的。"

"新桥家今年肯定要遭灾。"

"未满月就朝外跑,肯定不是好人!"

"听说'老户长'出面,要按家规处理这件事……"

舌如龙泉,杀人不见血;人言可畏,吐口唾沫也能淹死人哪!

秋儿的无心之过,使新桥全家人抬不起头来;对新桥他们来说,本来是件救人于危难的好事,却落得遭人非议的下场。

"老户长"出面了。此人是村里的长辈。他瘦高个子,嘴上留着八字胡,手里捧着一只三尺长的旱烟袋,成天板着脸。年轻人背地里给他起了个绰号——老古板。新桥妈顶着巨大的精神压力,据理力争,好话说尽也无济于事。这位满脑袋封建思想的长者说:"这不是你自家的事,它关系到整个家族的名声好坏、人丁兴旺、后人发迹,一定要按老规矩办,冲刷'血光之灾'!"

不知道这是谁定下的规矩,只知道千百年来,农村都有这样的习俗。

面对着腐朽的封建势力,我们不敢执拗。按照他的要求,我们买了六挂鞭炮,六炷香,六尺红绫,六只碗,六只公鸡,六根桃树棒,加起来为六六大顺;六挂鞭炮齐放"驱赶邪气",六炷香燃烧"敬奉神灵",六尺红绫挂门头冲去"血光之灾",六根桃木棒挡住"邪气进门",六只公鸡的血"祭奠天地",六只碗盛满酒用火点着,放在门槛上让秋儿来回跨六次,这样方可"除阴增阳"。接下来,秋儿对天磕头,祷告赎罪……

老古板仰天高喊:"愿苍天保佑,冲去'血光之灾'!"

一群人也跟着齐声喊叫:"冲去血光之灾!"

这种陈规陋俗,不仅封建、落后,简直就是对女性的歧视;所谓的驱除"血光之灾",不仅野蛮、愚昧,简直就是不把女人当人看,这不能说不是我们民族的悲哀!

晚上,我们睡在用秫秸圈成的窝棚里。午夜时分,忽听有人叫我:"闫老师,我是憨哥。麻烦你起来一下,有事找你。"我连忙穿衣起床,钻出窝棚。

"憨哥,这么晚了找我有啥事?"

"走,到一边说去。"

"我本打算回来后就去兰兰家,没想到遇见这桩倒霉的怪事,给耽误了。"我边走边说。

"闫老师,你就别再麻烦了,我们的事吹了。"

"什么?吹了?"我感到吃惊,忙问道,"是兰兰妈反对?"

"不,是兰兰自己反悔了。"

"不可能。"

"千真万确。"

"那为什么呀?"

"失去她,我不想活了,我要离开这里,我要远走高飞!"

"别,别！你千万不能想不开呀,告诉我到底发生了什么事情？"憨哥张了张嘴,半晌说不出话来,突然哇的一声哭了……

55　以死殉情

对于亲情和恋情两难选择的当事人来说,其打击是沉重的、痛苦的,也是旁人所难以想象的。

这是我一生中所遇见到的最感人、最有人情味、最富戏剧性的爱情悲剧。人情、亲情、爱情、乡情,交织成一段未了情。兰兰的命运,牵扯着秋儿的命运；憨哥的出走,使大队艺术团彻底垮台,我们也失去了生活的来源。真可谓一损俱损,生死离别,四人共尝难咽的苦果。

故事发生在当天晚上。

因秋儿"赎罪",我忙着解决住所,临时决定"艺术团"停演一天。当晚,兰兰从大队部一路唱着歌回家,正要进门时,迎面撞上"老古板"从屋内出来；她发现妈妈正在灯下暗暗落泪,心中顿生疑惑。

"妈,他来干什么？"

"别问了,兰儿,妈有话跟你说。"

"妈,什么事？"

"孩子,妈我也知道你和憨哥好。"

"妈,憨哥的确是个靠得住的人,女儿若嫁给他那是我的福气。"

"这我知道,妈也不忍心拆散你们哪!"

"还是妈妈好,最懂女儿的心事。"

"兰儿,妈今晚不得不告诉你,我要你去替哥哥——"

"做什么?"

老人家话未出口,泪水先下:"孩子,这话我一直憋在心里,实在说不出口哇!"兰兰一见妈妈哭了,大为不解:"妈,你怎么啦? 在女儿面前还有什么顾虑的,有话尽管说吧。"

"要你替新林哥换亲。"兰兰听了如雷轰顶,顿时惊得目瞪口呆。

"替我哥换亲?"

"是的,替你哥换亲!"

兰兰猛地跪在母亲面前:"妈,您好糊涂呀!"妈妈看见女儿如此伤心,老泪纵横地说:"兰儿,妈也是迫不得已呀。"

"妈,我与憨哥自幼相爱,你老就成全我们吧。"

"你哥快四十岁的人了还打光棍,总不能让咱们家绝后吧。"

"一定又是那个'老古板'出的馊主意?!"

"在俺们这个大家族里,谁敢不听他的话? 再说他也是一片好心啊!"

"妈,你也看过'梁祝'戏,也曾听过牛郎织女的故事,不能把女儿往死路上逼呀。"说着,扑向母亲怀里,失声痛哭:"妈,女儿不去换亲,死也不愿呀!"母亲爱抚地托起兰兰满是泪水的脸:"妈不逼你,兰儿,我有话问你。"

"妈——"

"你知道新林为什么拖到现在还未成家吗?"

"还不是因爸爸生病背了债,家穷了。"

"你只说对了一半。"

"一半?"

"还有,因为你!"

"我?!"兰兰一惊。

"孩子,这得从你的身世说起……"

一九五二年,淮河遭受百年不遇的洪灾,地处沙湾的桥口屯淹没在一片汪洋之中。男女老少唯一能逃生躲难的地方,就是防洪大坝。堤坝上挤满了人,大家忙着打捞水面上漂来的木料家具等物。当时年仅十六岁的新林突然发现一只木盆,里面躺着一个婴儿。他赶忙打捞起来,对母亲说:"妈,留下吧。"母亲十分为难地说:"傻孩子,你爸刚死背了一身债,多一口人就多一个讨债鬼呀。"

"妈,我来养活她。"

"新林呀,你还小啊。"

"妈,我都十六岁了。"

"你不能停学,一定要念书。"

"妈,我不去上学了,求你留下她吧。"说罢,跪在了母亲面前……

自此之后,新林辍学在家,白天参加生产队劳动挣工分,夜里下河捉鱼熬汤喂兰兰。好吃的,他留给妹妹吃,好衣服,让妹妹穿,雨天,他背着兰兰去上学,冬天,他早早来到学校门前接妹妹。为了兰兰,他三十多岁了还没有娶亲。就在三年前,因兰兰生病无钱医治,新林背了点玉米到黑市上去卖,不想被市管会没收,他一恼之下打伤了工商所干部,被判了三年徒刑……

兰兰妈接着说:"他为你放弃求学、省吃俭用、误了青春娶不上妻子。兰兰啊,手摸良心想一想,这门亲事换不换自己决定吧!"一番话把兰兰惊呆了,她万万没有想到她与妈妈、哥哥,没有任何血缘关系!新林哥为救自己做出如此大的牺牲,没有阳光花不放,没有甘露兰不香,自己若不是哥哥搭救抚养,哪有今天啊!此刻兰兰心里矛盾极了。答应换亲,对不起憨哥;不答应换亲,对不起新林哥。她知道,哥哥还有半个月就刑满释放了,在爱情与亲情之间,她选择了后者。

兰兰"出嫁"了。嫁给一个什么样的人?长相如何?人品怎样?她一无所知。她没理由拒绝,她没有权力选择,只能嫁鸡随鸡,嫁狗随狗,像

"玩物"一样,与对方交换。"交接仪式",各自送亲上门。

我和秋儿一大早赶来为兰兰送行。她见我们到来,一下子扑到秋儿怀里放声痛哭。两个女人紧紧地抱在一起,哭得像个泪人儿似的,我忙劝道:"今天是你大喜日子,千万别哭坏身子。"秋儿先停止哭泣道:"兰妹子,莫哭了,婚姻大事要图个吉利呀。"

"什么吉利不吉利的,对我都是无所谓了。"

"但愿你去的是个善良人家。"

"你觉得我会幸福吗?"

"既然这样了,只有面对现实吧。"我劝道。

"听天由命吧,兰妹子,好人是应当有好报的。"秋儿说着取出一对"如意锁"。这是她从一个算卦人手中买的,锁上镶有八个字:天作之合,恩爱百年。她递给兰兰:"这是我送你的小礼物,愿老天有眼,能保佑你找个忠厚人,恩爱百年。"兰兰接过看了一下,苦笑道:"失去憨哥,能恩爱吗?如意锁难找如意人,如意人已成陌生人!"她转向我:"闫老师,憨哥有消息吗?"我摇了摇头。"他都出走一个多礼拜了,还没一点儿消息,也不知是死是活?"说罢又哭了起来。

"可能是外出散散心,过几天准会回来的。"

"假若憨哥有个三长两短,我活着还有什么意思?"

"千万别胡思乱想啊!"秋儿劝道。

兰兰表姐慌忙进屋,拉着她就走:"妹子,快走!误了时辰对方会见怪的。"

兰兰再一次抱住秋儿,两个女人哭成一团。表姐不耐烦地将秋儿推到一边,架起兰兰向院门外走去。来到门外,兰兰跪在妈妈面前:"妈,感谢您二十年的养育之恩,从今往后女儿不能孝敬您老了,请多多保重。"说罢,给她磕了三个头。妈妈再也忍不住了,抱着女儿不肯松手。"老户长"在一旁气得翘起八字胡,用手中的烟袋敲着门板嚷道:"好啦!哭哭啼啼哪像办喜事的样子,快送新人上轿!"鞭炮声中,这位淳朴的少女在媒人护送下,踏上一条任人摆布的迷茫之路……

新林出狱回家了,迎接他的是花轿抬着新人进门。当他得知娶来的新娘是用妹妹换的,死活也不愿意拜堂,坚决要把新娘退回去换回妹妹!尽管亲戚邻居一起劝说,他就是不答应。他跪在妈妈面前说:"这不是把妹妹推进火坑吗?早知这样,还不如放在木盆里让别人救起的好!"站在一旁的老古板大声地吼道:"你这个不知好歹的蠢东西!你爹兄弟四人,都没留后,这门头就靠你顶了。不孝有三,无后为大,你懂吗?"新林回了句:"老顽固!"老古板骂道:"混账!小心我打断你的腿!"说罢摇头晃脑地走了。

兰兰"换亲"了,憨哥走了,到哪儿去了?没人知道。大队"艺术团"少了这两根顶梁柱,散伙了。本来生活就十分拮据,如今新添个儿子,大队又停发了口粮,我不知下面的路该如何走?以后的生活怎么办?新桥见我一副垂头丧气的样子,出主意道:"依我看,不如去做生意。"

"做生意?"

"其实,你早该做生意了,搞'艺术团'也不过混三顿饱饭。"

"现在连饭碗也砸了。"

"你可以到小朱集上去卖酒。"

提起小朱集,值得一说。它紧靠桥口屯,有一段防洪大坝,既无街,也无店。可每天早晨,大坝上聚集上千口人,摆满各种日用百货,吃的、穿的、用的,应有尽有;鸡、鱼、肉、蛋、蔬菜、瓜果等,各种农副产品摆满一地;肩担的、手提的、高声叫卖的,来往穿梭不断;说书的、看相的、卖狗皮膏药的、卖老鼠药的、江湖郎中看病的,三教九流,各色人等,一应俱全。这与当时的社会背景、政治气候是格格不入的,不能不说它是一道奇特的风景线。

小朱集自由市场的形成,自有其历史原因以及造就它的地理环境。

这段长长的防洪大坝,地处三县(市)交界:东面、北面属怀远县管辖;西面紧靠凤台县;南面是淮南市。生活在这里的老百姓用"鸡叫狗吠听三县"来形容,是最贴切不过了。

开始也有人来管理过。可是东边管往西边跑,西边管往南边跑,不仅管不死,反而常常遭人围攻殴打,流血事件时有发生。由于地理复杂,根本抓不到"真凶",最终还是不了了之。时间一长,再没人敢来管了。上面追查,下面推诿、扯皮,只好睁一只眼闭一只眼,放任自流。这个自由市场也就越做越大,越来人越多,越来越红火。虽然处在"斗私,批修"的年代,可那些胆大的人都发了。

俗话说,隔行如隔山。做生意我是一窍不通,真怕搞不好血本无归。新桥鼓励我说:"你别怕,卖酒风险不大,就是做砸了也不会亏本的。"于是,我抱着试试看的想法开始了人生"学商"第一课。

那时,各种商品都是凭票供应,烟酒也是如此。淮南酒厂生产的低质白酒,(是用山芋干烧的叫白干酒)免票敞开供应。有力气的壮汉一次可挑上百斤,来回六十多里都不觉得累。而我呢,从没出过这种苦力,挑了三十多斤就累得气喘吁吁,大汗淋漓。一路上,我不知歇了多少回,不过为了谋生,也只好咬牙坚持下去。

八角钱一斤的白干酒在集上能卖一元,几天下来一算,收获甚微,除去花费、损耗,几乎没赚到钱。可别人卖酒为什么都能赚到钱,这其中奥妙在哪儿呢? 在新桥的帮助下,我终于打听出了原因,那就是——酒中掺水。我把这个秘密悄悄告诉了秋儿,她听后一个劲地摇头:"咱可不能干那坑人的事。"

"别人都兑水,我们不掺假是赚不到钱的。"

"不掺水,可以提高价钱嘛!"

"对,这是个好办法。"

"别人卖一块钱一斤,我们卖一块二。"

"好,就这么办。"

第二天,我们早早赶到集上,摆好摊位,等候客来。可是,买酒人一看价格扭头就走,直到中午一两也没卖出去。然而,摆在我们旁边的摊位,酒却销售得十分红火。就在这时,来了位买酒的,一看价格便说道:"你的酒怎么比别人贵两毛?"边说边看酒。"我们的酒好。"我态度和蔼地向客人解释,生怕失去了这位买主。

"哪点好?"客人又问了一句。秋儿抢着道:"我的酒是原汁原味的,别人的酒都兑水掺假。"一句话激怒了旁边的摊主,上前来指着她骂道:"放屁!你说谁的酒掺假?"吓得秋儿抱着孩子直往后退,要不是新桥及时赶到帮忙解围,她非挨一顿揍不可!

一天的生意,酒没卖掉半两,还挨了顿臭骂,我心灰意冷,觉得自己不是做生意那块料。

晚上,新桥到我家,说:"做生意不能损同行,有句话叫'老王卖瓜,自卖自夸',夸自己不能贬别人,生意场上最忌讳这一点。"我听后点头道:"你讲的很对。"新桥接着说:"卖酒的哪个不掺水?不掺水你赚谁的钱?别人掺你也跟着掺。不要提高价格,明天还卖一块钱一斤。"

酒中掺水,这招真灵,一集下来,净赚了两块多钱。

为了养家糊口,只好昧着良心坑人。开始加一两水,这样每斤可赚三毛钱,一集下来,也能卖出十斤八斤的。后来我们分了两个摊位,秋儿一个摊位,女儿一个摊位。没想到,年仅六岁的大女儿,十分精灵,卖酒、算账,从不出错,生意还做得特别精。尤其是打酒时小手故意抖动,看似一两,实际上打了折扣,别人看她是个孩子也不与计较。

生意上总算摸出点门路了。刚开始我们还算本分,后来越做越"精",越做越黑,水分加大,酒端子变小,良心变坏,人情变淡。俗话说:南京到北京,买的没有卖的精,这话一点儿不假。又有人说:无商不奸,我虽不敢苟同,但通过在生意场上的初探,深深体会到"奸商"二字的深刻含义以及生意人的"精明"。虽说是小本生意,却解决了全家人的温饱。

不久传来了惊人的消息,就在大沙湾死水沟里发现了一男一女两具尸体,经辨认就是憨哥和兰兰,两家人分别将其打捞埋葬。

兰兰的遭遇令人惋惜,令人同情,她对憨哥怀着深深的爱,埋着深深的情。但她一旦得知自己身世,便"强把苦酒独自饮,弃爱舍身报兄恩。"两难中显光彩,情变中见真情,她是个可敬又可爱的女孩子。憨哥对爱情至死不渝,两人最终成了贫穷落后和封建愚昧的牺牲品!当晚,我写了一副挽联以示对兰兰与憨哥悼念;

一往情深,山盟海誓心相许,难成眷属;
两家换亲,同床异梦酿悲剧,牵手归天!

56　浪迹萍踪

　　一个女人如果对一个男人动了真情,便会像耶稣一样走上苦难的十字架,将自己作为牺牲品,奉献在爱情神圣的祭坛上。即使最平常的女性也是伟大的!

　　对于流落异乡、命运未卜的秋儿来说,看到兰兰的遭遇,肯定会生出同病相怜之感。一连两天,她躺在床上唉声叹气:"女人哪,生来命苦哇!也不知将来我会走到哪一步?"说实话,我心里也不好受。憨哥的憨厚,兰兰的纯情,给我们留下了太深的印象。他们的遭遇,既令人同情,又让人感慨:看到他们的结局联想到自己,我和秋儿要等到何年何月才能够熬到出头?我的情绪一落千丈,茶饭不思,浑身无力,停了两天没去做生意。到了第三天,秋儿的情绪渐有好转,她对我说:"饭要吃生意要做,老闲着也不是个办法,今天出摊吧。""行,你赶快收拾一下,我先到大坝上抢个好摊位。""都快九点钟了,哪还有好位置,一起走吧。"我们正在收拾东西,突然间听到了几声清脆的枪声,我一下愣住了。紧接着狂叫声、口号声、斥责声、哭闹声,雷鸣般地从大堤上传来……
　　一场"兴无灭资"的围剿战开始了。
　　也正因为迟迟出摊,我们幸运地躲过了一场灾难!
　　小朱集黑市像滚雪球似的越来越大,吸引了方圆百里的生意人。他们从四面八方蜂拥而至:别处买不到的商品,这儿能买到;别处不准买卖的东西,在这里可以自由交易。小朱集聚集的人越来越多,从开始的一两千人,发展到近万人。人多是非也多,为了抢占地盘,打架斗殴时有发生。地头蛇欺行霸市,敲诈勒索,流氓扒手,成群结伙,明抢暗偷,甚至还有人公开设赌。

在这段防洪大堤上,五花八门应有尽有。这里既是藏污纳垢的窝点,又是各类犯罪分子的天堂。这个市场名气越来越大,名声越来越臭,影响越来越坏。

小朱集,这个由群众自发兴起的黑集市,已到了非整治不可的地步。上级领导高度重视,决心打掉这个"资产阶级的土圩子"。

在有关部门的协调和精心安排下,三地(市县)领导调集了"公检法"人员、武装民兵、"打办室"、"市管会"等,联合组成了庞大的执法队伍。他们以迅雷不及掩耳之势,包围了现场,设下关卡,挡住出口,并不时地鸣枪警告。

人们被这突如其来的"围剿"吓坏了,一个个像无头苍蝇似的四处乱窜,各种商品丢弃遍地,哭爹叫娘乱成一片。

这次突击行动收缴了几卡车"赃物",抓捕了一大批"坏人"。宣传车在大堤上来回转悠,传单满天飞,高音喇叭叫不停:

"扫平小朱集是毛主席无产阶级革命路线的伟大胜利!"

"坚持社会主义路线,防止资本主义复辟!"

"狠狠打击一小撮阶级敌人猖狂进攻……"

轰轰烈烈的小朱集从此销声匿迹,留下的只是这段残缺的防洪堤坝以及它短暂的"辉煌"历史。

为了不让小朱集死灰复燃、重新抬头,留守的执法人员配合地方干部下乡,清剿"漏网之鱼",首先在附近的几个村子下手。凡是在小朱集上做过生意的人,都要主动"自首",坦白交待,对长期从事"投机倒把"活动的人一律抓起来,严惩不贷。

桥口屯紧靠小朱集,到集上做买卖的人也最多。大队干部与当地生意人沾亲带故,有着盘根错节、千丝万缕的关系,不好撕破脸皮,最倒霉的就是我们这些外来户了。

新桥突然来到我的小屋,他神色慌张地说:"快走,马上来抓你们了!"我听后吓得满头冒汗:"这可如何是好?还有这么多东西。"新桥催促道:"东西先放着,逃命要紧!赶快跟我走,再迟就来不及了。"说罢,他抱起孩子带我们从屋后的树林绕道向大沙湾奔去……

走进大沙湾,我回头看一下身后的桥口屯,心中感慨万千:阳春三月,带着美好的愿望乘兴而来;秋风瑟瑟,怀着伤感的心情仓惶离去。

干枯的野草在秋风的吹拂下轻轻摆动,好像在对我们说:欢迎你们今后再来。遗憾的是,这一别我就再也没有踏上过这块沙土地。

一路匆匆,只顾奔命,没有想得太多,走了许久才突然想起:我们该投奔何方呢?

人常说叶落归根,我却不以为然。曾令我日夜思念的故乡,此刻反倒觉得是那样的陌生,让人寒心。我忘不了"窝里斗"那可怕的血腥场面,忘不了栽赃陷害令我身陷囹圄继而又成了"在逃犯",忘不了秋儿在月子里就被赶出村子冒雨出走!桩桩件件,件件桩桩,无不令人心酸胆寒,心中仅存的那点故园之情,如今早已荡然无存。

在家乡,我不过是个被驱逐的弃儿,那块土地上留下的仅是我的残缺不全的根。即便是客死他乡,我也不愿魂归故里。

在这危难时刻,我想到了一个人——老黄。此人四十多岁,家住淮南田家庵,一九六二年被精简下放到农村,与老婆离婚后私自返回市区,成了无业人员。为谋生他贩卖一些瓜果蔬菜,后来本钱大了便长途倒卖香烟,小朱集火爆时也曾贩卖过大米和粮票。因他贪恋杯中之物,经常到我的摊位打酒喝,时间一长,彼此间也就熟悉了。后来一打听,我们还是淮南老乡,就更加亲热了。他常买些糖果、衣服和玩具送给孩子,有时收摊后带点菜来到我的茅屋喝酒聊天,一来二往我们成了好朋友。

他常常劝我,卖酒不赚钱,不如改行贩卖粮票,钱赚得多又来得快。我担心风险太大,没有听他的。如今小朱集被取缔,生意做不成了,不如先去求他,一来有个栖身之地,二来也可找个生活门路。

天黑前,我们来到了他家。

见面后,他非常热情地接待了我们,两间窝棚腾出一间让我们暂且住下,并烧饭做菜热情款待。我们边吃边聊,他十分关切地问我今后如何打算,我一脸茫然,只是摇头叹息。

"我现在也不知道该怎么办?"

"你们先住在我家,等两天看看风头再说。"

"那就给你添麻烦了。"

"既然是老乡,就不必讲客气话。"

"今天你也在小朱集?"

"在。"

"他们没抓住你?"

"抓我?没那么容易。"说着他冷笑几声。

"为什么?"我用一双疑惑的眼睛望着他。

"老弟,不是我讲大话,这样的阵势我见得多了。"

"货丢了没有?"

"没有,我身上只带了点粮票。"

"唉,要不是朋友送信及时我们就被抓去了。"

"这说明你们还是嫩了点。"

"那是。"

老黄精明睿智,生意场上的确算个老手,多年来走南闯北,跑遍了大半个中国。他见多识广,和各种人打过交道,偶尔失手也能巧妙逃脱。

一连几天,我都找不到可做的生意。

人常说,坐吃山空。长此这样下去不是办法。老黄看我作难的样子,连忙劝道:"贩粮票你怕有风险,干脆下湾去'跑点'。"

"什么叫'跑点'?"

"别问了,我先带你们跑两天,就是挣钱不多,也比较辛苦。"

"只要安全,再苦再累也不怕。"

"好,明晚我带你们去踩踩路子。"

所谓"跑点",就是每天夜里带点酒和卤菜,到沙湾各个囤粮点做生意。

一望无际的大沙湾原来是蓄洪区,十年九涝,洪水泛滥,庄稼常常被淹。解放后,毛泽东发出"一定要把淮河治好"的指示,修起了防洪大堤,河滩变成了肥沃的良田,人们称它为大沙湾。秋收后,除了社员分配的口粮外,集体的储备粮、种子粮全都存放在沙湾仓库,我们就在保管员身上打主意。

夜里,让女儿守着弟弟,我和秋儿挎着篮子提着酒桶,挨着仓库转。每个队的仓库保管员一般是三至四人,夜深了,趁他们肚子饿,我们就以酒菜换粮食。粮食是生产队的,公家的东西不心疼,以最低的作价,换取酒菜。按粮食折款计算,每斤酒要赚一块钱,每斤猪头肉能赚两块多。

"跑点"还要会说话。有些保管员胆小,怕传出去被干部们知道受处分。对付这样的人,我们赌咒发誓:"生意人靠大家,谁要说出死全家!"有时我们还会要些小手段,故意打开酒桶,翻开篮子,让他们闻着酒香,看着猪头肉,故意馋他们。他们闻着,闻着,不由自主地就"上钩"了。

后半夜,我们怀着喜悦的心情"满载而归",一路歌声一路笑语。这时,我们忘记了身处异乡的凄凉、寄人篱下的自卑、流浪生涯的悲惨,忘却了所有烦恼忧愁,心底泛起的只有收获的喜悦。

老黄不仅路熟,而且人也熟,带着跑了两天,我们就可以单独"跑点"了。

每天,我们都是披星戴月,辛辛苦苦,在忙碌中度过。白天去进酒、买菜,夜里奔波在各个囤粮点,一天只能睡上三四个小时,有时累得我一边走路一边打盹,恨不能倒在地上睡个够。秋儿也是同样辛苦。她时不常烧点好菜总是留给我吃,自己舍不得享用,结果营养不良导致严重缺奶,孩子吃不饱就哭叫,闹得日夜不得安宁。看着秋儿日渐消瘦未老先衰的样子,我心中十分难过。

秋风萧瑟,草木飘零,天气转凉,阴雨连绵。

这天天气不好,我们走了两处不敢耽误,就匆匆往家赶。走着走着,突然狂风大作,乌云滚滚,地上枯叶被风卷起,像雪花一样在空中飞舞,迎面打在脸上如针扎似的疼痛。

我背着粮食拉着秋儿,不顾一切地向前狂奔,恨不得一步就能到家。老天好像有意与我作对,哗啦啦一阵大雨倾盆而下。风狂雨暴,一把伞根本遮不住两人。为了照顾秋儿,我将伞推给她,自个儿向前冲去。大雨无情地从头顶浇下,我两眼被雨水淋得无法睁开,分不清哪里是水,哪里是路,只能跌跌撞撞地往前走。秋儿紧追几步,一只手紧紧搂住我的腰,另一只手举着伞。雨伞只能罩住两颗脑袋,无法遮挡全身,我们只好任凭雨水冲刷。

风声呼啸,寒气袭人。风是冷的,雨是凉的,然而我们的心是热的。没有沮丧,没有眼泪,跌倒了再爬起来;我们看着对方像个泥人儿一样,相互对视,一阵傻笑。

爱情是火焰,爱情是力量,爱情是一个永远也解不开的谜。我忘不了同甘共苦相依为命的日子,忘不了患难与共情深似海的时光,更忘不了这个风雨交加的雨夜。正如电影《马路天使》中小红唱的"患难之交恩爱深"。又如黄梅戏《天仙配》中唱的"寒窑虽破能避风雨,夫妻恩爱苦也甜"。歌词唱出了我们的患难与共的境遇,也道出了我们悲欢离合的人生。

问世间情为何物?直教人生死相许。这就是爱情的魅力。为爱可以出生入死,为情可以出死入生。我们经历了那么多的曲折磨难才走到一起,秋儿更是付出了美好的青春,失去了家人的亲情,流下了血泪和汗水,换来的却是无尽的流浪生涯。一个女人如果对一个男人动了真情,便会像耶稣一样走上苦难的十字架,将自己作为牺牲品,奉献在爱情神圣的祭坛上。

红颜知己,百年一遇,此生足矣!

冬天到了,雨雪天气增多,"跑点"生意只好停下。老黄再次提出要带我去贩粮票。我很担心地说:"买卖粮票是犯法的,我害怕。"老黄听后笑笑说:"现在干什么不犯法?连卖青菜都说是投机倒把。"我觉得他说的也有点道理,这年头无论做什么生意,都是"投机倒把!"他接着说:"你放心,我干了这么多年,也没出过事。"我点点头答应试试。

现在的年轻人没有粮票这个概念,那年头,粮票是中国人的身家性命。

俗话说,民以食为天。但是,在当年还要加上一句"民以票为先"。那时上到国家领导人下到普通老百姓,所有城市居民都按定量供应。不管是省、市定点粮票,还是全国通用粮票,谁都离不开它,直到一九八五年国家取消粮食统购统销政策。四十年来,像中国这样一个人口众多的大国,解决温饱免除饥饿,粮票是最大的"功臣"。出差开会的干部,到基层视察的领导,出门办事都少不了它。有时,粮票比人民币作用还大,有钱无票买不着吃的,无钱有它却可以换来食品,粮票一统天下!

尽管国家三令五申,严禁非法买卖票证,可经过票贩子之手,大量票证流入市场也是不争的事实。

375

老黄贩卖粮票已有好几年了,熟悉市场,了解行情,不管是稽查人员,市管会干部,还是便衣警察,他一眼就能认出来。他不时提醒道:"小心,'老便'!"走在街上,他发现谁是票贩子,马上凑上前去使个眼色,然后十分默契地躲到僻静处进行交易。

从合肥买,回到淮南卖,两天一趟。购买粮票的时间大都选在傍晚,机关干部下班之后,卖出的时间都选在早晨七点钟之前,那时市管人员还未上班,这叫"安全期"。

跟他跑了几天,收获不大,主要因为这是利小本大的生意:每斤粮票需要一毛四分钱买进,只能赚一分多钱,每趟最多买二百斤,除去车票没什么赚头;再加上成天提心吊胆,我提出不想干了。老黄看我为难,便说:"不想干也不勉强你,明天再陪我去一趟。我同人家约好的,是笔大买卖。你本钱少我知道,借两百块给你多带一点回来。"他如此慷慨,又说是最后一次,我实在不好推辞,只好点头答应。

晚上,秋儿劝我说:"明天别去贩粮票了。"

"我已答应老黄了,最后一次。"

"我不想让你再去冒险!"

"大家朋友一场,答应他了又怎好变卦?"

"我心里总觉得不踏实,最好别去了。"

"困难中人家帮了我们,怎好驳他的面子。"

"那你一定要小心。"

"放心吧,老黄是个好人,会护着我的。"

第二天一大早,我看了一眼熟睡中的秋儿和孩子,没有惊动他们便匆匆上路了。没想到,这一去就再也没有回来。更令人伤感的是,昨晚成了夫妻共眠的最后一夜,与秋儿分手的一夜,缘尽情绝的一夜!

57 有口难辩

  长期关押、饥饿逼供,比严刑拷打更为难受!坐牢一百七十六天,我变得人不人,鬼不鬼,骨瘦如柴,形同骷髅。为保命,我只好按提审员的要求交待"罪行"。

  因为事先有约,我们仅用半个小时就交易成功。老黄递给我三百五十斤粮票说:"这是你的,装好了。"接着,我们从"南七"搭乘一路汽车急急忙忙向火车站赶去。

  正值冬季,社员们都空闲没事,坐车的人特别多。等候上车的人排着长长的队伍,乘客们按照先后顺序,一个挨着一个地通过入口处检票进站。眼前只剩下几个人就轮到我们了,老黄突然将挎包往我手中一塞,说:"你先进站,我去买包香烟。"说罢,转身飞快地走了。

  我抬头一看,心中猛地一惊:入口处站了好几个戴红袖章的人。俗话说,做贼心虚,一点儿也不假。我吓得头上直冒冷汗,有心退回去已经来不及了,只好硬着头皮将车票递了过去,手却不由自主地颤抖着。不知是被他们看出了破绽,还是自己过分紧张,检查人员两眼盯着我上下打量,我下意识地低下了头。刚跨进入口处就听背后有人喊了一声:"同志,请你等一下!"我吓得魂飞天外,越紧张越不自然,战战兢兢地问了声:"是叫我吗?"

  "你到哪里去?"

  "淮南。"

  "来合肥干什么?"

  "玩玩的。"

  "这包是你的?"

  "是,不是的。"我早被吓得心慌意乱,随便应了一句。

"里面装的是什么东西?"

"不知道。"

"是你的包,里面装什么东西你会不知道?"

检查人员上前把包一提,说:"前言不搭后语,这包恐怕是你偷的吧?"

"你们别冤枉好人。"

"看你就不像是个好人,跟我们走!"

说罢,一前一后两个人押着我朝值班室走去。

我边走边告诫自己:要沉着,不能慌。他们不一定搜身,纵然查出粮票,三百五十斤也犯不了大法。想到这些,心里稍微平静了一点儿。

走进值班室,问话开始。

"这包到底是谁的?"

"是我朋友的。"

"为什么说是你自己的。"

"我一时心慌,答错了。"

"你慌什么?"

"这……"

"再问你一遍,老实说!这包到底是谁的?"

"确实是我朋友老黄的。"

"他人呢?"

"买烟去了。"

"里面装的是什么东西?"

"我真的不知道。"

"打开看看。"

我赶快把包打开,双手捧着放在桌子上。里面有两件衣服和一只装满酱菜的玻璃杯,检查人员将衣服翻了翻没发现什么。他拿出杯子看了看,摇了两下说:"姜主任,这杯子里有货。"

"打开检查!"姜主任命令道。他用一双犀利的眼睛盯着我,稽查人员熟练地打开杯盖子,掏出个油纸包,再将纸包打开,里面全是成卷的粮票。经清点,共有五千多斤!看到这么多的粮票,我傻眼了,惊呆了!

姜主任把桌子一拍,吼道:"看不出,你原来是个票贩子!"

"领导同志,这包确实不是我的,粮票是老黄买的。"我连忙解释道。

"不老实,给我搜身!"

"别搜,我自己拿出来。"说着,我从内衣口袋里掏出粮票。

"给,我就买三百五十斤。"他们并不相信,又在我身上细细地搜查了一遍。

"现在人赃并获,你还有什么话说?"姜主任说道。

"姜主任,这包是姓黄的。"

"不老实,将他带走!"我拼命喊叫:"姜主任,请你给我一次机会,包确实是老黄的。我带你们到列车上找,假如找不到他,你们关我也不迟!"姜主任见我讲得如此恳切,便说道:"好吧。你要老实,不准逃跑,假如找到姓黄的算你立功表现。"

庆幸的是火车还未启动,我心里踏实多了。心想,老黄啊!你一定要站出来证明我的清白!

两个检查人员一左一右跟随着我,从车头找到车尾,再从车尾找到车头,查看了两遍,连老黄的人影儿也未见到。这时我才明白,我中了他的"金蝉脱壳"之计。我成了替罪羊。

咔嚓一声,一副锃亮的手铐卡住了我的双手。

他们边给我戴手铐边骂道:"他妈的,你小子一点儿也不老实!"戴上手铐后还不解恨,又用力按了一下。手铐齿轮深深地咬住我的手腕,疼痛直钻心底,双手一下子麻木了。

当天,我被送进了拘留所。

第二天,他们从号子里把我叫了出来。

提审我的是位四十多岁的女干部。在她的脸上找不到一点儿女人的温柔,一副面孔绷得紧紧的。这可能是审讯犯人的职业习惯吧!问话开始前,先学习一段《毛主席语录》:"老实人,敢讲真话的人,归根结底对人民有利;爱讲假话的人,一害人民,二害自己,总是吃亏。"她念一句,我跟着说一句。

学这条有针对性的语录,无非是提醒我要老实交待问题。

学语录,我并不陌生。最有讽刺意味的是,两年前同样在省城合肥,我披红戴花,以学习《毛著》积极分子代表的身份站在演讲台上夸夸其谈、神采飞扬,是何等荣耀?说不定这位"提审员"连入会场的资格都没有呢。今天,我却成了阶下囚,蹲在地上,垂头丧气地跟在她后面重温《毛主席语录》,这是何等的反差!

那年头,问什么都要从家庭成分、社会关系开始。

"家庭成分?"

"革命家庭。"

"解放前你的父母亲都是干什么的?"听她问起父母,我仿佛遇到救星,于是把父亲当警察的事做了一番解释,而将母亲当红军的历史大加渲染。这一招果然灵验,她那冷酷的面孔终于露出了一点笑容。随即,她收起纸笔说:"这样吧,你先考虑一下,自己有多少过错就承认多少,要实事求是,今天谈话就到这里。"

这次提审后,有一个星期,她没有再来过。我猜想,肯定是去"外调",抓老黄了。

夜晚,面对铁窗我久久不能入睡。很明显,这是老黄下的套。我心中懊恼不已:假如我能平安上车,他肯定会尾随跟来找我;若被查扣,他便溜之大吉。我怎么能这么轻易就相信人?唉,我太幼稚了!替人担过,有口难辩,我悔、我恨!恨自己不听秋儿的劝告,一步走错,抱憾终生!抓不住老黄无法定案,秋儿怎么办?孩子又怎么办?她们靠什么生活?老黄啊,你在哪里?

老黄当天改乘汽车回到淮南,神色慌张地对秋儿说:"闫立秀出事了。"秋儿一听大惊失色,忙问:"出了什么事?"老黄叹了口气道:"他被抓起来了。"

"为什么呀?"

"都怪他胆小,自己倒霉不说,害得我倾家荡产了。"

"到底发生了什么事?"

"我们俩人买的粮票放在他手上,有五千多斤,全被查去了……"秋儿听后放声大哭。老黄劝道:"你也别担心,我同他朋友一场,不会丢下你们不管的,眼下你必须赶快离开这里!"说罢,掏出三十元钱递给秋儿,"先找个地方暂避几天,一个礼拜后再回来。你放心,有我老黄吃的,决不会让你们挨饿。"

当晚,秋儿带着玉梅连夜去找弟弟了。

弟弟闻讯后,感到事关重大,多方奔走,四处托人。怎奈求告无门,几天后,他带着秋儿来到合肥。

拘留所有规定:为防串供,没有结案的犯人一律不准会面。

我们虽然没有见到面,但秋儿如实地向他们反映了事情的原委以及整个过程,与我的口供完全吻合。在我们既未见面又未串供的情况下,供词一致,应该说案情已经清楚,该放我回家了,但他们仍然不肯放人。我猜想,拘留证上写的十五天,可能要等到期满后才能出监。

半个月很快过去了,这天上午我早早做好准备,只等管教干部来放我回家。

下午三点,果然有人来喊我。我不禁一阵窃喜,心中暗想,也许沾了母亲的光,或许是羁押期满该放人了。可是,当我跨进提审室时,心中陡然一凉:正面坐的仍是那位女干部,所不同的是多了两位"军代表",他们个个表情严肃,看脸色我预感不妙。首先还是学习《毛主席语录》:"凡是反动的东西,你不打他就不倒……"学罢语录,女干部厉声说道:"你不仅是个票贩子,还是一个政治诈骗犯!明明出身反动家庭,竟敢冒充革命后代。今天不问粮票的事,首先查清你的身份。坦白从宽,抗拒从严,你要老实交待!"我低头回答:"我讲的都是真话。"

"不老实!经过外调现已查明:你母亲当红军仅是谣传,你父亲是一个双手沾满劳动人民鲜血的国民党警察!站岗护矿是保护资本家利益,当资本家的忠实走狗!"在一旁的军代表插话道:"老子英雄儿好汉,老子反动儿混蛋！父亲是国民党警察，儿子必然继承他的衣钵，坚持反动立场，挖社会主义墙脚……"

"我的父亲是位善良的好人，我母亲是红军，土改时是经过工作队和村民认可的。"

"狡辩！"她说罢，将一张盖有闫家湖生产队"革命领导小组"公章的外调材料，朝我面前一放："自己看看吧。"我用眼瞅了一下，只见上面写着：闫立秀父亲确系国民党警察，他母亲当红军没有依据！他本人不务正业，外出流荡……证明人依然还是老队长。什么也不用说了，此一时彼一时也。

我只好默不作声，心想，外婆全家都被杀害，怎么能说是谣传呢？不等我解释，女干部把桌子一拍："你到处以红军后代自居，招摇撞骗混进革命队伍，当上省'贫协'代表，成了学《毛著》的假典型……"不等她话说完我大喊冤枉，越是喊冤她越说我不老实，越是叫屈她越是骂我思想顽固。两个军代表指着我大声斥责："你小子嘴硬，告诉你，顽固到底，死路一条！"就这样，他们说我态度不老实，又把我送回了号子里。

他们一审再审，一问再问，多次提审，我仍是一口否认。女干部气急败坏地说："我要把你一直关下去！"

在拘留所里，我被关了整整一百七十六天！这是对"不认罪"的囚犯最为残酷的整治方法，它让人看不到希望，看不到盼头，精神饱受折磨。

凡是在那个年代被关进过"拘留所"的人，对此都深有感触。用饥饿来整治犯人，又是一种"高明"的做法。他们每天只给你少之又少的食物，让你吃不饱，也饿不死。那点饭只能保证一个人维持生命的最起码的热量，但绝不会让你死掉。至今，一想到那些忍饥挨饿的日子，我就不寒而栗。

拘留所管理人员说："进这里来就是让你受罪的，受罪就是受教育。现在社会上都在搞备战备荒，能让你们有吃有喝，就是最人道的管教。"

拘留所的存在就意味着强制和惩罚，如果认为被拘留也像在家一样，那拘留所就失去了存在的意义。但对那些受到行政处罚、最高拘留十五天的人来说,吃点苦受受罪以达到教育目的,倒也无可厚非。而对于像我这样一个没有结案、长期关押的人来说,就是逼供,就是一种肉体上的摧残。

晚上一碗稀饭,两泡尿一撒,就会饿得前胸贴后胸。夜里饥肠辘辘睡不着,睁着眼睛盼天亮,就等早上那顿稀饭。即使是这一碗清汤似的稀饭,也能稍稍抵挡一下饥饿。用"望眼欲穿"来形容此时的心情,那是再贴切不过了。

每当双手捧起这碗稀饭时,是我最幸福的一刻,哪怕明天就上刑场,也会被忘得干干净净。稀饭几口就喝了下去,碗边上残留的剩汁,我用舌头舔了又舔,用手指抹得干干净净。

饥饿能使人丧失理智,丧失良知。为了一点点可以充饥的东西,什么礼义、廉耻、道德、教养,统统都会弃之不顾。说得严重一点,饥饿会使你失去做人的尊严,不得不按照提审员的意思去讲,去说。

长期关押,饥饿逼供,比严刑拷打更难忍受!

眼看这里关押的人犯走了一批又一批,进来一拨又一拨,我却"巍然不动"。我床头的墙上画满了"正"字,每过一天,画上一笔,"正"字不断增加,自由却遥遥无期。

长期关押,我已变得人不是人,鬼不是鬼,骨瘦如柴,形同骷髅,身体开始浮肿,连走路都很困难。

我深深地体会到了,什么是生不如死!

那时社会上传闻,说贺龙元帅饿得吃被套和棉絮,活活饿死在狱中,我还不相信,认为是坏人造谣。如今,我领教了,动乱年代的大牢,时刻都在威胁着"犯人"的生命!再这样下去,我必死无疑!我的精神防线彻底被摧垮了。我要出去,哪怕是被判刑,也不愿待在这人间地狱!只要能留下一条命,到了劳改农场我可以再提出上诉。

于是,我写了"认罪书",强烈要求提审员来结案,并保证"老实招供"。

提审员带着得意的微笑,开始审讯。

诱供也好,逼供也罢,对我来说已不重要,无论问什么我都会承认,需要什么我就交待什么,一直到他满意为止。

"你父亲到底是好人还是坏人?"

"坏人。"

"怎样坏?"

"资本家的走狗!"

"你母亲是不是红军?"

"不是。"

"为什么要冒充革命后代?"

"想混进革命队伍。"

"想达到什么目的?"

"想……想当官,出风头。"

"不老实,说!"

此时此刻,我感到天旋地转,粉墙上"为人民服务"五个鲜红大字渐渐变色,悬挂的"公正执法"横匾慢慢颠倒过来,眼前的提审员好似"催命判官",我一狠心说道:"我想变天,我想推翻共产党!"

第一个问题总算过关了,他们满意地笑了,我的心也死了。

大概以这种荒唐的"口供",他们无法结案,接着审贩卖粮票的事。从五千斤增加到一万斤,他们说少了;两万斤,指责我是属牙膏的,挤一点说一点;我一口报出两万五,他们还说我态度不老实,交待不彻底。这时我在想,反正豁出去了,于是一狠心,承认三万五千斤。这下他们满意了,装模作样地问我:"你讲的是不是真话?"我没有回答,提笔在供词上写下自己的名字,并按了手印。

提审人员根本不去核对证据,不做分析研究,不去细致调查。他们也不想想,三万五千斤粮票需要多大的本钱?钱的来源在何处?获了多少利?赃款又用在了什么地方?用不完的赃款又藏在哪里?就这么简单,只凭口供就结案了。

没有开过一次庭,连法庭是什么样子我都没见过,三天后,合肥市公检法军事管制委员会一位姓汪的干部到监狱向我宣布：判刑三年。汪干部问我："要不要上诉？"我回答三个字："不上诉。"我知道，一提上诉还不知道要关到哪一天呢？弄不好还要加刑！接着他又问："你有什么要求？"我说："只有一条要求，尽快离开这里。"

时隔不久，监狱的生活就有了改善。

原来，铁道部副部长刘建章的妻子刘淑清给毛泽东写了一封信，反映刘建章被捕后在狱中受到的非人待遇。老人家看后批示："请总理办。这种法西斯式的审查方式是谁规定的，应一律废除。"

周总理看到毛泽东的批示后，立即派调查组调查了解监狱的情况，随后又批示："把犯人当人待。"可惜，等到毛主席、周总理的批示传达到基层时，我已成为劳改犯了。

三中全会后，我的案子得到了重新结论，可我失去的岁月，饱受的肉体和精神折磨，又该由谁来负责呢？

58　不准上诉

> 不管你在社会上身份贵贱、职位高低，也不管是罪有应得还是蒙冤受屈，只要关进劳改监狱，就得认罪服法；上诉，就是翻案！翻案，就要加刑！

翻开安徽省地图，你就会发现长江下游、巢湖边上有个不起眼的小镇——塘串河。知道这个镇的人并不多，一提起坐落在这个镇上的白湖农场，就算得上是全国闻名了。

白湖农场是安徽省最大的劳改农场。送来服刑接受改造的犯人来自全国各地。

农场分东大圩和西大圩，东大圩大多是刑满留场就业人员。这里有句话："劳改有期，就业无望"。留场就业，依然受管束，没有自由，唯一值得安慰的是可以领到一点微薄的工资。他们中有的人直到老死也未能走出这个圩区,最后成了这里的孤魂野鬼。残酷的现实,禁锢了那些原本早已锈蚀的心灵。盼星星、盼月亮,好不容易等到刑期满了,等待他们的不是自由,而是漫长且遥遥无期的留场就业生涯。

西大圩全是服刑的劳改犯。他们被圈在圩区之内,四周是白茫茫的湖水,唯一的通道是一座大桥。桥头两座岗亭巍然屹立,全副武装的士兵手端钢枪,用十分警惕的目光注视着从桥上过往的每一个行人。

过桥向西,走五六里来到八大队八中队。黑漆漆的大铁门阴森恐怖,雪白的粉墙上"改恶从善,重新做人"八个黑色大字分外显眼。

向远处望去,圩区外青山绿水;而高墙内,鱼虾混杂,藏污纳垢,犯人聚集。这里有些人原是高智商的科学家、工程师、共产党的各级干部;也有一些小偷小摸的无名之辈。不管他们在社会上身份贵贱、职位高低,也不管是罪有应得还是蒙冤受屈,只要关进这座大院,人的一切基本权利统统丧失殆尽。什么"大丈夫能屈能伸""刚柔相济"的美德,什么"士可杀不可辱"大义凛然的英雄气概,都会荡然无存。一举一动都要低声下气,毕恭毕敬地喊声:"报告干部!"

我们中队有三位主要干部,管生产的张队长以及邱干事,还有位职务最高的指导员——何某。

何某是部队转业军人,主持全面工作,负责犯人的思想改造。平时,他爱穿一件旧军装,从他身上四个兜的军服一看便知他是个当官的(当时最时髦、最流行的就是绿军装)。其实,转业前他也不过是个排长,最多算个副连级。此人口才极佳,能讲会道,常在犯人面前炫耀自己在部队的"光辉历史",吹嘘自己当过"军宣队",为上海复旦大学教授讲过课,与造反派头头对过话……因此,邻队干部送他一个"雅号"——何大吹。

他平时见人没有笑脸,一副目中无人的样子,稍有不顺,板起面孔就训人,犯人们个个怕他。

不久,我接到了弟弟的几封来信,每封信上都说秋儿母子在他的安排下过得很好,要我安心改造,不要挂念家中事情。我知道,这是他在安慰我。他们生活究竟如何,我还是心中有数的,只是无法顾及,无能为力。

我一门心思想的是上诉。只有通过上诉,辩明冤屈,重回社会,才能解决全家人的生活困难,否则他们母子将无法生存下去。

七十年代初,一批又一批的人被历史无情地抛到这荒凉而又残酷的地方。他们带着无法澄清的冤情和心灵创伤,默默忍受着肉体和精神上的折磨,过着孤寂冷漠而又看不到头的生活。

在何某"不准翻案、不准上诉"的高压手段威胁下,绝大多数人只好逆来顺受,"随遇而安"。

尽管他整天到晚在大会小会上不断警告:"上诉,就是翻案!翻案,就是不认罪,就是反改造!"我就是听不进去!

我认什么罪呢?我始终找不到一个令自己信服的理由。我决心要上诉,我有理由上诉!我必须豁出去,哪怕是拼个头破血流也决不放弃!

有一天,正在大田干活,远远看见何某走了过来。我迎上去喊了声:"报告指导员,犯人有事汇报。"

"什么事?你讲。"他不冷不热地问了一句。我低着头不敢看他,心里有点紧张,一时说不出话来。

"什么事?讲!"他有点不耐烦。

"报告指导员,我想……我想上诉。"我终于鼓起勇气说出来。

"你说什么?"他用疑惑的目光盯着我。

"我要上诉。"

他没有说话,双手一背走了。

就这么一句话,招来了大祸。

当天晚上,刚开始学习,何某就绷着脸气势汹汹地来到五组。

"闫立秀!"

"到。"我急忙站了起来。

"刚来几天就不老实,还想翻案上诉?告诉你,到这里来只有老老实实地认真改造,否则,你没有好下场。今晚大家停止学习,给他好好上上课(批斗)!"他走了几步,忽又转过身来说道,"哪个想翻案,我就加他的刑!"这话是讲给我听的,又像是讲给大家听的。这叫"枪打出头鸟,杀鸡

387

给猴看"。

从那天开始,我白天照常参加繁重的体力劳动,晚上依然要挨批斗。犯人的发言内容千篇一律,总是重复那几句话:"不认罪服法,没有好下场。""翻案就是反改造!"都在空喊口号,没有实质内容。其实,动乱年代蒙冤入狱的何止我一人,哪个不想翻案早点离开这鬼地方?只是没有办法,没有胆量而已。大概是同病相怜吧,批斗我的"火力不猛"。何某为此十分恼火。他亲自坐镇指挥,发布命令,"闫立秀认罪态度不好,你们给他加加温!"什么叫"加温"?"加温"就是体罚。两个人扳着我的胳膊,用手按着我的头,弯腰到九十度(喷气式)。批斗了两个小时,把我折磨得腰酸背痛,半天直不起来。

开会结束后,何某问我:"还上诉吗?"我回答:"法律规定不是允许上诉吗?"何某说:"到这里来就得认罪服法,唯一的出路就是安心改造。不然就会吃苦头,闹到最后还要加刑!"我用沉默来反抗,嘴里始终没有说出"认罪"二字。何某见我不服软,气急败坏地说:"五组可以不学习,天天晚上给我斗!狠狠斗,一直斗到他认罪服法为止!"

我成了一只任人宰割的羔羊。

挨批斗的那些天,我夜里常常做噩梦,梦见自己被加刑拉去枪毙,惊醒后浑身全是冷汗。

事态发展出乎意料:在这里,犯人提出上诉会遭受打击,向政府申辩冤情会被当成反改造进行批斗,不但毫无法制可言,连起码的人权也被剥夺、被践踏!

眼前发生的一切,令我悲观绝望,感到前途一片渺茫。我的命运似乎被拴在一根极其脆弱的线上,稍一绷紧就会断掉,就会坠入万丈深渊。原本想通过上诉洗清罪名,孰料刚刚出手就遭到打击,难道说我永无出头之日?

我开始冷静思考:罪与非罪是两个完全不同的概念,面对残酷的现实,是认命,还是申诉?当然不能认命!

人活着,没有自由等于没活;既然活着,就得朝前走。与其哭着、苦着,不如盼着、笑着,勇敢地面对人生、面对未来。要挺住,不能垮,等待机会,观察动向,以求东山再起。

事态的发展不如人愿,而且开始进一步恶化。

何某见我没有屈服的意愿,气得恼羞成怒,批斗的力度一次又一次地升级。在他的指使下,有人站出来揭发:"闫立秀公开说他要逃跑,企图抗拒改造。"对于这种无中生有的捏造,既可恨又可笑。天哪!有谁那么笨蛋,敢把逃跑的想法公开说出来。这种荒诞不实之词,稍加分析就会不攻自破。可何某不这样想,他借题发挥,强行认定,召开了全中队犯人大会。他在会上宣布:"犯人闫立秀,不认罪服法,抗拒改造,公开叫嚣要逃跑,为严肃监规,对他施行械具惩罚!"这真叫欲加之罪,何患无辞。

在"抗拒改造,死路一条!"的口号声中,我被当场戴上了七斤半重的脚镣。

脚镣戴上了,批斗也停止了。

何某之所以对我这样,是有原因的。"文革"时期,在管教干部中有一种"宁左勿右"的倾向,也养成了好大喜功的作风,他们弄虚作假,掩盖真相,树立了一批又一批所谓的典型单位、先进集体、红旗小组。他们向上汇报时,只报喜不报忧,社会上盛行的不正之风,也不可避免地刮到了劳改单位。

何某在上报时,又多了一件管教成绩:他及时发现了一个想越狱的犯人!

荒诞年代怪事多,会干的不如会吹的。我们中队成了全大队的先进典型。在何某的精心管教下,人人认罪服法,个个安心改造,似乎所有犯人的进步表现都是他的功劳。为了捞取政治资本,他不顾犯人死活,以打击、威胁等手段压制犯人上诉。八中队除我之外,没有人敢在他面前提上诉的事。仔细想想,我受惩罚也就在所难免了。

然而,多行不义必自毙,天理昭昭,何某最终没有逃出作茧自缚的下场。

社会上产生的垃圾,有污秽暴露着的,有被堂皇的外表掩盖着的。管教干部中也出现了少数灵魂丑陋的败类！古人说："善恶之极，如影相随。"难道冥冥之中真有因果报应？

两年后，发生的一个戏剧性的变化证实了这一点。就在我出狱的那一天，何某剃着光头，戴着手铐，被押进场部看守所。一出一进，四目相对，让人惊奇，令人诧异。天哪！世间竟有如此"天翻地覆"之事？是上天的安排？是历史的巧合？还是作者的编造？各位读者，毋须怀疑，我所说的这一切绝对真实！

正是因为我的人生多磨难、多坎坷，在我身边发生了许多带有戏剧性的人和事，才促使我这样一个仅上过两年小学、文化水平不高的草台艺人，几下决心，历经十年几经修改，才写出了这部长篇纪实文学。

绝望有时是一种镇静剂，常常在一阵剧痛之后，它又能使你出奇地平静下来，变得更坚强。我暗暗告诫自己，今后不管遇到何种打击，不能逃跑，也不能自杀。如果逃跑，性质就变了；变了性质，一辈子也翻不了案。自杀是懦弱的表现，人死了就什么也说不清了。古话说得好：留得青山在，不愁没柴烧。

三年刑期虽不算短，但比起那些判十年、二十年的长期犯人来说，我不过是一位匆匆过客。活着就有希望，活着就是希望，这里不让申诉，熬到刑满后我还要上诉，天底下一定会有讲理的地方。

在这个我梦中从未梦到过的地方，我留住了生活的脚步，熬过了那些刻骨铭心永世不忘的日日夜夜。

人往往就是这样，当心里装着几件事的时候，总是先考虑最要紧的。上诉受到挫折，静下心来时，我想到了秋儿母子。尽管我白天参加繁重的体力劳动，到晚上仍然会失眠。梦萦魂牵，心系千里。我写了一封信，指定让秋儿写封信给我，并寄来他们母子及女儿的照片。

谁知信发出后，一连数月不见回音，连弟弟也不来信了。我预感事情不妙。

劳改犯妻子来闹离婚的事屡见不鲜，难道秋儿已另嫁他人？弟弟之所以不回信，可能是怕我思想受刺激，影响改造。想到这一点，我心中更为不安。自从入狱后,我最担心的就是失去爱妻,这一夜久久不能入睡。我呆呆地躺在床上,月光从高高的铁窗斜射进来,光束犹如寒光闪闪的利剑,带着逼人的寒气,射在我的脸上,插入我的胸膛。

夜,无需掩饰,可以淋漓尽致地表达自己的痛苦;夜,会安抚一切激烈,会让灵魂里的激烈变得柔和。

秋儿的影子在我眼前来回晃动,亦梦亦幻,后来竟变得荒诞离奇:

"秋儿,你还爱我吗?"

"爱,还像以前那样爱你。"

"你是否也像我想念你一样思念我?"

"是的。我想你、盼你,你什么时候回来呀!是一个月还是十五天?"

"一个月,不就是一年的十二分之一吗?不对,你还得等我二十五个月。"

"两年多的时间,我们娘儿仨吃什么?靠谁来养活?"

"不是有我弟弟吗?"

"弟弟已帮助抚养一个女儿了,他哪里还有能力帮助我们娘儿仨?"

"我不管这些,你一定要等我回来。"

"我舍不得离开你,我们实在是坚持不下去呀!"

说罢,她抱着儿子,拉着女儿,飘然而去……

我猛地翻身坐起,眼前一片茫然。窗外和屋内的夜依然静悄悄的,只有犯人们的呼噜声此起彼伏,发出阵阵永不变调的旋律。秋儿的影子,依然在我脑海中游弋,越飘越远。顿时,精神嗒然,心里空荡荡、酸楚楚。两年多的日子是多么漫长、多么可怕呀!许多事情会因时间的流逝而发生改变的。

依然杳无音信。时间——简直就像西天王母阻隔牛郎织女相会用神簪划出的一道银河。不!牛郎织女还是幸运的,每年七夕还能儿女相见,夫妻团圆。我们却如隔海相望,可望而不可即呀!我预感到,悲剧的大幕已徐徐拉开。

我决定再给秋儿写封信。她虽然没有文化,但我还是搜肠刮肚选用了最动人的词句,最能表达思念他们母子情感的话语,写下了洋洋千言,并嘱咐弟弟一定要想办法把这封信送到她手上,哪怕她另嫁别人。

十天过去了,二十天过去了……只见鸿雁南飞去,不见万金家书来。明知无望,还是企盼,秋水望断,希望成灰。天天产生可怕的幻觉,夜夜梦见妻离子散的惨景。

秋儿啊,我不能没有你。你就是一根捆缚我的绳子,哪怕我被捆得窒息,也毫无怨言。我们都曾为这份来之不易的"爱"付出了昂贵的代价,又为这份弥足珍贵的"情"做出过惨重的牺牲!拥有它,珍惜它,才无愧于我们当初的选择。

失去了爱情,一切都会变得苍白乏味!真的不希望我们用血泪甚至生命换来的爱情会是一场春梦!

人常说,每逢佳节倍思亲。中秋节这天,许多犯人家属都来探视,有父母探望儿子的,妻子探望丈夫的,儿女探望老人的;亲人相见不尽相同,有悲有喜,有哭有笑,叙不尽的离别情,流不尽的伤心泪。但有一点是相同的,每个探视者都会给亲人带来许多好吃的食物。

只是可怜了那些像我一样孑然一身、无依无靠、家庭困难的犯人。看着别人大包小包捧回监房的食品,既眼馋嫉妒,又无奈失落。我干脆眼不见不烦,躺在炕上,蒙头大睡。

一觉醒来,已是傍晚。刚准备起身,忽听门口值班组长喊道:"闫立秀,邱干事叫你到办公室去。"我翻身下床,在组长的陪同下来到队部门口。

"报告!犯人闫立秀到。"

"进来。"邱干事指了指旁边的椅子叫我坐下。"你老婆来了。"邱干事突然冒出一句,我一听这突如其来的消息,感到一阵惊喜。真是太振奋人心,太意外了。分别十多个月没见过面,她现在身体怎样?孩子们好吗?到底住在哪里?又靠什么生活?脑海中出现一连串的问号,恨不得马上见到她问个明白。

邱干事看我一副喜不自胜的样子,沉默了许久才说道:"你要有个思想准备,她目前生活十分艰难,这次来很可能会向你提出离婚。"这无疑是晴天霹雳,刚刚燃起来一点希望的火苗,突然被一盆冷水扑灭了。这一喜一惊,喜悲突变,让我一时无所适从,手足无措。恩爱怨恨一齐袭上心头,脑子里嗡嗡作响,两腿软得像面条儿,扭了几下,我便身不由己地瘫坐在地上,两颗泪水从眼角溢出。这是多么可悲而又可恨的结局!难道离婚就那么容易吗?我与她相依为命,患难与共,度过了多少令人难忘的日子!一年多浪迹萍踪,千丝万缕的感情积累是那么容易割断的吗?我们的爱情就真得经不起任何考验?

"不,不!我绝不答应离婚!"

"你心里不好受,我是能理解的。"邱干事劝道,"摊到这样的事,有这样的情绪反应也是正常的。别激动,先冷静想想,再去见她。"

"不,我现在就要见她!"

难以控制的激动使我忘记了自己犯人的身份。

59　无言结局

秋儿哭的不只是自己所遭受的委屈,她哭的是坚强信念的毁灭、美好理想的破碎、忠贞情操的被玷污、精神支柱的断裂,赖以生根立足的地面的坍塌!

在接待室里,我抬眼望去,只见秋儿面黄肌瘦,一脸憔悴,原本美丽的黑发犹如霜后垂柳,稀疏凋零;水汪汪的大眼睛失去了往日的光泽,呆滞无神,双目红肿,泪水涔涔。

见面后,谁也没有说话,只有四行无声的热泪顺腮流下。泪水已经表达了一切,还说什么呢?不管怎样,她终究是一个女人,一个女人能有多大的力量承担三口人的生活?她的困境可想而知。

突然,她放声大哭。

一种莫大的悲哀像旋风一样席卷了她。这哭声是那样的熟悉,又是那样的陌生;这哭声中有希望的破灭,有爱的呼唤,有恨的哀怨,有忧的凄凉,有生的企盼,也有死的绝望! 哭了很久,她才止住悲恸。

分别将近一年,遭遇却像昨日……

秋儿自合肥返回后便找到老黄家,她要讨个说法。

"老黄大哥,人是你带去做生意的,如今他犯了事你却平安回家,你不能撒手不管啊!"

"我也到处托人打听,不中用呀。"

"你说他有多大罪过?"

"说不准,也许要判刑!"

"我们总共只有二百元钱做资本能判刑? 肯定是受你牵累!"

"你怎能怪起我来了?"

"当然怪你,怎么算他也够不上判刑!"

"你们在小朱集贩酒,是投机倒把行为;酒中掺假,是坑害群众;长年做生意,是挖社会主义墙脚;这次贩卖粮票,是犯罪行为! 数罪并罚,能不坐几年大牢?"被他这么一说,秋儿沉默了。一个没文化、不谙世事的农村姑娘,怎能辩白过久经世故的老手。她伤心欲绝地哭泣道:"他若坐牢,我和两个孩子依靠谁呀?"

老黄拍着胸口道:"我说过,有我老黄吃的就不会饿着你们。"

秋儿一听赶忙说:"老黄大哥,你得想办法救出孩子他爸,万一真的判了刑,我们娘儿俩可怎么过呀?"

"你先住在我家,慢慢再想办法。"

"老黄大哥,拜托您了。"

"放心吧,明天我就去找朋友托关系。"

无处可投的秋儿只好点头答应。

一连几天,老黄都是一早出门,天黑才回来,见了秋儿也总是安慰她。

"别急,朋友已经答应托关系找路子。"

"抓紧啊,再拖下去要坏事的。"秋儿焦急地说。

到了第四天,他带回好消息,满脸笑容地对秋儿说:"有希望了。明天我就带你去见个人。此人神通广大,朋友多,路子广,认识一位省里的大干部。"秋儿高兴地说:"老黄大哥,真的不知道要怎样感激你。"边说边将熟睡的孩子放在床上,然后倒杯茶双手递了过去。老黄接过茶杯,一双色迷迷的眼睛盯着秋儿说:"你怎样谢我呀?"

"等孩子他爸回来了请你下饭馆。"

"不,要你现在就感谢我。"

"你是知道的,我现在连吃饭钱都没有,拿什么谢你呀?"

他皮笑肉不笑地向秋儿靠近,秋儿的胸脯离他只有半尺远。他仿佛嗅到了一种诱人的气味,这气味不是芳香,也不是甜蜜,而是一种软绵绵热突突、只有年轻女人身上才可能散发出来的特殊气息。这气息,被他大口大口地和着热茶一块吞了下去。此刻,他的兽性开始爆发了,他回身放下杯子,一把抓住秋儿,就像深秋季节的毛蟹用大夹子钳住一条小银鱼儿一样,把她紧紧搂在怀里。秋儿被他突如其来的举动吓呆了。

"你……你要干什么?"

"要你现在就感谢我。"

秋儿慌乱了,央求道:"老黄大哥,你别这样。"

"妹子,为救你丈夫,我跑断了腿,磨破了嘴,就这么点要求还不能满足哥哥吗?"

"您的情,您的恩,我都记着呐,秋儿就是变牛变马也会报答您的。"
"不瞒你说,打第一天见到你,你就让我动心了!"说着他把秋儿搂得更紧。秋儿边挣扎边劝说:"你知道有句话:朋友妻不可欺!"

"我想你都快想疯了,什么也顾不得了!"他龇着大牙,留着胡须的嘴在她脸上乱啃,口中不停地喊着,"宝贝儿,想死我了……"

"放开我,放开我!"秋儿大声哭喊着。可是,在这远离村庄的窝棚里,有谁能听见她的喊叫声呢?他用力将秋儿抱起,横放在床上。他浑身都在冒火,已经忘了这个世界,忘掉一切顾忌,就像饿虎扑食,一下子扑了上去。秋儿意识到反抗是徒劳,挣扎也是无用的,便厉声喝道:"你再这样,明天我就去告你强奸罪!"

老黄翻身坐起来,冷笑了几声。

"告我?可以呀,就让你男人蹲几年大牢吧。"

秋儿一下子瘫软了,泪水顺着眼角流下来。面对这个兽性大发的男人,她再也无力反抗了……

事后,她哭了整整一夜。我知道,秋儿哭的不只是自己所遭受的委屈,她哭的是坚强信念的毁灭、美好理想的破碎、忠贞情操的被玷污、精神支柱的断裂,赖以生根立足的地面的坍塌!她哭得是这么凄惨,这么痛彻肝肠,这么令人心碎!无辜的秋儿啊!遭此蹂躏,到底是谁之过?

我好像头顶被人猛敲了一棒,背后插进一把尖刀,顿觉五脏六腑被一片片地撕裂。我的心开始滴血,牙齿咬得格格响,痛苦不可言状。

难道为了这就要同我离婚?假如是这样的话,大可不必。她的失身是事出无奈,无法抗拒。她是个不幸的女人。她受到精神和肉体上的双重摧残,都是因为我一时的错误而引起的。

我恨,我恼,恨自己中了别人圈套,既害了自己又苦了秋儿。真是一失足成千古恨啊!

我还想听下去,可惜接见时间到了。我哀求道:"邱干事,再给我们点时间吧。"邱干事说:"今天太晚了,明天再安排你们接见一次吧,算是破例照顾你了。"我只好站起来恭恭敬敬地说了声:"感谢政府!"然后,恋恋不舍地回到了监房。

我爱秋儿,因为她是我钟爱的女人,是我心目中的女神,别人碰不得,玷污不得!可是那个姓黄的畜生却把她强暴了……一想到这里,我就心如刀绞,痛不欲生!我恨不得翻过高墙,去杀死那个畜生!怎奈我身陷囹圄,无能为力。我只能祈求苍天,报应这个猪狗不如的禽兽吧!

秋儿啊,你虽已是不洁之身,但我仍然爱你;这不是你的过错,我真心地愿与你白头偕老。

冬夜漫漫,通宵无眠,我只盼东方的红日快快升起。

在接待室里,秋儿一边哭泣一边诉说,又道出了令人震惊和意想不到的灾难:

第二天,老黄带着秋儿去找他的"朋友"。他们坐了一天车,又走了许多路,直到天黑,才到了一处偏僻的村庄。

"朋友"的家非常贫寒,只有两间破屋,没有任何家具。秋儿抱着孩子走路,早已累得精疲力竭。老黄说:"你娘儿俩先休息休息喝点茶,我们去商量一下,如何疏通关系。"说罢,"朋友"带着他一起走了。秋儿母子坐在房里休息,庄上的许多妇女和青壮年男人像看珍奇动物一样,走了一批又来了一拨,指指点点,交头接耳,低声议论着,秋儿感到有些莫名其妙。直到半夜那个"朋友"才回来,秋儿忙问:"老黄他怎么没回来?"

"他走了。"

"到哪里去了?"

"回家啦。"

"我的事怎么说?"

"谈妥了,所有条件我全答应了。"

"什么时候去救我丈夫?"

"救你丈夫?"

"是呀。"

"老黄说你认识省里的大干部呀。"

"实话告诉你吧,老黄把你卖给我做老婆了。"

秋儿闻听此言,犹如五雷轰顶,顿时惊呆了。她哭喊道:"我的命真苦哇,刚刚跳出火坑,又掉进了深渊!难道我这辈子果真过不上平安日子吗?"她一边说一边落泪,泪珠子叭嗒叭嗒顺着两腮往下流。泪水浸到嘴唇里,又苦又涩。突然,她跪在地上哀求道:"我是有丈夫的人哪,求你放我一条生路吧。"

"朋友"说:"我东拼西凑花了两千块钱买来的,放了你我怎么办?你就打消这个念头吧!"

"钱我一定想办法还你,求求你放我们娘儿俩走吧。"

"想走?我警告你,动一动我打断你的双腿!"

这是一个极其荒凉偏僻的地方,因为穷,成了远近闻名的"光棍村"。

许多人家娶不上媳妇,通常是通过人贩子买个老婆。这些受迫害的妇女像牲口一样,任人宰割,任人受用。如若稍有反抗或是逃跑,轻者棍棒毒打,重者捆吊致残。秋儿走到这步田地,真是求天天不应,呼地地不灵,为了保护孩子,她也只好屈从认命了。

也是苍天有眼,半个月后该村有一被拐卖女子,因反抗不从被活活打死,人命关天,惊动了上面,"军管会"来了一大批人,秋儿才得以解救。

她被遣送到家乡——大芮庄。

家,是所有人的向往和思念;家,是流浪者与落难者最后的港湾。虽说秋儿与家庭决裂出走,但与家的那份亲情是割不断的。在走投无路情况下,秋儿选择了回家。

分别一年,乍一见面,母女抱头痛哭。秋儿妈抱起外孙亲了又亲,吻了又吻。再看看女儿憔悴的样子,不觉老泪纵横。

假如不是我身陷囹圄,这门亲事也就认下了。然而,现实就是这样残酷。我还有两年的刑期,无论从家庭名声还是客观现实,全家人都不同意秋儿再等下去,逼她与我离婚。

秋儿每说一句,就要抹一把眼泪。我的心都要碎了。

邱干事看我这个样子,便说:"作为管教干部,我们不希望家属来闹离婚,这不利于犯人安心改造。每逢遇见这种事,我们都是耐心去做女方的工作。可是像你老婆这样无家可归,无处可投,又带着个孩子,你还有两年多的刑期,叫他们怎么生活下去?"

是呀,还有这么长的刑期,让她如何来支撑这个家?住在哪?她和孩子又靠什么生活?

秋儿见我伤心欲绝的样子,流着泪说:"我知道你深深地爱我,要不我还带着孩子外出,哪怕讨饭度日,也一定等你回来。"我知道她的话发自内心,但却是不切实际的。一个女人带着孩子靠讨饭能熬过两年吗?

我忿忿不平,捶胸顿足,然而却又无可奈何。

安慰她?我找不出合适的话语;

责怪她?我找不出任何理由;

看着她？我没有勇气；

帮助她？我无能为力。

真是举笔容易，落笔难哪！我痛苦地在离婚协议上签下了自己的名字，放在她的面前，轻轻地说了声："你多保重。"一扭头冲出探视室，跑回监房，蒙起头来号啕大哭。

爱是一种消失，消失了我，也消失了她，留下的只是永远也无法抹去的烙在心灵上的爱的伤痕。

彩云易散，月圆时短。我仰天长叹：我们短暂的婚姻像彩云一样风吹即散，像中秋冰轮一样圆盈即亏。

风儿轻声呜咽，在吟诵着"爱的悲歌"。

我提笔写"诗"一首，以泄心中的愤懑：

悲切切，泪滔滔，
天空降下无情刀。
今日哪有玉帝在，
却为何？
七女又把董郎抛！

60　六月飞雪

我著此章，是想把历史上出现过的荒诞、畸形事件以及那些无法无天的人，还其一个真实的面目，既警策时人，又启迪后人，长歌以当哭，伏惟以尚飨。

"你道是暑气喧，不是那下雪天；岂不闻飞霜六月因邹衍？若果有一腔怨气喷如火，定要感的六出冰花滚翻天……"这是悲剧《窦娥冤》中窦娥在临刑前的一段控诉：贪官草菅人命，恶人诬告陷害，窦娥含冤屈死……其冤感天，六月夏日飞雪；其屈动地，大旱三年不雨。也许你会说，这不过是前人编造的一出戏,世上不可能有如此奇冤?然而,历史不容置疑,已刻上深深烙印,就在我的身边发生一桩真实的狱中冤案,整个过程与悲剧《窦娥冤》如出一辙。

回顾过去,我不是太计较曾有过的感伤和个人的恩怨,因为我深知,十年浩劫在国家和人民身上留下的伤痕,远比留在个人身上的伤痕多得多。我所希望的是,对历史上出现过的荒诞、畸形事件以及那些无法无天的人,还其一个真实的面目。只想把一段生活所留下的经验和教训昭示后人,以使我不至于白白缴纳这一笔昂贵的"学费"。

这是一出悲惨、恐怖,又使人难以置信的荒诞剧。不,准确地说,是悲剧!是一出现代版的《窦娥冤》!

时代之不幸,恶人之大幸。这场"戏"的编导和主演,就是时任八中队指导员的何某。几位主角出场之前,先做个简单介绍:

贾明彪:原国民党军队军官,因达不到战犯级别,被送到这里改造。

M不强:安徽南陵县人,二十多岁,依靠父母权势,赶上荒诞年代,趁推荐工农兵上大学之机混进高等学府。只有初中文化的他,原本在社会上是一个游手好闲、坑蒙拐骗、偷鸡摸狗的小混混。摇身一变,成为天之骄子——中国科技大学的一名大学生。入学后,恶习不改,盗窃学校财物,判刑五年,入狱改造。

周其坤:安徽含山县东关供销社主任,三十多岁,任职期间,工作勤恳、廉洁奉公、不贪不占,是一位共产党的好干部。因单位职工值班时抓住一名小偷,众怒之下失手将其打死,以渎职罪被判刑七年。

魏得才:江苏扬州人,五十多岁,本来犯盗窃罪判刑三年,因多次越狱逃跑一再加刑,由一个十几岁的青年直到年近花甲,仍在服刑改造。担任五小组"值星员"(组长)。

小李子:十七岁,安徽和县人,生着一张娃娃脸,长得像女孩子。因笔误,说他写反动标语,以反革命罪判刑三年。

Z温珠:二十多岁,北京人,高干家庭出身,因伤害罪判刑入狱。

地点:安徽省白湖农场×大队八中队监房。

时间：一九七五年一月初的一个午夜。

周其坤打着手电筒，睁着一双警惕的眼睛，一个监房接着一个监房地查铺。他即将刑满，因此格外小心。

监房是个特殊的地方，因常年不见女人，犯人间"肛交"行为时有发生。为防止此类事件，监狱规定犯人睡觉不准并头，必须颠倒着睡。

白湖的夏夜，蚊子太多，犯人们都睡在蚊帐里面。他查到五组时，透过蚊帐，发现二号床位上的小李子不在，抽身向厕所走去。中队厕所无男女之分，站在门口一目了然。当他发现厕所无人，急转身又回到监房，突然发现M不强床上的蚊帐在有节奏地抖动着，定睛一看，小李子赤条条趴在下面，M不强压在他的背上，像水沟里的癞蛤蟆交配一样，两个男人搂在一块，翻云覆雨……

周其坤感到事关重大，立即唤醒"值星员"魏德才，"你们五组有人搞流氓！"魏德才看了一眼，急忙制止道："赶快回到自己床上去！"也许该我倒霉，说话声将我吵醒，忙掀起蚊帐看到了眼前的一切……

七十年代是没有"同性恋"这个概念的，两个男性犯人之间的性行为（鸡奸）被发现是要加刑的，罪名统而概之为"流氓罪"。

周其坤"捉奸"在床，理应向全中队干部及时汇报，事件发展也许会是另一种结果。可惜，他没有这样做。认为自己快出狱了，M不强与指导员之间关系特殊，多一事不如少一事，还是息事宁人为好，于是他选择了沉默。

恰恰因为周其坤过于谨慎，给M不强提供了一个恶人先告状的机会，埋下了悲剧隐患，自己遭殃不说，还牵连别人，伤及无辜。

贿赂，是毁灭与被毁灭的交易。毁灭来源于腐败，腐败不是金钱本身的属性，而是依附于精神和权力之上的。精神和权力之上的腐败一旦产生和发展，任何掌握人民赋予权力的人都逃脱不了可耻的下场！

何某多次收受M不强家人的贿赂后，置党纪国法于不顾，对M包庇纵容，使其在八中队成了一名特殊犯人。他看谁不顺眼，举拳就打，张口就骂；谁要是惹了他，他马上就到指导员那里告黑状。何总是偏听偏信，接着就会有人倒霉,轻者被训话,重者挨批斗。犯人们对 M 不强恨得咬牙切齿,无奈有指导员的袒护,也只有忍气吞声。

小李子就是因为害怕,才经常为他洗衣服、打热水,晚上为他端洗脚水,夜里还得受他折磨。

何某经常在会上说一些自己创造的理论,"在我这里,刑事犯可以管政治犯,政治犯思想反动,刑事犯是人民犯罪。刑事犯也要区别对待,像 M 不强这样的大学生,又是革命干部家庭出身,我就要对他另眼看待。"是的,M 不强的叔父是某县法院干部,也就是通过他的行贿,M 才同何拉扯上了关系。

第二天中午,M 不强乘其他干部休息之机,跑到何某面前来个恶人先告状,说周其坤诬陷他昨夜搞"鸡奸"。

身为指导员的何某,心里当然清楚是怎么回事,他感到事关重大,因为万一周其坤向别的干部反映情况,被上面知道就非同小可了。

随即,何某把"值星员"魏德才叫到办公室谈话。

接着又把小李子带到队部……

一场密谋在悄悄地进行着。

晚上,何某通知五组犯人到饭厅开会。张队长、邱干事也被请来参加。

何某采取突然袭击方式,在周其坤没有任何思想准备的情况下,点名要他把昨晚发生的事情讲一遍。这是周其坤所始料不及的,他万万没想到指导员会来这一招。事到如今,已无退路,他只好硬着头皮说出事件真相。

犯人们用敬佩的目光望着周其坤。

张队长、邱干事同时用鄙夷的目光盯着 M 不强。

M 不强声泪俱下,痛哭流涕地大喊冤枉,说周其坤诬陷他。

何某突然脸色一变,厉声道:"这不是小事,不管是流氓行为,还是诬告陷害,都是重新犯罪的具体表现,一定要查清真相,严惩不贷!"张队长是位老实人,不知内情,随口说道:"周其坤一贯表现很好,不会讲假话的。"邱干事对M不强早有看法,生气地说:"M不强!你要老实交待,争取从宽处理!"

在干部眼里,周其坤是值得信赖的,不然,怎能对他"委以重任"——查看监房。

在犯人中周其坤有极高的威望,八中队敢和M不强较量的只有他了。因此,犯人们个个暗中窃喜。

其实大家都知道M不强和小李子经常干那种事,只是不敢举报而已。如今,被周其坤抓住,真是大快人心。我也同大家一样,恨不得加判他几年徒刑才解恨呢!

何某望了望张队长、邱干事,说道:"先别忙下结论,查清楚再说嘛!"说罢,转身扫视了一下全体犯人,然后喊了一声:"魏得才!"

"到。"魏得才应声站起。

"周其坤说你可以作证。你是'值星员',一定要靠拢政府,不准讲假话。"何某阴沉着脸,继续说道,"你要不老实,我狠狠地处分你!"魏德才心领神会,"报告指导员,犯人不敢讲假话。"

"说吧,讲讲事情经过。"

"昨天夜里我睡得正香,突然周其坤把我叫醒说,你看M不强在干什么?我慌忙起来,结果什么也没看见。"周其坤气愤地说:"魏得才你讲假话!当时小李子就在M不强床上!"何某问道:"李××,可有这回事?"小李子说:"报告指导员,根本没有这回事,是周其坤诬陷。"何某用眼瞪着犯人们:"你们有谁看见M不强耍流氓?"大家面面相觑,无人敢出面作证。周其坤抬眼望望我,我赶忙将头低下,这一微小举动,没有逃过何某眼睛。

"闫立秀!"

"到。"我猛地一惊,应声站了起来。

"你床位离他们很近,看到了没有?"我被何某突如其来的责问,吓了一跳,不知如何回答,但又不能不说。我来不及思考,昏头昏脑地说了句:"我看到他俩在蚊帐里……"不等我把话说完,何某大声喝道:"胡说!你一定和周其坤串通好的!"

我吓得不敢争辩,慌忙改口:"可能是我睡糊涂了没看清楚。"

"到底是没看清楚还是什么也没看到?"何某两眼死死盯着我。

"报告指导员,我什么也没看到。"说罢呆呆地站在那里,迟迟不敢坐下。

突然,何某把桌子一拍,叫道:"周其坤,站起来!"张队长、邱干事一脸愕然,想说什么又插不上嘴。在场犯人谁都明白,指导员包庇M不强。

周其坤站在那里,一脸无奈,满腹委屈,却有口难辩。

接着何某宣布:"周其坤诬陷同犯,破坏改造,你们要对他揭发、批判!"

形势急转直下,变得太快,变得出人意料。明明白白的事实,却被颠倒,犯人们你望望我,我望望你,会场静得无声无息。

何某只好收场,宣布道:"周其坤陷害他人,情节恶劣,从明天起取消'值班员'资格下大组劳动。今夜写认罪检查,明晚继续批斗!"

张队长见状,站起来刚想说什么,何某用手一挥:"散会!"

戏的序幕,按照何某的策划,已收到预期的效果。

第二天,批斗继续进行。犯人们的批判发言不温不火,应付了事。周其坤依然坚持捉奸是事实,他咬紧牙关,拒不承认诬陷。如果说,单单定他"诬陷"罪还算小事,谁知何某使出了更阴险毒辣的诡计。散会前,他突然宣布道:"现在,我们又掌握了周其坤新的罪证,他与反革命犯贾明彪暗中成立一个'暴动队',密谋越狱!"一句话惊得全体犯人目瞪口呆。我暗暗祷告:千万别把我扯进去,沾上就不得了了。

真是怕鬼招鬼,突然他话锋一转说道:"反革命犯贾明彪利用拆字、算命宣扬封建迷信,搞秘密串联,你们中间就有他的骨干分子,"说罢,用眼睛扫了我一下。顿时,吓得我浑身冒冷汗,心想,坏了……

贾明彪,是个有学问的人,他上无父母,下无妻儿,孑然一身。在如此险恶、艰难的环境中,他依然能保持个人的整洁和修养,有条不紊地生活着,令我十分敬佩。他那坚韧的毅力和坦荡的胸怀,无不体现出一个军人的气质。

　　他很少与人交谈,没事时独坐一隅,闭目养神。也许是缘分,我们俩一见如故,我把他当成兄长,他把我看作小弟。每当我情绪低落时,他总是耐心地开导,"要面对现实,振作起来,你还年轻,来日方长,把眼光放远些,千万不要灰心……"他的话对我鼓舞很大,唤起了我重新面对生活的勇气。

　　他对《易经》颇有研究,称它为中华文化的源头,也是世界文化史上的奇葩。背下无人时,他常常对我谈起《易经》,赞它:幽微而昭著,繁富而简明,内容博大精深,丰富而有深奥的含义;包含着天文、地理、军事、人伦、社会、历史等认识,是一部谈论宇宙人生哲理的典籍。古今中外,许多名人、学者都在研究它。我听了这些如读天书,似懂非懂,不太感兴趣。

　　《易经》早有文献记载,都把它作为占卜之术。如《左传》就多次谈到《易》卦,那时常用来占卜军国大事。诸葛亮摆兵布阵用的"奇门遁甲"皆出于《易经》。军官出身的贾明彪深谙《易经》,也就不足为怪了。

　　监房的枯燥,人生的无望,迫使我去寻找一种心灵上的安慰。一贯不信鬼神的我,忽然间对占卜萌发兴趣,想预测一下自己是否"命运定分,流年不利"?那天赶上大休日(劳改队半个月放假一天),我们俩凑到了一起。

　　"贾兄,给我占一卦如何?"

　　"我为你拆个字吧!"

　　"拆字灵验吗?"

　　"拆字同占星、相面、扶乩一样,都是流行较广的占卜之法。"接着,他给我讲了一个故事。

　　宋朝有位谢石,以拆字为业,言人祸福,无奇不中。一日,徽宗皇帝写了一个"朝"字,令宦官司持见谢石,试其灵否。谢石见字后对他说:"这个字不是你写的,只是不敢即刻言明。"宦官听罢,愕然道:"只要言之有据,尽言无妨。"谢石道:"'朝'字拆开是十月十日,不是此月此日所生之人,还会有谁写这个字呢?"谢石说罢,众人无不称奇。

自北宋宣和年间谢石出现以后,拆字开始盛行起来。贾明彪接着说道:"拆字,既是一种技巧,也是一种文字游戏,甚至于称得上是一门艺术。你不妨写个字试试看,若是言中权当巧合;若是偏离,姑妄言之,姑妄听之,权当一笑。"他说得很有道理,我随手写了个"闫"字。他看了看说道:"'闫'字拆开为三门,三为数,你有三年牢狱之灾。门为家,门内抽三,空空如也,你是无家无业。"我听罢笑道:"刑期你知道,不算。"他说:你一生有三次大灾大难。"我说:"我差点被火车撞死,为一难,如今身陷囹圄为二难,还缺一难。"他笑了笑说道:"还有一次死里逃生!"我听后大惊,文革武斗,我差点成抢下之鬼! 我点头认可,说道:"过去的事就让它过去,我最关心的是今后的人生,请你预测一下我的未来。"他说:"不惑之年,鸿运大展,一帆风顺,事业有成。"我说:"人生转机为何需待四十之后?"他说:"大凡事不过三。'闫'字为六笔,我送你六句话。'闫'字门里三,犹如三道闩,年逾三十岁,闯过三道关,出门见天日,苦尽才来甘。"我听后将信将疑,他说:"世事难料,人世间的事有谁能说得清? 说清了,世间没事情。拆字占卜法,是利用汉字的偏旁部首,通过分合增减,将意寓于其中,这是汉字独有的。不过,这一类拆字游戏,不可全信。"他话虽这么说,但我还是相信的。

"贾兄,何不为自己卜上一卦?"

"刑满依旧留场就业,料定终成白湖孤鬼,早知天命,无需占卜!"

囚禁苦役,度日如年,在孤独、惆怅、思索、焦躁不安中熬过无数个日日夜夜,每当受挫、迷茫、消极之时,我总会想起"不惑转运"之说,视之为精神支柱。

一场文字游戏,却被何某当成罪证,无端地被裹进这场冤案之中,既害了他,又牵扯了我。

在这出新版《窦娥冤》里,周其坤是蒙遭诬陷的"蔡婆婆",贾明彪是屈死的"窦娥",M不强是栽赃害人的"张驴儿",指导员是指鹿为马、草菅人命的"楚州太守"!

戏,正在继续往下演……

61　案惊中央

　　十年浩劫,革命与反革命之间并没有一条不可逾越的界限;一个人也许在一天、一夜,甚至一小时或一分钟之内,就能从顶端跌落到深渊。

　　何某为何要置周其坤于死地?直到中央及省调查组到来才揭开谜底。这个执法队伍中的败类,不仅敛财而且贪色!说起来你也许觉得奇怪,此处又非女子监狱,何来贪色一说?

　　谁能料想到,一个平时道貌岸然、一本正经、头顶国徽、代表国家权力的执法干部中队指导员何某,背下里竟是一个灵魂肮脏的大流氓!他贪色,并非美女之色,而是看中了M不强的肥臀。M不强为了达到自己的某种目的,心甘情愿地为他"献身"。他二人欲壑难填,不计后果,明知国法难容,仍是沉瀣一气,越陷越深。管教干部搞劳改犯屁股,真乃天下奇闻也!奇得让人咋舌摇头,奇得令人难以置信!

　　管教干部和在押犯人之间搞流氓行为是何等的罪孽?执法犯法,罪加一等。何某心中十分清楚,M不强案发必然会牵扯到他,一旦东窗事发,他不仅身败名裂,恐怕还要丢官坐牢!所以,保住M不强,整倒周其坤,是当务之急。他知道光凭"诬陷罪"是不够分量的,必须捏造更加严重的罪名,才能扳倒周其坤。

　　为了达到杀人灭口之目的,他挖空心思、绞尽脑汁、不计后果、不择手段地策划、制造了一桩更大的骇人听闻的狱中冤案。他把党纪国法、道德是非全置之于脑后,利用手中的权力,威胁利诱,逼几个老反革命罪犯出面作伪证。俗话说,贼咬一口,入骨三分。几个人一齐咬住周其坤,何愁阴谋不成,定他个反革命首犯如板上钉钉。这出"戏"虽然构思周密,但并不是每个"演员"都听从"编导"的安排。贾明彪就是其中一个,他宁死不屈!

我刚走出大门,迎面碰见贾明彪从队部出来。他脸色十分难看,我心头一震,预感到一场灾难将要降临。

我战战兢兢地走进中队办公室,何某脸上表现出少有的温和:"坐下吧。"我心中暗想,平时总是冷眼相看,今天怎么突然变得客气了?他点了支香烟,猛地吸了一口说道:"好好干,千万不要学周其坤!"最后一句,他特别加重了语气,像是关心我,又像是对我发出警告。

"犯人知道。"

"知道就好,一定要靠拢政府。"

"是。"

"周其坤、贾明彪何时拉你入伙的?"

"报告指导员,我绝没有参加他们的组织呀。"我声音不大,但口气十分坚定。何某从桌上拿起一叠材料,在我眼前晃了晃说:"你看,这些都是检举材料,他们的性质变了,弄不好要吃'花生米'的。"听了这话,我顿时脑子懵了,这年头作兴制造冤假错案。看来,我们要大难临头了!

他又望了望我,用一种低沉而又阴险的口气说道:"有确凿证据,你是贾明彪发展的骨干分子!"我站起来,刚想争辩,他用手一摆说:"坐下。"我只好顺从地坐下,他口气一变,近似安慰地接着说:"你不要怕嘛!党的政策历来是首恶必办,胁从不问。我们重点打击的目标是为首分子,只要你站在人民一边,靠拢政府,大胆揭发,就算立功表现,对你不做任何追究。"

"报告指导员,犯人确实没有参加他们的暴动组织,更不知道内幕,叫我如何揭发?"何某说:"那不要紧,这里有揭发材料,你先看一下,可以参照内容写一份。"说着,他将材料递过来。

此刻,我心中明白,无非是想让我作假证。

"材料上写的我一无所知。"

"看样子,你不想回家了。"

"报告指导员,犯人想回家。"

"想回家就要反戈一击,否则周其坤就是你的镜子!"说罢,将检举材料往我面前一摔,出门而去。

我只好硬着头皮拿起材料从头细看。

历史反革命分子姜某、陈某在揭发材料中这样写道:……周其坤让贾明彪找我们谈话并动员说,你二人刑期太长,一生永无出头之日,与其死在狱中,不如奋起反抗。我们一起暴动越狱,夺取枪支,然后上山打游击……

这种不堪一击的谎言,明眼人一看便知道全是假的。

他们与周其坤往日无冤,近日无仇,为何要加害于他?其中奥妙一看便知。在何某淫威的胁迫下,他俩深知"顺者昌,逆者亡",于是像疯狗一样乱咬人,主人叫他咬谁就咬谁,什么假话也敢说,什么谎言也敢编。

看罢材料后,我心情十分沉重,感到左右为难。如果不按照何某的意图去做,下场可想而知;如果昧着良心去落井下石,虽能捞到一根救命稻草,但觉得于心不忍,良心难安。用别人的痛苦来换取自己的平安,不是我做人的准则。

何某见我沉默不语,威胁道:"你可以不写,也可以继续与人民为敌,但我要正告你,眼下你已是一个危险分子!你经常同老反革命分子贾明彪勾勾搭搭,密谋策划,妄想推翻共产党,就凭这一条,可以加你十年徒刑!"这话如同一盆冷水从头泼下,浇得我个透心凉。我预感到,贾兄此劫难逃,我们将共同面临一场生与死的考验。

七十年代的"一打三反"运动中,不,确切地讲,在整个十年浩劫中,革命与反革命之间并没有一条不可逾越的界限,一个人可以在一天之内,一夜之间,甚至一小时或一分钟之间,从革命的顶端跌落到反革命的深渊,这当中不管你有意识还是无意识,结果都一样。想到这些我不寒而栗!

"导演"既然分配我充当这个"角色",是躲不开,推不掉,回避不了的。在残酷现实面前,我只好答应指导员回去考虑一下。

其实,这种"缓兵之计"怎能瞒过何某?他不动声色地按照事先精心策划好的步骤,有条不紊地进行着他的阴谋。我悄悄来到老弱组会见贾明彪,他听了我的叙说后说道:"看样子你我都难逃这次厄运,我要提醒你记住一句话,遭受任何打击都不能编瞎话害人!"我点头答应。

非常时期不敢久留,我刚想出门,何某早已带人守在外边,阴沉着脸吼道:"把他俩带到饭厅一起批斗!"

批斗会开始升级了。

何某使用更加毒辣的手段——利用犯人打犯人。从全中队其他各组调集几个"积极靠拢政府"的打手,参加批斗,增加火力。上面介绍过的Z温珠就是其中的一位,他一米八的个头,五大三粗,性情暴戾,仗着父母亲是高干,在劳改队里依然横行霸道,经常行凶打人。

周其坤除了弯腰九十度、做喷气式之外,还遭受拳打脚踢,被Z温珠一伙打得遍体鳞伤。但他仍然没有屈服,十分坚强地说:"每天我都承受着各种方式的惩罚。我知道早点招供,可以减轻精神折磨和皮肉之苦。然而,除非讲假话,我仍坚持认为自己是清白的。虽然我是个罪犯,但我毕竟是个有十年党龄、政府培养出来的干部。监狱七年的改造,我已洗心革面,你们说我抗拒改造也好,顽固不化也罢,纵然打死我,我也不会承认强加给我的罪名。不管付出任何代价,我也决不会出卖自己的灵魂!"何某咬牙切齿地说:"周其坤,算你厉害。我要你在八中队永久蹲下去!"

揭发检举开始了,姜某、陈某跳了出来,自称受周其坤蒙蔽,上了贾明彪的当,一时糊涂被拉进"贼船",如今要"反戈一击"。两人还揭发我是"暴动组织"里的骨干,准备帮助周其坤进一步扩大组织,发展新成员……

我和贾明彪咬紧牙关,一言不发。何某说:"不老实,你们给他加加温!"打手们像领到圣旨一样,冲上前来,先是"喷气式"、"马蹬"、拳打脚踢,后来变得更加凶残,手段无所不用其极。他们找来见棱见角的小石块,让我们跪在上面。石尖扎烂膝盖,鲜血浸透了裤子,还不准喊叫。Z温珠手里攥着一根用钢条磨成的锥子,不时朝我屁股上戳,我疼得钻心,大声哭叫求饶。他却哈哈大笑,一个劲地说我是装狗熊。贾明彪同样受着酷刑,但他却一声不吭,相比之下我真的是个"狗熊"。

每逢犯人整治我们时,何某总是借故走开,转一圈假装什么也没看见。他亲自指挥,暗中操作,使这起冤案愈演愈烈。他同"楚州太守"一样,横行无忌,暴戾恣睢,从刑讯逼供,发展到草菅人命,手段之残忍,令人发指。

他之所以胆大妄为、无法无天,是有一定历史根源的。像何某这种貌似忠谨,心怀叵测,看似干练,天性残忍的人有他的欺骗性,很容易以韬晦之计赢得某些领导的青睐。

他能吹会讲、溜须拍马,采取欺骗手段虚报成绩,骗取领导的信任,被评为模范党员,出席了省"党代会"。一时间,风头出尽,大红大紫。他自恃高人一筹,更加肆无忌惮,在八中队一手遮天,"言出法随",专横跋扈,哪里还把张队长、邱干事以及其他管教干部放在眼里。

正是因为失去了法律的监督,才使他这样为所欲为。

说实话,小时候看电影,银幕上的英雄人物,在敌人的各种酷刑折磨下,不屈不挠,大义凛然,着实地让我敬佩。心想,长大后一定要学英雄,当英雄,昂首挺胸面地对敌人。现在看来,这些想法过于天真、过于幼稚。当我真正面对酷刑的时候,在血淋淋的现实面前,我才知道自己是个没有出息的软蛋! 我的精神防线彻底崩溃了。我求饶道:"我招供,我要揭发!"何某脸上带着得意的微笑说:"让他回到监房写材料去。"

灯光下,我怀着耻辱的心,流着委屈的泪,在编写害人的谎言;写了撕,撕了写,心如沉石,笔重千斤,反反复复折腾了一夜,耳边不时传来斥责声、谩骂声:"反革命,死有余辜!""顽抗到底,死路一条!"……

那阵阵撕心裂肺的惨叫,仿佛听到"窦娥"受刑哭叫:打得我肉都飞,血淋漓,满腹冤屈有谁知? 千般拷打,万种凌逼,一杖下,一道血,一层皮……

我当了没有硝烟的俘虏、和平年代的叛徒,成了现代版人生大戏《窦娥冤》里的帮凶!

第二天一早,传出惊人的消息:贾明彪被活活整死,连夜偷偷埋掉了。一时间,八中队人心惶惶,人人自危。闻此凶讯,我吓得目瞪口呆,骨软筋酥,差一点在黄泉路上与他做伴去了。我心中暗想:能躲过此劫,再次大难不死,难道真的印证贾兄"事不过三,不惑转运"之说么?

可怜的贾兄,我的难友,你死得冤,死得惨,走得太急了。

开会前,我们还相互鼓励,决不向邪恶势力低头,说过要对自己负责,决不去陷害他人。酷刑面前我当了逃兵,而你却宁死不屈,丢了性命。可敬!可怜!可悲!冤哉!

昨晚,我俩还并排站立接受批斗,今早却人天永隔!我怀着悲愤的心情,写下挽诗一首,以泄心中不平,并悼念难友的在天之灵:

批斗——
你咬牙忍受,
逼供——
你拒绝开口,
诱惑——
你不愿合污同流,
毒打——
你没有低声哀求,
你死在该死的年代。
无须问——
谁是罪魁祸首?
比起你——
我是个软骨头。
生者苟且,
死者不朽!……

尽管何某在会上欺骗大家,说贾明彪是畏罪自杀,但犯人们心里清楚,背地里议论纷纷。

"Z温珠一伙也太狠了。"

"贾明彪死得真惨……"

"闫立秀真刁,光棍不吃眼前亏……"

雪地里埋不住死尸,纸里终究包不住火。

八中队打死犯人的消息虽然严密封锁不准外传,但还是不胫而走。四中队管教干部闻讯后,怀着满腔正义,连名上书党中央,强烈要求火速来人查办,该案终于引起了国家领导人的重视。不久,由公安部牵头,会同省司法厅成立了联合调查组,进驻了白湖农场。调查组一到,当即召开犯人大会,并在会上再次传达周总理"要把犯人当人待"的指示。通过调查组细致地调查取证后,很快就查清了这起冤案。

国庆节前夕,这起狱中冤案得到了平反。

不久,开始落实政策。"粮票"案也彻底查清。当宣布我无罪释放时,我激动得泪如泉涌。此刻,离刑满还有半年,这生不如死的两年半的牢狱生活在我的人生道路上留下了永不磨灭的印记!

恶人终归逃脱不了可耻的下场!

何某被判刑八年;

M不强加刑四年;

Z温珠刑满释放后又被收监;

魏德才作伪证加刑两年;

姜某等人迫于压力,协从他人,被批评教育,给予警告处分;

八中队有关领导干部受到行政处分。

周其坤无罪释放。

一桩冤案,惊动中央,这是不正常年代之不正常的冤案。

这时我想起了窦娥临刑前说的一句话:"善恶到头终有报,只是来早与来迟。"

她的歌声又在我耳边响起:

　　浮云为我阴,
　　悲风为我旋,

雪飞为我落，
不雨为我旱，
恶人终遭报，
乌云难遮天！

出狱时，我去向贾兄告别，寻了半天找不到他的坟丘。在杂乱的草丛中，我发现了一片稍微隆起的新土，想必这就是他的坟头。秋风瑟瑟，树木凋零，落叶漫天，随风飘舞。远处，几条狼狗伸着舌头向这里张望；空中，一群乌鸦发出凄凉的哀鸣。

可怜的贾兄，他家中无任何亲人，孤零零地埋在这里，真正成了孤魂野鬼。到底是什么造成了他人生的如此结局呢？

我默默地站在他的坟前，随手摘了一枝松柏插在坟头，望着长眠地下的难友，深深地鞠了一躬。安息吧，难友！我们都是生活在悲剧时代的悲剧人物。值得告慰的是，如《窦娥冤》结局一样，害人的凶手们都受到了应有的惩罚。

生活中无意呈现出的戏剧性变化，往往比编剧们刻意追求的戏剧性还要曲折、巧合、精彩。出狱那天，也就那么巧，遇上了何某，他是刚被批判后押回监狱的。

他，剃着光头，戴着手铐，脖子上挂个大牌子，往日的威风荡然无存。仇人相见，分外眼红。想起往日他对我的种种迫害，想想自己所遭受的种种法西斯式的处罚以及精神上的摧残，我恨不得上前狠狠地骂他几句，扇他几个耳光。但转念一想，如今他已是罪有应得，沦为阶下囚了，我应止暴禁非，何必再去同他计较呢。

当他从我身边经过时，急忙将头低下，匆匆而去。没想到他可以对别人施以酷刑，却没有勇气面对受害者的眼神……

尽管我没有向他展示任何怨恨，但我想这对他来说也是一种触及心灵的震慑吧！

望着他的背影，一种莫名的伤感油然而生。编导悲剧的人，最终成了悲剧的主角,这里面除自身的原因外,当然还有时代的因素。但愿历史的灾难不会随着历史的发展再一次出现!

62　父女相会

　　蓦然间,女儿扑过来,双膝跪在我的面前,抱住我的腿,用沙哑的嗓音哭喊道:"爸爸,你可回来了,我好想你呀……"

　　人非草木,孰能无情。当我走过警戒大桥,站在高处,回头留恋地望了一眼,多少辛酸的往事又涌上心头。这里有我朝夕相处的难友,有我亲手栽培、用汗水浇灌的庄稼,更有两多冤狱带来的一段永生难忘的记忆。泪水与笑容,哀戚与欣慰,抗争与妥协,伴随我度过八百多个日日夜夜。我下意识地抬了一下右手:"永别了,白湖。"但凡在这里待过的人,临别时没有哪个想说"再见"的。

　　一身用囚衣改过的衣服,一床破旧的铺盖,一份悲凉的心情。手里攥着总场领导特批的一百八十多元安家费,这是两年多监狱生活留下的唯一安慰。没有亲人来接,没有难友相送,孑然一身上路。本想美美地吃一顿红烧肉解解馋,想到孩子,想到出狱后面临的生活困境,还是无奈地打消了这个念头。

　　客轮由塘串河出发,经过姥山驶入巢湖。青山倒映,垂柳轻拂,蓝天碧水融为一体。远处捕鱼的木船上扬起点点白帆,把湖面装点得像一幅美丽动感的风景画。船尾划出一条条三角形的水浪越来越宽。鱼浮水面自由跳跃,鸟飞高空任意盘旋。

　　我站在船舷上欣赏着巢湖的美。

　　巢湖又称焦湖。相传古巢湖为州,有一年大旱,小白龙私自降雨为巢湖风景名胜区除旱,触犯天条,被打下凡尘,遇焦姥相救。为报焦姥救命之恩,小白龙将玉帝欲陷巢州的天机告诉焦姥及巢州的百姓,众人因此而得救。而焦姥母女却因告知众邻而延误了逃生的机会,被涛涛洪水吞没。

后人敬仰焦姥舍己救人的高尚品德,遂将所陷之湖命名为"焦湖",将湖中一山命名为"姥山"。《淮南子》记述:"夫历阳之都,一夕化而为湖。"唐代诗人罗隐在诗中感叹道:"借问邑人沉水事,已经秦汉几千年。"一九六四年著名电影表演艺术家赵丹率上海电影制片厂的工作人员,专程来巢县观看根据以上传说改编的庐剧《陷巢州》,准备将该剧搬上银幕,后因文革搁浅而未能如愿……

对于巢湖美,早有耳闻,很想去巢湖一游,多次欲往,可惜因种种原因未能成行。没想这一愿望,今天终于实现,只可惜我不是游客身份,而是一个刚被平反的"劳改犯"!

巢湖美景让我忘记了过去的一切痛苦,我忘情地欣赏着……

走出高墙的我,像出笼的鸟水中的鱼,激动的心情难以言表。呼吸着新鲜空气,对着长空大喊一声:"我自由啦!"

客轮顺着南淝河驶向合肥。

归心似箭,无心游览省城,我随即踏上开往淮南的列车。这条巨龙速度很快,犹如在云里飞腾,令我感到有些眩晕。

久违的车厢让我觉得新鲜,乘客喊了声:"同志,请让一下。"那话语听着亲切,暖在心里。两年来听惯了"同犯"称呼,今天第一次听到别人叫我"同志",反倒觉得有点不适应。

虽说很快就可以回到老家,但我心里并不轻松,相反倒更加沉重。我意识到未来的路不会平坦,说不定铺满了荆棘,我所面临的将是一个未知的世界。

在惶恐和担忧中,我长久地伫立在车窗前,心潮起伏,心绪难平。

走出牢狱,迎来的将是贫困。

随着邓小平再次遭贬,刚刚复苏的国民经济又开始停滞不前。同三年前一样,生产队还是"大锅饭""大呼隆",社员们的温饱问题仍未解决。市场依然是冷冷清清,不准私人买卖交易,否则按投机倒把处罚。大小商场都是姓"社"。在"左"的政治气候笼罩下,"狠抓阶级斗争"仍是头等大事,"保卫无产阶级文化大革命胜利成果,批判右倾翻案风"的大幅标语随处可见。

　　我扛着行李,从拥挤的人群中走出车厢。经过车站派出所时,我忍不住停下了脚步:还是那座四合院,院墙上"为人民服务"五个鲜红的大字仍然是那样醒目;门前的两棵老槐树与从前一样,迎风挺立。景物依旧,世事多变,触景生情,感慨万千。五年前,我曾与秋儿在这里获救,携手出走;如今,劳燕分飞,天各一方。抚今追昔,真是情天难补,恨海难填。

　　我梦游似的来到村前,低着头踉跄着步子,悄悄地走近弟弟家的房前。

　　我推开院门,一切似乎都没变。低矮的院墙上爬满丝瓜青藤,串串丝瓜像棒槌一样垂挂在墙体上。院子刚刚扫过,地上的垫脚石光滑明亮。房内空无一人,显得冷冷清清。那冷清的环境好像用一张陌生的面孔对我说:"你是谁呀?"我茫然不知所措,像是被驱赶似的走来走去,最终又退到院子中央。

　　这时,一个熟悉的声音从门外传来:"谁在院里呀?"话音未落,有人提着挖野菜的篮子,轻盈地走进院内。

　　"玉梅。"我从心底里发出一声欢欣的低唤。是的,是玉梅。两年多不见,她变了,那眼神,那举止,活脱脱似芸姐再现。我心中有点酸酸的。

　　芸姐啊,你的早逝并没有换取我和女儿的幸福!

　　抬头之际,她看到了我,两眼茫然,似乎站在面前的并非她的父亲,而是一位天外来客。父女俩相对无言,约莫过了半分钟或许一分钟,渐渐地,她的脸色变得苍白,嘴角剧烈地抽搐起来。一双大眼睛由惊骇变哀戚,又由哀戚变幽怨,最后那满眶眼泪像泄了闸的洪水,滚滚而下。蓦然间,她扑过来,双膝跪在我的面前,抱住我的腿,用沙哑的嗓音哭喊道:"爸爸,你可回来了,我好想你呀!……"她泣不成声,泪如雨下。

　　我知道,她是在向父亲宣泄两年来的苦水,在向父亲讨还失去了两年的亲情。她有多少话要对父亲讲,有多少苦水要向父亲诉?然而,这一切都化作无声的泪水。我知道,无论用什么语言,都无法抚平孩子幼小心灵所受到的伤害。面对可怜的女儿,我只有深深的自责。

两年来,虽有亲友照顾,但毕竟是寄人篱下,她能够活下来,需要经受多少磨难?需要承受多大的压力?无人能做出确切的估量。

　　我对秋儿并不死心,我们曾经有过山盟海誓,经历过那么多磨难,现在我提前释放了,她不会那么快嫁人,一定还在娘家等我的。

　　我急不可待地于当天从九龙岗坐火车来到炉桥。

　　也就那么巧,我刚到大芮庄,正逢秋儿出嫁,一辆手扶拖拉机,把手上扎着红绸,车厢斗里放着几床红被子,上面还堆了些热水瓶、瓷盆、洗脸架之类陪嫁物件。此刻,一位年轻人手挽着穿戴一新的秋儿,在噼噼啪啪的鞭炮声中上了拖拉机,我两腿一软坐在地上。秋儿仍然还是那么迷人,可现在她却成了别人的新娘。这是为什么啊?难道这就是命吗?也许我轻视了生活和世俗,一切都变成了无奈!秋儿啊,你知道我有多么多么的在意你。我好想好想牵着你的手走到生命的尽头。我告诉自己不要哭,可眼泪却无法控制,禁不住放声大哭……

　　在弟弟的帮助下,我到大队开办的石料厂去干活。这里的活又累又苦,起早摸黑,两头不见太阳。超强度的劳动常人难以忍受,有些人干了一段时间累得吃不消,便退出了石料厂。可我不能不干,冲着每天四毛钱的收入,我也得咬牙干下去。

　　我专管运送石料,一辆板车要装上一吨重的石块,来回十多里,一天至少拉两趟。寒冷的冬天穿单衣还淌汗,炎炎夏日更是辛苦,头顶烈日,脚踩滚烫的柏油马路,像老牛拉犁一样爬行,脖子伸得老长,走一步十滴汗,一天要喝掉二十多斤凉水,一点也不夸张。所有石料厂的人员,唯我一人吃的是粗粮——山芋干面饼。如今回到老家,一些人还不忘当年,见面时都说:"你真能吃苦,吃山芋干拉板车,能长能短,能屈能伸,这苦谁都受不了……"

　　我也不想受罪呀,可那年月我别无选择!

　　付出高昂劳动代价,收入却微乎其微。一吨石头运费是二元五角,到自己手中只有两毛多钱。公社、大队和生产队层层提留,其理由十分堂皇,美其名曰:为了防止贫富不均,两极分化,为发展和巩固社会主义集体经济,不能让少数人手中有钱,思想变修!

生活的窘迫,使女儿失去了上学的机会,每天跟在后面帮我推车。

玉梅很懂事,返回放空时总是她拉着板车,让我坐在上面休息。为了抢时间她小步奔跑着,两只短辫儿在肩头左右摆动。望着女儿娇小的身影,我心中备觉酸楚,像她这样的年龄,本该坐在课桌前,嬉戏在校园中,和其他女孩子一样穿红戴花。可她没享受到她该享受的一切,一双塑料凉鞋,一件打着补丁的短裢,就是她的全部。

此情此景,令我感到心中有一种说不出的复杂情绪。也许她一颗稚嫩的童心,根本就不会想到这是命运对她的不公!看着想着,泪水湿润了我的双眼,越来越模糊。

"爸爸到家啦!"女儿一声清脆的叫声,把我从沉思中惊醒。

前两年半劳改,失去人身自由,后三年自由了,却仍未摆脱超强度的苦力。我戏称后三年为"监外执行"。在这五年多的人生低谷中,我几乎与世隔绝,对外界的一切熟视无睹,充耳不闻。每天早出晚归,独来独往,默默做人,与世无争。我之所以砼砼自守,泄泄沓沓,并非是我平庸无能,而是不敢轻易去碰这个浑浊的世道。"左"的思潮依然禁锢着人们的思想,"左"的绳索依然捆绑着人们的手脚。两年多的冤狱已让我吃尽了苦头,与其冒险,不如夹着尾巴做人。虽说拉车辛苦,挣钱不多,但并不犯"左"。我非常珍惜这份苦差,粗茶淡饭,填饱肚子已经心满意足了。

可惜,一阵枪声击碎了我的饭碗!

63　八条人命

"龙生龙、凤生凤,老鼠生儿会打洞。"在这种谬论的蛊惑下,家庭出身不好的"知青",都被视作"可教育"的对象,而升学、招工,与他们无缘。于是……

由下放"知青"引发的一桩血案,震惊全国!八条人命瞬间倒在枪下。大队石料厂也因此倒闭。随之,我拉板车的生涯也结束了,生活将再次面临新的抉择。

三伏天气,酷热难当,社员们都在家乘凉睡午觉。别人休息我不能歇下,至今没有一间房子,贫穷压得我喘不过气来,多拉一趟,那个聚钱的小木箱就可以增添两角四分钱。

我顶着骄阳,拉着板车向山上走去。马路被太阳晒得冒油,一脚踩上去一个鞋印。中午时分,很少有人出门,路上显得空空荡荡。行走间,忽见大队民兵营长周善爱迎面跑来。见他气喘吁吁、脸色苍白、神情紧张的样子,我忙问:"出了什么事?"他上气不接下气断断续续地说道:"不得了啦!有人端着冲锋枪见到大队干部就开火……已打死好几个人了!……"说罢,他继续向闫家湖方向跑去。

这消息令人吃惊,难以置信。清平世界,光天化日之下,怎么可能发生枪击事件?此人与大队干部有什么仇?枪又是从哪里弄来的?带着一连串的疑问,我放下板车,大着胆子向大队部跑去。

本着对历史负责的精神,我将亲眼所见、亲耳所闻的事件经过以及前因后果,真实地展现给读者……

这天中午十二点,在短短的四十分钟内,包括凶手在内八条人命倒在枪下。这一震惊全国的血案,是一个不足二十岁的下放知青所为。其枪法之准确,行动之快速,手段之残忍,计划之周密,令人咋舌,难以置信!

夏郢大队是坐落在淮南线上的一个村庄,离九龙岗火车站很近,不足千米,大队部就设在知青大院内。

倪永成和千千万万个知识青年一样,怀着对老人家的无限忠诚和满腔革命热情,告别亲人走进"广阔天地",分配到我们大队接受贫下中农再教育。随着时间的推移,一批又一批的知青被招工返城。一些家长为了让子女能早点回到身边,不惜花钱买路子,拉关系,走后门;还有一些女知青,为了拿到一张招工表,不得不奉献出自己的身子。不管是内招外招,都得经过大队革委会、生产队革命领导小组、贫下中农协会推荐,批准盖章后方可走人。一句话,"知青"的命运、前途掌握在个别人手里。

我们邻队周家圩生产队队长周某某，以招工表为诱饵，奸污了好几个女知青。其中一位女学生刚来不久就被他盯上，他以照顾干轻活、推荐返城为诱饵，将她骗到了手。他的行为简直令人发指，只要兽性发作，不分时间，不分地点，肆意胡为，甚至多次在猪圈里强行与该女知青发生性关系（事后被判七年徒刑）。

上山下乡的女知青为什么会成为受到高度重视和保护的"高压线"？因为在当时各地农村、山区、边疆生产建设兵团里糟蹋、残害女知青的现象非常严重，已经到了令人发指的地步。

据当时一份新华社《情况反映》记载，云南生产建设兵团的一个叫贾小山的营长，先后利用职权强奸女知青二十余人；还有一个叫张国亮的连队指导员兽性大发，先后强奸女知青三十多名；黑龙江生产建设兵团有个团长黄砚田、团参谋长李耀东分别利用职权强奸女知青五十多人；内蒙生产建设兵团被奸污的女知青多达二百九十九人，罪犯中涉及部队现役干部二百一十九人。各地农村公社、生产大队、生产队的干部涉及糟蹋、残害女知青的也不计其数。

由于当时正值政治高压的形势，各地知青在基层接受"再教育"的种种负面情况很难层层反映上去，只能靠那些责任心强的新华社记者亲自下来调查采访。所以，一旦有新华社记者撰稿的《情况反映》上报上去，才会揭开各地知青在基层接受"再教育"的种种负面情况的冰山一角。

据我后来了解，各地知青在基层接受"再教育"的负面情况，远比新华社《情况反映》更为严重的多。女知青大多都是十七八岁的城市女孩子，上山下乡插队来到农村，几乎无时无刻不盼望着返回到城里父母的身边。于是，就有边疆兵团、农场和农村公社大队里的少数干部开始打起这些女孩子的主意，施以小恩小惠，或许诺升学或答应回城招工等条件，诱使一些年轻幼稚、意志薄弱的女孩子上当受骗。有的女孩子受骗后，甚至上吊自杀或精神失常，等等。

到了一九七八年，大部分知青相继返城，剩下为数不多的几个，不是父母无能，就是家庭出身不好。在"龙生龙，凤生凤，老鼠生儿会打洞"的唯成分论的年代,家庭出身往往能左右一个人一生的命运。生在新社会长在红旗下的倪永成,就是因为祖父有"海外关系"成了"黑五类"。在"老子英雄儿好汉,老子反动儿混蛋"的极左思潮影响下,干部们把他视为"可教育"对象,每次招工与他无缘。他多次找过干部们,也曾苦苦哀求过,然而面对一张张冷酷的面孔,他彻底绝望了。眼看着小伙伴们一个个都走了,深感命运不公,便心灰意冷。他认为在大队、生产队干部们的压制下,自己将永无出头之日,于是产生了一个可怕的念头:决心与他们同归于尽。一场自杀性的报复计划在悄悄进行着,而那些蒙在鼓里的干部并不知道,死亡正在一步步地向他们逼近……

为了迎接八一建军节,大队基干民兵定于八月一日举行实弹演习,并于七月三十一日上午分发了近千发子弹。按规定,子弹与枪支不准存放在一起,但是知青大院只有一间临时的武器保管室,加上大队"革委会"领导的一时疏忽,将子弹也存放在里面。谁也未曾料到,这一疏忽会给以倪永成可乘之机,引发了一场惊天血案。

负责保管武器弹药的基干民兵宋某,也是下放知青。他家住火车站,中午回家吃饭时离开了保管室。倪永成趁此机会砸锁撬门,潜入室内。他取下一支冲锋枪,迅速将枪梭装满二十五发子弹,接着又带上四个枪梭。当他身上挂满二百多发子弹,端着上膛的冲锋枪准备离开时,恰巧宋某饭后回来堵住了门口。倪永成二话没说,扣动扳机,宋某应声倒下。他成了第一个死在倪永成枪下的冤魂。

随后,倪永成挎着冲锋枪直奔大队书记、革委会主任周某某的家。据目击者闫立普称:书记全家正在睡午觉,周妻杨某某见倪永成杀气腾腾跑来,预感事情不妙,急忙上前用身子将门堵住。倪永成瞪着愤怒的双眼,对准她的胸口扣动了扳机。枪声惊醒了正在熟睡中的周某某和他十四岁的儿子。他刚要起身观望,连鞋子还没来得及穿,就和儿子一起倒在了血泊之中。贫协主席陈某某和妻子正在吃中饭,猛地抬头看见倪永成持枪站在门口,以为是开玩笑,并招呼他进来喝茶。啪!一声枪响,陈某倒在饭桌上。倪永成转身就走,刚出院门就听陈妻大声呼救:"不好啦!打死人啦！"倪永成顺手将枪搭在低矮的院墙上，瞄准她射出一梭子子弹，一连打死了六条人命。杀红了眼的倪永成，端着枪去寻找最后一个目标——生产队民兵排长赵某，在没有任何防备的情况下，赵某也死在了他的枪下。

倪永成将他心中的仇人杀死后，迅速转身回到知青大院。这时，已经有人报案。公社武装部长王某某同大队分管石料厂的芮副主任一起向知青大院走去。刚进大院，一梭子子弹扫来，武装部长闪身躲进屋内，芮某却应声倒下。不知是枪法不准，还是没把他当目标，结果子弹没有击中要害部位，只是腿被打伤，后被送往医院救治。倪永成开枪后，迅速跳出后窗，来到不远处的玉米地里，将枪口对准自己，用脚趾踩着扳机，猛地一蹬，一梭子弹射入胸膛，结束了他年轻的生命。

当年的"知青"大院

一场悲剧，八条人命。多么可悲，多么可怕！真是惨绝人寰，骇人听闻！这恐怕是"知青"运动史上最残酷的一页了。

在这次枪击惨案中，负责分管石料厂的大队干部受伤住院，采石工周某某也因与倪永成有亲戚关系被牵连，遭到拘留（后查清与他无关而释放）。大队领导班子又处在调整阶段，石料场基本无人管理，面临关闭。

这天早晨，星星还在闪烁，我已经来到山上了。一车石头装好之后，我接到通知：这是最后一趟，明天别再来了。我知道，拉了三年板车的生涯，随着枪声宣告结束了。我没有立即下山，而是走向高处，恋恋不舍地眺望着:映入眼帘的远山,重峦叠嶂,巍巍峨峨,沐浴着金色的霞雾;错落的丛林,在云雾缭绕中若隐若现,虚无飘渺;天际的云朵,镶着金边,融融然与远山同色,浑然一体。

此时此刻,我的心里感慨良多:这座山给我带来了生活的希望,也压干了我浑身的汗水。我能忘记一切辛勤的付出,但却忘不了大自然给我的恩惠。我满怀眷恋,依依不舍地拉着车行走在崎岖的山路上。

下山后的路该怎么走呢?

曾子曰:士不可以不弘毅,任重而道远……翻翻覆覆的历史变故,没有打退我的意志,辛辛勤勤的汗水没有冲垮我的勇气,六年的磨砺没有让我丧志,生活的艰难没有压倒我的精神!

64　秋儿之死

> 她是那么年轻,来也匆匆,去也匆匆,带着对生命、对生活的无限眷恋,孤零零地走向另一个世界。

公元一九七六年十月二十一日,京城传来令人震惊的消息:四人帮倒台了!

北京一百五十万人上街游行。随之全国各地声讨"四人帮"大会相继召开。

我们生产队全体社员,一律停止手中农活,参加公社召开的批判大会。我人在会场,心不在焉,满脑子乱哄哄的,像做梦一样。

对于我这个普通百姓来讲,"四人帮"突然倒台,不亚于晴天霹雳!简直不敢相信江青是坏人,她可是毛主席的夫人啊!我唱过戏,喜爱戏剧,尤其江青一手抓的八个样板戏,让我敬佩得五体投地。几年前,我组织的"毛泽东思想文艺宣传队"也演过《红灯记》,每次开演前我都会带头喊口号:向伟大旗手江青同志学习!曾几何时?今天,我却跟着高喊:打倒江青!

这时,会场的高音喇叭正在播放由郭沫若写的、豫剧表演艺术家常香玉演唱的《水调歌头·粉碎"四人帮"》大快人心事,揪出四人帮……耳听这首歌,心中忒困惑,就在不久前郭沫若还写诗歌歌颂江青是他学习好榜样,现在怎么骂她是白骨精了呢?

郭沫若在纪念毛泽东《在延安文艺座谈会上的讲话》发表二十五周年讨论会闭幕式上,面对周恩来,当着中央文革江青、康生、陈伯达的面和国内外知名人士及与会代表,慷慨激昂、热情洋溢地宣布:"昨天晚上作了一首诗来表达我深刻的纪念情绪,请允许我把这粗糙的诗朗诵出来,献给在座的江青同志,也献给各位同志和各位同学":

亲爱的江青同志,
你是我们学习的好榜样。
你善于活学活用战无不胜的毛泽东思想
你奋不顾身地在文化战线上陷阵冲锋
使中国舞台充满了工农兵的英雄形象。

在文革之初,歌颂毛泽东的诗歌汗牛充栋,是可以理解的,但是歌颂江青的诗歌,还是十分鲜见的。郭沫若先生算是开了一个先河。前后只有五个月,"四人帮"一倒,他立即就写了首《水调歌头·粉碎"四人帮"》:

大快人心事,揪出四人帮,
政治流氓文痞,狗头军师张,还有精生白骨,自比则天武后,
铁帚扫而光,篡党夺权者,一枕梦黄粱。
野心大,阴谋毒,诡计狂,真是罪该万死,迫害红太阳,
接班人是俊杰,遗志继承果断,功绩何辉煌,拥护华主席,拥护党中央。

郭老是我心中偶像,在我国现代文学史上,他的成就和贡献是世所公

认的。遗憾的是,他跟风如此之快,而且政治风云变幻无常,待到事过境迁,跟风却成为笑谈。但细细想来,又觉得郭老是蛮可怜的。在"文革"中,他虽是地位显赫的党和国家领导人之一,靠点头哈腰、歌功颂德保住了高位,却无法保全家人,他的两个儿子,郭民英与郭世英,相继在文革中被逼自杀,他妻子也因忧郁而死。某种意义上说,郭老也是"文革"的受害者,是个悲剧人物!

我无意讽刺挖苦郭沫若先生,其实,他《献给在座的江青同志》的诗,我是赞同的,说出了我想要说的话。尤其是最后一句"使中国舞台充满了工农兵的英雄形象。"这是肯定了江青对八个样板戏的贡献!

我研究过样板戏,看过相关资料:为排演《红灯记》,江青曾亲自登门请高玉倩出山,高玉倩也确实是出类拔萃,唱、做、念,无与伦比,把一位中国母亲演得大义凛然,气冲云天,那种气势磅礴的音乐形象当适合站在高山之巅,在长风与雷电伴奏之下,向着世人高歌:"学你爹心红胆壮志如钢",有力地激发了民族大无畏精神!

在我们生存的社会里,是谁创造了人类世界?是劳动人民!人民是艺术之母,黄土是艺术根基。那些脱离社会现实、没有生活而编造出的作品,只不过是思想虚无的作者生产出的畸形怪胎,无论披上怎样的华丽外衣,也遮掩不了灵魂的苍白。只有人民认可的民族艺术,才是属于民族的,才是有价值的。对于样板戏,江青是功不可没的,至于后来篡党夺权,那就另当别论了。

郭沫若的《献给在座的江青同志》诗,使我联想到样板戏,想到样板戏又让我想起"秋儿"。在"毛泽东思想文艺宣传队"里,我和秋儿一起演样板戏,她扮演铁梅,我拉京胡伴奏,铁梅的勇敢精神确实鼓舞了我们那一代年轻人。

拂去历史的尘埃,追怀与样板戏不得不说的往事。在几部样板戏中,无论艺术成就之高还是影响之大,都当以《红灯记》为最。我们是业余的,没有条件演全本,只能演选场——《痛说革命家史》。在排演时,秋儿出场面带微笑,我看了纠正道:"秋儿呀,你怎么笑眯眯的,日本侵略者的铁蹄下,宪兵队到处搜查,闹得人心惶惶,还能笑?"秋儿虚心地接受了我的意见,并要我帮她辅导。

月光下,别人都进入梦乡,她拉我到打麦场上,一遍又一遍地琢磨练习。我拉琴她演唱,一边表演,一边问我,直到满意为止。此刻,已是鸡叫三遍了,我的肚子早已饥肠辘辘,她就回家偷鸡蛋煮熟给我吃……

多少个日日夜夜,相依相伴,是样板戏让我们走到一起。可惜,因我坐牢而劳燕分飞!如今勾起往事,心中充满牵挂。秋儿啊!你在哪里?日子过得好吗?

散会了,我走在回家路上,突然女儿迎面跑来,她气喘吁吁地说:"爸,快回家,秋儿阿姨来了!"怪了,想到谁,谁就来了。我撒腿就往家跑,身后传来女儿喊叫声:"爸,等等我!"

从劳改农场回来,转眼三年,三年来我的心始终牵挂着秋儿,这种折磨是何其难熬!我无法强迫自己的感情,我也期盼平静,但平静是需要时间的。

当我气喘嘘嘘地走进房门,四目相对的一刹那,我愣住了,果然是秋儿。我的目光凝固了,感觉恍惚迷茫,不知是梦是真?眼帘中饱含的不知是情、是怨、是思、是怜?

记得我刚从劳改农场回来去找秋儿,远远地瞧见:她穿戴一新坐在手扶拖拉机上,望着自己曾经深爱的女人做了别人的新娘,我伤心欲绝!心想,今生再也不能见面了,没想到,今天她却活生生地站在我的眼前。我大叫一声:"秋儿!"不顾一切地紧紧将她抱住,泪水夺眶而出。

秋儿面容憔悴,目光里隐含着痛苦和凄凉,悲哀与深情,泪水在眼睛里打着转,最后夺眶而出,继而放声恸哭,她哭得那么伤心!

秋儿并不幸福,从某种程度上说是一桩买卖婚姻!

当初我与秋儿"私奔",她的家人、亲友四处寻找,欠下了一大笔债。一是为还债,对方又肯出钱;二是断了秋儿等我的念头,她的母亲四处托人说亲。婚姻大事,非同儿戏,匆忙择婿犹如饥不择食,只图快快了断,让她早早嫁人,却没有考虑对方的人格品行。在介绍人的撮合下,匆忙举办了婚礼。谁知,这个男人嗜赌成瘾,很快输光了家产,背下债务,秋儿好言相劝,反遭毒打……

秋儿的到来,并没给我带来喜悦,却给我造成更大的悲伤。第二天大队民兵营长就找上门来,责令秋儿赶快回家!原来秋儿的丈夫找来了,他害怕地方宗族势力,不敢上门要人,拿着结婚证找到公社、大队。面对这一突如其来的事件,我感到十分为难。于情,我舍不得让秋儿离去;于法,留下她后果不堪设想,她们毕竟是经过婚姻登记的合法夫妻。想到这一点,我对她说:"你回去离婚,我等你。"秋儿哭着说:"一听说你平反回来,我就提出离婚了,可他叔父是大队干部,离不掉呀!"

是啊,上了岁数的人都知道,那个年代是结婚容易离婚难哪!许多名存实亡的捆绑婚姻,直到老死都难以解脱,政策是政策,人情是人情,更何况还有个掌权的人为他撑腰呢。此刻,我想到了怀远县常坟公社一对恋人的悲剧。男的是公社武装部长,参军前就有了心上人,在父母强行包办下娶了一个不爱的女人。退伍后,他的心上人真情如初,两人相约等离了婚牵手践约。当男方提出离婚时,公社干部出面做工作,上级领导百般阻拦。无奈之下,两人抱在一起拉响了手榴弹,以死殉情!

离人无语夜无声,明月有光人有情。是夜,我与秋儿相对而坐。她默默流泪,真正的苦难在于她根本无法倾诉,无法言说。我们是,流泪眼看流泪眼,断肠人望断肠人。有心让她回去,刚刚见面怎能忍心就此分手?商量半宿,拿不定主意,真是,走也难,留也难。秋儿擦了擦眼泪说道:"你带我走吧,我们走得远远的,再苦再累,永不分开!"

我一时语塞,扪心自问:秋儿不顾一切地奔我而来,为的就是践行当初誓言。既然来了,又怎忍心让她离去!想到这,我不再考虑有什么后果了,决定和秋儿再次私奔,连夜出逃!

我们正在收拾行李,弟弟把我叫到他家,劈头盖脸地给了我一句话:"哥,你这是犯重婚罪,要坐牢!"一句话把我惊醒!如今她是有夫之妇,与她私奔就是犯罪,再被判刑就没有理由平反了。世情薄,人情恶,雨送黄昏花易落。此刻,我深深地体会到人情险恶,稍不留神就会酿成大祸!

第二天一早,我们默默地上路了,冷酷的现实也只能选择分道扬镳;法不容情,只好劳燕纷飞。看着她痛苦凄婉的面容,我不知道该用什么话来安慰她。黯然消魂者,唯别情依依。我们两心如一,两情相依。恋恋不舍的情愫使我们走走停停,直到下午我们才过了轮渡走上淮河大坝。

　　秋儿含泪说道:"别送了,你要照顾好我们的儿子。"

　　"放心,儿子是你我爱的结晶,一定把他抚养成人!"

　　"今日一别,也不知何日再能见面"?

　　"我等你三年。"

　　她摇头不语。

　　"你不信?"我拉着她面对滚滚淮河,大声喊道:"我绝不食言!"

　　她还是绝望地摇摇头:"别等了。今后,你要学会照顾好自己。"说着,她早已泣不成声。

　　举手挥别离,从此各一方,这是一次生离死别的痛苦分手,我们谁也不愿先走。

　　许久许久,天快黑了,我们依然站在大坝顶上,我怕耽误她回家,一转身我忍痛先走了。远远地从身后传来秋儿哭喊声:"要照顾好儿子……"

　　她走远了,我返身回到坝顶上,望着她远去的背影,心中感慨万千;过去,我们私奔经过这座大坝,今日分手,又于此地。触景生情,我仔细地回忆着那遥远的过去,这里留下了无限的惆怅和刻骨铭心的爱恨!

　　望着滚滚东流的淮河、西下的夕阳,我心中充满无限伤感:我与秋儿的夫妻缘分,犹如淮水一样,一去不返。

　　　　一曲悲歌饮恨长,
　　　　秋去心冷两茫茫,
　　　　古今多少伤心事,
　　　　坐对淮水问夕阳。

　　一个月后传来噩耗,秋儿死了!

429

我与她那剪不断理还乱的情感,促使我不得不去见她最后一面。

她家地处怀远、凤台交接处,及其偏僻荒凉。两间破旧的草房已是断壁残垣,门前熙熙攘攘挤满了许多人,出出进进;门头上悬挂着一块白布,上面写了个大大"奠"字;下面"老盆"里燃烧着"钱纸"冒着缕缕青烟,笼罩着一种悲伤气氛;门前搭建一座简易"灵棚",一些来吊唁的亲朋好友正在抽烟喝茶。

她丈夫看我到来,满脸不高兴的样子。我赶忙把他叫到一旁,塞给他三十元钱,说了声,"节哀顺便。"他马上变了一副嘴脸,说了句:"请到灵棚喝茶。"我谢绝,转身进了草屋。

秋儿睡在地上,身下铺着稻草,脸色蜡黄,双目紧闭像是睡着一样。看到这样一幅惨景怎不令人伤感!

她安详的躺着,长长的发头发凌乱的散在地上,好像是一幅星空的交叉图画;她的手在地上平稳的放着,就好像在等待着我再次牵她,让她得到温暖;她大大的眼睛紧闭着,再也看不到人世间的一切;粉红色的珠唇微微上扬,好像在说,你终于来了。她是那么年轻,来也匆匆,去也匆匆,带着对生命、对生活的无限眷恋,孤零零地走向另一个世界。再也没有谁打搅她了,想着我与她相依为命,浪迹萍踪,患难与共,度过的那些令人难忘的日子,望着她的遗容,我不禁潸然泪下……

人走香消,玉陨魄散,但我与她那段刻骨铭心的爱却深深地刻在我的心中!

> 痴情总被痴情累,
> 浪迹萍踪可怨谁?
> 梦断香消魂归去,
> 百年之后等轮回。

第五卷　时髦女郎

65　第一桶金

油印机似乎就是印钞机，滚筒下翻出的每一张纸就是钞票！手腕刻麻木了，胳膊累酸痛了，但在金钱利益的驱动下，我忘记了疲劳，忘记了疼痛，满脑子想的就是钱！

树上的鸟儿成双对，
绿水青山带笑颜。
随手摘下花一朵，
我与娘子戴发尖。
从今再不受那奴役苦，
夫妻双双把家还……

这是一九五五年上海天马电影制片厂摄制的黄梅戏《天仙配》中的精彩选段——"满工对唱"。其优美的旋律，脍炙人口的歌词，使得许多人爱听会唱，征服了一代又一代人。随着影片发行到世界上五十六个国家，影响越来越大。这段对唱也随之漂洋过海，蜚声国内外，风靡港澳台，连侨胞、外国人都会唱。

这样的一部优秀影片，在"文革"中却被禁止放映，把它定为"毒草"横加批判。随后，黄梅戏也被视为靡靡之音不准演唱。更惨的是，一九六

严凤英主演的电影《天仙配》

八年四月八日,扮演"七仙女"的黄梅戏表演艺术家严凤英也被迫害致死,时年仅三十八岁。人们在怀念她的同时,更加喜爱这段对唱。

一九七八年十月四日,上海《文汇报》以《〈天仙配〉重新公演,严凤英沉冤昭雪》为题刊登了一篇文章:[据新华社十月三日电]"……林彪、'四人帮'出于篡党夺权的需要,炮制'文艺黑线专政'论,对黄梅戏和其他地方剧种横加摧残。安徽省的黄梅戏剧团一度被改为'红梅剧团'……神话戏曲片《天仙配》,也被扣上'修正主义影片''鼓吹"爱情至上"等罪名'遭到批判。粉碎'四人帮'后,电影《天仙配》重见天日……"

这是一股暖风,迎来了文艺的春天!电影《天仙配》这朵摧不垮的艺术奇葩,也成为一枝早开的迎春花。

不久,在淮南市九龙岗矿工电影院门前,爆出一个特大新闻:被"四人帮"定为大毒草禁映十二年之久的电影黄梅戏艺术片《天仙配》,将在春节期间与广大观众见面。初一到初七,连续放映七天,提前一个礼拜预售各场门票。

广告虽小,轰动极大,消息像闪电般传播开来。人们把它当成特大喜讯,奔走相告,一时间传遍了大街小巷、农村城镇、机关学校……

十年浩劫所造成的八亿人民八台戏,观众早已看腻了。文化生活之枯燥,精神食粮之贫乏,使玩扑克牌成了人们茶余饭后唯一的消遣方式。久违了的古装戏剧影片乍一开放,对于广大观众来说,犹如久旱逢甘露,饥饿开粮仓,备受欢迎。

容纳一千多人的九龙岗矿工电影院每天安排十场,从早上五点半开始到深夜十二点连续放映。观众购票热情空前高涨,票房窗口前挤满人群,购票的队伍犹如长龙一样排了数百米远,七天的门票很快就销售一空。

这是售票员有史以来最为风光的时候,这是十多年从未见到过的火爆场面,这是中国电影史上最辉煌的年代。对我个人来说,这也是一个千载难逢的机遇,一次让我施展才智的机会。我心想:何不利用人们对黄梅戏的热爱,对电影《天仙配》的喜欢,对"满工对唱"的熟悉,将其中的经典唱段刻印成歌单,再借电影的影响、观众的人气对外出售呢？如果那样,一定可以发点小财,弄好了或许还能赚到大钱。

我满怀信心地对市场做了一番分析和预测:本小利厚是赚钱的根本保证,歌单每张成本不足四厘,售价每张五分,按保守估算,每天卖出两千多张,收入也能达到一百多元。

"文革"十年,文化市场一片荒漠。被禁锢的不仅是戏剧、电影,还包括书报杂志、歌曲唱本、戏曲音乐等等。书店里除了马、恩、列、斯、毛的著作以外,别无其他。"四人帮"刚被打倒,当时尚未开展真理标准的讨论,"两个凡是"仍然束缚着人们的手脚,出版社还处在观望、等待的状态。我利用这一"时间差"抢占先机,抓住机遇,在人无我有、物稀为贵的情况下,想必能够稳操胜券！

翻印歌词,按当时的政策既不合法也不违法。国家形势正在往好的方向发展,封闭多年的集贸市场已有所松动。小商小贩们悄悄地走上街头,社员们自留地里生产的农副产品也开始进入市场交易。我心中合计:五分钱一张的歌单不显眼、不招风,也不会有人来算这个细账,更不会有人刁难或是找麻烦,更不会像六年前那样将我打成"投机倒把分子"关进监狱！

不过,任何事物都有它的两面性,既有成功可能,也有风险存在。假如要做好这件事,必须要拿出两百元钱做先期投资。也就是说,把我拉了三年板车赚来的血汗钱取出来做本钱。这对我来说,的确要冒很大的风险。要知道,这是我节衣缩食准备造房子的钱,是我的全部积蓄。如有闪失,一千多个日夜奋力拼搏所换取的希望将会付之东流!

经过反复思考,认真分析,我认为成功大于风险,希望大于失望。退一步说,纵然失败了也并不可怕,因为我还年轻,完全有重来一次的能力。年轻的时候无所谓是成还是败,因为这些都是过程,在过程里当然是要交学费的。

绝不能坐失良机,我决定孤注一掷。

首先,我花了八十多元,买了一台油印机,并把滚筒、油墨、钢板、铁笔、蜡纸全部备齐。

纸张紧缺,是我事先没有料到的。安徽最大的造纸厂就设在淮南,可就是到处买不到白纸。"文革"中派性斗争,把这个大型国企搞得支离破碎,不能正常生产。商店里库存不多的纸张全是计划供应。正在情急之中,有人告诉我可以到别的县去买,尤其是公社一级的供销社,那些商店应该都有存货。获悉这一喜讯后,我立马去了定远县。乡下人好说话,几包香烟就能解决问题。于是成捆、成令的白纸买回家中,东西备齐了,钱也花光了。

眼下还有一道难题,那就是找不到任何资料:剧本、曲谱在"文革"中都被当作"封、资、修"烧光了,纵然有人偷偷收藏,也不敢轻易拿出来。

世上无难事,只怕有心人。

听说省城正在放映《天仙配》,我就急忙赶到合肥,边看边记。黑暗中难免写错,我就多看几遍。唱词容易谱曲难。当时亦无录音设备,全凭记忆。回家后,我试着用二胡演奏,拉一段,记一段,边拉琴,边校正。好在就那么几句唱词,加上我过去对这段唱腔有点印象,反反复复终于配曲成功。虽不能说和原作完全一样,但音符、节拍、旋律,基本不差上下。

万事俱备,只欠东风。我开始夜以继日地刻字。

铁笔在钢板上发出吱吱的声音,一张张蜡纸刻着工整的唱词和曲谱。刻字是非常有讲究的,使用铁笔全靠手腕,用力要均匀,笔下重了漏油墨,字模糊,印不了几张蜡纸就全烂了,轻了则不透墨,字迹不清晰。印刷时油墨还要掺适度的煤油,推拉滚筒用力要均匀,要有技巧。这一手,我还是在"文革"中刻传单时学的,如今可算是派上用场了。

一张刻成的蜡纸在我手上最多可印九百多张歌单。

抢在放映之前,我已经准备好了两万份歌单。

小屋里,散发着浓重的油墨味,纸张扔的遍地都是。弟弟见了,指着地上成堆的歌单不无担心地说:"看你成天瞎忙乎!假如卖不出去,三年的血汗钱换来的就是这一堆废纸!"我听后不以为然,十分自信地对他说:"放心吧!我相信自己的判断,会成功的。"

春节休假,又赶上好电影,九龙岗矿工电影院门前人山人海。

一看这么多人,我高兴极了。我和女儿玉梅捧着歌单站在电影院门前,等候有人来买。

由于初次尝试,有点局促,又不好意思张口叫卖,我们呆呆地站在门前无所适从,等了一上午才卖出几十张。我的心一下子凉了半截!

我两眼盯着人群,脑子在迅速运转。放映前,大家都忙着排队进场,结束后,观众又都匆匆离去。

很快,我就分析出了原因:人家不知道我们是干什么的,又怎会将我们放在眼里?无人问津,那是一定的。

我飞快地跑回家中,取出白纸写了几张广告:

好消息

您喜爱黄梅戏吗?您想唱"夫妻双双把家还吗"?
您只要花五分钱,就能会唱《天仙配》中最精彩的唱段。
有唱词有曲谱,一看就会。
后悔你没有买,绝不让你买了后悔!

数量不多,欲购从速。
　　出售地点:票房右侧。

　　一共四张海报,每张海报上都加贴两张歌单做样品。
　　海报贴出不久,人们纷纷而来。我和女儿一人发歌单,一人收钱,人们争相购买,一个个手举得高高的,搞得我们爷俩手忙脚乱。
　　工夫不大,带来的歌单全部卖光,中午饭也顾不上吃,我急忙回家去取。好在家离电影院只有一里多路。
　　深夜,回家细细算了一下:当天总共卖出四千多张,四千多张就是两百多块钱呀!
　　意想不到的惊喜,远远超出预计的数字!
　　歌单销售一天比一天红火,两万张,不到四天全部出手,真是奇迹,连我自己也没想到会有如此火爆。销路好,"货物"缺,已经出现了供不应求的局面。于是,通宵刻印,油印机似乎就是印钞机!滚筒下翻出的每一张纸就是钞票。手腕刻麻木了,胳膊累酸痛了,但在金钱利益的驱动下,我忘记了疲劳,忘记了疼痛,满脑子想的就是钱!
　　为了不失时机,最后三天二十四小时不休息,真可以用争分夺秒来形容。
　　七天过去了,这时才有机会数钱。当我将一大包沉甸甸的分币倒在地上清点时,细算一下,除去本钱,净赚两千多元!在一九七八年,两千多元是个什么概念?在农村可以盖十五间土墙草房,可以建十间砖瓦房,是我拉板车出苦力三十年收入的总和!
　　我美滋滋地抱着钱袋,一头倒在床上,整整睡了一天一夜。
　　我觉得,赚多赚少不是最重要的,关键是仔细体会赚钱的滋味,树立一种挣钱的意识。
　　淮南市首轮放映结束后,我便探听影片的去向。先后去了凤台县、寿县、淮北市、蚌埠、宿州等地,影片放到哪里我就跟到哪里。在车上,我闭着眼睛睡觉休息;行路时,我边走边吃东西,争取一切可利用的时间。

几个月下来,赚的钱已上升到五位数,那时还没听说"万元户"这个词,可我已经成了不为人知的"双万元户"了。

事后我在想,这股风我跟对了,跟黄梅戏热之风,跟的是潮流之风。

随着其他影片相继解放,一些古装传统戏也陆续登台亮相,各种书报杂志不断涌现,市场上,我已不是一枝独秀了。于是,我见好就收。

那年头,我非常谨慎,一点儿也不敢露富,住的还是破草屋,穿的仍是旧衣裳,吃的照旧是粗茶淡饭(好东西留在夜里偷着吃,不让别人看见)。之所以这样,是因为我心有余悸,担心政策有变,怕钱这玩意儿给我带来什么灾难。

在全村人眼里,我仍是一贫如洗的"穷光蛋",根本没人会想到,一个拉板车出苦力的人会靠卖那点歌单发大财!

假如我沿着这条路继续走下去,改做其他生意,现在的我将会是另一种样子。曾和我一起做过小生意,开始还不如我的一些人,如今有的在市中心造了几栋楼,开了几个商场,当了大老板,手中的资产上千万⋯⋯

不过,人各有志,各有各的活法。

在生意场上正可大显身手之时,我毅然放弃,选择了创办民间剧团。因为我太爱戏剧了!

我带着两个女儿,踏上了新的征程。

66 神出鬼没

> 戏剧舞台上,"神仙"可以翩翩起舞,"小鬼"则不准登台亮相,这岂不是咄咄怪事?也正是这种"神出鬼没"现象,使刚刚起步的剧团遭受灭顶之灾!

淮南庐剧团是淮南市五大专业艺术表演团体中的佼佼者。它创建于解放前,经过几代人不断地努力、创新、改进,成为大型的市级专业艺术团体。

一代观众养育一代演员,一代演员服务于一代观众。一方水土一方艺,一代名优一代腔。每个戏曲剧种的成熟,都离不开特定文化氛围的熏陶以及地理环境的影响。庐剧,原名倒七戏唱腔,分上中下三路。上路唱腔高亢有力,独树一帜。它深受淮河两岸老百姓的喜爱,人们形象地称它为"农民戏"。可惜在"文革"前,庐剧团就被撤消兼并了,十多年来,老百姓再没听到过那熟悉的乡音。于是,社员们就日日夜夜盼着县电影队下乡。有时候只要打听到哪个村放电影,就是几十里路远,整村整户的人都会跑去看。而电影就是那么几种,不是《地雷战》,就是《地道战》,或者《南征北战》,老百姓把这三部电影称为"老三战"。他们说,看不看,老三战,不想看,也得看。这三部影片有一些村子的人都看一百多遍。

　　"文革"结束后,传统戏解放。面对着文艺春天的到来,原淮南庐剧团的一些艺人舍不得丢弃自己苦心经营几十年的戏剧艺术,自动聚集到一起成立了"恢复庐剧团筹备小组",想借"三中全会"的春风重组庐剧团。

　　通过别人的介绍推荐,我被请来参加了"筹备小组"。

　　所谓的"筹备小组",一无经费,二无场地。一切活动全靠自己掏腰包。凭着大家对庐剧艺术执着的追求和顽强的意志,我们几个人不分白天黑夜地奔忙,组织演员开会,写申请材料,然后面呈领导据理力争。

　　忙忙碌碌一个多月,送去的申请报告如石沉大海,多次催问,毫无结果。望着演员们寄予厚望的眼神,我们的心情越来越焦急,越来越沉重,越发感到肩上的担子更重了。情急之下,我们想到了庐剧表演艺术家丁玉兰。她不仅多才多艺,同时也是一位知名人士。她曾经在中南海为党和国家领导人演出,受到毛泽东、周恩来的亲切接见。何不利用她的影响力在上层活动一下,以求问题能够早日解决呢?

　　于是,我同朱玉仙(原淮南庐剧团团长),戴宏云(原淮南庐剧团主演)一起来到合肥。

　　在丁玉兰的大力帮助和引荐下,出乎意料的是,我们竟然见到了时任安徽省委书记的万里同志。短短的十几分钟见面,全由丁玉兰老师向万里书记汇报。当时,万里书记听力很差,不时发问,丁玉兰便俯在万里书记耳边大声解释。她的汇报简明扼要,言谈举止恰到好处,万里书记不时发出爽朗的笑声。看得出,他对丁玉兰这样的艺术家还是很尊重的。我们坐在旁边既兴奋又紧张,一句话也不敢多说。我暗暗佩服丁玉兰老师的活动能力。

著名庐剧表演艺术家——丁玉兰

回去后不久,事情就有了结果。

鉴于剧团解散日久,又是在"文革"前砍掉的,多数演员都安排了工作,再加上市专业剧团超编等多种情况,庐剧团不予恢复,但同意成立一个民营性质、自筹资金、自负盈亏、自谋生路的民间庐剧团,由田家庵区文化馆负责管理。

按说,三中全会刚刚开过,各项政策尚未完全落实,领导干部思想还没彻底解放,全省尚无任何一家被官方承认的民间剧团,淮南市有关领导能够做出如此决定,还是比较客观公正和重视的。当然,这与丁玉兰老师的努力和万里书记的关怀也是分不开的。

田家庵区文化馆施馆长,是一位事业心很强的领导干部。他对艺人十分同情,不仅帮忙解决演员住宿,安排排练场地,组建领导班子,还不辞劳苦四处奔波,在市文化局领导面前为我们说了很多好话。在他的精心安排下,淮南市田家庵庐剧团很快挂牌成立。

万事开头难。剧团初建,面临的最大困难是资金问题。购置服装、道具、乐器、灯光等演出设备,需要一笔不小的开支。钱从哪里来?这是眼前亟待解决的问题。大家事大家办,共同商量想办法。我建议:大家出资,先把剧团办起来,以后在演出收入中提取部分钱来偿还个人投资;债务还清后,所有服装、道具、灯光、设备等固定资产为集体所有。这一倡议得到演员们的一致拥护,经施馆长批准同意,决定大家集资办团。

我带头拿出两千元,其他演员有给三百、两百的,也有拿出一千、八百的,七拼八凑集资了六千多元。当时物价便宜,经过精心选购、合理搭配,各个行当的行头都买了一点,虽说不够齐全,但也能凑合演出。

部分演员已有工作单位,为了支持办团,他们白天上班,晚上来参加演出。经过一段时间的排练,于一九七九年中秋节正式开锣,对外公演。

首场演出地点定在田家庵区委礼堂(原是市少年之家)。海报一贴,观众蜂拥而至,场场客满,戏票提前几天抢购一空。七十年代末是戏剧发展的鼎盛期,尤其是在农村,农民们对戏曲的热爱可以用如饥似渴来形容。

开场戏是最拿手的剧目——古装悲剧《窦娥冤》。该剧演出至今,已有几十年,也是观众所熟悉、爱看的一出戏。

扮演窦娥的是原淮南庐剧团当家花旦戴宏云。她出身梨园世家,自幼接受庐剧艺术熏陶。在父亲的影响和指导下,她六岁开始登台,经数十年的舞台实践,博采众家之长,从"唯法是用"的模仿,攀升到"化法于艺"的最高阶段。她演窦娥非常投入动情,尤其擅长水袖功,把窦娥的悲、愤、屈、恨,演得淋漓尽致,恰到好处:激愤时,一双水袖抛、划、打、扬,如银蛇狂舞;愤恨时,勾、拉、抓、勒,如驭手收缰;悲切时,拧、缠、握、绕,如蟒蛇缠身;急迫时,劈、抖、洒、颤,如水波涟漪。她扮相俊美,演技超群,人称"活窦娥"。在《梦会》一场中,她向爹爹哭诉道:爹爹呀——

> 血染白绫长丈二，
> 一腔鲜血练旗悬。
> 你不分好歹枉为地，
> 你错勘贤愚枉为天……

在这段唱词中，她把窦娥满腹忧怨地痛斥糊涂官的昏庸以及对世道不平的满腔愤恨，表达得淋漓尽致。她的唱腔跌宕有致，声情并茂，委婉细腻，感情起伏，一气呵成。她的表演具有扣人心弦的感染力，赢得多少人由衷的赞叹，催得多少人潸然泪下。她的成功有赖于多年的艺术实践以及她的"珠喉玉音，金嗓丽腔"。一出《窦娥冤》连演半个月，观众仍是热情不减，有的人一连看了好几遍。她在台上唱，观众在台下哭，有位老太太甚至掂着拐杖要上台去打"张驴儿"，大骂"楚州太守"昏庸！

每次演出《窦娥冤》，都会勾起我的痛苦回忆；忘不了屈死的贾明彪！忘不了那桩令人心颤的"狱中冤案"！

我每天除伴奏外，还要担负写海报的任务。

两个女儿也在剧团当学员，跑跑龙套，当当下手，演些书童、丫环之类的小角色。全家人自此走向演艺生涯，过上了居无定所、漂泊流浪的生活。

正当剧团满怀希望顺利发展之际，一场意想不到的打击从天而降，将这棵幼苗扼杀在摇篮之中。

一九七九年十月二十一日，是永生难忘的一天。

剧团更换演出场地，来到九龙岗影剧院演出。首场戏票早已售完，开演前剧场门口已是人山人海，还有许多没买到票的观众吵闹着要加站票。就在这个时候，大通区文化馆来人通知剧团：执行上级决定，立即停演！理由是：《窦娥冤》是"鬼戏"，宣扬封建迷信……

观众哪肯离去，吵闹着非要看戏不可，不愿退票。望着拥挤的人群，我担心要出乱子，恳求道："让我们将这场戏演完再停，不然会闹出人命的。"来人摇头道："我是奉命行事，你们必须停演。"人越来越多，越闹越凶,突然轰的一声,剧院大铁门被推倒了。观众蜂拥而入,奔进剧场,冲上舞台,坐椅板凳被踩坏许多,演员们吓得东躲西藏。一些小流氓趁机捣乱,跟在女演员身边乱转,动手动脚,男演员上前劝阻,遭到他们围攻毒打。在外边进不来的人,开始用砖块砸门窗。一时间,剧院里乌烟瘴气,乱成一团,要不是派出所干警及早赶到,非闹出人命不可。

一场"停演事件",院、团双方遭受巨大损失。演员多人受伤,团长头被打破流血不止,衣服也被撕成了碎片。直到深夜十二点后,在派出所干警的劝说下,观众才渐渐离去。

为赔偿剧院损失,剧团拿出了全部积蓄。

这次事件该由谁来负责?造成的损失谁来承担?为此,第二天我们去找到"上级部门",他们只轻描淡写地给了一句话:"后果自负"。

通过了解,我们才知道了事情的真相:原来,有些"思想觉悟高""阶级斗争性强"的人,给市"革委会"主要负责人写了一封人民来信。信中责问道:"社会主义的文艺舞台怎能让群魔乱舞?演鬼戏,为死人鸣冤叫屈,是不是宣扬封建迷信?你们为何不管?……"

是的,古装悲剧《窦娥冤》中"梦会"一场是有鬼戏出现。但那是窦娥被冤杀后,化作鬼魂在梦中向父亲哭诉冤屈,痛斥赃官草菅人命的种种罪恶。剧情表现了古代劳动人民,特别是青年妇女的苦难遭遇和斗争精神,以及对封建统治的控诉和揭露。

《窦娥冤》是元代大戏剧家关汉卿的代表作,也是一出千古名剧。七百多年来,流传至今,常演不衰。早在一百多年前,就被 M.巴赞译成法文,介绍到国外。想不到,在二十世纪的今天,这出历史名剧却在它的故乡遭到了禁演!

随着戏被禁演,扮演窦娥的演员戴宏云本人也受到了无情打击。她被隔离审查,接受批斗,后来竟然被赶到医院扫厕所。多么可悲啊!

带着满腔的疑惑和不解,我们再次来到"上级部门",那位负责人仍是老调重弹:"你们不该演鬼戏,宣扬封建迷信……"

"神话剧为什么能演?"我强压住心中的怒火,向他提出一连串的疑问,"《白蛇传》中蛇精成仙,《三打白骨精》中骷髅成精,《天仙配》中仙女下凡,《宝莲灯》里劈山救母,这些'神'登台亮相算不算宣扬迷信?'神''鬼',都是虚拟的,要说迷信,神鬼平等。为什么社会主义戏剧舞台只让'神仙'翩翩起舞,不准'小鬼'鸣冤叫屈?为什么'神'可敬,'鬼'可憎?这种'神出鬼没'的现象,你该如何解释?这种'颂神斥鬼'的政策是否公正?"我的提问使他沉默好大一会儿才说道:"有关'神出鬼没'的现象,目前整个戏剧界普遍存在,也很正常。它的存在,有它的历史原因,不是一句话两句话就能说清楚的,更不是你我之间争论、探讨的话题。禁演"鬼戏",上面早有文件规定……"

纵观历史,我没有理由责怪这位文化干部。

六十年代初,吴晗的新编历史剧《海瑞罢官》和孟超改编的昆曲《李慧娘》刚刚出现在戏剧舞台上时,立即受到国人的喝彩和欢迎,并引发了史学界和文艺界关于历史剧、鬼戏的热烈争论。时任北京市委宣传部副部长的廖沫沙,就昆曲《李慧娘》在《北京晚报》发表评论文章《有鬼无害论》,肯定了这出戏。

一九六三年三月十六日,在江青的干预下,文化部党组给中共中央宣传部并党中央呈送了《关于停演"鬼戏"的请示报告》。《报告》中提出:全国各地,不论在城市和农村,一律停止演出有鬼魂形象的各种"鬼戏"。三月十九日中央批转了文化部的报告。

江青借助文化部的《报告》,用上海作为基地,抡起"批判"的大棒,展开了一场对昆曲《李慧娘》的围剿,从而打响了批判"三家村"的第一炮。文章蛮横地指责作者是影射攻击共产党,"什么李慧娘,人变成鬼也要向共产党复仇"。

正是有了批判"有鬼无害论",这才引出姚文元的评新编历史剧《海瑞罢官》的出笼。由此,拉开了一场史无前例的"文化大革命"的序幕。随之,像《窦娥冤》一类带有"鬼魂"的戏一律停演。令人不解的是"文革"早已结束,为什么一些人仍然思想僵化、保守、宁左勿右?

那位接待我们的文化干部说:"今天我可以明确地告诉你,勒令停演是市'革委会'主要负责人亲自在人民来信上批示的,今后不要再来找我们了,找也没有用!"

怪不得剧团被勒令停演二十多天,至今一点消息也没有呢!原来是行政干预。

得知这一消息后,全团人心惶惶,议论纷纷。既然是市里主要负责人的意见,谁敢抗命?一出"鬼戏"得罪了"阎王爷",只有认命了。干脆,分掉道具,散伙回家。

眼睁睁地看着一个刚刚起步的民间剧团垮掉,我心里非常不服气,便对大家说:"你们等几天,我自费去北京上访文化部,相信我们没有错。万一失败,再散伙也不迟。听说丁玉兰正在北京参加全国第四次'文代会',也许她会帮忙的。"

演员们见我有如此大的决心,齐声说:"好!我们盼望你胜利归来。"

千里迢迢闯京城,虽是前途难卜,但我心地坦然。此时,我的耳边响起大戏剧家关汉卿的话:"我是个普天下郎君的领袖,盖世界浪子班头。我是个蒸不烂、煮不熟、捶不扁、炒不爆,响当当一粒铜豌豆……你便是,落了我牙,歪了我嘴,瘸了我腿,折了我手,天赐予我这几般儿歹症候,尚兀自不肯休。"他为戏剧事业献身的精神,激励着我永往直前,更为我增添了一股闯关的勇气。

试问,在那艰苦创业、风险多多的日子里,谁敢做这件事?谁愿做这件事?——唯心者莫属,唯无畏敢为!

车轮翻滚,心潮澎湃。我似乎又听见了窦娥那呼天抢地的控诉:"无辜的窦娥我不服……死也不服……"

我也不服,到底是"鬼戏"害了我们,还是刚刚起步就遇见了"鬼"?

即使成为"鬼",我也要为剧团的生存去闯一下"阎王殿"!

67 闯文代会

一个民间剧团的遭遇像一滴水掉进翻腾的油锅,顿时炸开;代表们慷慨激昂的发言,既是唤醒保守僵化者的警钟,又是讨伐极"左"思潮的檄文。文艺的春天真的来了!

北国风光,千里冰封,万里雪飘。冬日的北京,成了银色的世界,白茫茫的一片,盖住了花坛,盖住了马路,盖住了汽车,盖住了站前广场。天空中彤云凝滞,凛冽的西北风迎面吹来,刮在脸上像刀割一样。走出车站,寒气袭人,我不由得浑身一颤,赶忙拉紧衣服裹住身体,向前跑了几步,忽又停了下来。

站在广场中间,我不知该去何方?这时,耳边响起了钟声,我不禁转身望去:那富有民族风格的车站钟楼在风雪中巍然耸立,时针已指向午夜十二点。

夜深了,还是赶紧找个地方吃点东西要紧,自中午到现在,我茶水未进。可是一连跑了几家饭馆,都因夜深大雪封门早已打烊休息。吃不到东西,还是忍忍吧,先找个地方住下来再说。

我急匆匆来到一家普通旅馆。服务员披着棉大衣,一边揉着眼睛,一边问道:"有介绍信吗?"

"有。"我赶忙取出盖着剧团公章的介绍信。她瞄了一眼随手递了过来:"你这介绍信不行。"

"为什么?难道我这不是介绍信?"

"要国家正规院团的介绍信。"

"我们民营剧团的公章不顶用?"

"不顶用。起码也得上级主管部门的证明。"

"同志,我是上访的,请行点方便。"

"那也不行!我得按上级规定办事。"说罢,手一摆示意我出去。

接连找了几家,都是同一种说法。

我懵了!同样是人,为什么我要低人一等?同样是剧团,我们为什么被视为另类?同样是介绍信,我手持的却是废纸!巴盖尔说:"地球上不管有多少国家多少种族,归纳起来只有两种人——男人和女人。"如今多了一种人,那就是像我这样无人接受的"边缘人"!

无奈,只好转身再回到车站。

本打算在候车室里避避风寒,哪知车站管理得更严,一律凭车票才准入内。我百般哀求好话说尽,仍被拒之门外。

老天爷好像有意与我作对,上车时还是风和日丽,下车时却是风雪狂啸;来时仅有丝丝凉意,现在却是滴水成冰,气温在零下十度。我冻得浑身发抖,好像掉进了冰窟一般。

北京——淮南,居然有如此大的温差,这是我事先没有想到的。

初次上京,为了衣着得体,人前不失体面,我外穿一套新买的涤卡中山装,里面仅有一件绒衣。无意间印证了一句俗话:"光棍不穿棉,穿棉惹人嫌。"真是智者千虑,必有一失,后悔来时不该甩掉棉衣。

我在广场上来回徘徊,飞雪很快在我的衣服上堆起厚厚的一层"白粉"。望着茫茫雪夜,迎着刺骨寒风,穿着单薄的衣服,我感到自己有些支撑不住了。如不尽快找个避寒之处,恐怕很难坚持下去。

我突然想起过去外流时常去的一个地方——医院。

医院的候诊室,日夜不关门,既无人管,也不收费。不管是遇到全国人口大清查,还是在阶级斗争残酷的岁月,医院候诊室都是一个最为安全的避风港。

新来乍到的我,在庞大的北京城,根本分不清东西南北。天寒夜深,街上行人寥寥,无从打听医院的位置,只好漫无目的地到处乱找。暴风雪越来越猛烈,如狂狮般怒吼着,我不敢放慢脚步,靠奔跑产生的热量抵御着严寒。

恐惧不安、惊慌绝望的我失去了方向,孤独地迷失在这座大都市里。

北京,我自小就十分向往的地方。它是我们伟大祖国的首都,也是政治、经济、文化的中心。那雄伟壮丽的天安门城楼,那历代君主登基称帝的故宫,都令人心驰神往。心想:等办完事后,我一定要到天安门广场去走走,到人民英雄纪念碑下留个影,到纪念堂瞻仰一下毛主席的遗容,到故宫博物馆去欣赏一下灿烂辉煌的中国古代文化……谁知,这一切都化

成了泡影。

不知跑了多久,也不知到了什么地方?我拼命地奔跑,大口地喘着粗气,饥饿使我的肠胃激烈地痉挛。蓦然间,来到一个铁路道口,值班室窗口上的铁皮烟囱里冒着浓浓的黑烟。疲劳、寒冷,加上饥饿,使我寸步难行。我不顾一切地上前去用手拍门,突然觉得双膝发软,眼前发黑,不由自主地瘫倒在地上……

当我微微睁开双眼时,墙上的时钟已经指向凌晨五点。

放在我面前的是一个小煤炉,上面的水壶正吱吱地喷着热气。我躺在靠椅上,身上盖了一件棉大衣,浑身暖洋洋的。值班的大爷是位六十多岁的铁路职工,见我醒来,说道:"小伙子,你可醒了。"我知道,一定是这位好心的老人救了我。本想翻身坐起,无奈头晕目眩、两眼发黑。我抬起头有气无力地说道:"大爷,谢谢你的救命之恩。"

"你是外地人吧。"

"嗯。"

"你从哪里来?"

"安徽淮南。"

"来北京有事?"

"是来上访的。"

"怎么走到这里了?"

"这是什么地方?"

"通县双桥镇。"

"这儿离北京车站多远?"

老人并没有回答,用指头神秘地打了个手势。我不禁倒吸了一口凉气。天哪,昨天夜里我一口气竟跑了十八公里!

活在人世上,常感到"恩情"二字太重,使人无法报答。老人家不仅救了我的命,还把自己早餐吃的面饼送到我面前。我一边喝着热茶嚼着面饼,一边讲述来京上访的原由及遭遇。我说得仔细,他听得认真,并不时地点头。讲完后,我自嘲地说道:"我真傻,真笨!不该冒险来京。现在想来,真有点后悔。"老大爷突然站起来说:"小伙子,你是一个精明能干、事业心很强的青年。生活委实是一种艰难的跋涉,有时还会伴着痛苦与磨难,你要勇敢地走下去。也许前进的路上还会遇到许多难以预料的风险,只要坚持下去,你会成功的!"话不多,理却深。我下意识地意识到,站在眼前的绝不是一般的铁路工人,而像是一位很有知识的长者或领导干部。

果然被我猜中了。他原是郑州铁路局的一位干部,"文革"时期有着一段动人的故事:他的下属因失手伤人被判入狱,撇下家中体弱多病的老母亲。他经常去看望老人,为她买粮买煤,生病了背她去医院治疗。这种十分人道的善举,却被单位造反派说成是"立场不稳,同情坏人"。因其家庭成分不好,不仅被定为"混进党内和革命队伍中的阶级异己分子",还把"叛徒、特务"等罪名强加给他,开除了他的党籍,判刑十年。"四人帮"被打倒后,他被释放,暂时在这里当守道员,等待上级为他落实政策,重新安排工作。最后,他意味深长地说:"对过去的蹉跎岁月以及遭受的苦难,我并不觉得后悔。因为苦难并不是人人都拥有的经历,如果有了,那便是一笔终生受用不尽的财富。"这话讲得很有哲理：曲折的人生经历，是一笔宝贵的无形资产。

天亮了，我起身告辞。我知道，对他的搭救之恩，仅仅凭感激、说几句好听的话是远远不够的。我恭恭敬敬地向老人家鞠了个躬，说："大恩不言谢，大伯，您有高贵和善良的灵魂，应该是幸福的。"他拉着我的手说道："大恩不言谢，说得好。小伙子，临别之时，我再送你几句话：人生本身就是一种修炼，这种修炼需要吃苦。一个有事业心的人更要直面人生，我想你会成功的。因为，你是从苦难中走来。"

遇到灾难时，人与人的心会贴得更近。大爷的话是激励，是鼓舞，我感谢大爷的一番肺腑之言，他为我的人生之路点燃了一盏明灯。

从双桥镇乘车到东郊，再改乘公交车，几经辗转，来到文化部已是十点多钟。

接待室内挤满了人，一打听才知道，上访人员需要凭号接待，我急忙来到发号处。

登记人员简单地问了几句，写了几笔，就发给我一张"号"。我一看，编号为0018280。也就是说，我是一万八千两百八十号。登记人员解释道："这是总编号，在全国各地上访人员中，文化系统最多。"我听了还是不明白，再次问道："你干脆说一下，我这个'号'需要等多久？"

"说不准。"登记人员无奈地摊开双手。

"你说一下大概的时间。"他接过我的号看了看说，"大约需要等半个月吧。"我一听就急了："领导同志，我有急事呀！"

"来北京上访的都有急事，谁也不愿在这多待一天。"

"领导，能不能请你通融一下。"

"不行。"他回答得十分干脆。说着，他把号递还给我。

我心想：这下子糟了；要是等上半个月，家里演员肯定支撑不住，到时剧团非散伙不可！与其坐以待毙，不如铤而走险，去闯"文代会"，面见文化部领导！我头脑一热，转身便走。走着，走着，我又停下，心中觉得有些不妥。"文代会"是粉碎"四人帮"后召开的首次全国性的文化艺术工作者代表大会,岂是我这等小人物可以乱闯的地方?全国那么多大型艺术团体,一些亟待解决的问题尚未落实,比起他们,一个小小的民间剧团又算得了什么?这种毫无把握的乱闯,能解决问题吗?想到了这些,又觉得自己有些鲁莽,站在原地一动不动,傻愣愣地不知如何是好。与此同时,一个新的念头闪现在脑海:到会场去找丁玉兰老师。

正欲举步,又觉为难。丁老师正在参加会议,同她一起开会的都是些影视明星、剧坛泰斗、表演艺术家、作家及文艺界知名人士。我这样一个名不见经传的草台艺人,此时此刻去求见她合适吗?她愿意见我吗?我犹豫了,垂头丧气地又回到发号处。

领"号"的人比刚才更多,吵吵嚷嚷,乱作一团。望着拥挤的人群,我心灰意冷,看来我是白跑一趟了。想想自己险些丢掉性命,心又有所不甘,付出如此惨重的代价,难道就这样无功而返?心中实在窝火!满脑子如一团乱麻,不知何去何从。这时,我的眼前又浮现出临行前演员们期待的目光,他们盼望着我能把佳音带回去。假如我就此放弃,岂不令大家伤心?空手而归,剧团必"死"无疑。罢了,罢了!与其等"死",不如闯"祸"。闯文代会,找丁老师,或许还有一线希望。

为了剧团的生存,为了二十多个人的活路,冒点风险,值得!我随手将那张"号"一丢,径直奔向国务院第四招待所……

第四次文代会,是全国文化界的一次盛会。大会开得十分隆重,邓小平同志到会祝辞,周扬同志作《继往开来,繁荣社会主义新时期的文艺》的报告。这是一次解放思想的大会,是一个迎接文艺春天、振奋人心的大会。会议贯彻了"双百"方针,对艺术的争论与批评实行"三不"政策(不打棍子、不抓辫子、不戴帽子)。

华东地区六省一市代表全住在国务院"四招"。我怀着忐忑不安的心情来到了会场大门前。

大门口的值班室里除工作人员外,还有解放军站岗,他们个个表情严肃。我走到他们面前,很有礼貌地说道:"同志,我是安徽来的,想找本省代表丁玉兰老师。"

"不行。正在开会,谢绝会客。"

"那就等会散了,我再进去。"

"有证件吗? 在哪个单位工作?"我一生中最怕人提到单位,直到如今我都无法给自己定个准确身份。我随手将小剧团的介绍信递了过去,他看了一眼:"出示你的工作证。"工作证? 我这辈子都没见过是啥样的,只好悻悻离去。

然而,我并不死心,打算等下午换了岗哨再去碰碰运气。中饭后果然换人了,也就在此时,一辆三轮车从身旁经过,车上装满书籍,我断定是送往会场的。正好是上坡路,我二话没说,把包朝车上一扔,赶忙帮着推车。车夫回头望了一下,说了声:"谢谢!"我回了一句:

"不客气。"低头推车。

"是来开会的吧,哪里人?"

"安徽。"我不敢多说话,生怕漏出破绽。当我推车快进大门时,心一下子提到了嗓子眼,低着头使劲用力。

也许他们把我当成是车夫的助手,并没查问。就这样,我闯进了会场。

正在午睡的丁玉兰领我来到会客室,吃惊地问:

"你怎么找到这里来了?"

"丁老师,我们的剧团被勒令停演了。"

"什么时候停演的?"

"已停演二十多天。"

"为什么停演?"

"上面说我们演鬼戏,宣扬迷信。"

"你们演的什么戏?"

"《窦娥冤》。"

"真是荒唐,带材料来了吗?"

"带了,我写了两份。"说罢,将一份材料递了过去,接着说道,"丁老师,实在不好意思,本打算到文化部上访的,接待处说要等半个月才能受理我的申诉,等不及了才来找您的。"

"看你说的,我们都是为了振兴庐剧。这是我分内的事,放心吧,我一定会尽力的。"

"谢谢,丁老师。"

"我马上就要开会,你在这里休息一下,散会时我来接你,就在这里吃晚饭。"望着丁老师远去的背影,我的心里升起一股由衷的崇敬之情。她虽是名气很大的艺术家,却一点儿也不摆架子。在同我的交往中,她是那样的朴实、那样的谦逊。正是她的这种品格给我以深深的感染,使我明白,像她这种艺术家比别人更易感动、更加敢为、更加敏感,也更加热情。

散会时,丁老师十分郑重地将一封文化部加密的信函交给我,说道:"你明天就回去,把这封信直接交到市'革委会',剧团的问题一定能圆满解决。"我双手接过信,一时激动得说不出话来。

1958年周恩来总理接见《秦雪梅》剧组　左为丁玉兰

来京上访饱受磨难,经历了生死考验,现在总算有了结果。许多说不出来的复杂情绪一齐涌上心头,使我禁不住流下眼泪。丁老师说:"小闫,我非常敬佩你敢闯、敢为、肯吃苦的精神。今后办团有什么困难到合肥来找我。"我说:"丁老师,我代表全团谢谢您!"

丁老师说到做到,在我们剧团创业和发展的道路上,她给予了极大的关怀和帮助。

还有两天,大会即将胜利闭幕。今晚举办有中央首长及文化部领导参加的宴会。在丁老师的安排下,我有幸参加了晚宴。

有生以来,哪见过这样的场面。那铺着红地毯的大厅,让我觉得好像走进了天堂。我坐在丁老师身旁,手足无措,十分拘束。

在宴会餐桌上每人面前摆两双筷子,其中一双檀木的为公筷。所谓公筷,就是用这双筷子夹菜,放在自己面前的盘子里,然后再用另一双竹筷夹菜往嘴里送。这种做法既讲究卫生,也是出于礼节,事先丁老师向我交待过。开始时,我还十分谨慎,吃着吃着一时大意,竟用自己的筷子去夹菜。丁老师一见,赶忙捅我一下,我顿时醒悟。同桌吃饭的人,眼睛齐刷刷地盯着我,羞得我面红耳赤,再也不敢动筷子夹菜。丁老师好像什么事都没发生一样,安慰我道:"小闫,吃菜呀!"我"嗯"了一声,就是不好意思再动筷子。这件事至今回想起来,还觉得有点难为情。这是一段我终生难忘而又十分尴尬的经历。

一声汽笛,火车缓缓启动,驶出了北京站。

我的心无意留恋可爱的北京,早已飞向那遥远的淮南!我恨不能一步到家,将这一特大喜讯告诉大家:我凯旋归来啦!

坐在火车上,我不时将贴在胸口的信取出来看了又看。我虽然不知道信的内容,但我清楚它的分量。它好像一把"尚方宝剑",必将给面临绝路的剧团带来生的希望。我不敢有丝毫大意,小心翼翼地将信又装进口袋里,生怕丢失了这封信。它凝聚着众多艺术家正义的呼声,凝聚着丁老师的心血,它是在丁老师和许多像丁老师一样热爱艺术、扶持艺术的艺术家的努力争取下才获得的……

原来,丁老师看了我写的材料后,立刻去找到各代表团游说,为我团鸣不平。

下午,华东地区六省一市代表集中讨论大会报告时,丁老师取得会议主持人的同意后说道:"我现在手上有一份材料,听后请你们发表看法。

题目是：一个民间剧团的遭遇……"

丁老师读完材料后，引起会场上强烈的反响。

代表们纷纷发言，各抒己见："'三自'性质（自筹资金、自负盈亏、自谋生路）的民间剧团是今后剧团发展的方向，应大力提倡、给予扶持和正确引导，不应打击、刁难……"还有位著名作家说："有些地方采取简单的行政方式来领导文艺工作是不行的，应当按照艺术规律办事……"与会代表对我团的遭遇十分同情，有人指出，"四人帮"已被粉碎三年了，但是它的阴魂不散，还要寻找机会，借尸还魂。它影响着一些同志的头脑，指挥着某些人的行动，甚至有些思想僵化的人还在人为地设置禁区……"

一石激起千层浪。一个民间剧团的遭遇像一滴水珠掉进滚开的油锅，顿时炸开，引发了一个新的讨论话题。

代表们结合当前文艺界存在的一些现象，热烈讨论了一个下午。

他们的发言，既有伸张正义的同情，又有以理服人的批评；既是唤醒保守僵化者的警钟，又是讨伐极"左"思潮的檄文！那慷慨激昂的发言，就是文艺战士冲向明天的催征战鼓。

下有雪霜威，讵知阳春德。只有从劫难中走过来的人，才倍觉春风带来的温暖。

虽然暂时或多或少还受"左"的流毒影响，但毕竟不是"四人帮"横行的年代了。

对剧团的未来，我满怀信心。

68　台前幕后

"愿领千军万马，不带戏班玩耍！"这句话虽不是至理名言，但能说明艺术团体的复杂性；一个有才华的领导干部，可以管理好一个单位，但不一定能当好一个团长。

北京归来，演员们无不欢欣鼓舞，许多人拥抱在一起失声痛哭。濒临灭亡的小剧团能起死回生,怎不令人兴奋、令人激动!

演员们心往一处想,劲往一处使,不计较名利、报酬,不考虑个人得失、辛苦,装台、拆台、转场、搬运一齐干,形成了一个团结的整体。在大家共同努力下,剧团很快恢复了演出。

然而,好景不长。剧团刚刚有点起色,矛盾逐渐暴露出来,利益分配,争吵不断;扮演角色,互不服气。明争暗斗,相互拆台,甚至有少数人不顾大局挑起事端……

唱戏这一行,靠的是吃青春饭。原先庐剧团那帮演员都是年过半百的老艺人,为了生存,剧团聘请了一对年轻演员,"生角"小黄,"旦角"小仇。

他二人虽是草台艺人,但其俊美的扮相、地道的庐剧唱腔,赢得了广大观众一致好评,成了戏迷心目中的明星。只要一天不出场,就会有人来到后台打听。曾经在专业剧团吃惯了"大锅饭"的那些演员,心里总是不平衡、不服气,倚老卖老,瞧不起他们。常常是没事找茬,含沙射影地乱骂人。

金某原是唱"小生"行当的,年轻时也曾走红过。如今,年近花甲的他,也只能演"须生""老生"一类的角色。常言说得好,好汉莫提当年勇。可他偏不服气,想一比高低。公正地说,他的做功、台风都较为正规,手、眼、身、法、步,动作准确;念、唱、做、打也很到位。但再好的功底,观众不接受也是枉然,毕竟岁月不饶人啊!

这天,金某争着要演"小生"戏,刚唱几句台下观众叫了起来。

"老头子演小生不像……我们不爱看!"

"下去吧!快叫小黄上来唱……"

他十分狼狈地被轰了下来,结果落了个自讨没趣。

内行看门道,外行看热闹。坐在台下的观众又有几个是真正的内行?尤其民间剧团,只要演员年轻,扮相好、嗓子亮,至于做功差一点根本无所谓。老百姓常把"看戏"称作"听戏",一个"听"字就能说明一切。金某丢了面子,认为是小仇、小黄暗中使坏,总想寻机报复。

春节到了,市"革委会"要求剧团都要送戏下乡。年初三,庐剧团在区文化馆施馆长亲自率领下,来到市郊工农公社黑洼大队。

丰收后的农民怀着喜悦的心情,敲锣打鼓放鞭炮欢迎我们。说是送戏下乡慰问演出,厚道的农民不仅报酬照付,还杀猪宰羊、好烟好酒款待演员。

这天下午,看戏的人特别多。十里八乡探亲访友的,接新媳妇回门的,放假的学生,做生意的小贩,连附近化肥厂的工人也赶来凑热闹。人们扶老携幼从四面八方赶来,偌大的一个打谷场被围得水泄不通。

巧的是,市、区领导下乡慰问军烈属,也在公社干部的陪同下坐在台口。施馆长趁机向他们汇报了剧团活动情况,当然说的都是好话。

为了增添春节喜庆气氛,我团演出了带有喜剧色彩的传统戏《珍珠塔》。

戏中讲河南穷书生方卿,为筹措上京赶考川资,来到湖北襄阳姑母家借贷。姑母方朵花嫌贫爱富,非但不肯借钱,还当面奚落侄儿。方卿人穷志不穷,愤然离去。表姐陈翠娥深明大义,私自将价值连城的传家之宝——"珍珠塔"冒称点心相赠……

舞台上,姑母用最尖刻的语言羞辱自己的侄儿方卿,把剧情推向高潮;化妆间,金某和几个老艺人用最卑劣的手段——江湖黑话(隐语)辱骂小仇,挑起事端,迫使演出中断。金某说:"我唱戏的时候,有的人还穿开裆裤呢,现在也敢在老子面前逞能!"许某说:"如今世道变了,不进山门也会念经,连台步都走不好也敢逞能挑大梁?"余某接着说:"一些不懂戏的外行人,在台下叫几声好,她就不知天高地厚了……"

小仇不愿惹事,装着没听见。谁知他们得寸进尺,竟用江湖"切口"(黑话)对她进行人身攻击。话越说越难听,越讲越下流。金某说:"枝子(青年女性、指小仇)也不过是个'柏子'(半路出家的演员),'烂头'(钱)不该比'汝子'(自己)多!"许某接着说:"'偏顺格'(不要说)她'究'(懂)。"余某说:"'洋盘'(外行)'究'个屁!"许某说:"不过'扇面子'(脸面)'好条'(好看),'外马子'(观众)'招子'(眼)'般的顺'(欢喜看)。"

金某说:"算了吧!'万子赖死'(戏唱的不好)陪'马外眼子'(外人),拖条(睡觉)、'拿绊'(性交)还是蛮'好条'(很好)的……"

切口、春点、隐语,简单地说,是社会诸行或集团内部用于交际的特殊语言,以遁辞隐意或谲譬指事为特征的封闭性、半封闭性的符号体系,是一种特定的民俗语言现象。鲁迅在《门外交谈》中言道:意味深长,趣味津津,比"古典"还要活,使文学更加精彩的"炼话"即属此类。据学者们考证,江湖行话在唐朝就已经出现,至今已有上千年历史,也是流传最广、使用频率最高的"俗言俗语"。江湖上各帮派各行当,都有其内部"隐语"。由于受到地域分布限制,意思相同的"俚语",会有很多种不同的说法,其功能在于保守内部秘密,维护本行利益。我们民间艺人大多精通"春点""行话"。

金某等人用江湖黑话污蔑他人的做法,是何等恶劣!

他们哪里知道,小仇曾经拜老艺人李玉为师,不管是道上的"春点"还是江湖"俚语",都"了春"(懂)。她越听越气,实在忍不住了,一下子蹿到金某面前骂道:"你姑奶奶不是'空马'(外行)!你家'苍板子'(母亲)跟人'拿绊'(性交)!你的'板子'(老婆)陪人家'拖条'(睡觉)!你家'苍头'(父亲)是'刷子'(嫖客)!你还自称是个'老江湖'?狗屁!你才是个'洋盘'!"

骂着骂着,两人打了起来。演出被迫中断,台前幕后,乱作一团……

前排看戏的领导非常失望地摇头说道:"什么剧团?简直是一群乌合之众!"说罢,连一声招呼都没打,起身离去。

施馆长在领导面前丢了面子,气得脸色铁青愤怒地吼道:"都给我滚回去,停演整顿!"

剧团在社员们的热烈欢迎中走来,又在观众的怒骂声中灰溜溜地离去。

人常说,愿带千军万马,不带剧团玩耍。这句话说明了剧团工作的复杂性。一个有才华的领导干部,能管理好一个单位,但不一定能带好一个剧团。尤其是民间剧团,那就更难管理了。人员复杂,江湖陋习严重,"抠点挖相"、明争暗斗、不顾大局,有的人想来就来,说走就走。稍有不满,就会"放飞机"(不打招呼偷偷走人)。

打架停演,造成极坏的社会影响,金某等人知道施馆长不会轻易放过他们,于是来个先发制人,煽动一部分人闹事,提出分戏装散伙。

于是,人们开始抢东西,他拿两身"官衣",你拿几件"褶子"。凡是出资的,一见别人动手生怕自己落空,急忙争抢,乱作一团。

望着乱哄哄的场面,施馆长束手无策,一个劲地摇头叹息:"这些江湖人真是太难缠了!"这时,我站出来大声说道:"都住手,听我说两句。要说出钱买东西,我比你们拿得多,这里有我三分之一的股份。我们唱戏的有句行话,'朝廷王法江湖理'。金老师,你是老前辈、老艺人,这样乱抢乱拿,能解决问题吗?造成后果谁来负责?"

"你说怎么办?"金某反问一句。

"就是分东西也要商量出一个好的方案来,请大家稍等一下。"说罢,我同施馆长走进办公室。

我对施馆长说:"为了这个剧团,我付出的代价你是知道的。决不能被少数人搞垮了。"

"你有什么好的建议,说出来听听。"

"眼前最难的是,当家的人太多了。"

"团是大家凑钱办的,又有什么办法呢?"

"想叫这个剧团办下去,只有改为老板制。"

"老板制?"

"对,我出钱还清演员投资,买下这个剧团。"

"你不怕有风险?"

"不怕!"

"你有经济能力吗?"

"有!"

"你要考虑好了,一个人拿出许多钱风险不小呀。"

"风险不怕,我相信自己有能力带好这个团。"

"你有什么要求?"

"只有一个请求,你要在会上宣布我是团长。"

"好,就这么定。只要不违反国家政策,我支持你。"

一个重大决策,就这样敲定了。

当我再次出现在大家面前时,金某第一个站出来问道:"你说东西怎么分?"

"不分了。"

"你说什么?"

"不分了!"

"不分给钱。"

"你是否真的不想干了?"

"废话!我们几个老艺人早就想退出团了。干脆一点,到底是给钱还是让我们拿服装?"

"那好吧,我给钱。请你们每人打张收条。"

其他人刚想开口要钱,我急忙说道:"今天没有准备,身上带钱不多,明天上午请大家来拿,一分不欠,全部还清!"施馆长接着说:"放心吧!由我担保!"说罢,望了望金某等人,冷冷地说:"你们几个可以走了,其他人留下开个会。"

在会上,施馆长说:"你们是民间艺人,要尊重自己,既要有'艺'又要有'德',不要让别人骂我们是一群乌合之众。好好的一个剧团,被搞成这个样子,实在令人痛心。刚才我同立秀商量了一下,让他站出来带这个剧团,愿意留下的欢迎,想离开的还钱走人。现在,就请他谈谈想法和打算。"施馆长几句简洁的开场白令许多演员感到吃惊。

全场鸦雀无声,我站起来说道:"现在我只想讲三点:老板掌权,民主理财,制度先行。所谓老板掌权,不同于旧社会的班主,我出资还清所有债务,再投资增加设备,产权为我个人所有,在演出收入中,合理地按比例提成折旧费。留谁?用谁?我说了算;民主理财账目公开,选举一位大家信得过的人管理账目。演员分配实行打分制,根据艺术高低、贡献大小评分,以分取酬;制度先行,没规矩不成方圆,无制度难管好剧团,制度面前人人平等,我个人以身作则,若有违犯带头重罚!本人说话算数,请大家表个态。"

几秒钟过去了,无人说话。我刚想再问一声,会场上突然响起了长时间的热烈掌声……

当了老板(团长),肩上的担子重了。如何稳住这班人,挣钱是头等大事。说白了,能让大家多分钞票是巩固剧团的最基本条件,否则,再会讲话都留不住演员。压力就是动力,面对市场我在冷静地思考着……

大剧团有大剧团的优势,小戏班有小戏班的灵活。专业剧团条件虽好,常年待在城市,一般不下农村,纵然有那么几次下乡演出,也是应付某种政治任务。而我们民间剧团吃苦耐劳,上山到顶,下乡到边。特别是老、少、边地区缺乏文化生活,那里正是我们活动的领地,创收的天堂。

大团无法涉及的领域正是我们大显身手的地方。找到了市场,就等于找到了生存的空间。经过周密的市场调查和冷静的分析,我决定将团开进大别山。

我不惜拿出老本,添置服装,更新设备;女儿梅子经过锻炼已经能够挑大梁当主演了,我又挑选几位嗓子好、扮相俊的青年演员,剧团以崭新的阵容奔赴革命老区——六安的苏家埠。

初战告捷:仅在苏家埠一个剧场就演出了三个多月,为剧团打下了坚实的经济基础。

老团长朱玉仙不无感慨地称赞道:"后生可畏呀!小闫是位精通业务,善于管理的人才。"

临别时,剧院送上锦旗一面,上书:"团小艺高,威振皖西"。

广阔的农村,偏僻的山区,给剧团的未来发展带来了勃勃生机,演员们也出现了少有的热情。剧团正向着专业化、合理化、正规化的新型民营经济体制发展。

正当演出红火之际,突然接到区文化馆发来一份加急电报:速将剧团带回!

是喜是忧,我一时琢磨不透……

69　晓晓学戏

多年来,一向把爱美视为"资产阶级生活方式"的中国人,思想仍然停留在"毛泽东时代"。对男孩留长发、女孩子烫发、化妆,一百个看不惯。

原来是老戏迷们天天找区文化馆吵闹要我们回来演出,施馆长只好答应他们的要求。

我的小戏班虽是民营剧团,但一些热爱戏剧的女孩子前来报考络绎不绝。其中有位王嫂,她几次三番找到剧团,央求我接收她的女儿晓晓。

王嫂出身梨园世家,是一名专业戏剧演员,因丈夫不愿分居两地,她只好离开剧团随夫在淮南某中学任教。夫妻刚刚团聚,却赶上"反右"运动,丈夫的好友齐军迫于校领导的压力,检举揭发了金报国,说他偷偷给党中央写了封"建言信"。"建言信"的核心内容是学校党委干涉校务太多,不利于教学……加上金报国出身地主家庭,为此,他被打成反革命右派。此后,他屡遭批斗、折磨,因其生性率直,不堪忍辱,跳楼自杀。那年代"畏罪自杀"属"顽固不化""自绝于人民",因此王嫂受到牵连被学校开除!

丈夫死后三个月晓晓才出世,为了女儿,二十四岁的王嫂再没有嫁人,孤儿寡母相依为命,靠捡破烂为生。生活的艰辛使她未老先衰,从满头青丝到白发苍苍,含辛茹苦,拉扯大了晓晓。她心地善良,待人热情,喜爱古装戏,看到动情处常常替古人落泪,戏迷们统称她"苦嫂"。

晓晓和母亲一样,自小喜爱唱歌跳舞,很有文艺天赋,她最大愿望就是想当一名演员。早在读高小(小学六年级)的时候,听说市艺校招生,就去报了戏剧表演专业。当晚,她激动地一夜没合眼。

试唱那天,她刻意打扮一番:上穿崭新的紫红短褂,下穿粉红长裙,两只短辫儿扎着红头绳,红鞋、红袜,脖子上系一条红领巾,从上到下一红到底,犹如一朵鲜艳的大红花,光彩照人,活泼可爱……

宽敞的排练厅鸦雀无声,主考老师们一双双眼睛齐刷刷扫向她。

晓晓选唱的是京剧样板戏《红灯记》选段"都有一颗红亮的心",她唱道:

我家的表叔,数不清,
没有大事,不登门。
虽说是,虽说是亲眷又不相认,
可他比亲眷还要亲……

她把铁梅喜悦心情及少女形象,表演得淋漓尽致。一曲唱完,掌声响起……

主考老师一致通过,告诉她回家静候佳音。

她每天都在兴奋中等待。半个月过去了,一个月过去了,仍旧没有消息。她到艺校去打听,回答是冷冰冰的两个字:落选!理由很简单也很正常,因为她是"右派"子女——属于"黑五类"。为这,她哭了一夜!

"四人帮"倒台了,可她却过了年龄。一个正值青春年华、爱唱、爱跳、爱玩的女孩子,找不到工作她能干什么?社会能允许她干什么?只有和一帮小姐妹们混在一起跳跳舞、玩玩牌,消磨时光。

时代的变化,令人不可思议。今天的女性时装新潮,将袒胸露背视为美的象征,把丰满的乳房当成骄傲的资本,穿着领口极低的上衣,有意识露出半个高坡和一道诱人的深沟,若隐若现地吸引着男性的目光。更有甚者穿低腰裤,朝下一蹲露出半个屁股……

爱美也好,赶时髦也罢,在思想开放的今天,没人觉得大惊小怪。即使遇见"暴露狂"也不会说三道四。若将时光退到三十年前,那就会被视为"另类",大逆不道!

文学家是敏感的,作家蒋子龙率先提出:"生活不应是单色的,要有赤橙黄绿青蓝紫各种色调。"他说得很对,从"文革"压抑中走出来的年轻人需要释放、需要理解、需要自由;他们追求新的生活方式,追求多彩的人生,并具有挑战精神。当社会上还没有人想到烫发和敢于烫发时,晓晓已经烫发了。在当地,她算得上第一个"吃螃蟹"的人。她的衣着也十分新潮,上穿领口很低的紧身衣,下穿喇叭裤,戴戒指、挂耳环(据说是铝制品)。十八岁的她长得亭亭玉立,如花似玉,丰腴的胸脯,浑圆的臀部,经过衣着装点更加性感,更有风韵,光彩照人!走在街上她的"回头率"可算是超级的。别人给她送个雅号"时髦女郎"。

文学家就是文学家,他的观点虽然很正确,但左右不了当时的政治气候。八十年代初,全国正开展"五讲四美"活动,提倡讲文明、讲礼貌、讲卫生、讲秩序、讲道德;心灵美、语言美、行为美、环境美。同时开展全国性的"拉网"运动,整治社会上一些不良现象,对打架斗殴、流氓犯罪分子重拳打击。按说这是件利国利民的好事,但下面执行起来往往会出现斗争扩大化,打击面太广。

多年来,一向把爱美视为"资产阶级生活方式"的中国人,思想仍然停留在"毛泽东时代"。对男孩蓄长发、穿花衣,女孩子烫发、化妆、穿喇叭裤、高跟鞋还是无法接受,视为奇装异服,不管是民众还是官方,一百个看不惯。当时社会上就流行着这样一个顺口溜:

  如今世道大变样,
  男孩子长发披肩上,
  喇叭裤,花衣裳,
  小伙子变成大姑娘。

女孩子更会翻花样,

高跟鞋走起路乱摇晃,

纯粹一帮小流氓!

  生活中的晓晓正派、善良、讲义气、乐于助人,是人见人爱的女孩子。唯一让人瞧不上眼的就是她的爱好:追新潮、赶时髦,喜欢和年轻人在一起跳舞。他们不敢明目张胆地在公共场合跳,多是深更半夜躲在家里偷着跳。这种现象如果放在今天不足为奇,可在那个年代却被视为有伤社会风化、地下黑舞场、流氓聚会,无一例外地被"请"进派出所。逮住穿喇叭裤的,强行用剪刀将裤脚绞碎,捉到男孩留长发就把他剃成光头。更为荒诞的是,连深受人们喜爱、风靡一时苏小明演唱的《军港之夜》也被视为靡靡之音,加以批判。一位主持《解放军歌曲》编辑工作的军队音乐权威,在《人民音乐》月刊上发文,宣称军队的歌曲应以反映部队生活为主,内容方面要是革命的、健康向上的。《军港之夜》格调不高:当兵就要提高警惕,怎么能唱海军战士睡觉呢? 海军机关有人反映更激烈:这样的演员,部队不能留,要处理。争论由机关波及到部队。海军某基地俱乐部一个战士因无意中在有线广播中播放了苏小明的《军港之夜》而受到处分,被关了禁闭……

  这是特定历史时期的文化现象,是社会大变革时期上层建筑、意识形态领域的缩影,是文化发展史上不可或缺的一页。处在这样"左"站上风的环境下,晓晓追新潮、赶时髦、爱打扮,聚会跳舞,社会很难接受她的"超前"行为,理所当然的是派出所"常客"!

  晓晓虽然多次被抓,但从未受过处罚,多亏她的同学齐大刚从中斡旋,其父是公安局长,一个电话大事化小。对于这位"恩人"她从不领情。究其原因,大刚爱他、追她,尽管不断向她射出一支支"丘比特之箭",但晓晓从不接招,从大刚父母眼神中她悟出,红色干部家庭不会接受她这位"黑五类"出身的女孩子。

  大刚的父亲齐局长,就是当年揭发晓晓爸爸的齐军,他心怀内疚,对晓晓母女总是暗中关照,只要儿子解救晓晓,他是有求必应,从不推辞。"苦嫂"也曾提着礼品登门感谢,齐局长总以"小事不言谢,为官不收礼。"拒绝与她见面。

齐局长多次告诫儿子,我们可以帮助晓晓,但不准你与她恋爱,更不能与她结婚!大刚要父亲说明原因,齐局长严厉说道:"我们是革命家庭,不可能接受一个右派分子的女儿!"并警告,"今后少与她来往!"大刚不服,当面顶撞道:"今生不娶晓晓我就不结婚,宁愿出家当和尚!"为此,父子之间水火不相溶,闹得很僵。

"苦嫂"也曾多次劝过晓晓:"咱们是右派家庭,你要安分些。"

晓晓瞪圆了眼睛说:"妈妈,不用怕,我出身在什么样的家庭,是无法选择的,没有杀头的罪吧?我不怕!"

"苦嫂"知道女儿的性格,也只好任其行之。

晓晓依旧我行我素"恶习"不改,照样偷着跳舞。

"苦嫂"让她进剧团两个目的:一是圆了母女的"戏剧梦";二是让她离开那帮小姐妹,怕她越陷越深、越变越坏。

论长相、身材、歌喉,晓晓都是没得说的。但社会上谣传说她经常到"地下舞场"流氓聚会,我担心管不住她迟迟不敢答应。

后来"苦嫂"托施馆长出面说情。

施馆长大我十岁,戏剧出身,后因嗓子哑了分配到文化馆工作,算是行家。他悄悄告诉我:"这女孩子身材漂亮、五官端正,是个唱戏坯子。"施馆长的话不无道理,演员最讲究扮相。咱们戏班子有句行话:三分唱、七分相,扮相差,唱得再好没人夸。有人嗓子好,做工也不错,因不"受妆",常被观众喝倒彩!

就这样,我决定收下晓晓。

晓晓非常刻苦努力,早晨练功,白天背词,晚上登台"跑龙套"。也许受她母亲遗传因子的影响,晓晓很有艺术天赋,一点就通,一学就会,几个月下来就能担当"丫环""书童"一类小角色。她的扮相尤为出众,特养眼,虽是配角,观众常把目光扫向她。

看她一天天进步,我心里特别高兴,打算重点培养。我手把手教她"亮相""台步""翻云手""甩水袖""下腰""劈叉"等基本功。

戏曲表演是程式化,这种表演运用了唱、念、做、打多种表现手段创造舞台形象;

唱:歌唱;念:念白;做:形体动作;打:武打。

唱是主要的艺术手段之一,唱又是演员决定艺术创作得失的重要因素。

学习唱功的第一步是喊嗓、吊嗓、扩大音量、音质,还要分别字音的四声;练习咬字、归韵、喷口、润腔等技巧。尤其《倒七戏》,高亢有力更要练好发声。早晨天不亮我们就走上淮河大堤,脸对河面,我拉二胡为她吊嗓子。

晓晓虚心好学从不偷懒。通过苦练,她的声腔起伏跌宕,婉约轻灵,宛若江南水乡的烟雨朦胧,风月无边。

随着技艺的日渐成熟,我逐步将她推向了主演位置。这下女儿梅子生气了,常常因为角色分配与她闹别扭。这也是戏剧团体常见的"一山容不得二虎"的现象。

不爱戏剧的大刚天天来看演出,每次都买束鲜花在戏院门口等她,他从心眼里喜欢晓晓。但是,晓晓的不冷不热,那种神圣不可侵犯,让大刚又很无奈。"爱"这东西,真是奇怪,不幸的男人盯着可心的女人,如撞在电线杆子上,碰得头破血流,也不愿退缩。大刚的单相思,是理不清,割不断的,越是得不到越想得到。以大刚的家庭条件什么样的漂亮女孩找不到,可他偏偏就喜欢上晓晓。其实,大街上美女越来越多,但在大刚眼里只有晓晓才是他的意中人。

正是他热追晓晓,为小戏班出了一口恶气!

70 暂露头角

晓晓迈着轻盈的脚步,款款走上舞台。她那俊美的形象,性感的身材,落落大方的气质以及乡下人很少见过的奇装异服,立刻吸引了人们的注意力,台下的年轻人吹起口哨……

像我们这样草台班大都在乡镇剧场或农村包场唱戏,即便进县城,也只能在工厂俱乐部、单位礼堂及小戏院演出,正规的大剧院是进不去的,他们接待的都是国家专业团体、正规剧团。

大剧院管理严格,常有公安坐班执勤。这样一来许多看"白戏"、爱闹事的流氓、痞子,全都涌到小剧场来了。这些人不但不买票还经常闹事,常常出现男演员挨打,女演员被骚扰的现象。他们多是些社会上的小混混、地头蛇,惹不得躲不掉,我们是敢怒不敢言。

这天晚上我们演出《王老虎抢亲》,戏到中场恶霸王老虎带一帮打手来抢小姐。

他唱道:

今日得见女娇娘,
小姐长得真漂亮,
叫声家人快动手,
抢回家中做二房。

打手们正欲动手,饰演丫环的晓晓出场劝阻。
她唱道:

朗朗青天不可欺,
横行霸道法不依,
你家也有姐和妹,
抢占民女伤天理!

戏刚进入高潮,这帮家伙一见晓晓出场就开始起哄,有人指着晓晓喊叫:"小美人,下台来给哥亲亲!"

"来呀,陪哥们玩玩。"

"下来呀……"

嬉笑声、辱骂声不绝于耳,台上戏没法演,台下观众没法看。观众们知道这伙人惹不得,都是忍气吞声。对于这种"闹场"我们司空见惯了,只装没听见不理睬就行了,常言道:"沉默是金"。由他们闹,时间一久自感没趣也就会停了下来。晓晓进团不久没经验,加上她在社会上混过,哪把这帮人放在眼里,回骂道:"去家搂你妹妹亲吧!"

一句话把这伙人激怒了:"臭戏子,敢骂老子!"他们边骂边冲上舞台见人就打。几个演员哪是这群凶煞的对手,个个被打得鼻青脸肿,晓晓刚想反抗,却被一脚踢趴在了台上;鼻子流出的鲜血染红了衣服。大刚一见晓晓受伤,冲过来咋呼道:"我爸是公安局长,小心抓你们!"他本想用这句话镇住这伙人,谁知他们闹得更凶,边打边说:"局长儿子能到这里来?别拿大话唬我们,老子连你一起打!"另一人骂道:"胎毛没干的混小子,也敢在老子面前摆谱!"他们转向大刚,拳打足踢。我趁机将晓晓推进后台,转身拉架劝阻,大刚这才趁机逃脱。

那年代既无手机,连公用电话都没有。齐大刚直奔公安局跑去……

晓晓躲在后台一个劲地哭,戏停了观众不愿意,加上这伙人带头起哄,台下敲椅子的,吹口哨的乱成一团……

我劝晓晓:"干我们唱戏这一行,首先要学会忍耐啊,受再大委屈,戏都要演下去!"晓晓听后含泪点头。

戏,继续接着往下演,王老虎最终被官府拿下问罪,恶人得到应有报应。丫环与小姐得救。

晓晓(饰丫环)唱道:

手指恶人一声恨,
不该仗势欺良民,
善恶到头终有报,

不惩恶人理不平!

　　她唱得字字有力,既是对剧中恶霸痛斥,又是借用唱词对台下流氓的发泄!

　　这伙人一见晓晓出场,依旧口出脏话,气焰更加嚣张。

　　正当他们得意忘形之时,突然从门外冲进来十多名警察,这伙人见势不妙起身想跑,大门早被封死,在大刚指认下一个个束手就擒!

　　观众们高兴地站起来鼓掌庆贺!

　　自此之后再也不见有人敢来闹事,外面纷纷传扬:剧团里有个女演员是公安局长的未婚儿媳。

　　过罢正月,东风公社红星大队请我团去包场演出。待双方谈好戏价、定好合同后,才知道是请我们去唱"对台戏"的。

　　红星大队,地处淮北平原,与邻县搭界,原本有一个十分红火的集贸市场,双日逢集,为地方经济发展带来很好的效益。没想到不远处新开了一个集市,并请来剧团唱戏,一心想把这边挤垮。请我们去唱戏,是想与对方挣人气。

　　说实话,下农村演出我很乐意,唱"对台戏"却不太情愿:"同在江湖上混饭吃,民间艺人最讲究的是一个'义'字,这样做有伤和气。"我婉言谢绝了。

　　他们并不甘心,请来了我的顶头上司——文化局长出面找我谈话:"本地剧团不帮本地人,说不过去呀!再说了,这也是为地方经济的发展做贡献,是给淮河人争脸的事!你必须要打赢这一仗,回来我为你们开庆功会!"听了局长近似命令的口气,我知道这不是一般的演出任务,也就不能顾虑那么多了,暗暗给自己施加压力:不能输给对方,要为淮河人争气!

　　临行时大刚前来挽留晓晓,劝她不要唱戏了。他说:"干什么工作都比唱戏强!被人瞧不起,见人矮三分……"晓晓一听就来气:"唱戏怎么啦?我爱这一行!"道不同不相为谋,就这样,两人不欢而散。

出发时晓晓妈赶来送行,她嘱咐道:"团长,晓晓不懂事,你要对她严加管教!"我点头说:"你放心,她很听话。"

随即她将我拉到一旁悄悄说:"大兄弟,有句话我不得不讲。"

"有话,你尽管吩咐。"

"不准她谈恋爱!"

"她不会吧?"

"很难说,都二十出头了。"

"好吧,我会提醒她。"

"还有句话,说出来你别生气。"

"哪能呢,说吧。"

"你们小戏班都是农村人,我指望她招个有正式工作的人做上门女婿养老呢……"

"苦嫂"的话没说完,晓晓冲了过来:"妈,您胡说什么呀!回去吧。"她连推带搡拉走了苦嫂。

上车后我在思忖,"苦嫂"的想法不无道理,城乡差别是残酷的现实,有多少痴男怨女最终因此而劳燕分飞。

两个集市相距不远,对方不惜高价请来某市专业剧团,无论是演员阵容、服装道具,还是舞台装备,都远远超过我们。大队领导有些担心,再三提醒我们:"人家是大团,国家的剧团,你们一定要卖力呀!"我笑笑对他们说:"放心吧,越是大团我越敢碰,不会败在他们手下。"

我敢说出这样的话,既不是安慰他们,也不是吹牛皮,是经过仔细分析的。专业剧团水平高、装备好是他们的强项,要是从另一方面来看,我们的优势就会显现出来。其一,他们演出的是都是剧本戏,一般不会超过两个小时,想多唱一句都很难;我们唱的是"水词戏",能长能短,时间全由自己把握,一两个小时可以,四五个钟头也不在话下,时间上我们占绝对优势。其二,他们条件虽好,但农村搭的戏台简陋,不牢固,纵然有好的装备也摆不上去;演员想卖弄点真功夫,如"趟马""起霸"等一些高难度的动作,却无法施展,就好像老牛掉在水井里,有力使不上。我们大台小台都能演,条件好坏都适应。在一定的条件下,往往会出现以小胜大,以少胜多,以弱胜强的奇迹。如打仗一样,天时、地利、人和,是决定输赢的必要条件。我是志在必得!

　　风和日丽,又赶上个好天气;春风微微吹动,青草掩映着无数条小路,小路从不同的方向通往集市。路上走着各种各样的行人:挑担的、推车的、赶毛驴的、骑自行车的、挽着竹篮的、牵着孩子的,还有妈妈领着女儿到集上相亲的。人们一群一伙,互相打招呼、开玩笑,谈论各种各样的新闻,不时爆发出阵阵笑声。

　　市场上更加热闹了:小贩的叫卖声,饭桌上刀勺碰击声、牲口行里的牛叫声、管事的高喊声,乱轰轰响成一片。

　　小百货摊位前五光十色,摆满了针头线脑、儿童玩具;街头地摊上放着镰刀、锄头、犁、耙,各种农具;小菜场上有青菜、水果,还有从河里捉来的鲜活乱蹦的大鲤鱼。几乎所有的农村特产,都聚集到这里来了,简直像个博物展示会。此情此景,充分显示了"三中会会"以后农村朝气蓬勃的新气象。

　　用"人山人海"这个词来形容台下的观众一点也不夸张。男的、女的、老的、少的,他们穿着各色各样的新衣服,伸着脖子,掂着脚,你挤我,我挤你,推来搡去,所有的人都是快活的。谁被谁踩了一下或撞了一下,既不会吵闹,也不会横眉立眼,大家相互谦让着,都在眼巴巴地等着看戏。

　　生活中无意呈现出的画卷,往往比画家们刻意追求的艺术更加完美,晓晓的到来,给这次"对台戏"增添了一道亮丽的风景线。

　　双方拉开了"阵式",摆下了"战场",隐约地都能听到对方的锣鼓声。

　　一般戏开演前,或是一阵开场锣,或是演奏开幕曲,然后大幕一拉,戏就开演。而我今天别出心裁,打破传统模式,先让报幕员登场。化妆后的晓晓迈着轻盈的脚步,款款走上舞台。她那俊美的形象,性感的身材,落落大方的气质以及乡下人很少见过的奇装异服,立刻吸引了人们的注意力,台下的年轻人吹起口哨,发出刺耳的呼叫声。不管是年老人还是小青年,也不管是老太婆还是妇女儿童,一双双眼睛齐刷刷地盯住这位时髦女郎,看得目瞪口呆。

有人咋呼道:"俺娘哎,这妞咋恁漂亮!"

"乖乖,给俺做媳妇少活十年都情愿!"

"美的你,癞蛤蟆还想吃天鹅肉!"

"她能下台同俺拉拉手也算这辈子没白活了。"

晓晓站在台上,一点儿也不惊慌;她那一口流利的普通话,加上甜甜的嗓音、迷人的笑脸、一双传神的大眼睛,简直像是一个电视节目主持人。除了介绍剧目外,她还重点宣传红星大队集贸市场各种优越条件:"本集市以优惠的政策,优质的服务,欢迎各地农民朋友来这里交易……"她的讲话获得观众们雷鸣般的掌声,起到了画龙点睛、先声夺人的效果。

上午八点,双方同时开演。对方演到十点半钟,正是赶集上人的时候戏结束了,人们一下子涌了过来。这边却热火朝天,那边却冷冷清清。大师兄一见人多特别卖力,唱、念、做、打,使出浑身解数;一招一式恰到好处。一个亮相,掌声四起;一个眉眼惹得台下娘们齐声叫好!小师妹也不甘示弱,手、眼、身、法步,处处到位,一颦一笑,吸引无数观众的目光,唱腔委婉、台风洒脱,获得了观众们阵阵的喝彩声。

中午十二点,戏散了人们还是不肯离去,晓晓再次走上舞台,带着美丽的笑脸,说了声:"欢迎明天再来!"

首场告捷,打了一个漂亮的胜仗!

大队老书记高兴地走了过来,拉着我的手用淮河方言连声夸赞:"我的猴来呦!(惊讶)你们唱的绝得了,马逼好!(特别好),他们算也熊了!(不行了)猫逼了(完了)。"

我回道:"这暂子(这会)你信了吧,我们不吊他(不怕他)!"

正说话女儿走来:"爸,吃饭了。"

我们边走边说:"晓晓今天表现的特别好!"

"不就是上台讲几句话嘛,有什么了不起!"女儿一脸不高兴的样子。

"起到了画龙点睛、先声夺人的效果。"

"照你这么说,这台戏她是主角喽!"女儿依旧不服气。"我不是这个意思,主角当然是你呀。"女儿高兴了:"这还差不多。"我知道女儿吃戏醋,生怕抢去了她的主角位置。

走进后台,女儿忙着去打饭。

这时晓晓走了过来笑问:"我今天的表现怎么样?"

"先声夺人,画龙点睛,特棒!"说着,我向她翘起大拇指。

"那你请我下馆子。"

一句话把我给镇住了。演员们都吃大锅饭,怎能给她特殊。本来是想表扬她几句,谁知反被将了一军。

这时女儿端着饭碗走进后台,讽刺道:"晓晓成明星了,架子也大了!有钱自己去饭馆得了,干吗让爸爸请客啊?"说着,双手将饭碗递给我:"爸,趁热吃吧。"

这段时间因为吃戏醋,她俩说话老呛着,关系也大不如前了。

我看到晓晓脸由红变白,她上前一把夺下我的饭碗,朝桌子上一放说道:"我请客!"

我赶忙解围:"都是开玩笑的,你别……"

晓晓冲着我说:"走呀!"边说边用一种挑衅眼神瞄了一下女儿,然后拉着我的手大摇大摆走出了后台。

刚走几步,就听背后哐铛一声,女儿气得将那碗饭摔在地上,吓得我猛回头,愣愣地看着她;晓晓看了毫不介意,拉着我朝街上走去……

71　少女苦情

凭她的天赋和灵性,再经过专业艺术培训和深造,肯定是个优秀的戏剧演员。可惜,明珠陷于泥淖,谁人能识?龙马绊之槽枥,伯乐安在?因为她是"右派"的女儿!

小饭馆里,我俩相对而坐。她打了个手势服务员来到面前。晓晓说:"来个'一口一漂四道鲜'。"服务员应了声:"好来——"转身而去。我见服务员走后便悄声问道:"你刚才点的什么菜,我咋没听懂呀?"她笑了笑说道:"亏你还是团长,连这都不懂？真是老冤!"我说:"我是很少下馆子的。"尴尬的我,不好再问。

不一会服务员端着捧盘走来,四碟炒菜,一瓶口子酒和一包东海牌香烟。

我感到纳闷问道:"明明听你嘀咕一句话,怎么一下子端来这许多?"她笑着说:"这是淮河一带较流行的'套菜':口子酒,东海烟(称水上漂);肉丝、腰花、炒猪肝,外加一碗烩三鲜。既有特色又顺口,合成一句,'一口一漂四道鲜'。"

我将头低下暗想,比起"时髦"来,我的确"太土"了。

她熟练地打开烟盒,抽出一支给我然后自己点着,休闲自得地抽了起来,嘴里不时喷出一道道圆圈儿。看她一副玩世不恭的样子我无所适从。突然,她将烟一甩站起来,双手举起酒杯恭恭敬敬地说道:"团长,为了我,您付出了很多心血,一辈子都不会忘记您……"说罢,一饮而尽。我还没反应过来,她将空杯放在我的面前,我只好奉陪。接着,她又举起第二杯:"是您手把手教我,给我锻炼机会,您就是我的老师!我敬你第二杯。"说罢,又是先干为敬。紧接着她斟满第三杯。我赶忙打断:"别忙!先回答我的问题再喝好吗?"她放下酒杯:"问吧。"

"一个女孩子家怎么学会抽烟喝酒?"

"无聊、解闷。"我知道她说的是实话,劝道:"烟酒对嗓子不利,你进团唱戏了……"不等我话说完,她忙打断:"团长,我进团这么长时间了,您见过我抽烟喝酒了吗?"

"没有。"

"进团时,我向妈妈保证过,戒烟戒酒!"

"那你今天——"

"今天我请客,就这一回,下不为例!"见她又端起酒杯,我赶忙又问:"你怎么叫王左?"对我来说,觉得她起的名字一定有什么原因,一个女孩子家怎么叫这种怪名字?

她没有回答,默默将头低下。我见她两眼充满忧伤,赶忙扭转话题:"咱们唱的剧目里就有一出戏叫'王左断背',你也想做民族英雄?"本想调节气氛,与她开个玩笑,谁知突然哭了。她抬头望了望我,继而两行泪水滚滚而下。我忙说:"对不起,我不该问……"她摇了摇头,表示没有责怪我的意思,她抽泣着说:"你是我遇见过的最好的人,理解我,关心我,帮助我。"边说边用手帕擦眼泪。我被她的语言和表现出来的真诚深深打动了。

稍后,她说道:"在我出世前,爸爸就离开人间。妈妈说,你爸是'右派',为了你的前途咱们要与他划清界限,当'左'派,你随妈姓就叫王左。可惜,我还是'右派'的女儿,连艺校也不让考!"说罢,放声大哭。

我的心剧烈地颤抖,拘谨、惶惑,顿时消失殆尽,回荡在心头的只有同情。以她的歌喉及身材,要是早几年进了戏校,经过专业艺术培训和深造,肯定是个优秀的戏剧演员。可惜,明珠陷于泥淖,谁人能识?龙马绊之槽枥,伯乐安在?

听了她的叙说,看着她的泪脸,我感到忿忿不平!想安慰她几句,又找不出合适的话语,我难过地低下头。

沉默,我们相对沉默……

突然,她端起酒杯连着泪水,一饮而尽。她的脸像六月的天,说变就变!刚才还是泪流满面,突然她笑了:"团长,今天是我请你喝酒,过去的事咱不提了!还是说些开心的。咱俩比比谁的酒量大?"

我知道,这表情是装给我看的。也为缓解气氛我说:"比就比。"说罢,端起酒杯一饮而尽。她毫不示弱,端起酒杯一口喝下。然后把空杯朝我面前一放:"满上!"

见她一副认真的样子,我觉得她更加单纯可爱。她并不是我最初认为的那样玩世不恭的女孩。应该说,不羁的性格只是她的外在表现,真正的她是活泼调皮的。她用简单纯真的眼光看待周围,用孩子般的无忧无虑感悟人生;她还没有建立一个属于自己的精神家园;她身上散发出来的气息,无疑对我具有吸引力,她的笑容淡化了我的沉重,和她在一起会感到轻松。如果说当初收她进团心存疑虑没有好感,那么现在,我还真的有点喜欢她了。

记得有次化肥厂开联欢会请我们去唱戏,工会主席点名要我们加一段样板戏《智斗》。

伴奏不成问题,毕竟我在"毛泽东思想宣传队"干过二年,样板戏的一些选段都会拉,可演员们没人会唱呀。我推辞道:"我们只会唱'倒七戏'不会京剧。"工会主席说:"就唱阿庆嫂那一小段行了,这是我们老厂长最爱听的。"我正在为难,晓晓挺身而出:"不就是阿庆嫂那段嘛,我来!"工会主席连忙拱手道谢:"小姑娘,我代表全厂感谢你!"待工会主席走后,我问她:

"你真会唱?"

"会啊,胡司令钻水缸。"

"好,好!"

"不过,唱词我记不全了。"

"你玩笑开大了,连词都记不全你也敢答应!"

"不要紧,忘了我会编呀。"她那天不怕的性格,我也不止一次领教过了,常常被她闹得哭笑不得。

这时台下已响起阵阵掌声,我只好硬着头皮上台,我用京胡起过了门,她开口就唱:

参谋长休要谬夸奖,
舍己救人不敢当……

刚唱两句,台下就响起雷鸣般的掌声。她得意地瞅了我一眼,那神情好像在说,怎样?难不倒我吧。骄兵必败,正是因为她走神分心,把后面的台词忘了。她急得迈着碎步子,在台上转圈儿。我一边反复拉过门,一边提醒她:"忘了词,你就随口编,沉住气,不要慌。"两圈一转计上心来,她又重新叫板:

参谋长——

　　参谋长休要谬夸奖,

　　舍己救人不敢当。

　　胡司令,命也大来福也广,

　　多亏他自己钻水缸。

　　新四军早已上战场,

　　伤病员扶着拐棍去前方。

　　你若怀疑我撒谎,

　　亲自搜查芦苇荡。

　　我不过是个卖茶女,

　　谁个有奶谁是娘。

　　她唱完一个亮相,掌声四起,而且经久不息,下面有人喊:"再来一段!",我早已大汗淋漓,她却满不在乎。

　　那时还不作兴献花,只见工会主席手拿一条印有"奖"字的白毛巾赶到后台,高兴地说:"老厂长要我送个纪念品给你,别看礼轻,它代表全厂工人的心意啊!"晓晓接过毛巾朝我脖子上一套:"送给你啦!"然后伸出舌头,做个鬼脸一转身走了。这时,我真的佩服她的才华、天赋,断定她将来一定能成为"角"儿!

　　她是那样勇敢、那样泼辣、又是那么可爱!

　　本来我就不胜酒量,几杯下肚已是醉眼朦胧。她那微笑的表情在我眼前摇晃,我不由自主地打量面前这位少女,她是那样美丽!酒后的她,小脸儿红通通的,真可谓"人面桃花相映红",一副醉态更加妩媚。此刻的我,已是不能左右自己,也许是酒精刺激,手端酒杯,两眼却不停地盯她,我们俩都喝醉了,她趴在桌子上红着脸用手指着我说:"我……我知道你女儿瞧不起我!因为……我被公安局抓过。"

　　虽然多喝了几杯,但我心里明白,她感到自卑才说这话。

　　我喝醉了,歪歪倒倒朝门外走去,晓晓赶紧上前搀扶,说道:"你喝醉了。"我就势将一只胳膊搭在她的肩上:"我……没,没醉,我就,就是想告诉你……不要自卑,我……希望你忘记过去……"

"团长,我听你的,一定好好学戏!"

这时女儿迎面走来,见我搂着晓晓,生气道:"爸,看你醉成什么样子!"说罢,将晓晓推开扶着我向后台走去。

晓晓尴尬地跟在后面嘟囔着:"是他自己要喝的……"

第二天,双方拉开架势,"对台戏"又开始了。刚开演不久,停电了。对方傻眼了,而我们笑了。八十年代初,由于受计划经济制约,经常停电。每遇停电,不仅经济受损,往往因为退票还发生纠纷,于是,我买了台小型发电机。乡镇剧场,不讲条件,遇着停电只要两盏照明灯,一台扩音机就可以继续演出。发电机给我团带来了意想不到的经济效益。每遇停电,门票收入反而要比平常多一倍。红星大队干部见我们能发电演出,高兴得跳了起来,一个劲儿地称赞:真了不起!我要给你们加戏价!

那边缺电停演,赶集的人一下子全都跑了过来。此时,天空下着毛毛细雨,可看戏的人们一个也不肯离去,对方不战而败。

晓晓要强、好胜,她每天坚持练功,当别人正在熟睡的时候她却早早起床苦练板腿、下腰、劈叉,并请我拉琴为她吊嗓子。凭着她的韧性、机灵和好学及刻苦精神,两年后成了团里的当家"花旦",她的演技已经超过女儿梅子,在观众中享有一定声望。舞台上的晓晓光彩夺目,她不仅扮相俊美、基本功扎实,唱腔也丰富传情。

有次我问她:"我们民营剧团,条件差收入低,你嫌弃吗?"她说,"如果,我贪图钱财,就不会从城市下农村,如果我贪图享受,就不会选择做一名戏曲演员"。她说到做到,住的是后台,睡的是地铺,吃的大锅饭,白天忙演出,夜里换码头,她从不叫苦。

冬去春来,在暖风吹拂下,农村大地千花百草纷露生机,宇宙天地都充满了盎然春意。美好的春天给戏班子带来了火红的生机,农民们你争我抢到处请戏班子包场唱戏,往往这个台口没结束,下个地方就来约请。初春,是我们戏班子的黄金季节!从广泛流传于淮河两岸的儿歌,可见农民对"倒七戏"的喜爱：

> 打了春　好天气，
> 不是玩灯就唱戏。
> 彩台搭在村子口，
> 家家忙着接亲戚。
> 新媳妇　回娘家；
> 姥姥接来外孙女，
> 宁愿三天不吃饭，
> 也要去听倒七戏……

小剧团因晓晓的加入，一时间，名声大震……

72　以身相许

在我的小房间，这个让我生命的火焰熊熊燃烧的女孩，是那样自然的将她的处女之身交给了我。

平时爱说爱笑的晓晓突然沉默寡言了，我猜想，以她的性格一定遇到什么难事了。

中饭后，趁演员们午休，我约她外出散步一探究竟。我们走上淮河大堤，脚下的巴根草绿绿葱葱，俯伏在岸边坡土上，任凭风吹雨打，浪涛冲击，它死死地保护着坡上泥土不被冲走。它是保护河堤的"勇士"！

晓晓指着巴根草，高兴地说："盘根错节，青藤缠绕，实在好看。"

我说："它不仅好看而且顽强！"

她说："你会编剧本，能为它写首诗吗？"

我说："行。"随口吟唱：

你不怕严寒酷暑，
　　面对着世态无情；
　　你历经风吹雨打，
　　却依然活得精神！
　　你是无名小草，
　　却有棵顽强的草根！
　　你沐浴田野春风，
　　带着泥土的温馨；
　　你为大自然增色，
　　让世界更加纷呈。
　　你也有情有爱，
　　绘画出多彩的一生！

"小小野草被你描绘得如此顽强伟大，有点过分夸张了吧？"

"一点儿也不过分，比起国办剧团，我们的小戏班就是草根剧团，有顽强生命力；你就是依附野草从中的一枝花，美丽、多彩、精神！"

"听你这么说，好像这首诗是为我编的？"

"也不全是，既有你也有我。"她点头默认，我继续说道："你本来坚强，好胜，怎么近来变得……好像你有什么心事？"我借题发挥试探性地问道。

"没什么。"她淡淡地回了一句。

"不对，你一定有什么不愉快的事瞒着我。"

她没有回话，低着头走了几步，无力地靠在一棵树上，喃喃地说道："我妈来信，要我回去订亲！"

"那你就回去呗。"我嘴里这么说，心里像打碎五味瓶，痛苦如锯齿般撕裂着我的灵魂。

"假话！"她一下子窜到我面前，用手指着我说，"你真的放我走？明天我就请假！"她像看穿我的心思，一句话把我给镇住了。

其实,我们之间从大处想,也不过是团长和演员;从小处想,也就是比别人走得近一点的"朋友"。不知为什么？在普普通通的交往中,总是忘不了她！尤其是在小酒馆里那一幕,她真诚、实在,全流露在脸上;喜怒哀乐毫不掩饰。这些都深深印在我的脑海,她的音容笑貌,老是在我眼前萦绕,挥之不去;其中有情感自然的流露、思想瞬间的交锋。在不知不觉中我沿着心灵的轨迹进入情感的碧波,潜入深层,许多看似平常的细节,远非本身所包含的意义。有意无意中,她占据了我心灵中的位置！

我终于明白了她近来反常的表现及悲观的原因。说实话,我舍不得放她回去,剧团更离不开她！

晚上,演出刚结束晓晓就来到我的房间。她告诉我,今天又收到妈妈的信了,催她回家订亲。她告诉我："就是多次出面解救我的那个同学齐大刚。他反对我唱戏,志趣不同,我们没有共同语言。"

"快两年了,他还在等你？"

"他说今生娶不到我就去当和尚！"

"公安局长的儿子什么样的女孩子找不到,非得娶你？"

"我也说不清。和他在一起,总是不来电。"

"既这样,你妈还要和他结亲？"

"还不因为他有个当公安局长的爸爸！"

细细想来这很正常也很现实。"苦嫂"长期背着右派家属黑锅,社会上没有地位,见人矮三分、遭人冷眼、饱尝世态炎凉……要是巴结上公安局长,就可在人前扬眉吐气了！

同情,不等于同意;理解,但我不支持！

这一夜,我们谈了很久很久。她似乎找到一个可以倾诉心声的知音了,什么都告诉我,甚至说出妈妈的"隐私",她说："我妈原本是应该幸福的,在学校读书时大家都称她美女。瓜子脸大眼睛,眼睫毛长长的向上弯曲,嘴唇粉红发亮,像是喝透了水的红樱桃;细长的脖子,露出白白的皮肤。瀑布式的长发,顺溜地披在肩上;高耸的胸脯,细细的腰肢,衬脱出臀部的圆润。因为实在是太漂亮了,同学们称她'校花'。她与一位男同学秦斌相爱了,秦斌长得帅气:高高的个头,英俊潇洒,是学校篮球队长。他聪明好学,成绩全校第一。此时妈妈已经坠入爱河,深深地爱着他,秦斌对母亲也是一往情深;花前月下,形影不离;他们面对淮河盟誓:非她不娶,非他不嫁!然而,誓言被现实粉碎,希望化为灰烬!多般配的一对,硬是被外婆给拆散了!"

我忙打断:"那为什么呀?"

"外婆嫌弃秦斌是农村户口家穷。"

"真正的爱情,是拒绝贫富的。"

"外婆说,自己苦了一辈子不能让女儿受穷!妈妈再三哀求,外婆以死要挟。"

"后来呢?"

"妈妈生性软弱,依了外婆与秦斌分手。在外婆包办下,嫁给了经济相对宽裕的爸爸。结婚才三年,爸爸就离她而去!而秦斌却继续升学当上了工程师,直到现在,妈妈同那个同学的关系都非常好,前不久秦斌出差还绕道来这里看望我妈……"

"为什么他两不能走到一起?"

"因为我,妈妈不肯改嫁。"

"可怜天下父母心啊!"

她毫无顾忌的叙说,我的心却像插把刀子,很不好受,觉得"苦嫂"是个苦命的女人,有点像鲁迅笔下的"祥林嫂"!

"你怎么啦?"她的问话打断我的沉思,赶忙抬头望着她。见她一幅假装生气样子特别可爱。我很喜欢她说话的样子,时而细声慢语,时而大声说笑,在同她对话的时候,有时我会忽然沉默下来,陷入沉思,她就不安地问我:"你怎么了?"常常会用小拳在我肩上直擂,让我觉得在与一个还没褪去稚气的小孩子处朋友,显得不谐调、不真实,有种虚飘感。

我问:"你妈叫你回去的事咋办?"

她口气坚定地说:"反正我不会走她的老路!"

当夜,我烦躁不安,躺在床上翻来覆去无法入睡。我觉得:这个女孩子已在不知不觉中走进我的情感世界里了。

　　从这开始,我对她的感情进入到了一个新的阶段。如果说当初是朦胧的,那么现在就是清晰的。事情到了这个份上,我们面临的下一个问题就是让她妈妈知道我们的关系,并且同意我们相处。我很清楚,要想获得她母亲的认可,无疑是很困难的。毕竟她刚满二十岁,父亲又早逝,作为一家之长的母亲,又怎能同意女儿与我这个流浪江湖的草台艺人结婚!一想到她妈妈会反对,我心里就感到一种恐慌。

　　有时候见我愁眉不展,她就安慰我,叫我别想太多,妈妈的思想工作她会做通的,多吃饭,少熬夜,走路要打起精神,不要成天垂头丧气的……

　　我用整个心灵感受着来自她的温暖。有一次见我呆呆地瞅着她,她羞涩的笑道:"我不漂亮。"对她的这种说法,我想到了托尔斯泰的那句名言:美丽不一定可爱,而可爱却是最美的。事实上,高挑的个头,匀称的身段,白晰的肤色,已经使她很出众了,只不过我注重的就是她的天真无邪。我和晓晓虽在热恋中,但双方都承诺,决不超越底线!

　　日子一天天缓慢地向前推进,情感日渐加温,承诺也变成了游戏;冲动击溃理智的防线,不该发生的事还是发生了,在我记忆中的烙印一生也无法抹去!

　　这天夜里演出结束后,她手拿一瓶酒,端着一盘卤菜走进我的房间,笑眯眯地学着戏剧道白:"相公,我给你送酒来了。"她边说,边将碗筷摆好:"来,我敬你一杯。"说着,将酒杯送到我的嘴边:"喝吧。"见我咽了下去,又斟了一杯,我说:"你也喝。"她说:"我现在是演员,要保护嗓子戒酒了!"我说:"你真的变了,好!"她说:"我知道,你喜欢喝两杯,今后我天天为你准备。"一句话搅动了我心里最温柔的情怀,我伸出手来,将她额前的头发顺到脑后,她放下碗,身子紧紧贴着我,头靠在我的胸前,向上翘着,眼睛一动不动的瞅着我。我能感受到她怦怦的心跳,我的手移到她的脸上,那光滑细腻的皮肤,已由先前的白皙变得绯红,她的一只手已从身后搂紧我的腰,另一只手伸到我的颈部,向上移动,停留在我的唇上,轻柔的抚摸着,我浑身的血液像火一样燃烧起来。我想推开她,可是两手不听使唤。我先在她的手背上吻着,然后低下头来,开始吻她的嘴,她的舌头滑进我的口腔里,最后与我的舌头纠缠在一起。她的胸脯加大了起伏,眼睛也闭上了,已经瘫软的身子不时发出痉挛的颤抖,当我开始吻她脖子时,她喘着粗气断断续续地说:"我的头好晕……我怕……"

在我的小房间,这个让我生命的火焰熊熊燃烧的女孩,是那样自然的将她的处女之身交给了我。

如果在她说"我怕"之后,稍微有点退缩,我想,我和她的故事就不会像我这本书里所写的那样了,也许会另一条人生之路。

激情过后,冷静思考,我们之间差别太多,那些明显的阻力就像高山一样横在我们之间;明知结果渺茫,但理智管不住情感。当我看见床单上那斑斑的血迹,枫叶般醒目的图案,我什么都不去想了,只有一个念头:一定要娶她为妻,不管遇到什么样的阻力,决不言弃!

她从床上下来的时候说道:"我是真心实意爱你的,今晚起,我就是你的人了!"

一句话,让我深感羞愧,正是这种羞愧,促使我对自己下了一道禁令:如果我不能娶她,决不再索取她的身体!打那以后,我一次次地与情欲对抗,多少个缠绵的夜晚、携手于花前月下,最脆弱的时候,我都守住了自己的承诺。

这时,我想起一件事,记得一次与晓晓逛街,路遇一个买花的小姑娘对我说:"叔叔,给姐姐买枝玫瑰吧,姐姐长得多漂亮啊。"我正在犹豫,晓晓抱住我一只胳膊说:"你看我多吃亏,她喊你叔叔却叫我姐姐。"一句话提醒我,从年龄上讲,我们是不般配,"苦嫂"是不会同意的。我推开晓晓说:"我们不般配!"晓晓两眼一瞪:"你这话什么意思?"一转身生气走了……

73　登门求亲

我们手挽手面对淮河。晓晓大声喊道:"苍天为凭,我永远爱你!"我接着喊道:"大地为证,我永不言弃!"

夜场散戏后,我独自儿坐在小屋里懊悔,后悔白天那句话有些唐突,她肯定生气不理我了。正在犯愁,只见晓晓提着大包小包走进我的房间。她从包里取出一双崭新皮鞋:"快穿上试试。"说着,亲手给我换上新鞋。她看了看说:"不错,正合适。"我还没来及反应,她又从包里取出一套西服:"穿上试试。"我顺从地听她指挥,穿好后她又要我走几步给她看看,那神情让人琢磨不透,好像什么都没发生似的。她的表现反让我沉不住气了,我决定向她解释,我说:"晓晓,我说的那句话……"她打断我的话抢白道:"你什么也别说,我理解你,怕我妈嫌你年龄大,明天就带你去见我妈!"人常说,男儿有泪不轻弹,我再也忍不住了,眼泪一下子涌了出来,抱住她说:"你真好,你是天下最好的女人!"

第二天一早,我们就匆匆出门,一路上我忐忑不安,仿佛不是去她家,而是深入虎穴。她见我愁眉不展,安慰道:"放心吧,我有办法让妈妈同意!"她是那么自信,她的话让我看到希望。我陡然发现,她像一个大人,而自己却像个孩子。

我们走上淮河大堤。阳春三月带来无限风光,释放着大自然绚丽的色彩,无论是河岸还是野外,都葱葱郁郁,田野里的麦浪,随波涌动,油菜花向人们呈献出灿烂的金黄。在强烈感受爱情的同时,我也深深地沉醉在大自然的魅力之中。

远处传来一阵"花鼓灯"的锣鼓声,我突然想起今天是农历三月二十八,"禹王"庙会日子。涂山,位于安徽省蚌埠市怀远县的淮河东岸。尧舜时代,洪水泛滥,千里长淮,一片汪洋。为根治水患,大禹"左淮绳、右规矩""沐甚雨、栉疾风",借助与涂山氏国的联姻,在涂山大会诸侯,劈山导淮,留下了"新婚三日而别""三过家门而不入"等千古佳话。

农历三月二十八日,是淮河流域民众自唐代起,就举办禹庙会。庙会日,沿淮民众十万余人敲锣打鼓,载歌载舞,从数十里或百里外涌向涂山,参加祭祀大禹的盛会。以祭祀、歌舞、民俗活动于一体,传承了大禹治水无私奉献的民族精神,增强了民族的向心力和凝聚力;传承了大禹文化、淮河文化,推动了民间艺术花鼓灯的繁荣与发展;同时,也拓展了淮河流域道教文化以及其它民间技艺的生存空间。

循声望去,只见许多装点一新的彩船,分成两队顺水而下,一对男女各站一只船头准备对歌。我仔细打量一下,小伙子虎里虎气,满脸憨厚,打眼看就知是个"鼓架子";姑娘梳一条独辫儿,苗条的身材,纯情的微笑,带有乡土气息的美,天生一副"兰花"相。锣鼓一停,他们开始对唱。兰花唱道:

> 小小的鲤鱼红红的鳃,
> 一游游到水乡外。
> 下有九十九道青丝网,
> 上有九十九个钓鱼台,
> 你不顺游入大海,
> 逆水而上为谁来?

鼓架子接唱:

> 小小的鲤鱼红红的鳃,
> 一游游到水乡外。
> 冲破九十九道青丝网,
> 躲过九十九个钓鱼台,
> 任凭水急风浪险,
> 不为寻妹俺不来!

晓晓被这美妙的歌声深深地吸引住了,禁不住放慢了脚步。
"这是什么歌? 蛮有情调的。"
"'花鼓灯'对歌。"

"你会唱吗?"

"'花鼓灯'多是对歌,一个人唱没意思。"

"那你教我几句,学会了与你对唱!"

"好,我教你。"于是,我开口唱了一段男女对歌:

(女唱):

> 淮河边上柳一排,
> 只有一棵心上栽。
> 风吹枝丝随风舞呀,
> 妹坐树下等哥来。
> 为何花轿不来抬?

男唱:

> 淮河边上柳一排,
> 最高一棵为你栽。
> 弯腰我摘下兰一朵呀,
> 哥为妹妹亲手戴。
> 明年花轿将你抬!

她听后并没跟着学唱,而是低着头沉思……

我忙问:"是歌词不好?"

她昂起头笑道:"你是我心中的柳,我是你手捧的兰!"

我说:"最怕无情狂风起,吹倒柳树飞了兰。"

她说:"你要学鲤鱼,敢于'冲破九十九道青丝网,躲过九十九个钓鱼台!'"

我说:"任凭水急风浪险,不为妹妹俺不来!"

我对晓晓说:"我们下去喝口淮河水吧?愿'禹王'保佑我们。"

晓晓说:"好呀。"

我们一起走到河边,双手捧着清澈的河水,大口喝着。

晓晓指着滚滚河水说:"团长,我们盟个誓吧?"

"今后不许喊我团长。"

"那叫你哥哥?"

"行!"

我们手挽手面对淮河。晓晓大声喊道:"苍天为证,我永远爱你!"

我接着喊道:"大地为凭,我永不言弃!"

为避免出现尴尬场面,晓晓让我先住在小旅馆,她独自一人回家。我知道不能冒然去见她母亲。想当初,为能让晓晓进剧团,她一口一声地喊我大兄弟、好弟弟,求求你收下晓晓,你就可怜可怜我们孤儿寡母吧……

这一切都历历在目,而今是我求她,见面后我该怎样称呼她?喊岳母?八字还没见一撇;叫苦嫂?不合情理。我暗暗祈祷,希望有个好结果。心里越急,觉得时光过的越慢。刚坐下又起身走动,走几圈又坐下,反反复复,独自在房间里不停折腾。什么叫"坐卧不宁",今天我有了正真体会!

时间过的飞快,中午十二点多了仍不见晓晓到来,我靠在床上胡思乱想:冥冥之中,感到有一种不祥之兆。记得"苦嫂"曾说过:"你们小戏班都是农村人,我指望她招个有正式工作的人做上门女婿养老呢……"一想到这,我的心就凉了。她妈不同意怎么办?晓晓能说服她吗?假如我们的关系了结,她还能回到剧团吗?难道就这样分手了吗?我们之间建立的一切就这样毁于一旦吗?生活真的就是这样残酷无情吗?一连串的问号在我脑海中不断出现。

随着时间一分一秒的过去,我感觉与晓晓分手的时间更贴近了。我虽然说过永不言弃,并不表明我就会完全丧失自尊;永不言弃,是取决于晓晓的态度,如果她退却了,我的执着只会给自己套上枷锁……

想着想着,我不觉倒下睡去。朦胧中,突见晓晓披头散发闯进门来,我赶忙问她:"你怎么啦?"

"我妈至死不同意!"

"为什么?"

"她逼我嫁给齐大刚。"

"就公安局长的儿子?"

"是,她答应给我在城里找份工作。"

"你答应啦?"

"没有。"

"你不是说有办法吗?"

"刚提起你,她抓着我的头发就打!"

"怎么办?"

"我们赶快逃走!"说着,她拉着我的手,刚走几步,忽见"苦嫂"手提菜刀闯了进来。她指着我骂道:"姓闫的,你敢勾引我女儿,老娘今天跟你拼了!"说罢,举起刀向我砍来!吓得我大叫一声从梦中醒来。还没还过神,就听外面咚咚咚……轻轻而有节奏的敲门声,这是我多么熟悉的声音,我想一定是晓晓,连忙冲下床将门打开,果然是她。晓晓见我满面通红头上冒汗忙问:"你怎么啦?"我一个劲地擦汗,等情绪渐渐稳定了我对她说:"我做了个噩梦!"说罢,我猛地抱着她狂吻,从她的头发、眼睛、嘴唇,一直吻到她的胸部……吻得那么悲戚,那么凄凉!

"你怎么啦?"晓晓被我的举动闹懵了。

"我知道你妈不同意,我在和你'吻别'!"说罢,搂住她还想继续吻。晓晓猛地将我推到一边:"胡说什么呀,告诉你,我妈同意了!"

我惊诧:"你妈同意了?!"

她笑着直点头:"是的,同意了。"说罢,拉着我:"走吧,我妈要见你。"我依旧不敢相信:"是真的吗?"

"她让我来请你去吃饭!"

"告诉我,你是怎样说服她的?"

"开头怎么说她都不同意。"

"是因为齐大刚吧?"

"是的,同他结婚可以把我留在城里安排工作。"

"后来呢?"

"她看软的不行就来硬的。"

"来硬的?"

"她说,要不答应嫁给大刚我就死在你面前!"

"那怎办啊?"

"尽管她又哭又闹,软硬兼施,被我一句话把她给征服了。"

"一句话?"

"是啊。"

"你说什么啦?"

"我,我怀孕了!"

"什么!你怀孕了?"我高兴地把她抱起来在屋里兜圈子,"我又要当爸爸了……"晓晓挣脱并用拳头轻轻敲打我:"臭美!还没去医院检查,只是怀疑。"

我不无顾虑地说:"骗你妈妈?万一……"

"管它呢,反正妈妈同意就行了。"

我万万没有想到晓晓会用这样的方式来做她妈妈的"思想工作"。细细想来也不奇怪,这种事也只有她能干得出来,因为她的性格决定她这样做。我知道对她母亲是一种伤害,但为了追求自由和幸福,她这样做也是无奈之举。我为她的"执着"而感动;为她"聪明"而敬佩;为她的"机灵"而倍觉可爱。怪不得她那么自信呢,原来早有"预谋"了。

一切又来的那么突然,我感到措手不及,不免有些紧张。

晓晓:"看你紧张的样子,我就想笑。"

"心里老觉得不踏实。"

"好啦,快走吧。"

走出小旅社,晓晓指着自行车:"上车吧,相公。"我说:"我来!"伸手夺过车把:"请吧,小姐。",

晓晓斜身挎上了后车座,她轻轻地搂我后背,我骑着自行车,驮着自己心爱的女人,心里美的像山溪里的浪花。我愿意永远驮着她,永远地骑下去。

随着自行车的颠簸,晓晓不由地抱紧了我的腰,把右脸贴在我的背上,爱就像风,无声无息,谁也看不见。但是,心与心的距离近得可以听见跳动。我抽出左手去抚摸她的双手,自行车由于一手抓把,偏歪了几下,晃晃悠悠。晓晓轻轻地说:"小心点,看路,不许心猿意马。"我忽然蹬车飞奔,吓得她发出了八十分贝的尖叫,我哈哈大笑。

我把自行车放慢,并不想立刻到她家。

晓晓说:"累吗?"

"不累,累也心甘情愿。"

"为什么?"

"你就像一只幸福的行囊,我要牢牢地背在肩上,就不会失去。就有一直向前的信心,不管在生活的旅途上多么艰辛,我也快乐,并且,自始自终的充满希望,勇往向前。"

晓晓笑着说:"甜言蜜语,说得比唱的还好听。我们下来走一会儿吧。"我放慢了自行车的速度,晓晓跳了下来,我却站着不动。

"想什么?"

"我想买点礼品,也不知你妈喜欢什么?"

"妈喜欢吃什么,就带什么呗!让她吃个够,满足她的口福,不喜欢你才怪呢!"

她说得很有道理,送礼是最能表情达意的一种沟通方式,不同的人要送不同的礼,不同的礼会带来不同的效果。

"买些鱼肉罐头吧?"

"她不爱吃。"

"那就买奶粉补养品?"

"她不喜欢。"

"要不买糕点糖果。"

"她不高兴。"

"她喜欢吃什么?"

她拉着我来到菜市场,一下买了二十斤南瓜:"她就喜欢吃这个,省钱又让她喜欢!"

我一下子愣住了,天哪,天底下哪有买南瓜做见面礼的啊!

74　晓晓被捕

　　有一种承诺,不弃不离;有一种契约,生死相依。承诺、契约,变成最深刻的心情,时刻诅咒着心灵,不管怎样,我觉得,只有誓言,才是对她最好安慰。

晓晓家对我来说再熟悉不过了,院子里的玫瑰花开了,我望着姿态各异的花朵,深深地吸了一口气,但是,闻不到熟悉的香气。玫瑰刚开花时,就会不顾一切地散发出香味。开花几天以后,花香就会被扼制到最低程度,淡至若无。玫瑰花开谢,人情变幻无常。那时"苦嫂"经常请我来她家吃饭,总把我当贵客款待,敬烟献茶,感谢我把她女儿收进剧团,把我当成恩人。如今她成了我的岳母,乍一换位,很不适应,总觉得有些尴尬。

我推开那扇被岁月剥离得陈旧的木门,屋里情景展现在眼前:家里还是那样的简朴,没有一件像样的新家具,大桌下面放着两条长板凳,一切都还是老样子正在打量,"苦嫂"从厨房里走了出来,当我们四目相对地一霎那,都愣住了,原本熟悉的人一下子变得那么陌生!我憋了半天才吞吞吐吐地喊了声:"阿姨……大,妈妈好!"

"团……"话刚出口她觉得不对,赶忙改口,"你来啦,坐吧。"晓晓站在一旁一个劲地偷笑。

"死丫头,还不倒茶!"晓晓倒了两杯开水,双手递给妈妈,然后将另一杯放在我面前,轻轻说了句:"没茶叶,慢怠你了。"说罢,坐在妈妈身边。

我们三人谁都没说话,场面十分尴尬。沉默,沉默……小屋静得能听到每个人的喘息声。

言多必失,我牢记这句话,就算你不找她聊,她也会主动问话的,我低着头等她"审问"。

"苦嫂"只是一个劲地喝茶……

晓晓在一旁急了:"妈,您不是有话要问他嘛?"

我想打破沉默,站起身来准备说些宽慰她的话。"苦嫂"先说话了:"听晓晓说,你是孤儿?"

"是的,四岁就没了爹娘。"

"一定吃了不少苦吧?"

"流浪、讨饭,白天满街转讨点残汤剩饭,晚上睡破庙稻草当被,下雪天没鞋穿脚冻肿得像馒头样,一次被恶狗咬伤差点丢命,多亏师父收养我,靠卖唱度日……"说着,我的眼睛湿润了。我的话带着苍凉,从远方,从记忆的深处,再次飘出。

"师父去世后,我就回老家帮人放牛,有点文化也是上夜校学的……"

"你是个苦命的孩子啊!"

我发现眼前的"苦嫂"变了,变得那样的慈祥、那样的善良,这不正是我要寻求的妈妈吗?既然得到了,就绝不能失去。我轻轻地向她走去,她和晓晓一起望着我,疑惑、不解……

我猛地跪下,撕心裂肺地喊了声:"妈妈——"

妈妈!是我三十多年盼来的第一声呼叫;是发自内心深处情感的宣泄、获得母爱最激动情绪的爆发,我把幼年没娘的孤独和失去母爱的渴望,一下子爆发出来。哭喊"妈妈"的回声,在小屋里回荡……

晓晓被眼前的一幕惊呆了,继而泪如雨下……

晓晓妈扶起我说:"我们都是苦命人啊!"她抱着我痛哭。我赶忙劝道:"妈,您放心!我就是你儿子,为你养老送终!"

"苦嫂"擦了擦眼泪说:"好、好,我们是同命相怜,今后就是一家人啦!"她扶起我说道:"晓晓已经那个了……你们的事得抓紧办!"我点了点头:"一切听您安排。"

"我看就定在'五一'劳动节吧。"

我一听急了,忙说:"不行,只有一个月时间来不及啊,再说还没有……"刚说到这儿,晓晓在一旁急得直跺脚,我赶忙改口:"再说晓晓还没和我商量呢。"

"苦嫂"说:"你们小孩子懂什么?想让我出丑啊!"

晓晓生怕我再说漏了嘴,冲着我说:"少多嘴,一切听妈安排!"说罢,朝我做了个鬼脸。

"苦嫂"是个实在人,她说:"喜事就在我家办,双方都不富裕,一切从简,登个记,两桌客,散些喜糖就可以了。"我还想说什么,她不容置疑地说:"就这么定了!"

晚饭后,晓晓正准备送我去旅社,突然来了一群女孩子。她们七嘴八舌嚷道:"来家了也不说一声。"

"一年多不见,变得更加漂亮啦!"

"是把我们给忘了吧?"

"人家现在是名角啦!"

……

晓晓说:"我也想你们啊!"一边和她们搭讪,一边拉着我介绍道:"这是我的男朋友。"几个女孩子一起用诧异眼光扫向我,从他们惊诧表情我猜得出,本人长相、年龄让她们失望!

晓晓赶忙拉圆场说道:"别小看他啊,人家吹拉弹唱样样精通,编剧导演无所不能,去过上海,到过北京!"经她如此一夸,这群女孩子立即变了一副嘴脸,齐声说道:"了不起,艺术家!"

其中一女孩问:"在家待几天?"

晓晓说:"明天一早要赶回剧团。"

"急什么呀?"

"那不行,一定要在家陪我们好好玩几天!"

其他几位一起嚷嚷道:"对!我们一年多没见面了。"

晓晓解释道:"不好意思,剧团缺人我真的要走。"。

她们齐声说:"现在当了名角啦!"

晓晓为难地说:"人在江湖,身不由己呀!"

她们说:"那好,我们今晚聚一聚该可以吧?"

晓晓望了望我,那眼神分明是在征求我的意见。这些人都是过去和她一起玩耍的小姐妹,本想反对,又碍于情面,既担心又无奈,只好说:"注意安全。""苦嫂"明白我的意思,在旁补了一句:"早点回家,别误了明天早班车!"还没等晓晓答话,就被她们连拉带拽地拖走了。

第二天一早,我就来到晓晓家。担起水桶把两口水缸装满,随即拿起扫把打扫院子,接着又给几盆"玫瑰"浇水……"苦嫂"见了说道:"孩子,歇一会儿吧。"她拉着我走进内屋说:"这就是你们的新房,过两天我找人来重新粉刷一下,买张双人床,简单家俱也得添几样,还有红绫被、鸳鸯枕,你们还要添两套新衣裳……"我惭愧地低着头喃喃地说道:"妈,我所有钱都用在剧团建设上,没那么多积蓄呀。""苦嫂"说:"不用你花钱,所有开销都是我的,就这一个宝贝女儿,我要把这些年来省吃俭用积攒的钱全部花在她身上!"

"妈,我不知该怎样报答您。"

"一家人莫说两家话,只要有份孝心就行了。"

"幼年亡母,我对'妈妈'这两个字既陌生又向往。十多年来,我从未有机会叫一声'妈妈'。能喊您妈、做你女婿,是我的福气,我要为您养老送终!"

"看的出来,你是个有孝心的好孩子。"

订亲、认母,这一切在真情和善意中朝着美好方向发展,应该说是个喜剧。然而,福不择家,祸不索人!无论是福气还是灾祸,都没有定数,其降临并非出于冥冥天意,而是由人们自己的作为所导致。既为咎由自取,亦不可怨天尤人。

我们正在说话,只见两名身穿白警服的公安人员走进院子。他们站在房门外问道:"这是王左的家吗?"

我答道:"是的。"

"苦嫂"说:"我是她妈妈,找她有事吗?"

其中一名从包里掏出一张公文纸,态度十分严肃地说:"王左因犯流氓罪,被拘留了!"

"不可能!"我想细问一下,他们转身走了。

这无疑是晴天霹雳,"苦嫂"一下子晕倒了。

"妈——"我赶忙扶住她……

此时,一场带有浓厚政治色彩的"严打"运动在全国展开了。

"文化大革命"结束以后,"十年内乱"的后遗症之一,就是滋生了一大批打砸抢分子、抢劫犯、杀人犯、盗窃犯和流氓团伙犯罪分子。这些犯罪分子活动猖獗,破坏社会治安,危害人民的生命财产安全。党的十一届三中全会之后,各条战线拨乱反正,正本清源。在大好形势下,社会治安不好,成为公安司法工作面临的突出问题。

一九八三年八月二十五日,中共中央发出《关于严厉打击刑事犯罪的决定》,提出"严打"要以"从重从快,一网打尽"的精神,对刑事犯罪分子予以坚决打击。"严打",即严厉打击严重刑事犯罪活动,提出"严打"这个词的人是邓小平。

就在这个节骨眼上,有人向公安局举报,说有个地下"流氓窝",半夜一群男女在里面拉上窗帘跳搂抱舞、贴面舞,有伤风化。公安局经过明察暗访,早已掌握了这个团伙"罪证",之所以没有动手,因怕打草惊蛇,要等全市统一"拉网"大抓捕——所谓"四·一,零点行动",就是在四月一日午夜十二点全市统一行动实施抓捕。

也就那么巧,晓晓被她们拉去跳舞,落入网中!

过去,也只是由派出所批评、教育,拘留十天半月,最高劳动教养。这次"严打"不同了,是逮捕入狱,定罪判刑甚至枪毙!

"苦嫂"慢慢醒来后,我劝她不要着急,便匆匆去探听消息。

我到了看守所,非但不让见面,还我把我扣留盘问了一个多小时。我担心"苦嫂"出事,又急忙往回赶。刚进门,见一青年与"苦嫂"说话,"苦嫂"介绍说:"他是齐大刚。"我客气地与他握下手。

他说:"全国正开展'严打'她撞到枪口上了,这次肯定要被判刑的!"

"跳跳舞还要判刑?"

"她是有案底的人,属屡教不改,最少要判十年徒刑!"

这无疑是耸人听闻! 我不信,我想读者们也绝不会相信。

但历史无法篡改、真实不允杜撰。你只要在"百度"网输入"八三年严打",就会查到:现年八十岁高龄的法学家陈光中举了一个例子,在河南,一对青年恋爱,遭女方家长反对。两人离家同居。女方家长报案说男孩子强奸了自己的女儿。这名男青年因流氓罪被判处了死刑;一瓜农在北京火车站卖西瓜遭抢,几个抢西瓜者被抓后,以抢劫罪分别被判死刑、死缓、无期徒刑;一个王姓女子因与多名男子发生性关系而以流氓罪被判处死刑,最为严厉的莫过于枪毙朱德的孙子。二十五岁的朱国华因乱搞男女关系,死于"严打"!

"严打"要求"从重从快",仅在一年里,全国立案六十一万多起,逮捕犯罪分子十万余人,摧毁流氓团伙七万多个!"严打"期间的死刑大案、要案,比比皆是,死刑的场面深深刻入百姓记忆中。经过审讯被公审宣判死刑的犯人,须经过游街示众后押赴刑场行刑。前面由警车鸣笛开道,死刑犯人五花大绑,胸前挂着木牌,名字上面画个红色的"×";因从重从快及运动扩大化,也不知冤枉了多少人,一些罪不至死的人毙了,一些人被错判了。当时刑法里的流氓罪最高可判死刑,有的乱搞男女关系的人就是按流氓罪从重被判了死刑。有人只抢了一点点东西就被枪毙……

齐大刚说:"晓晓聚众跳舞,罪属流氓,在劫难逃!""苦嫂"听罢,放声大哭。望着她悲痛欲绝的样子,我不知该如何劝她。齐大刚劝道:"大妈,您老不要难过,办法总归还是有的,不过……"他望了望我欲言又止。"苦嫂"央求道:"你爸是局长能否批个条让我们见她一面?"

"小事一桩,我找爸爸写个条,你们明天去见吧。"

第二天"苦嫂"称病,我一人去了看守所。

也许是局长条子的威力,并不像其他犯人与家属会见那样,隔着铁窗说话,而是让我在一个小单间等候。

在戏剧舞台上我们演出过无数本"探监"的剧目,有父母到监狱里探望儿女的,妻子探望丈夫的,孩子探望老人的;亲人相见不尽相同,悲悲啼啼,伤心欲绝;叙不尽的离别情,流不尽的伤心泪。但那毕竟是戏,是演给别人看的。没想到现实生活中,自己却上演了一出最真实的"探监"悲剧!

来的路上我准备了许多安慰她的话,要她别悲观,心放宽。我猜想:一见面晓晓肯定会抱住我号啕大哭;一定会说出许多忏悔的话;一定会……正在遐想,只见一位女警察带着晓晓来到门口,她熟练地打开手铐,说了句:"进去吧。"然后紧靠门外坐下。

晓晓并不是我想象的那样,她没有扑向我,也没有掉眼泪。她越是平静我越心酸,我不敢相信眼前发生的一切都是真的。她脸色灰暗,神情憔悴,看她蓬头垢面的样子我倍觉心疼,一夜之间仿佛变了个人似的。

我以为,在我人生中不会再有让我撕心裂肺的痛苦,不会再出现与"秋儿"那样狱中相会悲伤情景。谁知几年之后,竟让我重蹈覆辙,所不同的她是犯人。这情景似曾相识,相似的情景,总是让人心如刀绞!

老天爷啊!你为什么对我这么的残忍?为什么要让我遇见她们?又为什么这么无情的让我一次次得到又失去?我犯了什么罪孽要这样折磨我!泪水无声的滑落,一滴两滴……我无法控制自己的感情。

她没有对这次被抓为自己辩白,也不解释、更没说一句后悔话,她是那样"坦然",那么"镇定",我知道她的心在流泪,在滴血!来的路上我想了许多安慰她的话,不知从何谈起,结果我一句也说不出来。

相对沉默。

大难无言,就好像要同赴刑场。但是,俩个人的心在对话:"晓晓,假如生活欺骗了你,不要悲伤,也不要放弃,因为你的生活里还有我。"

"忘了我吧。"

"不,我们盟过誓,永不言弃!"

"毁约是我,对不起你。"

"不必自责,选择你,我无怨无悔;如果我们还有十分钟可以留在这个世界上,我要搂着你,一同回忆走过的历程;如果能给我五分钟,我会深深的吻你;如果只给我一分钟,我要说六十次我爱你!"

沉默了许久,她轻声说了句:"我们分手吧。"

一句分手,令人伤心欲绝;一个忘我的决定,让人痛心疾首。她提出分手不掉泪有很多解释:她已是心如止水,欲哭无泪;她真心爱我才做出这样决定;她为了自尊而刻意伪装自己,不让我看到她脆弱的一面,因为她是一个坚强的女孩!紧接着她又说了句:"我很可能要被判刑!"无论是上世修来的缘分还是苍天早已注定我们要经受磨难,我都要守住自己承诺,只有这样才无悔我当初的选择。我说:"不管你判多少年,哪怕十年八年,再长的刑期我都等!"她听后苦笑一下,然后摇了摇头。尽管她摇头拒绝,但她心里有我,因为我们两个心彼此没离开对方。

女警察来催了。

分手时,我告诉她明天再来,问她需要什么东西?她说:"把我好看的衣服多拿几件,当犯人我也要穿得整洁!"

晓晓啊,你为什么不哭?为什么把苦水憋在心里?你要是痛痛快快地大哭一场,我反而觉得好受些。就在她转身一霎那,我看到她用手擦泪了……

眼看她的背影将要从我视线中消失,我再也忍不住了大声喊道:"我说过,永不言弃,晓晓我等你!"她突然停下转身,两行热泪无声滚落,她的表情充满了信任!

有一种承诺,不弃不离;有一种契约,生死相依。承诺、契约,变成最深刻的心情,时刻诅咒着心灵,不管怎样,我觉得,只有誓言,才是对她最好的安慰。

回来的路上我在想,见了"苦嫂"我该怎么说?她要是知道晓晓的处境,肯定受不了,只能说她很好。我还想到,晓晓若是判刑了,就把"苦嫂"接到剧团去,由我侍奉她,让她感到温暖,以实现我所许下的诺言:我就是她的儿子,为她养老送终!

来到小院门前我停步,先稳定一下自己情绪。我猜想"苦嫂"一定很伤心,说不定在独自流泪呢。我装着平静的样子推门而入,没想到"苦嫂"出奇的平静。我想,她一定要问我与晓晓见面情况、打听晓晓消息,可她没有。我走上前亲切地喊了声:"妈,我回来了。""苦嫂"站起来说道:"你,你别叫我妈了。"我感到奇怪,说道:"为什么呀?不管晓晓受到怎样处罚,也不管她在牢里蹲多久?我都会等她回来的!"

"你喜欢晓晓吗?"

"喜欢。"

"你爱晓晓吗?"

"爱。"

"你希望你所爱的人幸福吗?"

"希望她幸福。"

"那好,你回剧团吧,晓晓的事不用你管了。"

她的话让我懵了……

75　爱已成灰

　　在爱情里,总有一个主角和配角,累的永远是主角,伤的永远是配角。残忍的人,选择伤害别人,而我,选择了伤害自己!

也不过半天,准确的说我离开她也只几个小时,"苦嫂"像突然变了个人似的,令人生疑,使我不解。她一不打听女儿情况,二不商量如何解救晓晓,刚从看守所回来却要我离开。

"离开"意味什么?就是让我与晓晓分手。分手是什么?就是两颗心从这一刻起不在为彼此所有,今后形同陌路,了断前情。这是随便说的吗?对我来讲不是儿戏,你怎能随便脱口而出?我坚定地说:"我不能丢下晓晓!"

"我说了,晓晓的事我们自己解决。"

"你们？他是谁？"

"苦嫂"没有回答，只是沉默……

"您说话呀！"她欲言又止，那神情好像有话要说，而又难以启齿。突然她放声大哭。

"妈，您别难过，晓晓在里面很好。"我赶忙安慰她，"别太伤心，哭坏身子。"

"我……我对不起你。"她突然冒出了这句让我听不懂的话。对不起我？这话从何说起呀？我觉得可能因受刺激而语无伦次。

"妈，您别急咱们慢慢想办法。"

"我……我求你离开吧。"

"为什么？"我感到诧异。

"只有齐大刚才能救她。"

我明白了，难怪"苦嫂"不去探监，原来他们背着我在做私下交易。这是我意想不到的事，突如其来的变故使我懵了。

这是乘人之危，夺我所爱！夺人所爱是最不道德的。天涯何处无芳草？大刚啊，君子以成人之美，你却趁虚而入；"苦嫂"啊，你好糊涂，为什么不考虑晓晓的感受？这样做她能幸福吗？想到这，我大声说道："这不公平！"

"我知道你喜欢晓晓，也知道她爱你，我两难啊。"

"难道就没有别的办法？"

"你有办法吗？"

"我……"一时语塞。

"你能救她吗？"

"这……"我无言以对。天底下有很多事，是人力不济的。我改变不了现状，也无能为力，我只是沧海之一粟。但我还是不愿放弃："这是交易，不是爱情！"

"为救晓晓，我顾不上那么多了。"

我一遍又一遍地问自己，面对爱，我是不是太自私了？我自私。因爱情不同于亲情和友情,它是最自私的情感,具有占有欲和排他性,当它受到伤害时,是最不能宽容别人的!

"妈,我不走。"

"晓晓判刑了怎么办?"

"十年八年我等她!"

"我怎么办?"

"我养活您!"

"不行啊!"她摇摇头说,"难道你忍心让晓晓坐牢吗?你知道十年后还有我吗?"说着,她突然跪下哀求道:"我求求你了。"

她的举动把我惊呆了!

昨天,我向她下跪,今天,她给我下跪,这是何等的反差!

我对她下跪,那是主动的,是被亲情感动的,是为爱情付出的,是合乎常情理所应当的;她对我下跪,这是被动的,是慈母大爱驱使的,是救女心切支配的,是有悖伦理常情的!

真是可怜天下父母心啊!

同一个地点,同在这间小屋,不同的是换位下跪,凄惨中又夹带着讽刺意味,她这一跪让人心碎!

我赶忙搀扶:"妈,您别这样。"我边说边拉,可她死活不肯站起,哭着说:"我不能让晓晓坐大牢啊!她是个苦孩子,一生下来就没见过爹。我含辛茹苦,母女相依为命。她是我的希望,她是我的命,我不能失去她,不能没有她,你就可怜可怜我吧,也只有你离开才能救她啊!"

这时,我的头脑一片空白,我实在找不到分开的理由。昨天,我们还商讨婚期、举办婚礼、亲如家人,高高兴兴;今天却要劳燕分飞,以泪洗面!一夜之间,悲喜巨变,我不知如何面对?答应她,怎舍弃心爱的晓晓?不答应,看着"苦嫂"可怜表情,我的心如刀绞!我真是欲哭无泪,欲罢不甘!

我们手挽手面对淮河发誓:永不放弃!现如今却把誓言变戏言!

眼看我们将成为夫妻,事实向我无情地宣告:随着晓晓入狱所造成的后果将使我一无所获!

　　大悲大喜仅在一夜之间;幸福是如此短暂,悲伤是如此突然;分手的理由又是这样简单! 也许生命中最美的就是这种没有结果的感情,一切都来不及表达,所有的,可能都因死亡或错过而冰封。感情是那么的微妙,当它来临时不容拒绝;当它要离去时,你用尽心计,也挽留不住。我知道,任何哀求都无济于事,再费口舌也是徒劳无益的。如果这种结果真是命中注定,我还能奢求什么? 只有一个人静静的去承受去面对。为了心爱的人不坐牢,我只能把誓言深藏在我柔弱的心间;为了可怜的"苦嫂"我只能选择离开。相聚,是缘分;分手,是命运! 我猛地跪在"苦嫂"面前大喊一声:"妈——我答应!!"

　　这是一幕爱的悲剧;

　　这是"人情""爱情""亲情""殇情"较量的体现;

　　这是一杯难咽的苦酒;

　　这是一个多么残酷的结局!

　　晓晓啊,今天和你分手,心里说不清楚是什么滋味,你那么爱我,我也爱你,分手没有不伤心的,伤心又能挽回些什么? 也不能挽回那失去的爱情,如果再给我一次机会,我宁愿选择与你在一起的痛苦,也不愿选择没有你的幸福。

　　在爱情里,总有一个主角和配角,累的永远是主角,伤的永远是配角。残忍的人,选择伤害别人,而我,选择了伤害自己!

　　我给"苦嫂"叩了三个响头说了句:"您老保重,愿晓晓幸福!"起身冲出门外,我一边跑一边落泪,唯有泪水能发泄心中的悲哀!

　　跑着跑着,我停下回头回头一瞥,远远地望着晓晓家那座小院,虽是一间普普通通的平房,它装着我的爱,牵动我的心,诱发我的想象:这座小院对我来说,它既给我短暂的喜悦也留下无限惆怅和刻骨铭心的伤痛,这一离别,也许今生永不再来!

　　无论说什么,过去都已经过去了,所有曾经走过的都已变成了留在脑海里的回忆和心灵上的烙印。就算是那滚烫的眼泪也无法洗去缘尽了的那个断点!

爱已成灰,泪却不干,唯有泪水能发泄心中的悲哀!

最后一班汽车已经开走了。望着空荡荡的候车室,我不知如何是好?本想回到旅社,但转念一想还是走吧,这里已没有我可留恋的了,不就是十五公里嘛,就是步行我也要离开这座令我伤心的城市!

我穿过两条街,拐上一条朝北的小路,这条路的尽头直抵淮河大堤。不经意中经过了"看守所",我站在黑漆漆的大门前,想到了与晓晓会见情景,从她回眸眼神中对我充满信任、期待,她信任我会信守誓言;她期待我们会有相聚的那一天;她还等着我明天见她,并嘱咐给她送几件漂亮衣服。然而,景物依旧,物是人非,明天来看她的人已换成大刚!有句话说得对,"风吹云会散,日久爱会淡"。晓晓啊!世界上根本不可能有什么不会变的事,也许你会记我一时,也许你会记我一生,也或许你很快把我忘记!残酷现实根本不可能会因为你我而能改变,你要的那种单纯而又天真的爱情,已经无情消失!

在这个世界里,什么最痛苦?最痛苦莫过于跟自己心爱的女孩告别。我恋恋不舍地离去……

天气突变,大概要下雨了。

街道在雨前呈现出清冷的色调,衣着单薄的行人,一个个都显出寒冷的样子。黑沉沉的乌云压在大堤的上方。远远便能听见被狂风扫荡的树林从大堤上送来的喧嚣声。望着前面的淮河大堤和沉沉的乌云,心情更加沉重,我忽然觉得这次来是个错误。假如我们不来,晓晓仍然可在剧团唱戏;假如那天晚上我阻止她不跟那帮女孩子去玩……我好后悔啊,因为"订亲"却把晓晓送进了监狱!

大堤上不见行人,使我又陷入一种伤感的情境中,时间一分一秒地在我身后拖着冗长的响声。勾起我来时情景,她要我:冲破九十九道青丝网,躲过九十九个钓鱼台。我担心:最怕无情狂风起,吹倒柳树飞了兰!不幸被我言中:

淮河依旧水潺潺,
垂柳树下已无兰,
明月尚有缺与圆,
真情此借再无还!

没想到老天也会与我作对,一声炸雷下雨了。我感到现在真正是进退两难了,为什么走时没买把雨伞?风在大堤上呼啸着,对我不仅是寒冷的提示,更是一种威胁和挑战,而我已经没有退路,唯一的选择就是前进。虽有树林挡着,雨还是不断落在身上。我真想找个地方避避风雨,但除了树林外,眼前空茫茫的。大雨无情的从头顶浇下,我两眼被雨水淋得无法睁开,分不清哪里是水,哪里是路,只能跌跌撞撞地往前走。风虽冷,雨虽凉,都没法比我心更寒!

回到剧团已是午夜。令我诧异的是,演员们都没睡觉。再看他们,个个垂头丧气。正在纳闷,忽见女儿走来急切地说:"爸,你可回来啦!"

我来不及换衣服忙问:"怎么啦?"

女儿说:"剧团出事了!"此刻,剧团的命运远胜我个人得失,不得不从悲哀中解脱,我忙问:"到底出了什么事?"

"来不及细说,赶快走!"

我还想问点消息,女儿催促道:"服装道具已经装上车了,快走!"

"去哪儿?"

"去定远!"

"从淮河到定远一百多里呀。"

"走的越远越好,到个没人知道的地方更安全!"我还想问点消息,司机一把将我拽上汽车,一踩油门,汽车飞快窜上马路,很快消失在茫茫夜幕之中……

晓晓被捕后,社会上议论纷纷:"庐剧团有个女流氓被捕了。""什么庐剧团?就是流氓团伙……"区革委会"严打"办公室决定解散剧团,没收服装道具。多亏施馆长暗中帮忙,他与定远县文化局长是同学,通过电话,对方愿意接收我们剧团,于是,要我们连夜离开淮南。

好心的施馆长救剧团逃过一劫;成立三年的淮南市田家庵庐剧团,此刻起,在地球上永远消失!

> 来时欢乐泪时归,
> 一壶苦酒两人悲,
> 缘尽只恨春梦短,
> 醒后难辩是与非。

第六卷 苦命三妹

76 我与老贾

表演鬼魅的岁月,能把人变成魔;铸造"人杰"的年代,又能把怪变成神。今天的年轻人或许不会相信:真的会有这种荒诞事?然而,历史不会忘记,是我们酿就了这杯苦酒。

"山不转哪水在转,水不转哪云在转,云不转哪风在转,风不转哪心也转……"这是人们十分熟悉的歌曲《山不转水转》,通过那英演唱后,可谓家喻户晓人人皆知。我的命运也像歌中唱的那样,山转、水转、云转、路转,转来转去又转到了定远县炉桥。

在县文化局的安排下,炉桥区文化站接收了我们剧团。

或许是上天的安排,让我与炉桥结下了不解之缘。自一九六二到一九八六长达二十五年中,我三出三进这座历史悠久的古镇。它给我留下了无法磨灭的记忆和难以释怀的情感:忘不了与宋民洒泪而别的"友情";忘不了走投无路之际表姐救助我们的"恩情";忘不了我在大芮庄与社员们共度八年的"乡情";忘不了七里塘公社干部们对我关心照顾的"人情";忘不了与"四清"工作队老吴的那段"感情";忘不了伴芸姐度过最后岁月的那段"苦情";忘不了与秋儿那段美好而短暂的"恋情"……发生炉桥的一切一切都历历在目。

淮南市田家庵庐剧团变为定远县炉桥庐剧团,是经过好几个月反复磨合的结果。其中有个人物起了关键作用,他就是贾克瑶。

我与老贾,素昧平生,自从"文革"开始后,因观点各异、立场不同,就成了势不两立的冤家对头。历史虽然为我们制造了一道鸿沟,但他的儒雅、才华,以及对文化事业献身的精神和敢想敢干的工作作风,永远值得我敬佩。

任何社会现象都是历史的产物,都有其复杂的社会和历史原因。它不是孤立的,偶然中有必然。"文革"如此,"四清"如此,"反右"也是如此。不能孤立地就事论事或看问题:站在历史的高度,结合时代的本身来认识、来评价,也许会更客观、更科学一些……

贾克瑶,定远县三和乡人。他多才多艺,做过文化干部,当过县文工团团长。他整理的民歌《可是真的格》在皖东一带广为流行。他还创作了许多优秀剧本,写过不少好的文章。可惜生在唯成分论的年代,因出身地主家庭而毁了他的大半生。

改变他命运的起因,得从一九六〇年清明节回家扫墓说起。

他和年事已高的母亲在几位乡亲的陪同下,向墓地走去。路过一片庄稼地时,可能是触景生情,贾母随口说了句:"克瑶呀!这块地原来是咱们家的。"老贾当时只顾欣赏春天的美景,根本就没在意母亲说的话。说者无心,听者有意。在场的一位"贫农"记住了这句话,立即向上级检举说:"地主婆带子认地,妄想'变天','反攻倒算'!"这在当时可算得上是一桩"弥天大罪"!于是从公社报到区里,由区报到县里,一时间传得沸沸扬扬,说什么的都有。更有人添枝加叶地说:"贾克瑶记住了每一块地,盼望蒋介石反攻大陆成功,好找穷鬼算账……"

所谓的"带子认地"成为典型案例,惊动了行署,上报到省委。为此,贾克瑶厄运连连,先是被撤消团长职务到基层锻炼;"四清"运动"清理阶级队伍"时,又罪加一等,被定为混进文化战线的"阶级异己分子",惨遭迫害。一个沐浴在党的雨露下的公民,就这样成了反革命、专政对象。

他委屈,他冤枉,他不服,他多次上诉。然而,所得到的结果是不准翻"四清"的案!

其实"四清"和"文革"都是极"左"路线下开展的政治运动、政治斗争。它们的共性是:把对的说成错的,把假的说成真的,把小的说成大的,这就是当时罗织罪名的手段和方法,而且不容申辩!

全县被"四清"运动整下台的干部不在少数,多达几百乃至上千人,其中大多数都是无辜的。"文革"开始后,他们抱着极大的希望,认为机会来了,可以洗去自己蒙受的不白之冤。这些人推举老贾出面,成立了一个由被迫害干部参加的群众组织——"控告团",再次上访,要求平反。

我是"四清"工作队一手培养出来的积极分子,执行的是毛主席制定的《二十三条》,保卫"四清"成果,就是保卫毛主席的革命路线。因此,我参加了由贫下中农成立的革命组织"五保卫"战斗兵团,与"控告团"针锋相对。

我同老贾也就很自然地成为水火不相容的两派组织的成员。

我所带领的"毛泽东思想文艺宣传队"演出节目全是由自己编排的,多是宣扬四清运动的伟大"成果",揭露"四不清"下台干部翻案的"罪行"。

一天,获悉贾克瑶去省城上访,我随即率领"毛泽东思想文艺宣传队"匆匆追到合肥,在省妇联门口截住老贾。

我们手挽着手,将他围在中间,既不容他争辩,也不让他离开,利用唱歌的形式对他实施人身攻击。我们高声唱道：

说打就打，
说干就干，
我们要革命，我们要造反，
打倒走资派，扫平"控告团"，
坚决站到毛主席这一边。
假造反的"控告团"你睁眼看一看，
"四清成果"要保卫，你休想闹翻案。
贫下中农革命派，高高举铁拳，
坚决捍卫无产阶级革命路线。
警告"控告团"，
赶快要解散，
顽固到底，死路一条，叫你们全完蛋！

（这是根据安徽合工大"八二七"造反派编的"说打就打"曲谱旋律重新改编的。）

老贾被困在中间，想走走不掉，想跑也跑不了，被推来搡去，任我们侮辱漫骂，直到解放军赶来才将他解围。

这种恶作剧行为，今天的年轻人或许不会相信：真的会有这种荒诞事？然而，历史不会忘记，是我们酿就了这杯苦酒。

"大闹、出名、夺权"是"造反当官"的三部曲。对围攻老贾的举动，我自以为得计，自认为"高明"。然而，欲壑难填的人爬上高而危险的阶梯时却不考虑怎样才能下来，因为向上爬的野心吞掉了跌落的恐惧。为此，我却付出了惨重的代价！

一天，我带领"毛泽东思想文艺宣传队"正走在偏僻的小路上，突然遭到"控告团"的袭击，将我打得遍体鳞伤，要不是及时来人相救，我就差点命丧黄泉！

自从"炉桥八·二二"武斗流血事件后,我俩再也没有发生过正面冲突,也很少见面。

在那铸造"人杰"、表演鬼魅的岁月,老贾被判了二十年重刑。"控告团"的另外两个头头也成了枪下冤魂。而我被树为学《毛著》"标兵"、捍卫毛主席革命路线的"英雄"。我同老贾,一个"天上",一个"地下"。这样的结局,在当时的政治背景下我是兴奋的,坚信这是无产阶级专政的伟大胜利!

斗转星移,时光飞逝,山河依旧,人事已非,转眼过去了十年。饱经沧桑的神州大地发生了翻天覆地的变化,人们在这场历史灾难后都在冷静地反思。其实,人应该活得真实一点、本分一点,无谓的争斗,结果肯定是两败俱伤。我,死里逃生,从艰难困境中熬过来刚刚走上创业之路;老贾,经受十年的牢狱之苦,"三中全会"后才无罪释放。没想到,十年后我们居然能再次相会。

炉桥区文化站站长程东良是位事业心很强的年轻文化干部,早在去年他就与县电影公司合伙建造一座露天剧场,经过双方一年多的努力,终于竣工落成。这在当时是件了不起的事情。宽大的舞台,即使大型专业剧团来演出也是够规格的;一千多个座位,错落有致,像楼梯一样布局合理。通过县文化局安排,程站长让我团来做首场演出。

当我带着演员跨进文化站的大门时,第一个走过来迎接的人竟是老贾。这太突然了,我一下子怔住了。往日洒脱儒雅的贾克瑶到哪里去了?繁霜尽是心头血,青山依旧非故人。站在眼前的这位穿着朴素、面目憔悴的中年男子,难道就是当年那位具有学者风度的老贾吗?他上前握住我的手说道:"欢迎你们来演出。"那份热乎劲亲切、自然,好像什么也没发生过一样。演员们见了,都以为我们是一对久别重逢的老朋友呢!他的热情,他的大度,反而让我觉得十分尴尬。

我的内心复杂极了,说不清是什么感觉。是怜悯?是同情?是内疚?或是……我惊诧地望着他:鬓角上黑发退去,银发增生;这要经受多少艰辛、多少磨难、多少沧桑岁月,才能留下如此清晰的痕迹?而熬过这段漫长的岁月又是何等不易?……我握着他的手,久久难以松开,心里有种负罪感,想说什么,却又找不到合适的话语。愣了半天,我才吞吞吐吐地说:"老贾,你好。"他的手紧握了一下,然后说道:"走吧,我带你去安排演员们的住宿。"

紧靠舞台不远,有几间宽敞的大房子。老贾指着左边的屋子说:"这边两间有床铺,条件稍微好点,就让女演员们住吧!那边三大间条件差没有床,男演员们只好委屈一下睡地铺,稻草我已经准备好了。"

"条件蛮好的,我们习惯睡地铺。"

"就这样吧,你们自己安排一下,我还要忙其他事呢!"说罢,匆匆离去。

当晚,我发现老贾观看演出时全神贯注,非常认真。

演员们都很卖力。演出是成功的。

大家都知道,新到一个地方,首场演出的成败非常重要,开个好头就意味着剧团可继续演下去。否则,就是菜瓜打锣———一锤子买卖。

戏散人空,当演员们一个个全都进入了甜甜的梦乡时,我却失眠了。白天的一幕又浮现在我的眼前,沉重的心情一直在折磨着我。难道老贾真的如此宽宏大量不计前嫌?还是他头脑受了刺激,忘记了过去的一切?难道……

我穿上衣服,悄悄地走出了房门。

夜深人静,月挂中天。人们都说月亮是一位最善良、最易受感动的姑娘,她会为不幸者哀愁,对受难者怜悯,甚至落泪。一块乌云飘过来遮住了月光,眼前一片灰暗,只有老贾桌上的台灯发出一点光亮。透过窗口,我模糊地看到他在伏案写着什么。

夜风轻轻,阴云散去,一轮明月显得更加皎洁。"月行却与人相随",亦远亦近,若即若离,道是无情却有情。此时此刻,此情此景,它能引发人们多少遐想?

一束月光射入窗口,落在老贾的背上。看来,"月姑娘"对这位饱经人间沧桑的苦命人还是有情的。

我来到他的门前,轻轻地敲了几下。

"谁呀?"

"我,闫立秀。"

他将房门打开:"你怎么还没睡?"

"睡不着,想同你聊聊又怕打扰你。"

"不要紧,进来吧!"

他搬过椅子,我随后坐下。抬眼望去,发现他正在写剧本《双锁柜》。

"你在写剧本?"

"我把它整理改编一下。"

"老贾,你,你不记恨我?"话语和表情里充满负荆请罪的成分。

"唉!"他长长地叹了口气说道,"什么也别说了,这都是历史的误会、民族的灾难,同时也是'阶级斗争'的'必然'。"

"有必然的必然,也有人为的必然。老贾,请原谅我当年的无知。"

"立秀呀,往事早已过去,一切向前看吧!"

"老贾……"我想再说几句忏悔的话,被他有意打断:"希望你把剧团办好,坚持下去。我看了你们的演出,总体水平不错,很有前途。"

一席话,让我如此感动。老贾能用此时此地的政治氛围去看待当年的人和事,更显出了一位知识分子的素质和修养。

不久,老贾离开炉桥,调到县文化馆工作。

老贾上任后便找程站长谈话:"闫立秀是个人才,善于管理剧团,留下这个剧团对我县开展群众文化工作是大有益处的。"

不久,滁县地区举办戏剧汇演。老贾改编的《双锁柜》剧本也脱稿了。经协商,由我团排练参加汇演。

汇演后老贾得了创作奖,随之提升为县文化馆副馆长;我的剧团也因汇演获奖而被县文化局十分重视。

一出戏,改变了两个人的命运!

77　初会三妹

　　她是银河中一颗闪闪发光的星星,是流淌着爱与美的缪斯。冥冥中我觉得,今生注定要与这位女子有一段大起大落的故事……

　　"不知天上宫阙,今夕是何年……何似在人间!"听到这首歌,我总会不由自主地联想到她。每逢清明节,我总是情不自禁地遥望远方。"天尽头,何处埋香丘?"人走了,香消了,玉陨了,魂飞了,魄散了,哪里才是她灵魂的归宿?我不知道,也只好在十字路口烧点纸钱,超度她的亡灵。

　　要怨,就怨上天。它不该让我与她这样苦命的姑娘相识,更不该让我闯入她的生活。她像一颗星星,令人倾慕和神往。可是上天又太不公平,让她在瞬间毁灭,陨落大地。浊流往往会淹没美好的东西,人世间的真和美是不应该死去的。

　　我不愿意写一篇悼念她的祭文,更不愿意做一番"无辜"罪人的忏悔,但这确确实实是为了纪念那场不该发生的悲剧!我要用苦苦的冥想去超度她,用依依的思恋去升华她。或许她原本就不属于人间,她是银河中一颗闪闪发光的星星,是流淌着爱与美的缪斯,是长存于我心中的女神!

　　我们相爱了三年,虽拥有夫妻"情分",却没有夫妻"缘分",最终人天永隔。

　　三年来,她占据着我隐藏于心灵深处的全部情感。

　　我的眼在流泪,心在滴血!

　　现在每每回想当年所发生的事情,一切似乎是那样的偶然,许多事都好像自觉不自觉地为那个偶然做好了准备,做好了安排。"缘"有相逢的喜悦,也有"缘"尽于此的无奈。

　　是谁安排了这一切?

　　命运?对,就是命运!

一九八三年十月的一场全国性反"精神污染"运动,迫使我们剧团停演。

改革开放带来了多姿多彩的文化生活。有些人在利欲的驱使下,趁机走私进口黄色录音、录像带,经过大量复制充斥市场,一时间"黄祸"盛行。国务院于一九八二年三月十二日做出《关于严禁进口、复制、销售、播放反动黄色下流录音、录像制品的决定》,从而揭开了反"精神污染"的序幕。一九八三年十月,党的十二届二中全会上再次提出"精神污染"问题,这样就涉及到整个文化领域。年底,文化部门将民间剧团演出的"水词戏"列为"精神污染",下令禁演;同时,要求民间剧团也像专业剧团那样,排剧本戏,唱词要打幻灯字幕。

民间戏班之所以能够生存,靠的就是唱"水词戏",既不要剧本也无须排练,导演分配角色后讲一下场次,全靠演员临场即兴发挥。这种民间艺术由老艺人口传心授,沿袭至今。它是一种投资小见效快的演出形式,为民间戏班提供了切实可行的发展空间,为其生存创造了极为有利的条件。专业剧团排戏,靠的是国家投资添置设备,演员们吃的是"皇粮";民间戏班则如小鸡刨食,自刨自食,一天不演,没得饭吃。要求民间剧团排剧本戏,显然不切实际,致使许多民营团体遭遇灭顶之灾,纷纷解散。

我团也是在劫难逃,全班人马被召回停演整顿。对这场突如其来的反"精神污染"运动,演员们思想波动很大,感到前途无望。还未来得及开会,人就走了一半!面对剧团解散的危险,我心急如焚,更不甘心几经坎坷、吃尽千辛万苦艰难创建的剧团就此垮掉。

也正是为了救活这个剧团,我四处招募演员,才让我有缘与她相识,继而鬼使神差地让她走进了我的生活。

我不算优秀,但却独特,贫寒出身造就了我的坚韧、敏感、变通和适应能力。

我拒绝怯懦,拒绝失败!

什么都可以没有,但不能没有头脑!

静下心来我冷静思考,觉得危难中蕴藏着机遇。剧团少了,演出市场将会出现供不应求局面,农村不行我们就冲向城市。假如我们能排出几台剧本戏,虽说先期投资要承担一定的风险,但市场的需求又给我们提供了有利条件,如果运作得当、策划周密,将会产生很好的经济效益。比起其他的民间剧团,我们有许多的优势:首先是经济基础,我手中的积蓄足以解决排戏所需要的一切经费;对于舞台调度、场面处理、编写剧本,虽达不到专业编导水平,但我还是有一定实践经验的。摆在眼前最大的困难,就是缺少适应排剧本戏的好演员,所以当务之急是招聘演员。

为了稳定人心,我在会上讲出自己的想法和打算。演员们听了我对前景的预测和分析后,给予了充分的肯定,纷纷表示决心:克服一切困难不当逃兵,排出剧本戏,冲进城市去! 猫觅食,鼠钻洞,民间艺人总有一套自我生存的办法。"水词戏"不准演,他们就三五成群下乡唱"板凳戏"(一条板凳坐几个演员,不化妆,不穿行头,一人串演几个角色清唱)。这样小打小闹,文化部门也是山高皇帝远——管不着。

民间剧团的演员,一个个也都转入"地下"。

早就听说相隔不远的小蒋村有位年轻漂亮的姑娘,戏唱得很好,红遍了方圆几十里。眼见为实,耳听为虚,我决定亲自到现场考察一下,看看真假。

两盏昏暗的马灯下,围满了人群,细听了几句,我知道唱的是《王三姐》。这出戏在民间流传甚广,观众们都非常熟悉。剧中王三姐怀着对爱情的忠贞,抛弃富贵,与父亲三击掌,随薛平贵寒窑受苦。我猜想扮演王三姐的一定是人们传扬的那位"红角儿"。我边看边评,她果然身手不凡,无论是唱腔、做功,都令人惊叹! 心中暗想,她肯定经过名人指点,受过严格训练,不然,绝不会有此技艺。想不到山野村镇竟有如此人才,草窝里也能飞出个凤凰来。

我看得发呆:这出戏我们唱了多少遍,为什么今天会这样激动? 是她演得太好了! 假如观众的心是一片土壤,她就是一个播种的人。她种下了爱,种下了恨,种下了幻想和希望,也种下斗争和力量! 怪不得许多人听她的戏如痴如醉,今日一见,果然名不虚传。我问旁边的一位老农:"老大爷,这位演王三姐的姑娘叫什么名字?"他侧过头惊讶地说道:"你不知道?她姓刘,大家都叫她三妹。"

戏散了,人们仍然不肯立刻离去,围着她问这问那。过了好大一会儿,她才走过来和我礼节性地握了一下手:"很抱歉,让您久等了。"我说:"没关系。"然后自我介绍道:"我是炉桥庐剧团团长。"突然,她好像发现了我的异样,一双大眼睛投来略带惊诧的目光。一瞬间,我有些不知所措,心中产生一种奇妙的感觉。

"久闻大名,你们庐剧团是专跑大码头的呀!"

"哪里,哪里。"我嘴上这么说,心里却有点沾沾自喜。没想到,炉桥庐剧团在她心目中居然有如此分量,不觉暗暗高兴,请她"出山"多了几分自信。

我仔细打量眼前这位年轻女子,第一感觉她长得很漂亮,个头虽不高,却有着小家碧玉的秀气。这不正是我要寻求的演员吗?

不知什么原因,她两眼不停地盯着我,是敬佩我对戏剧事业追求的精神,还是我来得有些唐突?不管怎样,好像有一个声音在告诉我:炉桥庐剧团和眼前这位姑娘有着不可分割的情缘;冥冥中我又觉得,今生注定要与这位女子有一段大起大落的故事。

"我想请你参加炉桥庐剧团。"我开门见山地说道。

"真的?那太好了。"看样子,她很激动。接着,她补充了一句,"我做不了主,得听二哥的。"

"你把他请来,我们见见面好吗?"

"行。"说罢,转身飞快地走了。

望着她的背影我在想,若能将她请到团里,排剧本戏就有希望了。我决心要以三寸不烂之舌,用最美好的词藻、最动人的语言、最能说服人的理由来打动刘家兄妹。

其实,事情并没有我所想象得那么复杂。她二哥是个通情达理之人。他也希望妹妹能进一个比较正规一点的剧团。如果那样,他也就放心了:一来可以锻炼艺术,二来安全可靠。在乡下唱"板凳戏",不时会遇到一些地痞流氓和心术不正的人来骚扰、纠缠,他常为妹妹提心吊胆,总是跟在后面充当"护花使者"。我今天上门来请,正合他的心意,于是满口答应。

夜深了,二哥很快进入了梦乡。我一点儿睡意也没有,总想和她多待一会儿讲讲话。她也明白我的用心,于是我们相对而坐。灯光下我仔细端详,觉得她越发清纯可人,一双眼睛充满了灵气。

我开始大谈我的创业经过:从办团之初说起,谈到庐剧皇后丁玉兰的大力帮助,见到省委书记万里的激动心情,闯全国"文代会"的冒险经历,谈率团进大别山演出的成功,谈唱对台戏的妙趣,夸炉桥剧团的实力,描述未来发展前景。我夸夸其谈,她听得入迷。我之所以如此用心良苦,无非是想增强剧团对她的吸引力,炫耀一下自己的本事。我们越谈越开心,越讲越投机,趁她高兴之时,我想打听一下她的身世,便话锋一转,轻声问道:"恕我直言,问你一件事可以吗?"

"问吧。我也是有问必答。"

"你到我们团男朋友同意吗?"突然,她怔了一下,沉默良久,继而两行泪水滚滚而下。我知道自己干了一件蠢事,问了不该问的话题。一时间,我不知所措,也不知用什么话来安慰她,只是一个劲儿地说:"对不起,我不是故意的。"她摇了摇头,表示没有责怪我的意思,然后喃喃地念了两句戏词:莫看人前露笑脸,转身已是泪满襟……

她名叫刘焕芬,兄妹六人,两男四女。女儿中她排行老三,父母兄嫂及全村人都习惯称她"三妹",加上她最拿手的戏是《王三姐》,人以戏出名,戏迷们有人称她"三姐",也有人喊她"三妹"。

不知数学家们可曾研究过,戏剧人物中凡带"三"字的,总含有悲剧的成分。《王三姐守寒窑》《李三娘挨磨》《苏三起解》《三娘教子》《杨三姐告状》《陈三两趴堂》《三女抢牌》等,剧中女主人公,无一不是悲剧人物。是编剧们刻意对"三"的忌讳?还是天意难违?想不到现实生活中的"三妹"也是个悲剧人物,难逃厄运。

三妹与她表兄郭某自幼一起长大,亲情间免不了常来常往,但随着年龄增长,双方把"亲情"渐渐变成了"恋情"。郭某为人忠厚老实,人也长得帅气。三妹深深地爱上了表兄,表兄对三妹也是一往情深。假如在旧社会,人们不懂近亲结婚的危害,也许他俩就能缔结百年之好。而今,随着科学的进步、人们认识的提高,担任大队干部的父亲懂得,近亲结婚对下一代不利,况且国家也明令禁止。因此,父亲对这门亲事坚决反对。

父亲的干涉,全家人的劝说,都无法动摇她的决心。深深陷进感情漩涡中的三妹坚定地对家人说:"此生非他不嫁,如想拆开我们,除非一死!"家人并没有把她的话放在心里,认为这仅仅是说说而已。哪知三妹天生倔强,眼看不能与心上人结为夫妻,万念俱灰,决心以死殉情。她心一横,跑到门口,纵身投井。全家人围着井台大呼救人!二哥亲自下井,在众乡亲的帮助下将她打捞上来,当即送到县城医院抢救。由于水深井窄,她被撞成脑震荡,一连数日昏迷不醒。经过医院全力抢救,虽然捡回一条命,脑袋上却留下了一个大包,落下了经常头痛的后遗症。

一连住了两个多月才走出医院,回家后她仍是痴情不改。

父亲为了断绝她的念头,急忙托人说亲。在媒人的撮合下,三妹被逼前去"相亲"。没想到父亲这一举动将她推进了火坑。

肥东县 A 村,有一个名叫萧得枝的人,手下有一帮小混混,都称他"萧大"。提起"萧大"可用八个字来形容:吃、喝、嫖、赌、偷、扒、抢、拿,是个无恶不作的地痞流氓。他巧言令色,善于伪装,在刘家人面前表现得十分老实,尽力讨人欢心。三妹的父亲也不征求女儿的意见,当场就答应了这门婚事,于是将"相亲"转为"定亲"。按农村的风俗,定亲就是订婚,意味着婚事已然确定。在媒人的带领下,三妹一家到男方家"相门头"(看看男方家境)。萧家人不仅盛情接待了这位未来的儿媳妇,还伙同媒人软磨硬劝,强迫三妹留宿萧家。

夜深人静,三妹独自面对孤灯,不觉悲从中来,潸然泪下。多年来同表兄建立的缠绵之情,她怎么也割舍不了;她暗下决心,绝不背叛表兄,一定要寻找机会,同心上人一起远走高飞!

想着想着,一个可怕的面孔在她眼前晃动,总也摆脱不了"萧大"那饿狼一般贪馋的目光。她不禁有些害怕,万一他……不过静心一想,这也很正常,大约男人见了女人,眼里都会起火;男女之间也不必如此戒备,我和表兄相处好多年,他连我的手都没摸过。别把人想得那么坏!于是,她一口气吹灭灯,将被子蒙住头和着衣服钻进被窝。

朦胧中忽然觉得有人重重地压在她身上,喷着酒气的嘴疯狂亲吻她,憋得她喘不过气来。随即,他又开始动手解她的衣裳,粗大的指头捉不住纽扣,就扯着衣襟往上掀,外衣内衣一起卷,像饿狼掏心,衣服终于让他扒开了;接着,他一只手使劲搂住她,另一只手撕去她的内裤……她奋力挣扎,可是无济于事。事情发展到这一步,三妹知道一切抗争都是徒劳的。

她苦苦哀求着:"求求你了,千万别这样,你不能这样啊……"

"早晚你是我的人了,小宝贝听话……"说着他用双手抱住她的臀部,她感到一阵撕裂般的剧痛……

兽行发泄后,"萧大"十分得意:"想不到还是个处女哩!"说罢,带着满足的神情呼呼睡去。

这一夜,三妹一直哭到天亮。

她信天,更认命,既然天意难违,也只有……

男方急着想娶,女家也怕节外生枝,两家人很快将嫁娶事宜筹备停当,并选定了"黄道吉日"。

迎亲那天,三妹在兄嫂们的摆布下早早穿戴整齐,打扮成新娘,等候萧家花车来接。上午等到中午,中午等到下午,直到天黑才见到萧家来人。可怜的三妹,盼来的不是花车迎娶、爆竹欢送,而是令人震惊的凶信:"萧大"被县公安局押上警车,带走了。

新郎变囚犯,花车变警车,喜事变悲剧,新娘还原装。

三妹面无表情,不言不语,不吃不喝。一连三天,全家人陪着她不敢离开,生怕再出意外。

不久,"萧大"被法院以流氓罪、拦路抢劫罪判刑七年。

临服刑时,他放出狂言:"三妹必须等我七年,假如另谈对象,我刑满出狱后杀她全家!"

时间一晃三年,三年中刘家出了许多不幸的事情,父亲、大哥相继病故。家道败落,三妹更加不幸,在"萧大"的淫威恐吓下,她不敢轻易谈对象交朋友,只有孤苦伶仃,待在娘家。为了使她摆脱苦恼、寂寞,家人请了一位退休老艺人,教她演戏。她天资聪明,一学就会,而且嗓子好,扮相靓。她想以唱戏解脱烦恼,然而"借酒浇愁愁更愁",一切努力都归徒劳,怎么也无法冲淡她心中的忧伤。

她的遭遇简直是一出悲剧!猛地,她放声恸哭,哭得那么伤心、那么痛快!我没有劝她,更不愿惊动她,让她尽情地发泄。眼泪是感情的宣泄,它在悲伤或欢乐的时候都不会是多余的。她需要泪水来冲开她禁锢的心扉!

眼前这位刚满二十岁的姑娘,竟有一段如此惨痛的经历!我的心剧烈地颤抖,拘谨、惶惑,顿时消失殆尽,回荡在心头的只有同情。以她的歌喉及身材,要是早几年进戏校,学了文化知识,她绝不会选择愚昧畸形的爱恋。假如经过专业艺术的培训和深造,她一也许会在聚光灯下,以细腻的表演、委婉的唱腔,施展自己的才华。在绚烂多姿的舞台上,她一定会被淹没在掌声和鲜花之中；涌入她心头的必定是甜美、多彩而又灿烂的生活历程，绝不会是这般可怜而痛苦的回忆。

这只是也许和假设，我的心像石头一样沉重。

对她，我的心底涌现的只有惋惜和同情。真想不到又是一位"红颜薄命"！她的命运还不如戏中的"王三姐"，因为王三姐找了一个好丈夫。而三妹用七年的青春等来的却是一个魔鬼！

一曲沉重、苦涩的人生悲歌，一出真正意义上的悲剧慢慢地拉开了序幕！在悲苦的命运面前，她显得是那样的无助和无奈。

悲剧，远没有结束……

78　清水河畔

> 从领袖到百姓，从富商到贫民，没有谁的人生是完美的。而真正尽善尽美的人生，只能在人世之外的彼岸，虚无缥缈。

离剧团住地不远，有一条清水河，当地人称它"小桥湾"。桥上，铺着钢轨，是连接京、沪的淮南线，每天客、货列车日夜奔驰，川流不息；桥下，轻轻细流，清澈见底，缓缓流淌，经过窑河，然后再汇入淮河。

正值隆冬，河面上成群结对的野鸭在水中嬉戏，岸边挂着晨霜的垂柳，银装素裹，随风摇摆，扯起风帆的小船装着农药、化肥缓缓行驶。河水是那样净，自然景色又是那样美：数九寒天，水面非但没有结冰，还冒着热气，像盖上了一层白雾，为这条古老的河流蒙上了神奇的色彩。

三妹每天清晨都来这里练功。她说这里空气新鲜，环境幽雅，既无人打搅，又可欣赏美景。对着水面练声，回音清晰，可自我调整；我拉她唱，非常投入，暂时忘记了一切烦恼。这是她一天最开心的时刻。

多愁善感的她，情绪非常不稳，时好时坏，总是摆脱不了压在心头的阴影。练功结束后，我们总会坐下来聊几句，从演戏谈到人生，从个人谈到家庭，我更多的是设法安慰她、开导她。

我句句肺腑,言之肯切,渐渐使她敞开心扉,道出了蕴藏在心底的难言苦衷。她依旧深爱着她的表兄,爱得是那样深、那样真,夸他人好、心好、忠厚老实,并不无遗憾地说:"相处那么多年,他连手指都没碰过我。真的,他太老实了……"看得出,她对爱情的追求是强烈的、执着的。

上帝啊!假如不安排他们成为表兄妹,也绝不会造成现代的"宝、黛"悲剧!看来,爱情也是残酷的,有"情"无"缘"的人很难牵手。

清水河畔,留下一串串长长的脚印和久久无法抹去的叹息。

我同三妹从相处到相知,有了更深的了解,在潺潺流水的见证下结为"红颜知己"。

三妹的到来,使炉桥庐剧团增添了新的活力,加强了演员阵容,我个人的生活也有了很大的变化。她很会体贴人,见我不分白天黑夜地忙忙碌碌,便主动照顾我的饮食起居,帮助洗衣洗被、沏茶送水。写剧本时,她伴我到深夜,然后煮好一碗热腾腾的面条端到我的面前。

新的剧本,我正在赶写。趁此空隙,剧团把参加地区汇演的获奖剧目《双锁柜》重新复排。该剧是一部具有辛辣讽刺意味的情节喜剧。贾克瑶在原作的基础上,大胆创新,进行改编,运用了诸多喜剧艺术手法,使整个戏轻松中透着紧迫,诙谐中透着严肃,丑与美、善与恶对比烘托,使喜剧冲突跌宕起伏,喜剧情节环环相扣,使观众在笑声中分辨真善美、假恶丑,寓教于乐,美不胜收。剧中,春姑是一位很有正义感的少女,在她的巧妙安排下,将一对新人阴差阳错锁进柜中,最后成就好事。三妹扮演春姑。她的确很有灵气,台词很快背熟,新改的唱腔一学就会;她的表演细腻含蓄,自然得体,把剧中人物天真烂漫、淳朴善良的性格表现得真实可信。

这天,《双锁柜》做最后一次彩排,如通过审查达到预期效果,此戏就算成功,马上排新的剧目。彩排要求是非常严格的,虽是内部观摩,必须同正式演出一样。

三妹首次亮相,演员们也都带着好奇心,坐在一旁认真观看,评判着这位新来演员的功底如何。她像学生考试一样认真,为交一份满意的答卷,表演十分投入,拿出了看家本领。演到"锁柜"一场,戏进入高潮。春

姑走进嫂子洞房看嫁妆,打开衣柜时,发现里面藏着一位男子,由惊吓变恼怒,当了解真相后,又由同情变相助。她满怀正义地唱道:

狼怕火,鬼怕明,
春姑爱打抱不平!
莫看我是闺中女,
敢同邪恶拼输赢;
后门放走双飞燕,
前厅再去把理评!

　　她的唱腔铿锵有力,一气呵成,唱完后一个亮相,掌声四起,演员们赞扬声一片。这掌声包含着对她表演的敬佩和认可。看得出她很自豪,脸上露出了满意的笑容。
　　彩排在有条不紊地继续进行着:新娘余秀英与未婚夫王金柱双双拜谢过春姑的救助之恩,正欲逃走,春姑的哥哥——新郎姜百万醉醺醺地闯入洞房……剧情进入了高潮。恰在此时,一个小混混急冲冲闯进排练场,我忙上前阻拦。
　　"你找谁?"
　　"找三妹。"
　　"有事吗?"
　　"萧大要我来转告,不准她唱戏,赶快回家!"
　　说着他走到三妹面前:"告诉你,别再往萧大脸上抹黑!赶快回家,有什么难处哥儿们会帮助你解决的!"说罢,将信丢在地上,扬长而去。
　　彩排就此中断。
　　全体演员一脸茫然。
　　我和程站长面面相觑,一时不知所措。
　　三妹弯腰将信捡起,一双颤巍巍的手撕开信封,看罢,将信一抛,哭着冲出门外。

这突如其来的事件,使三妹在众人面前丢尽了面子。她趴在床上,痛哭了一下午。大家都来相劝,她总是泪流不语,最后才伤心欲绝地说道:"这是一个女人无法忍受的痛苦,无法摆脱的压在心头的阴影。"对于感情丰富、感性极强的三妹来说,把爱视作生命,是她活着的理由,甚至是唯一的理由。当爱情并不能给她带来幸福与欢乐的时候,如此痴情的她,往往难以自拔。在异常的状态中,她愈陷愈深,稍微再受一点刺激,就会把自己推向精神与肉体死亡的深渊。

　　可怕的事情还是发生了。

　　天黑前,她突然不见了。全团演员四下寻找,终不见人影,我更是心急如焚。二哥曾再三嘱咐:"我把三妹交给你了,她年轻不懂事,又受过刺激,你一定要多多关照……"如今,不知她的去向,万一出了什么意外,如何向她家里人交待?我越想越害怕,越害怕越着急,浑身直冒冷汗。这时,有人提醒:"团长,你别急,冷静想想,她平时爱到什么地方去?"我突然想到了小桥湾,她一定在那里。

　　夕阳西下,余晖消尽。冬天的夜晚寒风凛冽,月光忽明忽暗。这条美丽的清水河,到了夜晚却变成另一副面孔,河岸显得阴森可怕,美丽的景色全被黑夜吞噬,消失得踪影全无。

　　传说这条小河经常发生命案。过去,土匪常在这里出没,他们杀人越货,抛尸河中;"文革"中武斗,有三人惨死在桥下;还有吵嘴怄气的小媳妇,一时想不开,也来这里投水自尽……听了这些,仿佛这里的一切都变了样:潺潺流水变得阴森可怕,树影婆娑成了鬼影幢幢,猫头鹰的叫声像是鬼哭狼嚎……

　　这地方正是:清晨妩媚,傍晚悲凉,夜间阴森!

　　我担心她一时想不开,干出蠢事来,于是加快脚步,顺着河沿向前奔跑,恨不得早点见到她。跑着跑着,远远地看见了三妹,我不敢惊动她,因为任何鲁莽都会造成不可预测的后果。萧大的信,使她深受刺激,生活的无情,使她失去了爱的选择,面对着无爱的婚姻却无可奈何。悲惨的命运使她成为一只任人宰割的羔羊。我轻轻地走到她身边,说了声:"三妹,回去吧!"她既不转身,也不答话,那张毫无表情的脸望着流淌的河水,似乎在思考着什么。我清楚她此时的所思所想:那既不是软弱,也不是放弃,而是抗争,同某种压迫她的、想要窒息她的力量进行抗争!可惜,她选择了错误的方式。

她悲哀地说道:"真的不敢想象今后的人生道路该怎样走?"

一个感情丰富、心灵纯洁的人,该如何面对厄运,更多的时候连他自己都不清楚。

"一个人与其这样痛苦地活着,不如早早地了结自己。"她自言自语似的冒出这句绝望的话。我劝道:"凡事要想开些。"她悲哀地说:"什么苦,什么罪,我都能忍、都能受,可我就是受不得他对我的羞辱!"惶恐、愤怒、绝望轮流出现在她的脸上,像闪电掠过夜空一样。一个人一旦陷于绝望,就无所顾忌,甚至用双手撕碎自己受伤的心也在所不惜。毋须讳言,她想自杀!

此刻的她,需要冷静,任何劝说都是无济于事的,我默默地坐在一旁。

月光透过残云照在水面上,夜是那样的宁静。只听见哗哗的河水在不停地絮语,如泣如诉,无限惆怅,无限凄凉……

"你对黄梅戏大师严凤英的自杀有什么看法?"她冷不丁地冒出这句话。

"蝼蚁尚且贪生,可惜,她选择了自杀。"

"假如生活把人逼上绝路,死也是一种解脱。"

"她的死是那个年代所逼,你与她不同。"

"我们有相似之处。"

"这哪跟哪,能挨得上吗?"

"我说的不是'文革'年代,严凤英像我这个年龄就死过一次。"

"你才多大岁数,怎知她的过去?"

"看过介绍她的文章。"

"文章说了些什么?"

"解放前夕的一个秋天,国民党自卫队一位大队长看上了她,借认干女儿为名,动用武力将严凤英掳回乡下家中,强迫她做自己的姨太太。面对捆绑婚姻,严凤英选择了死——悬梁自尽!幸被发现,及时抢救,才免于一死。这位大队长不敢再逼,便悻悻地把严凤英叫到面前,用手枪顶在她的眉心,吼道:老子开恩放你,要记住,一不准你再唱戏,二不准你嫁人!两条犯了一条,老子枪毙你!'我就想学习她这种以死来抗争的精神。"

"偏激!愚昧!无知!狭隘!钻牛角尖!"我气得像连珠炮一样地责怪道,"那是什么年代?你同她不一样!""一样!"她毫不让步地说,"萧大不也这样命令我,不准我谈男朋友,否则杀我全家吗?现在又不准我唱戏,不然他回来找我算账。你说,我还有路走吗?"说着说着,她由无声落泪变为低声抽泣,继而放声大哭。看得出,她陷入了无尽的痛苦和绝望之中。

好言一席三冬暖,恶语半句炎夏寒。人心都是肉长的,最宽厚也最脆弱。绝不能用生硬的语言去刺激她,我要用诚挚的心去感化她,用朴素、知心、温暖的语言去安慰她,体谅她的难处与处境。见她情绪渐渐稳定下来,我这才开口劝道:"三妹,你听我说句推心置腹的话,从领袖到百姓,没有谁的人生是完美的。而真正尽善尽美的人生,只能在人世之外的彼岸,虚无缥缈。即使你活得再不如意,也不能想到死。死是一种罪过!不管是什么时候,都要记住,你的生命不是属于你一个人的,而是属于所有爱你的人。"我的话,并没有冲散她胸中的愁云,化解她心头的郁闷,她依旧眉头紧锁。我继续劝道:"尽管命运不公,让你遭受许多磨难,但还有更美好的东西值得你去珍惜,那便是青春。青春就是心灵的朝气。只要充满信心、希望和勇气,你定会成为一位出色的演员。事业上的成功,会冲淡一切的烦恼和忧愁。"她叹息道:"除了青春,我一无所有。""那就把青春好好利用起来,前辈老艺人常说的一句话:要想人前显贵,必先背后受罪。只要你能长期坚持苦练,总有一天,你什么都会有的。"沉默许久,她似乎有所触动,抬起头来望了望我说:"现在我的头脑一片空白,眼前一片茫然,活着,痛苦;死了,对不起亲人;回家,舍不得丢弃酷爱的戏曲艺术;留下,又怕以后他再找麻烦。你说该怎么办?"

"最好的办法：保持沉默，别去理他。"

"我同他是经过媒人介绍，定过亲的呀！"

"没有到政府机关登记结婚，都是非法的！"

"非法的？"

"非法婚姻，不受法律保护。"

"他说以后刑满出来要找我麻烦。"

"那是威胁！要记住，任何时候，都是邪不压正。再说，还有国法，怕他怎的？"

"他会不会对我家人下毒手？"

"如果真是这样，他必然会受到法律的严惩。我想，他也不敢，无非是讲讲大话吓唬人。"

"就为这，我成天担惊受怕，日夜不宁呀。"

"你别怕，办法总会有的，他还有三年多的刑期，到时，我会竭尽全力帮助你的。"

"唉！想起过去的事，真如一场噩梦！"

"过去的已经过去了。往事不可复制，生活不能再造。曾有的幸福也好，已逝的苦难也罢，没有必要再去沉溺其中，给自己平添一些无谓的伤感。你要好好地活下去，善待人生。"

我的话很清晰地送进她的耳朵，注入她的心田。

"你说得很对，今后我再也不干蠢事了。遇到想不开的事，第一个先来找你。"她抬起头，用一双信任的目光看着我。

"这就对了。"

"你很善解人意。"

"我送你两句话：从困苦和孤独逆境中走向成功的人，才是真正的强者！害怕痛苦，逃避痛苦或者以死来解脱，是懦弱的表现！"

"说得对，我一定坚强地活下去！"

"你是一位很有发展前途的好演员，下一部戏我还准备让你主演。一定要放弃一切烦恼，认真排练，争取在省城的大舞台上亮亮相，说不定你还可以一炮走红呢!"我的话像一曲美妙的音乐在她耳边回响,给她带来一种异样的感觉。她羞涩地一笑:"你不仅会写剧本,还会想着法儿编词逗人开心呢!""我讲的并不是奉承你的好听话,你各方面条件都不错,人又聪明、乖巧,相信你一定会获得成功!"

有位作家说过,美好的言语能激励人,诚挚的言语能鼓舞人。这话一点儿不假,她笑了,那是发自心底的笑。

"走吧,咱们回去。"她拉着我的手说道。

天上起了云,像鲤鱼背上的鳞。月亮在云彩缝里跑着、跳着,一会儿阴一会儿晴。不多久,那些鱼鳞片便飘得无影无踪。

皓月当空,一望无垠。我们顺着田间小道往回走去。一阵冷风吹来,她赶忙靠在我身上,双手紧紧搂着我的一只胳膊,嘴贴在我的耳边说道:"饿了吧?到家我煮面条给你吃。"

"你看,我的时间又被你耽误了。"我佯装生气道。

"不就是写剧本么,回去我还陪伴你。"

79 爱的选择

她抓起我的手,轻轻地贴到她的胸口,而且贴了好久。我意识到,一个即将改变我们昔日关系的决定性的时刻来到了。

剧团像工厂一样,剧目就是产品,是产品就存在竞争,优胜劣汰。生产剧目靠的是剧本。剧本,剧本,一剧之本。一台好戏不仅可以久演不衰,甚至能救活一个剧团。差的剧本,演不了几场便会夭折,劳民伤财,得不偿失。作为民办剧团,选择剧本更为重要!我打算自己编写剧本。

动笔之前,我反复考虑,既要注重演出效果,还要考虑演员个人条件以及剧团的阵容。考虑的结果,只好因人而异,"量体裁衣",以人写戏。但是这样做既束缚作者的手脚又违背创作的规律,对我来讲,难度就更大了。

选什么题材？写什么样的戏？我是颇费一番脑筋的。经过反反复复的思想斗争，最后做出一个大胆决定，冒险闯禁区——改编禁演剧目《薛凤英上吊》。

这是一出精华与糟粕共存，糟粕多于精华的旧戏：继母马氏为了独霸家产，虐待残害前妻女儿，逼迫她上吊自杀。薛凤英死后游地府，将马氏下油锅……其中的凶杀、恐怖场面阴森可怕，触目惊心！演出过程中许多妇女和孩子都被吓哭了，全剧充斥着大量封建迷信的东西。解放后，这部戏与《杀子报》《大劈棺》等剧目一同被封杀禁演。

越是禁演的戏，老百姓越爱看。《薛凤英上吊》有着广泛的群众基础，人们称它为"拔台戏"。所谓"拔台戏"，就是该剧演出后，没有戏能压得住，必须转场走人。我想，这个剧本如果改编成功，不仅能提高票房价值、创造经济效益，说不定还会出现奇迹！

正在反"精神污染"之际改编禁演戏，无疑是捅马蜂窝。不过，三妹非常支持我，她说："戏的好坏是靠人编的，把那些有毒的、吓人的、封建迷信的东西去掉，我就不相信会有人来找麻烦。"她的话增添了我的信心：虽然存在着一定的风险性，但风险中蕴藏着机遇。我这人一生从不安分，总喜欢冒险。我相信自己有能力改好这出戏！

针对该剧结构松散、情节拖沓、唱词繁复等缺点，我突破传统，大胆删节，取其精华，去其糟粕，着重对封建传统——"男尊女卑""重男轻女"思想进行揭露和批判。我增添了"薛姑说亲"一场戏：为了使薛家不绝香火，她自作主张一手包办，为哥哥薛文生娶来泼妇马氏；本指望生个男儿传宗接代，谁知弄巧成拙，事与愿违，非但未得贵子，连娘家唯一的女儿薛凤英也被马氏残害致死。

这样一改，不仅剧情紧凑，而且赋予了新的思想和立意。全剧展示了一幅沉重的人生画卷，演绎了一曲震撼人心的人生悲歌！

为了避嫌，不被人抓小辫子，经过认真考虑后，我将戏名改为《孤女血泪》；怕观众不了解，又在剧名下加了个副标题——根据古装传统悲剧《薛凤英上吊》改编。

人保戏,戏保人,三妹演薛凤英,是最合适的人选。改写剧本的同时,我便考虑到角色的分配,这就使我在编写剧本过程中融入了为演员写戏的思想动机和个人感情。对薛凤英这个人物形象,我也进行了重新塑造,一改她软弱无能、成天悲悲切切、跪在马氏面前求饶的可怜性格,树立了一个敢同封建邪恶势力抗争的少女形象;虽然仍旧保留悲剧结局,但不同的是,更能激发观众对剧中人物悲惨遭遇的同情和认可。我之所以对该戏做出大的改动,既是剧情的需要,也是想让三妹从中受到启发,希望她通过剧中人物的反抗精神得到教育,做个强者,从而增加她生活的勇气。在改编后的剧本中,薛凤英面对继母丢下钢刀绳索、逼她自尽时,有这样一段唱词:……

　　钢刀哇!锋利不杀无辜女,
　　绳索哇!结扣不绞清白人。
　　人生有谁不贪生?
　　人生谁不恋红尘?
　　人世间美好光阴未过够呀——
　　怎甘心早赴黄泉入鬼门。
　　我不死,我要活;
　　我不服,要抗争!
　　纵然我受尽人间千般苦,
　　也不愿荒野岗上筑新坟!

　　灯光下,我奋笔疾书,三妹依旧相伴。我写后面的,她看前面的;看到动情处,她流着泪水说:"难为你如此用心良苦,看得出,戏中许多地方是为我写的。你不仅很有才华,而且还有一颗善良的心。"说着她又泣不成声。见她落泪,我赶忙岔开话题:"你觉得我写的剧本怎么样?提点宝贵意见吧,可不许说假话啊!"

　　"唱词写得很美,读起来很押韵。"

"还有呢?"

"情节曲折,催人泪下。"

"还有呢?"

"这出戏定能获得成功!"

"那也得靠你的表演来完成。"

"你看我行吗?"

"行!你是一位很出色的演员。"

"你也是一位了不起的编剧。"

"希望你能成为一位表演艺术家。"

"我也希望你成为一位剧作家。"

"我们都成为'家'了,纯粹是自吹自擂。"

"不,应该说是互相吹捧。"

说罢,我们都笑起来。一见她乐了,我继续埋头写剧本。

还剩最后一场戏了,今夜必须完稿。她知道时间宝贵,也不敢分散我的精力,自个儿坐在床上看剧本。

马蹄钟在嘀嗒声中不停地走着,笔带着嚓嚓声在稿纸上飞舞着。夜,是那么的静,偶尔听见列车驶过时的鸣笛声。

功夫不负有心人,经过无数个夜晚的辛苦努力,终于掩卷搁笔。当我写上"剧终"二字时,长长地嘘了一口气,心中感到无限欣慰:我完成任务啦!我站起来搓搓手伸伸背,抬头一看,已是凌晨三点。这时我才感到疲劳困倦,正准备躺下睡觉,却发现三妹倒在床上,双手捧着剧本,甜甜地进入了梦乡。那均匀的呼吸声,像美妙的音乐,是如此悦耳、如此动听。我没敢惊动她,静静地坐在一旁,听着她的呼吸声一享耳福,看着她的睡姿一饱眼福。这是体内的一种化学反应?还是自作多情?不管怎样,我心里知道自己确实喜欢眼前这位"三妹"了。看着、听着,不禁心猿意马,有些魂不守舍,心中似烈火燃烧般难熬,真想把她搂在怀里,一起倒在床上。

我几乎控制不住自己,站起来又坐下,坐下又站起来,望着她那随着呼吸一起一伏令人心摇神荡的酥胸,心醉了,神迷了,头晕了,心儿都快要跳出来了！我不顾一切地走到床边，伸出颤抖的双手，慢慢地俯下身子……

一股冷风从残缺的玻璃窗吹进来，刮得贴在窗户上的旧报纸啪啪作响。那响声就像有人在敲门，惊得我抬头一看，只见窗外一轮圆月刚刚冲出浮云，月亮里还带有一缕缕的阴影，好像三妹那张多愁善感的脸，我顿觉心中的火焰遭到了雨淋，感到自己十分龌龊，便轻轻地为她盖上棉被，转身冲出门外，向小桥湾奔去……

河水很静，水面上那轮明月，好像还在盯着我，鄙视我。我气得抓起一块石子狠狠地向河心砸去，溅起了层层浪花。凉凉的水气，夹杂着水草的芳香迎面扑来，让人顿觉头脑清爽许多。想想刚才的举动，我懊悔不已。人世间最可恶的事，莫过于一厢情愿燃烧顽愚之火。

爱情是心灵与心灵碰撞的火花，可遇而不可求。每一个人都想得到它、拥有它，但是，不是谁想得到就得到，想拥有就拥有的。对自己瞬间产生的非分之念，我感到自愧！我同她不过是沦落天涯的两个孤苦男人和女人，拉近两人之间关系的充其量是同病相怜、相互安慰、相互鼓励的一般友情。得不到的就不要去奢望，何必自寻烦恼呢？

天渐渐地亮了，早晨来临。

草上结了一层晶莹的霜，初升的太阳射出第一道光芒，照亮了这睡梦中的世界。东方的薄云血染的一样，闪烁着霞光的红日从树林上空冉冉升起。

我走下堤岸，来到河边，掬一捧水洗了洗脸。寒气熄灭了我心中的欲火，河水净化了我的灵魂。我踏着晨霜，迎着朝阳，匆匆往回走去。我心想，她该起床了，或者已经回到她自己宿舍去了。

当我跨进大院时，发现练功的演员们三三两两地正在交头接耳谈论什么，并用一种异样的目光望着我。买菜归来的炊事员老郑笑嘻嘻地对我说："团长，恭喜，恭喜你呀！什么时候请大家喝喜酒？"我一听，丈二和尚摸不着头脑，感到莫名其妙："郑师傅，这话从何说起呀？我不明白。"老郑哈哈大笑："团长，你真会装佯，非得让我把话挑明？"

"你说吧。"

"一没放鞭炮,二没请客,你俩就挪到一块住了。"

"胡说什么呀!"

"那可不行,最起码也要买几斤喜糖,摆两桌酒席。"我这才明白,他是误会了,连忙解释道:"郑师傅,你不能瞎猜乱说呀,昨晚我独自在河边坐了一夜,这不,才回来。"

"鬼才信哩!团长,这是件好事呀,何必要隐瞒呢?"

我还想争辩几句,他一转身带着笑声走了。望着他的背影,我感到既可笑又无奈,心中突然一惊,预感要出大事。这风言风语万一传到三妹耳朵里,说不定她又要寻死觅活地大闹一场。

我提心吊胆匆匆来到自己那间小屋,只见三妹十分平静地在为我洗衣服,好像什么也没发生。我心中猜想,她肯定还没听到谣言。

"你跑到哪里去了,一夜不归?"

"我在河边散步。"

"你坐下,我同你说件事。"

"你千万别生气,人家都是开玩笑的。"我知道瞒不住了。

"开玩笑?他们一大早就来找我要喜糖吃。"

"这还了得?你说是谁带的头?我找他去。"

"全团演员都来贺喜了,你去找谁?"

"我就召集开会,向大家解释。"

"这种事能说得清吗?越解释越讲不清楚。"

"早知这样,我应该将你叫醒。"

"别自责了,我有话问你。"

面对这一突发事件,我没有任何思想准备,早已乱了方寸。那年月的青年男女可不像现在的恋人这般"胆大妄为",即便是夫妻,也不敢在公开场合手拉手。眼前,有些人居然敢捕风捉影,说我俩"同居",这种玩笑开不得,弄不好要出人命的!

"你怕萧大吗?"

我惊诧。

"你怕萧大吗?"她又问了一句。

"我为什么会怕他?什么意思?"

"不怕他今后来找麻烦?"

"就为刚才发生的事?这不过是谣传,大伙儿开开玩笑而已。"我装得很平静,尽量想把大事化小,小事化了。

"假如变成现实呢?"

"我不明白你的意思。"

"我说的是假设。"

"我会竭尽全力保护你。"

"怎么保护?"她句句紧逼。

"首先我倾其所有,用钱摆平。"

"他生性贪婪,你无法满足他的欲望!"

"那就诉诸法律。"

"如果你不怕连累,我——"

"三妹别说了,这是不可能的事。"

"你不愿意?还是不相信这是真的?"

"对我来说像是在做梦。"

"你喜欢我吗?"

"喜欢!自从第一次见面,就非常喜欢你,但我从未想过要得到你。"

"为什么?"

"我们不太合适,有许多障碍,悬殊太大。"

"现在,我要你回答,爱不爱我?"

"你在开玩笑?"

"不!当真的。"

"假如不是开玩笑,我先问你一句,为什么会选择我?"

她没有及时回答,低着头半晌才喃喃地说道:"细细想来,今生今世除了表兄,再也没有能让我动心的男人。我对他'情有独钟'痴情难改,满腔爱恋深藏于心,始终难以放下。"说到这里她用眼扫了我一下,然后继续说道,"既然今生无缘嫁给我所爱的人,那就嫁给一个关爱我的人吧。"

她的话说得如此直白、如此真诚,听后又总让人心里酸酸的。

"这就是选择我的理由?"

"我们都热爱戏剧艺术,志同道合,有共同语言。"

是的,在文艺界因志趣相投而结为夫妇的不在少数。

当爱情这位不速之客携带幸福与欢乐来晋见我的时候,确实给了我一份意想不到的惊喜!情感袭来,爱的冲撞,令人猝不及防。一句"我爱你"出口,一道帷幕被拉开,恰似打开一扇尘封已久的大门。我虽然看到了门槛那一边的幸福,还是徘徊不前。这可能是因为我所看到的那份美,弄花了我的眼睛。她抓起我的手,轻轻地贴到她的胸口,而且贴了好久。她那颗让人爱怜的心,仿佛握在我的手掌中似的,剧烈地跳动着。我俩都在瑟瑟发抖。我意识到,一个即将改变我们昔日关系的决定性的时刻来到了。

80　对天盟誓

面对全家人苦苦哀求的泪眼,三妹开始犹豫了:她不为自己考虑,也得为全家人的安全着想,处在两难之间,何去何从,她举棋不定。

共同的理想,共同的志趣,共同的不幸,让我和三妹牵起手来。

我编写剧本,她担纲主演;我一心忙于事业,她对我体贴入微;虽称不上珠联璧合,也算是很好的搭档。

爱情能够战胜一切,爱情也会改变一切,既改变了她又改变了我,同时也改变了剧团。

经过全团演员两个多月的艰苦奋战,终于将新版《薛凤英上吊》——《孤女血泪》上下集两本戏排练成功。加上原有的《双锁柜》和一台《现代戏专场》,总共有四台能打幻灯字幕的剧本戏。

为了能取得更好的演出效果,我不惜倾其所有,添置了全新的服装道具。在舞美上,我也颇下工夫,亲自去上海购买两组投影灯、效果灯、追光灯等设备,绘制了软景、硬景,力争将所演剧目达到完美的境界。

随即,我又有了一个大胆的设想:到省城去演出。到省城演出既有冒险性也具有挑战性,一旦成功,名利双收;倘若失败,也无大碍,我们可转入县城剧院活动。确定好目标后,我问自己,先从哪里下手?目前最重要的是什么?再按照轻重缓急、先后顺序,统筹安排。于是,我带着相关手续和有关资料,登上了去合肥的列车。

那时正处在计划经济时代,演出市场也不例外。每年一届的"华东地区演出工作会议"及本省演出计划会议,都是面向专业团体。作为民营剧团,没有资格参加这种"高规格"会议,更谈不上享受优惠政策,只能按"计划外"看待。计划外,除了加收管理费,演出场地也得不到保障,因为要在确保专业剧团正常演出的前提下,若有空闲剧场才能安排,否则双手一摆,将你推出门外。

我手拿介绍信,走进合肥市演出办公室。魏守江主任和老侯热情地接待了我。

他俩原先都在剧团工作过,知道艺人在外的甘苦,不摆架子,不打官腔。听我说明来意后,十分为难地说:"全年演出计划排得满满的,一般县级专业剧团都不好安排,何况你们还是区属民间剧团。合肥是省会,不仅对剧目把关很严,演出质量要求也高。我们确有难处,不好安排,请你谅解。"侯主任话说得客气婉转,我只好悻悻作别。

真是,来时兴高采烈,走时心灰意冷。我没精打采地坐在淮河路边的花坛上,先前的自信一扫而光,一股莫名的自卑感油然而生。我心想,同样都是唱戏的,为什么会有内外之别、贵贱之分?难怪像有些民间艺人戏称自己是"小老婆"生的那样,不被人瞧得起!哀叹世态之炎凉,愤恨社会之偏见!想着想着,总觉得有些窝囊。孤儿出身的我,身上有种永不服输的倔脾气,哪怕只有一线希望,也要百分之百地努力去争取!戴尔·卡耐基说过:"如果在自己非常想做的事情上未能成功,不要立即放弃并接受失败。试试别的方法,你的弓不会只有一根弦的,只要你愿意去找到那根弦。"

这时,丁玉兰老师的形象又在我的脑海中闪现。为什么不找她帮忙?想到这里,我直奔合肥市庐剧团。

丁老师听了我的叙述后也很为难。一来她不知道我团的演出水平是否提高了,二来不了解《薛凤英上吊》剧本改得是否成功。经我再三解释、说明后,丁老师才拿起电话用商量的口气说道:"请二位主任考虑一下,是否能给他们安排两三场?我陪你们去看一下,假如不满意就让他们走人,这也算是对民间剧团的扶持吧。"市"演出办"怎好驳丁老师的面子?同意先试演三场,如质量过关再做考虑。

安纺影剧院(俱乐部)在当时还算是颇具规模的,经常安排一些省、市级专业艺术团体来此演出,像我们这类名不见经传的小剧团,还是头一次接待。乍一见面,对方不冷不热,根本不把我放在眼里,场面十分尴尬。工会副主席兼剧院经理老徐接过介绍信瞄了一眼,半天才从牙缝里挤出一个字"坐"。

坐在冷板凳上,我不卑不亢。

"像你们这样一个区办业余剧团也敢进省城演出?"

"你说错了!"我纠正他的说法,"我们是民间职业剧团,不是业余的。""还不都是一回事。"我不想与他争辩,知道他瞧不起我们小剧团,担心我们演砸了影响剧院的声誉。看他一脸傲慢的样子,我也只好亮出丁老师这张"王牌",装着漫不经心地说道:"丁玉兰,你大概知道吧?"

"她是庐剧皇后,谁不了解?"

"我们团就是她亲手扶植的。"

"是她扶植的?"

"到贵院来演出也是她介绍的。"

"是吗?"

"你不相信?首场她亲自来给我们压阵。"

"太好啦,到时我们挂大幅标语欢迎她。"说着,递过一杯茶来。见他态度有所转变,我接着海侃:"建团之初我到过北京,闯过'文代会',丁老师带我见过文化部首长……"

常言说得好,言谈压君子,衣帽压小人。经过一番口舌之后,他不再摆架子了。

民间剧团牌子太小,能招来多少观众心中无底,万一上座率不高,弄得冷冷清清,岂不自找难看?想到这些,我心中不免有点担忧。签合同时,我提出登报做广告。徐经理摇头说道:"一块豆腐干大的广告,两天需要一百元。票价每张两角五,广告费就得四百张戏票钱,不是小看你们,能售出多少票还是个未知数呢!"的确,他说的不无道理,谁都不愿冒风险做赔本的买卖,何况那时人们的广告意识还不强。合计了半天,双方才勉强达成协议:售票不足四百张,广告费由剧团单方负责;超出四百张,按收入分成比例由双方共同承担。

演出市场变幻无常,百分之百的付出换来的有可能是零。即便如此,我并不过于担心。发现机会是需要眼光的,利用机会是需要魄力的,有时还需要多一点冒险精神。登报不仅能多来观众,更大程度上是可以提高剧团的知名度。推销自己是一种才华,一种艺术。小剧团闯省城,本身就是冒险行动,要闹,就闹得个轰轰烈烈;既然能进都市演出,就应当借此机会扩大影响。只要能预测天时,利用地利,抓住人和,就会有所收获。有人说我这是"出风头",小题大做,我却不以为然:爱出风头并不全是缺点,必要时出点风头,会带来巨大商机!

我当即拟稿送到报社，第二天《安徽日报》就登载了我们的演出广告。

消息传开后，我的小剧团一夜"知名"。

还有一个礼拜才能进场，大家都想回家看看。我决定放假三天。

在会上，我一再强调，所有演员必须按时回团，任何人不得耽误首场演出！

晚上，三妹对我说："借此机会我也想回家看看。"我听后感到为难，不放她回家于情不合、于理不通，放她回家又顾虑重重，生怕影响演出。她见我犹豫不决，便说道："我们的事应该同家里人说一声。"

"现在就说，时机还不太成熟。"

"我不想就这样偷偷摸摸地过日子。"

"你要怎么样呢？"

"农村人最讲究面子，哪怕是举行简单的婚礼也算是光明正大地走在一起。"

她的话触到了我的痛处。

想起往事，真是不堪回首。芸姐她随身便装作嫁衣，一间陋室当洞房，苦涩泪水垂天明，两斤糖果办"婚礼"；秋儿也是一言难尽，她浪迹萍踪,居无定所,身无分文,携手私奔。如今条件怎么也比先前好上数倍,莫说三妹提出要"明媒正娶",就是我自己也特想当一回像模像样的新郎。

"这点要求并不过分,我一定要让你彩车迎娶,大办喜宴,燃放鞭炮,披上婚纱,风风光光地当新娘。"

"也不要过分铺张,只要让娘家人面子上过得去也就行了。"

"还不知你家人会不会不同意呢?"

"父亲不在了,谁还会强迫我?"

"二哥他们会不会——"

"我经历了生与死的折磨,哥嫂和姐姐不会再拦阻我的。"

"萧大会不会……"

"现在想开了,身子是我的,想跟谁就跟谁。杀我可以,管我不行!"她的态度变了,与以前判若两人。我还能说什么呢?

"你要早早回来,千万不可误了演出啊!"

"唱戏许多年,规矩我还是懂得的,救戏如救火嘛!放心吧,我不会误事的。"

第二天一大早,我亲自将她送到车站。

汽车启动了,三妹把头伸出车窗外向我招手。车越行越远,愈来愈模糊,她那娇小的身影慢慢地淹没在飞扬的尘土之中……

三天后,演员们陆续回团,唯独三妹没有归来。

恰在此时,接到安纺影剧院拍来的加急电报:闫团长有眼光,广告做得好,三场戏票全部告罄。望按时进场,勿误切切!

那年头报刊把关很严,不做虚假广告,只要报上登的人们就坚信不疑,能上报纸的剧团一定不会差。广告产生了轰动效应,剧院经理十分高兴。为确保准时演出,徐经理才来电提醒。

天一亮我就来到车站,从早到晚我目不转睛地盯着从站内走出的每一位乘客。一天过去了,没见人影,我心想,怕是她家中有事耽搁了。第二天,等到天黑仍不见三妹归来,我心慌了,万一她出什么意外,影响演出那就坏了大事!

来不及多想,我迅速跳上最后的一趟汽车。

汽车在暮色中狂奔,似乎它比我还急,我知道司乘人员等着赶回站下班呢。

走下汽车,天色已黑。一打听才知道,这儿离三妹家还有十多里地呢!我不敢耽搁,大步流星地消失在黑暗之中。

我顺着那条寂静无人的小道,一直走上"老钱塘"。塘埂低洼不平,我高一脚低一脚地在黑暗中摸索。沉重的脚步声惊得水面上的野鸭拍打着翅膀乱飞,怪声划破长空,吓得我头上直冒冷汗。三妹曾经对我讲过,那一次本打算投塘自尽;她说"老钱塘"的水干净,死也留个清白之身。后因为家里人看守太严,才选择了"投井",想到这里我两腿有点发酥。

夜色出奇的美妙。村子里的灯光本来觉得很近,隔着水面望去,竟又显得非常遥远了。缀满繁星的天幕无边无际地延伸着。忽然,一颗流星横空掠过,带着长长的尾巴划出一道刺眼的电光,不知落到什么地方去了。听老人讲,那叫"贼星",看到了不吉利,顿感这是不祥预兆!我好像是被一种看不见的力量驱逐到不可知的命运的深渊似的,赶紧连连吐了几口唾沫,据说这样做可以驱散晦气。

路上,我不停地在想,是家人反对三妹与我的婚事?还是惧怕萧大报复不让她回团?

果然被我猜中了。

三妹的父亲和大哥相继去世,一家人老的老小的小,全靠二哥和二姐支撑着。面对萧大不断的威吓以及那帮带有黑社会性质势力的死党经常上门骚扰,全家人整天提心吊胆地过日子,生怕有一天遭到暗算。因此,他们不让三妹再回剧团。

秉性倔强的三妹,面对全家人苦苦哀求的泪眼,开始犹豫了:她不为自己考虑,也得为全家人的安全着想,处在两难之间,何去何从,她举棋不定。

我的突然到来,令她全家震惊。二哥不等我开口说话,就将眼前的处境以及不让三妹回团原因一一说明。我听后半晌说不出话来,这不光是斩断我与三妹难以割舍的恩爱之情,省城的演出,我将如何交待?沉默良久,我哀求道:"少了三妹,所有剧目全部告吹,毁约、赔偿,由此产生的一连串后果不堪设想,炉桥剧团也将随之毁灭!"

"你也要为我们全家考虑吧?"二哥接着说道。

"你们的处境,我深感同情,不让三妹回团我也能理解。"

"我们真的出于无奈呀。"

"二哥,能否让三妹去演完三场戏再回来?"

"我不是难讲话,你还是另想别的办法吧。"

"二哥,演三场就让她回来,我求求你了!不然我真的没法交待呀!"我可怜巴巴地边说边向三妹投去哀求的目光。

"二哥,让我去演出吧,演完了我再回来。"三妹说罢,忍不住泪流满面。全家人都沉默了。到底还是女人心肠软,二姐道:"小哥,就让三妹去吧。"此刻的我恨不能跪下求他们全家人。二哥望了望我说道:"演三场一定送她回来。"

"一定送回来。"

"还有,今后不准再和三妹住一起!"一听这话我犹豫了,半天没有回答。二哥见我吞吞吐吐把桌子一拍:"你走吧,三妹不能去!"我吓得赶忙说:"一定听你话,坚决分开!"

"你的话我不信。"

"你要我怎样才相信呢?"

"你跪下赌咒。"二嫂在一旁插话道。

"赌咒发誓都是迷信。"

"我们农村就信这个,不赌咒就别想带三妹走!"二嫂继续说道。此时此刻,我哪敢再犹豫,"救戏"要紧哪!生怕再节外生枝,我来不及多想,扑通一声跪在地上发誓道:"我若再和三妹住一起,三日内必死!"三妹一把拽起我,没有好气地嘟哝道:"二嫂是跟你开玩笑的,还当真了,快去死吧!"

屋里一阵哄笑。

81　俗盛雅衰

"俗盛雅衰",这一值得探讨的现象,直到今天都是客观存在的。演艺界有句话叫大雅就是大俗,大俗就是大雅。"通俗"并不等于"庸俗"或是"低俗"。

装台是件相当复杂的事,聚光灯要一个个地调对光区,软景,要用横杆一片片地吊起,投影灯的景片要一张张地校对,硬景,要摆放到适当位置,音响话筒要认真调试……

为了确保首场演出不出意外,我亲自指挥装台,寸步不离,直到深夜才布置停当。

剧场条件很好,演员全住宿舍。

我轻轻来到三妹门前,见房门紧关,几次想推门进去又缩了回来。耳边不禁响起她睡前的警告:"你我从现在起各住各的房,各睡各的床,不准你来碰我!"一句冷冰冰的话甩出后将房门一关。当时,我一心想着装台,并没有把她的话放在心上。

台装好了,夜也深了。演员们各自回房安歇,唯独我仍然孤零零地站在舞台上,这才想起睡觉的事。

我不敢贸然闯入她的寝室。人心隔肚皮呀,万一她翻脸不理我事小,影响演出事大,还是不惹她为好。

我肚子有点饿又毫无睡意,于是取出一瓶白酒自斟自饮,不知不觉喝得半醉。本想借酒消愁,谁知越想越不对味儿。白天坐车时,她还靠在我的怀里紧紧地搂着我睡觉,那份柔情让人觉得心里甜甜的,怎么晚上突然变得冷冰冰的呢?按照三妹的为人,不可能如此绝情。不行!我得当面问问她。酒醉人胆大,带着醉意我来到她的宿舍,轻轻地一推,门开着。

"都半夜了你来做什么?"其实她也未睡着。

"想找你谈谈。"乘着酒性,我走到了她的床前。

"听话,我这也是为你好呀。"她翻身坐了起来。

"我只想问你一句话,是否真的不爱我了?"

"就是爱你,才叫你离开我。"

"说什么呀?我不明白。"

"你是起过誓的人呀。"

"发过誓怎么啦!真的灵验?你也相信?"

"我信,我们村上人全都信。老人们都讲'犯咒要倒大霉的'!"

"迷信!"

"不管怎么样你都不该发那么狠的誓。"她依然那么固执,坚持着自己的信念,让人感到哭笑不得。三妹虽然年轻有点文化,但她生长在交通闭塞的偏僻农村,长期受到老人们封建愚昧思想的影响,头脑特别陈旧、迷神。她的脖子上不戴项链,始终挂着用桃木雕刻的小刀和宝剑,说是免灾驱邪的。

有一天早晨吊嗓子,树上乌鸦突然叫了两声,吓得她脸色苍白,赶忙两手合拢,嘴里不停地祷告:求老天保佑……

"三妹,你心里还有我吗?"我试探地问她。

"没有你我能来吗?"

"这么说你还是爱我的。"说着我向她身边靠近。她推了我一下:"听话,过了三天你再……"不等话说完,我一把将她抱住。

"别,不能啊,犯了咒是要遭报应的!"

"就是明天死了,今夜我也不会放过你。"说罢,搂着她钻进了被窝。

她哭了,哭得是那样伤心……

现实生活中的泪水,是缘于真实情感的流露,那么舞台上的眼泪呢?是演员高于生活的艺术再现。三妹带着生活中的创伤,将剧中人物薛凤英的悲惨命运表现得淋漓尽致。

铃声刚落,大幕在悲伤凄惨的乐曲声中徐徐拉开。呈现在观众眼前的是灵堂场景,舞台中央一个巨大的"奠"字,两边白纱孝帷,条条素幡,雪白的球花悬空垂下。在淡淡的烟霭中,蓝色灯光把实景和虚景勾勒得阴森凄惨、庄重肃穆。整个场景被切割得层次分明。

演员尚未登场,就有人称赞:小剧团亮出的居然是大手笔。

戏剧是门综合艺术,舞美好坏至关重要,既要符合剧情,又要有创意。令观众们惊诧的是,在第七场《盟誓》时,马氏唱道:"我若害死凤英女,葵花一炸碎纷纷。"特制的葵花通过电源短路点燃火药,顷刻间葵花炸飞,恶妇倒地丧命,把剧情烘托得恰到好处,增添了神话色彩,把观众的情绪推向了一个小的高潮。

徐经理边看边对我说:"不错,不错。戏改得很好,灯光布景很美,演员的表演也可以。"

三妹的表演确实很好,第六场《凤英上吊》,把整个剧情推向了高潮。薛凤英这位孤独无援的弱女,在马氏淫威的逼迫下,自感内心深处痛苦不堪,求生不能,欲死不甘。她唱道:……

想死觉得心不足,
想活无力留人间。
人心共恨春情薄,
红尘虽好福分浅。
爹爹呀!
女儿我日日等呀夜夜盼;
送走了寒冬盼春天,
盼罢去年盼今年,
只盼得鸿雁无声琴断弦!
爹爹呀!
脚上有袜不觉暖,
脚上无袜方知寒,
儿今逼上黄泉路,
从今后——
您独背挑水难换肩。

若想父女能相会,
除非三更在梦间!
……

　　这是全剧中的主要唱段,三十多句一气呵成,也是完成薛凤英这一悲剧人物性格的最后一笔。为了给该剧画上一个圆满的句号,三妹几乎用尽了浑身解数,使出一切表演手法和演唱技巧,淋漓尽致地塑造了一个活生生、悲戚戚的少女形象,把一个在封建桎梏压迫下的弱女子塑造得栩栩如生,活灵活现。她选用了庐剧《休丁香》中的叹十里调,这是丁玉兰老师在"神调"的基础上加以改良的。该唱腔委婉、悱恻,催人泪下,声音哀婉而不失清朗,细腻流畅而不造作,尤其结尾落板,由"神调"转为"寒腔"十分流畅自然,没有生硬的棱角,高似行云,低如流水,细腻处如涓涓细流千回百转,高亢处如江湖奔流一泻千里,突出地体现了三妹特有的天赋和出色的演技。此刻,我在想:无论如何也要留住她,留下她剧团就有希望,留下她就是我的幸运,放走她我所做的一切努力将化为乌有!

　　戏在紧锣密鼓地继续往下演。

　　我坐在台下,想混迹于观众之中安安稳稳地看戏。刚坐了一会儿,又总是无法静下心来。我似一条不安分的鱼四处游动,一会儿在台下,一会儿到台上。我一会儿在前几排听听观众交头接耳的议论,一会儿到后几排去看看舞美效果;到后台右边,给将要上场的演员鼓鼓精神;到后台左边,给刚刚下场的演员提个醒,刚才的戏演得太温了或太火了。戏里的情节,戏外的情绪,台上的动作,台下的反应,没有谁比我更关心,看得更全面、更清楚。我生怕出半点意外。

　　我之所以忙前跑后情绪不安,不为别的,只为台下坐着几位非同寻常的观众。他们是合肥市文化局演出办公室的两位主任、林科长、丁玉兰以及其他专业剧团领导、演员。今晚的演出尤为重要,稍有不慎或出了差错,一切都将前功尽弃!他们的一句话可以让我们留下继续演出,也可以让我们灰溜溜地离开。

我不时躲在舞台右侧,偷偷地向下窥视。他们边看边小声议论,时而点头微笑,时而随着观众拍手,从表情上可以看出,他们是满意的。

第六感觉告诉我,首场演出基本上是成功的!

演员谢幕后,三妹带着满脸的泪水回到了宿舍。我赶忙为她打水卸妆,将泡好的热茶送到她手上,嘴里不停地夸奖:"三妹你真了不起,演得太棒了!假如再演几年肯定会是个十分走红的名牌演员,假如……""好啦,别吹捧了,我明白你的意思。"三妹是个绝顶聪明的女孩,一眼就能看穿我的用心。我还想解释几句,徐经理走进我的房间。一见面,他就高兴地说:"演得不错,演得真不错!我们想再续签十场戏。"我听了心中十分高兴,但没敢表态,两眼不停地盯着三妹。

"看我干什么?还不赶快去签合同。"三妹说罢,偷偷一笑。我像是领了圣旨一样:"徐经理,到你办公室签约去!"

《薛凤英上吊》这出早被官方禁演的"毒草"戏,经过改编后,竟然一炮打响,成为省城舞台上引人注目的黑马,观众和专家都一致看好,演出取得了轰动效应,给剧团注入一针兴奋剂。一千多个座位的安纺剧院,场场爆满,另外还得外加站票,签订的演出合同,一连改了三次。

我们从安纺剧院走进淝滨剧场,从东市礼堂登上市中心的合肥剧场;从春天演到夏天,三个多月一共演了一百多场。其间,省文化厅吴谷生、省文联吴炳南、省群艺馆负责人等先后来观看调研。滁县地区宣传部长白振亚等也亲自赶到合肥看望大家。浙江婺剧团、江西洪泽黄梅戏剧团周导演也前来观摩,索要剧本。

我常常为自己身边有那么多好心帮助过我的人而感动,滁县地区文化局办公室主任聂新森就是其中之一。他不仅在创作上给予我帮助,对剧团的发展也是十分关心。当他得知剧团在肥演出的盛况时,极力推荐并亲自陪同省剧协副主席、秘书长王汝贵,赶到东市礼堂观看演出。王汝贵同志一见面就说:"闫团长,我今晚来要喝原汁原味的老母鸡汤。"一句话把我说蒙了,聂新森在一旁解释道:"他的意思,就是想听听你们唱的'水词戏',平时怎么演,今晚别走样,不要有顾虑。我们主要是来调

滁县地区文化局领导接见炉桥庐剧团全体演员
1984年8月于合肥

研的。"

虽然全国仍在开展反"精神污染"政治运动,但民间剧团唱"水词戏"已被解禁。因此,这场演出大家都很放松,唱到"讨彩"处,台下的观众被真情打动,纷纷向台上抛钱,剧场效果反映热烈。王汝贵、聂新森坐在台下看得非常认真。演出结束后,他俩走上舞台,亲切接见了全体演员。王秘书长鼓励大家道:"看了你们的演出很高兴,总的来讲不错,演员年轻,很有发展前途……"

座谈时,我详细汇报了在合肥演出的盛况:所到之处,几乎场场爆满,蜀山剧院一千四百二十七个座位一个不空,最高峰加过四百张站票,整个剧场挤得水泄不通,大门玻璃都被挤碎了。剧院汪经理说,自开业以来接过许多专业剧团,但上座率从未超过七成。

王汝贵同志听后笑笑说:"是不是你们比专业剧团演得好呢?""不是,绝对不是!"我连忙摆手解释道,"与他们相比,一个是阳春白雪,一个是下里巴人。专业剧团的演员都是科班出身,经过千锤百炼,具有优雅的艺术形式、高超的艺术技巧、独特的艺术风格和巨大的艺术魅力。毫不夸张地说,他们都是我们的老师!"聂新森同志插话道:"艺术水平的高低当然不能以上座率来衡量,但有些民间剧团一直保持着较高的上座率这也是不争的事实。这种现象可称作'俗盛雅衰'。今晚演出我就注意到,他们的唱词通俗易懂,贴近生活,适合老百姓口味。"我接着说道:"仔细观察一下你就可以发现,坐在观众席上的有几位专家、知识分子?即便有,那也是少数。有些专业剧团的编剧,写出的唱词像古诗一样深奥,对于普通市民、乡下百姓和一些不识字的中老年观众来说,他们能接受吗?"最后,王汝贵同志说:"民间剧团不可忽视,你们是活跃在文化战线上的一支重要力量。如果说,专业剧团是百万大军,民间剧团则是轻骑兵,你们同样可以登大雅之堂。"

不久,王汝贵亲自提名,接收我为中国戏剧家协会安徽分会会员。我是全省民间剧团中唯一获此殊荣的人。

《安徽日报》主任记者殷伟,就"俗盛雅衰"这一客观存在的现象,发表了一篇题为《大俗就是大雅》的文章。

当时,电视还没有现在这样发达,娱乐形式也不是很多,正是戏剧发展的鼎盛期。正是有这样的机遇,才使我的事业如日中天。

"俗盛雅衰",这一值得探讨的理论,直到今天都是客观存在的。在演艺界有句话叫作"大雅"就是"大俗","大俗"就是"大雅"。俗文化没什么不好,中国文字含义很多,有时加一个字,或者说一字之别就会"差之毫厘,缪以千里"。"通俗"并不等于"庸俗"或是"粗俗"!

三年的婚恋,使我们经历了许多风风雨雨。我和三妹携手创业,在戏剧舞台上挥洒着我们的青春与汗水,把一个民间庐剧团办得红红火火,从乡间草台到潇洒地走进都市剧院,连演百场,取得了空前的成功。

82　祸福相依

　　民间剧团所遭受的委屈,不仅仅是流汗、流泪、流血,最令人不可思议的是社会偏见!经过大红大紫后的炉桥剧团,同淮南田家庵庐剧团一样,从此销声匿迹!

民间剧团有风光的一面,但也有落难的时候。

　　春寒袭人,春雨潇潇。下了二十多天的连阴雨,把剧团困在交通闭塞的柏家店小剧场。这里仅有一条土公路,经雨水浸泡后全是烂泥,留下无法演出,想走车又开不动,真是叫天不应,呼地不灵。因前期收入太差,我所有的积蓄全都补贴光了,现如今囊中羞涩,连吃饭都成了问题。我带着全团人一天三餐清水煮面条,挖野菜当蔬菜,缺少油盐的饭菜实在难以入口。这样的生活三两天还能坚持,时间一久就受不了了,于是有的人把手电筒、衣服拿去换食品了。

　　曾几何时,小剧团在合肥演出是那样风光,戏迷们常常不惜花费钞票请演员们进高级饭馆,一些老观众将"红包"或好吃的偷偷塞给自己喜爱的演员。再看看眼前,哪还像个剧团,分明是一帮乞丐。两相对比,真是天壤之别!

　　创办剧团经历了无数坎坷,但从未像今天这般寒酸、这般凄惨。想到这里,我不觉潸然泪下。演员们见我如此伤情,纷纷表态说:"我们勒紧裤带也不离开剧团,与你一起走下去。"

　　民间艺人最讲义气,一个"义"字重千斤,一个"义"字就是一股巨大的凝聚力!正是因为有这些愿意与我同甘共苦、荣辱与共的人,才使我重新树立了坚持下去的信心。

　　春夜寒冷而漫长,心事重重的我翻来覆去怎么也不能入睡。想到演员们饿着肚子跟着受罪,我万分惭愧,不断地唉声叹气。

　　三妹看出我的心事,犹豫了好久才轻轻说道:"你别着急,急也解决不了问题。我有一个办法,不妨试试看,也许能度过这眼前的难关。"我一听,急不可待地问道:"有什么办法?你快说!""我明天想带几个人去'唱门子'。"听到这话,我沉默了。所谓唱门子,就是站在人家门口清唱,遇到好心人给点米、面或几毛钱,遇到小气鬼一毛不拔。这是变相讨饭呀。

当年与秋儿落难时讨饭的遭遇,今天为何又落在三妹的头上?三妹见我低头不语,劝慰道:"这不丢人,咱们唱戏的人都知道,'孟姜女'一路卖唱,千里寻夫美名传;'白玉楼'沿街乞讨,助夫上京求功名。人常说,讨饭之人不为孬,甩掉棍子一般高。何况,我仅仅是卖艺。只要能闯过眼前难关,帮你重整旗鼓,把剧团建起来,受点委屈又算得了什么?"人在矮檐下,不得不低头。考虑到大家的吃饭问题,我只好勉强同意。

三妹也是迫于无奈,为了我,为了剧团,她也只好拉下脸皮。

刚开始,她害羞张不开口,唱了上句忘掉下句,几天下来才慢慢适应了。由于三妹长得漂亮,又有一副好嗓子,张口一唱,就围来一圈人,继而就会有人争着拉她到自家门口清唱。后来,有的干部出面把她们请到生产队公房里坐下来唱。这样一来,由唱门子变为唱"板凳戏"。几天唱下来还真的可以,每天都能讨来几十斤大米和十几块钱。这下子解决了剧团吃饭的大难题。

我紧锁的眉头,终于可以稍稍舒展了。

剧团处在最困难的时候,多亏三妹挺身而出,解了燃眉之急。正是因为有她助我一臂之力,才使剧团在日后的发展如日中天,取得骄人的成就。感谢上天,赐予我这样一位坚强、贤淑、善解人意、默默奉献的女性!

二十多天过去了,眼看天气转晴,我对三妹说:"粮食已经够吃,别再去唱了。时间一久,传扬出去影响剧团声誉。"三妹摇摇头说道:"天未晴稳,路还烂,暂时走不了。我想再唱几天,多讨些粮食卖钱,包辆汽车将道具拉回炉桥文化站,相信你有能力东山再起!"听她这样说,我不好再反对。望着他们远去的背影,我心中有一种说不清的酸楚。不是剧团落到这般山穷水尽的地步,说什么也不会让自己年轻的爱人去抛头露面,在人前低三下四地卖唱!

往日早晨出去,下午三四点钟就可以到家,今天太阳快要落山了还不见人影。我站在路口不时地张望,远远地看见几个人向这边跑来。待他们渐渐走近,不觉大吃一惊:两个男演员满头满脸都是血,三妹披头散发一副狼狈相,我预感大事不妙,赶忙迎了上去……

原来三妹回来的路上遇到了两个流氓,他们是地方一霸,绰号大牛、二牛。这两个人借助宗族势力网罗一帮小混混,横行乡里,欺男霸女,无恶不作。也不知在哪灌的黄汤,他们趁着酒兴拦住三妹。大牛嬉皮笑脸地说:"这不是那个唱戏的小妞吗? 长得蛮俊的嘛! 唱一段给哥们听听。"三妹说道:"天不早了,我们要赶着回去呢。"说罢欲走,二牛拦住道:"要钱给钱,要粮有粮,怎么,不给老大面子?"三妹知道走不了,只好强装笑脸问道:"我不要你钱,请问大哥爱听哪出戏?"二牛抢着说道:"就唱段《小寡妇上坟》吧,年纪轻轻的死了男人,哭起来真够动人的。"

《小寡妇上坟》是地方小调并非庐剧,三妹明知是找茬,也只好忍气吞声。她张口唱道:

  正月里。正月正
  小寡妇我坟台上诉苦情。
  看人家年轻夫妻多么恩爱哇——我的死人那!
  我守着空房熬到天明呀……

"别哭了。"二牛摆手道,"二哥我今晚去陪伴你。"

三妹装作没听见继续唱道:二月里呀二月二……"别唱啦! 哭哭啼啼的,老子不爱听!"大牛吼道,"换别的!"

"大哥爱听荤的,唱《十八摸》!"

"我不会唱。"

"骗人!"

"我只会唱戏,不会淫歌。"

"你不会,二哥我教教你。"说罢开口就唱:

一摸摸到你奶头尖,
开锅的馒头没它暄。
用手一捏软绵绵,
馋得我心里痒痒如油煎。
恨不得——
我一口咬去半拉天!
再摸摸到你大腿边,
龇牙胡子长四圈,
口水流了一大片,
鲜花藏在正中间,
我伸手就把你裙子掀……

唱着唱着,他耍起流氓,动手去摸三妹。

二牛肆无忌惮的举动,使陪同三妹的两个男演员实在看不下去了,大吼一声:"快放手!"说着冲了上去。两个年轻演员血气方刚,拳脚上也会两下子,哪肯把两个土痞子放在眼里,一人对付一个,双方动起手来。开始对方并未占到便宜,一个个被打得鼻青脸肿;后来越打人越多,帮凶的都来了。常言道,好汉不吃眼前亏。一见形势不妙,两个男演员赶忙丢下粮食,拉着三妹冲出重围,落荒而逃。远远地听到他们在后面叫喊:"跑了和尚,跑不了寺(事),今晚抄了你们家!"

民间剧团遭受凌辱是常有的事,许多地方,尤其在农村,痞子、地头蛇、宗族势力经常会对女演员进行骚扰。打起架来,吃亏的还是我们,打赢了你走不掉,扣留道具,还得赔偿对方损失;自己被打伤,只好自认倒霉。因此,我们宁可受些委屈也不愿动手,这些人惹不起!

今天发生的事,对方吃了亏,绝不会善罢甘休,肯定要找上门来闹事。思之再三,还是走为上策。我请看管剧场的老人将服装道具代为保管,然后扛起背包行李,趁着夜色,踏上泥泞的乡间小道匆匆离去。身后不远处传来那帮人的叫喊声,演员们早已吓得魂飞魄散。天黑路滑,稍不留神就会摔倒,鞋子被烂泥粘掉就打赤脚,踩着冰凉的泥浆向前狂奔。有几个刚刚离开学校的女学员,哪见过如此惊心动魄的场面,吃过这样的苦头?一个个喊爹叫娘,疲于奔命。

我扛着行李拉着三妹走在最后面,她紧紧抓住我的一只胳膊,明显感觉到她的手在颤抖。白天的遭遇尚未平静,晚上又被追击,使她处在极度的恐惧之中。三妹平时就胆小怕事,怎能经得住如此恐吓?嘴里一个劲地念叨:"妈呀,让他们追上就没命了!"我安慰道:"俗话说,一人拼命,十人难挡。你别怕,他们是不敢追来的。"果然不出所料,不一会儿就听不到他们的声音了。

我没当过兵亦未打过仗,此时却亲身体验到了什么叫"残兵败将",什么又叫"丢盔卸甲"。

逃到公路边拦住一辆货车,好心的师傅问明情况后,将我们送到了炉桥文化站。演员爬下车厢时,个个冻得像筛糠似的浑身颤抖。

天还没亮,我叫醒程站长。他披衣开门,演员们一下子拥进房间,像见到亲人似的,止不住泪如雨下,委屈地失声痛哭。我们如此狼狈不堪的模样,着实让程站长大吃一惊。我将近日来这段遭遇叙述了一遍,他听后安慰道:"剧团虽然受点委屈、损失,但你们编创的现代戏《认母》被安徽电视台选中了!"

"真的?是真的吗?"我有点不相信自己的耳朵。

"丁玉兰老师打来电话,催促剧团赶快去合肥拍电视。"

原先在合肥演出期间,丁玉兰就向省电视台推荐过《认母》这台戏,文艺部负责人也来看过,说是研究一下再做决定。现在通知到了,这无疑给我们打了一针兴奋剂!

一个时代总会滋生一些新事物,一个时代也会造出许多的新名词。当我再次率团到合肥演出时,许多媒体在报道中称我为"文化专业户""吉卜赛头人"。

庐剧《认母》搬上荧屏,并非易事。对我们来说,面临的是一个崭新的课题。从演员到服装、从舞美到化妆、从作曲到乐队,与平时在舞台上演出完全是两码事。演员的一招一式、一举一动、一个眼神、一个表情、近景、远景、特写等许多地方都得按照电视导演的要求去做。晚上，我们还要在东市礼堂进行营业性演出，每天只能抽出半天时间排练，操作起来非常困难。除了邀请丁玉兰老师当艺术顾问外，我没请任何专家来帮忙。

　　人世间，任何新鲜事物没有哪个是先天就会的。实践出真知，只要肯努力，一定会成功。靠自己的努力干成功的事，才能显示人生的价值。我自任编导、边干边学，夜深人静时翻阅各种"涉电"书籍，潜心钻研。功夫不负有心人，在丁老师悉心指导下，全团演员刻苦努力，经过二十多天的排练，庐剧《认母》终于以全新的面貌走进了安徽电视台的摄影棚。

　　安徽人民广播电台、合肥广播电台，相继请我团前去录音。

　　安徽电视台播放《认母》的当天，炉桥区委发出通知：要求全区各乡镇组织群众观看。通知上说：我们区小剧团能上电视，是全区人民的光荣和骄傲！程站长更是兴奋，亲笔写了三十多张大海报，贴满大街小巷。当年所有电视只能收看一个频道，可想而知，《认母》的收视率该有多高！

　　小剧团也因此一夜成名！

　　不久，滁县地区举办的由省内外一百零八个剧团参加的"百团大奖赛"，我团荣获了二等奖；一九八五年六月，我创作的现代戏《玉洁兰香》，由三妹主演，代表了安徽省参加全国首届农民戏剧大赛，获文化部三等奖。我们这个捧着"泥饭碗"的泥腿子剧团，一时间名声大噪。如果说，这些收获在我的戏剧生涯中、在我的创业道路上，算是有所成就的话，那么三妹是功不可没。没有她，就不会有我昔日的辉煌；没有她，也不会有我人生拼搏史上光彩的一页。

　　然而，物极必反，乐极生悲！谁会想到电视《认母》播放喜庆之日，也

是炉桥剧团灭亡之时!

　　由于三妹在电视上频频露面,惊动了萧大的表叔蒋某。他是省城某文化单位官员,为了保护他表侄这段不存在的婚姻,动用手中权力,自上而下对定远县文化局施加压力。蒋某原以为把剧团搞垮了,三妹就会乖乖地回到萧大家,岂知他的做法适得其反。三妹已经离不开她所热爱的舞台、戏剧艺术,也舍不得与我分手了。她说:"凭艺术走到哪里都有饭吃!"我说:"对,此地不养爷,自有养爷处!"她说:"既然命运将我们连在一起,你到哪我到哪不离不弃!"她的话增添了我的勇气和决心,有她在,演员们在,剧团就垮不了!

　　我翻开《认母》剧本,无意中发现其中的两句伴唱:"叶落归根返故里,欲将故乡比母亲。"是呀,月是故乡明,人是故乡亲。长丰县才是我真正的故乡,尽管父辈们迫于生计去了淮南,但我的根,我的祖辈都在这块土地上,长丰人最终回到长丰县。

　　一九八七年七月,长丰文化局接纳了我们剧团。这一回我和我的小剧团真正地回家"认母"了。

　　炉桥剧团和田家庵庐剧团一样,仅仅生存三年便退出了历史的舞台。

　　数年之后,我们在滁县琅琊剧场演出,滁州地区宣传部长白振亚,到后台看望大家时说道:"你们为何不辞而别?受到委屈也该来找我呀。"

本想当面倾吐委屈,转念一想事过境迁,

过去的已经过去了,说了又有何用?

83　爱别离苦

　　舞台上不管如何悲惨、壮烈,那不过是在演戏,生活中的场面,生离死别才是最刻骨铭心的;缘,有相逢的喜悦,也有缘尽时的无奈!

　　一九八八年五月八日,三妹生下一对漂亮的双胞胎姐妹。

　　或许她们投错了胎,或许是命中注定,从降临人世的那天起,就注定了这对小姐妹多灾多难的命运。

　　三妹视她们如两块美玉,依次取了个好听的乳名:大玉、二玉。人们常说双胞胎互有感应,面貌相似、心灵相通、性格相同。不知为什么,我们这两个孩子,自小脾气就不一样。二玉爱静,吃饱后,睡在床上一声不吭,演员们都喜欢她,你抱来她抱去逗着玩耍;大玉特别娇气,哭闹起来没完没了,大家生气地叫她"闹人精"。她哭起来脸型特别像扑克牌中的老K,演员们只要见她闹人就喊:"快来看哪,老K又发威了!"

　　由于大玉叫老K,人们就习惯地喊二玉"皮蛋"(Q),两张扑克牌成了

她们的乳名,一直叫到入学为止。如此有趣味的乳名,在全国也许是绝无仅有的。为了纪念童趣以及对她早逝母亲的怀念,起学名时我依旧以此为序:老大叫闫凯(K)、老二叫闫蔻(Q)。

双玉的降临,给我的人生带来了几多欢喜几多愁。喜的是,我与三妹终于有了爱情的结晶;愁的是,我们有"业"无"家",三妹和孩子没有落脚的地方。她不顾虚弱的身子,抱着没满月的婴儿,跟随剧团一起过着流浪颠簸的生活。

每当转换剧场,我们俩一人抱一个挤在驾驶室内,晚上一人搂一个睡觉。白天还好,到了夜里,"闹人精"就开始哭叫。因为三妹每天还要唱戏,我怕她急坏嗓子,侍候这位"千金"的任务自然就落在我的头上。每天半夜,"闹人精"必然要哭闹一次,而且非常有规律,准时准点!

我怕吵醒别人,只好抱着她跑到大门外转悠。光走动不行,还要摇晃,稍稍停顿想喘口气,可是脚步一停哭声陡起,好像电动开关,一触即发。每天夜里,累得我汗流浃背,头晕目眩。有时转到天亮,把我缠得筋疲力尽,她才开始闭眼睡觉。

我是不相信迷信的。别人传给我一张"灵符",劝告说:"你把它贴在过往行人多的地方,十天之内包你的孩子停止哭闹。"面对这张荒诞可笑

的黄纸,明知是假,但还是宁可信其有不愿信其无,照例把它贴在大路口的电线杆上。这是人们常见的一段顺口溜:

  天惶惶 地惶惶,
  我家有个哭夜郎。
  过往君子念三遍,
  一觉睡到天大亮。

  这张"符"也许对别的孩子灵验,但是对我家这位"小姐"不起任何作用。做出此举,实属无奈。人被逼急了,往往侥幸心理可以取代理智,这也算是"病急乱投医"吧!
  写到这里,使我又想起一件事情,时至今日,仍然忍俊不禁。长期以来,我就有失眠的毛病,
  吃药打针从不奏效,看了许多医生无法根治,没想到被老K这么一折腾,反倒让她给我"治"好了。只要有空,我倒头就能睡着。这话虽然有点自嘲,但是带着两个吃奶的孩子在外流动演出是何等艰难?不亲身经历,你无法想象。
  仅仅是孩子哭闹,倒也罢了。一场大病险些要了两条小命!
  炎炎夏日,我们在宁国乡下演出。这里是山区,气候变化无常,昼热夜凉,忽冷忽热。两个孩子好似刚出土的幼苗,怎能经受风吹日晒,蚊虫叮咬?稍有不慎,就会招灾患病。这天晚上,她俩突然哭闹不止,不吃不喝,脸色苍白。我们急忙找到当地卫生所,吃药、打针终不见效,连病因也查不出来。这时,孩子高烧已达四十度!医生催促道:"乡村卫生所条件太差,赶快送到县医院抢救,再拖延下去就会有生命危险!"三妹听后吓得放声大哭,我也急得六神无主。那时乡下不通汽车,只好雇辆手扶拖拉机向宁国县人民医院赶去。一路上,孩子昏迷不醒,三妹千呼万唤,没有任何反应,我的心一下子提到了嗓子眼,不时催促:"师傅,请你开快点!"
  赶到医院,孩子已是奄奄一息。急诊室医生一面忙着输氧、打针,一

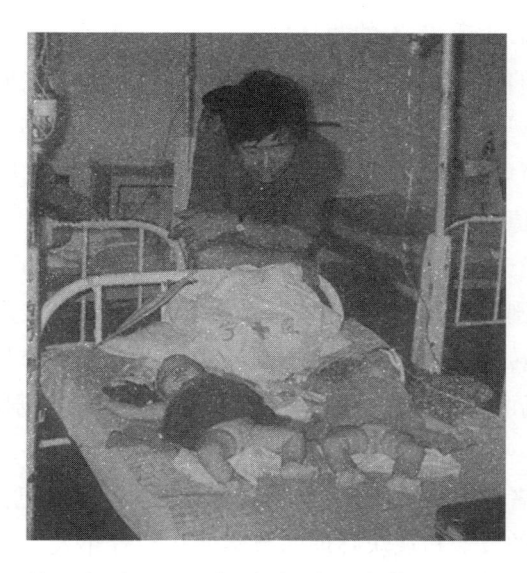

面做人工呼吸。忙了好半天,她们才从昏迷中苏醒过来。大夫擦着满头汗水说:"亏你们及时赶到,迟一步孩子就没指望了!"对于急性患者来说,时间就是生命!

如今回想起来,还是有些后怕。住院二十多天,三妹没日没夜地守候在病床前,我每天头顶烈日来回要跑三十多里山路。这边关心孩子病情,那边要忙剧团演出。待孩子病愈,三妹已是骨瘦如柴不像人样。女儿出院时,她自己却病倒了。

这次灾难,对我来讲算是敲响了警钟。不能再让三妹拖儿带女跟着剧团受罪了,万一有个三长两短,真是后悔莫及。为了能够让孩子健康成长、全家有个安身之所,我打算在长丰县买套房子,让她们母女过上安稳日子,早早结束"四海为家"的流浪生活。

人算不如"天算",计划跟不上变化。人世间有许多事情,往往不以人们的主观意志为转移,个人的命运又怎能逆转时代潮流?演出市场的风云变幻,买房计划随之变成泡影。

在改革开放迅猛发展和经济大潮的冲击下,人们的生活节奏变快,电视、录像以及各种娱乐活动夺走了大量观众,戏曲开始了大滑坡!

这是时代的变迁,戏人的悲哀!

古老传统的戏剧艺术,节奏沉闷、缓慢。对于那些热血滚烫、灵魂躁动的现代青年观众来说,古人的眼泪和欢笑,无异于外星人的痛苦与欢乐,不仅无关痛痒,还无从理解。戏剧受冷落,是历史发展的必然趋势。戏曲艺术的贬值,不知给多少演出团体带来不幸,不知使多少能成"名角"的戏曲演员夭折。

我们民营剧团更是举步维艰、趋于低潮,从高峰逐步走向深谷,演出市场也由城市转向农村。过去有的剧场能演出十天半个月,甚至于一两个月,现在三场两场就得换台口。行情见落,收入欠佳,剧团已是摇摇欲坠,面临解体。

作为决策者的我必须研究、掌握市场动态。艺术要想在当代立住脚,就得适应时代的节奏和观众心理的节奏变化。青年人为什么喜欢"迪斯科""摇滚乐",其主要原因就是它节奏感很强,能使人激动、兴奋,让人"跃跃欲试"、朝气勃发,而且与时代合拍,易于被年轻人接受。

抢占市场,时不我待!

为了紧跟形势,确保剧团的生存和竞争力,必须更新思想转变观念。我毅然决定改戏剧为歌舞,并拿出购房钱款,投资买灯光、音响器材。

船小调头快,一个融戏剧与歌舞为一体的艺术团很快成立。

现代歌舞,对于戏剧团体来讲又是一道全新的课题,一切都得从头开始。我们虽有困难,但也有优势。演员年轻,容易接受新的事物;丰富的舞台经验,同样可以驾驭歌舞表演;扎实的基本功,亦可融入歌舞之中;优美的嗓音,为改唱流行歌曲提供了有利条件。戏曲、歌舞,虽属不同门类,但也有共性,那就是在舞台上都靠表演。为了扬长避短,发挥演戏特长,我创作编排了《接公公》《夫随妇唱》《假报喜》《还我母爱》等七个小品。以演喜剧小品为主,组成一台别开生面的歌舞晚会。

被人唱了千万遍的《济公》主题歌,观众早就听厌了。在编排这个节目时,我们在其中穿插了戏剧情节:阔少抢占民女,济公抱打不平,滑稽幽默,很受欢迎。又把《不要走》《让我再看你一眼》两首老歌串联,编成表演唱:一对有情人,被父母的门第观念活生生地拆开,分离时依依不舍。台上表演煽情,台下观看动情。这些节目深受广大年轻观众的喜爱,在相当长的一段时间内成了我团的保留节目。

  为了使剧团在竞争中站稳脚跟,取得更好的经济效益,在合理利用演出季节、调整演出内容等方面,我做了有益的探索。盛夏,多数剧团认为是演出淡季,放假停演,而我们却紧锣密鼓,精心安排演出计划和场次。农村逢集时,上午演歌舞,下午唱庐剧,晚上办舞会,满足了不同层次观众的需求。乡镇剧场既可以保持稳定的收入,又给我们提供了一个极好的锻炼机会。庐剧、歌舞灵活安排,凭借多种多样的节目和因地制宜的方法,争取了观众,赢得了市场。

  残云收夏暑,新雨带秋岚。秋天,不仅气候宜人,也是喜庆丰收的季节。剧团演出歌舞后收入猛增,仅仅一个夏季,经济效益超过全年!演歌舞,给我们带来了实惠。从票价上就可以看出差距,戏票五角钱一张,观众少得可怜;歌舞票三元,场场爆满。我当机立断:戏剧封箱,专门演歌舞。

  人的灵性,既有先天恩赐也有后天努力,三妹的灵性和好学精神,的确令我佩服。让人感到神奇的是,一个"旦角"演员通过刻苦努力,她不仅能演小品、表演唱,而且还学会吉他演奏。除参加乐队伴奏外,她的吉他弹唱,更是令人耳目一新。她优美动听的歌喉、潇洒自如的台风、节奏明快的大把和弦,赢得广大青年观众的热烈欢迎,很快就成了歌舞团里的台柱子。

  国庆节前,我团应邀赴江苏省金坛县(现已改市),这也是歌舞团成立后首次跨省演出。为了使这台节目具有安徽地方特色,我们编排了淮河花鼓灯《双回门》、五河民歌《摘石榴》、黄梅戏对唱《夫妻双双把家还》等,不管在县城还是在乡镇剧院,所到之处备受欢迎。

  金坛,给了我团一次极好的机会,敲开了江苏省演出市场的大门。首战告捷,令我欢喜若狂。与此同时,金坛,又给我留下了刻骨铭心的痛苦记忆!

一九八八年九月二十日,我团被安排到县城演出。文化局领导听说是来自安徽的艺术表演团体,一再要求增加黄梅戏内容。为了迎合领导口味,下午,我们排练了《女驸马》中冯素贞"报喜"选曲。这段唱腔既优美又欢快,平常三妹一段歌词只要看上几遍,同乐队简单配合一下就可上台演唱,今天,不知为什么,她总是有点心不在焉,唱了上句忘下句,该笑的时候不笑,该喜的地方不喜,一遍又一遍,反反复复,排到傍晚才勉强通过。最后,同乐队合成,三妹喜形于色,似乎找到了感觉,奏完过门后,一个亮相,接口唱道:

> 手提羊毫喜洋洋,
> 修书告假转还乡,
> 狱中救出李公子,
> 送他一个状元郎。

她潇潇洒洒、充满自信,将这位女状元的喜悦心情以及对爱情的忠贞和渴望表现得淋漓尽致。该唱段本应重复两遍,三妹唱了头遍就突然停下,向大门口跑去。这一突如其来的举动,让所有在场人员都愣住了。

出了什么事情?大家的目光不约而同地随三妹望去。只见门前站着一位年轻漂亮的女子,仔细看去同三妹长得十分相似。惊诧之后,我认出是二姐来了。她为何千里迢迢来到此地?莫非有什么要事?心中正在狐疑,这对久别重逢的姐妹便迎面向我走来。异地相见,她们既亲热又高兴。

二姐和三妹仅相差几岁,漂泊流浪的生活以及孩子的折磨,使三妹苍老许多,不知底细的人反倒把二姐当成妹妹。我赶忙招呼她坐下,倒杯开水递了过去。二姐摆摆手道:"你去忙吧,我同三妹说说话。"

晚上开演前我问三妹:"二姐远道赶来找你有事?"她淡淡地说了句:"也没什么大事,演出完了再说吧。"看她平静的样子,我一颗悬着的心才慢慢放下,忙着指挥演出去了。

晚会在有条不紊地进行着,临到三妹上场了,一曲《女驸马》唱罢,台下掌声经久不息。这时有不少观众喊叫:"再来一段黄梅戏!"站在舞台右侧负责指挥的我,高兴地说:"满足他们要求,再唱一段!"三妹回头望着我喜悦而又兴奋的笑脸,走向台口面对热情的观众说道:"行,我给大家唱段《天仙配》怎么样?"台下爆发出雷鸣般的掌声。鼓手问道:"唱哪段?"三妹噙着泪水说了声"《槐荫别》!"键盘手一愣:"晚会上怎么唱这么悲伤的曲子?"三妹不容置疑地说:"起过门!"她一声长长叫板,董郎哇,我的夫——

　　董郎前面匆匆走,
　　七女后面泪双流。
　　他那里笑容满面多欢喜,
　　哪知道七女心中无限忧愁。
　　今日他衣衫破了有人补,
　　又谁知补衣人要将他抛丢……

　　唱着唱着,她泣不成声。我有一种不祥的预感,她如此反常一定与二姐的到来有关,心中暗暗猜测:一定是家中出了什么大事。

　　不出所料,二姐是来领三妹回去的!

　　原来,萧大提前释放,到家后带了一帮流氓痞子、黑道人物,提刀弄棒杀气腾腾找到刘家门上,口口声声要他们交出三妹,并用威胁的口气说,三天之内见不到人,后果自负……

　　刘家在村上单门独户势单力薄,他们怎敢得罪这伙恶棍?只好点头答应。当夜,全家人聚在一起商量对策,最后的结论是:唯一的办法就是找回三妹,方能保全刘家老少平安。听罢二姐的叙述,犹如五雷轰顶,我当时就蒙了!

　　突如其来的"人祸",实在让人难以接受!刚刚筑起的爱巢,顷刻间就要被毁灭;三年的深情岂可就此了断;一双幼小女儿又将如何安排?更让人忘不了的是：在最困难的时期，是三妹以坚强的毅力支撑着剧团，以乞讨的方式拯救了剧团，她竭尽全力帮我走过了那段最艰难的岁月。可以说，没有三妹就没有剧团，没有三妹就没有我的今天！人，最重要的就是"良心"！我不能眼睁睁地看着她掉进魔窟，我要保护她，留住她，什么都可以没有，决不能失去三妹！

"二姐，我们可以诉诸法律呀？"

"没有办理婚姻登记，你们是不受法律保护的。"

"我要倾家荡产，用钱摆平。"

"这样做，你会人财两空！"

"难道他不讲理？"

"刀枪棍棒，就是他的'理'！"

"难道他不怕国法？"

"亡命之徒，无法无天！"

"二姐呀，我同三妹情深似海，还有两个孩子……"

二姐流着眼泪对我说："要想拆散你们，早就不让三妹唱戏了；看着两个可怜的孩子，我的心都快碎了！你要理解，叫三妹回去我们也是出于无奈呀！"

夜深人静。这天晚上，两个无知的孩子似乎特别懂事，不哭不闹，早早地睡去。难道她们是想给父母留点临别叙话的空间？

灯光下，三妹仍然像往常一样文文静静地脱去衣服。我盯着她那耀眼如白雪、无瑕如美玉的肌肤，再一次为她的美丽深深地感动和陶醉。我是她的"丈夫"，虽然那份美丽我早已熟悉，但是在今晚却又是那样的陌生，陌生得甚至不敢去碰她。想起过去，我们在一起有过多少的甜蜜和缠绵，她的双臂曾经多少次被我拥抱并拥抱过我啊?!如今她即将离去，我的心如同箭穿、刀剜！哪还有心思贪恋床榻之欢？我们禁不住泪水涔涔。

有心放她回去，三年多风风雨雨、共同创业，怎能忍心就此分手？三年多朝夕厮守、相依为命、恩爱感情，怎舍得就此了断？我们这对苦命的孪生女儿又将如何处置？不让她走，刘家安全又怎能得到保障？万一这伙亡命之徒真下毒手,又怎对得起那些无辜受牵连的人?

走也难,留也难。商量半宿,拿不出好主意来。

世情薄,人情恶,雨送黄昏花易落。此刻,我们才深深认识到人情险恶,稍不留神就会酿成大祸!最后决定,只能分钗破镜,忍痛割爱让三妹回去。至于今后怎么办?那就要看天意了,缘分未尽,终究还会回来。

说来说去,孩子是最大的难题。三妹说:"你一个大男人,还要忙剧团,孩子由我抚养吧。""不!我要留下一个。看到了孩子就等于看到了你,留下孩子就能留下你的心。我会把对你的所有爱倾注在孩子身上。只要有我在,就有孩子在,不管什么时候,发生什么变化,我都会克服一切困难把她抚养成人!"

"你带大玉,我带二玉,我俩一人带一个。"

"今夜一别,小姐妹何时才能重逢?"

"也许不久,也许很久,或许是我死之后。"

"难道说你我缘分已尽?"

"我身不由己,你还是忘了我吧。"

"刻在心上的爱,那是抹不去的。"

"你的爱,女儿的情,如双剑刺我胸膛。"

"你像燕子,到春天还会回来。"

"我是秋天的风筝断线难归。"

"我要等你三年。"

"别等了。你我今夜恰似'楼台会',明朝就是'槐荫别'。这次回去凶多吉少,也许会重演《梁祝》悲剧!从此,天各一方。今后,你要学会照顾好自己。"说着,她早已泣不成声。

屋外的夜一片静寂。秋风瑟瑟,如泣如诉。空荡荡的剧院后台显得更加宁静、阴森。

我把熟睡的二玉轻轻抱起,紧紧地搂在怀里。平时,我一直白天抱她玩,晚上带她睡,想到还有几个小时就要分别,也不知何年何月才能相会,何日何时才能重返我的怀抱,伤感的泪水禁不住滴落在她的小脸上。那边三妹搂着大玉喃喃地说:"孩子呀,妈妈真的舍不得丢开你,手心手背都是肉哇,你才四个月就要离开娘怀,这等于是割妈妈的肉,撕妈妈的心! ……"

蜡烛有心还惜别,替人垂泪到天明。缠绵悱恻,离恨愁思。我多么希望秋夜延长,延长,再延长。然而,月落星稀天欲明,孤灯未灭梦难成。无情的太阳,早早升起,是想提前结束夫妻分别的痛苦,还是催逼我们骨肉早点分离?

送别时我抱着二玉,总想再多亲热一会儿;三妹也是同样,抱着大玉亲了又亲。路上,想起我编排的表演唱《爱的悲歌》——"让我再看你一眼":

在这分别的一瞬间,
让我轻轻说声再见,
不知何时再能相见?
不知何时来到你身边?
让我再看你一眼,
看你那——流满泪水的脸……

怎能想到我编导的爱情悲剧,今天却由我自己来实践!

舞台上不管如何悲惨、壮烈,那不过是在演戏,生活中的生离死别,才是最刻骨铭心的! 汽车快开了,我们不得不交换孩子。这时,大玉好像萌发灵感,就是不肯离开妈妈怀抱,小手抓住大人衣服不放松。我急了,把"二玉"往座位上一丢,强行抱着"大玉"走出车门。刚下车她就像发疯似的,撕破喉咙,隔着车窗伸出小手,两眼望着妈妈大声哭叫。此刻,三妹再也忍不住了,泪水像串串珍珠滚滚而下,她飞快地跑下汽车,一把搂住大玉号啕大哭。

舐犊之情,撼天动地! 一下子围来了许多人……

许久,许久,大玉才慢慢地倒在妈妈怀里睡去。

最后一班客车开始启动了,三妹她们不能再耽搁,只好强忍悲痛,将熟睡中的大玉轻轻放在我的怀里,亲了又亲,吻了又吻,然后一步三回头地走进车厢。

车在尘土飞扬中渐渐消失,阵阵撕心裂肺的痛哭声还在隐隐约约地传来……

孤独的车站,只剩下我们爷儿俩。

我的双腿像灌了铅似的,挪不开步。

这一对孪生姐妹本该幸福地生活在一起,享受父母的呵护与宠爱,然而,她们却随着大人的命运被无情分开。望了望怀里的"大玉",我的心在颤抖,她似乎不是我女儿,而是上帝赐予的"孽债"!

> 春去春来已无踪,
> 花谢花开雨朦朦。
> 山盟海誓情尤在,
> 珍珠卷帘玉楼空。

84　魂牵梦绕

盼啊等啊,等啊盼啊,非但没得到亲人消息,反倒让"鬼"找上了门来!

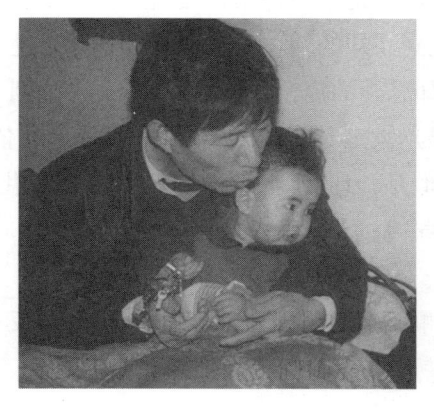

叶落草枯秋风紧,一日相思一日深。

三妹虽已成为他人之妻,但我对她的思念却一日更甚一日,对她的怀念、眷恋之情与日俱增,愈久弥深。

两个多月了,没有得到任何消息。挂念、思念、想念,搅得我六神无主,心神不安。夜晚,唯有大玉和我为伴,我念亲人落泪,儿想娘亲哭闹。

多少次梦境相会,夫妻团圆、母女相聚,那情那景着实让人心醉。尽管只是一枕黄粱,但还是给我留下了无穷的回味。谁言茶苦,其甘如荠!

炙热的爱情,相思的煎熬,令我翻来覆去无法入睡,时常眼睁睁地坐到天明。陪伴我的虽然是个不懂事的婴儿,但是有她在犹如三妹还在我身边。她让我感觉到三妹的情与爱在流淌、在延续,她让我忘却黑夜的漫长,她让我暂时忘却思念的痛苦,她让我在孤独中感到一丝安慰。在这段离别的日子里,我与"大玉"可以用四个字概括——相依为命。

"别后相思人似月,云间水上到层城。"我恨不得化作一片月光,穿云越水直达爱人的身边,看一看三妹是否受到伤害?"二玉"可否安然无恙?

盼啊等啊,等啊盼啊,非但没得到亲人消息,反倒让"鬼"找上了门来!

江苏宜兴市是闻名中外的陶都,陶器中最负盛名的莫过于"宜兴壶",凡来观光的游客无不购买几套带走,或留用,或收藏,或送亲友。剧团刚到,我就忙着去买茶具,准备春节看望二哥时当礼品相送,想通过他打听三妹娘儿俩的消息。

坐落在公路两边的陶瓷店,一个紧挨着一个。他们为过往的司机、乘客准备各种各样的陶器,可谓是琳琅满目。我一边挑选一边欣赏这些造型各异的工艺品,不觉来到一家店前,柜台上摆放的一尊造型精巧的观音菩萨映入我的眼帘。人人都说菩萨心慈面善,普度众生,许多人家都把他供奉在神龛之中,三妹又最爱烧香拜佛,不如买下赠送她,或许能够显灵保我与三妹破镜重圆。怀着一颗虔诚的心,我双手捧起菩萨……

忽然,背后有人喊道:"团长,有人找你。"回头一看,原来是本团演员小许。

"谁?是不是剧场经理?"

"不太像,那人显得很着急的样子。"

"他在哪里?"

"在影剧院大门外等你。"

我赶忙放下手中的瓷器,匆匆向剧院走去。

大门外台阶上站立一个彪形大汉,见我到来开口问道:"你就是闫团长吧?"

"请问你是——"

"我是萧大。"我心里陡然一惊,暗想:他怎么会到这里?找我何事?我细细打量这位不速之客,只见他一米八的个头,络腮胡须,满脸凶相,一副墨镜遮盖住半个脸,那架势很像黑社会老大手下的一个马仔。来者不善,须加小心!他见我沉思不语,又加了一句:"我就是三妹的丈夫。"这话得意中充满着挑衅,听起来是那么的刺耳。我的心既痛苦又无奈,只好强装笑脸问道:"找我有事吗?"

"我想同你谈谈。"

"好吧,请到里面坐。"

"不,就在外面说。"他边讲边向剧院门外走去。我心想,大白天量你也不敢把我怎样,于是跟随他向前走去。

他来到不远处停下,点了支香烟,抽了几口说道:"我不在家时多亏你对三妹的'照顾'。"他把"照顾"二字说得很重,其中有暗示,也有威吓。我没有正面答话,只是很平静地问了句:"说吧,找我有什么事?"

"想见你一面认识一下。"

"就为这个?"

"早就想拜访拜访你。"

"不必客气,有什么事就直说吧。"

"痛快,闫团长到底是个明白人。"

"请说吧。"

"哥们儿才回来手头紧,有点小困难,请你帮帮忙。"

"你的意思——"

"借点钱花。"

"你找我借钱?"

"不是我,是她娘儿俩!"说着他随手递过来一封信。那清秀的字迹我一眼便认出是三妹的笔迹。信笺上寥寥数语:团长(她一直都是这样称呼我),我们母女一切安好,年关将近,家中实在困难,请你帮助几千元解决燃眉之急。祝愿你和孩子平安!

"怎么样?总该给兄弟点面子吧。"

对于他的突然出现,我没有任何的心理准备,一时也拿不定主意。我说:"你先找个地方住下,明天再说。"

"你想耍我?"

"这是什么话?"

"干脆说吧,借,还是不借?"他恶狠狠地说。

"你总得让我准备一下吧!"

"那好吧,明天见!"他转身想走,我上前拦住:"请留步,我想打听一下,她们母女还好吗?"由于思念三妹心切,我不愿放弃任何打听她的机会。

"信上不是写得很清楚吗?"他很不耐烦地回答我。

"就那么几句,我想了解一下……"还没等我把话说完,他火气上来了,两眼一瞪:"明白的告诉你,我和三妹现已经过登记,是合法夫妻,你就死了这条心吧!"一句话说得我从头凉到脚跟! 是啊,如今人家是合法夫妻了,三妹也不可能再回来了,我不该再打听她事情。正在懊悔,萧大走了几步突然停下说道:"钱的事,无所谓。不过,我要送你几个字——破财免灾。你看着办吧,老子可是蹲过大狱的人!"说着故意将随身携带的一把明晃晃的尖刀拿出来亮了亮,"告诉你,放明白点!"说罢,大摇大摆地走了。

这是恐吓、讹诈! 初次相见,他就出言不逊,实在狂妄。

"站住!"我忍不住了。

"你想干什么?"看得出他有点紧张。

"我想提醒你,跑江湖的人什么场面没见过? 打架拼命是家常便饭,黑白两道都打过交道,劝你别在我面前耍小儿科!"面对这个恶棍,我真想喊人来揍他一顿,压压他的嚣张气焰。但转念一想,不行! 对于这个亡命之徒,不能轻举妄动,弄不好要出大乱子的。再说,女儿还在他手上,小不忍则乱大谋,还是先忍耐一下吧。于是,我说:"钱的事好说,希望你回去掂量一下我说的话!"说罢转身走进剧场。

古代,视远方亲人的来信为"万金家书",可见信的分量。今天,我收到了三妹的信,把它贴在胸口,激动的心情真是难以言表。入夜,我手捧信笺,看了一遍又一遍,舍不得放开,总想从字里行间揣测点什么出来,可是翻过来倒过去,看来看去,还是一张信纸几行字。

为什么不多写几句? 信是三妹的本意,还是另有隐情? 她是不是有什么难言之隐? 辗转反侧,冥思苦想,找不出准确的答案。

我靠在床头两眼盯着信,丝毫没有睡意。因为夜里得给孩子把尿喂奶粉,照明的小台灯是通宵开着的,又怕光亮刺孩子的眼,我习惯把它放在地上。人在上,灯在下,透过反光我无意中发现信封里模模糊糊有字迹,眼睛一亮,好像发现"新大陆"似的,激动得心怦怦乱跳。

这是一个自制的信封。我小心翼翼地揭去粘贴处,翻过来拆开一看,原来是用铅笔写的《休丁香》戏中的四句唱词:

张郎本是虐待狂,
丁香每日都遭殃,
吃喝嫖赌性难改,
敲诈勒索需提防!

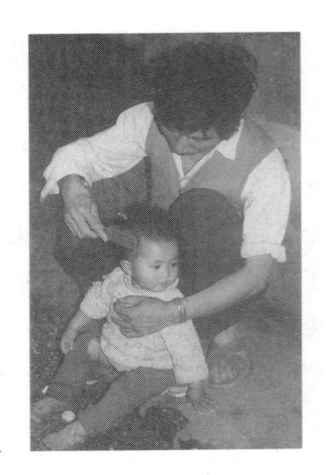

好一个聪明的三妹,真是用心良苦!信中暗藏玄机,字字带血,表露真情。虽然短短数语,我已明白她处境险恶——生命在挣扎,灵魂在哭泣,人性在呻吟,精神在叹息!我知道,承受着生活不幸和感情折磨的三妹,无法摆脱命运的双重打击!在戏剧舞台,上演过一幕又一幕的爱情悲剧,那是对封建社会残害女性的血泪控诉;现在,女同胞们理应获得解放、获得幸福,也有获得解放与幸福的时代环境和历史机缘,是该唱爱情喜剧的时候了。但是,由于社会的复杂性,仍然存在着坏人作恶、好人受难的土壤,致使许多女性至今仍然生活在水深火热之中。

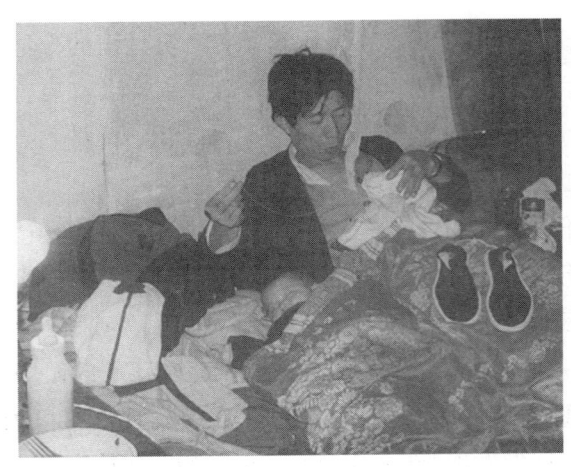

靠在床头的我望着熟睡中的女儿,脑海里浮现出许许多多稀奇古怪的幻想:假如我是一位武林高手、行走江湖的大侠该有多好,我一定要铲除恶魔,与亲人团圆。人在难中,往往会借种种幻想来告慰自己。三妹呀,我有心救你,却无力回天啊!

尽管三妹暗中提醒,我也知道这个无赖是敲诈勒索,但经过认真考虑,我还是给了他两千元。一来怕这个亡命之徒暗中使坏,二来怕他空手而归,会迁怒于三妹。不管怎么说,自己的女儿还在他的魔爪之中,就算是给孩子的抚养费吧。

满心以为这样做或许他对三妹母女会好些,谁知他嗜赌成性,没有多久便把这笔钱全部输在麻将桌上。他输了借,借了赌,赌了输。输红了眼的他,经常背着三妹独自来找我"借钱"。以借钱为名,行敲诈之实,为了能让三妹少受苦,同时也为了孩子的安全,我只能"破财免灾"!

可怜的三妹,每天都在萧大的淫威下苟且偷生!

第七卷 匠门之女

85 苏北女孩

只有把艺术视为生命,人生才会绚丽多彩。一个外表气质、内在修养无法与艺术画等号的女木匠,在我的点拨和她锲而不舍的努力拼搏下,居然成为红遍大江南北的摇滚歌手。

三妹虽然已经做了别人的合法妻子,虽是缘分已尽,但我们的故事远没有画上句号,因为还有二玉女儿这条纽带。这斩不断理还乱的情丝,一直牵着我的心!

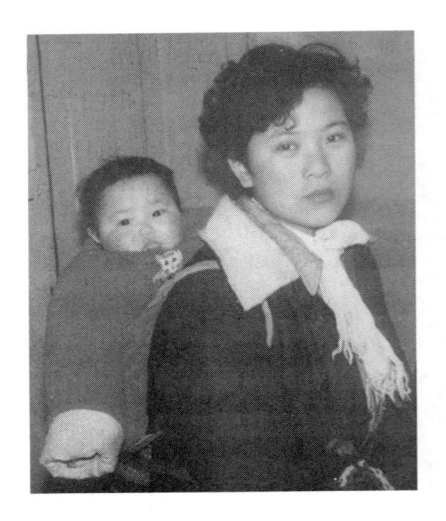

有人说,时间可以抹平感情的伤痕;我觉得,说时间可以治愈心灵创伤,不过是人类自己欺骗自己、自己安慰自己罢了。万念俱灰的我,很长一段时间摆脱不了"失爱"的痛苦。人生中的任何其他世俗之物,与爱情相比都显得黯然无光,唯有事业可与它相提并论;但事实恰恰是,如果没有爱情扶持的话,对事业的追求不但步履艰难,而且将不可避免地带有悲剧色彩。

三妹走后,剧团的演出质量每况愈下,日渐衰退。风诡云谲的演出市场处处是险滩,在优胜劣汰的激烈竞争中,我们被无情地挤出了经济发达、卖座率高的"苏南"繁华闹市,转向较为落后的"苏北"乡镇。

人生的故事,总有起起落落。这次苏北之行,虽说经济上受了些损失,但另一方面却取得了意想不到的巨大收获。

自古以来,在这个世上,男人和女人的故事从未结束过,结束了,这个世界就没有故事了,没有故事了,作家就写不出动人的小说,编不出感人的电影、电视、戏剧……

世间的许多事都离不开一个"缘"字,人们常说"千里有缘来相会,咫尺无缘不相逢",正因为剧团走向低潮,才使我有缘结识了一位生长在大运河畔的农村姑娘。

她,不仅是庄稼田里的壮劳力,同时又是一个拉大锯、举板斧、挖铆眼、扯吊线、做家具的女木匠。她的故事既感人又传奇。感人,足以让你落泪;传奇,令人难以置信。

只有把艺术视为生命，人生才会绚丽多彩。一个外表气质、内在修养无法与艺术画等号的女木匠，在我的点拨和她锲而不舍的努力拼搏下，居然成为红遍大江南北的摇滚歌手、上海大世界重大节日的特约嘉宾；她参加了上海海派名人展演周，与著名戏剧表演艺术家王文娟、徐玉兰、关怀、毕春芳以及周冰倩等同台演出，并继而走进上海荧屏；同当代最为走红的音乐人郭峰、零点乐队、黑豹乐队等许多明星合作献艺，并应邀做客湖南卫视，参与著名相声演员大兵主持的《谁是英雄》节目；同时，还走进了央视、安徽卫视……

如果说她的艺术人生富有传奇色彩，那么婚姻的选择更让人瞠目结舌。正值青春年华的她居然爱上了一个与其父亲年龄相仿的人，当上了同龄人的继母。

这一段忘年恋，说是荒唐，却不胜荒唐，她在人生的"反差"二字上做足了文章。

爱情是天，爱情是地，她把白云当成晶莹剔透的婚纱，挽着我，踏着地，顶着天，飘然走来；她给我信念，鼓励着我，陪伴着我，走过那段暗淡的孤独岁月。

我们风雨同舟，携手创业，共同谱写了艺术人生。谈起这些，一幕幕发生在十几年前的悲欢故事，又浮现在我的眼前，那情景仿佛就在昨天……

人的一生，说长不长，说短也不短！时间总是过得飞快，很多事情很多人,还没来得及用心就已匆匆流过!有时,听着别人的牢骚,就像自己借用了他人的嘴巴一样,说出了自己想说却又没说的话;自改革开放以来,我们国家出现了严重的官场腐败现象,波及各行和业,出现了各种"索贿""行贿"的腐败行为。像我们这样的民营剧团,完全靠演出收入维持生计,不应该再去行贿了。但在现实生活中,并非如此。为生存,我们不得不卑躬屈膝,点头哈腰,不知多少次给演出管理干部"行贿",假如你不送,就死定了。一张介绍信给你安排一个人烟稀少的地方,不仅没有票房收入,甚至还要亏本,让你有苦说不出,因为我们的命运掌握在他们手里。让你主动地、自觉自愿地去"上供"。我戏称这些"演管干部"为穿西服的"姜太公"——我们自愿上钩。

风诡云谲的演出市场处处是险滩,剧团收入每况愈下,连吃饭都成问题哪里还有钱去"行贿"?于是我们被安排到当时号称"贫困县"的苏北运河边上的一个小镇演出。这里经济落后,看演出的人多,买票的人少。为了阻拦无票观众,我在门口协助验票。眼看快开演了,票房才卖出二十多张票。演出,肯定亏本,退票,又怕观众闹事。就在这时,来了一位中年人,身后跟了四五个女孩子,一声招呼不打直往里闯。我伸手拦阻:"请你出示戏票。"站在一旁的剧场经理忙介绍说:"他是派出所民警。"因他没穿警服我不认识,赶忙说了声:"对不起,请进。"他点着我的脑袋说:"我看你眼里没有水!"剧院经理忙做解释:"他不认识你,请别生气。","看经理的面子算了,小心我找你麻烦!"说罢,手一挥,那帮女孩大摇大摆地走进剧场。

眼睁睁地看着她们无票进场,我敢怒不敢言,只有忍气吞声。没过多久,这位"爷"又来到门前,一个接一个又放进来七八个熟人。我实在憋不住了,说了声:"警察也不能随便放人哪!"。他恶狠狠地指着我说:"今晚是老子值班,散了场再找你算账!"说着,一把将我推倒在地上。经理满脸堆笑,连拉带拽将他劝走。

人格受污辱,尊严被践踏,我也只能忍受。谁知,他要了威风仍然不依不饶。演出结束后,他果真来找麻烦来了,要我明天到派出所接受处罚。理由是：剧团没到他那里报临时户口，每人罚款五十元。好心的剧场经理劝我："地方土政策就是这个样，鼻子大能压嘴，你拗不过他，最好连夜离开，事大事小一跑就了。"他的话有道理，全团二十多人罚金就是一千多元，假如他再找别的茬，那真的是有苦说不出，有冤无处伸。难怪老百姓对这些人深恶痛绝，当时就流传着这样的顺口溜：

　　大盖帽　腰别枪，
　　走到哪里都吃香。
　　白条一打交罚款，
　　谁敢顶嘴谁遭殃。
　　轻者给你上手铐，
　　重者电棍把人伤。
　　百姓面前抖威风，
　　指手画脚耍官腔……

　　没在民营剧团待过，没干过流浪卖艺这一行的，没同少数素质不高的"大盖帽"打过交道的人，也许你不会相信，一个头顶国徽的执法民警会这样蛮不讲理，更体会不到我们民间艺人所受的委屈和伤害。真可谓：风雨坎坷路，血泪草台班！

　　于是，我们男男女女齐动手，不一会儿就装好了车。驾驶员加大油门，开足马力，汽车像只无头苍蝇，见路就冲，很快消失在茫茫夜幕之中……

　　大约半个小时后，估计逃离了"危险区"，我忙招呼司机熄火停车。一颗悬着的心稍稍放下之后，我这才考虑剧团该去何方？按原定计划，这边演出四天后，才能到下一个剧场。如今只演了一场，中间尚缺三天没有着落。突发的事件搅得我们措手不及，不仅经济蒙受损失，剧团连个落脚的地方都没有。思之再三，决定先到下一个剧场再作计议。

　　天将破晓，我们来到了一座街镇。远远望见镇口标语牌上写着：大兴人民欢迎您！一夜的奔波，大家早已是疲惫不堪、饥肠辘辘，我决定就地停车吃早点。歌舞团里的女孩子穿着打扮比较洋气，招来了许多围观群众看热闹。其中有个女孩子特别引人注目，老是在我身边转悠，想说什么欲言又止。我好奇地望了她一眼，她羞涩地一笑："你们是歌舞团的吧？"

"是呀。"我边吃饭边回答。

"来俺镇演出的？"

"不，是路过。"

"为啥不在这里演？"

"你们镇上有剧场？"

"嗯呐（是的），可大哩！能坐一千多人。"她操着一口苏北腔。

"爱看歌舞吗？"

"咳（对），看的人可多啦！想在这里演，俺带你去找陆经理。"

"你认识他？"

"哎。"

小姑娘自告奋勇地前边带路。我们找到陆经理家，三言两语达成协议，当天晚上就地演出。这样，不仅解决了燃眉之急，同时也使剧团免遭经济损失。应该说，多亏这位帮忙引荐的女孩子。

晚上看演出，她当然是免票入场。

在众目睽睽之下，她大摇大摆地进场，还时不时地走进走出，显摆，显摆，惹得那帮小姐妹们用羡慕的目光望着她。之所以这样，是因为她觉得这是特露脸的一件事儿。一连三天，她是场场必到，而且看得如痴入迷。晚上看演出，白天过来玩，她似乎把剧院当成了自己的家。最后一天，她突然向我打听："你们歌舞团招人吗？""你问这干什么？"她憋了半天，才吞吞吐吐地红着脸说："我想进歌舞团学唱歌。"这时我才仔细打量起这位苏北妹子：一米六的个头，黑黑的脸庞，一双长满老茧粗糙的手以及那健壮得没有线条的腰身，一看就知道是个干粗活的农村姑娘；她土里土气的，怎么看也不像是唱歌跳舞的那块料。不过因为帮过我的忙，不好伤她的自尊心，便笑笑问道："叫什么名字？"

"俺叫张唯。"

"以前唱过歌吗?"

"在学校唱过。"

"你是中学生?"

"不,高中没念完就在家里干活了。"

大兴镇地处运河边上,原是一条并不出名的小街,近几年因盛产蚕丝、黄花菜而远近闻名。这里田少人多,家家户户都忙些副业生产。她告诉我,除种庄稼外,还会木匠手艺,她能拉锯、推刨、放线、下料……

繁重的体力劳动使得她身体过早地成熟,根本不像女孩子,反倒像大小伙。如果让她来学歌舞,那简直是开天大的玩笑。我有意提醒道:"进歌舞团是要经过严格考试的,没有好身材、好嗓子,是绝对不行的!","那我现在就唱给您听听。"我连忙摆手推辞道:"不行,不行,今晚转换场地要连夜搬走,没时间。"

"明天在哪里演出?"

"远哪,在宿迁城里幸福剧院。"

"那我明天去找你们。"

"行。"

这本是一句随口敷衍的话,万万没有想到第二天上午她真的找上门来。我暗暗埋怨自己:昨天应当把话挑明,也免得害人家今天白跑一趟。

望着她风尘仆仆满头大汗的样子,我真不忍心说出让她失望的话。然而,艺术是严肃的,既要对剧团负责,也不能耽误人家前程。我心想,让她唱几句,然后说些安慰、鼓励的话,我出钱买张车票,打发她尽快回家。

"你会唱什么歌曲?"

"就唱《祖国赞美诗》吧。"我暗自好笑,到底是外行,她怎么选这首歌?该歌起音高、难度大,除了专业演员外,一般人都不爱唱。"行,你唱几句吧,我到台下去听听。"她亮了亮喉咙,开口唱道:"我们是相同的血缘,都有一个家……"一声高音甩腔,高昂挺拔,铿锵有力,直冲云天。我一听震惊了,虽然没用扩音设备,但她的唱词不仅能一字一句清楚地送到最后一排,而且还是那么甜美、令人心醉。她的演唱可以用八个字来概括:高亢,圆润,情真,多变。经她这么一唱,演员们都有些震惊。此时此刻,我才真正相信"人不可貌相,海水不可斗量"这句千古名言。

当然,她也存在许多不足之处,比如表情呆板,节奏把握不稳,发声方法欠佳,几次出现跑调现象等。这些不足之处,对于一位初涉舞台的学员来说,是次要的,因为她已具备了通俗歌手的良好基础,只要经过锻炼和培训指导,是完全能够克服的。

接着,她把中学"毕业证书"取出给我看。照片上的她,是位模样俊俏,身材苗条的女孩子。她解释说,因为繁重的体力劳动改变了她的体形,并且蛮有信心地表示:只要给她机会,今后稍加锻炼,就会恢复原来的身材。

茫茫人海,浩浩尘缘,我们都是人世间的匆匆过客。人生总离不开"机遇",一个"机遇"往往能改变人的一生命运。同时,"机遇"又让人琢磨不定,或与你擦肩而过,或留下一段美好故事。正是有了这次机遇,这位"女木匠"由手艺变演艺,成了一位小有名气的摇滚歌手。

我果断地决定:收张唯进团当学员。

她很激动,连连问了好几声:"真的收我进团吗?不会是做梦吧?"我点了点头并告诉她:"虽收你了,但还有一段很长的路需要自己走,它不是鲜花簇拥的大道,而是长满荆棘的崎岖山路,需要你攀、需要你闯、需要你去爬!"张唯听后说道:"请你放心,既然选择了这条路,不管遇到多么大的困难,我都会坚定地走下去。"接着我又告诉她:"我们是民营剧团,自谋生路、自负盈亏,收入分配实行打分制,根据演员艺术高低评分,按分取酬。新收的学员还要自带伙食费,直到能登台演出,方可评分计酬拿工资。演出服也要自己掏钱定做,这是全团演员经过讨论立下的规矩。"她听后随口就说:"行,一切按你们的规章办,我这就回家讨钱。请你告诉我后面演出的地址。"

她兴冲冲地回家去了。

事情并非像她想象的那么简单。在这个古老而又封闭的小镇上,一个女孩子要抛头露面跟个外地戏班学艺,成了当地的一条爆炸性新闻。张唯才离开两天,大兴镇就像炸开了锅似的,说什么的都有,尤其是社会上的一些爱嚼舌根的婆娘们更是舌底生花。

"听说张木匠家的大丫(乳名)去考歌舞团了?"

"哪是什么歌舞团?一看就知道是跑江湖的杂凑班子。"

"真是公家的戏团能到乡下来演?"

"那倒也是。"

"怕是被人家拐骗走了。"

"听说是她自己找去的。"

"好男不学艺,好女不唱戏。"

"干什么也不能让女孩子去学戏,真是缺少家教!"

……

一个刚满十八岁的女孩子单独出走,本来就让家里人不放心,如今八字没见一撇,却闹得满城风雨,招来指责非议,闲话满天飞。再加上哥嫂、叔婶、亲戚、近邻们都反对,迫于巨大的社会舆论压力,张唯的父母亲毅然做出决定,不准由着她的性子胡来!

满怀喜悦的张唯刚一到家,就兴冲冲地说:"我考上歌舞团啦!"心想,家里人一定会为她高兴,夸奖她有本事。谁料哥哥用手指着她大声吼道:"从今天起,敢离家半步我打断你的双腿!"

"怎么啦?我学唱歌有什么错?"

"丢人!"

"一不偷,二没抢,三没干见不得人的事,凭什么说我丢人!"

"整个镇上的人都在讲闲话。"母亲在一旁说。

张唯万万没想到,梦寐以求的愿望刚刚实现,就会遭到社会的谴责、家庭的反对。她不服气:"越讲我闲话,我越要去唱歌!"坐在凳子上的父亲突然站了起来,走上前一把抓住张唯的头发怒吼道:"我叫你嘴硬!"说着将她推进厢房,把门反锁起来。

"放我出去!快放我出去!!"

"你就死了这条心吧!"

张唯在里边将门捶得咚咚响,哭叫道:"我要绝食……"

86 委身学艺

面对这样一个坚强而执着、为追求艺术而肯献身的女孩,我被深深地感动了。她有着超乎常人的毅力,具备了一个歌手的实力,相信她一定能够成功。

中国人的传统习惯,把父母、长辈称为"家长"。家长在家庭中拥有至高无上的权力。家长对子女的教育往往是专制的、粗暴的、不平等的。一般情况下,大多数孩子都是逆来顺受,不敢顶撞家长,而性格倔犟的张唯就不同了,她任性,她较真,她敢为自己的命运和前途做不屈不挠的抗争。

她真的绝食了。

一连两天她茶水不进,送来的饭菜又原封不动地端了出去。善良的母亲见女儿不吃不喝心软了,劝她父亲:"大丫的脾气犟你是知道的,要是憋出个好坏来……"嫂子也在一旁劝说:"放她出来吧,硬关也不是办法呀。"父亲也担心出事,但又拉不下面子,打开锁随口说了句:"你要是离开家,就永远别想再进这个门!"张唯双膝跪在父母面前说道:"爸妈,女儿若不混出个人样儿来,决不回来见你们!"说罢,磕了三个头,一下子冲出门外。

"大丫,你回来——"妈妈扶着门框大声哭喊着。父亲气得直跺脚:"造孽啊!咋生出你这个犟种……"

张唯的确犟,一旦犟起来天王老子都拉不回来,这一点全家人也都领教过。在读高三时,她的学习成绩相当不错,在全班数一数二。可惜,一场误会使她辍学回家,失去了考大学的机会。

事情的起因很简单:同桌的女孩丢了十块钱,怀疑是她偷的。头脑简单的学生们动手搜查张唯的书包,碰巧在她的日记本里翻出十块钱。于是,他们不分青红皂白认定钱是张唯偷的。一时间,指责、讥笑、讽刺、挖苦声,不绝于耳。

尽管她再三争辩,同学们总是不信,说她是小偷……

"偷钱"的事像一条重大新闻在学生中流传,一传十,十传百,不久便传遍了整个校园。张唯顶着巨大压力,流着泪水向班主任解释,然而在"铁证"面前,班主任非但不听她申辩,还把"偷钱"的事反映到教务处。校领导偏听偏信,扬言要对她处分,受了委屈的张唯不服气,她将那个学生的书包翻了个底朝天,终于在书包的夹层里把钱找到了。

班主任愣了,"丢钱"的女孩傻了,同学们全都震惊了,张唯也委屈地哭了。她的泪水像打开的闸门一下子涌了出来。她当着老师和全班学生的面,将课本撕得粉碎,冲出校门哭着跑回家。

张唯的钱是有来历的。

她是位有个性的女孩,从不向家里要钱。炎热的夏天,每逢周六、周日,她总会挑担凉水到街上去卖,放了糖精的井水又甜又凉,既解渴又降温,一分钱一大碗,两分钱管饱喝。她的钱就是这样一分一分地积攒的。

事后,班主任亲自带着那个"丢钱"的学生登门道歉。

真相大白了,面子也挽回了,按理说,她应该继续上学,可说什么她也不愿再回到学校去。校方、家庭一起出面做工作,任凭他们磨破嘴皮、说尽好话,最终也没见效。父亲气得骂她是"犟种"!她丝毫不示弱,回敬父亲道:"性格是你给的。"打她,她咬紧牙一声不吭;劝她,她低着头只是流泪。她软硬不吃,谁的话也听不进去。

全家人拿她没办法,就捡重活让她干,她二话不说拉着板车运木料。叫她帮哥哥拉大锯,她累得满头大汗也一声不吭。几天重活干过后,满以为她能够回心转意,母亲问她:"后悔吗?回学校还来得及。"她摇摇头:"宁可失学我也不愿失去做人的尊严!"

可惜,一个成绩优秀的高中生,从此变成干重活、拉大锯、握斧头、做家具的女木匠。她像大多数学徒工一样,先从干重活开始,然后再做细活、技术活。她会使斧头开料、刨木板、凿铆眼,做架子床、大衣柜、八仙桌……一年干下来虽称不上是能工巧匠,却掌握了基本工艺。也正因为女儿家学木匠,她成了这个小镇上的"知名"人物。

然而,做木匠只不过是迫于无奈,想当歌舞演员才是她一生最大的愿望。她的小屋里到处贴满了歌星的画像,当成偶像崇拜,如痴入迷。镇上只要来歌舞团,她是场场必看,然后就红着脸向人家打听招不招收学员。连她自己也记不清楚"报考"了多少歌舞团,皆因她的身材,被婉言谢绝。但她从不灰心,她那股犟劲,有种"不到黄河心不死,撞了南墙不回头"的执拗。

离家出走的张唯,两手空空,既未带一件换洗衣服,又未拿铺盖行李。被锁在屋里时她就清楚地知道,要生活费、带行李是不行的。于是,她将自己心爱的聚钱箱——造型精巧、十分可爱的小猪崽摔碎:里面装着她珍藏多年的三十多元硬币。

蹉跎从艺路,执着追求心。张唯的演艺道路不但不顺利,反而异常坎坷。假如她没有坚强的意志、倔强的性格、敢想敢干的精神,就不可能有今天的成就。每当提起做学员的那段时光,她就用四个字来概括:不堪回首!

张唯回到剧团后,没敢说出事情的真相。每当吃饭时,她总以生活习惯不合为借口上街买吃的,两毛钱的烤山芋或五毛钱一碗的清汤面勉强填饱肚子。这样的生活三天两天还能坚持,时间一长,她就有些支撑不住了。一天早晨练功,她突然晕倒了。正当大家手忙脚乱准备抬她送医院时,她却坚强地站起来,继续练功。

对她的古怪行为我心中犯疑,于是,吃中饭时我悄悄地跟在她后面,想看个究竟。我见她走了一家又一家,一连挑了七八个饭店都没入座,心想,她的口味蛮高的嘛。

走了许久,她才在一个僻静处坐下。我绕到她背后,发现她在啃一块生山芋;吃着,吃着她突然间呕吐起来,吐了几口清水后,用手绢抹抹嘴,接着又吃。看到这一幕,我的心震撼了!我一把夺过山芋,使劲摔在地上:"你怎能吃这种东西?"她低着头不吭声,泪水像断了线的珍珠,顺着面颊流下来。许久,她才喃喃地说道:"我身上只有三毛钱了。"

"家里没给你钱?"

她依然流泪不语。

"你为什么不对我说真话?"

"怕你赶我回家。"

无需再问,我全明白了。

她望了望我说道:"团长……"话刚出口欲言又止。

"有什么话,你尽管说吧。"

她支支吾吾地说道:"我想给你当保姆,为你带孩子,帮你洗衣服……"

"你说什么?"

"我不要工资,只要给口饭吃就行了。"

"这不合适。"

"看你整天忙里忙外,我带孩子可以为你分忧。"

"这样岂不委屈了你?"

"你可以教我艺术,让我拜你为师。"

"教你可以,但称不上老师;照看孩子也行,但不能视为保姆,只能说是互相帮助。"

"不,我是保姆,是您的学生,这样才名正言顺。"

面对这样一个坚强而执着、为追求艺术而肯献身的女孩,我被深深地感动了。她有着超乎常人的毅力,具备了一个歌手的实力,相信她一定能够成功。收她为徒,培养她成才,无论从个人还是剧团今后的发展着想,都是一件有益的事情。经过一番深思后,我对她说:"你的精神感动了我,你的勇气征服了我,在艺术上我会尽最大的努力帮助你、培养你。当保姆的确有些委屈你,不过我会给你酬劳的。"

"钱,一分也不要。我说过,只要有口饭吃就行。"

"委身学艺,志在必成。希望你刻苦努力。"

"当演员做歌手,是我梦寐以求的心愿,我会珍惜这来之不易的机会。"

由于市场萎缩,转场频率加快,剧团常常两天就要换一个剧院。演员们都觉得很疲劳,带着孩子的张唯更是体力难支;白天她要为孩子喂饭洗衣,晚上又要为孩子洗澡、安排睡觉。遇到换台口,我要拆台装车,张唯便忙着收东西、打背包、捆行李,然后抱着孩子爬上"大棚车"。在学艺的路上,她所付出的艰辛和汗水要比常人多两倍。

天下无难事,只要肯登攀。张唯不但肯吃苦,而且很用功,所以她学艺进步很快。如有演出服装,她就可以登台试唱了。但是,她却突然向我提出想出差跑业务。跑业务就是打前站,联系演出台口或是推销戏票。她说:"一是锻炼自己,二是能拿些补助费买演出服。"(按规定,订好一个剧场补助十元钱)

"打前站太辛苦了,做演出服的钱我给。"

"不,我想靠自己去挣钱。"她的态度非常坚决。

"你能行?"我用怀疑的眼光望着她。

"行,这一带我比较熟悉。"

"一个女孩子出门我不放心。"

"女孩子联系业务有一定的优势,让我试试吧。"经她这么一说,我只好点头同意,并嘱咐她:"要多加小心。"她接过"介绍信"、《演出证》,立刻就出发了。我心中暗暗佩服:她的确是很有个性的女孩。

然而,出师不利,她刚出门就遇上下雨天。衣服淋透了,鞋子甩掉了,结果是白跑了一天,无功而返。看着她一副落汤鸡的样子,一股爱怜之心油然而生,劝说道:"别跑了,这不是女孩子干的事。"

"不,明天我还要出去!"

我知道她性格倔强,不好再劝。

几天下来,终于有了收获。她硬是凭着自己辛苦挣来的钱买了演出服。从此以后,她白天联系剧场,晚上参加演出,抽空还要照料孩子。

张唯虽然能登台演出了,但还是锻炼阶段,每天只唱一首歌曲,拿的是学员工资——每场一元二角钱。她需要买化妆品,需要买生活用品,需要……自从她拿了学员工资后,就拒绝要我的一分钱,她说一切要自立。

送走了春天,熬过了夏天,转眼已是秋季。

夏日骄阳下,张唯挥洒着汗水走乡串镇;秋天风雨中,她迈进一个又一个剧场,一张订单一份收获,每签一份合同就多一份喜悦。她硬是靠自己的顽强意志,挺过了最艰难的时日。

经过锻炼,她长了见识,学会了与各种人打交道的本领和应变能力。

女孩子抛头露面跑业务,除了辛苦,还经常遭遇到人格上的侮辱。在苏北某地,张唯到一家工厂推销戏票,厂长提出只要陪他吃顿饭,愿意买五百张团体票。张唯高兴得一路小跑赶了回来,硬拉着我去陪客。席间,她不卑不亢的言谈举止,恰到好处。厂长赞不绝口:"张小姐气质高雅,很有修养,足可以代表一个企业的形象。我相信,贵团演出的节目肯定精彩!"其他人跟着附和:"能和张小姐共进午餐,是我们大家的荣幸!"其中一个科长略带醉意地说:"小姐,你,你的胸蛮大的嘛。"一句话说得张唯满面通红,赶忙应对道:"科长,你喝多了。"其实,他并未喝醉,几杯黄汤下肚,借酒壮胆,不过拿人开心而已。没料到他得寸进尺:"张小姐,把你的那个玩意儿让我看看,本人再买五张票。"其他人听了,一阵狂笑。

这人也太可恶了！我心想，张唯肯定要骂他流氓，万一闹起来，五百张票泡汤是小事，说不定还会惹出麻烦。我正为她担心，只见张唯略思片刻，举起酒杯："科长大人，来！我敬你一杯。"说罢一饮而尽，接着说道："科长，有胆量吗？要是胆大，把你那个'宝贝'掏出来给在座人看看，本姑娘赏你一百元！"说罢，将钱往桌子上一丢，两眼直勾勾地盯着他。那位科长闹个大红脸，连声说对不起，其他人打圆场说："他喝多了。"厂长一伸手，说道："张小姐，好样的，本厂长佩服你，五百张票拿来！"此时此地，我的心中充满了感慨：谁说我们民营剧团不是一片沃土？不能培养出一些出类拔萃的人才？艺海茫茫，有心则灵！

张唯也有流泪的时候。记得她初次演出，为了鼓励新人，我在会上说："张唯进步快，唱得不错。"第一次登台就受表扬，她高兴得喜形于色，有些忘乎所以，走起路来轻飘飘的。艺人相轻，歌手中常常会出现互不服气、相互排斥的现象，不会唱歌瞧不起你，能登台时又嫉妒你。加上张唯又是来自外地小镇上的女孩，老演员们哪肯把她放在眼里。其中有人讽刺说："有什么了不起的？再神气也不过是个小保姆！"俗话说，雨不大湿衣襟，话不多伤人心。一句话说得张唯面红耳赤，呆呆地站在那里一动不动；继而，豆大的泪珠无声地顺腮流下，自尊心受到伤害的张唯一直哭到了深夜。

春节到了，县文化局调我们回去举办春节文艺晚会。张唯也随团来到长丰。别人忙过年，剧团忙挣钱。唱戏的有这样一句口头禅：吃罢年饭酒，就把江湖走。也就是说，过了年初一剧团就要出发演出。许多离家较远的演员总是留下来，聚在一起吃年夜饭。剧团就像是一个大家庭，喝酒、猜拳、唱歌、说笑，场面热热闹闹，只有张唯捧着下巴迟迟不肯动筷，嘴里反复念叨着："我还是第一次在外地过春节，往年除夕总是围在父母身边，一家人说说笑笑。家中的餐桌上肯定会多摆一双筷子，那是父母等待远方的女儿回家吃年夜饭呀！除夕夜，他们一定会牵挂我这个远离家乡的孩子。"说着，她哭了。大家停下筷子，用惊诧的目光望着她，屋里的空气似乎一下子凝固了，变得沉闷起来。我不禁有点难过：每逢佳节倍思亲,这乃是人之常情呀!

大年初一,文化局副局长叶守好同志请剧团演员吃午饭。刚刚入座,他家的电话铃响了,是车站旅社打来的,说有人急着见我。我起身急匆匆向旅社奔去。一路上猜想,是谁大过年的来找我?又有什么要事急着见我呢?当我满腹狐疑地走进房门,眼前的情景让我愣住了:萧大在闷头抽烟,三妹怀抱孩子默默流泪。

人常说,出门看天气,进门看眼色。直觉告诉我,他们这次找上门来肯定不是一般小事。还未等我开口,三妹就将孩子递过来说:"让你亲爸抱抱吧。"她趁机朝我手里塞了张字条,我紧紧攥住,感到了它的分量。我放下孩子说道:"等等,我去买些水果。"说罢,抽身走出门外。来到僻静处,我将纸团打开,上面写道:萧大赌博恶习不改,钱又输光,他要将孩子卖到山东。是我寻死觅活才拦了下来,你一定要留下孩子啊!千万!!是死是活我难逃出他的魔掌,两个孩子就靠你了……

先前敲诈,而后借债,如今又卖孩子,以后呢……我不敢想象。天哪,太可怕了!

眼盯着手中的纸片,我目瞪口呆!

87　双胞团聚

> 双胞胎之间似乎都有一种感应,正当我束手无策之际,大玉上前去拉"二玉","二玉"居然停止哭叫,乖乖地跟着"大玉"一起走了。

看罢字条,我半晌才缓过神来。感到气愤和震惊!

这个输红了眼的赌徒,什么丧尽天良的事都干得出来。

幸亏三妹用心良苦、悉心呵护,倘若"二玉"被远卖它乡,今生今世父女再无见面的机会!

在家庭中,在社会上,在人世间,无论遇到什么困难,都应当以最无私的爱和最负责任的态度,对孩子并加以呵护。我无论如何也得要把孩子救出魔窟,这是我做父亲应承担的责任、应尽的义务。主意已定,我迈步回到房间,开门见山地问道:"找我什么事?说吧。"

"我们是给你送女儿来的。"萧大抢先答话。

"没什么条件?"

"总得给点抚养费?"

"开个价吧。"

"也不多要,你就给一万五。"

"一万五?怎么要这么多钱?"

"就这我还是少要的。嫌贵?我们立马走人!"

"我这不是同你商量么。"

"有什么商量的?一万五千块,少个子儿也不行!"

敲诈,勒索!这个流氓恶棍,为了钱居然在孩子身上打主意。我正在犹豫,他突然又说道:"也不瞒你,山东人开价就是两万元,舍不得钱我们现在就走人。"我有心与他理论,但转念一想,同这种人也说不出个道理来,由他敲诈也不过仅此一回,既然把孩子送来了,就决不能再让他带走。为了救出自己的亲生骨肉,钱是小事!

"好吧,给你一万五,不过当初你借的钱……"

"应当扣除,借贷还钱,天经地义。"三妹接口道。萧大气得瞪着双眼,开口骂道:"×女人,就你会说话,闭起臭嘴!"一句脏话把三妹骂得不敢吭声,她含着泪水将头低下。

他肆无忌惮地当面羞辱我曾经深爱过的女人,我满心窝火却无可奈何,有心保护却无能为力。我的心在滴血,火往上冲!面对这个可恶的流氓,我恨不得咬他三口,但为了女儿我还是屈从地交了钱。

萧大飞快地点完钞票起身就走,我上前轻轻地拦了一下,用商量的口气说道:"请留步,能否让大玉同她妈妈见上一面?你若同意,我马上叫人把孩子送过来。"他以不容商量的口气说:"从现在起,她和孩子已没有任何关系,你也别再纠缠了!"

人世间最揪心的牵挂,是母亲对儿女的牵挂;人世间最动情的思念,是母亲对儿女的思念。三妹含着热泪哀求道:"大玉四个月就离开我,三年来一次面也未见过,你就发发善心吧!"说着,她双膝跪在萧大面前:"求求你,就让我看孩子一眼吧!"中国是举世闻名的礼仪之邦,自古就有"上跪天,下跪地,在家跪父母,学堂跪老师"之说。社会发展到文明进步的今天,一般人连对父母亲都很少下跪,可是,为了能见到女儿一面,三妹却忍受着人世间最大的屈辱,她放弃了做人的尊严,对这个流氓屈膝下跪了。

此情此景,稍有一点人性良知的人,也会为之动容。然而,本性残忍、良心泯灭的萧大凶狠地吼道:"啰嗦什么?快走!"我实在憋不住了,说道:"你也太没人情味了!"他两眼一瞪:"我管老婆,关你屁事!"说着,拉着三妹:"快走!","二玉"似乎明白眼前所发生的一切,她紧紧搂着妈妈的脖子,不肯松手。萧大一把夺下孩子,像提小鸡似的丢在一边,拽着三妹就走。"二玉"从地上爬起来,边哭边伸出一双小手向妈妈追去:"妈妈,带我回家……妈妈……"三妹回过头来,发疯般地叫道:"二玉,我苦命的孩子啊!"她奋力挣脱萧大,扑了回来,将"二玉"紧紧地搂在怀里哭泣道:"可怜的孩子,妈妈也舍不得你呀……"萧大用力拨开她们母女紧紧拥抱的手,凶狠地将孩子推倒在地上,抓住三妹的头发,像饿狼叼羔羊一样,连拖带拽地朝车站走去。

"二玉"坐在地上哭得声嘶力竭!

那撕心裂肺的呼叫声,撼天动地!

远处传来三妹绝望的哀求声……

围观的人群都流下动情的泪水。

没想到几年前大玉离开妈妈时的惨景,今天又在"二玉"身上重现。孩子何其无辜,遭此不幸?大人的孽债为何要让她们来偿还?这不公平啊!

张唯拉着大玉,闻声找来。一见面我就催:"快,快点!追上他们,让大玉见她妈妈一面。"我们四人赶到车站,列车已经启动。可惜呀,近在咫尺,又被天河隔断,"大玉"失去了最后一次见生母的机会!

空荡荡的候车室里,旅客们早已走光,大厅里回荡着"二玉"的哭叫声。我饱含热泪,弯下身拉住她的小手说道:"二玉呀,跟爸爸回去吧。"她甩开我坐在地上:"我不要你,我要妈妈!我要回家……"她不停地哭闹,不停地喊叫,怎么劝她也不听,怎么哄她也不理睬。我知道,"二玉"对我这个父亲是陌生的,对眼前的一切都是陌生的。在她的幼小心灵中,已把那个魔窟当成了"家",只知道有个精心呵护她的母亲,她哪知道这个世界上还有一位整日为她牵肠挂肚的父亲。她也许会埋怨妈妈不该狠心将她抛弃,可她不明白,"无情"的割舍,却是母亲对她最深切的大爱!

双胞胎之间似乎都有一种感应,正当我束手无策之际,大玉上前去拉"二玉","二玉"居然停止哭叫,站了起来。四只小眼相互注视着对方,愣了许久却未说话。从她们充满疑惑的目光中,我猜想,她们是在用心灵对话:

"你是谁呀?我们好像见过面。"

"我是大玉,也觉得好像在哪儿见过你。"

"你长得太像妈妈了。"

"我不知道妈妈长得什么样?"

"你是妈妈常念叨的姐姐吗?"

"你是爸爸常提到的妹妹吧?"

"妈妈不要我了。"她的眼里流出几滴晶莹的泪水。

"爸爸要你呀。"

"我离不开妈妈。"她又哭了。

"爸爸可好啦!给我买好多、好多花衣服。"

"妈妈说,她没钱给我买新衣。"

"我有洋娃娃,还有小糖大苹果,你有吗?"

"没有,我都没见过。"

"走吧,姐姐拿糖给你吃。"

"二玉"居然乖乖地跟着"大玉"一起走了。

望着这一对可怜的小姐妹,我心中涌出一种从未有过的悲哀。我恨不得仰天大哭一场！

晚上睡觉时，我发现脱去衣服的二玉，胸口下的肋骨清晰可见，两只胳膊细细的，用骨瘦如柴来形容她一点也不夸张。再细看之下，她的身上到处是伤，青一块紫一块随处可见。我的心疼极了，泪水滴在她的小脸上；我抚摸着伤痕问道："痛吗？"

"痛。"

"是妈妈打的？"

"妈妈从不打我。"

"肯定是他打的！"

"我不敢说。"

"妈妈经常挨打吗？"

"他用烟头烧妈妈的手。"

"你怕吗？"

"怕，只要打妈妈我就吓得躲在桌底下。"说到这里，"二玉"的眼睛里露出惊恐的神色，看得出她依然心有余悸。

"孩子，不用怕，今后再也没人敢打你了。"

"那你为什么不把我妈妈留下来？"

一句话问得我哑口无言，不知如何回答是好。我的心在抽搐，在颤抖。这几年,她们娘儿俩过的是怎样的日子呀?可以想象得出,她们是在什么样的环境下生活的。如今,"二玉"逃离了虎口,而我最担心的是三妹:她被迫失去了爱情,又无奈地抛弃了亲情。在人的一生中,爱情与亲情都是永远不可割舍的情感,因为它们是人类精神上、灵魂上、心理上最后的依托与归宿。两者皆无的三妹呀,你能挺得住吗?

三妹啊!眼睁睁地看着你在火海中挣扎,我却束手无策。拿什么来拯救你,苦命的三妹!天长地久有时尽,此恨绵绵无绝期!

"二玉"的衣服堆在床头又破又脏,不时发出一股难闻的气味。新衣服已经买来了,我打算把这堆破烂全部扔掉。当我抱起衣服正准备离开时,"二玉"说道:"我口袋里还有好东西呢。"我从她的衣袋中掏出一面小圆镜和一对用桃木雕刻的木宝剑。她拿着两只小宝剑说道:"这是妈妈亲手做的,姐姐一把我一把,挂在脖子上老妖怪不敢碰我们……"

看似很平常的两件东西,它却凝聚着一颗慈母的爱心。这是三妹送给孩子最珍贵的礼物!

牵挂远方的三妹,怜惜眼前的孩子。叹人生中有多少的无奈和迷惘!

演员们齐来安慰我,劝我想开些,可我总是沉默不语。该派人去打前站了,我无心安排,节目需要排练,我不闻不问。一连串的打击使我几乎崩溃。我失去了生活的目标,失去了生活的动力,失去了生存的信心,深陷在绝望之中。

或许是旅途劳累,或许是哭叫带来的疲倦,"二玉"很快进入了梦乡。

张唯来到我的床边,望我一脸沮丧的样子问道:"还没睡?"

"心烦睡不着。"

"我陪你出去走走好吗?"

"大玉睡了吗?"

"早已睡着了。"

88 心灵碰撞

夜,一片漆黑。微风轻轻地吹开了埋藏在少女心底的隐秘;静静流淌的小溪,仿佛在聆听她的叙说。广袤的大地万籁俱寂,望着天上的点点繁星,我觉得她是最亮的那一颗……

我们并肩走出剧场,顺着老街朝东走去。老街又窄又长,像这座小城的一条绶带。据说解放前这里是一条非常繁华的街道,有染房、药铺、饭馆、裁缝店、理发店,还有澡堂子。如今虽然风光不再,但脚下光滑的青石板,留下了老街的见证,历史的沧桑。它向人们昭示:这里也曾是商贾云集,闹市喧嚣。现如今,历经风雨的老街变成了冷清的深巷,寒风扑来,更增添了几分凄凉、几分惆怅。我不禁轻轻地叹了口气。

"是想三妹?还是因为为孩子……"

"说不清,两者皆有吧。"

"你对她旧情难舍,也是人之常情。"

"这是一种残酷的折磨,一种令人难以承载的精神负担。"

"随着时光的流逝,往事将会冲淡。"

"三年的情思,怎可一朝了断?"

"你要正视现实。"

"这我知道。"

"那就应当忘却过去,重新面对生活。"

"你还年轻,我们这一代人的感情你是理解不了的。"

"我觉得道理都是一样。"

"说说你的看法。"

"能够正视感情,伤害就不会来纠缠你,而会变成路经这里的过客。假如让它笼罩着你的肉体与灵魂,在感情的世界里你只有疲于应付,不断地做着无望的挣扎。"

听了她的高论,我感到有些玄乎。尽管她是个高中生,毕竟还是个涉世不深的女孩子,没有情感经历、心涯苦旅,是绝对说不出这番话来的。我带着讥讽的口气说道:"深刻,太深刻了!请问,这套理论是从哪本书上学来的?"

"假如说我有过早恋你信不信?"

"是在家,还是在学校?"

"念书的时候。"

"我不相信!"

"为什么?"

"你年龄太小。"

"我都十六七岁了。"

"校园是个神圣的地方,岂容学生谈情说爱?"

"那是你们念书的年代。"

"现在学校同样规定不准早恋。"

"能约束住早熟孩子们的暗恋吗?"

"简直不可思议。"

"是你的思想过于保守。"

"不,应当说是两代人认识上的差距。"

"想听听我的故事吗?"她淡然一笑。我连忙说道:"那是你个人隐私,说不得的。"她满不在乎地说:"我都不在乎,您何必介意呢?听一听我的激情遭遇,或许对你有好处的。"

我们走出老街,翻过铁道,并排坐在路基边上。一列火车从身后飞驰而过,脚下的路基像地震一样剧烈地抖动着,随车卷起带有沙尘的狂风,冷飕飕阴森森,令人毛骨悚然。或许是冷的缘故,张唯紧紧靠在我的身上,两眼凝视着在夜幕下渐渐远去的列车,望了许久,许久。她的心仿佛也随着列车飞向远方,回味着少女时代那段苦涩的初恋……

张唯沉默了许久,然后抬起头来望了望我说道:"闫老师,我所经历的这段刻骨铭心、用眼泪埋葬的初恋,连父母兄嫂都不知道。今夜我能敞开心扉地向您真情告白,我的用心……"不等她话说完我忙打断:"感谢你对我的信任。旧事重提等于撕开你已经愈合的伤疤!这太残酷了,不说也罢。"

"假如能帮别人从困惑中走出来,我并不觉得残酷。"

"既如此,我只有洗耳恭听。"

夜,一片漆黑。微微的寒风,轻轻地吹开了埋藏在少女心底的隐秘;静静流淌的小溪,仿佛在聆听着她的叙说。广袤的大地万籁俱寂,只有张唯在喁喁低语。

一九八七年,还在学校念书的张唯是一个亭亭玉立的少女,由于她爱好文体活动,一直保持着良好的身材。正值豆蔻年华的她,遇上了一位白马王子。故事就从这里开始……

"早在初三时,同桌的'他'就追求过我。开始,我并不理睬,认为自己年龄小,还不到谈情说爱的时候。于是,他在课堂上传字条,我不看;放学后他在路边拦阻,我不搭理他。"

"这样做就对了。"

"可久而久之,经不起他甜言蜜语的纠缠、信誓旦旦的承诺,我的防线彻底崩溃了。"

"你们相爱了?"

"是的,爱情的魔力征服了我。我觉得这不正是自己梦中的白马王子吗?而且爱得死去活来,最后双双立下誓言:非我不娶,非他不嫁!"

"后来呢?"

"毕业后'他'考取了淮安市体校。我考上高中,人分两地。"

"还有来往吗?"

"靠鸿雁传情,书信来往,有时一两天就能收到一封。他信写得文采飞扬,字写得龙飞凤舞,叙不尽的缠绵话语,写不完的真情表白,着实让我神魂颠倒。每天夜里,我总是将他的信贴在胸口,带着甜蜜的微笑进入梦乡。"

"看得出你是很爱他的。"

"对于初恋的女孩子来说,爱是神秘的,比人情浓,比友情深,比亲情活。背着学校,背着家庭,我深深地爱着他。爱到痴迷的时候,我会情不自禁地忘记身边的世界。然而,永远的爱情是要以坚贞为基础的。后来,他的信越来越少了。"

"可能是学习太忙的缘故吧?"

"可是我寄出的信也如石沉大海,往往三个月后才收到他的来信,而且通篇都是'对不起''请原谅'。原来,他与一个城里女孩好上了。我万万没想到,那么美好的初恋结出的是如此苦涩的果实。"

"我觉得,这段美丽的爱情故事,从一开始就涂上了悲剧的色彩。"

"您说得很对,人的正确选择往往只有一种,而走错路的原因却很多。看信后我心中难过极了,那一刻我的心像被撕成碎片,痛苦到了极点。晚上,我蒙着被子偷偷哭了一整夜,悔恨自己以前对他的信任和爱的支付。万万没想到,我最深爱的人会这样欺骗我!"

"对你的伤害也太大了。"

"爱的背面便是恨,爱得越深恨得越切。他亵渎了我的真情,给我留下了永远无法愈合的创伤;同时,我也恨我自己的轻率。"

"你是怎样挺过来的呢?"

"我不相信这段刻骨铭心的爱会随风飘逝,总觉得这像一场梦,梦的情节凄美得令人断肠。"

"这不过是稚嫩的爱情游戏。"

"虽说是一场爱情游戏,它却像可怕的腐蚀剂,点点滴滴侵蚀着一个女孩子温润的生命,留下了绵绵无尽的情恨。"

"你很难走出情感的困惑。"

"时间的长河注定要湮灭残留的感情,经过一段痛苦的挣扎后,我最终醒来了。既然他心里没我了,我又何必为他伤情呢?"

"后来见面了没有?"

"他来找过我,向我表示道歉。"

"我想,你决不会放过他!"

"面对着曾经深爱又曾经恨之入骨的初恋情人,我没有发火,只是平静地说了句:我接受你的道歉,但是,我永远不想再见到你! 就在他转身的一瞬间,我的酸涩的泪水夺眶而出。"

"你就这样原谅了他?"

"是呀。感情原本是人际关系的纽带,不能维系的时候,该放手就要勇敢地放手,不然受伤害的只能是自己。"

"你真是这样想的?"

"即使你不甘于被动地接受命运的安排,也应用理智战胜情感。"

"情感,既是人生的精神归宿,也是人生的润滑剂。试问,没有情感,人生的乐趣岂不是太少了?"

"拿破仑、毕加索,他们一生中抛弃过许多心爱的女人,却从未抛弃过自己的事业。"

她的话令我吃惊。从理论上讲,她的观点是对的。同时,我又觉得,今晚不该在自己的女学生面前谈些情感之类的话题,如此失态我深感后悔。

接着她又说道:"别再纠缠这些了,感情的问题谁也说不清。我之所以劝慰你,是想让你从感情的悲伤中解脱出来。忘掉过去,振作精神,以事业为重……"

"我也不想放弃事业,可是说到容易做到难哪!"

"剧团能有今天,有这样的规模已是很不容易了。说实话,我太热爱演艺事业了,真怕歌舞团垮了,又让我灰溜溜地回到那个我不情愿待的地方。"

"剧团对你有那么重要?"

"重要,特别重要!闫老师,我这个人从来都不爱说假话。我是不顾全家人的反对来学艺的,出门时我跪在父亲面前发过誓,不混出个人样儿来,绝不回大兴镇!您知道吗?自从进了歌舞团,每天我都顶着巨大的压力,我在等待,我在企盼。我的决心,我的执着,以及对艺术的追求,您是了解的。只有跟着您,我才觉得有希望!希望有一天我能够风风光光地回到家乡去……"

不混出个人样儿来就不回家见父母!这是多么大的决心呀!为此,她付出了常人不愿付出的艰辛,她忍受了常人不能忍受的艰苦。她的决心让我震撼,她的话萦绕在我的心头,久久地不能散去。

面对着这位来自远方的、对我寄予厚望的苏北姑娘,我又怎能忍心让她失望。她那企求的目光紧紧地揪着我的心,我不知如何表态。

　　她见我沉默不语,便说道:"艺术上,您永远是我老师;事业上,我助你一臂之力,我愿为你分忧,照顾好两个孩子,让我们携起手来共同度过这道难关!"

　　她的话全是发自内心的,也是真挚的,我被深深地感动了。我激动地抓住她的手说道:"不管今后的命运如何,我都会尽最大的努力为你铺路,实现你的夙愿!"

　　"假如有一天真的能出人头地,我决不会忘记您对我的栽培!"

　　我沉默了。望着天上的点点繁星,回味着同她的那些对话,我觉得她是最亮的那一颗……

　　心灵碰撞出的火花,燃烧起我的激情,使我决心摆脱感情的困惑,走出人生的低谷。也许是她的话打动了我,也许是女人的力量激发了我,那颗冰冷的心在春风中融化了……

89　上海圆梦

　　小剧团能闯进大上海意味着什么？不仅圆了张唯的梦，更向人们表明"草台班"也能进高雅剧场，民办剧团照样可以打天下！

　　歌舞团从农村演进县城，再从城里转回乡镇。装台、演出、拆台、搬家，我们的生活是那么单调，那么枯燥乏味。

　　在炎炎烈日下、狂风暴雨中、隆冬风雪夜、凛冽寒流中，"大篷车"不停地爬行着、颠簸着，翻越崎岖的山路，驶过泥泞的大道，巡回在城乡之间尘土飞扬的马路上，仿佛找不到歇息的驿站，在不变的轨迹中滚滚向前，永无休止……

　　艰难求艺路，步步有荆棘。在我们这群闯荡江湖的流浪艺人中，最为辛苦的要数张唯。她饱受颠沛流离之苦，超负荷地承担着与其年龄不相符的运转。她既当保姆又要演出，两个孩子的饮食起居全靠她侍候，夜里还得起来把尿。演员们早已进入梦乡，她还要浆洗衣服；孩子若遇到头疼脑热，她要守在床边整夜不睡。对于一个初涉世事的女孩子来说，她吃的苦，是常人难以忍受的。

歌舞团的大棚车

每一个人都向往成功,但成功的毕竟只有少数。这是为什么?因为通向成功的路不可能一帆风顺。敢于面对艰难的困境,敢于挑战自己、战胜自己,不是人人都能做到的。不经历风雨,怎么能见到彩虹?

怀抱明确目标的张唯从不叫苦,她一直在默默地努力着。

为了学艺,张唯每天都要坚持练功、练发声,再苦再累,早晨五点准时起床练功,坚持两个小时。她从微薄的收入中挤出钱去买磁带,坐在车上、走在路上、饭后睡前,甚至连干活的时候,耳朵里总是塞着耳机,她利用一切可以利用的时间,跟着磁带学唱歌。为了学艺,她一口一声地喊我"老师",并把希望寄托在我身上。其实,她是插错香炉拜错了佛。充其量,我只是一个草台艺人,仅仅懂一点简谱知识,音乐理论一窍不通,假声、假唱分辨不清,美声、通俗说不明白,发声方法、演唱技巧更无从谈起。自己不会如何去教别人?唉!我是盛名之下,其实难副呀。

对于这个"保姆"学生,我欠她一份很重的"情",正是这份浓浓的"情"迫使我要竭尽全力去回报。遇到难题我自己先揣摩,弄懂了再去教她——现炒现卖。我手把手地教她戏剧基本功,让她学会了"手、眼、身、法、步",不仅能演小品,同时能歌善舞;我教她识谱,为她选歌,帮她写"串词",用键盘为她校发声;演出前我为她提示,演出后为她指正;我日复一日地在探讨、在摸索,为她"铺路",扶她"过桥",台上实践,台下锻炼,为她实现梦想进行彩排。

相同的志趣使我们向着同一个目标努力;长期的朝夕相处又使我们结成忘年之交。她既是我的知音,又是我的帮手,剧团里的一些生活琐事全靠她为我分忧,遇到烦心事儿她总是耐心开导为我解愁。

人生,可能有某种机遇开创个人的命运,但对于有目标取向的张唯来说,从不抱这种幻想,她硬是靠着自身拼搏取得了可喜的进步。毋庸讳言,她一开始登台并不顺利,常被喝倒彩、鼓倒掌、轰了下去。有一次她在台上唱歌,下面有个小青年大声喊叫:"快滚下去吧!唱得难听死了!"他的同伙们一起附和:"一二三,滚下去!一二三,快快快!……"张唯虽被轰下了台,但她并不灰心。从这些失败中,她获得了一个认识上的突破:

歌手不光只会唱几首歌,还要有激情、有个性,要全身心地投入。她胸中躁动着一种强烈的渴望:要立志当一个让观众真正爱戴的歌手。

她十分自信地宣称:"我一定能够成功!"她开始寻找爆发点。

阳光总在风雨后,荆棘过后是坦途。

一分耕耘,一分收获。她通过练功,不仅体型变得苗条,而且学会了各种舞蹈,渐渐成了歌舞团里的台柱子,歌唱、跳舞、演小品、当主持,样样都能拿得起。她的节目愈演愈火,她的歌曲越唱越红,舞台上的她常常被掌声和鲜花淹没。

她的艺术长进了,但刻苦的精神依然没变,练功、练声、练歌、练舞,依旧是起早摸黑孜孜不倦。一天,我问她:"你如今在团里挑大梁了,该满足了吧?"她摇了摇头说:"还没有实现我的梦想。"

"你还有梦想?"

"对,我想到大城市里演,最好是上海。"

"为什么?"

"当初我发过誓,不混出个人样决不回家!"

"有志气。"

"能到上海演出,我一定把父母亲接来,让他们知道女儿当初的选择是对的。"

"你真是个犟姑娘,犟得可爱,犟得纯真。"

"您是知道的,我顶着多么大的压力进歌舞团哪!社会上的闲言碎语,父母亲的坚决反对……"说着,她的眼睛湿润了。

是呀,那不堪回首的一幕幕仿佛就在昨天。我安慰她道:"其实我也想进上海,不仅能圆你的梦,也能让小剧团扬扬名。为了这一天,我们共同努力吧。"

实力与机遇就像鸟的翅膀和自然中的空气。首先得有会飞的翅膀,然后借助于空气,才能飞翔起来。在竞争激烈的演出市场中,任何一个歌手没有实力就不能生存,没有机遇亦很难成名。

机会终于来了。

华东六省一市《演出工作会议》胜利召开,大会的宗旨是为场(院)、团(院)双方提供一个面对面交流的平台。参加业务洽谈会的演出团体有六百多个。这些团体来自全国各地,真是强手如林。在短短的三天会议中,你争我抢,各施招数,想尽一切办法争取定单,结果当然是有满载而归的,也有空手而回的。

会议前我做了精心的准备。在上千人的会场中,如何能够展示自己、推销自己,引起大家的注意是最重要的。在当时人们的广告意识还不太强的情况下,我花了上万元印制大量的彩色宣传广告;而一般的歌舞团多是摆些剧照、说明书之类做宣传,包括许多国营大团也是如此。相比之下,我们的广告宣传成为整个会场的一个亮点。

说来也巧,第一天见面会,我就遇到了上海文化局副处长蒋建中。他率领一帮人刚走进大厅,就被我团的精美宣传画所吸引。他将目光停留在广告牌前看了许久。不一会儿,广播开始喊道:"请合肥市青年歌舞团负责人到上海洽谈处商谈……"

我们与上海大世界签订了演出协议。我的心里甭提有多高兴了!小剧团能闯进大上海意味着什么？这不仅圆了张唯的梦,更向人们表明"草台班"也能进高雅剧场,民办剧团照样可以打天下!

全团演员闻讯后,个个兴高采烈,欢呼雀跃。唯独张唯,手捧合同满脸愁容。我不解地问道:"你不是盼着要进上海吗？怎么又不高兴了？"

"我是在担心呀。"

"担心什么？"

"合同上写着:节目差,两场走人。万一演砸了怎么办？"

"就是演两场,也算我进了大上海!"

"路远、费用大,剧团要承担多大的风险？"

"只要能圆上海梦,损失一点又算得了什么？再说,我们也不一定就会演砸吧。"话虽这么说,其实我心里也有点不踏实。好在还有一个多月的准备时间,我打算先做市场调查,亲自去了解一下上海观众的"口味"。

坐落在西藏南路的"上海大世界",是一个集游乐演艺出为一体的综艺场所,既是闻名遐迩的旅游景点,也是这座大都市的象征。它有着悠久的历史;自二十世纪三十年代以来,"大世界"造就了数不清的剧坛泰斗、戏曲名角。凡来上海观光的游客,都会到"大世界"看看,素有"不到大世界,枉来大上海"之说。我无心观看杂技,无暇欣赏电影,也来不及坐下观摩戏剧,直奔四楼音乐厅——那里正在演出歌舞。

公正地说,整台节目水平很高,无论唱歌、舞蹈都体现出演员们不凡的素质。令人奇怪的是,这么好的节目没有高潮、没有掌声、没有气氛。直到最后,一个男孩子上场,才改变了冷场的局面。他那蓬乱披散的长发,不拘修饰的外表,歇斯底里的嚎叫,放荡不羁的性格,一副愤世嫉俗的歌喉,把整台节目推向高潮。我发现,他的演唱是另一种流行音乐,感到他那种带有狂野的宣泄功能的音乐,才能使人们从压抑中得到释放。这就是摇滚乐(ROCK'N'ROLL)。

九十年代,港台歌曲、通俗流行歌曲,人们有些听腻了,远远满足不了现代青年躁动不安的心理需求。他们需要激情、需要宣泄、需要呐喊,只有风格不同的摇滚乐才能征服他们。

看了演出,我深受启发。当前,摇滚乐多是些充满野性的男孩子在演唱,何不让张唯唱摇滚歌曲?她身上既有淳朴的一面,也有一种狂放野性的东西。她能唱会跳,会做各种舞台动作,非常适合做一个力量型的女摇滚歌手;利用性别的反差、女孩子的优势,定可出奇制胜。我越想越觉得兴奋,好像在茫茫大海中发现了"新大陆"。

观摩、思考、对比、判断、酝酿、策划,一整套的计划已在我脑海中形成。只要打好张唯这张牌,我们的节目比他们奇,创意比他们新,阵容比他们强,设备比他们好。对于来上海演出,我充满自信。

我决心要打造一个全新的张唯。

演出时,要求她将戏剧的扳腿、劈叉、抢背、乌龙绞柱等技巧糅合在狂歌劲舞之中;从演出服装到发型设计,从选歌到伴舞,从灯光音响到乐队伴奏,我都为她做了精心安排和全面包装,策划了一台《走进新时代》摇滚演唱会。

首场演出,一炮打红。她以《信天游》《黄土高坡》《我热恋的故乡》三首歌"串烧",刮起一股强劲的"西北风"。独具魅力的表演、独特狂野的旋律、男人化的个性、与众不同的装束、裂人肺腑的沙哑歌声,一张口就震慑住了台下观众。这种音乐节奏和歌声的表达方式,都远远超过了当时最盛行的港台流行歌曲。她那充满青春活力的演唱,征服了不同层次的观众。"大世界"中央场一万多名观众齐刷刷地站了起来,高举着双手,边鼓掌边跟着呐喊,台上台下产生了强烈的共鸣。

提起"大世界",不得不说一下"老戏迷"。这些年届古稀的老人原本是二楼戏剧场的老观众,他们不看电影、不看杂技,只对古老的戏曲情有独钟,还成立了大世界戏迷俱乐部。可是,自从我团进场后,他们每天早早就来抢占位子,只要张唯上场,二楼以上的观众便纷纷往下拥,来不及的就扶栏俯瞰。老年人喜欢听摇滚,跟着喊跟着叫,这一从未有过的奇特现象让人深思、令人费解。我猜想,这些饱经生活磨难和历经沧桑的老年人,大概也想从压抑中得到释放吧?

老戏迷们听说演出合同快到期了,便自发组织一百多人联名写信,请求挽留。正是因为这些老观众的热忱,"大世界"三易合同,我们共演出了一百八十多场!

张唯成功了。

她参加了庆"五一"海派文化艺术展示周,与关怀、毕春芳、赵雅芬、周冰倩等名流同台演出。

在"大世界"为名人按手印纪念演出时,张唯有幸与著名表演艺术家王文娟、徐玉兰同台。

应邀与著名音乐人郭峰、零点乐队、黑豹乐队合作演出……

张唯成功了,张唯圆梦了。

她的父母亲虽因路远未能赶来,家乡的亲友却来了不少。大家看了她的精彩演唱,无不感到惊诧!他们为她喝彩,为她骄傲!消息像长了翅膀一样,很快传遍大兴镇,那些爱嚼舌根的人不得不换了另一种腔调。

在演出结束举行的庆祝晚宴上,张唯端起酒杯,恭恭敬敬地敬了我一杯酒:"闫老师,我本来是一个小木匠,什么也不懂,是您不嫌弃我,将我招进剧团,手把手地教我学戏、唱歌。为了我,您付出了很多心血,我一辈子都不会忘记这一恩德……"张唯止不住泪流满面。

"我们的付出是对等的,你的成功靠的是顽强意志。"

望着这个冉冉升起来的摇滚女歌星,我感慨万千……

剧团培养了张唯,张唯带红了剧团;从浦东唱到浦西,从市内剧院唱到大学校园,这次上海之行共演出了八个月!

这次演出惊动了上海文艺界,纷纷来人考察;也惊动了媒体:《上海文化报》以《小水滴也有晶莹的美》《剧团发展生存之路》为题连续发表两篇文章,上海电视台也做了新闻报道。

《安徽日报》以《潇洒走上都市大舞台》,《安徽广播电视报》以《一群平凡人创造了一个真实神话》为题做了报道。《文化周报》整版报道,称我是当代中国的吉卜赛人……

在"大世界"的演出大告成功,接着我们又进了"中国大戏院"。能进这样高雅的艺术殿堂,小剧团又跳了一个台阶,升了一个档次。

如果说,进上海演出圆了张唯的梦,那么,到"中国大戏院"演出,又圆了我和另一个女人的梦。

位于南京路北侧两百多米远的"中国大戏院",建于一九三〇年,是上海"四大舞台"之一。半个多世纪以来,南北名伶巨匠对这个魅力无穷的舞台情有独钟。四大名旦梅兰芳、程砚秋、尚小云、荀慧生,四大须生谭富英、马连良、杨宝森、奚啸伯等南北名家,均在这里献过艺。梨园界素有"不进中国大戏院,白当角儿几十年"的美谈。如今,我们来了。"泥腿子剧团"登上了大舞台,而且一演就是十二天,这不能不说是个奇迹!

时光逆转,倒退到二十多年前,也就是在这个剧院,我陪芸姐看了一场沪剧《芦荡火种》。一流的演员,一流的服装,一流的灯光,一流的舞美。台上精湛的技艺使我们看得目不转睛,芸姐看得更是如痴如醉、赞不绝口,脸上露出少有的笑容,整个身心全都融入剧情之中。此时此刻,她忘记了外边的世界,忘记了自己是个病人……

戏散了,她走到台口,用手捧起金丝绒大幕贴在脸上,充满深情地说:"愿上苍保佑,治好我的病。能在这样的舞台上演出一场,我将死而无憾!"她的话令我伤感不已。生活的美好源自于充满希望,成功或失败已不重要,我们享受着梦想的美妙。我也随口说了句:"假如有一天,我能带团来这里演出,也算是人生的一大奇迹。"

共同的愿望,让我们会心一笑。

二十年后,我的愿望实现了,而芸姐她却……

散场后,演员们三三两两地结伴而行,都到南京路上看夜景去了。我无心去凑热闹,一个人靠在床上,望着空荡荡的宿舍,触景生情,浮想联翩。芸姐,她那温柔秀美的形象仍在我的脑海中萦绕不去……

朦胧中,芸姐走到床前,轻声细语地说道:"祝贺你,梦圆上海。"

"芸姐,我的梦圆了,可你的梦……"

"也圆啦。"

"不,没有,绝对没有!"

"我的女儿在台上跳舞,她们是我生命的延续,不算圆梦吗?"

"对呀,芸姐你也圆梦啦!"

"我们都圆梦了。"

"芸姐,我好想好想你啊!"

"我也是。好想我的两个女儿。"

"那你就留下别走了。"

"不行,我马上就得走,迟了要挨阴鞭抽打的。"说罢,转身就走。我翻身下床,一把抱住芸姐哭喊道:"姐呀,我死也不能让你走哇!"这一哭一闹,早惊动了隔壁哄孩子玩的张唯,她连忙过来推醒我:"你怎么啦? 哭什么呀?"我愣了半天才缓过神来,回想梦中的情景不觉悲从中来,流着眼泪向她道出事情的原委。她听后同情地说:"芸姐她是个好人,可惜走得太早了……"

"我明天想到芸姐住过的那家医院看看,你陪我走一趟好吗?"她点了点头。

坐落在苏州河畔的上海第一人民医院并没有多大变化,所不同的是医护人员全换了新面孔。本想乘电梯到芸姐曾住过的病房去看看,可如今已不是"文革"年代,严格的规章制度将我们无情地拒之门外。我们来到前院花坛,这里曾是芸姐每天练习走步的地方。两年多的时间,她不停地在这儿转圈子,跌倒了再爬起来,腿摔肿了,脸摔青了,仍然坚持着锻炼。这里曾留下她数不清的脚印,洒下她的汗水。她抱着对生的渴求,希望奇迹能够出现。然而,无情的病魔终究还是夺去了她年轻的生命!

张唯拉了我一下,轻声说道:"回去吧。"我抬头望了望六楼六〇二病房,记得每次分手时,她都会站在窗前向我挥手。如今人去楼空,一切都化为过眼烟云。

三十多年过去了,芸姐早已是:香消魂断人逝去,一抔净土掩风流。她虽然过早地去与"林妹妹"做伴,但她的婀娜身姿、音容笑貌,总是在我的脑海中闪现、旋转、萦绕。她的形象不但没有因岁月的流逝而稍有减色,反而在我的记忆中更加鲜明。她仿佛变成了一颗明亮的星,永远在我头顶的天空中闪烁着。

我和张唯并排走在大街上,汽车的喇叭声、商场的音乐声、人群的嘈杂声,很快挤走了我心头的忧伤。这时,我才感觉到有一只温柔的手紧紧地握住我,而她的身子不时向我靠近。

张唯早已不是那个刚走出家门的女木匠了,无论是服装、发型都在向时尚靠拢,舞台上的她性感、热烈、火爆,舞台下的她则温婉、活泼,充满了女性的魅力。我曾手把手地教她戏曲的各种招式,像刚才的动作以及身体的接触碰撞是很常见的,从不感到紧张。可今天不知为什么,两手相握时我的心就像被小鹿撞了一下,浑身发烫,血往上冲,心在剧烈地跳动……

90　香消玉殒

三妹服毒自杀了,这无疑是晴天霹雳!一个年轻的生命,就这样葬送在一个恶魔手上;一个才华未尽的戏人,就这样早早地离开了她人生的舞台。

出书,是我一生的夙愿;当作家,是我最大的梦想!一生忙碌无暇顾及,如今衣食无忧,我无需再为生活四处奔忙,赋闲在家,我可以安心写作了。我虽没有学历但我有阅历,虽没写过文章,但我编过剧本。两者同样是"有感而发""为情造文"。我打算写一部纪实文学:写我的戏剧人生,写我的粉红知己,写我的创业艰难……

二〇〇三年十一月十九日凌晨两点。我舒展了一下腰身,正准备掩卷歇息,突然电话铃声响起。我抓起听筒,那边传来熟悉的声音:"我二十号要和唐杰忠、师胜杰在湖北襄樊'新伊莎'同台演出,你有没有时间过来?"是妻子张唯打来的电话,她早已离开剧团,与一些明星大腕,组台演出。近日我在赶写"匠门之女"章节,正想与她见面沟通一下,便当即答应:"明天就去。"

从合肥乘坐"快客",当天到达。她带我来到下榻的宾馆,休息时我顺便提起书稿一事。她说:"你急什么?先玩两天再说。"

"不行,出版社催得紧。"

"有个建议想同你商量。"

"你说。"

"这一卷让我写吧。"

"开玩笑,你能写作?"

"让我试试嘛!"

"不行,这样会打乱我的整个思路。"

"怎么不行,不就是讲讲自己的故事吗?当时怎么想怎么做的,现在就怎么写,又不是瞎编,实话实说。"我知道她的脾气,十多年来倔强的性格一直未改,只好点头答应:"想写你就写吧。"虽然嘴上同意,心里却暗自好笑:你要会写,人人都能当作家了。

晚上看演出,白天逛书店,一个礼拜很快过去了。我问她:"稿子写得怎么样了?"她笑笑道:"同你闹着玩的,我能写什么呀?主要是想让你放松放松。"我被弄得哭笑不得,但觉得她是一片好心,也就不便说什么了。他告诉我,今晚演出后不回来了,几个小姐妹约她玩小麻将,夜宵都准备好了放在桌上。

她走后我发现,酒瓶下面放着一叠稿纸。我全明白了,原来她打了埋伏。我随即取出展开,一行行清秀的字迹映在眼前……

亲爱的读者:也许你们会问,我怎么嫁给一个与我父亲年龄差不多的人?他足足大我二十六岁。

每当两人一起走在大街上时,人们总是用异样的目光注视着我们,继而议论纷纷:"这老头儿肯定有钱。"

"敢情,没钱能爱他吗?"

"为钱结婚,为钱诈婚的人多得很呐……"听了这些话,我不屑一顾。当今社会不乏有人贪图享受为钱结婚,"老夫少妻"已是屡见不鲜,有钱的富翁娶个年轻姑娘也不足为奇,靓女凭着漂亮的脸蛋傍个大款也很容易。但金钱只能导致畸形的婚姻,新时代的款爷们,利用金钱遍设陷阱,使多少幼稚天真的生命鬼使神差地丧失青春,走向毁灭!说实话,我并不爱他的钱。结婚时,他连住房都没有,所有积蓄仅是那些个演出道具。而今,我的收入远远超出了他。许多熟人、朋友都不解地问我,你们结婚十多年了,没见吵过一次架,你到底爱他哪一点?我回答的只是一句话:"没有他,就没有我的今天!"每当我唱台湾电影《搭错车》的插曲《酒干倘卖无》时,总是泪流满面,这其中就饱含着对他的感激之情。有人说,这不叫"爱情",是"恩情"。我认为,爱情是千姿百态的,从来就没有固定的模式。大千世界,芸芸众生,比起那些发了财的大老板、大明星,他显然算不上什么。但是,即便他是个凡人,也足以让我感动。中国有句古语,"情人眼里出西施",不管别人怎么看他,在我眼里,他是个成功男人。

自从第一次恋爱失败后,我便打定主意,今生要嫁就嫁给一个有事业心的男人。试问,与我同龄的年轻人有几个事业成功的?即使有,也靠的是父母亲的背景或财富,而我对坐享其成的纨绔子弟一向没有好感。大凡成功者,除了能力还需时日。我所看上的成功男人,他们又都看不上我。别人说我挑剔、清高,我认了。来到剧团后,我觉得"他"很有事业心,粗犷中透着儒雅,干练中藏着朴实;他的成熟睿智、他的办事果断、他的经验阅历、他的关怀体贴,很快就把我深深地吸引住了。他帮助我提高艺术,给我机会锻炼,是我的良师益友;我帮他带孩子做饭、料理家务,为他排难解忧。没想到,时间处得久了,我们之间居然迸出了爱的火花。

不久,我怀孕了。当我手捧着化验单,兴高采烈地走出医院时,满心以为他一定会高兴得跳起来。没想到,他非但没有一点儿喜悦,反而一脸抑郁地对我说:"打掉吧,我们不能要孩子。"我问他:"为什么?"他说:"万一我俩不成,又欠了一份孽债。"他的心情我可以理解,可是他无法理解我的心情。对感情,可以说我付出了所有,我一再向他承诺,他依然摇头,我只好含着眼泪打掉胎儿。就这样,两年中我做了三次"人流"。

时光流转,眨眼间到了一九九一年。当我再次怀孕时,说什么我也不依他,坚持保住了胎儿。当年七月,暴雨不停,洪水泛滥,涝灾吞噬着江淮大地。为了救济灾民,我们歌舞团在长丰影剧院举办赈灾义演(卡拉 OK 演唱会),每天晚上我都挺着大肚子坚持去放音响。还有二十多天孩子就要降生了,那是一个女人一生中最幸福的时刻。我每天都在掰着手指数日子,陶醉在即将做妈妈的喜悦之中。就在这时,一件意想不到的事情发生了……

(老公,一想起那段辛酸的往事,就像刀子戳我的心!我实在写不下去了,还是你自己接着写吧。——爱你的人,张唯于二〇〇三年十一月二十七日于湖北襄樊。)

她写得很好,思路清晰、简洁洗练、真实感人,笔调婉约、含蓄蕴藉……

读罢稿件,我心绪难平。是呀,谁都不愿回首那一幕令人伤感、令人震颤的悲剧,谁也不愿提及那段痛心疾首的往事!那是无法愈合的心灵创伤,是烙在内心深处的疤痕,即使是无情流逝的时光,也难以将它抹平!

按照她的思路我接着往下写。笔未落,泪先下,思绪将带到十二年前……

接到孙老师电话,我急急忙忙赶到县文化局。

三妹坐在办公室里正和局领导说话,眉宇间露出少有的喜悦,与往常相比判若两人。

"两个孩子呢?"一见面她就问。

"在剧团里。"

"他没来?"我发现就她一个人。

"嗯。"她点了点头。

"你来有事?"我迫不及待地问道。

"走吧,有些话待会儿再说。"我猜想:肯定是她思女心切,一个人偷偷跑来的。心中不免有点担忧:三妹呀,这样做太冒险了,万一被他知道,你岂不是又要遭罪了?

我带她来到车站旅社。

"两个孩子还好吗?"

"很好,张唯待他们很好。"

"长高了吧?"这更加证实我的猜测。

"嗯。"

"我这趟来是想和你商量一件大事。"

"大事?"

"他天天赌钱,天天输,天天有人上门逼债。"

"又让你来要钱?"

"不,他让我来和你谈条件。"

"又想耍什么花招?"

"你只要给他一万七千元,就给我回来跟你过日子。"

"萧大卖了孩子,如今又要卖你了!"

"卖也好,买也罢,我才不管这些呢,只要能同你和孩子在一起,什么我都不在乎。"

听了这话,我的脑袋嗡的一下,不知是喜是悲。三妹呀,你好糊涂啊!也不打听一下我目前的情况,就任他摆布,糊里糊涂地跑来,叫我怎么对你说啊!

"你怎么啦?是没钱,还是舍不得?"

我长长地叹了口气,摇摇头半天说不出话来。

"你不是早就盼着这一天吗?"她紧追了一句。

我的心碎了!欲言无语。我怎忍心一句话说穿让她失望,但又不能不告诉她实情。想了一会儿,我绕着弯子说道:"三妹呀,你曾演过《梁祝》,也曾扮过祝英台。"

"说这些干什么?"

"'楼台会'那段有句台词还记得吗?"

"记得,'梁兄,你来迟了'——"

"三妹呀,你也来迟了!"说罢,我泪流满面。

"什么意思?难道你与别人结婚了?"她用一双惊愕的大眼瞪着我。

"虽未结婚,可是她已经——"

"什么也别再说了!"她紧咬着嘴唇,血从牙缝中殷殷流出。

"三妹,你别这样,也许还有别的办法。"

"盼星星,盼月亮,好不容易熬到这一天,可你……"

她再也说不下去了,两串豆大的泪珠滚滚落下。看她伤心欲绝的样子我再也忍不住了,我们俩抱头痛哭。

过了许久,她才说道:"你也等我几年了,这不能怨你。看来,你我真的成了'楼台'一别缘分绝。"平时能说会道的我,这时竟然找不到一句能够安慰她的话。权衡了半天我才说道:"你在旅社等等,我去去就来。"她点点头说道:"去吧,千万不能伤害人家。"

天早已黑了,我顺着街道向影剧院走去。昏暗的路灯在风中摇晃不停,我投射在地上的身影也东倒西歪。我的心像影子一样左右为难,没有一点儿主意:左思,拿出一万七千元,既可救她于水火,孩子也有了妈妈;右想,这样做岂不是伤害了另一个女人?她即将分娩,怎能受得了感情的打击?万一有个闪失,岂不成了我的罪过?唉!遇见这样棘手的事情,真是太难,太难了!

如果说,是三妹帮助我把一个肩担手提、走乡串镇的"戏剧团"演进省城,上了电视、得了大奖,有所成就的话;那么,来自大运河畔的苏北姑娘张唯,则以她粗犷的歌声、顽强拼搏的精神,把我的"歌舞团"推上了又一个高峰!

人常说,一个成功男人的背后,必有一个帮助他的女人;但在我创业的历程中,却有几位红颜知己用泪水和汗水,为我付出了沉重的代价!

面对着两位曾与我患难与共的女人,我该怎么办啊?万一处理不好,将会铸成大错。理智在告诫我:一定要冷静,要谨慎!

然而,感情和理智常常却不同步。理智上认知的东西,感情上不一定就能接受,甚至还会尖锐地对立,将你折磨得痛苦不堪。尽管理智告诉我,你无法留下三妹,但我不能不为她的处境担忧。

来到后台,我连叫了几声,无人应答。一颗心开始不安起来:这么晚了,张唯能到哪里去呢?左等右等,不见人影,感到有些不妙。我努力使自己冷静下来,细细在台上找寻。这时候我才发现她的皮箱不见了,枕边留下一封信。我慌忙抽出信笺,上面写道:亲爱的老师,我走了。无论我走到哪里,都不会忘记您,不会忘记您陪伴我度过的风风雨雨,不会忘记您的栽培之恩。请放心,我会把孩子生下来并把他抚养成人。三妹的事我知道了,本来想去看看她,当我走到门前,房内传出你们的哭诉声,我全明白了。我的心碎了,思考再三,只有我离开才能使你们全家团圆……永远爱你的人。

看过信,我的心顿时慌恐起来。她的脾气我太了解了,倔起来谁的话都听不进去。

我急匆匆地走出影剧院,一路向火车站跑去。水家湖(长丰县城所在地)车站虽小,可每天来往的列车一列接一列,川流不息。晚来一步,说不定她坐上哪次列车就走了。越想越怕,越怕越急,我气喘吁吁地赶到车站。好险哪!只见她拖着箱子,已上了车门。我不顾一切,紧追几步一把将她拽下来,夺过她的车票撕了个粉碎,并大声吼道:"你为什么要走?想到哪里去?!"她委屈地哭了:"你说我该怎么办?""回去,这件事我会处理好的。"路上,我同她商量说:"唯一的办法,劝她回去离婚,然后我们资助她一些钱,女儿交给她,让她衣食无忧与孩子们团聚。"张唯说:"以我们现在的收入,足可以供养她们母女三人。"我说:"再给她找个可靠的男人。"张唯说:"我们一起帮她度过难关……"走着说着,不知不觉来到车站旅社。还没等我开口,服务员就告诉说:"那女的被一个男人拽走了。""那男人长什么样?""高高的个头,满脸络腮胡子,面相凶得很!""可听到他们说些什么?""女的不肯走,男人抓住她的头发硬是将她拖走了……。"又是萧大!这个流氓一定在暗中监视她。服务员递过一张字条,上面只有八个字:"拜托你们带好孩子。"张唯不无担忧地说:"三妹又要遭殃了。"

果然不出所料,回去不久,便传来了惊人的噩耗:三妹服毒自杀了!这无疑是晴天霹雳,我和张唯都惊呆了。一个年轻的生命,就这样葬送在一个恶魔手上;一个才华未尽的戏人,就这样早早地离开了她人生的舞台。尽管张唯生下一个白白胖胖、逗人喜爱的儿子,尽管老来得子是件特大的喜事,可我们却高兴不起来。悲愤替代了喜庆,泪水替代了欢笑。

她的死是何等凄惨!

三妹临死前,来过长丰。她打算离开人世之前看看自己的一双女儿,尤其是大玉,自从分手后她们母女还没有见过面。于是,她亲手为两个孩子各织了一套红毛线衣,想尽最后的一次母爱。可惜剧团远在外地演出,她连与女儿诀别的机会都被无情地错过了。可怜的三妹啊,是苍天不公?还是你生就命苦?毛衣成了留给孩子的遗物,她却带着未了的心愿和遗憾,孤零零地走向了另一个世界!

噩耗传来,当晚我带着"大玉""二玉"姊妹俩来到十字路口,为三妹烧纸祭奠,超度她的亡灵。两个孩子每人佩戴一朵小白花,跪在地上,"二玉"哭得比谁都伤心,声声呼唤:"妈妈!为什么不来看我就走了呀……妈妈呀,你在哪里……"

听到孩子的哭诉,我的心更加感伤,思前想后悲从中来,禁不住放声痛哭,大人孩子哭声一片。此刻,天空乌云翻滚,雷声阵阵,雷声、哭声混为一体,撼天震地!

张唯站起来,仰望苍穹,悲伤地说道:"三姐!您安息吧。请放心,您

的孩子也就是我的孩子。我发誓,一定像我亲生孩子一样善待她们姐妹俩,把她们抚养成人!……"

花落人亡,香消魂断,又是一位薄命红颜,悲哉!

　　花落人亡心惊颤,
　　才华未尽梦难圆,
　　往事凄凉苦追忆,
　　啼泪梦中一望间。

91　代沟深深

白居易在他的《南浦别》中寄语远行人,"好去莫回头",因为回头每一看,"一看一断肠"。不知这位美丽的少妇搀扶我这位与她父亲同龄的老人还能走多久?

张唯在孩子们身上付出的心血,难以用笔墨描绘,她以一颗善良的爱心,实现了她所许下的诺言。正是有感于母爱恩重如山,做儿女的才有"反哺之恩""跪乳之情"。由于年龄上差异不是很大,张唯和两个双胞胎姐妹,从外表看来就好像大姐姐呵护小妹妹。我让孩子们喊阿姨,可她俩坚持一定要喊妈妈,并说:"她是我们心中的慈母,世界上最好的妈妈!"张唯心地善良,有目共睹;她是我的造化,孩子们的福气。

　　母爱当颂,母"情"当歌,慈母之爱是人类情感世界中一个永恒的美神!

　　"大篷车"翻山越岭,踏遍江淮大地;滚滚车轮,迎春送夏,走过了十个年头。十年中,我们的剧团日益发展壮大;十年中,张唯通过实践、苦练,艺术上又有了新的飞跃。台湾著名理财专家黄培源说过:"会赚钱就是成功。"他的话不无道理。像我们这样的小剧团,只有赚钱才能生存;没有钱就留不住人才,赚不到钱就很难坚持下去。在经济大潮中,随着时代的前进和文化思潮的冲击,观众群出现了前所未有的分流。作为现实需要,夜生活已经成为我国人民都市生活中一个重要的组成部分;夜间娱乐的热潮从东南到西北,"横扫"神州大地。各种形式的娱乐场所:夜总会、演艺厅、练歌城、舞厅、KTV……五花八门,纷纷出现,夺走了相当一部分观众。尤其那些"赚钱显本领,花钱见人品"的"款爷"们,再也不会到条件简陋、不能摆阔、"有失尊贵"、座位拥挤的剧场来消费了。票房收入日益下降,我们的歌舞团又面临着新的挑战。为了适应市场需求,我决定去实地考察一下,看歌舞团能不能进这类场所演出。首先,我踏进商战的一隅——夜总会。这里让我感到既熟悉又新鲜:宽敞的舞台、五彩的灯光、狂歌劲舞、乐队伴奏,与我们平常演出没什么两样。所不同的是,除富丽堂皇之外,多了些"因乳重而微微前俯,因臀丰而行路姗姗"的浓妆艳抹、厚粉红唇、裸背露腿、香气四溢的"靓女"。她们既不会唱歌,又不会跳舞,全靠卖弄色相,在大厅里穿来走去,如商品一样,任人挑拣。那些发了财的"阔绰一族"对女人的需求已不再讳莫如深、露出犹抱琵琶半遮面的羞怯,而是一个人怀里搂着一个、两个、甚至三个三陪女郎。这些"靓女"

躺在"款爷"们的怀里撒娇,为他们斟酒、点烟,并代为给老板满意的歌手献花。"款爷"们已在商海取得成功,在花钱买开心的夜总会里,更是春风得意。往往这边献上两百元一束的鲜花,那边马上送去八百元一个的花篮,谁花钱多谁就有面子,个个挥金如土,相互攀比。当然,最实惠的要数歌厅老板、歌手和嘉宾了。难怪剧院里冷冷清清,原来有钱的"款爷"都到这儿来享乐了。

真是,不看不知道,世界真奇妙,这个世界变化太大了。于是,我决定将歌舞团化整为零,分成两个舞蹈队(承包给个人),选出歌手、嘉宾,联系到全国各地"夜总会""演艺厅"演出。改变了演出场所,音响、灯光都无须自带,我们的"大篷车"也结束了它的历史使命。这样一来,既降低了成本,又增加了收入,我也无需再跟团漂流,在长丰县城买了楼房坐镇指挥。自此,结束了我数十年的流浪生涯。

张唯已成为小有名气的摇滚歌星了,常与一些明星组台演出,长沙、昆明、广州、北京,进的是大城市,跑的是大码头,邀请不断,签约多多,忙忙碌碌,收入颇丰。不久,我们家的收入以六位数猛增至七位数,并在县城的黄金地段买了门面房。她在外演出,我在家写书……

十二的拼搏,十二年的心酸路,十二年前许多可歌可泣的动人故事,以我的水平是无法描述的,当我写完这段回忆录后,已是凌晨五点。

正准备休息时,张唯回来了,她说:"赶快收拾行李,坐早班车去长沙!"我问:"啥事这样急?"她边收拾衣物,边告诉我:"明天要参加"湖南卫视"大兵主持的《歌星传奇》现场录制。"我听后高兴地说:"这下你出名了!"张唯说:"还需要你的配合。""我也上电视?""对,主持人还要对你现场采访。""采访我?""说说你是怎样'造星'的?居然把一个女木匠培养成小有名气的'歌星'。"事情来得太突然了,突然得令人惊喜、兴奋!"湖南卫视"是全国有名的地方台呀,制作的娱乐节目不仅收视率高,一直在全国处于领先地位,许多栏目可与央视媲美。能登上"湖南卫视"是件特露脸的事儿,我心里甭提多美了。

为了上电视,我是从头换到脚,先去理发店做了发型,再到商场买了套西装、皮鞋……

湖南卫视演播大厅座无虚席,主持人大兵一段轻松幽默的开场白后,张唯首先登台,她唱的是电影'搭错车'插曲《酒干倘卖无》:

　　……
　　没有天哪有地,
　　没有地哪有家,
　　没有家哪有你,
　　没有你哪有我。
　　假如你不曾养育我,
　　给我温暖的生活,
　　假如你不曾保护我,
　　我的命运将会是什么?
　　……

　　歌罢,掌声四起。接下来是她的真情告白:"每当我唱这首歌时,总是泪流满面,这其中就饱含着对我的老师闫立秀的感激之情。是他将我一个只会拉大锯、举板斧、挖铆眼、扯吊线、做家具的女木匠,培养成为一名摇滚歌手,可以说,没有他的栽培就没有我的今天!"

　　主持人说:"让我们以热烈掌声,请出张唯的老公,闫立秀先生闪亮登场!"在热烈的掌声中我兴冲冲地走上舞台。然而,令人意想不到的是,我刚走到张唯身边,掌声戛然而止。观众们一个个瞪着一双诧异的眼睛望着我,继而一阵嘘声。我知道,张唯的粉丝们接受不了我一个六十多岁的老头儿,让他们感到不舒服、失望了。

　　我十分尴尬地站在台上,走也不是,留也不是,本来打算向观众问声好,说几句客气话,可此刻的我,不仅面红耳赤,连一句话也说不出来!对于这种场面,主持人似乎早有准备,他不慌不忙地说:"人才不可貌相,海水不可斗量,先请大家欣赏一段短片,看看闫立秀是怎样的一位艺术家!"

短片中:我吹、拉、弹、唱,无所不能,编、导、教、演,无所不及;编导的电视舞台艺术片《玉洁兰香》获文化部大奖;做客中央电视台《夕阳红》栏目,讲述"如戏人生"的故事;尤其是央视一套采访我的绝技"一心五用"——戏剧"武场",一人独打五件:鼓、大锣、小锣、钹、梆。将戏剧中常用的打击乐:四击头、夺头、风点头、快长锤、纽丝……打得快慢适度,松紧自如,节拍有序,忙而不乱。这时,观众席中爆发出雷鸣般的热烈掌声!经大屏幕一宣传,"剧情"来了个一百八十度大逆转,许多观众赶到后台要求我签名合影……

台上我很风光,台下却让人尴尬。

张唯越唱越火,签约不断,应酬也多了。每逢宴请,张唯总是带上我前去作陪。然而,令人意想不到的是,我们常常会遇到令人十分尴尬的场面。饭桌上,客人们互相介绍时,少不了有人问长问短:"这位老先生是张唯小姐的父亲吧?"一句话说得我面红耳赤,感到无地自容,真想借故离去,找个地方躲起来。张唯忙为我打圆场:"这是我老师,也是我老公,我是他一手栽培的。"每当此刻,所有的人都会瞪大眼睛,用异样的目光盯着我。一位歌手惊诧地说:"天哪!简直不可思议……"真是此一时彼一时也。想当初我带团会客时,那是另外一种情景,在客人面前,我总是自豪地介绍:"这位是我的夫人。"客人们投来的是羡慕的目光:"哎呀!闫团长真有本事,娶了个年轻漂亮又有本事的太太……"想想从前比比今天,我越想越生气,禁不住冲着张唯发脾气:"这种场合不该拽我来,搞得这么难堪!"张唯满不在乎地说:"这有什么大惊小怪的?下次还要你陪我来。"

自此之后,任凭张唯磨破嘴皮,我死活也不愿再陪她去应酬客人了。每逢换到新的地方,我总是借故躲开,等她把住宿、业务都安排好了,这才偷偷摸摸溜进客房。这样做不为别的,只是不想因为我而让她没面子,也不想因为我的出现,让她在人前抬不起头来。我常常一个人躲在房间里写作。尽管如此,还是少不了听一些闲话。"真不明白,带个老夫子跟在后面干什么呀?充当护花使者?真是……"张唯表面虽不介意,可我知道,她的压力很大。台上演唱听到的是叫好声、掌声,面对的是观众的笑脸;台下却遭到冷嘲热讽、说长道短、猜疑讥笑、讽刺挖苦、议论纷纷。面对这一切,她只能默默承受。年龄悬殊的两个人在一起,本身就很容易引起别人的猜测,再加上有些人专爱打听他人隐私、传播绯闻,说长论短也是在所难免的。于是,我想了个主意,对她说道:"再换新的地方就说我是你老师,别说是老公。"

"为什么要这么说?"

"省得别人讲闲话。"

"我不在乎。"

"我在乎,你要是不答应我就回家!"张唯只好点头答应。没想到这样做不但没有好的效果,反倒弄巧成拙,闹出了更大的笑话。

在武汉演出时,一位女歌手看我俩同宿一床,马上传开了:

"张唯陪她老师在一起睡觉。"

"别乱说,张唯不是那种人。"

"我亲眼所见,不信你们去看看。"

"张唯也太不够档次了,想玩也该找个小帅哥。"

"是呀,怎么能陪个老头子睡觉?"

"也许这个老家伙是有钱的大老板。"

一时间闹得满城风雨,有好事者偷偷举报,惊动保安带着歌厅经理前来查房。服务员轻轻打开房门,将我们从睡梦中叫醒。面对着斥责、查问,张唯有口难辩,解释半天也说不清楚。情急之下,我突然想起了结婚证,多亏这个红本本才把事情摆平。经这么一闹,张唯觉得非常丢面子,没有好气地冲着我发脾气:"明明是两口子,偏要说师徒,亏你想得出!"本来我就有一种难言的自卑感、失落感、空虚感,被她一发火更觉自惭形秽。独坐房间,悲从中来。我们虽是夫妻,但由于年龄悬殊,无论爱好、志趣、消费观念等都存在着很大差异。为此,也不可避免地产生许多矛盾。一次,张唯在北京同大腕明星们组台演出,为要面子开了间高档客房。待她走后我向服务台打听房价,大堂主管告诉道:"五百八十元。"我一听就来气,睡一宿花五百八,太奢侈了!我当即自作主张,调了间一百八十元的标准间。没想到张唯带了一大帮人来看我,并在朋友面前夸耀:"我老公虽年龄大些,可他是位作家,到哪都下榻高档宾馆……"可她从楼上找到楼下,找遍了整个宾馆也没有找见我,尴尬的场面让张唯丢了面子,朋友走后她大哭一场。还有请客,望着那些未动筷子的菜我便心疼!像我这样经过"三年困难时期"年龄段的人,都会觉得这是浪费,太可惜了!于是,我叫服务员打包带走。送客回来,张唯见了我大声吼道:"这不是在家,求求你给我留点面子行吧!"见她发脾气,我只好忍气吞声。

年龄相差存在的代沟,这是无法回避的现实;不同年代的人,对待消费和处事风格也是不同的;随着时间推移,我俩的心态也随着变化,总会引起一些摩擦,造成矛盾和分歧,导致生活不和谐……想到这些,我备感委屈;与其遭受她的冷眼,还不如早早回家。当晚,趁她演出之际,我悄悄地离开了宾馆。

白居易在他的《南浦别》中寄语远行人,"好去莫回头",因为回头每一看,"一看一断肠"。走着走着,我忍不住回头张望,演艺厅门前那灯火辉煌的太空摇、电脑灯、大频闪,五光十色,异彩奇光。这场景我太熟悉了,从办歌舞团到进歌舞厅近二十个年头,我手握"指挥棒",率领"兵团",驰骋"沙场",我是主宰舞台的"统帅",而今我却寄人篱下,委曲求全。"世事茫茫难自料",我从没想过离开自己所熟悉的舞台、所热爱的演艺事业,也未曾想过离开十多年朝夕相处、携手并进的妻子。然而,无可奈何春去也!我孤零零地走在路上,一种少有的凄凉感笼罩心头。生活中常常有许多说不出、道不明的酸甜苦辣。随着时间的流逝,以往生活中美好的人和事已成为遥远的过去。张唯打来无数次电话,我都没接。我不想听她解释,也不想对她解释,人贵有自知之明,任何时候都不能逃避现实。误会、讽嘲,连她同行的小姐妹们都瞧不起我,嫌我老了,那么,成天活跃在五彩缤纷的舞台、淹没在掌声与鲜花之中的张唯呢?她越唱越红,大把挣钱,我日渐衰老,坐吃闲饭;舞台上她被鲜花簇拥,舞台下我备受冷落,许多场面令人十分难堪。恩恩怨怨、社会压力、"追求者"的进攻,不知这位美丽的少妇搀扶我这位与她父亲同龄的老人还能走多久?一生中我编写了许多大团圆的戏,自身的"戏"却不知该如何结尾?

人生啊!本来就是一台未演完的戏。

手机上来了个信息,张唯发来的:深爱的人在我的歌声中远去,……没有天哪有地?没有地哪有家?没有家哪有你?没有你哪有我?……这首歌放在她刚唱的那个年代,足以让人落泪、动情,可是时下只能当作音乐背景了,无法触及我的心灵。

尾声　一场春梦

92　寻访艳艳

　　浩瀚的夜空中闪烁着点点繁星，远处是一片深邃的黑，望不到尽头，只有一钩弯月慢慢西坠。夜深了，王艳艳依旧在宿舍忙碌着，在为学生批改作业……

　　世间会出现许多意想不到的巧事，也就那么巧，在回程的列车上，我居然遇见了阔别四十多年的老同学刘坤瑁。我俩虽相对而坐，却互不认识。
　　我写作是不会放过任何可以利用的空隙，尤其长途乘车，既可打发时间，又能修改稿子。
　　当我将厚厚的书稿放在茶几上，准备修改时，不想对方却惊讶地喊叫一声："你是老同学！"我诧异，"你是谁？"对方，"我是刘坤瑁啊！"这时，我才细看面前这位老人，他满头银发 两鬓染霜，一脸皱纹，弯腰驼背，他只比我年长两岁，却是一副老态龙钟样子。想当初，我们风华正茂，恰同学少年。如今都步入了古稀，真可谓：昔日同窗好学友，而今相逢不识君。
　　我说："分别几十年了，你还能认识我？"他指了指书稿，"上面不是写着作者名字吗？"我恍悟。
　　人生如梦，儿时同学的许多情景恍如昨日。咋一见面，叙不尽别后之情：他运气不佳，技校毕业分配时，因专业考题失误，没有当上技术员而被分配到煤矿下井掏煤。由于长期过量地吸入岩尘，患了无法根治的矽肺病，提前病退。这次来长沙他是走亲戚看闺女的。人的命，天注定，难怪他那么苍老呢，我心中充满同情。

　　我也简要地介绍了自己情况。我们聊着聊着，谈到了王艳艳。他告诉我，听别人说，王艳艳在文革后期当上了民办代课教师，守在深山，与孩子为伴。我听后，一阵心酸一阵难过，不禁泪下。他见我流泪忙问："你们后来再也没有见过面？"我摇头。他惋惜道："老同学，你应该去看看她，毕竟当初你们好过一场。"我无语，心情十分沉重。生活再富有，也抵不过人的心底荒凉；日光再强烈，也晒不干记忆里的泪水，所有的一切只剩下曾经。艳艳姐，你在哪里？过得好吗？

　　忙碌一生，难以抽身，如今赋闲，正好有空，于是，我打算回家后就去寻找王艳艳！

　　到家当晚，好友为我接风。

　　好友姓李名辉，大家称他"辉哥"。他做房地产开发，是位身价数千万的大老板。"辉哥"头脑聪明，为人豪爽，喜欢交友，出手大方；他能写会画，因艺术相通，我们成了好友。他因新建一座大酒店资金短缺，向我求援。既然朋友有难，理当帮助，我也没多想就满口答应。于是，我将自己及儿女的存款连同商铺、住房为他担保抵押，一共四百六十万元全借给了他。我的手中仅剩一张十万元的银行卡，那是我为王艳艳准备的。记得芸姐与艳艳在炉桥火车站分手时曾交代过我："……艳艳过去有恩于你，今天仍是纯情依旧，我是无能为力了，今后有条件一定要加倍报答她。记住，'人情债'是无价的啊！"是啊，人情债从某种意义上说，是一种心灵的"债务"。虽然无人催讨，无须计息，同样也是沉重的！

　　我不清楚自己现在为什么急着去找王艳艳，但我明白做人道理。无论干什么事情，在做之前，都要摸摸心口想一想，对得起良心吗？良心是金子，良心是底线，清白的良心是做人的根。还了良心债，十年之后能见人，百年之后能见魂！与王艳艳同窗两载，她为我付出的情感及恩惠，深深铭刻我心。受人滴水之恩，当以涌泉相报。我不想死后还欠别人的良心债!

第二天一早,我乘车赶往沂南县。路上,我在想,王艳艳与我同龄,今年也该是七十三岁的老太婆了,不管她现在生活怎样,以我目前的家资财产,肯定比她强!帮她十万元,了我心愿,此行足也。当爱一个人的时候,不见得拥有就好,只要自己心爱的人,开心、幸福、快乐,那自己也就开心、幸福、快乐了。真正的爱情是一种纯洁心灵的奉献,是一种至高无上的美,我希望艳艳姐过得比我好!

到达青云岭镇,我急不可待地去见老支书。通过上次见面,我知道他与王艳艳父亲当年都是沂蒙老区的地下交通员,是位信得过的老革命。

老支书今年八十六岁了,虽满头银发,但满面红光,步履轻盈,谈吐有致。嘴里依旧叼着旱烟袋。听我说明来意后,他长长地叹了口气说道:"果不出艳艳所料,你到底来了!"

"听说王艳艳早已成婚,如今家住何方?"

"艳艳并未婚嫁。"

"为何写信骗我?"

"那是希望你能安心送你妻子最后一程!"我听后,喃喃地说:"她总是替别人着想,不惜毁了自己。"老支书继续说道:"她还说,等你妻子病故后,一定会来找她的,可你……"我听后心如刀剜,惭愧、懊悔、自责、愧疚,一起涌上心头。忙问:"如今她在哪?日子过得怎样?我现在就想去见她!"

老支书猛地抽了几口烟,说了句:"你呀,来迟了……"一语未完,早已老泪纵横……

艳艳父亲离世不久,她的母亲也因犯病,独自上山坠崖丧命。父母双亡后,孤苦伶仃的王艳艳,因背着"黑五类"子女罪名,依旧做大队饲养员,整天与猪打交道。八十多头猪就靠她一人饲养,每天天不亮起床烀猪食,铲猪粪,冲刷猪圈,从早忙到黑。最让她担心害怕的是猪生病,哪怕病死一头猪也会被上纲上线,提到"阶级斗争"的高度,说她是阶级报复、蓄意破坏,挨批斗!

老支书看在眼里痛在心中,纵然同情,却无力回天。在以"阶级斗争为纲"的年月里,他自顾不暇,哪有能力去保护王艳艳,只好暗中同情,夜里偷偷地去帮助她打扫猪圈……

我与艳艳分手后不久,青云岭公社及大队相继成立了三结合新的领导班子——"革委会"。在群众中享有极高威望的老支书也"官复原职"。他被宣布"解放"的第二天,以关心山区教育为由,将王艳艳调离养猪场,去当民办代课教师,并亲自送她去了学校。这无疑是帮王艳艳跳出苦海!一路上,她默默地流泪。大恩不言谢,此刻,她只有泪水能表达对这位长者的感激之情。

梅岭小学,是一人一校的"单小",老校长李仁义兼教课老师。

学校在大山脚下,前临小溪,背靠山坡,孤立无援的坐落于镇尾,三面环山,高耸入云。学校门前,粗壮的竹竿上飘扬着一面鲜艳的五星红旗;高凹不平的操场长满了杂草,整个学校没有一件运动器材,仅有一副歪斜的篮球架。低矮的院墙爬满了牵牛花,学校四周全是树林;破旧的房子里,仅有几张嘎吱作响的桌椅,教室里坐满了年龄参差不齐的男女学生。孩子们那渴望读书的眼神令人动容,他们希望走出大山,奔向天那边的世界。

老支书对艳艳说:"大山里,'天无三日晴,地无三里平''一年四节季,十里不同天',同样苦啊!"

艳艳:"过去养猪,现在育人,再苦心也甜!"

老支书听后夸了句:"你呀,真是个懂事的孩子!"说罢,带着王艳艳走进教室,同学起立鼓掌。

斑驳的黑板上用粉笔写着一行大字:"热烈欢迎王艳艳老师!"

对于这位新来的年轻女教师,老校长李仁义第一印象是美,她的美不是浮于表面,而是秀外慧中的美。他迎上前热情地与她握手:"欢迎王老师!"王艳艳回了句:"谢谢!"老校长高兴地说道:"为欢迎新来的王老师,请李小霞同学朗诵欢迎词!"

在热烈地掌声中,一个十二岁的女孩子走上讲台,她活泼、可爱,手捧

稿子,用甜甜的童声朗诵:

　　……
　　我们是一群山里的小鸟,
　　需要您呵护的翅膀;
　　我们是含苞的花蕾,
　　需要您浇灌培育成长;
　　我们是一只只小船,
　　需要您帮助我们荡起人生的双浆;
　　您教我们学习文化,
　　您教我们跳舞歌唱。
　　您给学校带来欢乐,
　　学校因为有您充满阳光!

　　多年来,王艳艳总是逆来顺受,天天与猪打交道,见人矮三分。今天,她第一次感受到了做人的尊严,怎能不激动?她一把抱住李小霞,止不住泪水滚滚而下:"孩子,谢谢你!"

　　老支书介绍说:"李仁义同志从部队复员回乡,就创建了梅岭小学。十几年,教过的学生有一百多名,他每天接送孩子们上下学,当了一辈子民办代课教师,到现在都没能转正,可他没有一句怨言!"李仁义说:"没有老支书的支持,靠我个人的力量是无法办学的。可以说,梅岭小学是老支书的命根子!"说到这里,老校长眼圈有些发红。他转身对王艳艳说:"我们共同努力,莫让老支书失望!"听了他们的话,王艳艳发誓道:"放心吧,梅岭小学就是我的家,我要在这里干一辈子!"

　　老支书语重心长地说:"孩子啊,咱这里缺少文化人,办好梅岭小学就靠你俩了。"王艳艳望着娃娃们一双双渴望求知的眼神,说道:"我爱这里的孩子!"

　　王艳艳没有让老支书失望,她勤奋好学不懂就问,在老校长指导帮助下，很快掌握了教学方法；她天生机灵，一学就会，利用自身专长教孩子们唱歌、跳舞、做游戏，很快和这里的孩子们打成一片。

学校有二十三名学生，分一二年级和三四年级。为了方便教学，王艳艳把一二年级学生编成一个班，三四年级编成一个班，在同一节课里对不同年级的学生进行教学。给这个班级讲课时，其他班级学生做作业或者复习，并有计划地交替进行。她把拼音字母用美术形象地画在黑板上，一目了然，她一句句地教孩子们。

学校，紧张而又繁忙：一大早王艳艳陪着老校长守在渡口，迎接来上学的孩子们，她见走在最后面只有六岁的小女孩，赶忙把她背起来。老校长忙说："还是我来背吧。"王艳艳不让。老校长感动地："你呀，心地善良，心灵和人一样美！"王艳艳笑道："把自家孩子当亲人是人，把别家孩子当亲人是神，我要做家长眼中的'神'！"有了这种信念，她什么困难都不怕。梅岭小学地处偏僻、缺电少水，王艳艳不但没有被困难所吓倒反而渐渐地对这所学校、这里孩子产生了感情。之所以这样做，她觉得，只有当一名合格的好教师，把梅岭小学办好，才能对得起老支书一片苦心和对自己的关爱之情！

浩瀚的夜空中闪烁着点点繁星，远处是一片深邃的黑，望不到尽头，只有一钩弯月慢慢西坠。夜深了，王艳艳依旧在宿舍忙碌着，她做完备课笔记后，接着批改学生作业，她感到有些困倦，揉揉发涩的眼睛。这时，老校长走了进来，他手端一杯热茶："给。"艳艳接过茶杯："谢谢！"老校长关切地："别太累了，要注意身体啊。"说罢，出门而去。

望着老校长的背影，王艳艳心中充满无限感慨：他为山区孩子奉献一生，无怨无悔，他是我的榜样，一定要好好向他学习！

王艳艳说到做到，乡亲们都说她是梅岭的活字典，哪村有几户人家，哪家有几口人，哪些学生是单亲家庭，哪些学生随亲就读，哪些学生文静，哪些学生顽皮，全都了如指掌。做到了因人施教，学生们成绩日益提高。她言传身教，受到乡亲们一致称赞，会唱山歌的老奶奶还编了一首歌谣，在孩子们口中传唱：

> 老师亲,妈妈亲,
> 老师妈妈一样亲。
> 妈妈亲,骨肉亲,
> 老师亲,心连心……

孩子们在王老师教育下,贪婪地读书,犹如一只只饥饿的小羊闯进嫩绿的芳草地……

93　为伊葬花

> 一段漫长地寻爱的旅途,将终结于眼前的这座坟墓。墓里面埋葬着让我梦绕一生、刻骨铭心的初恋的学姐!

光阴似箭,一晃八年。

八年来,王艳艳默默地耕耘,送走了一批又一批学生;

八年来,王艳艳逝去了青春,步入中年。

八年来,她与老校长情同父女,相互照顾;一支教鞭两人拿,一块黑板两人用,朝夕相伴。

八年来,她熟悉了这里的山山水水,一草一木,各家各户;

八年来,老校长多次牵线说媒,都被王艳艳摇头拒绝。她说:"我对婚姻,心如止水,只想终生与孩子们为伴。"以她的相貌人品,找个合适的生活伴侣那是件很容易的事儿。可难就难在她离不开这所学校。几次相亲,只要男方提出离开大山,都被艳艳一口回绝,为坚守那份承诺,三十八岁她仍是单身。

熬过寒冬,春天终于来了!

这天,老支书给王艳艳带了一个特大喜讯!

她的父亲王保三平反了,蚌埠铁路分局来了调令让她回去上班。

接过平反证明和调令,王艳艳先是一愣,然后看了又看,继而飞奔出门跑到山脚下。她趴在父母坟土上,放声大哭;多少哀怨与委屈,她要向父母倾诉;多少苦水和泪水,她要尽情宣泄!哭声惊动了学生和家长们,一起涌来跟着流泪。哭声在山峦里久久回荡……

老校长帮助王艳艳收拾行装,老支书在一边闷声不响地抽烟。王艳艳来到老支书面前想说什么,老支书摆摆手,"孩子,什么也别说了,回去好好上班。"她双手拿起"教鞭",递给老校长,难过地说了句:"对不起。"老校长说:"孩子,你应该高兴才对啊!"。老校长提起姓李,"我送送你。"王艳艳打开门,眼前的情景让她愣住了!三十多个孩子排成两排站在门前!

班长高喊:"敬礼!"全体孩子齐刷刷地行举手礼。这场面着实让王艳艳感动,她激动地说:"谢谢同学们!"。接着,前面的孩子扯起一条横幅,上面写着:王老师,我爱你!横幅是孩子们自己做的,字虽歪歪扭扭形体各异,但却表达了他们纯真的童心。这时,一位名叫山丫的小女孩扑过来抱住王艳艳哭道:"王老师,我们舍不得你走啊!"小山丫只有七岁,是全校最小的一名学生,因父母双亡,靠奶奶抚养。

一天,王艳艳正在讲课,突然发现山丫趴在课桌上睡着了,她走到课桌前,敲了敲桌子;

山丫惊醒揉了揉眼睛,站起来:"老师,我错了。"

"上课为什么睡觉?"

她没有回答,只是流泪。王艳艳没有再责怪她,轻轻说了句:"坐下吧。"

当晚,山丫双手不停地编织竹篮,她不时地打哈欠;王艳艳推门而入。山丫慌忙站起:"王老师好。"

"你这是……"

山丫喃喃地说:"我奶奶病了,没钱看病。"说着,低头抽泣。王艳艳蹲下为她擦眼泪,她发现山丫的一双小手,多处被竹篾划破流血,她情不自禁地将山丫紧紧搂在怀里:"真是个懂事的孩子啊!"

当夜,她与老校长将山丫奶奶送往镇卫生院。

自此之后,王艳艳对小山丫特别关照,像妈妈对待自己孩子一样,每天早接晚送,中午留她吃饭……日久生情,他们不仅是师生关系,还多了份"母女情"。她抱起山丫亲吻一下说:"孩子,我走后你要听奶奶的话,照顾好自己。"山丫紧紧搂着王艳艳脖子,久久不肯松手……

渡口上,山民们早早在这里等候,来送行的不仅有学生家长,还有许多社员。有的拿着煮熟的鸡蛋,有的捧着红枣,有的提篮花生……

这情景,就像当年老百姓送红军一样!

山民们七嘴八舌地与王艳艳话别:

"王老师,俺们永远会记住你的好!"

"一定要常回来看看啊!"

"记住,我们都是你的娘家人啊!"

一位大嫂走上前说道:"山里人性子直,说话不会拐弯抹角。按理说,你该回城了。可是,老校长年纪大了,你这一走,学校非垮不可!"她的话是实情,文革刚刚结束,教师十分短缺;老校长七十多岁了,已是力不从心;有点文化的年轻人,谁愿意来山沟里当民办教师?王艳艳一走,梅岭小学很难坚持下去。

大嫂的话音一落,学生家长们跟着议论:

"王老师走了,我的孩子就不去上学了。"

"我女儿听说王老师要回城,哭了一夜!"

"是呀,孩子们舍不得王老师啊!"

……

教室里,死气沉沉,孩子们一个个低头落泪。老校长站在讲台上说:"把头抬起来,上课!"学生们仍旧低头哭泣,且哭声越来越大,继而一起哭喊道:"我们想王老师!"一句话把老校长的心搅碎了,多年的相处,王艳艳待他像父亲一样孝敬,除上课外,做饭洗衣样样抢着干。如今乍一离开,他心里也是空荡荡、酸楚楚的。他用教鞭狠狠敲打着黑板,发火道:"听我讲课!"学生们从来没有见过老校长发这么大的火,个个都惊呆了。

"别拿孩子出气!"王艳艳突然出现在教室门口。老校长一下子愣住了,他万万没有想到王艳艳能回来,既意外又诧异。王艳艳来到老校长面前夺过教鞭:"我来吧。"孩子们全体起立鼓掌,老校长呆呆地站在一边不知所措。小山丫突然跑到王艳艳面前扑通跪倒:"妈妈,女儿给您磕头了!"。王艳艳搂住山丫:"孩子,老师永远留在这里,再也不走了!"

晚上,老校长问王艳艳:"你为何留下?"

王艳艳摇摇头叹息道:"说真话,我接到回城的调令时,兴奋地一夜没合眼!我也想回单位获得一份'铁饭碗',想过城市的富裕生活……。当我想起老支书对我的好及当初郑重的承诺与誓言;当我看到学生们一双双诚挚挽留的眼神和家长们的哭声;当我想起我被单位批斗除名,专政队押送回乡的惨景,我的心碎了。再也不想回到那座令我伤心的城市!我舍不得这里的孩子、丢不下这所学校,更不想让我的父母亲成为这里的孤魂野鬼,我要"陪伴"他们……"老校长听后动情地说:"孩子,我为你心痛啊!"

一诺千金的人,给人的感觉是山一般的沉稳和可靠,王艳艳便是如此;她外表文弱,内心伟岸,她的爱不自私、无杂念,她对所有人的爱,都是一种纯爱,让人感动、敬佩。王艳艳自从决定留下后,她的感情进入到了一个新阶段;她孑然一身,无牵无挂,她把学校当成家,把学生当成自己的孩子。她没有所谓的崇高理想境界,但她有一颗善良的心;她知道,放弃这次回城机会,将永远扎根深山受苦受累,可为了这所学校及与孩子们那份难以割舍的"母子情",她义无反顾!

情到深处难割舍,一片青山了此身!

课堂里,孩子们聚精会神地听王老师讲课,像几十株花儿在静悄悄地承受着辛勤园丁的浇灌;朗朗的读书声从教室飞出,像动人的童声大合唱,音符满天……

送走了春天,迎来了炎炎夏日。

这天,王艳艳正在上课,天气突变,暴雨骤降,这是一场百年不遇的天灾!

因暴雨引发的山体滑坡,一股泥石流冲向山下,眼看就要冲倒教室,当时学生们全吓傻了,站在那儿不知道该往哪儿跑,只见王艳艳快速地奔跑过来抱起学生就往外跑,一个、两个、三个……老校长与王艳艳一边喊,一边将孩子们带到安全的地方。经查,学生们全部脱离危险区,唯独少了小山丫。王艳艳对老校长说了句:"看好孩子们!"飞身向教室跑去,背后传来老校长的喊叫声:"不能去,危险!你回来……"她知道随时都有生命危险,但她丢不下这个没血缘的"女儿"!

此刻,泥石流已经将教室门封死,她从窗口发现小山丫躲在桌子下面。口中不停哭喊:"妈妈,救救我啊!"边哭,边从桌子下面往外爬,王艳艳说了句:"别怕,妈妈来救你了!"她翻窗跳入。就在这时,一根粗大的横梁倒了下来,眼看砸向山丫,王艳艳不顾一切地扑向孩子将她压在身下,横梁无情地砸在她的头上,顿时血流如注……

家长和乡情们赶来时,整个教室已经全部倒塌,当众人徒手搬开垮塌教室的房梁时,被眼前的一幕惊呆了:王艳艳双臂紧紧地搂着小山丫,以雄鹰展翅的姿势护住孩子,用身躯挡住了坠落的横梁;在生死攸关的一刹那,她的大爱既是一种本能,更是她平时优良品质展示,诠释了爱与责任的师德灵魂,让人再一次读懂了"美德"二字的博大与崇高,奏响了一曲荡气回肠的生命颂歌!

王艳艳在大灾大难面前,彰显了人类最温暖的本性。这天正是她的三十八岁的生日!

获救的小山丫抱住王艳艳身躯哭喊:"妈妈,您醒醒啊!"她的小手轻轻地为王艳艳擦去脸上的血污与灰土,她一声声的呼唤妈妈醒醒,使在场人无不为之动容……

听了叙述,我悲痛万分,泪水止不住流淌,我想起了长眠在大山脚下她的父母;我想起她短暂的青春,就这样默默离去;想起了她遭受的苦难和世道对她的不公;想到了自己,为什么不早早地前来看望她,现在,一切后悔都为之晚矣!

老支书,递给我一个信封,那是我接芸姐离开医院后,寄给她的信,也是我一生中唯一写给她的一封信,详细解释了因芸姐被赶出医院而不能离家来接她的原因。信封里还装着我留给她的那枚"一月风暴"纪念章。

按照老支书指引的方向,我独自一人向艳艳的墓地走去……

路上,我一边走,一边回想,往事像电影镜头,一幕幕呈现在我的眼前:忘不了艳艳少女时代的美好形象。她天真无邪,心地善良,尤其是在我人生刚起步的时候,给予我那么多关爱和帮助;当同学们都看不起我这个穷孩子欺负我时,她挺身而出护着我;在我最困难时,她给我吃的、穿的、学习用品;忘不了,我们月下相依,窃窃私语的朦胧初恋;忘不了,我拉琴她唱歌,一句"小啊妹妹唱歌郎奏琴,郎呀,咱们两是一条心……"她是借助唱歌表白真情,也是一生的许诺!如今斯人虽去,却带不走曾经的记忆!

山坡,一座坟墓。夕阳之下,倍感肃穆。太阳余晖斜斜地照在冰凉的石碑上。碑身正面雕刻着"优秀教师王艳艳之墓",字迹清晰,远远就能看到。碑身周围被松柏及无名灌木和野花杂草掩盖着。凄凉的晚风,从远处传来寂寞地低吟,为沉眠在这里的逝者唱着一曲凄美的挽歌。一段漫长地寻爱的旅途,将终结于眼前的这座坟墓。墓里面埋葬着让我梦绕一生、刻骨铭心的初恋的学姐!她大爱与高尚的品格,使我自感羞愧。我不配在她面再提"初恋"二字,这是对她灵魂的玷污!想到这,我轻轻地说了句:"安息吧,艳艳姐。有生之年只要我还能走得动,年年都会来看你的!"

她的坟墓,只是一个圆形的土堆,无人守护,无人管理,只有几株松柏陪伴。如此朴素无华的坟墓,让人感到心痛!比起那些用大理石和奢华装饰坟墓的人,更加让人敬仰和崇敬,因为她的精神将永远活在人们心中,她的人格本身就是一座丰碑!

我取出那枚"一月风暴"的纪念章,这是我送给她的唯一礼物。在当时,也或许对她能起到一点点保护作用,可现在,只能是最痛苦的记忆。它是十年浩劫的印记,是"文革"的罪证,从某种意义上说,是"文革"害死了王艳艳全家!

在她的坟墓下方,我挖开了一个深坑,将这枚"一月风暴"纪念章放入坑内,填土后又用几块大石头压上,用脚踩了又踩,让它万劫不复!

就在这时,突然狂风骤起大雨倾盆,一声惊雷,下雨了,我站在雨中纹丝不动。雨,为何突然从天而降?风,为何这般呜咽哀鸣?让人倍感肃杀凄凉,莫不是王艳艳的英灵感动了上苍!

若今昔一别,一别永年,苍山负雪,浮生尽歇 。

松拥千重翠,
香丘艳艳家。
来时质本洁,
归去品更佳。
君生不逢时,
命运遭扼杀。
我今添把土,
为伊葬落花!

94　梦醒时分

拼搏一生,最后落得个一场空;人世间所有的亲情、爱情、友情和我所累积创造的财富,全都没了!我赤裸裸地来到这个世上,将赤裸裸的回去……

为了能让王艳艳一家"团聚",由老支书出面安排我出钱请人,将她一家三口坟茔移在一处。我买了些糕点果盘,为他们举办了一场简单的祭祀。冥币燃烧,青烟渺渺,我跪拜在墓前对着长眠地下的亡灵哀悼:"伯父伯母,艳艳姐,天堂里你们一家终于团聚了。你们相互陪伴,不再孤单,不再忙碌,不再痛苦。安息吧,天堂里没有烦恼!"

十天后,当我带着忧伤与悲痛回到家时,一场灾难从天而降,让我彻底崩溃!

"辉哥"破产了!

合肥一家公司董事长丁书琴,因骗取全国数百人4.6亿元案发,被法院判处无期徒刑。"辉哥"因为替她担保借贷,承担了巨额赔偿。一夜之间,他的大酒店及易零公司彻底破产了,我为他担保所借的四百多万元也跟着打了水漂!我的商铺门面房,我的住房,我的银行账户,全部被法院查封冻结。对我来说,这无疑是晴天霹雳,我一下子晕倒了!

儿女们的存款,妻子挣的钱,一生的所有积蓄,全都因我的过失,彻底玩完了。这真叫:辛辛苦苦几十年,一步退到解放前!如今,儿女们生气离我而去,妻子负气出走不再回家,我不仅成了孤家寡人,而且劳碌一生的我,最终成了个一无所有的穷光蛋!

望着空荡荡的房子,心里充满无限凄凉;这曾经是我栖身之地,如今却换了主人;

望着全家福的合影,心中倍感孤独,曾经是满堂儿女身边转,如今我只身一人;

望着与妻子的结婚照,我们曾经比翼双飞携手共同创业,如今却劳燕分飞!

拼搏一生,最后落得个一场空;我赤裸裸地来到这个世上,将赤裸裸地回去,什么都带不走,人世间所有的亲情、爱情、友情和我所累积创造的财富,全都抛弃!真可谓:争名夺利何时休?到头来都在荒山土里丘!

夜里,我辗转反侧,难以入眠,心像飞奔的车轮翻滚不停。年过古稀,残忍的岁月最先抹去我面额的红润;流年似水,把我拖进倒计时的光阴。岁月不饶人,它像冷酷的寒霜,把我的鬓发染白。渐渐老去的我,已无力再去拼搏。别人可东山再起,而我却日薄西山!

我打开厨柜,拿出一瓶白酒,这时候正需要以酒消愁。对着酒瓶,我一昂脖子喝了大半瓶,顿觉天旋地转,醉了!一头倒在床上呼呼睡去……

人生如戏,如戏人生;人生如梦,亦幻亦梦:芸姐、秋儿、晓晓、三妹,一个个向我走来……

"姐呀,你怎么来啦?"最先见面的是芸姐,我赶忙起身迎候。"我是来看看两个女儿的,她们是否安然无恙?""值得欣慰的是,她们年近不惑尚未发现遗传病的征兆。芸姐,你就放心吧。""病魔害死了我们四代人哪!'望乡台'上几回首,最令人牵挂的就是女儿。谢天谢地,'奇迹'在她们身上出现了。"说罢,泪流满面。"芸姐,我正在著书。浓墨重彩,写不尽你的凄美人生,追昔忆往,难描绘你的贤淑善美,还有许多鲜为人知、曲折离奇的故事没有写,那是因为——"不等我把话说完,她便打断道:"香消魂断,往事悠悠何需再提;泉下之鬼,我把名利早已置之度外;文章取舍自有你的道理,何需在意?"说罢,飘然而去。我欲去追,晓晓走来。她泪流满面,痛心地说道:"跳舞无罪,莫怨我参加舞会,是时代造就的误会,难辨是非错与对!命运改变只在一瞬,思念你却是一世!在从艺路上,因为有你,我认真过,我改变过,我努力过,我悲伤过;我痴,为你痴,我痛,为你痛!深夜里,你是我一种习惯性的回忆,我不想再为过去而挣扎,也不想再为思念而牵挂,我想彻底把你忘掉,可这些我都做不到!"我说:"是'严打'将我们无情分开,如今,我不祈求你我终身厮守,执手偕老,只要能彼此做对方的阳光就好。"她说:"并不是所有的爱情都要结婚,也不是所有婚姻都有爱情。大刚虽娶了我,但不久却把我甩了!"

"为啥?"

"因为我们的女儿。"

"为什么不带来让我看看?"

"我不希望孩子受到伤害,请你理解……"说罢,她放声痛哭。可谓是:红颜胜人多薄命,莫怨春风当自嗟!

这时,只见三妹款款走来。我还未及张口问话,两个小姊妹不知从哪儿突然冒出来,一下子扑过去抱住三妹。她们跪在地上,每人抱着母亲一条腿,哭诉道:"妈妈呀,您为什么狠心撇下我们?"三妹搂着女儿哀声说道:"孩子啊,妈妈并不想死,我是被逼无奈呀!"大玉说:"妈妈呀,世上有千条路、万条路,您不该走绝路哇!若能熬到今天该有多好呀,我们可以养活您。"二玉说:"我们长大成人了,您却孤零零地在另一个世界,怎不

643

叫女儿心疼?"大玉说:"每当看到您的照片,我都要流泪,替您惋惜。"二玉说:"看看您的两个女儿吧,难道您不想我们?"三妹说:"妈妈唱戏一生,最拿手的就是庐剧《薛凤英》。没想到我们的命运和戏一样悲苦!于是,她轻轻地唱道:

> 每天都把儿思念,
> 夜夜想儿三更天。
> 有心上前把儿抱,
> 可叹妈妈在阴间。
> 阴阳两隔难会面,
> 我只能望乡台上看一眼……

此刻,一位少妇走了过来,我仔细一看,原来是秋儿。她见面就说道:"我对你痴情不改、真情不变,出狱后我毅然回到你的身边。假如你不拒绝,我又怎能早早归天?你呀,害得我好苦啊……"她抓住我的手,继续说道:"你坐牢,我历经千辛万苦,靠讨饭抚养你的三个孩子。这些,在你著书中为何只字不提?残缺的不仅是书中的故事,还有我的人格以及对你付出的那份真情!"我说:"果断收笔,是想把你塑成断臂的维纳斯——残缺美。"她似乎听不懂我的话,扭头走了。

我欲追,艳艳迎面走来。她还是那么年轻、那样美丽,一切似乎都未改变,所不同的是:手拿拂尘,穿一身洁白的衣裙如同仙女一般。"艳艳姐,几番与你牵手为何总是擦肩而过?""我们不过是这场爱情悲剧里的两个扮演者,注定永远不能在一起!""为什么?""是编导的安排。""谁是这出戏的编导?""天机不可泄露,自己感悟吧。""艳艳姐,我到哪里去找你?""丰都城。""那是鬼的世界,不去!",我连连摇手。"你气数将尽,快随我来。"说罢,艳艳用拂尘一弹,我不由自主地跟她后面行走。她带我穿过鬼门关,踏上黄泉路,只见路边全是见花不见叶的红花。我问艳艳:"此为何花?",她答:"彼岸花。"我又问:"为何有花无叶?",艳艳说:"彼岸花是'彼'和'岸',因违背了神的旨意偷偷私会,所以神将花叶分离,诅咒他们永世相爱不能相守!"我问:"我们是'彼'和'岸'吗?"艳艳并不搭理,带我又上了一座桥。我问:"此为何桥?",她答:"奈何桥"。我偷偷朝桥下看了一眼,只见万丈深渊下全是毒蛇巨蟒,争抢吞食恶鬼,看后令人毛骨悚然。我问艳艳:"为何带我走黄泉路,上奈何桥? 艳艳说:"你我就是'彼'和'岸',有缘无分!"我说:"今生无缘,来生等你!"艳艳摇头:

　　彼岸花开彼岸花,
　　奈何桥上奈何叹。
　　今生已忘前生事,
　　何言来世能做伴?

　　花开重逢,可恨天道无常;曲长恨歌,却被无奈命运捉弄。艳艳说:"人生就如一场戏,是非成败转头空。"我一把拉住艳艳哀求道:"艳艳姐带我一起走吧!"艳艳道:"你我阴阳两界,无法同行,我只能在奈何桥上等你!""我不,现在就和你一块走!"我紧紧抓住她不放,艳艳拂尘一弹将我推下奈何桥,吓得我大叫一声,从噩梦中惊醒。睁眼一看,幻觉消失,窗外是漆黑的夜空,想起刚才梦中情景,不禁潸然泪下。芸姐早逝,秋儿归天,晓晓分手,三妹自杀,艳艳离世……几位红颜知己一个个离我而去!

　　与张唯分手的那夜,她哭了一宿,一边收拾东西,一边落泪。我低着头不敢看她,我无言以对,惭愧、懊悔、自责,没有理由去挽留她。临别,她对我说了句"珍重!"提着行李出门而去,高跟鞋踩着楼梯的咯咯声渐渐消失,同时,也消失了二十多年的缘分! 可谓是:夫妻好比同林鸟,大难来时各自飞!

　　想起梦中艳艳姐说的"人生就如一场戏,是非成败转头空。"令我大彻大悟:梦惊醒,不了情,往事如烟云。心已死,泪也干,不堪回首魂亦牵。

　　酷怜风月为多情,

>   还到春时别恨生。
>   倚柱寻思倍惆怅,
>   一场春梦不分明。

　　我对着镜子开始一番整理。一套崭新的深蓝色西装,打上红领带——这是我只有在出入重要场合时才舍得穿的;大背头梳得更加光亮一丝不乱,胡子也刮得干干净净;一双黑色皮鞋擦得铮亮……

　　万念俱灰的我站在淮河边上,双眼直勾勾地盯着翻滚的河面,心亦如这涛涛向东流去的河水,人生一场,虚幻大戏,韶华白首,瞬间转逝;岁月如流,命运似风,来去终是空。

　　手机"嘀嘀"几声,朋友发来一条微信:一位身价数亿的年轻企业家,春风得意之时,突发心脏病猝死。不久,其妻携所有财产另嫁他人,钱和生命相比,一文不值!后面又附上《红楼梦》里的"好了歌"……

　　此时,东方露出一片红霞,火球般的太阳缓缓地升起,半圆、扁圆,紧接着整个大圆饼离开了地平线;河岸边,渔夫摇着小舢板,哼着悠长的小调,正在收网,丝网上粘的银鱼儿活泼乱跳;河坝下面的田野里,禾苗上的露水珠儿在阳光照耀下,五光十色,像镶了钻石一般晶莹剔透。一位少女手捧书本在晨读:曾经拥有的把它忘记,已经失去的留作回忆……

　　河岸翠柳飘舞,老人手持二胡坐在石凳上,他悠扬自得地自拉自唱"倒七戏"《老来乐》:

>   老汉我今年八十六,
>   好日子我还没过够,
>   阎王请我我不走,
>   还想活到九十九……

　　一位年轻的母亲带着孩子坐在草地上,一边玩游戏,一边唱童谣:

扯大锯,捞大锯,
姥姥门口唱大戏,
接姑娘,请女婿,
带着外孙一起去,
什么戏?倒七戏。
薛凤英,是苦女;
小辞店,杀女婿;
陈世美,忘前妻;
休丁香,断情义……
问姥姥,这些戏,
可是胡扯瞎编的?
姥姥说,不是的,
人人都是一台戏……

　　　　书写五年于2005年4月由香港天马公司出版
　　　　三易其稿于2006年6月人民文学出版社出版
　　十年心血六易其稿于2016年8月完成修订本稿

跋

人生比大戏还精彩

"精品"并不一定意味着完美,但纪实文学"精品"的生产却一定是追求一部作品的原创性、探索性、本元性,使其具有思想的韧度和情感的温度,进而产生一种历久弥新的生命力。当隔着近十年的时光重新阅读长篇纪实文学《如戏人生》,讨论对它的修订时,我们不得不承认,无论是对于作家本人的创作历程,还是对于当下纪实性叙事文本写作的现场而言,它仍然具有典型的样本价值和意义。人民文学出版社予以再版发行,也绝不仅仅是因为它曾获得过全国纪实文学一等奖、安徽省人民政府奖……

闫立秀出生在淮河岸边的一个小村庄,父亲迫于生计当过国民党的矿警,母亲却是一名生长于红色革命老区的红军女战士。二人因抢婚而结缘,因弃婚而结义,又因无常而重聚,因性情而结合,因内战而罹难……这戏剧性的本身就为他的身世抹上了浓重的传奇色彩,也对他以后的人生产生了深远的影响。

新中国成立后,少失怙恃的闫立秀有幸进入扫盲班学习文化,却又迷上了流行于淮河两岸的"倒七戏",如痴如醉,由此得到了高人的指点和帮助,也赢得了纯情少女艳艳的芳心。那种介于爱情、友情、姐弟情之间的诚挚情感,也许正是人世间弥足珍贵的真爱;也正是因为在艺术上的小有成就,他被强迫"选入"公社宣传队,痛失继续求学的机会,阴差阳错地与艳艳失之交臂。在那个特殊的年代里,他遭受了许多不公平的待遇,却又能够以一种平常的心态直面人生,并得到了善良人们的理解和关照;一个偶然的机遇成为红极一时的"革命干部"后,又能够不骄不纵,自觉回报和袒护身边的弱势人群,展示了人性中最美好的一面。这本身就是一部悲喜交集、离合杂错的"人间正剧"。因为酷爱艺术,与戏剧结伴游弋人生,他的"泥腿子"剧团走遍大江南北,唱红淮河两岸,荣膺文化部颁发的演出优秀奖、剧本三等奖,挺进上海一流艺术殿堂——中国大戏院,《中国文化报》《新民晚报》《安徽日报》《上海文化报》等三十多家报刊争相报道,纷纷赞誉:"一群平凡的人,演绎了一个真实的传奇故事。"貌不惊人的他与五位女性结下了啼笑姻缘,横跨半个多世纪,心相许却难相守,不思量又自难忘:五十年代,与艳艳心心相印;六十年代,与芸姐生离死别;七十年代,与秋儿为情私奔;八十年代,与三妹情牵梦随;九十年代,与张唯情结鸾凤,还有与"时髦女郎"晓晓的真情相与……个个都对他相亲相爱,以命相托,为他的事业真心付出,无不凝聚着对戏剧的热爱,对艺术的追求;无不打上时代的烙印,折射着历史的痕迹。也许正是这种特定环境下的灵肉结合,才能使他们心相印身相许,休戚与共,无怨无悔,共同演绎着一幕幕活生生的情感大戏,令人唏嘘感慨。

　　台上他演戏,台下戏撵他,悲欢离合,嬉笑怒骂,真是造化弄人。可以毫不夸张地说:他是他的剧团的"灵魂",演艺是他人生的"戏胆"。我曾在第一版序言《戏里戏外两传奇》中这样写道:"闫立秀是执着的,聪慧的,刚毅的,坚韧的,血脉中流淌着淮河文化的精髓。对流行于淮河两岸的庐剧、花鼓灯、门歌、老婆歌以及众多的民间艺术门类,他无所不精,而且兼收并蓄,触类旁通。他把花鼓灯与样板戏嫁接起来,让传统剧目与现代歌舞同台竞艺,焊接中外,联通古今……"《如戏人生》将写人与写戏融为一体,叙事与抒情交相辉映,真实地记录了一个民间艺人的传奇经历,忠实地反映了一个时代的风貌,含蕴着淮河两岸的世俗风情,洗尽铅华,朴实感人,是一部难得的纪实文学作品。作者虽然自称只有高小文化程度,但凭着他多年以来的刻苦自学、笔耕不辍以及对中国传统戏剧的深刻理解,娓娓动听地讲述了半个世纪以来的亲身经历,向世人传递着心底流淌着的至情真爱,使作品更具有一种传奇般的魔力和戏剧性的张力,读来难以释手,欲罢不能;掩卷回味悠长,情思翻涌。可以看出,这是作者心灵的独白,情感的倾诉,字字句句,血泪写成……"现在看起来,十年前的这些评价仍然是允当的。

纪实文学需要解决好纪实性、文学性和表达方式三大问题(非虚构写作也是如此)。从《如戏人生》一路走来,经过长篇小说《淮河作证》《石榴树下》,再回到《如戏人生》的二度创作,闫立秀对人生有了再度的思考与感悟,对文学也有了深度的理解与把握,更注意对人物的塑造和情节的经营,更稔熟对场景的铺陈和细节的推演。一如我在他的《淮河作证》序言《生命之树长青》中所说:"误会、巧合、冲突、智慧、计谋、戏胆、集中、精彩、曲折、伏笔、虚实、情境等情节要素的构成方法,在他的笔下被交替应用着,却又不露痕迹,因为绝大多数人和事都是他所交、所历、所经、所见、所闻、所思、所盼的投射,甚至都能找到生活的原型,根本无须再做更多的雕饰。"《如戏人生》的修订更加深了运用这些技术手段的自信和自觉。

在文本修订过程中,闫立秀有意识地加大了文本信息的密度和呈现的难度:故事有了新的展拓、接续和必要的文字删节,蓄意克服纪实性叙事文本容易出现的情节断裂、人格分裂、形象扁平、人物脱轶、行为惯常、对话拖沓、细节习见等流弊,采用个性化的戏剧语言展开叙述,不仅艳艳的故事趋于完整,而且母亲的行实、晓晓的际遇也在很大程度上通过非线性叙事、共时态场景得到了有意义的展陈,还有近十年来的失女之痛、破财之苦……尤其是戏剧性的人物对撞、言行拂逆以及命运"二律背反"的构建,强化了作为文学与读者信息沟通、情感交流、心灵融通的功能;作者也把目光投向那些身边的普通人,善于发掘他们身上不同寻常的闪光点,不忘记录他们日常生活中面临的挑战和行动,人情、人性、人格成为追逐的终极目标。虽然还不能说完全抵达,但这一具有价值向度和实践难度的书写无疑是颇具意义的。

依我看来,纪实文学的"实"在于忠诚生活的"本来","文"则见于呈现文本的面貌。其实,一种文体的高度取决于文本抵达的程度,甚至有时候,生活比虚构更丰富多彩,纪实比小说更发人深思。纪实文学同样需要以个性化的视角和心力回望历史，回味生活，回归本真，直面人生，让文学回到现场，回到本身，探寻和发现隐藏在故事背后的真相。这才是"文学的意义"，而非"被意义的文学"。故事不虚构，细节不拘泥。在纪实文学的叙事伦理和限度上，我和闫立秀有着一致的看法。它与小说文本的本质区别就在于：小说靠"解构—再造"，纪实重"发现—重组"，而结构调控叙事节奏、聚焦叙事意义却是相通的；依靠细节来塑造人物，通过塑造人物来表达自己的生活感受和生命体验是二者的共同任务。闫立秀于此耗费了大量的心力，期图用智慧和温情去煦暖叙事文本，灌注人物灵魂，就像宗教界为新塑的菩萨泥胎"装脏"那样虔诚。

毋庸讳言，文本中引入了大量的背景资料，一般而言，易于造成对气脉不同程度的淤滞，阻隔作者的叙述节奏，降解读者的阅读期待，虽然有利于未曾经历过那个时代的人们加深对事件的理解，对于"与时同行""与史同在"的纪实性叙事文本是必然和必须的，但以我个人的观点看，还是越简洁明快越显得高人一等。

在"非虚构"大行其道的当下，折在行道旁的纪实文学虽然难免"过气"，但必定难以"绝弃"。人民文学出版社的全保民老师再次力推《如戏人生》，当年的远见卓识让我叹服，如今的文化坚持更令我感佩。

《如戏人生》即将再版，谨表祝贺！

林家俊
2017 年 6 月 18 日于合肥长丰县城寓所